臺語演講三五步

增訂版

Lâu Bîng-sin
劉明新 —— 編著

指導大人
演講比賽 ê 祕笈

目錄

目錄

踏話頭

　　一本無啥市草的臺語冊，「初版一刷」出版社就殘殘印 1,500 本，這馬兩年拄過，經過修正錯誤、增加內容，出版社就欲閣殘殘「再版一刷」，這當然是予人歡喜的代誌。

　　這本冊 ê 內容，是我二十外多來，佇新北市 (以早臺北縣) 指導臺語演講大人組 ê 選手，所使用 ê 教材佮長年累積 ê 經驗，共拈做伙 ê 成果。佇 2009 年，我第一擺共我集訓選手 ê 資料編做一本講義，名稱就叫做《臺語演講有撇步》，這馬欲正式出版矣，因為冊名驚去佮人傷相全，就謙卑共號做《臺語演講三五步》，表示伊干焦是三五步 ê 基本功夫爾。愛特別感謝 ê 是，佮我同齊訓練選手 ê 同工，因為個予我誠濟啓發佮幫贊，若無個，這本冊就無法度出版矣。

　　當然，這本冊 ê 內容，除了我家己長久以來累積 ê 經驗佮看法，嘛愛感謝真濟幕後英雄。個是提供我智識 ê 專家學者佮各種網站 ê 資料，其中有歷史、生態學家 ê 著作，文學家 ê 作品，嘛有文化性網站 ê 豐富內容，以及政府網站 ê 正確資訊。遮 ê 著作佮網站，攏予我佇咧編寫這本冊、共資料改寫做臺文 ê 時，有真大 ê 貢獻。特別是佇演講 ê「言辭證據」這方面 ê 資料蒐 (soo) 集，咱攏無法度避免愛去參考遮 ê 智識佮資訊。

　　想欲出版這兩本冊有三个動機：幫助參加臺語演講 ê 選手，共指導演講 ê 老師佮家長鬥相共，以及為推展臺語文盡一份力。三个動機攏誠單純，毋過目標真懸，是毋是有才調達成，攏愛試看覓才會知。

　　其中，第三點特別困難。因為佇推展臺語文 ê 過程中，咱會拄著：學生袂曉講、家長無重視、老師應付、母語 ê 語言環境愈來愈穤，以及政客、教育官員對本土語言無堅定 ê 理念，定定三講四毋著，予咱聽甲強欲去舂壁！

　　我想，欲救臺灣話，上重要 ê 干焦三條路：

　　第一條，對幼稚園到高中攏愛有母語 ê 課程，逐禮拜三節課以上，並且欲升高中佮大學，攏愛認證一種本土語言，及格 ê 才有資格升學。這是政策

問題，需要有智慧佮決心 ê 本土政權，做政治解決。

　　第二條，予母語有實用 ê 價值。愛立法規定，欲去原住民、客家人、抑是 hō-ló 人佔多數 ê 縣、市、鄉、鎮服務 ê 公務人員，包括老師、警察、稅務、鐵路局、地政人員、公所辦事員等等，攏愛通過當地本土語言中高級以上 ê 認證。無，就袂當錄取。

　　第三條，予母語生活化、教育化佮學術化。無論是佇家庭、教室、抑是公共場合，攏愛慣勢講母語，老師上課嘛用母語教學 (這就是「浸水式」ê 教學)，按呢才有法度營造 (îng-tsō) 較好 ê 母語環境。若無，本土語言、咱 ê 族語，會漸漸無去 ê 運命，是一件無法度挽回 ê 代誌矣！

　　出版這本冊，毋敢有傷濟向望，講按呢就有夠額矣。

Lâu　Bîng-sin　　2021.08.23

體例說明

一、這本冊大部份攏用臺文書寫，干焦一寡「注解」，比如：「近山剉無柴，近溪擔無水。」（注解：反諷人佔有優勢反而不知努力，便會造成失敗。）佮「法律文件」，比如《教育基本法》、《國家語言發展法》等，保留一寡華語書寫。而且漢字一律採用教育部用字，拼音也是用教育部 ê 臺羅拼音。

二、有必要 ê 時，直接佇漢字 ê 後壁注臺羅拼音，譬如：臭跤液 (tshàu-kha-sioh)、關門著閂 (tshuànn)、支 (tsi) 肺管、垗埃 (ing-ia) 佮垃儳 (lâ-sâm)、雙跤走甲欲掌 (thènn) 腿、有感覺咧搐 (hián) ê 時間誠久、物價已經佮歐洲接軌 (kuí)。

三、若需要注音 ê 字傷濟，就佇段落 ê 尾後集中做注釋，譬如：

注①颩，音 bùn，對土裡鑽出來。

注②液態，音 ik-thāi；液體 ê 狀態。

注③粒徑，音 liap-kìng；徑，kìng，直徑 tit-kìng。

四、若需要用英文字詞做補充解說，嘛直接佇臺文字 ê 後壁做補充解說，譬如『冰蓋』[ice sheet]、『聖保羅』[St Paul]、英國科學家『赫胥黎』[Huxley] 有一擺受邀請去『都柏林』[Dublin] 演講等等。

五、書寫臺文 ê 數字，盡量用阿拉伯數字。譬如：1947 年 2 月、2 萬 9 千箍、狗頭鷹 (兀鷲) 會當活 35 年。

六、若準需要直接翻譯華語 ê 語詞，抑是用臺語音唸出新 ê 詞語，本冊攏盡量採用**文讀音**。譬如，懸浮微粒，音 hiân-hû-bî-liap；液態，音 ik-thāi；粒徑，音 liap-kìng；直徑，音 tit-kìng。

七、佇書寫方式這方面，咱原則上採用「漢羅並用」，漢字為主，羅馬字做副，並無主張愛全漢字。所以，「的」這字，若是做「連詞」「語氣詞」，咱攏用「ê」代替，干焦「的確」佮「目的」遮 ê 詞，咱會寫做「的」確、目「的」。我認為這是「漢羅並用」ê 第一步。其他比

如講：kha-báng 揨咧四界走、sànn 著頂腹蓋、毋管是 ho-ló 抑是客家、hőng 講甲無一塊好、伊 tsuán-ne 跋倒……，遮 ê 語詞，咱攏用漢羅方式表示。

八、我認爲，臺語文袂當干焦停留佇「生活語詞」ê 層次，欲擴大使用 ê 範圍，的確就愛向「教育語詞」與「學術語詞」來行，才會愈行愈大範。所以佇論述 ê 時，免不了愛直接翻讀華語詞 ê 需要。語言免不了會互相影響，翻讀久就是咱 ê，慣勢會變自然，直接翻讀 ê 華語詞，歸尾就會變做咱臺語詞 ê 一部份矣。譬如講：拍開咱臺灣創作歌謠 ê「序幕」(sū-bōo)、守秩序 (tiàt-sū)、負 (hū) 生長、供 (kiong) 需失衡、石油耗 (hònn/hàu) 盡等等。遮 ê 詞若無直翻，就眞歹去揣著適當 ê 臺語詞。

九、另外，嘛袂因爲欲強調口語化，就共「最大」一定愛講做「上大」；「我和同學」，一定愛講做「我佮同學」；「首次」嘛免一定著講「第一擺」；「人與 (í) 自然」「人與 (í) 社會」，嘛免一定愛講做「人佮自然」「人佮社會」。其實，「最」、「上」，兩字並用；「與」、「和」、「佮」、「參」，四字嘛插咧用。只有按呢擴展，臺語語詞才會愈用愈濟，表意 ê 範圍才會愈來愈闊，嘛會像英語愈來愈大範。

十、爲著體貼讀者，對變調 ê 處理，必要 ê 時，直接佇羅馬字面頂標數字，表示聲調變化。比如講：外籍 ($tsik^{8-4}$) 新娘、東倒 ($tó^{2-1}$) 西歪、山頂 ($tíng^{2-1}$) 尾溜等等語詞。

十一、對部份猶無法度用臺語音表達 ê 語詞，抑是臺語界猶無共識 ê 外國人 ê 姓名，抑是專業名詞，咱攏直接唸出華語音，並且遵照教育部 ê 規定，以雙引號『』註記，比如：予『卡特』總統失業、1863 年『林肯』佇『蓋茨堡』演講等等。

臺羅拼音子音（聲母）表

名稱		國際音標	注音符號	教羅拼音	臺羅拼音	臺羅拼音（詞例）
年代		1888	1918	1913	2006	
子音	雙脣音	/p/	ㄅ	p	p	邊仔 (pinn--á)、幫贊 (pang-tsān)
		/ph/	ㄆ	ph	ph	拍賣 (phah-bē/buē)、抱歉 (phō-khiàm)
		/m/	ㄇ	m	m	紅毛塗 (âng-mn̂g-thôo)、麻油 (muâ-iû)
		/b/		b	b	菅芒 (kuann-bâng)、蠓仔 (báng-á)
	脣齒	/f/	ㄈ			
		/v/	（万）			
	舌尖音	/t/	ㄉ	t	t	動物 (tōng-bu̍t)、特殊 (ti̍k-sû)
		/th/	ㄊ	th	th	鐵枝 (thih-ki)、期待 (kî-thāi)
		/n/	ㄋ	n	n	耐心 (nāi-sim)、若親像 (ná-tshin-tshiūnn)
		/l/	ㄌ	l	l	勞工 (lô-kang)、流瀾 (lâu-nuā)
	舌根音	/k/	ㄍ	k	k	乖巧 (kuai-khá)、國際 (kok-tsè)
		/kʰ/	ㄎ	kh	kh	欺負 (khi-hū)、跤曲 (kha-khiau)
		/g/		g	g	語言 (gí/gú-giân)、藝術 (gē-su̍t)
		/ŋ/	（ㄫ）	ng	ng	雅氣 (ngá-khì)、硬篤 (ngē/ngī-táu)
	舌面前音	/tɕ/	ㄐ	chi	tsi	支持 (tsi-tshî)、三芝鄉 (Sam-tsi-hiong)
		/tɕʰ/	ㄑ	chhi	tshi	痴情 (tshi-tsîng)、持家 (tshî-ke)
		/ɕ/	ㄒ	si	si	時行 (sî-kiânn)、四淋垂 (sì-lâm-suî)
		/dʑ/		ji	ji	字典 (jī-tián/lī-tián)、遮風 (jia-hong)
	舌尖前	/ts/	ㄗ	ts	ts	主婦 (tsú-hū)、真正 (tsin-tsiànn)
		/tsʰ/	ㄘ	chh	tsh	出外 (tshut-guā)、親家 (tshin-ke)
		/s/	ㄙ	s	s	思念 (su-liām)、疏忽 (soo-hut)
		/dz/		j	j	接目睭 (juê ba̍k-tsiu)、豆乳 (tāu-jú)
	舌尖後音	/ tʂ /	ㄓ			
		/ tʂʰ /	ㄔ			
		/ʂ/	ㄕ			
		/ʐ/	ㄖ			
	喉音	/h/	ㄏ	h	h	喜帖 (hí-thiap)、哈唏 (hah-hì)
		/ʔ/				英 (ing)、蚵 (ô)、伊 (i)、阿 (a)

註：/ʔ/ 和 Ø，是「零子音」（零聲母）記號。

臺羅拼音母音（韻母）表

名稱		國際音標	注音符號	教羅拼音	臺羅拼音	臺羅拼音（詞例）
年代		1888	1918	1913	2006	
母音	單母音	A/a	ㄚ	a	a	a-兄、a-公、a-娘、a-西、a-洲
		Ω/o	ㆦ	o.	oo	ōo-仔、oo-暗、oo-魚子、koo-藥
		ɤ/ə	ㄜ	o	o	ô-仔、荼-o、o-咾、米-ko、兄-ko
		ɛ/e	ㆤ	e	e	e-米（碾米）、e-粿、ē-晡、e-á-菜
		i	ㄧ	i	i	i-生、i-學、í-條(liâu)、ì-愛
		u	ㄨ	u	u	ū-歲、ū-夠、u-染(jiám/liám)、ú-夜花
		y	ㄩ			
	複母音	ai	ㄞ	ai	ai	悲-ai、ai ai叫、ai-爸-叫母
		ei	ㄟ			
		au	ㄠ	au	au	茶-au（甌）、au（漚）衫、au（漚）-鹹菜
		ou	ㄡ			
		ia	ㄧㄚ	ia	ia	块-ia、iā-景、iā-婆、iá-蠻
		iu	ㄧㄨ	iu	iu	iu-愁、iu-秀、皮膚真iu
		iau	ㄧㄠ	iau	iau	iáu-siū天壽、iau-kuí枵鬼
		iə	ㄧㆦ	io	io	io-子、牙io 飼、io-內-肉
		ua	ㄨㄚ	o.a	ua	uá-kái瓦解、uá-khò倚靠
		ue	ㄨㆤ	o.e	ue	tshiū-ue樹椏、ue-á鍋仔
		ui	ㄨㄧ	ui	ui	ui-hong威風、uí-khut委屈
	前鼻母音	ã		an	ann	ānn（餡）、sann（衫）、khann（坩）
		ĩ		in	inn	pinn（邊）、kinn（鹼）、phīnn（鼻）
		õ		on	onn	onn（唔）、kônn（鼾）、hònn（好）
		ẽ		en	enn	kenn（羹）、senn（生）、tsenn（爭）
				ain	ainn	hainn（哼）、phāinn（揹）、kâinn（眶）
				ian	iann	kiànn（鏡）、tiānn（定）、hiânn（燃）
				iunn	iunn	tiunn（張）、tsiunn（章）、kiunn（薑）
				uan	uann	tuann（單）、suànn（線）、khuànn（看）
				iaun	iaunn	iaunn（喓），例：貓仔喓喓叫。
				uain	uainn	uáinn（踝）、suāinn（檨）、huâinn（橫）
	後鼻母音	an	ㄢ	an	an	an（安）、sán（產）、pān（辦）、bān（慢）
		on	ㄣ	on	on	
		aŋ	ㄤ	ang	ang	âng（紅）、sang（鬆）、tshang（蔥）
		oŋ	ㄥ	ng	ng	ǹg（向）、kǹg（鋼）、勸（khǹg）

名稱	國際音標	注音符號	教羅拼音	臺羅拼音	臺羅拼音 （詞例）
年代	1888	1918	1913	2006	
後鼻母音	in	ㄧㄣ	in	in	in（因）、sin（新）、kín（緊）、hîn（眩）
	un	ㄨㄣ	un	un	恩（un）、sūn（順）、ún（穩）、hûn（痕）
	uan	ㄨㄢ	oan	uan	uan（彎）、旋（suan）、kuân（懸）
	ien	ㄧㄢ	ian	ian	ian（煙）、tiān（電）、hian（掀）
	iŋ	ㄧㄥ	eng	ing	ing（英）、ting（燈）、sing（升）
	oŋ	ㄛㄥ	ong	ong	ong（汪）、kóng（講）、tóng（黨）
	iaŋ	ㄧㄤ	iang	iang	iang（央）、hiang（香）、siang（雙）
	ioŋ	ㄧㄛㄥ	iong	iong	ióng（勇）、siōng（上）、kiông（強）
	am	ㄚㄇ	am	am	àm（暗）、kam（甘）、hām（陷）
	im	ㄧㄇ	im	im	tīm（燖）、kìm（禁）、khîm（琴）
	om	ㄛㄇ	om	om	om（掩）、som（參）
	iam	ㄧㄚㄇ	iam	iam	siám（閃）、kiám（減）、tsiàm（佔）
母音　入聲韻	ap		ap	ap	雜「插」(tshap)、禮「盒」(àp)
	ip		ip	ip	月「給」(kip)、風「溼」(sip)
	iap		iap	iap	接「接」(tsiap)、海「峽」(kiap)
	it		it	it	祕「密」(bi̍t)、橫「直」(ti̍t)
	at		at	at	三「八」(pat)、拍「結」(kat)
	ut		ut	ut	金「滑」(ku̍t)、委「屈」(khut)
	iat		iat	iat	敏「捷」(tsia̍t)、離「別」(piat)
	uat		oat	uat	正「幹」(uat)、解「決」(kuat)
	ak		ak	ak	牛「角」(kak)、轉「學」(ha̍k)
	ik		ek	ik	烏「色」(sik)、蠟「燭」(tsik)
	ok		ok	ok	外「國」(kok)、幸「福」(hok)
	iak		iak	iak	摔(siak)倒、爆(piak)空、擢(tiak)算盤
	iok		iok	iok	戲「劇」(kio̍k)、粗「俗」(sio̍k)
	ah		ah	ah	袂「合」(ha̍h)、爁「燗」(nah)
	ih		ih	ih	拍「鐵」(thih)、杳「滴」(tih)
	uh		uh	uh	開始「眐」(tuh)、歹「欶」(suh)
	eh		eh	eh	番「麥」(be̍h)、背「冊」(tsheh)
	oh		oh	oh	牛「索」(soh)、厚「薄」(pó̍h)
	iah		iah	iah	扭「掠」(lia̍h)、木「屐」(kia̍h)
	ioh		ioh	ioh	鮮「沢」(tshioh)、可「惜」(sioh)
	ueh		oeh	ueh	喂(ueh)、狹(e̍h/ue̍h)機機
	uah		oah	uah	生活(ua̍h)、活(ua̍h)力

壹

理論篇

初三播街口，月四日目。
十五月圓是應該
生婿生裸不常在
姻緣郎到結和諧

演講真重要

一、重要性

演講有啥物重要性？你去問政治人物就知影。一个袂曉演講 ê 政治人物，一定會欠缺個人 ê 影響力，無法度用喙說服選民，抑是為家己 ê 政策辯護，落尾就會影響家己 ê 政治前途。

演講有啥物重要性？你去問企業 ê 領導人、董事長、總經理、執行長上蓋知。一个袂曉演講（講話）ê 企業領導人、董事長、總經理、執行長，一定欠缺佮員工溝通 ê 能力，嘛無法度共經營 ê 理想講清楚，紲落去就會影響規个公司 ê 業績佮發展。

演講有啥物重要性？你去問媒體記者、主持人就知影。一个袂曉演講（講話）ê 媒體記者、主持人，一定無法度佇攝影機 ê 頭前，共話講清楚，閣講予周全佮婿氣，所以就無人欲倩伊，準講倩伊，落尾手嘛會予頭家辭頭路，影響家己 ê 前途。

演講有啥物重要性？你去問教授、老師、專家學者上了解。一个袂曉演講（講話）ê 教授、老師、專家學者，一定無法度共智識講清楚、講予學生理解，伊就無法度做一个好教授、好老師、好 ê 專家學者，得著學生 ê 肯定。

演講有啥物重要性？你去問拄出業、揣頭路 ê 青年人上清楚。一个袂曉演講（講話）ê 拄出業咧揣頭路 ê 青年人，面(biān)試 ê 成績一定無通好，揣頭路 ê 成功率嘛一定會較低。

所以，這是一个「講」並「寫」較要緊 ê 時代，這个時代，較無人愛看你寫啥物矣，顛倒愛聽你講啥物較規氣。所以，咱愛改變過去予學生干焦眞勢寫考試單仔 ê 教育，愛重視講話、表達佮溝通 ê 能力才著！

林肯 (1863 年佇蓋茨堡演講)。　　　　　　金恩牧師 (1963 年佇林肯紀念堂頭前演講)。

二、改變歷史 ê 偉大演講

　　一場演講，創造歷史、改變運命，這佇自古到今國內外攏有真濟例。以美國來講，『林肯』[Abraham Lincoln，1809-1865] 總統 ê『蓋茨堡宣言』、佮金恩牧師「我有一个夢」ê 偉大演講，就是上好 ê 例。

　　1860 年，共和黨出身 ê『林肯』當選美國第 16 任 ê 總統，因為伊主張解放「烏奴」，反對「奴隸制度」，共南方各州 ê 奴隸主，向望會當擴大奴隸制度 ê 想法，完全拍碎去，所以就佇『林肯』就職進前，宣布脫離中央，甚至成立新國家。為著欲維護國家 ê 完整，『林肯』只好出兵平亂，就按呢內戰爆發，這就是美國歷史上上蓋慘烈 ê「南北戰爭」。

　　「南北戰爭」期間，雙方 ê 人馬死傷無數、血流成河，尤其是 1863 年 7 月初 3，佇賓州『蓋茨堡』，中央軍佮南方軍激烈相殺，傷亡 2 萬外人。當年 11 月，為著紀念這擺 ê 戰役 (ik)，就佇戰役現場起一座國家公墓。佇完工典禮 ê 時，『林肯』總統佇遐致辭。演講稿雖然干焦短短 272 字 (翻做中文

504 字），無到 3 分鐘 ê 演講，伊提出「民有、民治、民享」這六字真有遠見 ê 看法，這就是流傳千古 ê〈蓋茨堡演說〉，演說 ê 理念佮精神，徹底改造美國，到今猶是美國人立國 ê 精神。

另外一場影響美國誠深 ê 演講，就是 1963 年金恩牧師 [Martin Luther King, Jr.，1929-1968]〈我有一个夢〉[I Have a Dream] ê 演講。

對 1861 年『林肯』就任美國第 16 任 ê 總統，宣布解放烏奴算起，一百年來，烏人佇美國社會全款遭受白人 ê 歧視，「種族隔離」ê 政策全款無取消，烏人猶原無充分 ê 人權，佇咧政治佮經濟地位上，猶原無得著保障。就因為按呢，美國烏、白 ê 衝突不時發生，金恩牧師才著徛出來喝聲，四界演講，結合有志，用示威遊行、非武力 ê 行動，來從事烏人 ê「人權運動」。

1963 年 8 月 28，金恩牧師發起「向華盛頓進軍」ê 大遊行，率 (sut) 領 20 萬人行到華盛頓 ê『林肯』紀念堂，佇紀念堂頭前 ê 坎仔頂做演講，演講 ê 主題就是〈我有一个夢〉[I Have a Dream]。向望有一工，烏人佮白人會當平等徛起，若兄弟姊妹互相關懷佮疼惜。這場 ê 演講，毋但予人感動，嘛改變烏人 ê 運命。致使 1964 年美國 ê 國會通過「民權法案」，正式取消種族隔離 ê 政策，保障少數民族 ê 人權。而且 45 年後，2009 年，『歐巴馬』就當選美國第一位烏人總統矣！

三、雷根 (Reagan) 是天生 ê 演講家

『隆納‧威爾遜‧雷根』[Ronald Wilson Reagan，1911-2004] 是美國第 40 任 ê 總統，對 1981 年做到 1989 年，是美國偉大 ê 總統之一。伊 ê 演講真有說服力，予媒體稱呼做「偉大 ê 溝通者」。

伊是演員出身，講話真五仁，常在共聽眾弄甲笑哈哈。佇 1980 年伊咧佮『吉米‧卡特』["Jimmy" Carter, Jr.] 競選 ê 時陣，就用「經濟」做競選主題，提出「癮頭！問題佇經濟啦」ê 口號。毋過，伊毋是講高深 ê 經濟理論去說服選民，顛倒是用大眾化 ê 語言做簡單 ê 譬論。

伊講：啥物是「經濟衰退」？所謂 ê「經濟衰退」，是你聽著你 ê 厝邊失業矣，就是「經濟衰退」矣！啊啥物是「經濟驚惶」咧？就是連你嘛予頭

家辭頭路，鼻仔摸咧轉去食家己矣！啊啥物是「經濟復甦 (soo)」咧？彼就是予『卡特』總統失業，按呢，咱 ê 經濟就復甦矣！簡單 ê 譬論，予人笑甲強欲跋跋倒，一下聽就了解。

　　閣較五仁 ê 是，1981 年 3 月 30，『雷根』就職才兩個 (kò) 外月，就拄著銃手共刺殺，伊 ê 肺去予銃子拍迵過，血流袂止，毋過意識猶閣真清楚。佇送去病院 ê 半路，伊對伊 ê 牽手『南茜』那笑那講：「親愛 ê，拄才我看著銃子拍過來，我袂記得閃開矣！」

　　手術進前，『雷根』[Reagan] 閣咧詼諧，伊假做真嚴肅共醫生講：「請恁共我講，恁攏是共和黨員。」主治醫師是民主黨員，伊嘛激五仁講：「報告總統先生，請放心，今仔日阮攏是共和黨員。」這段對話，充分展示出民主人格 ê 輕鬆佮自在，嘛顯示『雷根』佮醫生攏真幽默 [humour]，會曉激五仁。

　　咱攏知影，『雷根』欲 70 歲才競選總統，對手佮媒體攏定定用年歲來共供體抑是剾洗，毋過攏予伊用激五仁 ê 方式排解掉。伊真愛對人講耍笑，嘛不時自我消遣。伊講：「佇選舉中，我袂共年齡政治化，嘛絕對袂為著政治目的，亂使講我 ê 對手傷幼齒、無夠老練！」一句話就予遐 ê 批評伊傷老 ê 人，全部恬去。有一擺佇晚會當中，伊當『吉米‧卡特』ê 面頭前，自我消遣講：「昨暝，『吉米』敲電話予我講，是按怎我便若看著你騎馬 ê 相片，攏感覺你愈來愈少年咧？我共應講，這誠簡單啊，彼是因為我騎 ê 馬仔，比我較老啦！」

　　由此可見，『雷根』會當選牢總統，真大 ê 原因是伊勢講話佮勢演講，這種能力予伊共弱點消除，嘛予對手無話通攻擊，莫怪予人講是「偉大 ê 溝通者」。

四、結語

　　所以，這是一個講並寫閣較重要 ê 年代，嘛是一個重視溝通 ê 年代。毋管你擔任啥物角色，你攏愛學會曉講話佮溝通。話若講了婿氣、具體、清楚，任務就較有完滿、成功 ê 機會。所以，這個時代，啥人敢講演講無重要咧？

啥物是演講？

啥物是演講？欲學演講ê人攏愛先有概念，一般的，咱會當對四個層次來了解。

一、對字面來看：

所謂「演講」，這兩字共拆開，就是有「演」嘛有「講」，愛那「演」閣那「講」。用啥物演？用你ê表情、目睭、手勢、身軀來演，用聲音ê懸低緊慢來演，同時嘛演繹(ik)思想佮智識予聽眾了解。

二、對形式來看：

佇公開場合，事先準備題材，抑是即席發揮，面對群眾，用群眾語言佮群眾做溝通，說服民眾，這就是演講。

三、對內涵來看：

演講是為著欲宣揚理念、傳道解惑、鼓舞士氣，抑是說明政策、介紹產品，所以是一種有訴求、有目的ê行動。

四、綜合來看：

啥物是演講？綜合來看就是：面對群眾，用大眾化ê語言，佮適當ê表

情、手勢、聲調，去宣揚理念、傳道解惑、說明道裡、鼓舞士氣，抑是報告政策、講出心聲，引起聽眾ê感動佮認同，這就是演講。

毋過，嘛愛提醒演講者：演講毋是講美麗言詞ê比賽，嘛毋是喝口號ê比賽，伊愛有智識ê基礎佮合理ê論述，以及真實ê感情佮自然ê身軀語言，才會當影響聽眾，達成演講ê訴求。

演講者 ê 基本修為

演講者愛有啥物基本修為？這會當對「即席演講」佮「背稿演講」兩種無全方式來講。

「即席演講」者上重要 ê 基本修為是：智識、學問佮人生 ê 經驗。親像電火欲光，電池 ê 電力一定愛飽滇。智識、學問佮人生 ê 經驗，就是演講者 ê 電力。所以平常時仔愛加讀寡冊，腹肚內愛先有膏，嘛愛關心社會議題，收集較濟無全角度 ê 資料，上台才講有路來。假使演講者腹肚內若無膏，就絕對講袂媠氣，佇台頂講無三句話就愣(gāng)佇遐矣。

閣再來，「即席演講」者嘛愛有組織 ê 能力，親像咧寫作文，愛共材料做上好 ê 安排，佇結構面頂，按怎破題，按怎進行，佮按怎收尾，這攏需要經過一擺閣一擺 ê 訓練。

上落尾是表達能力—口才 ê 訓練，牽涉著講話修辭技術 ê 認捌，肢體語言、表情、眼神和手勢 ê 運用，這咱會佇後壁 ê 單元才詳細來說明。

啊若學生組 ê「背稿演講」，因為演講稿有老師、家長鬥寫，所以就較無「腹肚內愛有膏」「愛加讀寡冊」遮 ê 嚴格 ê 要求。伊較重視 ê 是：演講稿 ê 內容、上台 ê 儀態、演講聲韻 ê 正確、聲情 ê 表現佮時間 ê 掌握。

所以，無論是「即席演講」抑是「背稿演講」，佇演講過程中，對準備到上台，演講者有啥物基本修為，才會當得著較好的成績佮效果咧？下面咱對儀態、內容、語音、結構、聲情佮時間來做簡單 ê 說明：

一、儀態：

儀態就是演講者 ê 台風。台風是一種綜合 ê 表現，包括穿插、眼神、表

情、笑意、手勢、聲情佮身軀語言。演講者予聽眾 ê 第一印象，就是穿插佮表情。伊 ê 穿插當然愛四配，符合身份，袂當傷清彩，這是對家己 ê 尊重，嘛是對聽眾 ê 禮貌。

閣再來，上台進前愛學會曉先沓沓仔喘氣，予心情平靜；上台 ê 時態度愛自然大範、面帶笑容，表情佮身軀攏愛充滿自信。演講 ê 時，手袂當搝躘尻川後，眼神愛會曉講話，專心咧看聽眾，表情豐富、手勢愛親切自然，「身軀語言」嘛愛充分展現出來。

二、內容：

內容是演講 ê 靈魂，嘛是感動 ê 來源。所以主題愛明確，題材愛合題，內容愛豐富，表達方式愛活潑、趣味。有闊度、嘛愛有深度；有啓發性，嘛愛有趣味性。上好會當講別人無法度講 ê，講別人想袂到 ê，親像八仙過海，出奇制勝，才會當予評判有較深刻 ê 印象。

三、結構：

演講 ê 時，準講有豐富 ê 內容，嘛愛有完整 ê 結構，才有才調共欲講 ê 內容講甲條理分明。一般的，臺語演講稿 4-5 分鐘、抑是 5-6 分鐘 ê 架 (kà) 構，會當分做起、承、轉、合等四部份。啊大人組 ê 結構，猶原全款，有起、承、轉、合 ê 結構。

(一)【起】引論：問好、報題佮破題：建議時間一分鐘 160 个字
　　　（像鳳首：一擔頭就婿噹噹。）

(二)【承】本論：建議時間一分半鐘 240 字
　　　（像豬肚：腹肚大大，內容豐富、閣有啓發性。）

(三)【轉】本論：建議時間一分半鐘 240 字
　　　（像豬肚：腹肚圓圓，講法具體、閣有趣味性。）

(四)【合】結論：結語佮感謝：建議時間一分鐘 160 字以內
　　　（像豹尾：短閣有力、收煞眞婿氣。）

四、語音：

　　語音愛正確，愛講正港 ê 臺語語詞、文句；聲調要有懸低佮緊慢，閣愛注意華語無、臺語特有 ê「舌根音 g」、「合口鼻音韻母 m」佮「合口入聲韻母 p」收尾 ê 發音，閣有讀音 (文言音)、語音 (白話音) 佇口語中 ê 差別唸法，以及臺語語詞佮文句愛變調 ê 問題。

五、聲情：

　　演講 ê 聲音，毋但愛有懸低緊慢、大細聲，閣較需要感情 ê 溶入。聲音愛有音樂性、節奏感，聲情愛綴內容變化。因爲聲音 ê 懸低長短、喜怒哀樂，會直接震撼 (tsìn-hám) 人心，引起共鳴。毋過，嘛袂當表演過度，愛以自然爲原則。

六、時間：

　　時間愛掌控予好勢，若是不足抑是超過，攏會予評判扣分。一般背稿 ê 演講稿會當用字數控制時間：國小、國中生一分鐘大約 170 字，五分鐘大約 850 字左右 (包括標點)，甚至一分鐘 160 字，五分鐘大約 800 字就會使。高中生時間六分鐘，大約 1,020 字，抑是 960 字左右就會使矣。另外，「教育大學佮大學教育學院學生組」嘛是五到六分鐘，字數佮高生組全款，會當用 1,020 字抑是 960 字做標準，毋過個比賽 ê 題數較濟，毋但三題爾，有五個題目愛事先做準備。

　　上落尾是「社會組」佮「教師組」ê 比賽，無事先公布題目，演講前 30 分前才抽題，時間分別是「社會組」五到六分鐘，「教師組」七到八分鐘。因爲是當場抽題，所以就較無寫演講稿、用字數控制時間 ê 問題，較要緊 ê 是演講欲按怎進行、啥物時陣做結論 ê 問題。有經驗 ê 指導老師攏會提醒演講者，第一聲鐘仔聲若響，表示時間干焦賰一分鐘，就愛開始收尾做結論，才袂超過時間。下面就是逐組 ê 時間佮字數 ê 參考表。

時間佮字數

小型演說：1 分鐘大約 160 字（音節）-170 字（音節）
國 小 組：160-170 字 ×5 分 = 800-850 字
國 中 生：160-170 字 ×5 分 = 800-850 字
高 中 生：160-170 字 ×6 分 = 960-1,020 字
師 院 生：160-170 字 ×6 分 = 960-1,020 字
社 會 組：160-170 字 ×6 分 = 960-1,020 字
教 師 組：160-170 字 ×8 分 = 1,280-1,360 字

第四課

演講 ê 通則

若準你欲參加「即席演講」比賽，你欲按怎準備佮發表你 ê 演講咧？
『拿破崙』講：「戰爭是一門科學，每一場戰爭 ê 勝利，攏是經過用心設計佮思考 ê。」「演講」就若戰爭全款，嘛愛事先共訴求、目標思考予詳細，共內容、舉例攢予好勢，閣共結構設計予完整，按呢，才有才調上台做精彩 ê 演出，用精彩 ê 演講去影響聽眾，完成「演講」ê 任務。

所以，「演講」嘛親像是一逝長途 ê 旅行，事先一定愛有詳細 ê 計畫。一个人若做代誌攏散散、無目標，就註定會兩手空空，失敗來收尾。

按呢，咱欲按怎準備佮發表你 ê 演講咧？對**即席演講者**來講，對抽題目到上台演講，只有短短 30 分鐘，這 30 分鐘內到底愛按怎做準備咧？下面這幾條準則，對你準備上台演講，有真大 ê 幫贊：

第一，掠主題，主題愛先掠予準。

主題掠予好，演講才有好結果。因為主題是演講者欲表達 ê 靈魂，嘛是論述的「中心論點」。所以，事先題目愛看予 (hōo) 清，認予明，先掌握 (ak) 主題，才會當進一步思考論點、講法，安排結構佮層次。就敢若你欲去旅行進前，愛先選擇目標全款。

比論講，「母語欲好傳承，上重要敢是佇家庭？」這個題目，咱掠 ê 主題是：過去佮這馬上重要攏是佇家庭，毋過，這馬袂當全靠家庭矣，因為無彼種環境矣。

閣比論講，「我對年金改革 ê 看法」這个題目，咱掠 ê 主題是：為著公平正義佮國家財政 ê 永續經營，我贊成年金改革；毋過，對遐 ê 被改革者 ê

抗爭，咱著愛理解佮寬容。

第二，寫簡單 ê 大綱、重點語詞、文句就好，莫寫稿。

寫簡單 ê 大綱，共層 (tsân) 次、順序 (sī) 擬 (gí) 出來；共你想欲講，閣趣味 ê 代誌，伊 ê 重點詞簡要寫落來就好。

是按怎莫寫演講稿？對即席演講比賽 ê 演講者來講，一來，短短 30 分鐘，你無時間寫；二來，若準你寫演講稿，你就會受著演講稿文字 ê 束縛，就會用書面 ê 文字來演講，毋是用平常時自然講話 ê 語句做演講；而且當當你徛起來講話 ê 時陣，可能頭殼內攏咧想辦法記演講稿 ê 文句，按呢就會妨礙你做自然 ê 演講，顛倒無法度講甲真紲拍。

第三，記重點佮大綱層次就好，莫一字一字、一句一句去背演講稿。

一來，比賽 ê 準備時間干焦三十分，你無時間寫稿佮背稿；二來，若準你事先共演講 ê 內容硬背落來，一般 ê 情形是，你上台了後一下緊張，你一字一字、一句一句所背 ê 內容，大部份攏會袂記得，彼陣你 ê 眼神看起來會真驚惶、無自信，你 ê 聲音聽起來嘛會柴柴、無自然，予人聽起來就毋是一个足想欲共逐家講代誌、分享經驗 ê 人。所以，記重點佮大綱 ê 層次就好，極加是背一寡欲講 ê 重點詞、俗語，佮真媠、真有意義 ê 名言佳句就好。

第四，演講免高深，聽捌上重要。

有寡初學演講 ê 人，為著欲展家己 ê 智識佮學問，攏叫是講演講愛講真高深 ê 智識佮理念，閣講足濟內容，才是成功 ê 演講。其實，這是一種迷失。因為演講 ê 目的是欲佮聽眾溝通、推捒理念，所以內容毋免高深，予聽眾聽捌上重要，這是任何演講者愛緊記在心 ê 原則──盡量共聽眾當做啥物攏毋知。若準你講 ê 內容別人聽攏無，演講溝通就無效果，就無彩咱咧講。

所以，演講無撇步，愛講家己親身 ê 經驗佮感受；講生活中 ê 人、事、物；講家己上了解 ê 物件；嘛講感動人 ê 故事 —— 也就是講別人毋捌聽過 ê 代誌，講咱獨一無二 ê 人生經驗。

第五，論點毋免濟，具體上重要。

「論點」是演講者 ê 想法佮主張，嘛是啓發別人、說服別人 ê 武器。任何演講攏全款，演講者一定愛有家己 ê 論點佮主張，而且論點佮主張是根據主題來定 ê。毋過，提出論點 ê 時，愛注意幾个原則：

頭起先，任何論點攏愛健康，而且合情合理，袂使得超越一般 ê 常識佮道德。譬論講袂當鼓吹刣人，袂當主張欺負無反抗能力 ê 人等等。

紲落來，論點愛明確，閣有家己 ê 主見。毋管你是徛佇啥物立場，贊成抑是反對，你 ê 論點一定愛眞明確，因爲論點若無明確，就無法度說服別人；若無家己 ê 主見，就無法度吸引人聽。

上落尾，論點一定愛具體，才有才調佇聽眾 ê 心目中產生深刻 ê 印象。啊演講若欲具體，無啥撇步，愛學會曉一件閣一件 ê 舉例，不斷用舉例證明論點，因爲有舉例才有畫面。毋管事例抑是言例，對淺到深，深入淺出，舉例說明，是上好 ê 方法。

第六，講話愛有條理——條條有理，起承轉合，重點攏誠清楚。

咱講「急人無智，急話無珠。」初學演講 ê 人，定定因爲心傷急，想欲講 ê 物件傷濟，致使講話傷急，規个條理攏亂去。所以，講話毋免急，講清楚上要緊；甘願沓沓仔講，毋通大心肝，一睏仔想欲講眞濟。

第七，演講內容愛盡量用一寡描 (biâu/biô) 述佮事例。

演講愛舉一寡事例才會哩人聽，也就是愛學會曉講古。咱人攏愛聽故事，對三歲到九十歲攏愛聽。所以想欲予演講變甲眞好聽，上簡單 ê 方法就

是用足濟 ê 例，抑是講足濟故事。而且上好 ê 是，你所分享 ê 經驗佮故事，是你獨一無二 ê，干焦你才有才調講 ê 故事。

所以，演講毋但咧講別人 ê 代誌，抑是普遍 ê 智識佮眞理，閣愛講一寡家己親身 ê 體會，才會親切、好聽。比論講，你若是老師，佇演講 ê 時就愛換轉來教育現場，講你是按怎佮學生互動，按怎教育學生 ê，按呢才會蹛人聽。

第八，想辦法講一寡心適 ê 代誌佮笑詼。

講話愛會曉描述——加油添醋，毋過，千萬毋通膨風，這是一個原則。有人講，演講 ê 時，三分鐘就愛有一個笑話，聽眾才袂睏去。這是一個理想，咱毋免做甲到，毋過「想辦法講一寡心適 ê 代誌佮笑詼」，予演講較輕鬆活潑一下，絕對是演講者愛學 ê。

第九，揣機會佮朋友開講、講話，練習你 ê 演講。

這種練習演講 ê 方法，當然比佇鏡 ê 頭前做手勢加好誠濟。因爲聽眾就佇你 ê 面頭前，閣是好朋友，你會使得盡力試講，看反應按怎才沓沓仔做修正。

第十，對題材了解 ê 程度，愛比你欲講 ê 加足濟。

演講者一定愛有充分準備，設法予你家己成做你欲講 ê 題材 ê 權威者，盡力發展彼種逐項攏知 ê 能力。簡單講，對你講 ê 主題，你愛有「任考不倒」ê 把握，才會當充滿自信，大範來上台。

第十一，專心一致佇演講 ê 內容佮看聽眾，其他攏免掛心。

演講欲成功，當然愛毋驚脫箠，愛靠不斷 ê 演練來克服驚惶。發表演

講 ê 真理是，當你面對聽眾 ê 時陣，你應該完全袂記得你 ê 聲音、喘氣、姿勢、語氣佮手勢，除了你拄佇咧講 ê 話以外，其他攏免掛心，攏愛共放袂記得。假使你規心咧注意你 ê 聽眾和演講 ê 內容，你佇姿態方面就無可能會出差錯，就會完全以自然 ê 架勢做演講。

第十二，愛使用「大眾化 ê 語言」做演講。

啥物是「大眾化 ê 語言」？我認為上少有三个標準。第一，佇這搭 (tsit-tah)，上濟人講 ê 語言；第二，一般大眾所使用 ê 生活語言；第三，佇目前 ê 時間點，這種語言佇語詞、語法頂面，上傳統閣上普遍 ê 講法。

是按怎愛用「大眾化 ê 語言」做演講？因為，只有使用「大眾化 ê 語言」演講，咱才有法度吸引聽眾 ê 注意，予聽眾聽了真親切，達著溝通佮宣揚 ê 效果。

第十三，愛注重佮聽眾 ê 互動，想辦法做雙向抑是多向 ê 互動。

一个成功 ê 演講，演講者一定愛佮聽眾有充分 ê 互動關係，若無，演講 ê 訴求佮效果，就會降低。因為演講是有目的 ê 行為，毋管是欲宣揚理念、說服別人，抑是紹介產品、鼓舞士氣，攏愛得著聽眾 ê 認同佮共鳴，所以，聽眾 ê 反應就是真要緊 ê 關鍵，佇演講中，演講者袂當干焦講家己 ê，愛隨時看聽眾 ê 表情做反應，才會當做上好 ê 溝通。當然嘛會當針對主題、想辦法問聽眾問題，抑是佇某一坎站佮聽眾有部分 ê 對答，相信一定會當予演講 ê 效果加倍。

第十四，莫模 (bôo) 仿別人；做你家己。

演講應該按怎講？啥物款 ê 演講方式較會予人接受？除了一寡原理原則，其實無應該有標準答案。毋過，有一个基本原則是：「你會當參考別人 ê 優點，毋過愛誠懇做你家己」。演講者一定愛內心誠懇，講話誠懇，才會

予人感動，絕對袂當虛情假意、欺騙聽眾，若虛情假意、欺騙聽眾，早慢會予人看破跤手。所以提高學識內涵，深入問題 ê 核心，揣出根本 ê 原因，佇一擺閣一擺 ê 訓練當中，改變你 ê 心理和情緒 ê 態度，揣出屬於家己 ê 風格，莫干焦會曉模仿別人，愛做你家己，才是正範。

第十五，演講 ê 禁忌 (khī/kī)。

演講有幾个禁忌，任何人犯著，攏會失敗收尾，咱一定愛謹慎，的確袂當予任何狀況發生。

第一是，攏無準備，臨場驚惶、緊張，予聽眾一下看就「缺喙 ê 食米粉 ── 看現現」，這是上穤 ê 情形，對初學者來講，嘛是上台演講上大 ê 傷害。

第二是，自卑感帶重、眼神無力、姿勢勼勼，驚場、一直道歉、共聽眾會失禮。這種情形是對家己 ê 信心無夠，經驗閣不足，所以著愛對家己 ê 心理建設 (siat) 開始，對充實見識佮自我認同落手，不斷學習，才會當漸漸改善。

第三是，腔口傷重，話母 (口頭語) 傷濟，予人聽袂清楚，嘛聽袂綴拍。這種情形，無一定有歲 ê 演講者才有，少年人嘛袂少。這種演講者上需要是正音以及共話母改掉。

第四是，講傷緊，聲韻袂清，粗魯話講袂煞。這是真穤 ê 習慣，一定愛改。像這種演講者上需要 ê 是愛學講較慢咧，會當對朗讀文章來做語速 ê 調整。

第五是，演講無重點，訴求無夠明確，哩哩囉囉，論點跳來跳去，袂輸麵線糊咧，毋但予人揣無頭尾，嘛毋知演講 ê 訴求是啥貨。有這種缺點 ê 演講者真濟，特別是初學者。上需要 ê 是，學習共每一段 ê 重點攏講予具體佮清楚，一遍閣一遍 ê 練習。

第六是，演講欠結構。毋但無重點，哩哩囉囉，閣無起、承、轉、合 ê 結構；語氣嘛欠缺停頓、轉折 ê 時間佮空間，規个過程，無成咧正經演講，較成咧烏白開講。

第七是，講到半中央，袂記得稿，愣愣 (gang-gāng) 徛佇遐，規場演講就烏有去矣！這種場面上捷發生佇學生組 ê 比賽，定定予人看甲誠毋甘。

　　第八是，內容譀譀 (hàm-hàm)，論述平凡，無特別 ê 看法。這款演講內容袂輸咧哺甘蔗粕，哺較久都無汁。欲改善，無撇步，加讀寡冊、加思考、加觀摩別人 ê 演講，閣愛做上好 ê 準備。

第五課
演講 ê 準備

　　任何代誌攏愛有準備，演講者佇演講進前，當然嘛愛有充分 ê 準備。人講，好天著存雨來糧，演講進前，凡事充分了解，充分準備，就必然會成功。我共這種準備分做幾項：一、對外在環境 ê 了解；二、對演講資料 ê 準備；三、對個人穿插儀態 ê 準備；四、比賽進前 ê 準備。

一、對外在環境 ê 了解

(一) 地緣關係 ê 了解

　　譬論講，你欲去高雄愛河附近演講，你著對鹽埕佮愛河 ê 歷史愛先有了解，對打狗山（壽山）ê 地理人文嘛愛有底蒂，按呢佇咧演講 ê 過程中，才會當隨時牽親引戚、烏龍踅桌一下，眞自然進入主題。有 ê 演講者，甚至會提早幾點鐘到演講場，先去附近 ê 菜市仔、老街踅踅咧，佮人開講，培養演講 ê 心情，嘛是袂穩 ê 方式。

(二) 時代背景 ê 了解

　　譬論講，你想欲共少年家講 1950 年代白色恐怖 ê 案件佮故事，欲講進前，你一定愛對彼个時代 ê 背景深入去了解，講 ê 內容才會鬥搭。另外，對少年聽眾生長 ê 時代背景，你嘛愛有所了解，所用 ê 詞彙是毋是屬於個 ê 世代，往往(íng-íng)嘛會影響一場演講 ê 成敗。

(三) 群眾素質 ê 了解

對群眾素質 ê 了解，袂輸是咧推銷產品 ê 時，對市場 ê 調查。因為你若無了解群眾 ê 素質，你就無法度決定你演講 ê 主題佮訴求，嘛無法度採取正確 ê 態度佮講話 ê 氣口，按呢就無法度佮群眾做上好 ê 互動與溝通，你演講 ê 效果會真穩，理念就推銷袂出去。

(四) 訴求目標 ê 了解

任何演講攏有訴求佮目標，你對訴求佮目標愈了解，就愈知影演講愛按怎準備，上台 ê 時嘛較知影把握方向，共訴求講清楚，較袂有離題 ê 狀況發生。

二、資料 ê 準備

(一) 無仝角度 ê 資料

演講者，事先愛針對主題，收集無仝角度 ê 資料，對問題做深入 ê 研究，才有法度掌握演講 ê 層次，做無仝角度 ê 論述，共主題做上好 ê 發揮。譬論講「我對民間信仰 ê 看法」這個題目，你會當收集民間信仰對臺灣人性命禮俗 ê 影響 (家己 ê 例上好)，對人生觀、價值觀 ê 控制佮主宰等等 ê 事例；嘛會當對民間信仰是啥物切入，共民間信仰佮一般宗教 ê 無仝提出來講；閣進一步分析 (sik) 伊 ê 優點佮缺點，有啥物貢獻佮阻礙，並且提出家己 ê 看法。

(二) 無仝內容 ê 資料

「無仝內容」ê 資料是收集對反 (tuì-huán) ê 理論抑是講法，「無仝角度」ê 資料是對某乜主題有相仝 ê 立場，毋過採取無仝角度 ê 論述。譬如

講,「核能發電敢是咱唯一 ê 選擇?」這个題目,你愛收集 ê 是對反 ê 理論抑是講法,共贊成佮反對核能發電 ê 資料攏攢好勢,你才有法度佇演講中,深入主題,提出家己 ê 主張,做理論 ê 分析佮說服。

(三) 言證、事證、物證 ê 整理

演講欲傳播理念、說服別人、予人感動,當然袂當空喙哺舌、干焦講大道理,演講內容愛有言證、事證佮物證 ê 論述佮舉例,聽眾印象才會深刻。

舉例來講,「臺灣觀光業欲如何是好?」這个題目,言證有:「信用毋顧,人客斷路。」臺灣觀光若欲好,上要緊 ê 是信用,買賣物件 ê 價數愛公開、不二價,袂當損盼仔,共人食倯(sông)。

事證佮物證有:

一、2009 年 4 月新聞報導講「一隻哇雞帶來億萬商機」,講 **「國際電子工程訊號處理學會」**,今年特別選擇來臺灣舉行年會,因為個欲專工排出行程,去大雪山、阿里山佮南部深山欣賞臺灣 ê 鳥仔 —— 主要是欲去欣賞大雪山 ê 哇雞(『藍腹鷴』)、烏雉雞(『帝雉』)佮深山竹雞等等,臺灣特有種 ê 鳥仔。個攏總有 50 幾國、2,000 外位專家,佇臺灣五工四暝 ê 開銷,估計總共會開一億外 ê 新臺幣,這是生態旅遊上好 ê 例。生態旅遊毋但提高臺灣 ê 知名度,閣較帶來「錢」景。

二、民俗宗教旅遊 ê 宣傳,親像鹽水 ê 蜂仔炮、大甲鎮瀾宮八工七暝媽祖轉外家 ê 宗教活動、平溪 ê 放天燈,攏有愈來愈濟 ê 外國觀光客真愛來參與。

三、原住民青年轉去部落發展「主題式 ê 文化體驗活動」,毋但有豐年祭,閣有美食 DIY、播田 DIY、割稻仔 DIY、掠魚 DIY 等等,全套 ê 文化體驗活動,嘛吸引真濟外國觀光客千里迢迢來參與。遮 ê 事例,攏是會當佇演講 ê 時使用,咱事先會當準備 ê。

三、個人穿插儀態 ê 準備

咱知影，一个人 ê 穿插儀態是予人 ê 第一印象，第一印象會影響聽眾對你 ê 信任度，嘛會影響裁判 ê 好感度，所以比賽 ê 時，雖然台風干焦佔十分，毋過穿插佮儀態猶原誠重要。人講，「神食扛，人食妝」，絕對有伊 ê 道理佇咧，袂當清彩。

（一）穿插原則

一般的，穿插愛符合家己 ê 年齡、身份佮地位，嘛愛注意場合。因為咱毋是宗教家、修行者，嘛毋是出名 ê 藝術家、環保運動者，會當有伊特別 ê 註冊商標，抑是自然隨意 ê 穿插佮造形。咱是普通人，佇上台演講 ê 時，攏愛注意以下 ê 「穿插原則」。

第一，除非有必要，抑是有特別作用，袂當奇裝異 (ī) 服。

第二，盡量莫帶 (tuà) 耳鉤、手環等，有 ê 無 ê 遮 ê 物件。毋過，原住民穿族服上台例外，因為有代表性 ê 意義佇咧。

第三，女性畫妝袂當畫傷厚，懸踏鞋莫穿傷懸，內衫莫穿傷絚 (ân)。

第四，穿舊鞋，較自在；若是新鞋，佇上台進前，著愛先穿幾遍仔。

第五，男性受結領帶，莫食傷飽、精神飽足，微笑上台。

（二）穿插自然典雅，美女照過來！

對女性演講者來講，穿插比男性閣較要緊，因為美女一下上台，儀態若媠噹噹，呔人 ê 目睭，眼神閣會不時放電，就先贏一半。所以，我有幾个建議：

第一、共目鏡想辦法盡量提掉，才袂因為反光，眼神無法度放電。

第二、美女打扮，衫 ê 色彩：紅色奢颺，紺 (khóng) 色溫柔，是一般 ê 色彩選擇。聰明 ê 女性演講者，欲選擇對家己有利 ê 色彩，當然著愛考慮

家己 ê 年齡、氣質、膚質等因素。上好先穿予親人朋友看，加聽一寡意見才決定。

第三、裝飾配件：超過 30 歲，建議 tuà 被鍊抑是絲仔巾，莫掛會幌來幌去 ê 耳鉤，穿全包 ê 鞋仔，毋通穿涼鞋。

（三）穿插大範飄撇，俊男行過來！

對男性演講者來講，穿插就較平常，穿西裝、結領帶，是一般正式 ê 穿法。對色水，我 ê 建議是：

第一、衫 ê 色彩：藍色抑是淺黃、淺粉紅仔色 ê siat-tsuh（『襯衫』），配烏色西裝褲、烏色 ê 襪仔、鞋仔。啊若天氣允准，會當莫穿西裝外套，看起來會較少年款，嘛較輕鬆。

第二、裝飾配件：結領帶，上好是紺 (khóng) 色，面頂小可仔有花草就好。

四、比賽前 ê 準備

比賽前愛有啥物準備？除了演講資料、演講稿 ê 準備，佇生活態度方面，我會共選手提醒幾項代誌：

第一、欲保養你 ê 嚨喉，盡量莫食冰、莫食薟 (hiam)、莫大聲講話佮喝咻；另外，加啉滾水，盡量避免感冒，這是上要緊 ê 代誌。

第二、保持平常心，前一暝愛冗早睏，睏予飽上要緊，這就是放鬆 ê 原理，任何代誌，愈放鬆就愈有可能發揮潛 (tsiâm) 能。

第三、選手若是下早時比賽，演講彼工 ê 早頓莫食傷飽，甚至空腹嘛無要緊。因為空腹，咱會血較袂集中佇胃，頭殼 ê 血路會較掣流，腦筋反應自然較緊，對演講者 ê 思考絕對有幫贊。

第四、比賽前，揣所在小可仔做發聲練習，共聲帶摸 (giú) 予開，上台演講 ê 時，聲音才會大 pak 閣響亮。

第六課

常在講毋著 ê 音佮調

20 幾年來，佇咧指導選手抑是咧做演講評判 ê 時陣，我常在會聽著一寡講毋著 ê 音，而且見擺聽著 ê 錯音攏差不多。其中有：定定出現 ê 錯音、文白音 ê 錯誤佮亂用、送氣佮無送氣 ê 誤用、合唇鼻音 ê 發音錯誤、入聲 ê 發音無完全、舌根濁音「g」ê 消失等等。這馬我共個拈做伙，通好予指導老師佮選手做參考。

一、講毋著 ê 音

(一) 定定出見 ê 錯音

01. **恢**：khue，例：恢復 khue-ho̍k，定定 hőng 誤讀做 hue-ho̍k。

    （註：恢，俗唸 hue，是毋著 ê 音。）

    其他：恢大 (khue-tuā)、天網恢恢 (tian-bóng khue-khue)。

02. **括**：kuat，例：包括 pau-kuat，定定 hőng 誤讀做 pau-kua。

    其他：概括承受 (khài-kuat-sîng-siū)。

03. **衛**：uē，例：保衛 pó-uē，定定 hőng 誤讀做 pó-uī。

    其他：防衛、守衛、警衛、自衛、後衛、捍衛 (hān/hán-uē)、衛星、衛生、衛生紙、衛生署、衛生所、衛生箸、徛衛兵。

04. **徵**：ting/tin/tsing(泉音)，例：徵求 ting/tin-kiû，定定 hőng 誤讀作 tsin-kiû。

    其他：徵文、徵選、徵收、象徵、稅捐稽徵處 (khe-ting-tshù)。

05. **甄**：tsin，例：甄試 tsin-tshì，定定 hőng 誤讀做 tsing-tshì。

具他：甄選 (tsin-suán)、甄小姐 (Tsin sió-tsiá)。

06. 容：iông，例：包容 pau-iông，定定 hőng 誤讀做 pau-jiông。

具他：面容、容允 (ún/ín)、容納 (la̍p)、容貌 (māu)、容易 (ī)、容積率 (iông-tsik-lu̍t)。

07. 融：iông，例：金融 kim-iông，定定 hőng 誤讀做 kim-jiông。

具他：融合、融資、融券 (kuàn)、金融時報。

08. 趨：tshu，例：趨勢 tshu-sè，定定 hőng 誤讀做 khu-sè。

具他：趨向、趨趨、趨雪 (seh)、趨 (跙) 壘、趨 (跙) 冰。

09. 產：sán，例：產生 sán-sing，定定 hőng 誤讀做 tshán-sing。

具他：產地、產物、產業、生產、產房、產婆。

10. 傳：thuân，例：傳統 thuân-thóng，定定 hőng 誤讀做 tshuân-thóng。

具他：傳播、傳承、傳奇、傳染、傳出、傳回、傳言。

11. 傳：thn̂g，例：傳種 thn̂g-tsíng(傳宗接代)，定定 hőng 誤讀做 thuân-tsíng。

具他：傳後嗣 (thn̂g-hiō-sū)、好種毋傳，歹種毋斷。

12. 傳：tuān，例：傳記 tuān-kì，定定 hőng 誤讀做 tshuân-kì。

具他：自傳、英雄傳。

13. 承：sîng，例：傳承 thuân-sîng，定定 hőng 誤讀做 thuân-thîng。

具他：繼承、承擔、承受、承接、承認。

14. 遺：uî，例：遺傳 uî-thuân，定定 hőng 誤讀做 î-tshuân。

具他：遺言、遺憾、遺產、遺體、遺蹟、遺囑 (uî-tsiok)。

15. 訊：sìn，例：資訊 tsu-sìn，定定 hőng 誤讀做 tsu-hùn、tsu-sùn。

具他：通訊、訊息 (sit)、資訊課、資訊組長。

16. 弊：pè，例：作弊 tsok-pè，定定 hőng 誤讀做 tsò-pì/tsò-piah。

具他：舞弊、弊案、弊端。

17. 象：siōng，例：對象 tuì-siōng，定定 hőng 誤讀做 tuì-siòng/tuì-hiòng。

具他：現象、氣象、形象、意象、景象、假象、亂象、象徵。

18. 況：hőng，例：狀況 tsōng-hőng，定定 hőng 誤讀做 tsōng-khóng。

具他：情況、概 (khài) 況、現況、路況。

19. 構：kòo，例：結構 kiat-kòo，定定 hőng 誤讀做 kiat-kàu。

具他：構造、構想、架構 (kà-kòo)。

20. **購**：kòo/kiò，例：採購 tshái-kòo/kiò，定定 hőng 誤讀做 tshái-kàu、tshái-káng。

    具他：購買、購物、購併 (kòo-pìng)。

21. **溝**：koo/kio，例：溝通 koo/kio-thong，定定 hőng 誤讀做 kau-thong、kiâu-thong。

    具他：溝談。

22. **召**：tiàu，例：召開 tiàu-khui，定定 hőng 誤讀做 tsiau-khui。

    具他：召問、召集、召單、號召、召喚、召集人。

23. **緩**：uān，例：暫緩 tsiām-uān，定定 hőng 誤讀做 tsiām-huân。

    具他：緩召 (uān-tiàu)、緩刑 (uān-hîng)、小緩一下。

24. **援**：uān，例：支援 tsi-uān，定定 hőng 誤讀做 tsi-uân。

    具他：救援、聲援、援助、援交。

25. **避**：pī，例：避免 pī-bián，定定 hőng 誤讀做 phiah-bián。

    具他：閃避、避難、避開。

26. **庇**：pì，例：庇護 pì-hōo，定定 hőng 誤讀做 phiah-hōo。

    具他：庇佑、保庇、政治庇護。

27. **彙**：luī，例：詞彙 sû-luī，定定 hőng 誤讀做 sû-huī。

    具他：《彙音寶鑑》(luī-im-pó-kàm)。

28. **蒙**：bông，例：啓蒙 khé-bông，定定 hőng 誤讀做 khé-bîng。

    具他：蒙古、蒙古症、蒙古高原。

29. **環**：khuân，例：手環 tshiú-khuân，定定 hőng 誤讀做 tshiú-huân。

    具他：圓環、花環、連環、循環、環保、環境。(毋過，環保、環境，嘛讀作 huân-pó、huân-kíng。)

30. **緒**：sū/sû。例：情緒 tsîng-sū/sû，定定 hőng 誤讀做 tsîng-sī。

    具他：光緒、心緒。

31. **序**：sū（文音），例：秩序 tiat-sū，定定 hőng 誤讀做 tiat-sû。

    具他：程序 (thîng/tîng-sū)、序幕 (sū-bōo)、次序 (tshù-sū)。

32. **殖**：sit，例：殖民 sit-bîn，定定 hőng 誤讀做 tit-bîn/tsit-bîn。

其他：殖民地、殖民者、殖民政府、養殖、養殖池。

33. 植：sit，例：植物 sit-bu̍t，定定 hőng 誤讀做 tit-bu̍t/tsi̍t-bu̍t。

　　其他：移植、植物人、植物園、天然植物。

34. 藉：tsiah/tsià，例：藉口 tsiah/tsià-kháu，定定 hőng 誤讀做 tsioh-kháu(借口)。

　　其他：藉口推辭、資藉一寡資金、藉著個兜有錢有勢、藉手害人、藉言破病、藉話講 ê，毋是眞 ê、藉用人 ê 氣力、藉名去用 (lu̍t) 人 ê 錢、藉端生事。

35. 域：hi̍k/i̍k，例：領域 líng-hi̍k/i̍k，定定 hőng 誤讀做 líng-gū。

　　其他：流域、區域、地域、海域。

36. 籍：tsi̍k，例：戶籍 hōo-tsi̍k，定定 hőng 誤讀做 hōo-tsi̍p。

　　其他：國籍、籍貫、菲律賓籍、外籍新娘、戶籍資料。

37. 寂：tsi̍k，例：寂寞 tsi̍k-bo̍k，定定 hőng 誤讀做 siok-bo̍k。

　　其他：寂靜、寂寂。

38. 析：sik，例：分析 hun-sik，定定 hőng 誤讀做 hun-thiah。

　　其他：解析、透析。

39. 碩：si̍k，例：碩士 si̍k-sū，定定 hőng 誤讀做 so̍ok-sū。

　　其他：碩大 (si̍k-tāi)、碩學之士。

40. 擇：ti̍k，例：選擇 suán-ti̍k，定定 hőng 誤讀做 suán-tsi̍k。

　　其他：選擇題、選擇權。

41. 澤：ti̍k，例：恩澤 un/in-ti̍k，定定 hőng 誤讀做 un-tsi̍k。

　　其他：澤蘭 (植物名)、澤漆 (植物名)、澤婆 (魚名)、毛澤東。

42. 斥：thik，例：排斥 pâi-thik，定定 hőng 誤讀做 pâi-thiah。

　　其他：斥責 (thik-tsik)、斥罵 (thik-mē/mā)。

43. 哲：tiat/thiat，例：哲學 tiat/thiat-ha̍k，定定 hőng 誤讀做 tik-ha̍k。

　　其他：哲理、哲學家、柯文哲、哲學小徑 (kìng)。

44. 澈 (徹)：thiat，例：澈底 thiat-té/tué，定定 hőng 誤讀做 tshiat-té。

　　其他：澈查 (tsa)、澈理、澈套 (『澈底、了澈大悟』)。

45. 撤：thiat，例：撤退 thiat-thuè/thè/thèr，定定 hőng 誤讀做 tshik-thuè。

（其他）：撤銷、撤換、撤離。

46. **折**：tsiat，例：折磨 tsiat-buâ，定定 hőng 誤讀做 tsik-buâ。

（其他）：夭折、拍折、轉折、折扣、折舊。

47. **設**：siat，例：建設 kiàn-siat，定定 hőng 誤讀做 kiàn-sik。

（其他）：設施、設法、設想、設備、設定、設計、設局、架設 (kà-siat)。

48. **集**：tsi̍p，例：收集 siu-tsi̍p，定定 hőng 誤讀做 siu-ki̍p。

（其他）：聚集、集中、集合、集團、集會、集權、集集線。

49. **緝**：tsi̍p，例：通緝 thong-tsi̍p，定定 hőng 誤讀做 thong-tsi̍t。

（其他）：緝捕、緝私、通緝犯。

50. **執**：tsip，例：執行 tsip-hîng，定定 hőng 誤讀做 tsit-hîng。

（其他）：執照、執法、執政、執政黨。

51. **突**：tu̍t，例：衝突 tshiong-tu̍t，定定 hőng 誤讀做 tshiong-to̍k/tshiong-tho̍k。

（其他）：突然、突發、突變、突破 (tu̍t-phuà)。

52. **各**：kok，例：各位 kok-uī，定定 hőng 誤讀做 kò-uī。

（其他）：各地、各種、各自、各國、各人 (kok-lâng)、各祕 (kok-pih)、各行各業、各人造業各人擔。

53. **各**：koh，例：各樣 koh-iūnn，定定 hőng 誤讀做 kok-iūnn。

（其他）：無各樣、仝爸各母 (kâng-pe-koh-bú/bó)。

54. **個**：kò，例：個人 kò-jîn/kò-lîn，定定 hőng 誤讀做 kok-jîn。

（其他）：個別、個案、個性、個展、個體。

55. **赦**：sià，例：赦免 sià-bián，定定 hőng 誤讀做 sik-bián/siā-bián。

（其他）：赦罪、饒赦、特赦、寬赦。

56. **嶼**：sū，例：島嶼 tó-sū，定定 hőng 誤讀做 tó-ú。

（其他）：蘭嶼、紅頭嶼、基隆嶼、花瓶 (pân) 嶼、彭佳嶼。

57. **荐**：tsiàn，例：推荐 tshui-tsiàn，定定 hőng 誤讀做 tshui-kiàn。

（其他）：荐任。

58. **踐**：tsiān，例：實踐 si̍t-tsiān，定定 hőng 誤讀做 si̍t-tsiàn。

（其他）：踐履 (tsiān-lí)。

59. **鍵**：kiān，例：關鍵 kuan-kiān，定定 hőng 誤讀做 kuan-kiàn。

　　　　其他：門鍵 (mn̂g-kiān)。

60. 遷：tshian，例：變遷 piàn-tshian，定定 hőng 誤讀做 piàn-khian。
　　　　其他：遷入、遷居、遷徙 (tshian-suá)。

61. 精：tsing，例：精神 tsing-sîn，定定 hőng 誤讀做 king-sîn。
　　　　其他：精差、精力、精品、精密、精光、精牲、精美、精華。

62. 航：hâng/hông，例：航空 hâng/hông-khong，定定 hőng 誤讀做 phâng-khong。
　　　　其他：航行、航班、航運、航站、航程、航線、航權。

63. 示：sī，例：宣示 suan-sī，定定 hőng 誤讀做 suan-sū/sè。
　　　　其他：表示、顯示、暗示、教示、請示、指示、示範、示威。

64. 輔：hú，例：輔仁大學 Hú-jîn Tāi-ha̍k，定定 hőng 誤讀做 Phóo-jîn Tāi-ha̍k。
　　　　其他：輔導 (tō)、輔導長、輔導處。

65. 導：tō，例：領導人 líng²⁻¹-tō⁷⁻³-jîn，定定 hőng 誤讀做 líng²⁻¹-tó²⁻¹-jîn。
　　　　其他：教導、引導、宣導、導師、導演、導覽、導遊、導航。

66. 蹈：tō，例：舞蹈 bú-tō，定定 hőng 誤讀做 bú-tó。
　　　　其他：舞蹈班、蹈險。

67. 悼：tō，例：哀悼 ai-tō，定定 hőng 誤讀做 ai-tiàu。
　　　　其他：敬悼、悼念。

68. 超：tshiau，例：超速 tshiau-sok，定定 hőng 誤讀做 tshau-sok。
　　　　其他：超越、超額、超過、超收、超人、超級、超度、超然、超凡。

69. 廢：huè，又唸作 huì，例：廢除 huè/huì-tû/tî，定定 hőng 誤讀作 fuè-tû/tî。
　　　　其他：荒廢、廢止、廢水、廢物、廢人 (jîn)。

70. 肯：khíng，例：肯定 khíng-tīng，定定 hőng 誤讀做 khún-tīng。
　　　　其他：肯做、肯行、毋肯、肯毋肯。

71. 墾：khún，例：開墾 khai-khún，定定 hőng 誤讀做 khai-khíng。
　　　　其他：墾丁、墾地、墾民。

72. 艦：lām，例：軍艦 kun-lām，定定 hőng 誤讀做 kun-kàm。
　　　　其他：艦隊、戰艦、驅逐艦、航空母艦 (hâng/hông-khong-bó-lām)。

73. **侵**：tshim，例：侵入 tshim-jip/lip，定定 hőng 誤讀做 khim-jip。
    其他：入侵、侵犯、侵害、侵略 (liȯk)、侵襲 (sip)、侵蝕 (sih/sit)。

74. **蝕**：sih，例：蝕本 sih-pún，定定 hőng 誤讀做 sit-pún。
    其他：張持無蝕本、蝕重 (sih-tāng) →『折秤，重量減少』、消蝕 (siau-
        sih) →『消退、消散』、水蝕落去矣→『水消退，水位降低了』、
        侵蝕 (tshim-sih/sit)。
    其他：蝕 sih，俗唸 sit，例，蝕月 (sit-guȧh/gȧh)、蝕日 (sit-jȧt/lȧt)。

75. **汙**：u，例：汙染 u-jiám/liám，定定 hőng 誤讀做 oo-jián/liám、ù-jiám/liám。
    其他：貪汙、貪官汙吏 (tham-kuann-u-lī)。

76. **衷**：thiong，例：苦衷 khóo-thiong，定定 hőng 誤讀做 khóo-tsiong。
    其他：初衷、衷心。

77. **償**：siông，例：補償 póo-siông，定定 hőng 誤讀做 póo-sióng。
    其他：償還 (siông-huân)、償命 (siông-miā)。

78. **殉**：sûn，例：殉職 sûn-tsit，定定 hőng 誤讀做 sùn-tsit。
    其他：殉道 (sûn-tō)、殉情 (sûn-tsîng)、殉國 (sûn-kok)。

79. **查**：tsa，例：偵查 tsing-tsa，定定 hőng 誤讀做 tsing-tshâ。
    其他：① tsa，審查、調查、備查、巡查、訪查、追查、稽 (khé) 查。
        ② tshâ/tsa，例：查扣、查出、查封、查明、查證、查詢。

80. **監**：kann，例：坐監 tsē-kann，定定 hőng 誤讀做 tsē-ka。
    其他：監牢 (kann-lô)、監獄 (kann-gȧk)、監囚 (kann-siû)。
    （註：《教典》：「監獄，又唸作 ka-gȧk、kàm-gȧk。」）

81. **監**：kàm，例：監控 kàm-khòng，定定 hőng 誤讀做 kàn-khòng。
    其他：監視、監察、監工、監督、監聽、監理、監理站。

82. **勘**：kham，例：勘驗 kham-giām，定定 hőng 誤讀做 khan-giām。
    其他：勘查 (kham-tsa)、勘測 (kham-tshik)、勘誤 (kham-gōo)。

83. **任**：jīm，例：責任 tsik-jīm/līm，定定 hőng 誤讀做 tsik-jīn/līn。
    其他：放任、任務、任意、任內、任命、任何、任考不倒。

84. **搜**：soo，例：搜救 soo-kiù，定定 hőng 誤讀做 so-kiù。
    其他：搜查 (soo-tsa)、搜檢 (soo-kiám)、搜家 (soo-ka)。

85. 措：tshòo，例：措施 tshòo-si，定定 hőng 誤讀做 tshò-si。

　　其他：措設、舉措。

86. 挫：tshò，例：挫折 tshò-tsiat，定定 hőng 誤讀做 tshòo-tsiat。

　　其他：挫敗 (tshò-pāi)。

87. 符：hû，例：符合 hû-ha̍p，定定 hőng 誤讀做 hù-ha̍p。

　　其他：符仔 (hû-á)、符咒 (hû-tsiù)、符號 (hû-hō)。

88. 懲：tîng，例：懲罰 tîng-hua̍t，定定 hőng 誤讀做 thîng-huat。

　　其他：懲惡 (tîng-ok)、懲戒 (tîng-kài)。

89. 呈：thîng，例：呈現 thîng-hiān，定定 hőng 誤讀做 tsîng-hiān。

　　其他：呈報 (thîng-pò)、呈上 (thîng-siōng)、呈狀 (thîng-tsñg)。

90. 矛：mâu，例：矛盾 mâu-tún，定定 hőng 誤讀做 môo-tún。

　　其他：矛戟 (mâu-kik)、矛鎗 (mâu-tshiunn)、長矛 (tñg-mâu)。

91. 苗：biâu，例：疫苗 i̍k-biâu，定定 hőng 誤讀做 i̍k-miâu。

　　其他：新苗 (sin-biâu)、苗栽 (biâu-tsai)、苗裔 (biâu-è)、苗番 (biâu-huan)、
　　苗栗 (biâu-li̍k)、苗栗縣 (biâu-li̍k-kuān)。

92. 模：bôo，例：模範 bôo-huān，定定 hőng 誤讀做 môo-huān。

　　其他：模樣 (bôo-iūnn)、面模 (bīn-bôo)、面模仔 (bīn-bôo-á)、跤模手印
　　(kha-bôo-tshiú-ìn)、粿模 (kué-bôo/ké-bôo)、枋模 (pang-bôo)、竹模
　　(tik-bôo)、模擬 (bôo-gí)、模仿 (bôo-hóng)、模式 (bôo-sik)、模組
　　(bôo-tsoo)、楷模 (khái-bôo)、一模一樣 (it-bôo-it-iūnn)。

93. 膜：mo̍oh，例：面膜 bīn-mo̍oh，定定 hőng 誤讀做 bīn-môo。

　　其他：骨膜 (kut-mo̍oh)、黏膜 (liâm-mo̍oh)、翼膜 (si̍t-mo̍oh)、竹仔膜 (tik-á-
　　mo̍oh)、篾仔膜 (phín-á-mo̍oh)、腦膜炎 (náu-mo̍oh-iām)、細胞膜
　　(sè-pau-mo̍oh)。

94. 努：lóo，例：努力 lóo-li̍k，定定 hőng 誤讀做 nóo-li̍k。

　　其他：努力拍拚、努力完成、透暝努力。

95. 露：lōo，例：露營 lōo-iânn，定定 hőng 誤讀做 lo̍k-iânn。

　　其他：露天 (lōo-thian)、露面 (lōo-biān)、露水 (lōo-tsuí)。（註：露，俗唸
　　lo̍k，是毋著 ê 音。）

96. **械**：hāi/kài，例：機械 ki-hāi/kài，定定 hőng 誤讀做 ki-hâi。

　　其他：器械 (khì-hāi/kài)、分類械鬥 (hun-luī-hāi/kài-tàu)。

97. **佃**：tiān，例：官佃（田），定定 hőng 誤讀做 kuann-tiân。

　　其他：田佃 (tshân-tiān)、佃戶、佃農、六跤佃莊（嘉義縣六腳鄉舊地名）。

98. **球**：khiû，例：琉球 liû-khiû，定定 hőng 誤讀做 liû-kiû。

　　其他：小琉球、琉球群島。

99. **訟**：siōng，例：訴訟 sòo-siōng，定定 hőng 誤讀做 sòo-sōng。

　　其他：好訟 (hònn-siōng)、訟棍 (siōng-kùn)。

100. **誦**：siōng，例：朗誦 lóng-siōng，定定 hőng 誤讀做 lóng-sōng。

　　其他：誦經 (siōng-king)、誦文 (siōng-bûn)。

101. **譽**：ū，例：榮譽 îng-ū，定定 hőng 誤讀做 îng-gū。

　　其他：名譽 (bîng/miâ-ū)、美譽 (bí-ū)、讚譽 (tsàn-ū)。

102. **櫃**：kuī，例：錢櫃 tsînn-kuī，定定 hőng 誤讀做 tsînn-kuì。

　　其他：風櫃 (hong-kuī)、鐵櫃 (thih-kuī)、貨櫃 (huè-kuī)、數櫃 (siàu-kuī)、桌櫃 (toh-kuī)、水櫃 (tsuí-kuī)、上櫃 (tsiūnn-kuī)、專櫃 (tsuan-kuī)、衫櫃 (sann-kuī)、櫃台 (kuī-tâi)。

103. **饋**：kuī，例：回饋 huê/hê-kuī，定定 hőng 誤讀做 huê/hê-kuì。

　　其他：饋神 (kuī-sîn)、饋送 (kuī-sàng)、饋贈 (kuī-tsīng)。

104. **逮**：tāi，例：逮捕 tāi-póo，定定 hőng 誤讀做 tái-póo。

　　其他：追逮 (tui-tāi)、逮著矣 (tāi-tioh-ah)、力有未逮 (lik-iú-bī-tāi)。

105. **締**：tè，例：取締 tshú-tè，定定 hőng 誤讀做 tshú-tē。

　　其他：締造 (tè-tsō)。

106. **技**：ki，例：技術 ki-sut，定定 hőng 誤讀做 kì-sut。

　　其他：科技 (kho-ki)、技藝 (ki-gē)、技巧 (ki-khiáu)。

（二）文、白音 ê 錯誤、亂用

01. **講**：文音 káng，例：演講 ián-káng，定定 hőng 誤讀做 ián-kóng。

　　其他：講解、講演、講師、講堂、講授、講習、講義。

02. **人**：文音 jîn，例：人體 jîn-thé，定定 hőng 誤讀做 lâng-thé。

　　🅑🅗：人情、人生、人類、人力、人士、人才、人口、候選人。

03. **力**：文音 lik，例：力量 lik-liōng，定定 hőng 誤讀做 lát-liōng。

　　🅑🅗：能力、學力、努 (lóo) 力、電力、壓力、眼力、視力、腦力、合力、權力、協力、效力、法力、勢力、實力、財力。

04. **草**：文音 tshó，例：甘草 kam-tshó，定定 hőng 誤讀做 kam-tsháu。

　　🅑🅗：草橄欖 (tshó-kan-ná)、潦草 (ló-tshó)、蓪草 (thong-tshó)、草窒仔 (tshó-that-á)、起草、草案。

05. **小**：文音：siáu，例：小女 siáu-lú/lí，定定 hőng 誤讀做 sió--lú/lí。

　　🅑🅗：小人、小丑仔、小使 (siáu-sú)、小暑 (siáu-sú)、小雪 (siáu-suat)、小說、小鬼仔殼 (假面具)。

06. **十**：文音 sip，例：十全十美 sip-tsuân-sip-bí，定定 hőng 誤讀做 tsàp-tsuân-tsàp-bí。

　　🅑🅗：十五音、十字路、十字架、紅十字會、十全大補湯、十八骰仔 (sip-pat-tâu-á)。

07. **一**：文音 it，例：一生 it-sing，定定 hőng 誤讀做 tsit-sing。

　　🅑🅗：一律、一切、一直、一旦、一生、一向、一定、一再、一流、一致、一般、一帶、一概、一貫、一般、一手、一同、一體、一連串、一夜情、一年級、一年仔、一刀兩斷、一心一意、一目了然、一望無際、一網 (bóng) 打盡、專一、第一、一粒一。

08. **三**：文音 sam，例：三牲 sam-sing，定定 hőng 誤讀做 sann-sing。

　　🅑🅗：三八、三通、三國、三教、三弦、三軍、三義、三民、三貂嶺、三峽區、三層肉、三線路、三七仔、三界公、三不五時、不三不四、三心兩意、三生有幸。

09. **三**：文音 sàm，例：三思 sàm-su，定定 hőng 誤讀做 sam-su。

　　🅑🅗：三思而後行 (Sàm-su jî hiō hîng)。

10. **四**：文音 sù，例：四海 sù-hái，定定 hőng 誤讀做 sì-hái。

　　🅑🅗：四常、四果、四序、四方、四季、四物仔、四神湯、四面八方、四通八達。

11. **五**：文音 ngóo，例：五彩 ngóo-tshái，定定 hőng 誤讀做 gōo-tshái。
    其他：五官、五金、五香 (hiang)、五仁、五福、五臟、五加皮、五柳居
    （『臺菜糖醋魚』）。

12. **放**：文音 hòng，例：放棄 hòng-khì，定定 hőng 誤讀做 pàng-khì。
    其他：放放、放肆、放蕩、放榜、開放、解放、放大、排放、放送、放
    送頭 (電台)、放生、放寬、放射、發放、放任。

13. **放**：白音 pàng，例：放冗 pàng-līng，定定 hőng 誤讀做 hòng-līng。
    其他：放學、放空、放工、放開、敨放、放卵、放伴、放血、放目、
    放褒 (pôo)、放揀 (sak/sat)、放聲、放刁、放債、放毒、放銃、放
    火、放盡磅、放紙虎、放臭屁、放屁豆、放帖仔、放水燈、放重
    利、放水燈、放符仔、放粉鳥。

14. **散**：文音 sán，例：藥散 io̍h-sán，定定 hőng 誤讀做 io̍h-sàn。
    其他：胃散、鐵牛運功散。

15. **散**：文音 sàn，例：解散 kái-sàn，定定 hőng 誤讀做 kái-suànn。
    其他：散財、散赤、散鬼、好額散、散食人、散赤人、散兒、散兒人、
    疏散、散步、離散、散佈、散發、天生散人 (布袋戲人名)。

16. **散**：白音 suànn，例：散開 suànn-khui，定定 hőng 誤讀做 sàn-khui。
    其他：拆散、散陣、散仙、散文、散學、散形、散工 (『工作完畢解散』)。

17. **散**：白音 suánn，例：散戶 suánn-hōo，定定 hőng 誤讀做 suànn-hōo。
    其他：做散工 (『打零工』)、散賣 (『零售』)、散票 (『零鈔、小鈔』)。

18. **通**：文音 thong，例：通用 thong-iōng，定定 hőng 誤讀做 thang-iōng。
    其他：交通、靈通、通知、無通、私通、變通、通鼓、通過、通人、通
    緝 (tsip)、神通、串通、萬事通、按呢有通。

19. **通**：白音 thang，例：通風 thang-hong，定定 hőng 誤讀做 thong-hong。
    其他：通光、敢通、哪通、毋通、會得通、袂得通。

20. **添**：文音 thiam，例：加添 ka-thiam，定定 hőng 誤讀做 ka-thinn。
    其他：添財、添粧、添丁、添油香、添福壽、加添。

21. **滿**：文音 buán，例：圓滿 uân-buán，定定 hőng 誤讀做 uân-muá。
    其他：滿足、不滿、滿意、美滿、自信滿滿、囝孫滿堂。

22. **滿**：白音 muá，例：滿面 muá-bīn，定定 hőng 誤讀做 buán-bīn。

     其他：滿腹、滿壘、滿月、滿意、滿滿是、滿四界。

23. **問**：文音 būn，例：訪問 hóng-būn，定定 hőng 誤讀做 hóng-mng。

     其他：學問、慰問、顧問、疑問、問答、問題、問卷 (kuàn)。

24. **問**：白音 mng，例：審問 sím-mng，定定 hőng 誤讀做 sím-būn。

     其他：請問、質問、借問、問路、問神、相借問、我問你、求神問佛
     (pu̍t)。

25. **水**：文音 suí，例：風水 hong-suí，定定 hőng 誤讀做 hong-tsuí。

     其他：山水、薪水、下水湯、話山話水 (畫山畫水)。

26. **溝**：文音 koo，例：溝通 koo-thong，定定 hőng 誤讀做 kau-thong/kiâu-
     thong。

27. **結**：文音 kiat，例：結合 kiat-ha̍p，定定 hőng 誤讀做 kat-ha̍p。

     其他：結局、結果、結論、結算、結束、團結、結冰、結實、結跙
     (lan)、結拜、結穗、勾結、結子、結晶、結石、結婚、連結、凍
     結、總結、二結、結構、結怨、結冤、祕結、完結、結盟、結
     業、結緣、結交、結數 (kiat-siàu)。

28. **結**：白音 kat，例：結領帶 kat-niá-tuā，定定 hőng 誤讀做 kiat-niá-tuā。

     其他：拍結、情結、死結、活結、拍結毬 (kiû/khiû)、憂結結、憂頭結
     面、面憂面結、拍索仔結。

29. **馬**：文音 má，例：人馬 jîn-má，定定 hőng 誤讀做 jîn-bé。

     其他：馬上、馬公 (má-king)、馬祖、馬馬虎虎。

30. **間**：文音 kan，例：人間 jîn-kan，定定 hőng 誤讀做 jîn-king。

     其他：陰間、空間、世間、區間、瞬間、時間、日間、夜間部。

31. **目**：文音 bo̍k，例：目的 bo̍k-tik，定定 hőng 誤讀做 ba̍k-tē。

     其他：目前、目錄 (lo̍k/lio̍k)、目標、目的、項目、反目。

32. **命**：文音 bīng，例：命題 bīng-tê，定定 hőng 誤讀做 miā-tê。

     其他：命令、待命、遵命、任命、革命、謀財害命、人命關天。

33. **歌**：文音 ko，例：山歌 san-ko，定定 hőng 誤讀做 san-kua。

     其他：唱山歌、鶯歌。

34. **上**：白音：tsiūnn，例：上山 tsiūnn-suann，定定 hőng 誤讀做 siōng-suann。

 (具他)：上北、上任、上目、上市、上車、上網、上台、上路、上櫃、上手、上教（受教）、頭上仔（頭胎）、上山頭、上山過海、上冊袂攝 (tsiūnn-siap-bē/-buē-liap)。

35. **上**：白音：tshiūnn，例：上水 tshiūnn-tsuí，定定 hőng 誤讀做 siōng-tsuí、tsiūnn-tsuí。

 (具他)：上殕 (phú)、上青苔 (thî/tî)、吊胿上後跤（『落井下石』）。

36. **利**：白音 lāi，例：利刀 lāi-to，定定 hőng 誤讀做 lī-to。

 (具他)：利器、目睭誠利、放重利（『放高利貸』）。

37. **歡**：白音 huann，例：歡喜 huann-hí，定定 hőng 誤讀做 huan-hí。

 (具他)：歡歡喜喜、歡頭喜面。

38. **歡**：文音 huan，例：歡迎 huan-gîng，定定 hőng 誤讀做 huann-gîng。

 (具他)：歡送、歡樂、歡呼。

39. **天**：白音 thinn，例：天地 thinn-tē，定定 hőng 誤讀做 thian-tē。

 (具他)：天氣、天色、天星、天光、天使、天公、天公祖。

40. **天**：文音 thian，例：上天 siōng-thian，定定 hőng 誤讀做 siōng-thinn。

 (具他)：天燈、天才、天下、天文、天然、天良、天時、天篷、天涯、天后、天賦、天狗熱、猴齊天、無法無天、半天筍 (puàn-thian-sún)。

41. **缺**：白音 khih，例：缺角 khih-kak，定定 hőng 誤讀做 khuat-kak。

 (具他)：缺喙、缺一缺、破兩缺、缺喙 ê 食米粉 —— 看現現。

42. **缺**：白音 khueh/kheh，例：欠缺 khiàm-khueh/kheh，定定 hőng 誤讀做 khiàm-khuat（《教典》：又唸作「khiàm-khuat」）。

 (具他)：少缺、職缺。

43. **缺**：文音 khuat，例：缺憾 khuat-hām，定定 hőng 誤讀做 khueh-hām。

 (具他)：缺席、缺失、缺陷、缺點、缺乏 (huat)。

44. **大**：白音 tuā，例：大獎 tuā-tsióng，定定 hőng 誤讀做 tāi-tsióng。

 (具他)：大寒、大盤、大炮、大陣、大目、大賣、大某、大漢、大月、大戲、大人、大兄、大耳、大姨、大囝、大路、大範、大寮、大社、大庄、大湖、大湖口、大坪林、大目降、大佳臘、大嵙陷

(hām)、大龍泵 (pōng)。

45. **大**：文音 tāi，例：大量 tāi-liōng，定定 hőng 誤讀做 tuā-liōng。

具他：擴大、偉大、重大、大學、大方、大便、大使、大會、大約、大概、大綱、大師、大將、大專、大同、大戰、大氣、大使、大丈夫、大不了、大同仔、大武、大溪、大安、大里、大里杙 (khit)、大自然、大甲蓆 (tshio̍h)。

46. **大**：音 ta，例：大官 ta-kuann、大家 ta-ke、大家官 ta-ke-kuann。

47. **迎**：白音 ngiâ/giâ，例：迎神 ngiâ-sîn，定定 hőng 誤讀做 gîng-sîn。

具他：迎送、迎佛、迎燈、迎鬧熱 (jia̍t/lia̍t)、迎新棄舊。

48. **迎**：文音 gîng，例：歡迎 huan-gîng，定定 hőng 誤讀做 huan-îng。

具他：迎戰、迎接。

49. **招**：白音 tsio，例：招生 tsio-sing，定定 hőng 誤讀做 tsiau-sing。

具他：招呼、招翁、招標、招考、相招、招囝婿、招會仔。

50. **招**：文音 tsiau，例：招認 tsiau-jīn，定定 hőng 誤讀做 tsio-jīn。

具他：招待、招魂、招牌、展招、聯招、聯招會。

51. **作**：白音 tsoh，例：種作 tsìng-tsoh，定定 hőng 誤讀做 tsìng-tsō。

具他：敆作 (kap-tsoh)、耕作 (king-tsoh)、作田 (tsoh-tshân)、作穡人 (tsoh-sit-lâng)。

52. **作**：文音 tsok，例：作為 tsok-uî，定定 hőng 誤讀做 tsoh-uî。

具他：作文 (tsok-bûn)、作業 (tsok-gia̍p)、作法 (tsok-huat)、作用 (tsok-iōng)、作孽 (tsok-gia̍t)、作物 (tsok-bu̍t)、作怪 (tsok-kuài)、作弄 (tsok-lōng)、作亂 (tsok-luān)、作弊 (tsok-pè)、作戰 (tsok-tsiàn)、作品 (tsok-phín)。

53. **率**：白音 lu̍t，例：效率 hāu-lu̍t，定定 hőng 誤讀做 hāu-lik。

具他：匯率 (huē-lu̍t)、費率 (huì-lu̍t)、機率 (ki-lu̍t)、利率 (lī-lu̍t)、比率 (pí-lu̍t)、頻率 (pîn-lu̍t)、稅率 (suè-lu̍t/sè-lu̍t)、容積率 (iông-tsik-lu̍t)、流動率 (liû-tōng-lu̍t)、得票率 (tik/tit-phiò-lu̍t)、占有率 (tsiàm-iú-lu̍t)。

54. **率**：文音 sut，例：率領 sut-niá，定定 hőng 誤讀做 suài-niá。

其他：率先 (sut-sian)、率直 (sut-tit)、草率 (tshó-sut)、率筆 (sut-pit)。

55. 架：白音 kè，例：高架 ko-kè，定定 hőng 誤讀做 ko-kà。

其他：架仔 (kè-á)、搭架 (tah-kè)、菜架仔 (tshài-kè-á)、衫仔架 (sann-á-kè)、冊架仔 (tsheh-kè-á)、尪架桌 (ang-kè-toh)、十字架 (sip-jī-kè/sip-lī-kè)、鷹架 (ing-kè)、架勢 (kè-sè)、骨架 (kut-kè)。

56. 架：白音 khuè/khè，例：架跤 khuè/khè kha，定定 hőng 誤讀做 kè-kà。

其他：架竹篙 (khuè/khè-tik-ko)、架手 (khuè/khè-tshiú)。

57. 架：文音 kà，例：架構 kà-kòo，定定 hőng 誤讀做 kè-kòo。

其他：架設 (kà-siat)、架線 (kà-suànn)。

58. 還：白音 hîng/hân，又唸作 hâinn，例：還錢 hîng/hân-tsînn，定定 hőng 誤讀做 huân-tsînn。

其他：還你 (hîng/hân-lí)、還數 (hîng/hân-siàu)、退還 (thuè-hîng/hân)。

59. 還：文音 huân，例：歸還 kui-huân，定定 hőng 誤讀做 kui-hîng/hân。

其他：還俗 (huân-sio̍k)、一去不還 (it khì put huân)。

60. 算：白音 sǹg，例：總算 tsóng-sǹg，定定 hőng 誤讀做 tsóng-suàn。

其他：按算 (àn-sǹg)、袂按算 (bē-àn-sǹg)、計算 (kè-sǹg)、結算 (kiat-sǹg)、料算 (liāu-sǹg)、拍算 (phah-sǹg)、算命 (sǹg-miā)、算數 (sǹg-siàu)、算袂和 (sǹg-bē-hô/sǹg-buē-hô)、算會和 (sǹg-ē-hô)、算額 (sǹg-gia̍h)、估算 (kóo-sǹg)、算做 (sǹg-tsò/sǹg-tsuè)、算盤 (sǹg-puânn)、擉算盤 (tia̍k sǹg-puânn)。

61. 算：文音 suàn，例：預算 ī/ū-suàn，定定 hőng 誤讀做 ī/ū-sǹg。

其他：決算 (kuat-suàn)、暗算 (àm-suàn)、運算 (ūn-suàn)、勝算 (sìng-suàn)、算計 (suàn-kè)、神機妙算 (sîn ki miāu suàn)。

（三）因為受強勢華語影響，定定送氣 ph、th、kh、tsh，煞唸做無送氣 p、t、k、ts；無送氣 p、t、k、ts，煞唸做送氣 ph、th、kh、tsh。這種錯誤真濟，親像：

01. 評：phîng，例：評審 phîng-sím，定定 hőng 誤讀做 pîng-sím。

其他：批評、評分、評價、評估 (kóo)、評定。

02. **待**：thāi，例：期待 kî-thāi，定定 hőng 誤讀做 kî-tāi。

其他：對待、等待、招待、待命、待遇、待人處事。

03. **概**：khài，例：氣概 khì-khài，定定 hőng 誤讀做 khì-kài。

其他：大概 (tāi-khài)、一概 (it-khài)、概況 (khài-hóng)、概念 (khài-liām)、概論 (khài-lūn)。

註①：《教典》：「大概」「一概」「概況」「概念」「概論」khài/kài 兩音攏收矣。

註②：《教典》：「斗概」音 (táu-kài)、「概尺」音 (kài-tshioh)。

註③：《甘字典》：「斗概」音 (táu-kài)、「概尺」音 (khài-tshioh)。

04. **慨**：khài，例：慷慨 khóng-khài，定定 hőng 誤讀做 khong-kài。

其他：憤慨、感慨 (khài)。

05. **噪**：tshò，例：噪耳 tshò-hīnn，定定 hőng 誤讀做 tsò-hīnn。

其他：噪音、噪人耳。

06. **標**：phiau，例：尪仔標 ang-á-phiau，定定 hőng 誤讀做 ang-á-piau。

其他：猴標、標頭、標致、標準、商標、標題、標點。

註：《教典》：「標頭」「標致」「標準」「商標」「標題」「標點」phiau/piau 兩音攏收矣。

07. **樞**：tshu，例：中樞 tiong-tshu，定定 hőng 誤讀做 tiong-su。

其他：行政中樞、神經中樞、經濟中樞。

08. **叛**：puān，例：叛亂 puān-luān，定定 hőng 誤讀做 phuàn-luān。

其他：反叛、叛徒、叛逆 (puān-gik)、叛逆期 (puān-gik-kî)。

09. **平**：pîng，例：和平 hô-pîng，定定 hőng 誤讀做 hô-phîng。

其他：平安、平均、平常、平順、平等、平方、平和、平反、平衡、平民、平原、平穩、平交道、太平、不平、水平。

10. **平**：pênn/pînn，例：平手 pênn-tshiú/pînn-tshiú，定定 hőng 誤讀作 phîng-tshiú。

其他：平埔、平坦、平台、平平、平地、平埔番、平直、公平、分袂平、春分，暝日平分 (pun)。

11. **佩**：puē，例：敬佩 kìng-puē，定定 hőng 誤讀做 kìng-phuè。

其他：欽佩、佩服。

12. **迫**：pik，例：迫害 pik-hāi，定定 hőng 誤讀做 phik-hāi。

其他：壓迫、迫近、迫倚、迫促、迫切、強迫、被迫。

13. **憑**：pîn/pîng，例：憑良心 pîn/pîng-liông-sim，定定 hőng 誤讀做 phîn/phîng-liông-sim。

其他：憑據、憑準、憑證、文憑、領憑、憑良心、喙講無憑。

（四）鼻音韻尾、合脣鼻音 -m 的發音錯誤

01. **掩**：am，例：掩崁 am-khàm，定定 hőng 誤讀做 ang-khàm。

其他：掩護、掩咯雞、掩人耳目。

02. **暗**：àm，例：暗時 àm-sî，定定 hőng 誤讀做 àng-sî。

其他：暗中、暗崁、暗示、暗步、暗房、暗班、暗眠摸。

03. **感**：kám，例：感覺 kám-kak，定定 hőng 誤讀做 káng-kak。

其他：感恩、感情、感心、感覺、感念、感冒、感染。

04. **含**：hâm，例：包含 pa-hâm，定定 hőng 誤讀做 pa-hân。

其他：含意、含量、含梢、含冤。

05. **含**：kâm，例：含佇喙內 kâm tī tshuì-lāi，定定 hőng 誤讀做 kâng tī tshuì-lāi。

其他：金含、金含仔、糖含仔、含仔糖、含血霧天。

06. **擔**：tam，例：負擔 hū-tam，定定 hőng 誤讀做 hū-tang。

其他：擔心、擔憂、擔任、擔保、擔輸贏。

07. **淡**：tām，例：冷淡 líng-tām，定定 hőng 誤讀做 líng-tāng。

其他：淡水、淡薄仔。

08. **甘**：kam，例：甘願 kam-guān，定定 hőng 誤讀做 kang-guān。

其他：甘甜、甘蔗、甘分、甘心。

09. **勘**：kham，例：勘查 kham/khàm-tsa，定定 hőng 誤讀做 khan-tsa。

其他：勘驗、會勘。

10. **站**：tsām，例：車站 tshia-tsām，定定 hőng 誤讀做 tshia-tsāng。

⬤其⬤他：火車站、捷運站、坎站、站長、這站仔。

11. **暫**：tsiām，例：暫時 tsiām-sî，定定 hőng 誤讀做 tsāng-sî。

⬤其⬤他：暫度、暫且、暫停、暫緩。

12. **參**：tsham，例：參加 tsham-ka，定定 hőng 誤讀做 tshang-ka。

⬤其⬤他：參考、參與、參觀、參訪、參展。

13. **參**：som，例：人參 jîn-som/sim，定定 hőng 誤讀做 jîn-sang。

⬤其⬤他：參仔、參茸 (som-jiông/liông)。

14. **音**：im，例：音樂 im-gȧk，定定 hőng 誤讀做 in-gȧk。

⬤其⬤他：音響、音質、聲音、回音、噪 (tshò) 音。

15. **飲**：ím，例：飲料 ím-liāu，定定 hőng 誤讀做 ín-liāu。

⬤其⬤他：飲食、飲用、飲食店。

16. **心**：sim，例：好心 hó-sim，定定 hőng 誤讀做 hó-sin。

⬤其⬤他：心肝、心事、心情、心神、心血、心疼、心力、心悶。

17. **金**：kim，例：金紙 kim-tsuá，定定 hőng 誤讀做 king-tsuá。

⬤其⬤他：金金看、金孫、黃金。

18. **啉**：lim，例：啉茶 lim-tê，定定 hőng 誤讀做 lin-tê。

⬤其⬤他：啉水、啉酒、啉湯。

19. **臨**：lîm，例：臨時 lîm-sî，定定 hőng 誤讀做 lîn-sî。

⬤其⬤他：臨床、臨檢、臨終、臨急、臨機應變、臨臨仔 (lím-lím--á)。

20. **任**：jīm，例：責任 tsik-jīm/līm，定定 hőng 誤讀做 tsik-jīn/līn。

⬤其⬤他：任何、任務、就任、任內、任命、任期、任職。

21. **任**：jīm，例：任何 jīm/līm-hô，定定 hőng 誤讀做 jīn/līn-hô。

⬤其⬤他：放任、任意、任教、任憑、任考不倒。

22. **忍**：jím，例：忍耐 jím-nāi，定定 hőng 誤讀做 jīn-nāi。

⬤其⬤他：忍心、忍受、忍不住。

23. **深**：tshim，例：深坑 tshim-khenn，定定 hőng 誤讀做 tshing-khenn。

⬤其⬤他：深山、深度、肚臍深深欲貯金。

24. **侵**：tshim，例：侵略 tshim-liȯk，定定 hőng 誤讀做 tshing-liȯk。

其他：侵入、侵犯、侵害、侵襲 (tshim-sip)、侵蝕 (tshim-sih/sit)、性侵。

25. 閹：iam，例：閹雞 iam-ke，定定 hőng 誤讀做 iang-ke。

其他：閹豬仔。

26. 炎：iām，例：炎日 iām-ji̍t，定定 hőng 誤讀做 iāng-ji̍t。

其他：炎熱。

27. 添：thiam，例：添丁 thiam-ting，定定 hőng 誤讀做 thiang-ting。

其他：添油香、加添、添粧、添福壽。

28. 忝：thiám，例：忝頭 thiám-thâu，定定 hőng 誤讀做 thíng-thâu。

其他：足忝、忝忝。

29. 填：thiām，例：填海 thiām-hái，定定 hőng 誤讀做 thiāng-hái。

其他：填本、填塗、填沙、填平。

30. 嚴：giâm，例：嚴重 giâm-tiōng，定定 hőng 誤讀做 giâng-tiōng。

其他：嚴格、嚴密、嚴肅、嚴屬、嚴冬。

31. 閃：siám，例：閃車 siám-tshia，定定 hőng 誤讀做 siám-tshia。

其他：閃風、閃避、閃爍、閃光。

32. 嫌：hiâm，例：嫌疑 hiâm-gî，定定 hőng 誤讀做 hiâng-gî。

其他：嫌犯、棄嫌。

（五）入聲的發音無完全 (-k，-t 韻尾消失抑是變做塞喉音 -h)

01. 學：ha̍k，例：學校 ha̍k-hāu，定定 hőng 誤讀做 hā-hāu。

其他：學習、學生、學力、學士、學分、學長、學甲鎮。

02. 室：sik，例：教室 kàu-sik，定定 hőng 誤讀做 kàu-si。

其他：室內、室外、室溫、溫室效應。

03. 適：sik，例：心適 sim-sik，定定 hőng 誤讀做 sim-sih/sì。

其他：適應、適合、適度、適量、適當。

04. 式：sik，例：方式 hong-sik，定定 hőng 誤讀做 hong-sí。

其他：形式、正式、款式、自由式。

05. 責：tsik，例：責任 tsik-jīm/līm，定定 hőng 誤讀做 tsi-jīm/līm。

🅗🅸：負責、責備、責罵、譴責 (khiân-tsik)。

06. **策**：tshik，例：政策 tsìng-tshik，定定 hőng 誤讀做 tsìng-tsheh。

　　🅗🅸：對策、說策、策略、策劃。

07. **核**：hik，例：核能 hik-lîng，定定 hőng 誤讀做 hó-lîng。

　　🅗🅸：核子、核子彈、核安、核准、核心、核定。

08. **逆**：gı̍k，例：忤逆 ngóo-gı̍k，定定 hőng 誤讀做 ngóo-gí。

　　🅗🅸：逆天、逆子、逆境、逆轉、橫逆 (hîng-gı̍k)。

09. **各**：kok，例：各位 kok-uī，定定 hőng 誤讀做 kò-uī。

　　🅗🅸：各人、各種、各國、各自、各地、各行各業。

10. **讀**：tha̍k，例：讀冊 tha̍k-tsheh，定定 hőng 誤讀做 thā-tsheh。

　　🅗🅸：讀書、讀死冊、讀冊人。

11. **作**：tsok，例：作品 tsok-phín，定定 hőng 誤讀做 tsò-phín。

　　🅗🅸：創作、作文、工作、作用、作弄、作怪、作法、作物、作風、作為、作亂、作業、作弊、作戰、作曲家。

12. **節**：tsiat，例：一節課 tsı̍t tsiat khò，定定 hőng 誤讀做 tsı̍t tsè khò。

　　🅗🅸：節目、節約、節省、節育、節奏、節稅。

13. **節**：tseh，例：冬節 tang-tseh/tang-tsueh，定定 hőng 誤讀做 tang-tsiat。

　　🅗🅸：節氣、年節、元宵節、五月節、五日節、過年過節。

14. **直**：tı̍t，例：直接 tı̍t-tsiap，定定 hőng 誤讀做 tsı̄-tsiap。

　　🅗🅸：直線、直直、直接、直徑 (kìng)、直升機。

15. **踢**：that，例：踢球 that-kiû，定定 hőng 誤讀做 thà-kiû。

　　🅗🅸：踢毽子 (that kiàn-tsí)、踢被、踢水。

16. **捌**：pat/bat，例：毋捌 (bat) 代誌，定定 hőng 誤讀做 毋捌 (bà) 代誌。

　　🅗🅸：捌貨、捌人、捌字、捌想、捌代誌。

17. **別**：pa̍t，例：別人 pa̍t-lâng，定定 hőng 誤讀做 pā-lâng。

　　🅗🅸：別个、別項、別款、別日、別搭、別位。

18. **別**：pia̍t，例：別莊 pia̍t-tsong，定定 hőng 誤讀做 pē-tsong。

　　🅗🅸：分別、區別、離別、辭別、特別、個別、告別、性別、惜別、差別、組別、別世。

（六）舌根塞 (sat) 爆音「g」ê 消失

01. **研**：gián，例：研究 gián-kiù，定定 hőng 誤讀做 ián-kiù。
   其他：研習、研發、研判、研討、研究生。

02. **言**：giân，例：言論 giân-lūn，定定 hőng 誤讀做 iân-lūn。
   其他：言行、言詞、言語、語言、誓言。

03. **囡**：gín，例：囡仔 gín-á，定定 hőng 誤讀做 ín-á。
   其他：囡仔歌、囡仔兄、囡仔疕、囡仔栽、囡仔性、囡仔团。

04. **銀**：gîn/gûn，例：銀行 gîn/gûn-hâng，定定 hőng 誤讀做 în-hâng。
   其他：銀兩、金銀、銀紙、銀河、銀幕、銀樓、輕銀、水銀、定 (tiānn)
   銀、銀角仔、銀仔角。

05. **我**：guá，例：予我 hōo-guá，定定 hőng 誤讀做 hōo-uá。
   其他：我 ê、我家己、思念我。

06. **外**：guā，例：外公 guā-kong，定定 hőng 誤讀做 uā-kong。
   其他：外國、外行、外口、外文、外包、外出、外外。

07. **阮**：guán，例：阮兜 guán tau，定定 hőng 誤讀做 uán tau。
   其他：阮逐家、阮厝、阮頭家。

08. **阮**：gún，例：阮厝 gún tshù，定定 hőng 誤讀做 ún tshù。
   其他：阮兜、阮四个、阮毋知啦。

09. **原**：guân，例：原因 guân-in，定定 hőng 誤讀做 uân-in。
   其他：原全、原本、原在、原木、原先、原子筆、原動力。

10. **願**：guān，例：心願 sim-guān，定定 hőng 誤讀做 sim-uān。
   其他：願望、甘願、願景、願意。

11. **語**：gí，例：臺語 tâi-gí，定定 hőng 誤讀做 tâi-í。
   其他：語言、語文、華語、語法、語音、語氣、語義、語調。

12. **義**：gī，例：嘉義 ka-gī，定定 hőng 誤讀做 ka-ī。
   其他：意義、義務、義工、義理、義診、義子、義賣。

13. **宜**：gî，例：宜蘭 gî-lân，定定 hőng 誤讀做 î-lân。
   其他：便宜 (pân-gî)、適宜、事宜、不宜。

14. **疑**：gî，例：懷疑 huâi-gî，定定 hőng 誤讀做 huâi-î。

    其他：憢疑 (giâu-gî)、疑問、疑點、疑難、疑心、無疑悟。

15. **儀**：gî，例：禮儀 lé-gî，定定 hőng 誤讀做 lé-î。

    其他：司儀、儀式、儀器、殯儀館。

16. **嚴**：giâm，例：嚴重 giâm-tiōng，定定 hőng 誤讀做 iâm-tiōng。

    其他：嚴肅、嚴辦、嚴密、嚴屬、嚴格、嚴冬。

17. **驗**：giām，例：經驗 king-giām，定定 hőng 誤讀做 king-iām。

    其他：驗傷、考驗、驗收、驗血、驗屍。

18. **虐**：gik，例：虐待 gik-thāi，定定 hőng 誤讀做 ik-thāi。

    其他：虐殺。

19. **逆**：gik，例：逆子 gik-tsú，定定 hőng 誤讀做 ik-tsú。

    其他：逆天、逆境、逆轉、逆向、橫逆、忤逆 (ngóo-gik)。

20. **孽**：giat，例：作孽 tsok-giat，定定 hőng 誤讀做 tsò-iat。

    其他：孽子、孽潲 (siâu)、妖孽、孽譎仔話。

21. **玉**：giok，例：玉山 Giok-san，定定 hőng 誤讀做 iok-san。

    其他：玉蘭花、玉里。

22. **魏**：guī，例：魏延 Guī-iân，定定 hőng 誤讀做 Uī-iân。

    其他：魏國、大魏、北魏、魏先生。

    註：『魏延，三國時代蜀國將領，個性莽撞，曾踢倒孔明七星燈。』

23. **錦**：gím/kím，例：錦標 gím-phiau，定定 hőng 誤讀做 ím-phiau。

    其他：錦蛇、錦旗、錦繡、盤喙錦 (『繞口令』)。

24. **迎**：gîng，例：歡迎 huan-gîng，定定 hőng 誤讀做 huan-îng。

    其他：迎接、迎戰。

二、聲調 ê 變異

（一）變調 ê 錯誤

01. **院**：īnn，例：院長 īnn$^{7\text{-}3}$-tiúnn，定定 hőng 誤讀做 ìnn$^{3\text{-}2}$-tiúnn。

其他：院7-3校、院7-3士、院7-3區、院7-3會、院7-3民。

02. **網**：bāng，例：網路 bāng7-3-lōo，定定 hőng 誤讀做 báng2-1-lōo。

　　其他：網7-3站、網7-3頁(iảh)。

03. **健**：kiān，例：健保 kiān7-3-pó，定定 hőng 誤讀做 kiàn3-2-pó。

　　其他：健7-3康、康健7、復健7、保健7、健7-3保2-1署。

04. **執**：tsip，例：執行 tsip4-8-hîng，定定 hőng 誤讀做 tsip8-4-hîng。

　　其他：執4-8照、執法 tsip4-8-huat、執4-8政、執4-8政3-2黨。

05. **籍**：tsik，例：籍慣 tsik8-4-kuàn，定定 hőng 誤讀做 tsik4-8-kuàn。

　　其他：戶籍8、國籍8、外籍8-4新娘、外籍8-4漁工、戶籍8-4資料。

06. **激**：kik，例：激酒 kik4-8-tsiú，定定 hőng 誤讀做 kik8-4-tsiú。

　　其他：刺激4、激4-8動、激4-8烈、激4-8發、激4-8力、激4-8屎、激4-8五仁、激4-8外外、激4-8恂恂。

07. **極**：kik，例：極端 kik8-4-tuan，定定 hőng 誤讀做 kik4-8-tuan。

　　其他：北極8、北極8-4熊、兩極8-4化、北極8-4星。

08. **捷**：tsiảt，例：捷運 tsiảt8-4-ūn，定定 hőng 誤讀做 tsiat4-8-ūn。

　　其他：敏捷8、捷8-4報。

09. **傑**：kiảt，例：傑出 kiảt8-4-tshut，定定 hőng 誤讀做 kiat4-8-tshut。

　　其他：豪傑8、傑8-4作。

10. **席**：sik，例：席次 sik8-4-tshù，定定 hőng 誤讀做 sik4-8-tshù。

　　其他：席8-4位、席8-4上、席8-4儀、主席8、出席8。

11. **導**：tō，例：導師 tō7-3-su，定定 hőng 誤讀做 tó2-1-su。

　　其他：領2-1導7-3人、青1-7年5-7導7-3師。

12. **蹈**：tō，例：舞蹈班 bú-tō7-3-pan，定定 hőng 誤讀做 bu2-1-to2-1-pan。

　　其他：蹈7-3險。

13. **住**：tsū，例：住持 tsū7-3-tshî，定定 hőng 誤讀做 tsū2-1-tshî。

　　其他：住7-3戶、住7-3所、住7-3宅、原5-7住7-3民。

14. **捍**：hān/hán，例：捍衛 hān7-3/hán2-1-uē，定定 hőng 誤讀做 hàn3-2-uē。

　　其他：捍7-3閘、捍7-3擋、捍7-3護、捍7-3阻。

（二）斷詞 ê 不當，致使無自然變調。佇遮，咱用「/」做斷詞記號，表示語氣停睏，斷詞記號頭前 ê 字愛讀本調，其他攏愛變調。上標 ê「1-7」表示聲調變化，這个是對第 1 聲變第 7 聲。

1. 雙音詞

(01) **風** ¹⁻⁷ **吹 /** ，定定 hőng 誤讀做：風 ¹/ 吹 / 。(hong-tshue)

    （**註**：風 ¹⁻⁷ 吹，華語『風箏』。）

(02) **豬** ¹⁻⁷ **肚 /** ，定定 hőng 誤讀做：豬 ¹/ 肚 / 。(ti/tu-tōo)

(03) **酒** ²⁻¹ **仙 /** ，定定 hőng 誤讀做：酒 ²/ 仙 / 。(tsiú-sian)

(04) **體** ²⁻¹ **諒 /** ，定定 hőng 誤讀做：體 ²/ 諒 / 。(thé-liōng)

(05) **種** ³⁻² **菜 /** ，定定 hőng 誤讀做：種 ³/ 菜 / 。(tsìng-tshài)

(06) **蛀** ³⁻² **齒 /** ，定定 hőng 誤讀做：蛀 ³/ 齒 / 。(tsiù-khí)

(07) **茶** ⁵⁻⁷ **甌 /** ，定定 hőng 誤讀做：茶 ⁵/ 甌 / 。(tê-au)

(08) **河** ⁵⁻⁷ **流 /** ，定定 hőng 誤讀做：河 ⁵/ 流 / 。(hô-liû)

(09) **臺** ⁵⁻⁷ **灣 /** ，定定 hőng 誤讀做：臺 ⁵/ 灣 / 。(tâi-uân)

(10) **窮** ⁵⁻⁷ **分 /** ，定定 hőng 誤讀做：窮 ⁵/ 分 / 。(khîng-hun)

(11) **味** ⁷⁻³ **素 /** ，定定 hőng 誤讀做：味 ⁷/ 素 / 。(bī-sòo)

(12) **直** ⁸⁻⁴ **接 /** ，定定 hőng 誤讀做：直 ⁸/ 接 / 。(tit-tsiap)

(13) **壓** ⁴⁻⁸ **力 /** ，定定 hőng 誤讀做：壓 ⁴/ 力 / 。(ap-lik)

(14) **骨** ⁴⁻⁸ **力 /** ，定定 hőng 誤讀做：骨 ⁴/ 力 / 。(kut-làt)

(15) **國** ⁴⁻⁸ **家 /** ，定定 hőng 誤讀做：國 ⁴/ 家 / 。(kok-ka)

(16) **極** ⁸⁻⁴ **限 /** ，定定 hőng 誤讀做：極 ⁸/ 限 / 。(kik-hān)

(17) **直** ⁸⁻⁴ **接 /** ，定定 hőng 誤讀做：直 ⁸/ 接 / 。(tit-tsiap)

(18) **疊** ⁸⁻⁴ **跤 /** ，定定 hőng 誤讀做：疊 ⁸/ 跤 / 。(thiàp-kha)

(19) **冊** ⁴⁻² **包 /** ，定定 hőng 誤讀做：冊 ⁴/ 包 / 。(tsheh-pau)

(20) **拍** ⁴⁻² **算 /** ，定定 hőng 誤讀做：拍 ⁴/ 算 / 。(phah-sàng)

(21) **藥** ⁸⁻³ **局 /** ，定定 hőng 誤讀做：藥 ⁸/ 局 / 。(ioh-kiòk)

(22) **蝕** [8-3] **本 /**，定定 hőng 誤讀做：蝕 [8]/ 本 /。(sih-pún)

(23) **石** [8-3] **坎 /**，定定 hőng 誤讀做：石 [8]/ 坎 /。(tsiȯh-khám)

2. 三音詞：講 ê 時，頭前兩字愛變調。

(01) **庄跤** (kha[1-7]) **人 /**，定定 hőng 誤讀做：庄跤 / 人 /。

(02) **圖書** (su[1-7]) **館 /**，定定 hőng 誤讀做：圖書 / 館 /。

(03) **媽祖** (tsóo[2-1]) **婆 /**，定定 hőng 誤讀做：媽祖 / 婆 /。

(04) **紅毛** (mîg[5-7]) **塗 /**，定定 hőng 誤讀做：紅毛 / 塗 /。

(05) **無一** (it[4-8]) **定 /**，定定 hőng 誤讀做：無一 / 定 /。

(06) **事實** (sȉt[8-4]) **上 /**，定定 hőng 誤讀做：事實 / 上 /。

(07) **國際** (tsè[3-2]) **觀 /**，定定 hőng 誤讀做：國際 / 觀 /。

(08) **白賊** (tshȧt[8-4]) **七 /**，定定 hőng 誤讀做：白賊 / 七 /。

(09) **日月** (guȧt[8-4]) **潭 /**，定定 hőng 誤讀做：日月 / 潭 /。

(10) **農村** (tshun[1-7]) **曲 /**，定定 hőng 誤讀做：農村 / 曲 /。

(11) **平埔** (poo[1-7]) **族 /**，定定 hőng 誤讀做：平埔 / 族 /。

(12) **望春** (tshun[1-7]) **風 /**，定定 hőng 誤讀做：望春 / 風 /。

(13) **計算** (sȕg[3-2]) **機 /**，定定 hőng 誤讀做：計算 / 機 /。

(14) **三界** (kài[3-2]) **公 /**，定定 hőng 誤讀做：三界 / 公 /。

(15) **紅面** (bīn[7-3]) **鴨 /**，定定 hőng 誤讀做：紅面 / 鴨 /。

(16) **太平** (pîng[5-7]) **洋 /**，定定 hőng 誤讀做：太平 / 洋 /。

(17) **五日** (jit/lȧt[8-4]) **節 /**，定定 hőng 誤讀做：五日 / 節 /。

(18) **布袋** (tē[7-3]) **戲 /**，定定 hőng 誤讀做：布袋 / 戲 /。

(19) **抽風** (hong[1-7]) **機 /**，定定 hőng 誤讀做：抽風 / 機 /。

(20) **鐵路** (lōo[7-3]) **局 /**，定定 hőng 誤讀做：鐵路 / 局 /。

(21) **叛逆** (gȉk[8-4]) **期 /**，定定 hőng 誤讀做：叛逆 / 期 /。

(22) **重要** (iàu[3-2]) **性 /**，定定 hőng 誤讀做：重要 / 性 /。

(23) **頭前** (tsîng[5-7]) **庄 /**，定定 hőng 誤讀做：頭前 / 庄 /。

(24) **大眾** (tsiòng[3-2]) **廟 /**，定定 hőng 誤讀做：大眾 / 廟 /。

(25) **作穡** (sit$^{4\text{-}8}$) **人 /**，定定 hőng 誤讀做：作穡 / 人 /。

(26) **消費** (huì$^{3\text{-}2}$) **者 /**，定定 hőng 誤讀做：消費 / 者 /。

(27) **座談** (huì$^{5\text{-}7}$) **會 /**，定定 hőng 誤讀做：座談 / 會 /。

(28) **教職** (tsit$^{4\text{-}8}$) **員 /**，定定 hőng 誤讀做：教職 / 員 /。

3. 四音詞（語）：熟詞佮熟語，連讀 ê 時，頭前三字著愛變調。

佇變調方面，四音詞（語）有一寡愛斟酌 ê 原則。

第一原則是：假使這個詞早就已經是「熟詞」，抑是已經結合做一個「專有名詞」矣，親像「流血流滴」、「一步一步」、「東倒西歪」、「無大無細」、「草地親家」、「內山姑娘」、「烏面祖師」、「資訊組長」、「新竹米粉」、「萬里長城」、「二氧化碳」、「宮古海峽」……等，前三字攏著變調。特別是第二字 ê「血」「步」「倒」「大」「地」「山」「面」「訊」「竹」「里」「氧」「古」等，攏免相諍喙，一定愛變調。

啊若是親像「臺灣大學」、「香港大學」、「高雄中學」、「潮州國中」等，第二字 ê「灣」「港」「雄」「州」嘛一定愛變調。因為若無變調，意思就會無全。無全佇佗位？有變調 ê「臺灣$^{5\text{-}7}$大學」干焦一間，無變調 ê「臺灣^{5}大學」（臺灣 ê 大學）有百幾間；有變調 ê「高雄$^{5\text{-}7}$中學」干焦一間，無變調 ê「高雄^{5}中學」（高雄 ê 中學）有幾若間；精差濟咧！

當然，佇口語上，為著欲予人聽較清楚，強調某一個地名、店號抑是名詞，親像「蒙古高原」ê「古」、「高雄地區」ê「雄」、「指南客運」ê「南」、「中華電信」ê「華」、「聯華食品」ê「華」、「奇美塑膠」ê「美」、「中晝新聞」ê「晝」、「友旺金瓜」ê「旺」等，若讀本調就會聽較清楚，佇遮無變調，嘛無啥要緊。

啊若「溫室效應」ê「室」、「國際新聞」ê「際」、「應變會議」ê「變」，有變調較好勢，啊若無變調，咱嘛通共解說做「溫室 ê 效應」、「國際 ê 新聞」、「應變 ê 會議」，是欲強調「溫室」、「國際」佮「應變」這三個詞。總是佇口語上，臺語自然變調，有一定 ê 原則，袂當清彩，毋過無絕對；語言活跳跳，毋通套死訣。紲落去咱就舉例說明：

(01) **草地** (tē⁷⁻³) **親家** /，定定 hőng 誤讀做：草地 / 親家 /。

(02) **內山** (suann¹⁻⁷) **姑娘** /，定定 hőng 誤讀做：內山 / 姑娘 /。

(03) **烏面** (bīn⁷⁻³) **祖師** /，定定 hőng 誤讀做：烏面 / 祖師 /。

(04) **臺灣** (uân⁵⁻⁷) **大學** /，定定 hőng 誤讀做：臺灣 / 大學 /。

(05) **香港** (káng²⁻¹) **大學** /，定定 hőng 誤讀做：香港 / 大學 /。

(06) **中部** (pōo⁷⁻³) **地區** /，定定 hőng 誤讀做：中部 / 地區 /。

(07) **三重** (tiông⁵⁻⁷) **客運** /，定定 hőng 誤讀做：三重 / 客運 /。

(08) **萬里** (lí²⁻¹) **長城** /，定定 hőng 誤讀做：萬里 / 長城 /。

(09) **臺語** (gí²⁻¹) **學生** /，定定 hőng 誤讀做：臺語 / 學生 /。

(10) **國際** (tsè³⁻²) **新聞** /，定定 hőng 誤讀做：國際 / 新聞 /。

(11) **社會** (huē⁷⁻³) **新聞** /，定定 hőng 誤讀做：社會 / 新聞 /。

(12) **疼惜** (sioh⁴⁻²) **地球** /，定定 hőng 誤讀做：疼惜 / 地球 /。

(13) **山頂** (tíng²⁻¹) **尾溜** /，定定 hőng 誤讀做：山頂 / 尾溜 /。

(14) **自助** (tsōo⁷⁻³) **旅行** /，定定 hőng 誤讀做：自助 / 旅行 /。

(15) **外籍** (tsik⁸⁻⁴) **新娘** /，定定 hőng 誤讀做：外籍 / 新娘 /。

(16) **多謝** (siā⁷⁻³) **逐家** /，定定 hőng 誤讀做：多謝 / 逐家 /。

(17) **溫室** (sik⁴⁻⁸) **效應** /，定定 hőng 誤讀做：溫室 / 效應 /。

(18) **國民** (bîn⁵⁻⁷) **學校** /，定定 hőng 誤讀做：國民 / 學校 /。

(19) **宮古** (kóo²⁻¹) **海峽** /，定定 hőng 誤讀做：宮古 / 海峽 /。

(20) **地方** (hng¹⁻⁷) **政府** /，定定 hőng 誤讀做：地方 / 政府 /。

(21) **直透** (thàu³⁻²) **增加** /，定定 hőng 誤讀做：直透 / 增加 /。

(22) **群聚** (tsū⁷⁻³) **感染** /，定定 hőng 誤讀做：群聚 / 感染 /。

(23) **綿精** (tsinn¹⁻⁷) **消毒** /，定定 hőng 誤讀做：綿精 / 消毒 /。

(24) **空中** (tiong¹⁻⁷) **飛人** /，定定 hőng 誤讀做：空中 / 飛人 /。

(25) **烏面** (bīn⁷⁻³) **抐桮** /，定定 hőng 誤讀做：烏面 / 抐桮 /。

(26) **頰紋** (bûn⁵⁻⁷) **荷鵝** /，定定 hőng 誤讀做：頰紋 / 荷鵝 /。

(27) **指揮** (hui¹⁻⁷) **中心** /，定定 hőng 誤讀做：指揮 / 中心 /。

(28) **網路** (lōo⁷⁻³) **紅人** /，定定 hőng 誤讀做：網路 / 紅人 /。

(29) **東倒** (tó²⁻¹) **西歪** /，定定 hőng 誤讀做：東倒 / 西歪 /。

(30) **跤瘶** (sng¹⁻⁷) **手軟/**，定定 hőng 誤讀做：跤瘶/手軟/。

(31) **頭眩** (hîn⁵⁻⁷) **目暗/**，定定 hőng 誤讀做：頭眩/目暗/。

(32) **掩來** (lâi⁵⁻⁷) **扯去/**，定定 hőng 誤讀做：掩來/扯去/。

(33) **歡頭** (thâu⁵⁻⁷) **喜面/**，定定 hőng 誤讀做：歡頭/喜面/。

(34) **冤家** (ke¹⁻⁷) **量債/**，定定 hőng 誤讀做：冤家/量債/。

(35) **過年** (nî⁵⁻⁷) **過節/**，定定 hőng 誤讀做：過年/過節/。

(36) **斷跤** (kha¹⁻⁷) **斷手/**，定定 hőng 誤讀做：斷跤/斷手/。

(37) **無大** (tuā⁷⁻³) **無細/**，定定 hőng 誤讀做：無大/無細/。

(38) **無代** (tāi⁷⁻³) **無誌/**，定定 hőng 誤讀做：無代/無誌/。

(39) **無暝** (mê⁵⁻⁷) **無日/**，定定 hőng 誤讀做：無暝/無日/。

(40) **無聲** (siann¹⁻⁷) **無說/**，定定 hőng 誤讀做：無聲/無說/。

(41) **無影** (iánn²⁻¹) **無跡/**，定定 hőng 誤讀做：無影/無跡/。

(42) **有跤** (kha¹⁻⁷) **有手/**，定定 hőng 誤讀做：有跤/有手/。

(43) **有靈** (lîng⁵⁻⁷) **有聖/**，定定 hőng 誤讀做：有靈/有聖/。

(44) **人山** (san¹⁻⁷) **人海/**，定定 hőng 誤讀做：人山/人海/。

(45) **流血** (hueh⁴⁻²) **流滴/**，定定 hőng 誤讀做：流血/流滴/。

(46) **行來** (lâi⁵⁻⁷) **行去/**，定定 hőng 誤讀做：行來/行去/。

(47) **反來** (lâi⁵⁻⁷) **反去/**，定定 hőng 誤讀做：反來/反去/。

(48) **逴來** (lâi⁵⁻⁷) **逴去/**，定定 hőng 誤讀做：逴來/逴去/。

(49) **面憂** (iu¹⁻⁷) **面結/**，定定 hőng 誤讀做：面憂/面結/。

(50) **跤來** (lâi⁵⁻⁷) **手來/**，定定 hőng 誤讀做：跤來/手來/。

(51) **七早** (tsá²⁻¹) **八早/**，定定 hőng 誤讀做：七早/八早/。

(52) **七晏** (uànn⁷⁻³) **八晏/**，定定 hőng 誤讀做：七晏/八晏/。

(53) **七老** (lāu⁷⁻³) **八老/**，定定 hőng 誤讀做：七老/八老/。

(54) **一步** (pōo⁷⁻³) **一步/**，定定 hőng 誤讀做：一步/一步/。

(55) **一工** (kang¹⁻⁷) **一工/**，定定 hőng 誤讀做：一工/一工/。

(56) **一个** (ê⁵⁻⁷) **一个/**，定定 hőng 誤讀做：一个/一个/。

(57) **罔做** (tsò³⁻²) **罔做/**，定定 hőng 誤讀做：罔做/罔做/。

(58) **紛紛** (huann¹⁻⁷) **擾擾/**，定定 hőng 誤讀做：紛紛/擾擾/。

(59) **歡歡** (huann$^{1-7}$) **喜喜 /**，定定 hőng 誤讀做：歡歡 / 喜喜 /。

(60) **起起** (khí$^{2-1}$) **落落 /**，定定 hőng 誤讀做：起起 / 落落 /。

(61) **指指** (kí$^{2-1}$) **揬揬 /**，定定 hőng 誤讀做：指指 / 揬揬 /。

(62) **永永** (íng$^{2-1}$) **遠遠 /**，定定 hőng 誤讀做：永永 / 遠遠 /。

(63) **暗空** (khong$^{1-7}$) **公園 /**，定定 hőng 誤讀做：暗空 / 公園 /。

4. 五音節 ê 詞 (語)：

若是「熟詞」抑是專有名詞，連讀 ê 時，頭前 ê 字攏愛變調。

毋過，爲著聽較清楚，扗著地名、店號嘛會當莫變調。譬論講：

【熟詞、熟語、專有名詞】

(01) **瓷仔博物館 /**，定定 hőng 誤讀做：瓷仔 / 博物館 /。

(02) **腦神經外科 /**，定定 hőng 誤讀做：腦神經 / 外科 /。

(03) **超高齡社會 /**，定定 hőng 誤讀做：超高齡 / 社會 /。

(04) **司公仔象桮 /**，定定 hőng 誤讀做：司公仔 / 象桮 /。

(05) **一對翁仔某 /**，定定 hőng 誤讀做：一對 / 翁仔某 /。

(06) **兩種剪仔龜 /**，定定 hőng 誤讀做：兩種 / 剪仔龜 /。

(07) **烏面祖師公 /**，定定 hőng 誤讀做：烏面 / 祖師公 /。

(08) **青島東路口 /**，定定 hőng 誤讀做：青島 / 東路口 /。

【地名、店號、專有名詞，第二字會當莫變調。】

(01) **滬尾 / 偕醫館 /，嘛會當講做：滬尾偕醫館 /**。

(02) **永和 / 區公所 /，嘛會當講做：永和區公所 /**。

(03) **鳳甲 / 文化館 /，嘛會當講做：鳳甲文化館 /**。

(04) **故宮 / 博物院 /，嘛會當講做：故宮博物院 /**。

(05) **袖珍 / 博物館 /，嘛會當講做：袖珍博物館 /**。

(06) **奇美 / 博物館 /，嘛會當講做：奇美博物館 /**。

(07) **玫瑰 / 天主堂 /，嘛會當講做：玫瑰天主堂 /**。

(08) **防災 / 教育館 /**，嘛會當講做：**防災教育館 /**。

(09) **埃及 / 花跤蠓 /**，嘛會當講做：**埃及花跤蠓 /**。

(10) **白線 / 花跤蠓 /**，嘛會當講做：**白線花跤蠓 /**。

(11) **初戀 / 尾幫車 /**，嘛會當講做：**初戀尾幫車 /**。

(12) **愛情 / 青紅燈 /**，嘛會當講做：**愛情青紅燈 /**。

5. 六音節以上 ê 詞 (語)：

　　六音節以上 ê 詞 (語)，若是「熟詞」，嘛會變調。毋過，因為語詞較長，語氣愛小停睏一下，而且連讀 ê 時，為著聽較清楚語音，就會當有兩个抑是三个重音群，有兩字抑是三字免變調。親像：

【熟詞、熟語】頭前 ê 字愛變調。

(01) **烏面祖師公廟 /**，定定 hōng 誤讀做：烏面 / 祖師公 / 廟 /。

(02) **烏面祖師公廟口 /**，定定 hōng 誤讀做：烏面 / 祖師公 / 廟口 /。

(03) **烏面祖師公廟口埕 /**，定定 hōng 誤讀做：烏面 / 祖師公 / 廟口埕 /。

【地名、校名、店號】會使有 2 个抑是 3 个重音群。

(01) **雲林 / 科技大學 /**。

(02) **淨新 / 科技公司 /**。

(03) **臺南 / 師範學院 /**。

(04) **高雄 / 國際機場 /**。

(05) **國立 / 高雄大學 /**。

(06) **復興 / 航空公司 /**。

(07) **遠東 / 百貨公司 /**。

(08) **臺塑 / 石化公司 /**。

(09) **世界 / 衛生組織 /**。

(10) **微宛然 / 布袋戲團 /**。

(11) **國立 / 臺灣 / 博物館 /**。

(12) **順益 / 臺灣原住民 / 博物館 /** 。

（三）斷句 ê 不當

　　咱臺語是一種「聲調語言」，講話真自然就有變調，這是「聲調語言」的特色，這種自然變調有「詞 ê 變調」、「語 ê 變調」、「句 ê 變調」佮輕聲 ê 變調等。

　　其中「句 ê 變調」有較複雜，因為「句 ê 變調」有濟濟「重音結構」愛處理。佇每一句臺語裡，因為長短 ê 關係，會當有一个抑是幾若个「重音群」，咱用斜線「/」共**重音群**分開，表示個家己有一个**「重音核心」**。佇**重音群**裡，除了最後一个音節（字）是**「重音核心」**愛讀本調，其他 ê 字攏愛讀變調。

　　譬論講「萬事如意」這句，咱會當分做「萬事」和「如意」兩个重音群；「事」「意」兩字是**「重音核心」**，讀本調；「萬」、「如」兩字著愛讀變調。閣比如講「這馬 / 講臺語 / 予咱有出路 / 。」這句，咱會當分做「這馬」、「講臺語」和「予咱有出路」三个重音群；「馬」「語」「路」三字是**「重音核心」**，讀本調；其他 ê 字著愛讀變調。下面咱就舉演講場不時聽著 ê 變調錯誤做說明。

1. 一个重音群 ê 句型：上落尾 ê 字無變調，頭前 ê 字攏愛變調。

(01) **祭拜祖先 /**，定定 hōng 誤讀做：祭拜 / 祖先 / 。
(02) **警告民眾 /**，定定 hōng 誤讀做：警告 / 民眾 / 。
(03) **你講鴛鴦 /**，定定 hōng 誤讀做：你講 / 鴛鴦 / 。
(04) **我講飯籬 /**，定定 hōng 誤讀做：我講 / 飯籬 / 。
(05) **咱來學講話 /**，定定 hōng 誤讀做：咱來 / 學講話 / 。
(06) **怨嘆無公平 /**，定定 hōng 誤讀做：怨嘆 / 無公平 / 。
(07) **伊真拍拚作穡 /**，定定 hōng 誤讀做：伊真拍拚 / 作穡 / 。
(08) **按怎培養國際觀 /**？定定 hōng 誤讀做：按怎 / 培養國際觀 / ？

(09) **請到三號櫃台**／，定定 hőng 誤讀做：請到／三號櫃台／。

(10) **食人一口**／，定定 hőng 誤讀做：食人／一口／。

(11) **還人一斗**／，定定 hőng 誤讀做：還人／一斗／。

(12) **各** 4-8 **位** 7-3 **評** 5-7 **判** 3-2 **老** 7-3 **師** 1-1／，定定 hőng 誤讀做：各位 7／評判 3／老師／。

(13) **歡** 1-7 **迎** 5-7 **收** 1-7 **看** 3-2 **今** 1-7 **仔** 2-1 **日** 8-4 **新** 1-7 **聞** 5-5／，定定 hőng 誤讀作：歡迎收看／今仔日新聞／。

2. 兩个重音群 ê 句型：有兩个字毋免變調。

(01) **一帆／風順**／，定定 hőng 誤讀做：一帆風順／。

(02) **平安／順利**／，定定 hőng 誤讀做：平安順利／。

(03) **臺灣／是寶島**／，定定 hőng 誤讀做：臺灣是寶島／。

(04) **近報／在家己**／，定定 hőng 誤讀做：近報在家己／。

(05) **三講／四毋著**／，定定 hőng 誤讀做：三／講四／毋著。

(06) **掃地／掃壁角**／。

(07) **洗面／洗耳空**／。

(08) **唐山／過台灣**／。

(09) **爛塗／袂糊得壁**／。

(10) **你最近／閣睏袂去**／喔？

(11) **你莫想東想西**／就較好眠／啦。

(12) **有一个羅漢跤仔**／睏佇害膨椅面頂／。

3. 主語 謂語 (述語、表語)：名詞若做主詞 ê 時陣愛讀本調，免變調。

(01) **心／疼**／，定定 hőng 誤讀做：心疼／。(這是「主謂結構」ê 句型。)

(02) **跤／疼**／，定定 hőng 誤讀做：跤疼／。

(03) **頭／疼**／，定定 hőng 誤讀做：頭疼／。

(04) **花／開**／，定定 hőng 誤讀做：花開／。

(05) **花／謝**／，定定 hőng 誤讀做：花謝／。

(06) 山／懸／，定定 hőng 誤讀做：山懸／。

(07) 月／明／，定定 hőng 誤讀做：月明／。

(08) 海／闊／，定定 hőng 誤讀做：海闊／。

(09) 風／調／，定定 hőng 誤讀做：風調／。

(10) 雨／順／，定定 hőng 誤讀做：雨順／。

(11) 目／降／，定定 hőng 誤讀做：目降／。

(12) 鱟／聳／，定定 hőng 誤讀做：鱟聳／。

(13) 腰／束／，定定 hőng 誤讀做：腰束／。

(14) 奶／噗／，定定 hőng 誤讀做：奶噗／。

(15) 喙／饞／，定定 hőng 誤讀做：喙饞／。

(16) 手／牽手／，定定 hőng 誤讀做：手牽手／。

(17) 心／連心／，定定 hőng 誤讀做：心連心／。

(18) 跤／拄跤／，定定 hőng 誤讀做：跤拄跤／。

(19) 豪雨／特報／，定定 hőng 誤讀做：豪雨特報／。

(20) 溪水／清清／，定定 hőng 誤讀做：溪水清清／。

(21) 人／無千日好／，花／無百日紅／。

(22) 魚／趁鮮／，人／趁茈／。

(23) 台頂／三分鐘／，台跤／一厝間／。

(24) 臺語／百面通／。

(25) 臺語／我上讚／。

4. 三个以上重音群 ê 句型：

(01) 頂禮拜四／因為風颱來／歇一工／。
(02) 牛／是台灣人／上重要／ê 作穡伴／。
(03) 這幾庄／是嘉南平原／交通較利便／ê 大庄頭／。
(04) 伊倒佇拋荒／ê 田園草仔頂／曝日頭／。
(05) 敢若親像布袋戲尫仔／內面／ê 怪老子仝款／。
(06) 聽講古早時／有一个老阿婆／佇路邊／咧賣番薯箍湯／。

(07)幾十年來 / 旗山 / ê 芎蕉 / 為咱台灣 / 趁袂少外匯 /。

(08)留到今仔日 / 煞變成真有歷史 / 佮觀光價值 / ê 文化遺產 /。

(09)恁某 / 今仔日 / 替你趁一罐沙拉油 / 猶閣遮 / 兩塊茶箍呢 / ！

(10)上忝 / ê 是菜 / 佮果子仔樹 / 閣著愛隨欉仔沃水 /。

(11)我當咧大細粒汗 / 舀圳溝水 / 欲沃菜 ê 時陣 /。

(12)一陣一陣 / ê 燒風 / 愈來 / 愈透 /。

第七課

講正港 ê 臺語詞

學語言，語詞毋是萬能，毋過無語詞就萬萬不能。

臺語演講愛用正港 ê 臺語講，才會媠氣好聽，這逐家攏知。毋閣啥物是正港 ê 臺語詞？咱就愛先斟酌一下。我認為定義干焦一个：**佇目前 ê 時間點，這種語言佇語詞、語法頂面，上傳統閣上普遍 ê 講法，這種語詞就叫做「正港 ê 臺語詞」。**

毋過，語詞欲「上傳統閣上普遍」，矛盾一定有，一下無拄好就會冤家量債、諍袂煞。譬論講『腳踏車』這个詞，阿祖 ê 清朝時代叫做「孔明車」抑是「鐵馬」，阿公 ê 日本時代就叫做「自轉車」抑是「自輪車」；到阿爸 ê 國民政府時代，受華語影響，直翻 ê「跤踏車」就漸漸變主流矣。按呢，到底啥較「正港」咧？時間若到，「副港」「跤踏車」敢袂變做「正港」？

其實，佇目前 ê 時間點，「孔明車」、「鐵馬」、「自轉車」、「自輪車」攏算正港，毋過講「跤踏車」ê 人煞愈來愈濟，咧欲變做「上普遍 ê 講法」矣，會使講愈來愈正港矣，你敢會當講伊毋是「正港 ê 臺語」？

所以，語詞無絕對，「正港」、「無正港」攏是相對比較出來 ê。學語言 ê 人，攏愛用歷史(時間)佮生態 ê 眼光來看語詞 ê 演變，愛學會曉包容，知影語言是會變化、生死 ê，也會使並存 ê。佇歷史 ê 演變裡，有 ê 語詞會換新，有 ê 語詞會消失；有 ê 語詞會漸漸退「時行」，有 ê 語詞會漸漸變「流行」，嘛有 ê 語詞會當繼續並存使用落去，這是真自然 ê 好代誌。因為吸收較濟新 ê 語詞，講法自然五花十色，會當予咱 ê 臺語語詞愈來愈豐富，文學性佮性命力就愈來愈強。

不而過，包容是包容，原則不可無。佇目前 ê 時間點，咱咧做臺語演講

ê時，猶原愛使用，「較」傳統、「較」正港 ê 臺語詞，盡量避免直翻 ê 華語詞，才會婚氣閣好聽，嘛愈聽愈紲拍。下面遮 ê 華語佮臺語語詞 ê 比較，予各位有志做參考。

一、名詞

（一）【學生囡仔類】華語詞→臺語詞

01. **童謠**→囡仔歌 (gín-á-kua)。
　　例：伊真勢唱囡仔歌。

02. **小朋友**→囡仔兄 (gín-á-hiann)、囡仔姊 (gín-á-tsé)。
　　例：咱兜 ê 囡仔兄、囡仔姊轉來矣。

03. **男童**→查埔囡仔 (tsa-poo gín-á)、囡仔兄 (gín-á-hiann)。
　　例：彼个查埔囡仔跋落去坑崁。

04. **女童**→查某囡仔 (tsa-bóo gín-á)、囡仔姊 (gín-á-tsé)。
　　例：人講查某囡仔，生緣較贏生媠。

05. **開心果**→消氣丸仔 (siau-khì uân-á)、糖霜丸仔 (thn̂g-sng uân-á)。
　　例：古錐 ê 囡仔是爸母 ê 消氣丸仔。

06. **暑假**→歇熱 (hioh-juah/luah)。
　　例：學校這馬歇熱，阮毋免去上課啦！

07. **寒假**→歇寒 (hioh-kuânn)。
　　例：伊拍算歇寒欲去澳洲耍。

08. **搖籃**→搖笱 (iô-kô)。
　　例：臺灣島敢若是一个搖笱，予太平洋輕輕仔搖。

09. **橡皮擦**→拊仔 (hú-á)、拭仔 (tshit-á)。
　　例①：提拊仔拊予清氣。
　　例②：你 ê 拭仔敢會當借我？

10. **板擦**→烏枋拭仔 (oo-pang-tshit-á)。
　　例：你去叫遐 ê 學生仔，提烏枋拭仔共烏枋拭拭咧。

（二）【運動遊樂類】華語詞→臺語詞

01. **游泳**→泅水 (siû-tsuí)。

　　⑲：今仔日風誠透，恁莫 (mài) 去海邊仔泅水。

02. **潛水**→藏水沬 (tshàng-tsuí-bī)。

　　⑲：伊定定去海邊仔藏水沬。

03. **賽跑**→走標 (tsáu-pio)、走相逐 (tsáu-sio-jiok/lip)。

　　⑲：「走標」是平埔族 ê 文化之一，就是佇祖靈祭，沿若祭祖，沿若予
　　　　未成年 ê 少年家比賽走相逐，嘛成做個 ê 成年禮，看啥人走第一，
　　　　搶著標旗 ê 人就有賞賜。

04. **打籃球**→拍籃球 (phah nâ-kiû)。

　　⑲：學生囡仔攏真愛拍籃球。

05. **踢足球**→踢跤球 (that kha-kiû)。

　　⑲：巴西人真愛踢跤球，是公認 ê「跤球王國」。

06. **打排球**→拍排球 (phah pâi-kiû)。

　　⑲：拍排球，愛較躼 (lò) 跤 ê 人較有利。

07. **打高爾夫球**→拍山球 (phah suann-kiû)。

　　⑲：伊退休了後，真愛拍山球。

08. **曲棍球**→曲棍球 (khiau-kùn-kiû)。

　　⑲：拍曲棍球真激烈，愛細膩。

09. **盪鞦韆**→幌韆鞦 (hàinn-tshian-tshiu)、幌公鞦 (hàinn-kong-tshiu)。

　　⑲①：囡仔人愛幌韆鞦。

　　⑲②：幌公鞦愛站節，毋通幌傷懸。

10. **捉迷藏**→覕相揣 (bih-sio-tshuē/bih-sio-tshē)。

　　⑲：覕相揣誠好耍。

11. **捉迷藏**→掩咯雞 (ng-kok-ke/kue、am-kok-ke/kue)。

　　⑲：咱逐家做伙來掩咯雞。

12. **溜滑梯**→跙流籠 (tshū-liû-lông)、跙樓仔 (tshu-lâu-á)、跙趨仔 (tshu-tshu-á)、
　　　　　　鑢龜 (lù-ku)、石鑢仔 (tsioh-lù-á)、石流籠 (tsioh-liû-lông)。

例①：囡仔兄、囡仔姊跙流籠，愛細膩。

例②：『溜滑梯』這件代誌，一般咱會講「跙流籠」，毋過，南部有人講是「跙樓仔」，啊中部鹿港就講「跙趨仔」，嘛有人講是「鑢龜」，「鑢龜」就是鑢尻川頓啦。啊若『溜滑梯』ê名詞就會使叫做「石鑢仔」抑是「石流籠」。

13. **翹翹板**→吭翹板 (khōng-khiàu-pán)、吭翹枋 (khōng-khiàu-pang)。

例：囡仔真愛耍吭翹板。

14. **旋轉咖啡杯**→轉踅咖啡杯 (tńg-sėh-ka-pi-pue)。

例：坐轉踅咖啡杯，頭會眩。

15. **旋轉木馬**→轉踅柴馬 (tńg-sėh-tshâ-bé)、踅玲瑯木馬 (sėh-lin-long bȯk-bé)。

例：看著轉踅柴馬，就想起囡仔時ê記持。

16. **碰碰車**→碰碰車 (pōng-pōng-tshia)。

例：囡仔人上愛去遊樂園坐碰碰車。

17. **雲霄飛車**→雲霄飛車 (hûn-siau-hui-tshia)。

例：雲霄飛車真刺激，毋過有心臟病ê人袂使坐。

(三)【身體器官類】華語詞→臺語詞

01. **面孔、五官長相**→尪仔頭 (ang-á-thâu)。

例：伊ê尪仔頭袂穤。

02. **姿色**→面水 (bīn-tsuí)。

例：彼个查某囡仔面水袂穤。

03. **身上**→身軀頂 (sin-khu-tíng)。

例：伊ê身軀頂生粒仔 (senn-liȧp-á)。

04. **身上、隨身**→身軀邊 (sin-khu-pinn)。

例：我身軀邊無紮半角銀。

05. **雙眼皮**→重巡 (tîng-sûn)。

例：伊ê目睭有重巡，真媠。

06. **體質、健康狀況**→身命 (sin-miā)。

例：伊真荏身命。(荏，音 lám)

07. **下巴**→下頦 (ē-hâi)。

例：愛講話 ê 人，會予人講是落下頦。

08. **膝蓋**→跤頭趺 (kha-thâu-u/hu)。

例：彼个囡仔跋倒，跤頭趺受傷。

09. **腳後跟**→跤後蹬 (kha-āu-tenn/tinn)。

例：伊 ê 跤後蹬去予車挵著。

10. **腳踝**→跤目 (kha-ba̍k)。

例：做激烈 ê 運動進前，跤目愛先動動咧。

11. **腳模**→跤模 (kha-bôo)。

例：大跤模，較歹買鞋。

12. **腳掌、腳丫子**→跤捗 (kha-pôo)。

例：古早時代，散食家庭 ê 查某囡仔才有大跤捗。

13. **小腿肚**→跤後肚 (kha-āu-tóo)。

例：跤後肚傷粗，誠歹看。

14. **肩胛骨**→飯匙骨 (pn̄g-sî-kut)。

例：伊發生車禍，肩胛頭挵一下，飯匙骨煞斷去。

15. **狐臭**→臭羊羶 (tshàu-iûnn-hiàn)、臭羊犅羶 (tshàu-iûnn-káng-hiàn)、羊羔羶 (iûnn-ko-hiàn)、胳羶 (koh/kueh-hiàn)、胳下空羶 (koh-ē-khang-hiàn)、胳胴跤羶 (koh-tâng-kha-hiàn)、狐臭 (hôo-tshàu)。

例：人若有臭羊羶，就誠煩惱，會煩惱人嫌咱四界放毒氣 hŏng 鼻。

（四）【菜蔬、果子類】華語詞→臺語詞

01. **菜苗**→菜栽 (tshài-tsai)。

例：花仔菜栽佇熱天種落塗，秋天就會收成得。

02. **秋葵**→羊角豆仔 (iûnn-kak-tāu-á)。

例：熱人，煠 (sa̍h) 好 ê 羊角豆仔先囥蹛冰箱冰，冰半點鐘才提出來搵桔仔醬佮豆油膏食，有合味。

03. **四季豆**→敏豆 (bín-tāu)、敏豆仔 (bín-tāu-á)。

　　例：「敏豆仔」這个詞是對英語〔bean〕來 ê。

04. **豌豆**→荷蘭豆 (huê-liân-tāu、hoo-lian-tāu、hoo-lin-tāu)。

　　例：「荷蘭豆」是荷蘭人佇 17 世紀傳入臺灣 ê，所以叫做「荷蘭豆」。

05. **菠菜**→菠薐仔 (pue/pe-lîng-á)。

　　例：菠薐仔 ê 根是紅色 ê，葉仔眞青，有淡薄仔甜味，閣有豐富 ê 鐵質。

06. **山藥**→淮山 (huâi-san)、柱薯 (thiāu-tsî/tsû)、田薯 (tshân-tsî/tsû)。

　　例：淮山好食物，毋過價數有較貴。

07. **小黃瓜**→瓜仔哖 (kue-á-nî)。

　　例：瓜仔哖農藥噴上濟，欲食愛先洗清氣。

08. **辣椒**→薟椒仔 (hiam-tsio-á)、薟薑仔 (hiam-kiunn-á)、番薑仔 (huan-kiunn-á)。

　　例：薟椒仔袂當食傷濟，會傷胃閣對目睭無好。

09. **鳳梨**→王梨 (ông-lâi)。

　　例：毋是賣王梨定定來，毋是賣蓮霧定定有。

10. **酪梨**→油梨 (iû-lâi)、牛油果 (gû-iû-kó)、Abukaloo(日語外來語)。

　　例：『酪梨』ê 肉油誠厚，所以才 hōng 叫做「油梨」抑是「牛油果」，是熱天眞好 ê 果子，日語叫做 Abukaloo。

11. **彌猴桃、奇異果**→猴桃仔 (kâu-thô-á)、猴頭果 (kâu-thâu-kó)、kiwis(英語)。

　　例：「猴桃仔」生做像猴頭，所以嘛叫做「猴頭果」。

（五）【日常食物、食品類】華語詞→臺語詞

01. **小米**→秮仔米 (tai-á-bí)、秮仔 (tai-á)、黍仔 (sé-á、sué--á、sik-á)。

　　例：『小米』有眞濟無仝 ê 臺語講法：鹿港人叫伊「秮仔米」；三峽、宜蘭、臺北叫伊「秮仔」；高雄、臺中叫伊「黍仔 (sé-á)」；金門、澎湖叫伊「黍仔 (sué--á)」；新竹叫伊「黍仔 (sik-á)」。

02. **米湯**→泔 (ám)。

例①：散赤人啉泔過頓。

例②：阿母不時罵小弟「目睭皮無漿泔」，講伊誠白目。

03. **稀飯**→泔糜仔 (ám-muê/bê-á、ám-muâi-á)。

例：啉泔糜仔食袂飽。

04. **米酒**→幌頭仔 (hàinn-thâu-á)、米酒 (bí-tsiú)。

例：頭家，閣來一罐幌頭仔。

05. **豆豉**→蔭豉仔 (ìm-sīnn-á)。

例：蔭豉仔排骨眞好食。

06. **雞胸肉**→襟胸 (khim-hing)、雞胸肉 (ke-hing-bah)。

例：襟胸較無肉瓤，食著澀澀較無滋味，欲減肥 ê 人上興這味。

07. **脂肪層，豬羊等牲畜皮下的脂肪層**→膩瓤 (jī/lī-nńg)。

①：肉瓤 (bah-nńg)。

例：肉瓤油毋通食傷濟，食濟會中風。

②：瓜瓤 (kue-nńg) （瓜果類裡層混種子部分的通稱）。

例：苦瓜 ê 瓜仔瓤愛挖掉才會使煮。

08. **蠶豆**→蠶豆 (tshân-tāu)、馬齒豆 (bé-khí-tāu)、齒豆 (khí-tāu)。

例：蠶豆芳芳眞好食，毋過有蠶豆症 ê 人袂當食。

09. **糖醋魚**→五柳居 (ngóo-liú-ki/-ku)。

例①：五柳居是臺灣傳統菜名，辦桌請人客攏有這出，佮『糖醋魚』有
淡薄仔相全。

例②：較早，個阿公是出名 ê 總鋪師，眞勢煮五柳居。

10. **珍珠奶茶**→粉圓奶茶 (hún-înn-ling-tê)、眞珠奶茶 (tsin-tsu-ling-tê)。

例：「粉圓奶茶」是咱臺灣世界出名 ê 好食物，華語叫伊『珍珠奶茶』；
食「粉圓」較實在，啊若講食「眞珠」有影較譀。

（六）【魚仔、海產類】華語詞→臺語詞

01. **虱目魚**→虱目仔 (sat-bàk-á)、麻虱目仔 (muâ-sat-bàk-á)。

例：麻虱目仔，屏東地區叫做「海草魚」。

02. **黑鮪魚**→烏甕串 (oo-àng-tshǹg)。

　　例：烏甕串，是屏東東港地區 ê 三寶之一。

03. **頜圓鰺**→紅赤尾 (âng-tshiah-bué)、四破 (sì-phuà)、肉鯤仔 (bah-un-á)、硬尾仔 (ngē-bué-á)。

　　例：『頜圓鰺』臺語叫做四破、肉鯤仔抑是硬尾仔，因為伊 ê 尾溜青紅黃仔青紅黃，所以俗名「紅赤尾」。

04. **藍圓鰺**→四破、巴郎 (pa-lang)、硬尾仔 (ngē-bué-á)。

　　例：澎湖人共『藍圓鰺』叫做巴郎，共『頜圓鰺』叫做「四破」抑是「硬尾仔」，嘛共『日本竹筴魚』叫做「巴郎」抑是「硬尾仔」，有影予人聽甲花膏膏。

05. **長身圓鰺**→四破 (sì-phuà)、肉鯤仔 (bah-ūn-á)。

　　例：四破魚 ê 名眞奇怪，有人講是煮 ê 時魚身會眞自然就分做四爿，才叫做四破。我咧想，無定著是借原住民語詞 ê 音來 ê。

06. **日本竹筴魚**→巴郎 (pa-lang)、硬尾仔 (ngē-bué-á)。

　　例①：澎湖人共日本『竹筴魚』叫做「巴郎」，嘛叫做「硬尾仔」。

　　例②：有一句俗語講：「巴郎好食毋分翁。」是講巴郎傷好食矣，做太太 ê 煮好了後，煞毋甘分予翁婿食呢。

07. **鰆魚、土托魚**→塗魠 (thôo-thoh)、馬鮫 (bé-ka)、馬加 (bé-ka)、鰆仔魚 (tshun-á-hî)。

　　例①：「塗魠魚」屬於「鰆 (tshing) 科馬鮫屬」ê 海魚，種類誠濟：有「臺灣馬加鰆」，俗名「白腹仔」；有「高麗馬加鰆」，俗名「闊腹仔」；有「日本馬加鰆」，俗名「馬加剪」、「眞馬加魚」；有「康氏 (khong-sī) 馬加鰆」，就是澎湖 ê「白金塗魠魚」，俗名「塗魠」、「馬鮫」、「鰆魚」，伊 ê 品質上好，價數上懸，所以夜市仔賣 ê「塗魠魚羹」攏用「臺灣馬加鰆」——「白腹仔」代替，無，就用假塗魠魚來欺騙毋捌 ê。

　　例②：伊誠愛食塗魠羹麵，一改攏愛食兩碗。

08. **鯖魚**→花飛 (hue-hui)。

　　例：花飛上捷予人提來做魚罐頭。

09. **魟魚、魔鬼魚**→魴仔魚 (hang-á-hî)。

（例）：魴仔魚生做若魔神仔，有人就叫伊「魔鬼魚」。

10. **鬼頭刀**→飛烏虎 (pue-oo-hóo)、鬼頭刀 (kuí-thâu-to)。

（例）：飛烏虎眞愛食「飛烏」，叫伊「飛烏虎」誠對同。

11. **鯨魚**→海翁 (hái-ang)、鯤鯓 (khun-sin)。

（例）：海翁就是大尾魚，古早大尾魚嘛叫做鯤鯓。

12. **鮭魚**→三文魚 (sam-bûn-hî/hû)、紅鰱魚 (âng-liân-hî)。

（例）：三文魚，過去定定提來做魚仔罐頭，英語叫做「salmon」。

13. **櫻花鉤吻鮭**→河鮐 (hô-tāi)、梨山鱒魚 (lê-san-tsun-hî)、草花鱒 (tsháu-hue-tsun)、國寶魚 (kok-pó-hî)。

（例）：大甲溪 ê 水頭有一種河鮐，華語叫做『櫻花鉤吻鮭』，是冰河時期留落來 ê 魚仔。

14. **香魚**→鰈魚 (kia̍t-hî)。

（例）：較早，基隆河佇四跤亭彼跤兜，有一个「鰈魚坑」ê 地名，表示遐原本有眞濟臺灣原生鰈魚。

15. **彈塗魚**→花鮡 (hue-thiâu)、花鮡仔 (hue-thiâu-á)。

（例）：花鮡仔會跍樹仔，實在誠希罕。

16. **馬糞海膽**→馬糞海膽 (má-hùn-hái-tánn/tám)、白膽 (pe̍h-tánn/tám)。

（例）：較早澎湖 ê 馬糞海膽誠濟，當地人叫伊「白膽」，這馬煞愈來愈少矣！

（七）【動物鳥仔類】華語詞→臺語詞

01. **黑面琵鷺**→烏面抐桮 (oo-bīn-lā-pue)、飯匙鵝 (pn̄g-sî-gô)、飯匙鳥 (pn̄g-sî-tsiáu)。

（例①）：烏面抐桮 ê 喙親像是一枝抐桮。

（例②）：飯匙鵝 ê 喙袂輸一枝飯匙咧。

02. **斑文鳥**→烏喙筆仔 (oo-tshuì-pit-á)。

（例）：烏喙筆仔喙烏烏，袂輸是偷食袂記得拭喙 ê 囡仔兄。

03. **烏頭翁**→烏頭鵠仔 (oo-thâu-khok-á)。

   例：烏頭鵠仔 ê 生存領域佇東部，是臺灣特有種 ê 鳥仔。

04. **白頭翁**→白頭鵠仔 (pe̍h-thâu-khok-á)。

   例：白頭鵠仔本成佇西部生湠後代，佮東部烏頭鵠仔田無溝、水無流，毋過有人共放生去東部，規个生態就亂去矣。

05. **老鷹**→鴟鴞 (bā-hio̍h、ba̍h-hiō、lāi-hio̍rh、lāi-hiō、lā-hio̍h)。

   例：鴟鴞飛懸懸，囡仔中狀元；鴟鴞飛低低，囡仔快做爸；鴟鴞飛上山，囡仔快做官。

06. **八哥**→鵁鴒 (ka-līng)。

   例：一寡無知 ê 人，亂放生外國鵁鴒，外國鵁鴒較歹死，害咱臺灣本土鵁鴒強欲活袂落去矣！

07. **喜鵲**→客鳥 (kheh-tsiáu)。

   例：喜鵲，臺灣話叫做客鳥，聽講是清朝時代，一位大官對福建掠來臺灣飼 ê，袂輸來臺灣做人客，煞踮佇臺灣毋轉去。

08. **企鵝**→徛鵝 (khiā-gô)。

   例：徛鵝行路真古錐，身軀搖咧搖咧親像阿不倒。

09. **灰面鵟鷹、灰面鷲**→南路鷹 (lâm-lōo-ing)、山後鳥 (suann-āu-tsiáu)。

   例：彰化人講：「南路鷹，來一萬，死九千。」

10. **鴕鳥**→鴕鳥 (tô-tsiáu)。

   例：菜市仔有咧賣鴕鳥肉。

11. **麻雀**→粟鳥仔 (tshik-tsiáu-á)、厝角鳥仔 (tshù-kak-tsiáu-á)。

   例：粟鳥仔會偷食粟仔，閣定定佇厝角做岫。

12. **大捲尾鳥**→烏鶖 (oo-tshiu)。

   例：一隻烏鶖徛佇牛 ê 尻脊骿 (kha-tsiah-phiann)。

13. **臺灣藍鵲**→長尾山娘 (tn̂g-bué-suann-niû)、長尾陣 (tn̂g-bué-tīn)。

   例：長尾山娘是山裡 ê 新娘，毋過真厚話，夭壽吵。

14. **帝雉、黑長尾雉**→烏雉 (oo-thī)、烏雉雞 (oo-thī-ke/kue)。

   例：一千箍 ê 新臺幣面頂有一對烏雉雞。

15. **白腹秧雞**→苦雞母仔 (khóo-ke-bú-á)、風鼓鳥仔 (hong-kóo-tsiáu-á)。

例：苦雞母仔 ê 叫聲真悲傷，袂輸是鳥仔 ê 苦旦。

16. **畫眉**→花眉仔 (hue-bî-á/hua-bî-á)。

例：臺灣 ê 花眉仔有真濟種，誠濟閣是臺灣特有種喔。

17. **高蹺鴴**→躼跤鳥 (lò-kha-tsiáu)、紅跤仔 (âng-kha-á)。

例：躼跤鳥 ê 跤有影真長，袂輸咧踏跤蹺。

18. **候鳥**→渡鳥 (tōo-tsiáu)、過冬鳥 (kuè-tang-tsiáu)。

例：臺灣 ê 渡鳥，有來臺灣過冬 ê，嘛有來歇熱 ê。

19. **彩鷸**→骨簪仔 (kut-tsiam-á)。

例：骨簪仔有彩色 ê 鳥仔毛，會當保護家己 ê 安全。

20. **壁虎**→蟮蟲仔 (siān-thâng-á、siān-âng-á)。

例：蟮蟲仔上勢斷尾溜求生存。

21. **蜥蜴**→杜定 (tōo-tīng)、四跤杜定 (sì-kha-tōo-tīng)。

例：囡仔去予杜定驚著 (tioh)。

22. **長頸鹿**→麒麟鹿 (kî-lîn-lok)、長頷鹿 (tng-ām-lok)、長頭鹿仔 (tng-thâu-lok-á)。

例：動物園有長頷鹿，囡仔便若看著伊就笑哈哈。

23. **黃喉貂**→羌仔虎 (kiunn-á-hóo)、黃葉貓 (ng-hioh-niau)。

例：羌仔虎專門咧掠山羌仔食，才叫做「羌仔虎」，閣因為對嚨喉到胸坎 ê 毛是黃色 ê，袂輸黃色 ê 葉仔，所以嘛叫做「黃葉貓」。

24. **石虎**→山貓 (suann-niau)、山貓貓 (suann-niau-bâ)、石虎 (tsioh-hóo)。

例：苗栗縣議會誠諏古，欲開錢起山貓博物館，毋立法保護山貓 ê 生存領域。

25. **穿山甲**→鯪鯉 (lâ-lí)。

例：臺中南屯有一句俗語講：「穿柴屐，躡鯪鯉。」意思是欲共愛眈龜 ê 鯪鯉吵予醒，通好鬥翻塗，今年才有好收成。這是真婿 ê 民俗活動。

（八）【蟲豸類】華語詞→臺語詞 (注：豸，音 thuā。)

01. **隱翅蟲**→青狗蟻 (tshenn-káu-hiā)、隱翼蟲 (ún-sit-thâng)、覕翼蟲 (bih-sit-thâng)。

    🈂：若予青狗蟻咬著，愛緊沖水閣緊去看皮膚科醫生，若無會膨疱 (phòng-phā)、紅腫，甚至變成皮膚炎。

02. **秋行軍蟲**→秋行軍蟲 (tshiu-hîng-kun-thâng)、外來夜盜蟲 (guā-lâi-iā-tō-thâng)。

    🈂：有影驚死人！秋行軍蟲 ê 卵抑是幼蟲，竟然有法度綴季風渡過海峽，對中國飛來咱臺灣生湠。

03. **馬陸**→蜈蚣舅 (giâ-kang-kū)、火車蟲 (hué-tshia-thâng)、龍眼蟲 (lîng-gíng-thâng)、瓦蟲 (hiā-thâng)。

    🈂：『馬陸』生做親像是蜈蚣，所以叫伊「蜈蚣舅」；『臺灣欒樹』生做敢若苦楝仔，所以就叫伊「苦楝舅」，表示個有親情關係。

04. **成蟲**→成蟲 (sîng-thiông)。

    🈂：蜂仔欲成蟲進前，愛先經過蜂蝦 (蛹，ióng) ê 階段。

05. **赤眼卵蜂**→紅目蜂 (âng-ba̍k-phang)。

    🈂：「紅目蜂」會寄生佇「秋行軍蟲」ê 卵裡，共蟲卵 ê 營養軟焦去，予「秋行軍蟲」無法度生湠。

06. **白線斑蚊**→白線花跤蠓 (pe̍h-suànn-hue-kha-báng)、白線斑蚊 (pe̍h-suànn-pan-bûn)。

    🈂：「白線花跤蠓」嘛是天狗熱 ê 傳染源，伊會出現佇海拔 1,500 公尺以下 ê 山區佮平地，無分人佮精牲攏總叮，伊欶一擺血會放 80 到 120 粒 ê 卵，實在誠恐怖。

07. **埃及斑蚊**→埃及花跤蠓 (ai-ki̍p-hue-kha-báng)、埃及斑蚊 (ai-ki̍p-pan-bûn)。

    🈂：「埃及花跤蠓」是天狗熱主要 ê 傳染源，伊生長佇北迴歸線以南、較熱 ê 所在，以台南、高雄為主，上愛佇花瓶 (pân)、花盆底盤佮水桶放卵。

（九）【植物花草類】華語詞→臺語詞

01. **木棉**→斑芝 (pan-tsi)、斑芝棉 (pan-tsi-mî)、斑芝樹 (pan-tsi-tshiū)。
　　例：斑芝佇二、三月仔開花，敢若一片著火 ê 花海。

02. **千日紅、百日紅**→圓仔花 (înn-á-hue)。
　　例：俗語講，圓仔花毋知穤 (bái)，大紅花穤毋知。

03. **曇花**→瓊花 (khîng-hue)。
　　例：瓊花佇夜半開花隨謝去，可比青春像露水，人生若春夢。

04. **苦苓、苦楝子**→苦楝仔 (khóo-līng-á)。
　　例：苦楝仔若開花，茄仔色 ê 花蕊真迷人。

05. **欒樹**→苦楝舅 (khóo-līng-kū)、四色樹 (sì-sik-tshiū)。
　　例：苦楝舅仔嘛叫做四色樹，秋天開花，花蕊會變換四種色水。

06. **油桐花**→油桐花 (iû-tâng/tông-hue)。
　　例：白色 ê 油桐花，親像五月雪，落落塗跤有影媠。

07. **木麻黃**→麻黃 (muâ-hông)、木麻黃 (bo̍k-muâ-hông)。
　　例：海墘仔有種一片麻黃，聽講擋風飛沙上有效。

08. **桑樹**→娘仔樹 (niû-á-tshiū)。
　　例：細漢 ê 時蹛庄跤，四界都有娘仔樹。

09. **楓樹**→楓仔樹 (png-á-tshiū)。
　　例：楓仔樹 ê 樹葉仔是單葉、互生 ê，真好認。

10. **檜木 (扁柏)**→松梧 (siông-ngôo)。
　　例：松梧就是日本人講 ê「hinoki」，是一種高級 ê 建材。

11. **蓓蕾**→花莓 (hue-m̂)。
　　例：少女親像花莓未開時，等待露水佮春光。

12. **草莓**→草莓 (tsháu-m̂)。
　　例：草莓若欲媠媠好食款，農藥就愛照起工濺予齊勻 (tsiâu-ûn)。

13. **茅草**→茅仔草 (hm̂-á-tsháu)
　　例：較早起厝欲搭厝頂，攏愛去山頂割茅仔草。

14. **枇杷**→枇杷 (pî/gî-pê)。

例：阿爸種 ê 彼欉枇杷，有我囡仔時快樂 ê 記持。

15. **梧桐**→梧桐 (ngôo-tông)。

例：梧桐佮莿桐 ê 材質攏有夠，所以袂當做建材。

16. **臺灣百合**→銀鈃仔花 (gîn-giang-á-hue)、司公鈃 (sai-kong-giang)、鼓吹花 (kóo-tshue-hue)、山蒜頭 (suann-suàn-thâu)、山層 (棧) 花 (suann-tsàn-hue)。

例：臺灣百合 ê 土名眞濟，一般叫做銀鈃仔花，嘛叫做司公鈃，閣有人叫伊鼓吹花，攏是對伊 ê 外形來號名 ê。

註①：鈃仔 (giang-á)，華語叫著『鈴鐺』。

註②：司公鈃 (sai-kong-giang)，就是三清鈴，道士作法 ê 時眞重要 ê 法器。

註③：鼓吹花，華語叫著『喇叭花』。

17. **牽牛花**→碗花 (uánn-hue)、碗公花 (uánn-kong-hue)、番仔藤 (huan-á-tîn)、番薯舅 (han-tsî-kū)、喇叭花 (lá-pah-hue)、牽牛花 (khan-gû-hue)。

例：細漢 ê 時，佇庄跤 ê 路邊，定定會看著碗公花開甲誠嬌。

18. **向日葵、太陽花**→日頭花 (jit-thâu-hue)、太陽花 (thài-iông-hua)。

例：2014 年 3 月 18，臺灣發生一場學生追求民主佮正義 ê 運動，叫做「日頭花運動」，嘛會當叫做「太陽花運動」。

（十）【建築名稱類】華語詞→臺語詞

01. **住家**→徛家 (khiā-ke)。

例：借問一下，咱徛家佇佗位 (tó-uī)？

02. **騎樓**→亭仔跤 (tîng-á-kha)。

例：有亭仔跤，就會當遮日頭、覕 (bih) 風雨。

03. **屋簷下、屋簷下的臺階處**→簾簷 (nî-tsînn)、砛簷 (gîm-tsînn)。

例：伊徛佇簾簷跤覕雨，險袂赴去上班。

04. **陽台**→露 (lōo) 台。

例：露 (lōo) 台會當曝衫、種花草，開講閣兼話仙。

05. **門檻**→戶橂 (hōo-tīng)。

　　例：囡仔人毋通坐戶橂。

06. **天花板**→天篷 (thian-pông)。

　　例：自彼 (hit) 改地動了後，阮兜 ê 天篷就必去矣。

07. **小木屋**→棧柴間 (tsàn-tshâ-king)、柴厝仔 (tshâ-tshù-á)。

　　例：佇露營區，有真濟棧柴間通好踮。

08. **三合院**→正身帶護龍 (tsiànn-sin tài hōo-lîng)、一落兩欅頭 (tsi̍t lo̍h nn̄g kú-thiô)、三合院 (sann-ha̍p-īnn)。

　　例①：這間舊厝有完整 ê 正身帶護龍，是寶貴 ê 文化資產。

　　例②：澎湖佮金門人共「三合院」叫做「一落兩欅頭」。

09. **護室、廂廊**→護龍 (hōo-lîng)、伸手 (tshun-tshiú)、走廊 (tsáu-lông)、欅頭 (kú-thiô)。

　　例：個兜護龍邊仔有一欉樣仔，逐年都有樣仔通食。

10. **人孔蓋**→人空蓋 (lâng-khang-kuà)。

　　例：下水道愛對人空蓋跍落去。

(十一)【交通工具類】華語詞→臺語詞

01. **腳踏車**→孔明車 (khóng-bîng-tshia)、鐵馬 (thih-bé)、自轉車 (tsū-tsuán-tshia)、跤踏車 (kha-ta̍h-tshia)。

　　例：鐵馬，神奇閣實用，講是孔明發明 ê，有影誠諏古。

02. **汽車、轎車**→自動車 (tsū-tōng-tshia)、轎車 (kiau-tshia)。

　　例：日本時代 ê「自動車」，這馬叫做「轎車」。

03. **高級轎車、包租汽車**→hai51 ia11（日語外來語）。

　　例：租 hai51 ia11 做新娘車，真奅 (phānn)。

04. **公共汽車**→巴士 (ba55 suh3)、公車 (kong-tshia)。

　　例：坐巴士較省錢，所以有事無事咱攏來坐巴士。

05. **捷運**→捷運 (tsia̍t-ūn)。

　　例：這馬有捷運加真方便。

06. **飛機**→飛行機 (hue-lîng-ki)。

　例：坐火車看風景，坐飛行機看雲頂。

07. **纜車**→流籠 (liû-lông)、纜車 (lám-tshia)。

　例：坐流籠會當看真媠 ê 風景。

08. **敞篷車**→落篷車 (làu-phâng-tshia)、落篷 ê (làu-phâng-ê)。

　例：落篷車真貴，咱買袂起。

09. **滑翔翼**→飄翔翼 (phiau-siông-sit)。

　例：欲耍飄翔翼，膽頭愛真在。

10. **雲梯車**→雲梯車 (hûn-thui-tshia)、天梯車 (thinn-thui-tshia)。

　例：雲梯車上懸會當衝到 50 公尺，人徛佇面頂雙跤會咇咇掣。

(十二)【器具、衣物類】華語詞→臺語詞

01. **口罩**→喙罨 (tshuì-am)。

　例：騎車愛掛喙罨，才袂欶 (suh) 著垃圾空氣。

02. **傳統較大型舀水的杓子**→鱟桸 (hāu-hia)。

　例：講天，講地，講鱟桸，講飯篱 (pn̄g-lē/luē)。

03. **傳統舀水的杓子**→匏桸 (pû-hia)。

　例：匏桸是用匏仔做 ê。

04. **現代裝水的容器、杓子**→水觳仔 (tsuí-khok-á)。

　例：現代 ê 水觳仔用塑膠做 ê 較濟。

05. **大湯瓢**→杓仔 (siah-á)。

　例①：提杓仔來斛湯較好勢。(斛，khat)

　例②：用泔杓仔斛糜較好斛。

06. **飯鍋**→飯坩 (pn̄g-khann)、飯斗 (pn̄g-táu)。

　例：伊是食飯坩中央大漢 ê 阿舍囝。

07. **西裝**→西裝 (se-tsong)、洋服 (iûnn-ho̍k)、sebiro（日語羅馬拼音）。

　例①：伊穿西裝，誠緣投。

　例②：日本時代共洋服叫做 sebiro，其實 sebiro 是英國專門咧做西裝 ê 一

條街名，轉做日語，才閣轉做臺語 ê。

08. **陶器和級低的瓷器**→粗瓷 (tshoo-huî)、陶器 (tô-khì)。

　　例：人講「粗瓷耐礙」，意思是講粗瓷較耐用。

09. **拖鞋**→淺拖仔 (tshián-thua-á)、su33 lit5 pah3（日語外來語）。

　　例：你袂使穿淺拖仔去學校。

10. **螺絲起子**→螺絲絞 (lôo-si-ká)、螺絲梧 (lôo-si-pue)、捘梧 (tsūn-pue)、loo33
　　　　　　　 lai53 ba11（日語外來語）。

　　例：遊樂區 ê 修理師傅，逐工都螺絲絞仔紮咧四界巡。

11. **扳手**→扳仔 (pán-á)、sip1pan55na51（日語外來語）。

　　例：修理器材 ê 師傅 (sai-hū)，不時都愛用著扳仔 (pán-á)。

12. **帳篷**→布棚 (pòo-pênn/-pînn)、帆厝 (phâng-tshù)。

　　例：露營搭布棚、起帆厝，趣味閣好耍。

13. **大衣**→裘仔 (hiû-á)。

　　例：「裘仔」這个詞 ê 本意是「皮衫」，這馬已經是「長裘」──「大
　　　　衣」ê 意思矣。

（十三）【民俗文化類】華語詞→臺語詞

01. **相聲**→答喙鼓 (tap-tshuì-kóo)。

　　例：彼時陣時行答喙鼓、看歌仔戲。

02. **繞口令**→盤喙錦 (puânn-tshuì-gím/-kím)。

　　例：伊足勢盤喙錦 ê。

03. **歌仔戲**→歌仔戲 (kua-á-hì)。

　　例：歌仔戲 ê 前身叫做「落地掃」，是對宜蘭發展出來 ê。

04. **皮影戲**→皮猴戲 (phuê/phê-kâu-hì)。

　　例①：用紙抑是皮，鉸做人形 ê「皮尪仔」，「皮尪仔」若對邊仔看，眞
　　　　　成「猴山仔」，所以叫做「皮猴戲」。演出 ê 時，用手攑棍仔控制
　　　　　「皮尪仔」，才閣借燈火 ê 光線投影佇布幕面頂，沿若演，沿若
　　　　　講，沿若唱，來表演故事。這種傳統戲劇，就叫做「皮猴戲」。

例②：阿公細漢足愛看皮猴戲 ê。

05. **木偶戲、布袋戲**→布袋戲 (pōo-tē-hì)、掌中戲 (tsiáng-tiong-hì)。

　例：根據考證，「布袋」這兩字，是因為早期 ê 布袋戲，有孤一個人擔一個小型 ê 戲台，就會當四界去演出 ê，欲擔戲台去演出 ê 時，攏有一跤园尪仔佮道具 ê 大跤布袋，所以真自然逐家就共伊叫做「布袋戲」。

06. **燈籠**→鼓仔燈 (kóo-á-ting)。

　例：正月十五元宵節，囡仔人上愛攑鼓仔燈迌迌。

07. **走馬燈**→走馬燈 (tsáu-bé-ting)。

　例①：「走馬燈」是一種有彩繪 ê 燈飾，因為紙燈受著空氣對流 ê 影響，就會一直踅玲瑯，敢若馬仔咧走咧。

　例②：人生親像走馬燈，攏一直咧踅玲瑯。

08. **走赦馬**→走赦馬 (tsáu-sià-bé)。

　例：「走赦馬」就是做法事 ê 時，道士手裡提一身紙馬，佇法壇四箍輾轉來回遊走，是一種為死者超渡 ê 儀式。

09. **拜年**→行春 (kiânn-tshun)。

　例：若舊曆過年，阮規家伙仔就會去大姨仔個兜行春。

10. **降靈術**→牽尪姨 (khan-ang-î)、關落陰 (kuan-lȯh-im)。

　例：個某過身了後，伊就定定去牽尪姨。

11. **看風水**→看風水 (khuànn-hong-suí)、牽羅經 (khan-lô-kenn/kinn)。

　例：個阿祖咧共人牽羅經、看風水。

12. **揭牌典禮**→開彩典禮 (khai-tshái tián-lé)。

　例：彼間廟 ê 開彩典禮誠鬧熱。

13. **塗鴉**→亂皂 (luān-tsō)、烏白捽 (oo-pȯh-tsȯh)、畫塗符仔 (uē-thôo-hû-á)。

　例：伊從 (tsîng) 細漢就真愛亂皂，落尾煞成做出名 ê 畫家。

14. **塗鴉藝術**→皂壁藝術 (tsō-piah-gē-sȯh)、亂皂藝術 (luān-tsō-gē-sȯh)。

　例：世界真濟大都市攏有「皂壁藝術」，尾仔攏成做觀光 ê 景點。

15. **橋段**→站頭 (tsām-thâu)。

　例：台日大辭典有收「站頭」這個詞，伊舉 ê 例是：「戲，下昏暗欲搬啥物站頭？」

（十四）【時事報導類】華語詞→臺語詞

01. **偷渡客**→偷渡犯 (thau-tōo-huān)、偷渡客 (thau-tōo-kheh)。
    例：1990 年代，中國偷渡犯有夠濟，彼陣對遮 ê 違法偷渡 ê 人，咱閣真客氣叫伊「偷渡客」，有影誠譀！

02. **口蹄疫**→口蹄疫 (kháu-tê-ik/iah)、口蹄災 (kháu-tê-tse)。
    例：1997 年臺灣爆發口蹄疫 ê 疫情，22 年後 ê 2019 年才完全消滅。

03. **蓄水池**→蓄水池 (thiok-tsuí-tî)、儲水池 (tû-tsuí-tî)、儉水池 (khiām-tsuí-tî)、抾水池 (khioh-tsuí-tî)。
    例：雨水流入蓄水池，是儉水 ê 好撇步。

04. **跑單幫、走私**→走水 (tsáu-tsuí)、走水客 (tsáu-tsuí-kheh)。
    例：賊星該敗，走水客落衰矣，去予警察搜 (tsang) 著。

05. **漂流木**→大水柴 (tuā-tsuí-tshâ)、漂流木 (phiau-liû-bȯk)。
    例：有人抾大水柴燃火，有人共抾來 ê 大水柴刻做藝術品。

06. **少子化**→少子化 (siáu-tsú-huà)、少囝化 (tsió-kiánn-huà)。
    例：「少子化」嘛會當講做「少囝化」。

07. **高齡化**→高齡化 (ko-lîng-huà)。
    例：咱臺灣佇 2017 年已經是「高齡化」社會。

08. **替代役**→替代役 (thè-tāi-ik/iah)。
    例：有人講「替代役」袂輸是俗閣大碗 ê 勞工。

（十五）【職業類】華語詞→臺語詞

01. **舵手、擺渡人**→舵公 (tāi-kong)。
    例：較早，臺灣足濟溪河，攏有舵公划船仔載人過溪。

02. **司機**→司機 (su-ki)、運將 (un51tsiang11)、運轉手 (ūn-tsuán-siú)。
    例：司機就是運將老大 ê，嘛叫做運轉手。

03. **會計**→會計 (kuè-kè)。
    例：會計是管理財務 ê 人。

04. 夥計、受人僱用，替人做事的人、姘婦→夥計 (hué/hé-kì)

　　例①：伊透底咧做人的夥計，頭家誠看重伊。

　　例②：伊食老毋認老，閣佮外口鬥夥計（『勾搭姘頭』）。

05. 雇員、伙計→辛勞 (sin-lô)。

　　例：這馬辛勞歹倩，因為少年人驚食苦。

06. 手下、下屬、部下、部屬→下跤手人 (ē-kha-tshiú-lâng)、手下 (tshiú-hā/-ē)、部下 (pōo-hā)、下司 (ē-si)。

　　例：頂司管下司，鋤頭管畚箕。

07. 廚師→廚子 (tôo-tsí)、總鋪 (tsóng-phòo)、總鋪師 (tsóng-phòo-sai)。

　　例：廚子就是總鋪，專門共人辦桌、料理好食 ê 菜。

08. 廚師 (總鋪師) 辦桌的助手→水跤 (tsuí-kha)、二手 (jī-tshiú)。

　　例：以早總鋪師 ê 助手有真濟個，攏著鬥擔水、洗菜、切菜、燃火，所以叫個是「水跤」。

09. 仲介、仲介商→中人 (tiong-lâng)、牽猴仔 (khan-kâu-á)。

　　例：伊咧做中人，無咧做家己 ê 生理。

10. 木匠、木工師父→木匠 (bàk-tshiūnn)、木師 (bàk-sai)、敆作師傅 (kap-tsoh sai-hū)。

　　例：這个木匠師父手藝誠幼路。

11. 流動攤販→走警察 ê (tsáu king-tshat ê)、流動攤販 (liû-tōng thuann-huàn)、走街仔仙 (tsáu-ke-á-sian)。

　　例：「流動攤販」誠可憐，為著生活，毋但愛吹風曝日四界討趁，閣定定愛走予警察逐。

12. 江湖郎中、江湖術士、蒙古大夫→走街仔仙 (tsáu-ke-á-sian)、赤跤仙仔 (tshiah-kha-sian-á)。

　　例：賴和是彰化醫生，嘛 hông 叫做「走街仔仙」，彼是因為伊四常 kha-báng 揹咧四界走，去病患 ê 兜看病，毋是講伊是無受過專業訓練 ê「赤跤仙仔」喔。

(十六)【自然現象類】華語詞→臺語詞

01. **海嘯**→痟狗湧 (siau-káu-íng)、大海漲 (tuā-hái-tiòng)、滾蛟躘 (kún-kau-liòng)、海蛟龍 (hái-kau-liông)、tsu-na-mih(日語)、海掃 (hái-sàu)。

    例①：洪惟仁教授講：「痟狗湧」毋是華語，我自細漢就捌聽過，華語是對臺語借去 ê 款。雲林縣四湖鄉 160 幾年前就捌起一擺海漲，死成萬人，尾仔當地人有起一間「萬善廟」來紀念，每年舊曆六月初八規庄做伙祭拜，叫做「牽水旋」(khan-tsuí-tsñg)。當地人攏叫做「痟狗湧」，毋捌啥物號做「大海漲」。毋管是「痟狗湧」、「大海漲」、「海蛟龍」抑是「滾蛟躘」攏好，上重要 ê 是愛有流通。

        目前口語猶是「痟狗湧」上流行，這就是現代臺語，愛尊重。其他 ê 詞：「大海漲」會當做正式 ê 名詞，「起海蛟龍」「起滾蛟躘」較文雅，做文學用詞，並無衝突。

    例②：2011 年日本東北大地動，發生嚴重 ê 大海漲，死 2 萬外人。

02. **焚風**→燒風 (sio-hong)、火燒風 (hué-sio-hong)、麒麟報 (kî-lîn-pò)。

    例：臺東 ê 大武，便若熱天就有欲到 40 度 ê「火燒風」。

03. **梅雨**→黃酸雨 (n̂g-sng-hōo)、芒種雨 (bông-tsíng-hōo)。

    例：黃酸雨嘛叫做芒種雨，因為攏對芒種彼个季節才開始落 ê。

04. **霓**→暗虹 (àm-khīng)、副虹 (hù-khīng)、霓 (gê)。

    例：「霓」讀作 gê，就是「暗虹」佮「副虹」ê 意思。

05. **下冰雹**→落雹 (lo̍h pha̍uh)、落冰角 (lo̍h ping-kak)、落霜仔角 (lo̍h sng-á-kak)。

    例：落雹 ê 時愛緊閃，無會予伊擎甲叫毋敢。

06. **閃電**→爍爁 (sih-nah)、閃電 (siám-tiān)。

    例①：雷公爍爁直直來，狂風暴雨綴後壁。

    例②：新聞報導講，「閃電風颱」下昏暗就欲起山。

07. **龍捲風**→捲螺仔風 (kńg-lê-á-hong)、龍捲風 (lîng-kńg-hong)。

    例：捲螺仔風若來，人掠厝拆，雞仔鳥仔踏死甲無半隻，實在誠恐怖。

08. **水龍捲**→水龍旋 (tsuí-lîng-suân/tsng)、捲螺仔水 (kńg-lê-á-tsuí)。

　例：水龍旋嘛叫做捲螺仔水，是發生佇海面 ê 捲 (絞) 螺仔風。

09. **堰塞湖**→崩山埤 (pang-suann-pi)、崩山湖 (pang-suann-ôo)。

　例：風颱雨會造成水崩山，水崩山就會形成崩山埤 ê 現象。

10. **熱浪**→熱浪 (jia̍t/lia̍t-lōng)。

　例：好佳哉，咱臺灣熱人干焦有「火燒風」，無「熱浪」。

11. **退潮**→洘流 (khó-lâu)。

　例：「洘流頭」是開始退流水 ê 時陣，「洘流尾」是流水已經退欲完 ê
　　時候陣。

12. **漲潮**→滇流 (tīnn-lâu)、翻流 (huan-lâu)、水滇 (tsuí-tīnn)、海漲 (hái-
　　tióng)。

　例：滇流矣，愛緊走！

13. **泥沼田**→湳田 (làm-tshân)。

　例：湳田真勢落湳，湳塗真歹行路。

14. **泥濘地、爛泥地**→湳塗 (làm-thôo)、湳仔地 (làm-á-tē)。

　例：便若落雨，規路就全湳塗。

15. **颱風**→風颱 (hong-thai)。

　例：臺灣厚風颱，世界通人知。

16. **金星**→太白星 (thài-pi̍k-tshenn/-tshinn)。

　例：聽講玄天上帝就是踮佇太白星。

17. **流星、賊星**→落屎星 (làu-sái-tshenn/-tshinn)、流星 (liû-tshenn)。

　例：誠奇怪，是按怎看著落屎星就愛緊祈禱？

18. **星宿**→星宿 (sing-siù)。

　例：古早人講，天頂有 28 星宿。

19. **大氣**→大氣 (tāi-khì)。

　例：大氣層是保護地球 ê 天然皮膚，咱毋通共伊捅破空。

20. **彗星**→掃帚星 (sàu-tshiú-tshenn/-tshinn)、長尾星 (tn̂g-bué-tshenn/tn̂g-
　　bétshinn)、疶屎星 (tshuah-sái-tshinn)。

　例：掃帚星上好是莫來較袂衰。

21. **震央**→震央 (tsìn-iong/iang)、地動中心 (tē-tāng-tiong-sim)。

　㉕：921 大地動 ê 震央誠淺，災害才會遮爾仔嚴重。

22. **主震**→主震 (tsú-tsìn)、地動頭 (tē-tāng-thâu)。

　㉕：主震做頭前，驚天動地；餘震做後壁，山崩地裂 (lih)。

23. **餘震**→餘震 (î-tsìn)、地動尾 (tē-tāng-bué)。

　㉕：「餘震」嘛叫做「地動尾」，表示地層凝聚 (gîng-tsū) ê 能量已經消
　　　散甲差不多矣。

24. **板塊**→板塊 (pán-khuài)。

　㉕：「板塊運動」雖然恐怖，毋過是咱臺灣島 ê 註生娘娘喔。

25. **潮間帶**→潮間帶 (tiâu-kan-tài)、海坪 (hái-phiânn)。

　㉕：魚仔會泅轉來潮間帶討食佮生湠後代。

(十七)【環保類】華語詞→臺語詞

01. **減煤行動**→減煤行動 (kiám muî hîng-tōng)。

　㉕：減煤行動 ê 目的就是減少空氣汙染。

02. **二氧化碳**→二氧化碳 (jī-ióng-huà-thuànn)。

　㉕：「減碳運動」就是減少二氧化碳 ê 排放。

03. **海水倒灌**→海水倒灌 (hái-tsuí tó-kuàn)、海水倒流 (hái-tsuí tó-lâu)。

　㉕：西部沿海地層下陷，定定會海水倒灌。

04. **懸浮微粒**→懸浮微粒 (hiân-hû-bî-liàp)、風飛块埃 (hong pue ing-ia)、風飛
　　　　　　塗粉 (hong pue thôo-hún)。

　㉕：懸浮微粒就是目睭看袂著 ê 風飛块埃。

05. **細懸浮微粒**→細懸浮微粒 (sè hiân-hû-bî-liàp)、風飛块埃 PM2.5。

　㉕：細懸浮微粒，英語簡稱做 PM，PM1 微米 (μm) 就是一公尺 ê 一百萬
　　　分之一。

06. **沼氣**→沼氣 (tsiáu-khì)。

　㉕：沼氣袂輸是瓦斯，會當用來發電。

07. **掩埋場**→掩埋場 (iám-bâi-tiûnn)、掩埋場 (am-tâi-tiûnn)。

例：因為糞埽傷濟，掩埋場才倒無幾年就滿矣！

08. **綠色能源**→綠色能源 (li̍k-sik-lîng-guân)。

例：毋管是風力、水力抑是太陽能發電，攏是綠色能源。

09. **頰紋徛鵝**→頰紋徛鵝 (kiap-bûn-khiā-gô、kiap-sûn-khiā-gô)。

例：南極 ê 頰紋徛鵝，佮 50 年前比起來，數量已經減少七成幾。

10. **皇帝徛鵝**→皇帝徛鵝 (hông-tè-khiā-gô)。

例：因為氣候 ê 變化，佮工業大量 ê 污染，予南極 ê 皇帝徛鵝，拄著嚴重欠缺糧食佮生存 ê 危機。閣因為倛一胎才生一粒卵爾，而且囡仔出世後，毋是枵死就是凍死，致使倛 ê 數量煞愈來愈少。

(十八)【性命禮儀類】華語詞→臺語詞

01. **出生**→出世 (tshut-sì)、落塗 (lo̍h-thôo)。

例：伊講，我佇臺灣出世 ê。人講，落塗時，八字命，運命莫 (bo̍k) 怨天。

02. **滿月**→滿月 (buán-gue̍h/ge̍h)。

例：囡仔若滿月，就愛炊油飯請人食。

03. **收涎**→收瀾 (siu-nuā)。

例：收瀾是一種民間禮俗，佇紅嬰兒出世滿四個月 ê 時，外媽兜會贈送「收瀾餅」，用紅絲仔線貫規捾，縛予好勢，才掛佇紅嬰仔 ê 胸前，表示幫紅嬰仔收喙瀾，予紅嬰仔日後袂閣再遛容易流喙瀾矣。順紲講一寡好話，比如：收瀾收離離，明年招小弟。

04. **嬰兒過週歲生日**→做度晬 (tōo-tsè)。

例：孫仔做度晬，阿公阿媽上歡喜。

05. **太太、老婆**→某 (bóo)、牽手 (khan-tshiú)、家後 (ke-āu)。

例：娶著好某，較好做祖；娶著好家後，會好命到老。

06. **懷孕**→有身 (ū-sin)、大腹肚 (tuā-pak-tóo)、懷胎 (huâi-thai)、病囝 (pēnn-kiánn)。

例：咱攏是阿母十月懷胎所生，盍 (khah) 會當無有孝咧？

07. **離婚**→離緣 (lî-iân)、放手 (pang-tshiú)、離婚 (lī-hun)。

⑩：有緣做翁某，無緣就放手，放手學祝福。

08. **去世、過世**→過身 (kuē-sin)、別世 (piat-sè)、棄世 (khì-sè)、老去 (lāu--khì)、掣起來 (tshuah-khí--lâi)、去塗州賣鴨卵矣 (khì thôo-tsiu bē ah-nn̄g ah)。

⑩：彼年，阿公過身，阿媽講是去塗州賣鴨卵矣。

09. **命運**→運命 (ūn-miā)。

⑩：一人一款命，運命天註定。

10. **賭一口氣**→賭一寡氣絲仔 (tshun tsit-kuá khuì-si-á)。

⑩：加護病房 ê 病人攏賭一寡氣絲仔。

11. **關卡**→路閘 (lōo-tsa̍h)、關卡 (kuan-khá)。

⑩：人生 ê 路閘有眞濟，著勇敢面對挑戰才有出路。

12. **通行要道**→路關 (lōo-kuan)、要道 (iàu-tō)。

⑩：臺灣海峽是大船、小船 ê 路關。

13. **階段**→坎站 (khám-tsām)、階段 (kai-tuānn)。

⑩：人生 ê 每一个坎站攏眞重要。

（十九）【倫理關係】華語詞→臺語詞

01. **姪女**→查某孫仔（tsa-bóo sun-á）、姪女 (tit-lú/-lí)。

⑩：個查某孫仔今年考牢醫學院。

02. **姪兒**→孫仔 (sun-á)、姪仔 (tit-á)、姪兒 (tit-jî/lî)。

⑩：阮這个姪仔誠有才情，眞少年就做甲經理矣。

03. **伯母**→阿姆 (a-ḿ)、姆仔 (ḿ--á)。

⑩：姆仔，你遮早欲去佗位？

04. **嬸嬸**→阿嬸 (a-tsím)、嬸仔 (tsím--á)。

⑩：恁阿嬸拄對遮過，敢若是欲去菜市仔 ê 款。

05. **弟媳婦**→弟婦仔 (tē-hū-á)。

⑩：阮弟婦仔佇大病院咧做護士啦。

06. **妻姊夫**→姊夫 (tsé-hu)、同門 (tâng-mn̂g)。

   例：阮牽手的姊夫就是我 ê 同門。

07. **妻妹夫**→妹婿 (muē-sài)、同門 (tâng-mn̂g)。

   例：阮彼个妹婿誠勢激五仁、講笑詼。

08. **繼父**→後叔 (āu-tsik)。

   例：伊的後叔是一个勤儉 ê 人，閣誠顧家。

09. **後妻、續絃、繼室**→後岫 (āu-siū)。

   例：人講後岫袂疼前人囝，其實愛看人。

10. **結拜兄弟**→換帖 ê(uānn-thiap--ê)、結拜 ê (kiat-pài--ê)。

   例：古早臺灣人攏愛有換帖 ê，才較好生存。

11. **陌生人**→生份人 (senn-hūn-lâng/sinn-hūn-lâng)。

   例：個兩个冤家了後，就親像生份人全款。

12. **情人**→愛人仔 (ài-jîn-á)、貼心 ê (tah-sim--ê)。

   例：阮彼 (hit) 个貼心 ê，生做真妖嬌美麗。

(二十)【地形、方位類】華語詞→臺語詞

01. **四周圍**→四箍輾轉 (sì-khoo-liàn-tńg)、四箍圍仔 (sì-khoo-uî-á)。

   例：三峽好所在，四箍輾轉攏是山。

02. **形容非常遼闊，一望無垠**→闊莽莽 (khuah-bóng-bóng)。

   例：太平洋闊莽莽，彼兩隻船仔按怎會相挵？

03. **面積寬廣**→闊閬閬 (khuah-lòng-lòng)。

   例：個兜闊閬閬，較濟冊嘛囥有路。

04. **面積狹小**→狹櫼櫼 (èh/uéh-tsinn-tsinn)。

   例：香港所在狹，徛家攏狹櫼櫼，袂輸籠仔咧。

05. **四方**→四方 (sù-hong、sì-hong)。

   例：闊喙食四方，肚大居財王。

06. **斜角**→斜角 (tshuáh-kak)。

   例：佇郵局斜角有一間冊店。

07. **這裡**→這搭 (tsit-tah)、遮 (tsia)。

　　例：這搭 ê 人攏誠親切，生份人若問路，就一定共你焄路。

08. **附近、左右**→跤兜 (kha-tau)。

　　例：伊差不多五十歲彼 (hit) 跤兜。

09. **區域**→區域 (khu-hik)，地區 (tē-khu)、範圍 (huān-uî)。

　　例：這個區域是山地保留區，袂使亂開墾。

10. **梯田**→坪仔田 (phiânn-á-tshân)、垺仔田 (luah-á-tshân)、雷公田 (luî-kong-tshân)。

　　例①：佇金山、萬里有一寡坪仔田，風景真美麗。

　　例②：佇山坪耕作 ê 坪仔田，因為一垺一垺、長篙長篙，所以嘛叫做「垺仔田」。

11. **山崖、山谷**→坑崁 (khenn-khàm)。

　　例：伊跮山 ê 時陣，無細膩跋落去坑崁。

12. **山崖**→山崁 (suann-khàm)。

　　例：這個山崁誠深，跮山愛細膩。

13. **隧道**→磅空 (pōng-khang)。

　　例：以早九份仔 ê 磅空口有一條流籠，一下跮落去就到瑞芳矣。

(二十一)【譬相、剾洗類】譬相 (phì-siùnn，『尖酸的諷刺、奚落』)

01. **傻瓜**→阿西 (a-se)、癮頭 (giàn-thâu)、實頭 (tsat-thâu)、戇呆 (gōng-tai)、戇人 (gōng-lâng)、侗戇 (tòng-gōng)。

　　例①：你莫遐阿西好無，人講你就行。

　　例②：你這個大癮頭，人姑娘仔暗示你遐久矣，你攏無感覺！

02. **騙子**→佬仔 (láu-á)、諞仙仔 (pián-sian-á)。

　　例：社會上，政治佬仔佮愛情佬仔是滿四界，你凡事就愛細膩。

03. **騙子、郎中、設計陷害別人的人**→諞仙仔 (pián-sian-á)。

　　例：咱臺灣有遐濟諞仙仔，閣咧講「上美麗 ê 風景是人」，敢咧倒反講？

04. **不用心、混日子的人**→浮浪貢 (phû-lōng-kòng)。

例：你這个浮浪貢，走佗死！

05. **無聊、乏味、沒事可做**→無議量 (bô-gī-niū)。

　　例：上無議量 ê 是退休無代誌做 ê 老人。

06. **消遣、排遣。排解愁悶、消磨時間**→做議量 (tsò-gī-niū)。

　　例：遮 ê 迌物仔是欲做議量 ê。

07. **怪異、違背常情**→蹊蹺 (khi-khiau)。

　　例：這幾工仔伊攏毋講話，是有啥物蹊蹺無？

08. **不義之財、黑心錢**→僥倖錢 (hiau-hīng-tsînn)、烏心錢 (oo-sim-tsînn)。

　　例：僥倖錢，失德了；冤枉錢，跋輸筊；艱苦錢，開袂了。

09. **高利貸**→王爺債 (ông-iâ-tsè)。

　　例：你千萬毋通共地下錢莊借王爺債，一下借就永遠袂翻身。

10. **奴才**→箍絡 (khoo-lȯh)。

　　例①：你毋認真讀冊，後擺會做人 ê 箍絡。

　　例②：以早 ê 人咧搬運物件 ê 時，需要用索仔來縛，這種索仔就叫做「箍絡索」，所以「箍絡」其實是「搬運工」ê 意思，後來才變做「奴才」ê 意思。

11. **做粗工的搬運工人**→苦力 (ku-lí)。

　　例①：新莊米市巷，較早有倩誠濟苦力鬥夯米。

　　例②：個阿公是一个做苦工 ê 苦力。

12. **沒見過世面的人、冒失鬼**→菁仔欉 (tshenn/tshinn-á-tsâng)。

　　例：你這个菁仔欉是講煞抑未？

13. **懶惰的人**→貧惰人 (pîn/pân-tuānn-lâng)、貧惰骨 (pîn/pân-tuānn-kut)、鱸鰻骨 (lôo-muâ-kut)。

　　例：你這个貧惰骨，逐工死坐活食，實在有夠崁頭崁面。

二、動詞

（一）【一般動詞】華語詞→臺語詞

01. **成為**→成做 (tsiânn-tsò)。

　　例：個兩个會成做好朋友，實在予人想袂到。

02. **北上**→上北。(tsiūnn-pak)。

　　例：一下出業，伊就上北去揣頭路。

03. **南下**→落南 (lȯh-lâm)。

　　例：個故鄉淹大水，昨暝伊落南去矣。

04. **使人**→予人 (hōo lâng)。

　　例：伊ê功德予人數念 (siàu-liām)。

05. **流行、時髦**→時行 (sî-kiânn)。

　　例：伊ê穿插有綴著時行。

06. **相差**→精差 (tsing-tsha)。

　　例：九十分佮一百分，精差無偌濟。

07. **沒差別**→無精差 (bô-tsing-tsha)。

　　例：彼台冷氣歹去矣，有開無開無精差。

08. **約定**→約束 (iȯk-sok)。

　　例：當年你我有約束，你無嫁，我無娶。

09. **穿著、打扮**→穿插 (tshīng-tshah)、打扮 (tá/tánn-pān)。

　　例：莫看伊老罔老，伊ê穿插有綴著時行。

10. **用言語恐嚇、威脅**→放刁 (pàng-tiau)。

　　例：伊放刁欲予你歹過日，你著較細膩咧。

11. **找藉口**→牽拖 (khan-thua)。

　　例：袂生牽拖厝邊。袂曉駛船嫌溪彎。

12. **迷路**→揣無路 (tshuē bô lōo)。

　　例：伊無方向感，定定揣無路。

13. **迷信、忌諱**→厚譴損 (kāu-khiàn-sńg)。

例：阿義仔伊這个人足厚譴損 ê，定定愛算命、看風水。

14. **尋找**→走揣 (tsáu-tshuē)。

例：伊一直咧走揣當年失散 ê 查某囝。

15. **努力**→拍拚 (phah-piànn)、拚勢 (piànn-sè)。

例：拍拚一世人，買無一間厝，民眾 ê 心事啥人知？

16. **討債**→討數 (thó-siàu)。

例：連鞭仔就有人欲來共伊討數矣。

17. **浪費**→討債 (thó-tsè)。

例①：錢，千萬毋通討債，因為誠歹趁。

例②：伊食物件有夠討債，定定賰一半就欲捒捒。

18. **扔、丟掉、丟棄**→捒掉 (hìnn-tiāu)、捒捒 (hìnn-sak)、抭捒 (hiat-kàk)、擲捒 (tàn-sak)、擲抭捒 (tàn-hiat-kàk)、擲捒捒 (tàn-hìnn-sak)、摒捒捒 (piànn-hìnn-sak)。

例①：這塊紅龜粿生菇矣，袂使食，緊捒掉。

例②：物件磕袂著就擲抭捒，有夠討債。

例③：這包糞埽愛緊摒捒捒，無會生蟲。

19. **主持、掌管**→扞頭 (huānn-thâu)。

例：恁厝內是啥物人咧扞頭？

20. **硬碰硬**→硬拄硬 (ngē-tú-ngē)。

例：像這款硬拄硬 ê 代誌，你就較莫插咧。

21. **討打、自討苦吃**→討皮疼 (thó-phuê/ phê-thiànn)。

例：我看你是咧討皮疼啦。

22. **伸縮、變通轉圜**→伸勼 (tshun-kiu)。

例：做人愛知影伸勼，才袂傷食虧。

23. **眼珠上下左右轉動**→轉輪 (tńg-lûn)。

例：伊看甲目睭無轉輪，身軀無振動。

24. **懷孕**→帶膭 (tuà-kuī)、有身 (ū-sin)、大腹肚 (tuā-pak-túo)。

例：個某是帶膭娶 ê。

25. **出差錯**→脫箠 (thut-tshuê/tshê)。

　　例：伊作穡定定脫箠。

26. **幫忙**→鬥相共 (tàu-sann-kāng)、鬥跤手 (tàu-kha-tshiú)、幫贊 (pang-tsān)。

　　例：你緊來共我鬥跤手。

27. **腦力激盪**→絞腦汁 (ká náu-tsiap)、激頭腦 (kik thâu-náu)。

　　例：這件代誌毋免激頭腦，土想就知。

28. **呼朋引伴**→你兄我弟結規黨 (lí hiann guá tī kiat kui tóng)。

　　例：無愛讀冊 ê 囡仔，煞逐工你兄我弟結規黨、學做歹。

29. **繁殖**→生湠 (senn-thuànn)。

　　例：外來植物攏足勢生湠。

30. **難於下嚥**→吞袂落喉 (thun bē lóh-âu)、袂孝孤得 (bē hàu-koo tit)。

　　例：伊煮 ê 飯，誠袂孝孤得。

31. **發育**→轉晟 (tńg-tshiânn)、轉骨 (tńg-kut)、發育 (huat-iók)。

　　例①：阿榮轉晟轉無過，十八歲矣閣誠細粒子。

　　例②：囡仔拄咧轉骨，愛予睏較飽咧。

32. **使眼色**→捽目尾 (sut-bák-bué/-bé)。

　　例：伊對你捽目尾，我看是有好空 ê 欲予你。

33. **失去原味或失去應有的味道**→走味 (tsáu-bī)。

　　例：這杯咖啡囥傷久，已經走味去矣。

34. **行透透**→走透透 (tsáu-thàu-thàu)。

　　例：伊誠愛旅遊，已經全世界走透透。

35. **四處亂跑**→拋拋走 (pha-pha-tsáu)。

　　例：你一工到暗拋拋走，足歹揣 ê。

36. **物品因乾枯、老化而龜裂，變得容易酥碎**→含梢 (hâm-sau)。

　　例：這跤醃缸已經含梢矣，毋通閣用矣。

37. **工作賺錢來過生活**→討趁 (thó-thàn)。

　　例：人若是欲食毋討趁，註定是一世人抾捔啦。

38. **失去準度、走樣**→走精 (tsáu-tsing)。

　　例①：這个時鐘走精去矣。

例②：人若食老，身材佮反應攏會漸漸走精去。

39. **發霉**→生菇 (senn/sinn-koo)。

例：彼塊餅生菇矣，毋通食！

40. **消遣、排遣、排解愁悶、消磨時間**→做議量 (tsò-/tsuè-gī-niū)。

例：遮 ê 迌迌物仔是欲做議量 ê。

41. **不得要領、抓不到頭緒**→掠 (捎) 無頭摠 (liȧh(sa)-bô-thâu-tsáng)。

例：伊講規晡，我嘛是掠無頭摠。

42. **枯死、枯萎、枯黃**→徛黃 (khiā-n̂g)。

例：一日徙栽，三日徛黃。

43. **搶話**→僭話 (tsiàm-uē)。

例①：伊猶未講完，毋通僭話。

例②：做人愛站節，毋通傷超過，袂使僭權閣僭話。

44. **心悸**→抱心 (phō-sim)。

例：伊見若啉七簽仔店 ê 咖啡就抱心。

45. **拖延耽擱**→延延 (iân-tshiân)。

例①：你毋通閣延延矣，火車欲開矣。

例②：你莫閣延延矣，人客咧欲來矣。

46. **裝傻、故作糊塗**→佯戇 (tènn-gōng/tìnn-gōng)。

例：伊上勢佯戇，而且佯戇閣會定定騙著條直 ê。

47. **裝傻**→激怐怐 (kik-khòo-khòo)。

例：你莫共我激怐怐，我會一條一條佮你算清楚。

48. **裝蒜、罵人假糊塗**→佯生 (tènn-tshenn、tìnn-tshinn)。

例：物件就是你提 ê，莫佇遐咧佯生啦！

49. **偷、強取**→勍 (khiang)。

例：你莫勍去喔！

50. **張羅、準備**→攢 (tshuân)、款 (khuán)。

例①：我共物件攢好矣。

例②：行李款款咧，通好來告辭。

51. **合胃口、適合自己個人的飲食習慣**→佮喙 (kah-tshuì)。

例：日本料理我較食都袂佮喉。

52. **穿過、鑽過、貫穿**→貫 (kǹg)、貫迵過 (kǹg thàng--kuè)。

例①：霜風一直對門縫貫入來。

例②：欲掛耳鉤，就愛共耳珠先貫迵過。

53. **沾染、沾汙**→沐 (bak)。

例：這領衫沐著色。

54. **沾濕、濡濕**→沐澹 (bak-tâm)。

例：你愛共這塊桌布小沐一下仔水，才有法度拭桌頂。

55. **沾惹、接觸某件事或某個人**→沐 (bak)。

例：伊愛沐政治，沐甲身體害了了！

56. **料想、預期**→辦胚 (pān-phue/phe/pher)。

例①：我辦胚伊會來，刁工提早去等，煞等無人。

例②：逐家講定著，欲股株做生理，無辦胚伊煞反卦，害阮了甲裼褲。

註①：股株 (kóo-tu)，股份。

註②：份股株 (hūn-kóo-tu)，參與持分。

57. **育兒**→育囝 (io-kiánn)。

例：爸母育囝毋是簡單代，為囝搦屎搦尿幾若多。

58. **裝飾**→妝娗 (tsng-thānn)。

例：下昏暗，伊妝娗甲誠婿，毋知欲佮啥約會。

59. **挫折**→撞突 (tōng-tu̍t)、著觸 (tio̍h-tak)、碰釘 (phòng-ting)。

例①：人生難免有撞突，事業也難免會著觸，毋過堅持是咱唯一 ê 武器。

例②：少年人愛加幾擺仔碰釘，才會知影做人 ê 重要。

60. **拉警報**→霆水螺 (tân-tsuí-lê)、霆警報 (tân-kíng-pò)。

例：見擺空襲就會霆水螺。

61. **倒栽蔥、仰面摔倒**→倒頭栽 (tò-thâu-tsai)、倒摔向 (tò-siàng-hiànn)、吭跤翹 (khōng-kha-khiàu)。

例：你若無坐好，等一下就會倒頭栽。

62. **驅散**→驅散 (khu-sán)。

例：鎮暴部隊用盾牌佮警棍驅散示威 ê 群眾。

63. **闖關**→闖關 (tshuàng-kuan)、挵關 (lòng-kuan)、衝關 (tshiong-kuan)。

⟮例⟯：戒嚴時期，伊hőng列入烏名單，落尾勇敢闖關才轉來臺灣。

64. **屠宰**→屠宰 (tôo-tsái/-tsáinn)。

⟮例⟯：屠宰場一透早就誠無閒，逐工攏愛屠宰足濟精牲。

65. **種田翻土**→翻塗 (huan-thôo)。

⟮例⟯：立春矣，愛開始翻塗，準備播田矣。

66. **整骨推拿**→撨骨掠筋 (tshiâu-kut-liáh-kin)。

⟮例⟯：撨骨掠筋是一種民俗治療。

67. **稽查**→稽查 (khe-tsa)。

⟮例⟯：海關稽查毒品愈來愈嚴矣。

68. **研究、考究、稽考**→稽考 (khe-khó)、查考 (tsa-khó)。

⟮例⟯：「稽」這个字有查考、研考、議論、計較、拍算等等 ê 意思，比論講「這件代誌逐家小稽考一下」，就是講「這件代誌逐家小研究、議論一下」。

69. **破紀錄**→破紀錄 (phò-kì-lȯk)。

⟮例⟯：香港 200 萬人破紀錄 ê 大遊行，展現強大 ê 民意。

70. **打破**→拍破 (phah-phuà)。

⟮例⟯：運動選手欲拍破紀錄，除了天份，閣愛有決心佮意志。

71. **建造、建立**→起造 (khí-tsō)。

⟮例⟯：欲起造一个國家，需要勇氣佮智慧。

72. **散裝**→散裝 (suánn-tsng)。

⟮例⟯：買散裝 ê 較貴，規箱 ê 較俗。

73. **零賣**→散賣 (suánn-bē)。

⟮例⟯：彼个做散賣 ê 簐仔店，一工趁無偌濟。

74. **下傾盆大雨**→落大雨 (lȯh tuā-hōo)、摔大雨 (siàng tuā-hōo)。

⟮例⟯：風颱來，一定會摔大雨。

75. **抽芽**→發芽 (puh/huat-gê)、發穎 (puh/huat-ínn)、抽青 (thiu-tshenn/tshinn)。

⟮例⟯：拄掖落去 ê 白菜，無兩工就發芽矣。

76. **看看**→看覓 (khuànn-māi)。

例：等看覓，代誌可能無想 ê 遐爾仔穩。

77. **留意、小心**→張持 (tiunn-tî)、細膩 (sè-jī/-lī)。

例①：伊一下無張持就跋落去水溝仔。

例②：俗語講：「來，無張持；去，無相辭。」這就是人生！

78. **撿、拾**→抾 (khioh)。

例：彼个抾稻穗 ê 查某囡仔，尪仔頭真嫷閣誠有禮貌。

79. **轉開、打開**→捘開 (tsūn-khui)。

例：這罐醬菜 ê 蓋崁甲誠絚，攏捘袂開。

(二)【個人修養】華語詞→臺語詞

01. **發脾氣**→使性地 (sái-sìng-tē/-tuē)。

例：伊定定使性地，所以逐家攏無愛佮伊做伙。

02. **高傲、驕傲或刻薄**→苛頭 (khô-thâu)。

例：彼个人傷苛頭，我無想欲佮伊交陪。

03. **計較**→窮分 (khîng-hun)。

例：囡仔人毋通傷勢窮分。

04. **耍猴戲、使花招作弄人**→變猴弄 (pìnn-kâu-lāng)。

例：伊正經工課毋做，規日就佇遐變猴弄。

05. **搞鬼、耍花招、故弄玄虛**→變鬼變怪 (pìnn-kuí-pìnn-kuài)。

例：伊上愛變鬼變怪。

06. **毛手毛腳、動手動腳**→跤來手來 (kha-lâi-tshiú-lâi)。

例：你莫對伊跤來手來。

07. **動手動腳**→起跤動手 (khí-kha-tāng-tshiú)。

例：好好仔講就好，毋通按呢起跤動手。

08. **擺架子、裝模作樣**→張身勢 (tiunn-sin-sè)。

例：伊真勢張身勢，莫插伊就好。

09. **吃閒飯、不事生產**→死坐活食 (sí-tsē-uàh-tsiàh)。

例：伊干焦死坐活食，無欲討趁。

10. **爭辯、爭論**→相諍 (sio-tsènn/-tsìnn)、諍喙 (tsènn/tsìnn-tshuì)。

  例：伊是一个相諍毋認輸，相輸閣毋捌贏 ê 人。

11. **口角、在言語上與別人發生爭執或衝突**→相嚷 (sio-jióng)。

  例：個兩个佇遐相嚷誠久矣，我予個吵甲強欲起痟矣。

12. **爭論、鬥嘴**→盤話 (puânn-uē)。

  例：個兩个閣咧盤話矣，咱緊閃！

13. **搬弄是非、中傷他人**→搬話 (puann-uē)。

  例：你毋通烏白搬話，害人拍歹感情。

14. **爭吵、打架**→冤家相拍 (uan-ke-sio-phah)、冤家量債 (uan-ke-niû-tsè)。

  例：恁兩个莫閣冤家相拍矣啦！大人大種矣，袂輸囡仔咧。

15. **動歪腦筋**→想空想縫 (siūnn-khang-siūnn-phāng)。

  例：伊規工攏咧想空想縫，毋知欲做啥物歹代誌。

16. **無計可施，沒輒了**→變無路 (pìnn-bô-lōo)、變無空 (pìnn-bô-khang)、變無魍矣 (pìnn-bô-bang--ah!)、變無撚矣 (pìnn-bô-lián--ah)。

  例①：偉大 ê 政府變無撚矣！

  例②：自來伊 ê 把戲就真濟，今煞變無魍矣！

17. **通權達變、隨機應變**→伸勼變竅 (tshun-kiu-piàn-khiàu)。

  例：你愛知影變竅，毋通傷條直。

18. **變通的方法**→變步 (piàn-pōo)。

  例：代誌到遮來，我嘛無變步矣。

19. **諷刺、挖苦人家**→剾洗 (khau-sé/-sué)、正剾倒削 (tsiànn-khau-tò-siah)。

  例：你莫閣剾洗矣，無，我會掠狂。

20. **說笑話、插科打諢**→激五仁 (kik-ngóo-jîn/-lîn)。

  例：伊誠勢激五仁，激甲逐家笑哈哈。

21. **囂張、逞威風**→聳鬚 tshàng-tshiu)。

  例：你免聳鬚，連鞭警察就來矣。

22. **欺負老實人或新來的人**→食儂 (tsia̍h-sông)。

  例：伊會共人食儂，你著較細膩咧！

23. **挑毛病、狡猾**→蹊蹺 (khi-khiau)。

例①：這个頭家真愛共下跤手人蹧躂，個公司ê頭路歹食。

例②：伊這種人足蹧躂ê，你愛細膩。

24. **嫉妒**→紅目 (âng-bák)、赤目 (tshiah-bák)、目空赤 (bák-khang-tshiah)、怨妒 (uàn-tòo)。

例：伊見若看人好就目空赤。

25. **愛挑剔、計較，喜歡唱反調，讓人感到為難**→交繃 (kau-penn)。

例：是按怎伊定定來遮交繃？因為目空赤煞起無空。

(三)【人際關係】華語詞→臺語詞

01. **介紹**→紹介 (siāu-kài)。

例：到時陣愛麻煩你共我紹介予恁頭家。

02. **打招呼、寒暄**→相借問 (sio-tsioh-mn̄g)。

例：厝邊隔壁愛相借問。

03. **賠笑臉**→扮笑面 (pān-tshiò-bīn)。

例：伊這个人就是戇直，袂曉看人ê目色扮笑面。

04. **交際應酬**→盤撋 (puânn-nuá)、交際應酬 (kau-tsè ìng-siû)。

例①：做業務ê就是愛會曉佮人盤撋。

例②：佮伊盤撋一下，有好無穤。

例③：交朋友佮人盤撋愛會曉選擇，袂當人人好。

05. **晚上約會**→凍露水 (tàng-lōo-tsuí)。

例：你下暗欲佮啥人去凍露水？

06. **來往、打交道**→相交插 (sio-kau-tshap)。

例：伊較無愛佮人相交插，所以朋友無濟。

07. **不敢當、承受不起**→受袂起 (siū-bē/buē-khí)。

例：你遮厚禮數，我受當袂起。

08. **主人贈禮致謝**→貺 (hīng)。

例①：生後生著愛貺紅卵佮貺油飯，送予親情五十食。

例②：刣豬公無相請，嫁查某囝才咧貺大餅。

09. **互相支持、幫忙**→相楗 (sio-kīng)。

　　例：你免煩惱，到時咱兩个人會當相楗。

10. **互相支持、互相推舉、互相參與**→相伨 (sio-thīn)。

　　例①：這擺我伨你到底。

　　例②：朋友著互相相伨，人面才會闊。

　　例③：親情有喜事，愛相伨有來往，感情才會親。

11. **刁難**→欹空 (khia-khang)。

　　例：彼个經理真勢共人欹空，你著較細膩咧。

12. **簇擁**→圍黎 (uî-luî)、圍挺 (uî-thánn)。

　　例：大官虎便若出門，身軀邊攏會圍挺一陣人。

13. **安頓、安撫**→安搭 (an-tah)。

　　例：你小共安搭一下，我隨過來處理。

14. **吵得家裡不得安寧**→吵家抐計 (tshá-ke-lā-kè)。

　　例：恁著較捌代誌咧，莫閣佇遐吵家抐計矣。

15. **託付**→交仗 (kau-tiōng/tiāng)。

　　例：你定定十角，一箍散散，公司的代誌欲按怎交仗予你？

三、形容詞

01. **顏色雜亂無章**→花巴哩貓 (hue-pa-li-niau)。

　　例：伊今仔日穿甲花巴哩貓。

02. **斷炊了、沒錢了**→吊鼎矣 (tiàu-tiánn ah)。

　　例：咱這馬散甲欲吊鼎矣，閣毋較儉一下。

03. **真麻煩**→誠費氣 (tsiânn huì-khì)、費氣費觸 (huì-khì-huì-tak)。

　　例：按呢較費氣，你閣想看有別種方法無？

04. **真不可思議**→真想袂到 (tsin siūnn bē kàu)、誠譀古 (tsiânn hàm-kóo)。

　　例：伊講 ê 代誌實在誠譀古。

05. **呱呱叫**→削削叫 (siah-siah-kiò)。

　　例：若講著考試，阿發仔是削削叫。

06. **顧左右而言它**→烏龍踅桌 (oo-liông-seh-toh)。

　　例：若扶著代誌無才調處理，伊就開始烏龍踅桌，毋願面對。

07. **天經地義**→天公地道 (thinn-kong-tē-tō)。

　　例：欠債還錢，是天公地道 ê 代誌。

08. **裝瘋賣傻**→佯顛佯戇 (tènn-tian-tènn-gōng)。

　　例：你莫佇遐咧佯顛佯戇矣，馬上共偷提 ê 物件攏吐出來。

09. **看無順眼**→看了誠刺鑿 (khuànn liáu tsiânn tshì-tshak)、誠鑿目 (tsiânn tshak-bak)。

　　例：人若傷囂俳，就會予人看著誠刺鑿。

10. **講風涼話**→拍抐涼 (phah-lā-liâng)。

　　例：無鬥相共就慘死了矣，你莫佇遐拍抐涼啦。

11. **萬般無奈**→磕頭死予伊，嘛無雙條性命。

　　例：飼著了尾仔囝，磕頭死予伊，嘛無雙條牲命。

12. **無可奈何**→無可奈何 (bû-khó-nāi-hô)、不得已 (put-tik-í)。

　　例：人生四常會扶著無可奈何 ê 代誌，所以無可奈何就是人生。

13. **無可奈何**→無奈何 (bô-ta-uâ)、無法度 (bô-huat-tōo)、姑不將 (koo-put-tsiong)、姑不而將 (koo-put-jî-tsiong)。

　　例：細漢厝裡散赤，爸母姑不將共伊抱去予別人飼。

14. **捕風捉影**→風聲嗙影 (hong-siann-pòng-iánn)。

　　例：臺灣 ê 電視媒體，常在報導一寡風聲嗙影 ê 代誌，定定嘛看一个影，就生一个囝，無就製造假新聞，予社會人心惶惶。

15. **小心、客氣**→細膩 (sè-jī)。

　　例：出門在外，萬事細膩。

16. **細膩**→幼路 (iù-lōo，指手藝或是做事方法)。

　　例：這領膨紗衫刺了真幼路。

17. **秀氣**→幼秀 (iù-siù，指人的儀態)。

　　例：幼秀跤，好命底。彼个查某囡仔動作誠幼秀。

18. **細緻**→幼膩 (iù-jī/-lī，指東西或物品的質地)。

　　例①：麻豆文旦較幼膩。

例②：這塊瓷仔做甲不止仔幼膩。

19. **好奇**→好玄 (hònn-hiân)。

例：囡仔兄對逐項代誌攏眞好玄。

20. **身體虛弱**→荏身 (lám-sin)。

例：伊眞荏身，磕袂著就破病。聽講伊對細漢就眞荏身命。

21. **浮面不實、草率**→浮冇 (phû-phànn)。

例：伊做代誌一向眞浮冇，我袂放心。

22. **滿滿**→滇滇 (tīnn-tīnn)、滿滿 (buán-buán/muá-muá)。

例①：茶愛斟予滇滇才有誠意。

例②：這擺認證，伊自信滿滿。

23. **發呆**→戇神 (gōng-sîn)。

例：伊看起來戇神戇神，敢是有啥物代誌發生？

24. **天賦異稟**→天份眞好 (thian-hūn tsin hó)、頭殼有珠 (thâu-khak ū tsu)。

例：伊頭殼有珠，做啥攏成功。

25. **程度整齊**→齊齊 (tsiâu-tsiâu)、仁仁仁 (jîn-jîn-jîn、lîn-lîn-lîn)。

例①：個這屆 ê 學生程度誠好，數學程度逐家都齊齊。

例②：這批西瓜眞媠，籠面 ê 逐粒都仁仁仁。

26. **動作緩慢**→跤手慢鈍 (kha-tshiú bān tūn)、動作誠慢 (tōng-tsok tsiânn bān)。

例：你做代誌若跤手慢鈍，就會予人嫌甲無一塊好。

27. **憂心忡忡**→面憂面結 (bīn-iu-bīn-kat)、操心擘腹 (tshau-sim-peh-pak)。

例：做序大人 ê，定定攏會為序細面憂面結、操心擘腹。

28. **反反覆覆、反覆無常**→反起反倒 (huán-khí-huán-tó)。

例：伊講話反起反倒，咱愛冷靜思考一下，才袂受騙。

29. **空蕩蕩，空無一物**→空囉嗦 (khang-lo-so)、空閬閬 (khang-lòng-lòng)。

例：會議室空囉嗦，無半个人。

30. **記憶模糊**→記持霧霧 (kì-tî bū-bū)、記了花花 (kì.liáu hue-hue)。

例：彼件代誌，我記了花花，你閣予我斟酌一下。

31. **陰陽怪氣**→怪孽 (kuài-giát)、龜怪 (ku-kuài)、假鬼假怪 (ké-kuí-ké-kuài)。

例：伊 ê 個性怪孽怪孽，眞歹按算會按怎做。

32. **興奮、快樂**→暢 (thiòng)、樂暢 (lȯk-thiòng)。

　　例：臺灣原住民ê個性攏眞樂暢，較袂爲明仔載ê代誌煩惱。

33. **心情鬱悶、煩躁**→齷齪 (ak-tsak)。

　　例：熱天ê時人較勞齷齪，性地攏較穮。

34. **無聊、乏味、無事可做**→無議量 (bô-gī-niū)。

　　例：我家己一个人去看電影，足無議量ê。

35. **舒服、舒適**→好勢 (hó-sè)。

　　例：伊睏甲誠好勢。

36. **乾脆、直接，不拖泥帶水**→規氣 (kui-khì)。

　　例：我看代誌攏予伊做，按呢較規氣。

37. **烏鴉嘴**→破格喙 (phuà-keh-tshuì)、烏鴉喙 (oo-a-tshuì)。

　　例：破格喙，見講都對對。

38. **攤商的籠子的最上層、排面的、最好的、最優秀的**→籠面ê (láng-bīn--ê)。

　　例①：你買ê果子攏是籠面ê，甜閣好食。

　　例②：你是籠面ê，絕對袂當落氣。

　　例③：你是籠面ê，無來袂使。

39. **最好的、第一流的、最投契的**→一粒一ê (it-liȧp-it--ê)。

　　例①：這改欲參加比賽ê選手攏是一粒一ê。

　　例②：講著感情，阮兩个自細漢就是一粒一ê。

40. **不高明**→兩光 (lióng-kong)。

　　例：伊做代誌兩光兩光，眞袂交仗。

41. **瘦巴巴、瘦骨如柴**→瘦卑巴 (sán-pi-pa)。

　　例：這个囡仔腹肚內有蝒蟲，才會飼甲瘦卑巴。

42. **慵懶**→懶屍 (lán-si)。

　　例：伊這站仔誠懶屍，啥物代誌攏無欲做。

43. **無精打采、沒精神，提不起勁的樣子**→無攬無拈 (bô-lám-bô-ne)。

　　例：拍球莫無攬無拈，較有精神咧！

44. **空口無憑、信口開河**→空喙哺舌 (khang-tshuì-pōo-tsih)。

　　例：你毋通空喙哺舌誣賴別人。

45. **七嘴八舌**→十喙九尻川 (Tsa̍p tshuì káu kha-tshng)。

	例：恁辦公室，十喙九尻川，是非有夠濟。

46. **習慣**→慣勢 (kuàn-sì)。

	例：歹勢一時，慣勢就好。歹勢食無份，慣勢面袂紅。

47. **沒出息**→抾捔 (khioh-ka̍k)。

	例：欲食毋討趁，我看你這世人抾捔矣。

48. **沒出息、沒用了、枉然、枉費**→了然 (liáu-jiân/-liân)。

	例①：你實在有夠了然，時機遮爾仔好，攏袂曉把握。

	例②：想著這款「親生囝，餓死爸」ê代誌，實在真了然。

49. **有耐力**→有擋頭 (ū-tòng-thâu)。

	例：你莫看伊瘦閣薄板，其實伊誠有擋頭。

50. **做消遣的**→做議量 ê (tsò gī-niū--ê)。

	例：遮 ê 迌迌物仔是欲做議量 ê。

51. **口感差、舌頭的感覺不好**→末末 (bua̍h-bua̍h)。

	例：弓蕉無到分，食著末末。

52. **不學好，為非作歹，任意蹧蹋物資，不加節制**→匪類 (huí-luī)。

	例①：伊自少年 ê 時就真匪類矣，家伙早就敗了了。

	例②：你實在真匪類，物件猶未歹就想欲擲掉。

53. **很兇的女人**→柴耙 (tshâ-pê)。

	例：這個查某足柴耙，毋通去惹伊。

54. **寬裕**→冗剩 (liōng-siōng)。

	例：你按呢過日傷冗剩矣。

55. **節儉、節約、儉省**→虯儉 (khiû-khiām)。

	例：生理失敗了後，伊 ê 日子就過甲真虯儉。

56. **皺巴巴**→皺襞襞 (jiau/liâu-phé-phé)。

	例：規領衫皺襞襞，欲穿進前愛先熨一下。

57. **形容非常雜亂，毫無條理**→挐氅氅 (jû-/lû-tsháng-tsháng)。

	例：這陣囡仔疕開舞會，共規間厝舞甲挐氅氅。

58. **冷冰冰**→冷吱吱 (líng-ki-ki)。

例：血氣袂通，跤手尾冷吱吱。

59.無主見的人盲目跟隨他人行事→攑香綴拜 (giáh-hiunn-tuè/-tè/-pài)、相趁相喊 (sio-thàn-sio-hán)。

例：做人處事，袂當攑香綴拜，愛用家己 ê 智慧做判斷。

60.一點點→淡薄仔 (tām-póh-á)、一點仔 (tsit-tiám-á)。

例：我遮閣有淡薄仔錢會當借你。

61.一點點→一屑仔 (tsit-sut-á)、一寡仔 (tsit-kuá-á)。

例：伊食一屑仔飯爾爾。

62.一小片、一點點→一疕仔 (tsit-phí-á)。

例：一人才分一疕仔，連楔喉齒縫都無夠。

63.形容去做客，聊天過久，忘了要回家→長尻川 (ńg-kha-tshng)。

例：伊有夠長尻川 ê，一坐落就袂記得起來。

64.形容個性內斂→覕鬚 (bih-tshiu)。

例：伊生性較覕鬚，講話攏真客氣。

65.形容個性囂張→聳鬚 (tshàng-tshiu)。

例：俗語講：「聳鬚無落衰 ê 久。」你聳鬚 ê 個性愛小改一下！

66.神氣、臭屁、不可一世→臭煬 (tshàu-iāng)、臭屁 (tshàu-phuì)。

例：傷臭煬，終其尾你會誠狼狽。

67.好大喜功→愛風神 (ài hong-sîn)。

例：伊誠愛風神，便若請人客，場面攏舞真大。

68.涕淚縱橫的樣子→四淋垂 (sì-lâm-suî)。

例：伊哭甲目屎四淋垂，強欲做水災。

四、副詞

01.慢慢地→沓沓仔 (táuh-táuh-á)、寬寬仔 (khuann-khuann-á)。

例①：沓沓仔行，毋通行傷緊。

例②：寬寬仔是就好，毋免趕。

02.慢慢地→匀匀仔 (ûn-ûn-á)。

例：春天 ê 風勻勻仔吹。

03. **慢慢地**→聊聊仔 (liâu-liâu-á)。

例：燒茶聊聊仔啉。

04. **常常**→定定 (tiānn-tiānn)、不時 (put-sî)、四常 (sù-siông)。

例①：我四常去圖書館查資料。

例②：伊身體荏，不時就破病。

05. **經常、時常**→常在 (tshiâng-tsāi)。

例：伊常在按呢想，心情攏袂輕鬆。

06. **每每、經常**→往往 (íng-íng)。

例：這款代誌往往會發生佇伊身上。

07. **如果**→檢采 (kiám-tshái)。

例：檢采袂赴尾幫車，你就留蹛佢兜隔暝好矣。

08. **或許、說不定**→檢采 (kiám-tshái)。

例：檢采伊較慢才會來，你閣等一下。

09. **萬一**→檢采 (kiám-tshái)。

例：檢采若按怎，嘛會當有退路。

10. **萬一**→萬一 (bān-it)、萬不幸 (bān-put-hīng)、毋拄好 (m̄-tú-hó)。

例①：風颱雨遮爾仔大，萬不幸山崩落來欲怎辦？

例②：若毋拄好發生車禍，看欲按怎？

11. **以為**→掠準 (liah-tsún)、掠做 (liah-tsò)、叫是 (kiò-sī)、以為 (í-uî)。

例①：我掠準講你工課已經做煞矣。

例②：我掠做無人來共我鬥相共啊，想袂到來遮大陣。

例③：伊叫是你先走矣，就直接駛車去工地矣。

12. **吃閒飯**→死坐活食 (sí-tsē-uah-tsiah)。

例：伊干焦死坐活食，無欲討趁。

13. **好不容易**→誠無簡單 (tsiânn bô kán-tan)、真了力 (tsin liáu lat)。

例①：伊誠無簡單才共負債還了。

例②：伊補習兩冬，誠了力才考牢大學。

14. **彼此**→互相 (hōo-siong)。

例：互相落氣求進步。

15. **果然**→真正有影 (tsin-tsiànn ū-iánn)。

例①：真正有影，這馬就落雨矣。

例②：真正有影，伊照呼照行，誠有信用。

16. **我曾經**→我捌 (guá pat)、我曾經 (guá tsîng-king)。

例①：我捌出國過，嘛捌騎鐵馬環島。

例②：我曾經是山頂 ê 烏狗兄，逐工予姑娘仔逐甲戇戇趖。

17. **尚未、還沒**→未曾 (buē-tsîng、bē-tsîng)、未曾未 (buē-tsîng-buē、bē-tsîng-bē)。

例①：未曾拔種，就想欲挽瓜；未曾學行，就想欲學飛。

例②：代誌無你想 ê 遐困難，你莫未曾未就摮咧等！

18. **還沒有、尚未**→猶未 (iáu-buē/-bē、iah-buē/-bē、ah-buē/-bē、á-buē/-bē、iá-buē/-bē)。

例①：這件代誌猶未煞。

例②：猶未談戀愛，就先唱思相枝，悾歁 (khong-khám) 毋才按呢。

19. **還、依然、仍舊**→猶閣 (iáu-koh、iah-koh、ah-koh、á-koh、iá-koh)。

例①：你猶閣咧陷眠喔，腹肚就顧袂飽矣，顧甲佛祖去。

例②：到尾手矣，你猶閣有啥物撇步通盡展？

20. **認真、仔細**→頂真 (tíng-tsin)。

例：伊做代誌誠頂真，逐家都呵咾有著。

21. **仔細地**→詳細 (siông-sè)、斟酌 (tsim-tsiok)。

例①：合約著詳細看，名若簽落才袂後悔。

例②：考題愛斟酌看，才袂寫毋著去。

22. **說真的、其實、歸根究柢、嚴格說起來**→論真 (tíng-tsin)、窮真 (khîng-tsin)、窮實 (khîng-sit)、其實 (kî-sit)。

例①：論真講，這擺你較毋著。

例②：窮真共想想咧，阿母 ê 一世人攏咧勞苦，毋捌清閒過。

例③：人生窮實是一場夢，凡事著愛想予開。

23. **何須、何必、哪。反問語，表示疑問**→曷使 (a̍h/ia̍h-sái)。

例①：彼件代誌曷使講？管 (講) 一枝長長啦！

例②：伊對你無情無義，你曷著對伊做遮到！

例③：和這種背宗忘祖 ê 代誌，你曷敢做？

例④：這曷著講？善有善報，惡有惡報，自來就毋捌重耽過。

24. **不料、想不到**→無疑悟 (bô-gî-ngōo/-gōo)、想袂到 (siūnn-bē/-buē-kàu)、料想袂到 (liāu-sióng-bē/-buē-kàu)。

例①：當初你我山盟海誓，無疑悟你煞僥心做你去。

例②：後來你會出國留學，是逐家料想袂到 ê 代誌。

25. **沒什麼、沒關係。表示不在乎、無所謂的態度**→無啥 (bô-siánn)、無啥物 (bô-siánn-mih)。

例①：這無啥物啦，你免掛意。

例②：小可代誌，輕可輕可，無啥物通煩惱 ê。

26. **說不定、不一定**→無的確 (bô-tik-khak)。

例①：無的確過兩工仔，伊就回心轉意矣。

例②：閣過幾年仔，無的確伊就做人大家矣。

27. **明擺著、事實上就是**→現拄現 (hiān-tú-hiān)。

例①：今證據都現拄現矣，你閣有啥物通辯解？

例②：現拄現你就是失敗者，莫閣張身勢矣！

28. **正巧、碰巧、剛剛好**→逪拄逪 (tshiāng-tú-tshiāng)。

例：考試半運氣，逪拄逪會去予你臆著題目。

29. **何苦、何苦來，何必自尋苦惱**→何乜苦 (hô-mí-khóo)。

例：阿純仔都講伊無愛去矣，你何乜苦共姑情？

30. **仍舊、照舊，與原來的一樣，沒有改變**→原在 (guân-tsāi)。

例①：祖厝經過百外多，原在好好徛佇遐。

例②：古早人講，涼傘雖破，骨格原在，咱做人愛較有志氣咧。

31. **稍微、似有若無**→峇微 (bâ-bui)。

例①：三芝茭白筍峇微甜仔峇微甜，誠好食！

例②：毋通對我峇微笑，無，我 ê 三魂七魄會綴你去！

32. **剛才，不久之前**→寑 (tshím)、拄才 (tú-tsiah)。

例：伊寢來這間公司，逐家愛較照顧一下。

33. **向來、從來、從以前到現在**→從到今 (tsîng-kàu-tann)、自來 (tsū-lâi)。

例①：從到今伊毋捌吼過。

例②：自來，我都誠認份，毋敢僭權。

34. **疼惜如命**→惜命命 (sioh-miā-miā)。

例：伊共個囝惜命命，一世人攏咧做囝奴。

35. **持之以恆、有始有終**→有頭有尾 (ū-thâu-ū-bué/-bé)。

例：做代誌攏愛有頭有尾，袂使得頭燒燒，尾冷冷。

36. **約略思考**→土想 (thóo-siūnn)。

例：土想嘛知，政客攏為家己 ê 利益咧設想。

37. **偷懶**→貧惰 (pîn-tuānn、pûn-tuānn、pân-tuānn、pān-tuānn)。

例：貧惰做，骨力食，會 hőng 講甲無一塊好。

38. **摸魚，不做正事偷溜去做別的事情**→摸飛 (moo-hui)。

例：你毋讀冊，閣走去佗位摸飛？

39. **隨便、不講究、馬馬虎虎**→清彩 (tshìn-tshái)。

例：我是清彩講 ê，你毋通园佇心肝內。

40. **豐盛、大魚大肉**→魚魚肉肉 (hî hî bah bah)、腥臊 (tshenn-tshau)、豐沛 (phong-phài)。

例：逐工魚魚肉肉，食甲傷腥臊，對身體無通好。

41. **詳盡、完備**→齊全 (tsê-tsuân、tsiâu-tsñg)。

例：伊準備 ê 資料有齊全無？董事會等一下就欲開矣！

42. **指動作順暢不中斷**→齊勻 (tsiâu-ûn)。

例：雨水真齊勻，今年的確是好年冬。

43. **不中斷、均勻、平均**→齊勻 (tsiâu-ûn)。

例①：今年雨水落甲誠齊勻，定著是好年冬。

例②：栽仔發甲誠齊勻，過幾日仔就愛落肥矣。

44. **突如其來、形容出乎意料的突然來到或發生**→青磅白磅 (tshenn-pōng-pe̍h-pōng、tshinn-pōng-pe̍h-pōng)。

例：你按呢青磅白磅走來，害我毋知欲講啥。

45. **幾乎**→強欲 (kiōng-beh/-bueh)、強強 (kiōng-kiōng)。

⠀例：伊眞勢考試，見擺考試寫 ê 答案，強欲攏著。

46. **多麼**→偌爾 (guā-nī、juā-nī、luā-nī)。

⠀例：毋管社會偌爾現實，咱攏愛樂觀面對。

47. **多少**→偌濟 (guā-tsē、juā-tsē、luā-tsē)。

⠀例：你感知影出版這本冊，我用偌濟心神？

48. **在於**→介在 (kài-tsāi)。

⠀例：代誌會成袂成，介在你 ê 意志有偌堅強。

49. **只有、僅僅**→干焦 (kan-na、kan-tann、kan-ta)。

⠀例：一頓飯干焦十箍，哪會遮俗？

50. **偏偏**→干干仔 (kan-kan-á)。

⠀例：姑情遮久，伊干干仔毋答應。

51. **停止、罷休**→干休 (kan-hiu)。

⠀例：是啥共我拚破這个岫？我絕對毋放伊干休！

52. **好像、似乎**→敢若 (kánn-ná、kán-ná、ká-ná)。

⠀例：伊講臺語敢若唸歌咧，眞好聽。

53. **再怎麼說也、無論如何總是……**→較講 (khah-kóng)。

⠀例①：較講嘛是老朋友較實在。

⠀例②：較講猶是讀冊較有出脫 ê 機會。

54. **難道說**→敢講 (kám-kóng)。

⠀例①：敢講你一世人都欲做人 ê 辛勞？

⠀例②：敢講你你攏無帶念爸母 ê 恩情？

55. **動不動就……**→磕袂著 (khap-bē/-buē-tióh)。

⠀例①：你毋通磕袂著就欲佮人大細聲。

⠀例②：伊眞軟洋，磕袂著就目屎四淋垂。

56. **不如、最好**→寧可 (lîng-khó)。

⠀例①：彼个人惡確確，你寧可閃較遠咧。

⠀例②：囡仔佇國外讀冊，破病 ê 代誌寧可莫予伊知。

⠀例③：婚姻若袂幸福，寧可一个人過日子較清心。

57. **大概、大約**→量其約 (liōng-kî-iok)。

　圀①：量其約秤一下，免傷頂真。

　圀②：這張批，量其約仔寫一屑仔就好，莫寫傷濟。

58. **活活要、幾乎要……**→活欲 (uáh-beh、uáh-bueh)。

　圀①：叫你莫去，你干干仔欲去，活欲予你氣死！

　圀②：逐工厚沙屑，袂輸錄音機咧，我活欲予你唸死！

五、連接詞（連詞）

01. **但是**→毋過 (m̄-kò、m̄-kù、m̄-koh)。

　圀：雖然個兜真散赤，毋過個ê囡仔攏真有出脫。

02. **不只**→不但 (put-tān)、毋但 (m̄-nā、m̄-niā)。

　圀①：阿爸不但有孝，閣誠疼某。

　圀②：伊毋但做志工，閣定定捐錢予弱勢團體。

03. **不過**→不而過 (put-jî-kò、put-lî-kò)。

　圀：雖然今仔日是風颱天，不而過你嘛是愛去做工課。

04. **不論、無論**→毋管 (m̄-kuán)、無論 (bô-lūn)。

　圀①：毋管伊按怎姑情，這擺我袂閣落軟。

　圀②：無論三年抑五冬，歷經風霜也忍耐。

05. **倒是**→卻是 (khiok-sī)。

　圀：我為伊操心規暝，伊卻是無啥要意。

06. **既然、已經如此之意**→既然 (kì-jiân/kì-liân)。

　圀：既然伊無閒通來，咱就提早煞鼓好啦。

07. **甚至，表示更進一層的意思**→甚至 (sīm-tsì)。

　圀：彼个了尾仔囝，毋但規工花天酒地，甚至透暝跋筊敗家伙。

08. **反正、橫豎**→橫直 (huâinn-tit、huînn-tit)。

　圀：橫直代誌毋是我做ê，欲信毋信隨在你。

09. **乾脆**→規氣 (kui-khì)。

　圀：你意見遮濟，規氣攏予你做好啦！

10. **首先**→代先 (tāi-sing)、頭起先 (thâu-khí-sing)。

　　例①：代先欲共逐家會失禮，這擺 ê 風颱無共損失降甲上低。

　　例②：頭起先我欲感謝天地 ê 養飼，紲落去我欲感謝爸母 ê 恩情。

11. **接下來**→紲落來 (suà--lóh-lâi)、閣再來 (koh-tsài-lâi)。

　　例：代誌已經按呢生矣，紲落來欲按怎咧？

12. **最後**→落尾 (lóh-bué/-bé)、上尾 (siōng-bué/-bé)、煞尾 (suah-bué/suah-bé)、終其尾 (tsiong-kî-bué/-bé)。

　　例①：落尾我就去高雄讀冊矣，厝裡 ê 代誌就攏阿兄咧發落。

　　例②：終其尾你全款愛轉來故鄉拍拚，不如趁早做決定。

13. **不得不**→姑不將 (koo-put-tsiong)、姑不而將 (koo-put-jî-tsiong)。

　　例：咱姑不而將，為著厝內大細，較苦嘛著行。

14. **假如、如果**→假使 (ká-sú)。

　　例：假使若風颱來，咱就袂當出海掠魚矣。

15. **如果、要是、倘若**→若是 (nā-sī)、若準 (nā-tsún)、設使 (siat-sú)。

　　例①：你若是人無爽快，就趁早去歇睏。

　　例②：若準彼時伊無出手鬥相工，就無今仔日 ê 你矣！

　　例③：設使你都無愛人矣，就毋通耽誤別人 ê 青春。

16. **換做、換成**→換做 (uānn-tsò)、換準 (uānn-tsún)。

　　例①：換做是你，你敢切會離、行會開跤？

　　例②：換準是我，絕對毋放伊干休！

17. **假使說、倘若說**→假使講 (ká-sú-kóng)、若準講 (ná-tsún-kóng)。

　　例①：假使講你都無彼个意願，阮硬逼你嘛無路用。

　　例②：若準講明仔載落雨，咱就莫去矣！

18. **比如說、比方說**→比如講 (pí-jû/lû-kóng)、比論講 (pí-lūn-kóng)、譬論講 (phì-lūn-kóng)。

　　例①：比如講，人生若無珍惜少年時，結局攏無通好。

　　例②：譬論講，你若是市長，你欲按怎來改革市政？

六、數量詞

01. **一把**→一枝 (tsit ki)。

  例：木匠師愛有一枝尺，才做有路來。

02. **一些、少許**→一寡 (tsit kuá)。

  例：莫細膩，加減食一寡。

03. **一點點**→一屑仔 (tsit-sut-á)。

  例：伊食一屑仔飯爾爾。

04. **一眨眼**→一目瞤仔 (tsit-bak-nih-á)。

  例：才一目瞤仔爾，山就崩去矣。

05. **一陣子、一會兒**→一睏仔 (tsit-khùn-á)。

  例：伊跤手真緊，穡頭一睏仔就做了矣。

06. **一會兒、一下子**→一觸久仔 (tsit-tak-kú-á、tsit-táu-kú-á)。

  例：伊才走一觸久仔爾，你欲逐閣會赴。

07. **一棵**→一欉 (tsit tsâng)。

  例：一欉樹仔兩片葉，翰來翰去看袂著。

08. **一片 (指：門、窗、葉子、木板等)**→一片 (tsit-phìnn)。

  例：一片門扇枋予風颱吹落去，真濟片樹葉仔嘛綴風飛。

09. **一片 (土地、森林、無規則的外型)**→一片 (tsit-phiàn)。

  例①：這片土地，有一大片森林佮一大片草埔。

  例②：囡仔人膀胱茈，不時偷泄尿，共被單黗一大片。

10. **一瓣**→一瓣 (tsit bān)。

  例：這粒柑仔，一人食一瓣。

11. **一長串香蕉**→一弓 (tsit kiong)。

  例①：伊去弓蕉園割一弓弓蕉轉來隱，按算欲予囡仔做啖糝。

  例②：弓蕉吐囝為囝死，人間寶貴是親情。

12. **一串**→一枇 (tsit pî)。

  例：我慣勢去茱市仔買一枇弓蕉轉來拜喙空。

13. **一只、一根**→一子 (tsi̍t jí/lí)。

    ⑲：這枇弓蕉有十子，挂好會當一人分一子。

14. **這下子、這一次**→這聲 (tsit-siann)。

    ⑲：今這聲害矣，股市大崩盤矣！

15. **一個、一尊、一隻**→一身 (tsi̍t sian)。

    ①計算人的單位。通常只用單數。

    ⑲：伊干焦一身人爾爾，無長半項。(長，音 tióng，剩餘)

    ②計算神像的單位「尊」。

    ⑲：一身神明 (tsi̍t sian sîn-bîng)。

    ③計算戲偶、玩偶的單位「個」。

    ⑲：三身尪仔 (sann sian ang-á)。

    ④計算蠶隻的單位「隻」。

    ⑲：三身娘仔 (sann sian niû-á)。

16. **一道**→一港 (tsi̍t káng)。

    ⑲：新聞記者講，對明仔載開始就有一港真強 ê 鋒面落南，逐家愛開始
        準備外套囉。

17. **一具**→一具 (tsi̍t khū)。

    ⑲：昨昏佇海邊發現一具死體。

七、外來語 (₃₅、₅₁ 遮 ê 數字，表示聲調音質 ê 懸低變化)

01. **黴菌、細菌**→bai₃₅ khin₅₁。日語羅馬拼音：baikin。

02. **問候、打招呼**→ai₃₅ sat₅ tsuh₃。日語羅馬拼音：aisatsu。

03. **油豆腐**→a₅₅ geh₃。日語羅馬拼音：age。

04. **招待、引導**→案內 an₅₁ nai₃₃。日語羅馬拼音：annai。

05. **倒車**→bak₅ kuh₃。日語羅馬拼音：bakku。

06. **西裝頭**→hai₅₅ kat₅₁a₅₁。日語羅馬拼音：haikara/haiikara。

07. **目錄**→kha₃₃ ta₅₅ lok₅ guh₃。日語羅馬拼音：katarogu。

08. **出差**→出張 tshut-tiunn。日語羅馬拼音：shucchou。

09. **小提琴**→bai$_{33}$ oo$_{55}$ lin$_{51}$。日語羅馬拼音：baiorin。

10. **蓄電池**→bat$_3$ te$_{55}$ lih$_3$。日語羅馬拼音：batterii。

11. **啤酒**→bi$_{51}$ lu$_{11}$。日語羅馬拼音：biiru。

12. **拳擊**→bok$_3$ sin$_{51}$ gu$_{11}$。日語羅馬拼音：bokushingu。

13. **球棒**→bat$_5$ tah$_3$。日語羅馬拼音：battaa。

14. **牛蒡**→goo$_{11}$ boo$_{33}$。日語羅馬拼音：goboo。

15. **方向盤**→han$_{35}$ too$_{55}$ luh$_3$。日語羅馬拼音：handoru。

16. **引擎**→ian$_{35}$ jin$_{51}$。日語羅馬拼音：enjin。

17. **檜木**→hi$_{33}$ noo$_{55}$ khih$_3$。日語羅馬拼音：hinoki。

18. **拉鍊**→jiak$_5$ kuh$_3$。日語羅馬拼音：chakku。

19. **夾克**→jian$_{51}$ ba$_{11}$。日語羅馬拼音：jampaa。

20. **奇檬子、心情、情緒**→khi$_{33}$ moo$_{55}$ tsih$_3$。日語羅馬拼音：kimochi。

21. **球拍**→la$_{33}$ kiat$_5$ tooh$_3$。日語羅馬拼音：raketto。

22. **打火機**→lai$_{51}$ tah$_3$。日語羅馬拼音：raitaa。

23. **臺車、自行車後面的兩輪拖車**→li$_{33}$ a$_{55}$ khah$_3$。日語羅馬拼音：riyakaa。

24. **收音機**→la$_{33}$ ji$_{55}$ ooh$_3$。日語羅馬拼音：rajio。

25. **蘋果**→lin$_{51}$ goo$_{11}$。日語羅馬拼音：ringo。

26. **螺絲起子**→loo$_{33}$ lai$_{51}$ ba$_{11}$。日語羅馬拼音：doraibaa。

27. **霍亂**→khoo$_{33}$ le$_{55}$ lah$_3$。日語羅馬拼音：korera。

28. **瘧疾**→ma$_{33}$ la$_{55}$ li$_{55}$ a$_{51}$。日語羅馬拼音：mararia。

29. **百分率、百分比**→pha$_{35}$ sian$_{51}$ too$_{11}$。日語羅馬拼音：paasento。

30. **爆胎**→phang$_{51}$ ku$_{11}$。日語羅馬拼音：panku。

31. **山葵**→ua$_{33}$ sa$_{55}$ bih$_3$。日語羅馬拼音：wasabi。

32. **生魚片**→sa$_{33}$ si$_{55}$ mih$_3$。日語羅馬拼音：sashimi。

第八課

講合味 ê 臺語句

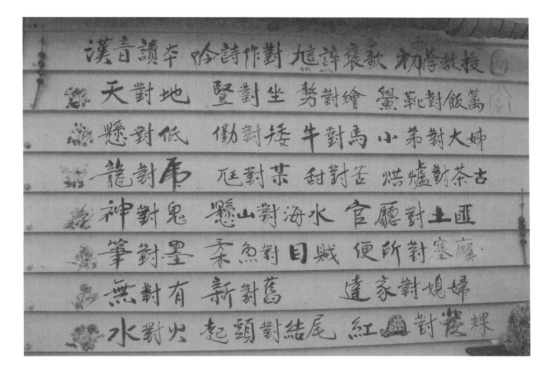

　　啥物是「合味 ê 臺語句」？「合味 ê 臺語句」就若「正港 ê 臺語詞」全款，攏一定是上生活化 ê 臺語，而且一下講出喙，真自然就有臺語 ê「氣口」，閣完全避免「華語化」ê 語句佮講法。譬論講，欲呵咾學生是「上好 ê」，你會當講「你上好，你上優秀」，嘛會當講「你是咱這班一粒一 ê，是排佇籠面 ê」，後壁「一粒一 ê」「籠面 ê」這種講法，就較有臺語 ê「氣口」，較合味。

　　閣譬如講『同床異夢』這句華語，咱會當用「全睏一領蓆，心肝掠袂著」這句俗語來表達；『合則兩利，分則兩害』這句話，咱會當用「相分食有賰，相搶食無份」這句俗語來表示，按呢就加足有臺語味 ê。目前市面上嘛有一寡《華語臺語對照典》通好參考。下面咱就簡單舉一寡例做說明。

一、【講話】臺語→華語

01. **拍抐涼 (phah-lā-liâng)** →閒扯、講風涼話，沒有內容的隨興閒談。

   例：彼陣人上勢「食茶練痟話，消遣拍抐涼」。

02. **風聲謗影 (hong-siann-pòng-iánn)** →捕風捉影，誇大其辭，一點點兒的小事被誇張得很大。

   例：這馬外口風聲謗影，講甲偌爾歹聽咧。

03. **講若咧講咧 (Kóng ná leh kóng--leh)、管 (講) 就一枝長長 (Kóng tō tsit ki tn̂g tn̂g)** →儘管說了，卻光說不練，白費口舌。

   例①：講若咧講咧，伊猶是做袂到。

   例②：管 (講) 就一枝長長咧，講較濟嘛無較縒。

04. **講才咧講咧 (Kóng tsiah leh kóng--leh)、講都咧講咧 (Kóng to leh kóng--leh)** →話才說著、話都剛掛在嘴邊，形容言猶在耳，或總歸一句話，總之。

   例①：講才咧講咧，伊就隨共代誌舞害了了。

   例②：講才咧講咧，你敢袂感覺家己傷過份？

   例③：講都咧講咧，人若無愛插你，你敢有伊 ê 法度？

05. **哩哩囉囉 (li-li-lo-lo)** →拉拉雜雜，囉哩囉嗦。

   例①：你講甲哩哩囉囉，我聽攏無！

   例②：講話毋通哩哩囉囉，竹篙鬥菜刀。

06. **轉彎踅角 (tńg-uan-sėh-kak)** →拐彎抹角。比喻說話或做事不爽快。

   例：欲講就直接講，莫咧轉彎踅角。

07. **有喙講甲無瀾 (Ū tshuì kóng kah bô nuā)** →苦口婆心。

   例：爸母已經有喙講甲無瀾矣，伊就是硬欲去。

08. **鴨仔聽雷 (Ah-á thiann luî)** →雞同鴨講。對牛彈琴。沒有共識。

   例：你講甲遐高深，莫怪聽眾袂輸鴨仔聽雷，毋知你咧講啥。

09. **烏鴉喙 (oo-a-tshuì)、破格喙 (phuà-keh-tshuì)、大妗喙 (tuā-kīm-tshuì)** →指不吉利、壞兆頭而不被喜歡的言語。

例：烏鴉喙，破格喙，見講見對。

10. **論真講 (lūn-tsin kóng)、照講 (tsiàu-kóng)、照理講 (tsiàu-lí-kóng) →** 按理說、照說。

例①：論真講，按呢做上正確。

例②：照理講，恁兜閣欠伊一个人情。

11. **承話鬚 (sîn uē-tshiu)、食人喙瀾 (tsiáh lâng tshuì-nuā)、抾人話屎 (khioh lâng uē-sái) →** 鸚鵡學舌，拾人牙慧。

例：講話愛有家己 ê 看法，毋通定定承人話鬚、抾人話屎。

12. **瘦呴袂忍得嗽 (He-ku bē lún tit sàu) →** 比喻心中有話要說，不吐不快。

例：伊 ê 人條直，定定瘦呴袂忍得嗽，啥物話嘛园袂牢。

13. **十喙九尻川 (Tsáp tshuì káu kha-tshng) →** 人多嘴雜、七嘴八舌。

例：十喙九尻川，人濟話就濟，三色人講五色話。

二、【喙婿】臺語→華語

01. **賣茶講茶芳，賣花講花紅 (Bē tê kóng tê phang, bē hue kóng hue âng)**
→老王賣瓜，自賣自誇。

例：做生理無撇步，愛會曉「賣茶講茶芳，賣花講花紅」。

02. **真紲拍 (tsin suà-phah) →**指表現順利或說話流利 ê 樣子。

例①：彼个名喙罵人罵甲真紲拍，罵了煞毋知欲按怎收山。

例②：下晡時仔精神穩，演講 ê 時話講了袂紲拍。

03. **呵咾甲會觸舌 (O-ló kah ē tak-tsih) →**用舌在嘴裡彈動，發出嘖嘖讚美的聲音。

例：你若買轉去，一必一中，保證予你呵咾甲會觸舌。

04. **傖閣有力 (sông koh ū làt) →**粗俗有生命力。

例：聽伊演講，傖閣有力，真合做工仔人 ê 氣口。

05. **好聽閣袂跳針 (hó thiann koh bē thiàu-tsiam) →**形容唱歌極為好聽。

例：咱臺灣原住民若唱歌，絕對是好聽閣袂跳針 ê。

06. **講甲有影有跡、講甲有跤有手 (kóng kah ū-iánn ū jiah、kóng kah ū**

kha ū tshiú) →繪聲繪影。

例：三叔公仔講萬古代，逐擺都講甲有影有跡、有跤有手。

三、【膨風】臺語→華語

01. **講甲喙角全泡 (kóng kah tshuì-kak tsuân pho)** →說得口沫橫飛、天花亂墜。

例：這擺 ê 選舉，有候選人講欲予高雄人攏發財過好日子，講甲喙角全泡就當選矣。有影膨風無犯法，閣免納稅，敢講 ê 人提去孝孤！

02. **講一个影，生一个囝 (Kóng tsit ê iánn, senn tsit ê kiánn)** →說話捕風捉影，加油添醋，無中生有。

例：愛膨風 ê 人，聽人講一个影，伊就隨生一个囝。

03. **空喙哺舌 (khang-tshuì-pōo-tsih)、清彩講講 (tshìn-tshái kóng kóng)** →信口開河，光說不練、空口說白話、隨便說說。

例：政治人物攏嘛全款樣相，毋是空喙哺舌，就是清彩講講咧爾。

04. **一喙掛雙舌 (Tsit tshuì kuà siang tsih)、媒人喙糊瘰瘰 (Muê-lâng-tshuì, hôo-luì-luì)** →舌燦蓮花，口齒伶俐。

例：欲做媒人，敢一定愛一喙掛雙舌，hőng 講是媒人喙糊瘰瘰？

05. **講臭酸話 (kóng tshàu-sng-uē)、講萬古代 (kóng bān kóo tāi.)、餾古早話 (liū kóo-tsá uē)** →老生常談、老調重彈、炒冷飯。

例：逐工食暗頓 ê 時，阿公就開始餾古早話、講萬古代予阮聽，阮都聽甲欲臭酸仔，伊猶是餾袂煞。

06. **咸豐三，講到今 (Hâm-hong sann，kóng kàu tann)** →白頭宮女話天寶。

例：清朝咸豐三年，公元 1853 年，艋舺發生「頂下郊拚」ê 分類械鬥 (hāi/kài-tàu)，佇各地也有漳州人佮泉州人 ê 互相「拚陣」，彼時「拚陣」拚甲誠悽慘，會使講血流成河，死傷無數。後來因為這個事件一直佇民間流傳，不時都予人提起來講古，所以若是定定咧餾過去 ê 代誌，提來共人膨風、歕雞胿 ê 話，就叫做「咸豐三，講到今」。

07. **牽尪姨 (khan-ang-î)** →降靈術，靈媒讓亡魂附身，能跟生者溝通的一種

法術。

例①：人講：「牽尫姨，順話尾。」所以尫姨講ê話袂當傷相信。

例②：「尫姨順話尾，假童害眾人」，啊若信徒攏咧做戇人！

08. **拆破小鬼仔殼 (thiah-phuà siáu-kuí-á-khak)、一句話，捅破空 (Tsit kù uē, tuh phà-khang)** →撕破假面具，拆穿謊言。

例①：這本雜誌上愛拆破政客ê小鬼仔殼。

例②：一句大聲話，雄雄hōng捅破空，伊煞見笑轉受氣。

四、【行為】臺語→華語

01. **鴨母喙罔叨 (Ah-bó-tshuì bóng lo)** →姑且行之，不管效果地做，反正沒損失。

例：橫直鴨母喙罔叨罔叨，人閒閒，罔做罔做，也無敗害。

02. **趒跤頓蹄 (tiô-kha-tǹg-tê)** →氣到直跺腳。

例：伊定定氣甲趒跤頓蹄，強欲躘破地板。

03. **跤手勢趖，你就食無 (kha-tshiú gâu sô, lí tō tsiah bô)** →動作慢吞吞，就什麼都吃不到。

例①：阿爸細漢ê時，大家庭有十幾个囡仔做伙食飯，若準跤手勢趖，你就食無。

例②：你這个囡仔，做鬼都搶袂著銀紙，跤手較猛醒咧，閣遒勢趖，你就食無！

04. **激五仁 (kik-ngóo-jîn/-lîn)** →滑稽、詼諧，逗人發笑。

例：伊眞勢激五仁，有伊佇咧就有笑聲。

05. **笑甲厝鳥仔飛了了 (Tshiò kah tshù-tsiáu-á pue--liáu-liáu)、笑甲厝殼都欲夯起來 (Tshiò kah tshù-khak to beh giâ khí--lâi)** →哄堂大笑。笑翻天。

例：老師愛激五仁，定定予學生囡仔笑甲厝殼都欲夯起來。

06. **龜祟 (ku-sui)、龜龜祟祟 (ku-ku-sui-sui)** →不乾脆，既囉嗦又挑剔，很難伺候。

例：伊做人真龜崇，人就較無愛佮伊鬥陣。

07. **懂嚇 (táng-hiannh)** →受驚害怕、冒失、莽撞。

　　例：老ê老步定，少年ê較懂嚇。

08. **死坐活食 (sí-tsē-uáh-tsiáh)** →吃閒飯，比喻只消費而不事生產。

　　例：伊干焦死坐活食，無欲討趁，有影抾捔去矣。

09. **無枷夯交椅 (Bô kê giâ kau-í)** →比喻自找麻煩。

　　例：古早人講，娶細姨就是無枷夯交椅，會無閒一世人。

10. **步罡踏斗 (pōo-kong táh-táu)、大牛無惜力 (tuā gû bô sioh lát)、功夫盡展 (kang-hu tsìn tián)** →使出渾身解數，用盡全力。

　　例：醫生已經步罡踏斗矣，病人猶是救袂轉來。

五、【假仙】臺語→華語

01. **假仙假觸 (ké-sian-ké-tak)** →假惺惺、佯裝。

　　例①：欲食就提，莫咧假仙假觸。

　　例②：伊彼个人定定「捾籃仔假燒金」，上勢假仙假觸。

02. **乞食揹葫蘆──假仙 (Khit-tsiá phāinn hôo-lôo──ké-sian)** →裝模作樣，以假亂真。

　　例：便若開始作穡，伊就乞食揹葫蘆──假仙，毋是遮疼，就是遐各樣，誠勢逃死逃活。

03. **枵鬼假細膩 (Iau-kuí ké sè-jī/lī)** →故作客氣。

　　例：莫閣假矣，枵鬼假細膩，你就食無！

04. **海龍王辭水 (Hái-lîng-ông sî-tsuí)** →假裝客氣，故作謙虛。

　　例：笑死人毋才按呢，海龍王也會辭水喔？這杯你愛啉予焦啦！

05. **假好衰 (ké-hó-sue)、菜籃仔捾水分哥啉 (Tshài-nâ-á kuānn-tsuí pun ko lim)** →假好心、貓哭耗子假慈悲。

　　例：你喔，菜籃仔捾水分哥啉，莫佇遐假好衰！

六、【德行】臺語→華語

01. **食軟驚硬 (tsiàh-nńg-kiann-ngē/ngī)** →欺軟怕硬、欺善怕惡。
    例：伊彼个人食軟驚硬，串咧欺負老實人。

02. **牽龜落湳 (khan ku lóh làm)** →把烏龜牽到爛泥裡，讓牠陷在其中。比喻把人帶去做壞事，並讓他愈陷愈深。
    例：彼个戇囝閣予人牽龜落湳矣，家伙早慢會敗了了。

03. **弄狗相咬 (lōng-káu-sio-kā)、使鬼弄蛇 (sái-kuí-lōng-tsuâ)** →挑撥離間。
    例：不時弄狗相咬 ê 人，將來會無好尾。

04. **青面獠牙 (tshenn-bīn-liâu-gê)、生毛帶角 (senn-moo-tài-kak)** →窮凶惡極之徒。
    例：烏道若選牢議員，逐家都袂輸青面獠牙、生毛帶角，佇議會喝水會堅凍。

05. **怨天怨地 (uàn-thinn-uàn-tē/-tuē)、笑人窮，怨人富 ((Tshiò lâng kîng, Uàn lâng pù)** →怨天尤人，任意批評。
    例①：你毋通逐工怨天怨地，愛較勤儉拍拚咧。
    例②：你毋通規工笑人窮，怨人富，愛較有腹腸咧。

06. **徛懸山看馬相踢 (Khiā kuân suann khuànn bé sio-that)** →保持中立，隔山觀虎鬥。
    例：結拜兄弟佮人捙拚，咱袂當徛懸山看馬相踢，愛拄甲到。

07. **袂曉駛船嫌溪彎 (Bē-hiáu sái-tsûn hiâm khe uan)** →不會撐船賴河彎，拙匠常怨工具差。
    例：袂曉駛船嫌溪彎，袂曉駛車嫌路狹，無內才閣嫌家私穤，無才調 ê 人上厚理由。

08. **兩人無相嫌，糙米煮飯也會黏 (Nn̄g lâng bô sio hiâm, tshò-bí tsú-pn̄g iá ē liâm)** →坦誠相對，同心同力。
    例：人講，「兩人無相嫌，糙米煮飯也會黏」，恁兩个莫閣觸矣，愛較全心咧。

09. **兄弟若仝心，烏塗變成金 (Hiann-tī nā kāng-sim, oo-thôo piàn-sîng kim)** →兄弟同心，其利斷金。

　　例：是按怎「兄弟若仝心，烏塗變成金」？因為「同胞愛團結，團結真有力」，拍虎掠賊嘛著親兄弟。

10. **眾人一樣心，黃土變成金，三人四樣心，趁錢無夠買燈芯 (Tsìng-lâng tsit iūnn sim, n̂g-thôo piàn-sîng kim, sann lâng sì iūnn sim, thàn-tsînn bô-kàu bé ting-sim)** →同心同力，其利斷金；離心離德，無利可圖。

　　例：過去有人譬相臺灣人「放尿攪沙袂做堆」，彼是因為猶無了解「眾人一樣心，黃土變成金，三人四樣心，趁錢無夠買燈芯」這句話的道理。

七、【人品】臺語→華語

01. **厚沙屑 (kāu-sua-sap)** →囉嗦又挑剔，很難伺候、終年病痛纏身。

　　例①：海口查某，厚沙屑。

　　例②：伊自細漢就誠荏身命、厚沙屑，不時都愛看醫生。

02. **無天良 (bô-thian-liông)、良心去予狗咬去 (liông-sim khì hōo káu ká--khì)、良心歇禮拜 (liông-sim hioh lé-pài)** →昧著良心。

　　例：阿助仔一下接著詐騙 ê 電話，就大聲罵：恁遮 ê 人做惡做毒，無天無良，良心去予狗咬去矣是毋？

03. **毋驚強，毋驚雄，上驚無天良 (M̄ kiann kiông, M̄ kiann hiông, Siōng kiann bô-thian-liông)** →人無良心，連鬼都怕。

　　例：佇社會佮人走跳，毋驚強，毋驚雄，上驚無天良。

04. **強驚雄，雄驚無天良，無天良驚神經無正常 (kiông kiann hiông, hiông kiann bô-thian-liông, bô-thian-liông kiann sîn-king bô tsìng-siông)** →行事乖戾，難於預料，最讓人害怕。

　　例：彼个國家誠拗蠻，hōng 供體是「強驚雄，雄驚無天良，無天良驚神經無正常。」開喙合喙都講和平，毋過雙手串做拗蠻代，食軟驚硬，不時用武力 kang 恐喝，若講著伊逐家走敢若飛咧！

05. **創一頂大頂帽仔予人戴 (Tshòng tsit tíng tuā tíng bō-á hōo lâng tì)** →
故入人罪，亂扣帽子。

例：你講話較站節咧，莫無代無誌就創一頂大頂帽仔予人戴。

06. **吊脰上後跤 (Tiàu-tāu tshiūnn āu-kha)、狗咬乞食跤 (káu kā khit-tsiá
kha)、順風揀倒牆 (Sūn-hong sak-tó tshiûnn)** →落井下石。

例：做人袂當吊脰上後跤，順風揀倒牆，若無會有報應。

07. **照呼照行 (tsiàu-hoo-tsiàu-kiânn)、照品照行 (tsiàu-phín-tsiàu-kiânn)**
→依約行事，說到做到。

例：毋免寫借條、訂契約，咱照呼照行就好。

08. **目降鬚聳 (bak-kàng-tshiu-tshàng)、犀牛照角 (sai-gû-tsiò-kak)、烏仁
拄白仁 (oo-jîn-tú-pèh-jîn)** →怒氣衝天、怒目相對。

例：毋知佗一塊門扇枋鬥袂峇，個兩个又閣咧目降鬚聳矣。

09. **牛牢內觸牛母 (Gû-tiâu-lāi tak gû-bó)** →只善內鬥，怯於公戰，不能禦外
侮克強敵。

例：伊上勢牛牢內觸牛母，對外就激外外、無半撇。

10. **摘名摘姓 (tiah miâ tiah sènn)、叫名叫姓 (kiò miâ kiò sènn)** →指名道
姓。

例：佮老人講話，摘名摘姓，真毋捌禮數。

八、【人際】臺語→華語

01. **門扇枋鬥袂峇 (mn̂g-sìnn-pang tàu bē bā)** →門板關不緊，也指兩人不
合。

例：個兩个門扇枋鬥袂峇，欲鬥陣做代誌有困難。

02. **火燒厝，燒過間 (hué-sio-tshù, sio kuè king)、掃著風颱尾 (sàu tiòh
hong- thai-bué)** →城門失火，殃及池魚。

例：老師一下受氣，就火燒厝，燒過間，規班攏處罰。

03. **洗面去礙著鼻 (Sé-bīn khì gāi-tiòh phīnn)** →池魚之殃、殃及他人。

例：今是按怎，規工面溫面臭？洗面去礙著鼻喔？

04. **紅目有仔鬥鬧熱 (Âng-bak-ū-á tàu-lāu-jiat/liat)** →比喻幫倒忙，越幫越忙。可以用於自謙，也可以說別人多管閒事。

    例①：你毋甘嫌啦，我是「紅目有仔鬥鬧熱」爾爾。

    例②：你喔，有影是「紅目有仔鬥鬧熱」，會 ê 毋來，袂 ê 搢頭排，予逐家加無閒 ê。

05. **按呢嘛毋是 (An-ne mā m̄ sī)，按呢嘛毋是 (Àn-ne mā m̄ sī)** →這也不是，那也不是，怎樣做都不是，騎虎難下。

    例：你實在真歹款待，按呢嘛毋是，按呢嘛毋是。

06. **龜做龜討食，鱉做鱉距壁 (Ku tsò ku thó-tsiảh, pih tsò pih peh-piah)** →你走你的陽光道，我過我的獨木橋。

    例：「離緣」就是「龜做龜討食，鱉做鱉距壁」，互相無牽礙。

07. **喝起喝倒 (huah-khí-huah-tó)** →指揮、命令、發號施令，指揮全局。

    例：伊一向誠有主見，你莫對伊喝起喝倒，才袂顧伊 ê 怨。

08. **一面抹壁雙面光 (Tsit bīn buah-piah siang bīn kng)** →兩面討好，比喻做人圓融，兩方都不得罪。

    例：做人上驚一面抹壁雙面光，因為早慢會予人看破跤手。

九、【交陪】臺語→華語

01. **司公仔象桮 (sai-kong-á-siūnn-pue)、七爺八爺 (tshit-iâ-peh-iâ)、王哥柳哥 (Ông--ko-Liú--ko)** →哥倆好，一對寶。

    例：個這對司公仔象桮，無共公司舞倒毋準煞。

02. **死忠兼換帖 (sí-tiong kiam uānn-thiap)** →結拜之交、生死之交。

    例：個這兩个戰友，自細漢就是死忠兼換帖 ê 好朋友。

03. **捌人較好捌錢 (bat-lâng khah hó bat-tsînn)** →說明廣佈人脈的重要。

    例：一个朋友，一个機會，人脈是成功 ê 保證，毋才講「捌人較好捌錢」。

04. **六月芥菜假有心 (Lảk-guêh kuà-tshài ké ū sim)、攑刀探病牛 (Giảh to thàm pēnn-gû)** →虛情假意，假仁假義。

例：彼个政客去病院看伊 ê 死對頭，予人講是「攑刀探病牛」「六月芥菜假有心」。

05. **燒燒面去焐人 ê 冷尻川**→自討沒趣。

例：佮人交陪上慘 ê 是，燒燒面去焐人 ê 冷尻川。

十、【處事】臺語→華語

01. **費氣費觸 (huì-khì-huì-tak)** →非常麻煩。

例：這件代誌費氣費觸，我無才調處理。

02. **步罡踏斗 (pōo-kong táh-táu)** →比喻做事有板有眼，使出混身解數；但反面也指做事不得其法，舉輕若重，以致出錯連連，毫無效果。

例：小可代誌，呔著步罡踏斗遮費氣。(呔，音 thái/tháh)

03. **桌頂拈柑、輕可輕可、涼勢涼勢**→形容事情輕而易舉、易如反掌、游刃有餘。

例①：有才調 ê 人，處理代誌攏輕可輕可、涼勢涼勢，袂輸桌頂拈柑咧。

例②：伊做這款代誌輕可輕可、游刃有餘，攏免步罡踏斗。

04. **工課路 (khang-khuè-lōo)** →做事風格。

例：這個敆作師傅 ê 工課路真幼，樁頭接袂完，定定做袂了。

05. **拍一支予伊到、拍一支紅君予你到**→將你一軍。

例：你若傷狡怪，我就拍一支紅君予你到，予你佇塗跤做狗爬。

06. **百面 ê**→形容事情穩妥、絕對無問題。

例：伊若出面處理，就百面妥當 ê，你免煩惱。

07. **有空無榫**→專做一些無意義、沒功效、不切實際的事情。

例：你真正是紅目有仔鬥鬧熱，攏做一寡仔有空無榫 (sún) ê 代誌。

08. **勢揀、勢嫌、乞食揀碗箸**→很愛挑別，嫌東嫌西。

例：查某囝毋通傷勢揀，揀仔揀，會揀著一個賣龍眼。

09. **白泏無味**→枯燥無味。

例：老師上課若白泏無味，學生就會盹龜。

10. **押尾落船先起山**→後來居上。

例：細漢勢，毋是勢，勢人往往是押尾落船先起山。

註：起山：『登陸、上岸』。

11. **目睭看無三寸遠**→目光如豆。

例：因為目睭看無三寸遠，咱才會予人騙甲戇戇越。

12. **一必一中**→立竿見影、立即見效。

例：王祿仔仙講，這帖藥方絕對一必一中，無效免錢。

13. **一丈差九尺 (Tsit tn̄g tsha káu tshioh)**→差異極大、大相逕庭。

例：講ê佮做ê一丈差九尺，就是政客ê特質。

14. **瘦閔瘦，有牽挽、恬恬食三碗公半、烏矸仔貯豆油**→人不可貌相。

例①：人伊是瘦閔瘦，有牽挽，毋通看貓ê無點。

例②：人伊是恬恬食三碗公半，無講無呾就交著女朋友。

例③：你有影是烏矸仔貯豆油 —— 無底看，想袂夠會提第一名。

15. **囥步、大牛惜力**→保留實力。

例：老師若無囥步，學生就會進步。

16. **破功矣、散形去矣、火化去矣**→前功盡棄。

例：今，這聲破功矣，火化去矣，清廉ê招牌碎糊糊矣！

17. **錢了人無代**→花錢消災。

例：這擺ê車禍，共伊ê車挵甲歪膏揤斜，佳哉，車歹去，錢了人無代！

18. **管待伊 (kuán-thāi--i)**→不管他、不理會他。

例：管待伊喔！叫伊家己想辦法。

19. **有靈有聖 (siànn)、聖甲會食糕仔**→威靈顯赫。

例：街尾彼身王爺，聽講真靈聖，聖甲會食糕仔。

20. **經跤經手 (kenn/kinn-kha-kenn/kinn-tshiú)**→指做起事來礙手礙腳的。

例：莫踮遮經跤經手，耽誤我ê工課。

21. **袂收山得 (bē/buē-siu-suann-tit)**→指事情已經鬧至不可開交的地步，無法善後。

例：到遮來，代誌已經袂收山得！

十一、【時機】臺語→華語

01. **天公生咧迎媽祖 (Thinn-kong-senn/-sinn leh ngiâ Má-tsóo)** →比喻不合時宜、做事方法不對。

    例：農曆正月初九是天公 ê 生日，煞來咧迎媽祖巡境，這有兩个意思：第一，形容人所做 ê 代誌無符合彼當時 ê 情勢佮需要。第二，形容兩件代誌無全，袂使共摻做伙處理抑是看待。

02. **有時有陣 (ū-sî-ū-tsūn)** →定時、有時間性，偶爾、非經常性。

    例①：海水起落是有時有陣 ê。

    例②：欲借錢嘛愛有時有陣，袂使定定按呢。

03. **趁流水 (thàn-lâu-tsuí)** →漁民打魚時看潮汐漲落行事。

    例：拋魚著趁流水，青春著愛會曉婿。

04. **好運 ê 著時鐘，歹運 ê 著龍眼**→比喻運氣不同，結果就不同。

    例：人講，三年一閏，好歹照輪，好運 ê 著時鐘，歹運 ê 著龍眼。

05. **無米閣拄著閏月、翁死閣拄著歹大家**→屋漏偏逢連夜雨。

    例：阿爸予人辭頭路，阿母身體閣無拄好，有影無米閣拄著閏月。

十二、【哲理】臺語→華語

01. **十全 (tsa̍p-tsn̂g)** →完滿、齊全、完美無缺憾。

    例：婿，婿無十全；穡，穡無加圇。

    註：加圇 ka-nn̂g(嘛寫做「加全」)：『全體，整個』。

02. **鴨牢內無隔暝杜蚓**→貓旁的鮮魚放不久，鴨巢沒有隔夜蚯蚓。

    例：細漢 ê 時，個兜散赤閣囡仔濟，暗頓攏食袂飽，伊講「鴨牢內無隔暝杜蚓」，桌頂攏嘛不時空空空！

03. **氣死驗無傷**→生氣而死，自作自受。

    例：你莫為伊咧受氣，氣死驗無傷，誠毋值。

04. **看有食無干焦癮**→在一旁乾瞪眼的份。

例：定定看有食無干焦癮，久來會著內傷。

05. **目睭金金，人傷重**→無能為力，乾瞪眼。

例：看著愛人仔綴人走，伊目睭金金，人傷重，規暝袂睏得。

06. **暗暗仔拖，毋通透早磨**→今日事，今日畢。

例：古早人講，作穡頭愛「暗暗仔拖，毋通透早磨」，是咧勸咱凡事猛醒，愛隨做予完，袂當留到明仔載才做。

07. **萬事起頭難，頭過身就過**→開鑼戲難唱，凡事起頭難，做了就不難。

例：古早人講，「萬事起頭難，頭過身就過。」你愛小忍耐一站仔，後日仔才會出脫。

十三、【民生】臺語→華語

01. **吊鼎**→斷炊、無米可煮、一貧如洗；或沒經費，無法再進行。

例：咱兜強欲吊鼎矣，你閣咧討債。

02. **生食都無夠，哪有通曝乾**→這些錢現花都不夠，還想儲蓄？

例：因為景氣穤，這馬招保險 ê 業務員，四常會聽著「生食都無夠，哪有通曝乾」這句話。

03. **度小月、田螺含水過冬**→度小月、苦撐度日。

例：媒體不時就咧報導市草誠穤，逐家著像田螺含水過冬。

04. **正蔥二韭，較好食肉拊**→正月蔥及二月韭菜比肉鬆更好吃。

例：俗語講得好：「正蔥二韭，較好食肉拊。」閣講：「食著時菜，較贏食肉絲。」

05. **食飯就阮，做工課就咱**→說到吃飯就說「我」，說到工作就說「我們」，喻此人好吃懶做，自私自利。

例：做人敢通按呢？好空 ê 攏家己卯，食飯就阮，做工課就咱。

06. **食肥走瘦，食飽換枵**→多費工夫，得不償失，徒勞無功。

例：我勸人翁仔某和好，煞予個咧洗甲無一塊好，有影是閒人毋做欲牽豬哥，食肥走瘦，食飽換枵！

十四、【身體】臺語→華語

01. **帶身命 (tài-sin-miā)** →罹患難以治癒的慢性病。

　⑩：爲著一家大細，伊做甲帶身命。

02. **軟荍荍 (nńg-siô-siô)** →有氣無力的樣子。

　⑩：抾感冒，我規身軀軟荍荍，攏無想欲振動。

03. **軟餕餕 (nńg-kauh-kauh)** →形容身體疲倦而全身無力。

　⑩：我今仔日足忝ê！規身軀軟餕餕，瘶篤篤 (tauh-tauh)。

04. **軟膏膏 (nńg-kô-kô)** →形容柔軟。

　⑩：這塊餅已經軟膏膏矣，你莫閣食矣！

05. **交懍恂 (ka-lún-sún)** →身體因受驚、害怕或寒冷而發抖。

　⑩：伊驚甲規身軀起交懍恂。

十五、【性別】臺語→華語

01. **無某無猴、十一哥**→男人單身、沒有家累，沒有妻子兒女。

　⑩：無某無猴，穿衫破肩胛頭。

02. **紙頭無你ê姓，紙尾無你ê名**→沒有你的名份和地位。

　⑩：千萬毋通嫁人做細姨，因爲歸尾紙頭無你ê姓，紙尾無你ê名。

03. **狗鯊 (káu-sua)** →向婦人講性騷擾的話。

　⑩：彼个查埔人眞毋是款，不時喙賤，愛共查某人狗鯊一下才過癮。

04. **米糕潒 (bí-ko-siûnn)** →比喻男女關係紊亂、糾纏不清。

　⑩：彼對男女交往，恩恩怨怨ê齣頭誠濟，敢若米糕潒咧。

05. **第一緊，山頂輾柴箍，第二緊，火燒菅芒埔，第三緊，查某逐查埔**→女
追男，隔層紗。

　⑩：查某逐查埔，緊甲袂輸山頂輾柴箍，嘛親像火燒菅芒埔。

十六、【譬相】臺語→華語

01. **食較穩咧**→想得美。

　　例①：你食較穩咧，無半撇閣想欲趁大錢！

　　例②：你食較穩咧，這無你 ê 份！

02. **睏罔睏，莫陷眠、較早睏咧較有眠**→別做白日夢，癡心妄想。

　　例①：愛情毋是綿死綿爛就得會著 ê，我看你猶是睏罔睏，莫陷眠矣！

　　例②：啥？伊欲起樓仔厝有孝序大人！我看較早睏咧較有眠。

03. **歪喙雞閣想欲食好米**→癩蝦蛤想吃天鵝肉、不自量力、挑食。

　　例：較認份咧，菜脯根罔咬鹹，毋通歪喙雞閣想欲食好米。

04. **楔手縫 (seh-tshiú-phāng)**→指東西很少，不能讓人滿足。

　　例：你遮 ê 錢，閣無夠我楔手縫。

05. **屧手縫 (siap-tshiú-phāng.)**→指東西很少，不能讓人滿足。

　　例：你逐個月才趁遮 ê 月給，予恁婿某屧手縫都無夠。

06. **磕頭死予伊，嘛無雙條性命**→萬般無奈。

　　例：跋筊人無惜面底皮，磕頭死予伊，嘛無雙條性命。

07. **戇猴 (gōng-kâu)**→傻瓜、傻人。

　　例：戇猴擔石頭，流汗無彩工，袂輸擔沙填海了戇工。

08. **毋成猴 (m̄-tsiânn-kâu)**→不像樣，也有可愛、讚揚之意。

　　例①：彼个毋成猴，毋知閣咧變啥齣頭矣！

　　例②：毋成猴，閣會考第一名。

09. **浮浪貢 (phû-lōng-kòng)**→形容做人做事極度不用心，無所事事，混日子的人。

　　例：彼个浮浪貢 ê，閣咧講大聲話矣。

10. **鴨卵擎 (khian) 過山、賣鴨卵，捙倒擔──看破。**

　　例：「鴨卵擎過山」佮「賣鴨卵，捙倒擔」、「雞卵擲 (tàn) 落樓」，攏是「看破」ê 意思。

11. **胡蠅舞屎桮 (Hôo-sîn bú sái-pue)**→譏笑人貽笑大方的舞弄。

例：做人上驚胡蠅舞屎桮，袂博假博。

12. **閹雞趁鳳飛 (Iam-ke thàn hōng pue)** →比喻如同東施效顰一樣不自量力地想模仿別人。

例：做咱家己，就是英雄，莫 hőng 講咱是閹雞趁鳳飛。

13. **提別人 ê 尻川做面皮**→狗仗人勢、狐假虎威。

例：提別人 ê 尻川肉來做家己 ê 面皮，就是咧形容借別人 ê 勢力來提高家己 ê 面子佮氣勢，方便按家己 ê 意做代誌。

14. **無米有舂臼，無囝抱新婦 (Bô bí ū tsing-khū, bô kiánn phō sin-pū)** →比喻一個人不務實，不切實際。

例：伊譬相講：「無米有舂臼，無囝抱新婦，這是恁讀冊人 ê 個性。」

15. **不答不七 (put-tap-put-tshit)** →不三不四、不像樣。

例①：這改演講，伊講甲不答不七，予聽眾誠失望。

例②：你莫見講攏是一寡不答不七 ê 話，形象愛小顧一下。

16. **死豬鎮砧、死豬鎮牢、死坐活食、坐咧食，倒咧放**→尸位素餐。

例：彼陣唐山金龜，死豬鎮砧幾若十冬。

17. **半路認老爸、認賊做老爸、雞仔囝綴鴨母**→認賊作父。

例：世間上蓋僥倖是啥物代？是半路認老爸，閣認賊做老爸。

18. **破柴連砧破、烏狗偷食，白狗受罪、尼姑生囝賴眾人**→殃及無辜。

例：伊當咧風火頭，咱著閃較遠咧，才袂予伊破柴連砧破，變衰尾道人。

19. **紅龜包鹹菜、媠頭媠面臭尻川**→金玉其外，敗絮其中。

例：鬥陣久才知影彼个人紅龜包鹹菜，媠頭媠面臭尻川。

20. **猴傍虎威 (kâu-pn̄g-hóo-ui)、跤踏馬屎傍官氣 (kha tah bé-sái pn̄g kuann khuì)** →狐假虎威。

例：你莫閣猴傍虎威矣，其實逐家攏看破你 ê 跤手矣。

21. **食飯坩中央 ê(tsiah pn̄g-khann tiong-ng--ê)** →養尊處優。

例：伊是食飯坩中央大漢 ê 阿舍囝。

22. **食米毋知米價 (Tsiah bí m̄ tsai bí kè)** →不知民間疾苦。

例：阿九仔是富豪仔囝，當然食米毋知米價。

23. **你嘛好心好行咧、你嘛較拜託咧**→你也行行好。

例①：你嘛好心好行咧，莫閣共凌治矣！

例②：你嘛較拜託咧，莫閣予恁阿母煩惱矣！

24. **你嘛共我較差不多咧**→你也給我注意一點、細膩些。

例：暗來起寒，叫你疊衫毋疊，你嘛共我較差不多咧！

25. **你嘛較差不多咧**→你也節制一下。

例：日也啉，暝也啉，你嘛較差不多咧！

26. **三跤貓的功夫**→學藝不精、不中用。

例：你這个三跤貓的功夫，若會當過虎尾溪才講。

27. **鼓井水雞，毋知天偌大**→井底之蛙，不知天高地厚。

例：十个展，九个落臉 (lak-lián)，因為鼓井水雞，毋知天偌大，無落臉 幾擺仔學袂乖。

28. **十身就無夠死 (Tsảp sin tō bô-kàu sí)**→有勇無謀，十身都不夠死。

例：你喔，衝呱呱，想欲空手拍虎，有勇無謀，十身就無夠死。

貳

實務篇

第九課
即席演講 ê 題目

題目：我所知影 ê 平埔族。臺南大內頭社公廨杆欄式建築。

教師組

　　大人組 ê 題目會當分做八種無仝 ê 類型，下面先介紹「教師組」ê 題目。「教師組」ê 題目，佇比率上，大部分攏佮教育有關，當然嘛有一寡社會關懷佮評論 ê 題目。另外就是講人生哲理，以及有關臺灣 ê 歷史、文化佮人物 ê 題目；閣有生態、環保佮生活性 ê 題目。三不五時，嘛有俗語題。有一个情形，逐家愛斟酌，就是這馬題目 ê 趨勢愈來愈生活化、有現實感，攏佮社會經驗結合，所以一定愛注意新聞佮最近較熱門 ê 話題。

　　下面遮 ê 題目，是我佮新北市臺語演講培訓 ê 老師做伙出 ê，我共整理、分類、注解，佇遮提供予演講者做參考。

一、俗諺類：

俗諺類 ê 題目，多數攏是有教育性佮人生智慧 ê 臺灣俗諺、激骨話等，咱舉例做紹介，予演講者做準備。

001. 細空無補，大空叫苦。
002. 大狗盤牆，細狗趁樣。
003. 好田地，不如好子弟。（田，tshân）
004. 魚趁鮮，人趁茈。（茈，tsínn，幼、嫩、未成熟 ê）
005. 學好三年，學歹一對時。
006. 押雞毋成孵。（成，tsiânn；孵，pū）
007. 也著麋，也著箠。（也，音 iā；箠，音 tshuê）
008. 台頂三分鐘，台跤一厝間。
009. 人無千日好，花無百日紅。
010. 有時星光，有時月明。
011. 食人一口，報人一斗。
012. 九頓米糕無上算，一頓冷麋抾去园。
013. 嚴官府出厚賊，嚴爸母出阿里不達。
014. 巧新婦，無米煮無飯；行船人，無風駛無船。
015. 艱苦頭，才有快活尾。
016. 看田面，毋通看人面。
017. 人比人，氣死人。
018. 神愛扛，人愛妝。
019. 食緊挵破碗，緊事三分輸。（挵，lòng）
020. 樹頭徛予在，毋驚樹尾做風颱。
021. 僥倖錢，失德了。
022. 未曾學行，就欲學飛。（未，buē/bē；曾，tsîng；就，tō）
023. 一丈槌著留三吋後。
024. 挖井才有水，想好才出喙。

025. 講話中人聽,較好大細聲。(中,tìng)

026. 三代粒積,一代窮空。(窮空,khîng-khong)

027. 有百年厝,無百年主。

028. 心肝若好,風水免討。

029. 講話,無關後尾門。

030. 千算萬算,毋值天一劃。

二、哲理類:

　　哲理類是有關人生經驗、智慧、價值觀、處世之道、學問、修養等等 ê 題目,範圍誠闊,演講者愛誠斟酌準備。

031. 我心目中 ê 幸福。

032. 一時風,駛一時船。

033. 恬恬上大聲,笑笑蓋高尚。

034. 有佮無。

035. 喙緊較輸跤手緊。

036. 教一擺乖,學一擺精(tsing)。

037. 人生上好 ê 投資。

038. 千枝萬葉,娶某生囝才定著。

039. 無心行善,光明袂顯。

040. 肯定家己,嘛愛欣賞別人。

041. 樹正毋驚月影斜。

042. 貪伊一湯匙,會失一畚箕。

043. 船過,水無痕。

044. 對我影響上深 ê 一句話。

045. 雨落四山,終歸大海。

046.「有」,愛惜福;「無」,愛知足。

047. 少年靠營養,食老靠保養。

048. 扁人會圓，圓人會扁，萬事毋免佮人比。

049. 愛跪才會出穗，愛行才會出名。

050. 是稻著留，是草著薅。（著，音 tio̍h，必須，應當）

051. 有人攑燈炤路，無人攑燈看肚。（炤，音 tshiō，照亮）

052. 身邊 ê「好」看袂清楚。

053. 性命無價，錢銀儂買。

054. 無禁無忌食百二。

055. 有是惱 (ló o)，無是苦。

三、教育類：

有關教育理念、方法、態度、修養、課程、教改、做人、道德等主題，攏是有可能出 ê 題目。

(一) 教育理念

056. 重視青春期 ê「性教育」。

057. 培養感恩 ê 囡仔。

058. 欲按怎推廣品德教育？

059. 欲按怎做「誠信教育」？

060. 閱讀對囡仔 ê 重要性。

061. 按怎予學生興看冊？

062. 按怎教育現代 ê 少年人？

063. 論新住民囡仔 ê 教育。

064. 欲按怎予囡仔有內才？

065. 爸母若萬能，序細就無能。

066. 按怎教囡仔情緒管理？

067. 我看咱 ê 高等教育。

068. 學生若欲好，逐項著肯學。

069. 教育無撇步，「愛」佮「模範」爾爾。

(二) 教育改革

097. 十二年國教對校園 ê 影響。

098. 對「九年一貫」到「十二年一貫」。

099. 論「升學主義」對教育 ê 影響。

100. 我對教育改革 ê 看法。

101. 揣答案佮背答案。

102. 啥物是「紮會走 ê 能力」？

103. 我看高中課綱 ê 爭論。

104. 高中生，文言文敢有需要讀遐濟？

105. 我對囡仔讀四書五經佮背古文 ê 看法。

106. 臺灣消失去 ê 愛國教育。

107. 囡仔 ê 教室佇佗位？

108. 走揣咱臺灣教育 ê 春天。

109. 按怎建立「主體性 ê 教育」？

110. 用心推動學生 ê 公共服務。

111. 我對多元入學 ê 看法。

112. 培養第二專長 ê 重要性。

113. 大學傷濟 ê 問題欲如何是好？

114. 我看學生 ê 校園霸凌問題。

115. 我對教育本土化佮國際化 ê 看法。

116. 學習 ê 革命，教師 ê 挑戰。

117. 是生理囝偄生，抑是職業教育偆 (tènn) 生？

118. 論咱 ê 美感教育。

119. 我對幼兒教育問題 ê 看法。

120. 若準英語成做「第二官方語言」。

(三) 本土教育

121. 鄉土教育 ê 重要性。

122. 對「回鄉 ê 我」這條歌講起。

123. 我按怎做「鄉土教育」？

124. 我對教育「同心圓」理論ê看法。

125. 講阿公佮阿媽ê故事予囡仔聽。

（四）**母語教育**（母語ê傳承佮教育）

126. 母語欲好傳承，上重要敢是佇家庭？

127. 老師佮公務人員，敢著參加母語ê認證？

128. 國中延續母語教育ê重要性。

129. 傳承咱ê母語，教示咱做人ê道理。

130. 咱ê諺語，咱ê倫理。

131. 按怎營造母語學習ê好環境。

132. 欲按怎教囡仔愛講母語？

133. 母語ê危機佇佗位？

134.「語言多元化」佮「物種多元化」。

135. 態度決定語言教育ê成敗。

四、環保類：

　　環保類ê題目，包括：生態保育、環境保護、水土保持、節能減碳、水資源、空氣汙染、心靈環保等議題。

136. 環保、環保，無做會煩惱。

137. 我對有機食物ê看法。

138. 面對 PM2.5，咱欲如何是好？

139. 咱ê健康欲佗揣？

140. 我對「環保自然安葬」ê看法。

141. 天然佮無毒ê環境上蓋好。

142. 拄著天災佮人禍 (hō)，咱敢有變步？

143. 全球暖化效應ê危機。

144. 綠色經濟當時行。

145. 我看資源 ê 再製、再生、再利用。

146. 日常生活按怎做環保?

147. 開發綠色能源,建立非核家園。

148. 大地動 ê 啓示。

149. 若準臺灣發生「大海漲」。(痟狗湧、滾蛟龍)

150. 對日本大地動看核能災變。

151. 環境賀爾蒙對咱 ê 影響。

152. 我看基因改造 ê 問題。

153. 敢講動物 ê 性命毋值錢?

154. 我看咱 ê 水資源。

155. 風颱佮地動。

156. 山會崩,塗會流 —— 保護臺灣 ê 土地。

157. 生態保育 ê 重要性。

158. 我對「物種多元化」ê 看法。

159. 按怎教學生做好節約能源?

160. 珍惜地球 ê 資源。

161. 大水眞艱苦,無水閣較苦。

162. 大自然是一間大教室。

163. 生態旅遊當時行。

164. 欲按怎指導囡仔生活環保?

165. 超限利用,過度開發 —— 生態 ê 惡夢。

166. 大自然予咱 ê 啓示。

167. 地球溫度衝懸,咱敢閣有救命仙丹通攢?

168. 對《你毋知影 ê 眞相》這部記錄片講起。

169. 氣候變遷 ê 啓示。

170. 物種滅絕予咱 ê 啓示。

五、臺灣類：

　　臺灣類 ê 題目，集中佇對臺灣地理、歷史、人物、文化、藝術、環境、文學家、音樂家、美術家、原住民 ê 了解。

171. 原住民是咱 ê 寶貝。
172. 若準我是國內 ê 導遊。
173. 我上愛唱 ê 一塊臺語歌。
174. 講咱 ê 廟會文化。
175. 欲按怎推廣咱 ê 米食文化。
176. 我上數念 ê 歷史人物。
177. 八田與一佮烏山頭水庫。
178. 對一位歷史人物講起。
179. 臺灣歌謠鄉土情。
180. 若無土地，就無文學佮藝術。
181. 日久他鄉是故鄉。
182. 啥物是臺灣 ê 價值？
183. 外籍新娘佮新臺灣之子。
184. 我上欣賞 ê 運動員。
185. 咱是一个海洋國家。
186. 我看咱 ê 民間信仰。
187. 咱應該行入世界 ê 舞台。
188. 我上欣賞 ê 本土作家。
189. 祖先流傳落來 ê 生活智慧。
190. 我看布袋戲。
191. 建立有特色 ê 臺灣文化。
192. 野球 —— 咱臺灣人 ê 熱情。
193. 論殖民者佇咱臺灣 ê 跤跡。
194. 臺灣俗語真趣味。

有特色 ê 臺灣文化。

195. 我對民間信仰 ê 看法。

六、社會類：

　　社會類 ê 題目包括：家庭、厝邊、族群、媒體、網路、觀光、政治、時事，遮 ê 議題，範圍真闊。

196. 談高齡化社會 ê 問題。
197. 咱欲按怎才會當優雅 ê 老化？
198. 我看「齧老族」。(齧老族，音 khè-ló/nóo-tsòk)
199. 社會資源分配 ê 公平性。
200. 現代 ê 孝子。
201. 「社會住宅」ê 重要性。
202. 我所理解 ê「轉型正義」。
203. 論「世代正義」ê 問題。
204. 新聞報導予咱 ê 啟示。
205. 欲按怎安排性命 ê 煞尾站？
206. 趁錢有數，道德愛顧。
207. 食毒會烏有，按怎才有救？
208. 欲按怎規劃高齡化社會 ê 長期照護制度？
209. 觀光靠中國，早慢受人約束。
210. 咱 ê 司法，敢需要設陪審團？
211. 講咱司法 ê 問題。
212. 我看選舉 ê「賣票」佮「買票」。
213. 我對咱觀光業 ê 看法。
214. 我看公共工程 ê 品質。
215. 終身學習 ê 重要性。
216. 我看咱 ê 電視媒體。
217. 媒體 ê 社會責任。

218. 智識份子ê社會責任。

219. 論現代養生ê觀念。

220. 建立一个誠信ê社會。

221. 現代人ê文明病。

222. 論社會福利ê重要性。

223. 我對廢除死刑ê看法。

224. 一件予人感心ê代誌。

225. 網路世界佮現實人生。

226. 追求個人幸福，嘛愛盡社會責任。

227. 咱ê健保，欲按怎才會愈好？

228. 欲按怎面對少子化佮高齡化？

229. 我對「恐怖攻擊」ê看法。

230. 幸福人生ê原動力。

231. 咱欲按怎面對國民年金ê改革？

232. 迎媽祖敢著愛放炮？

233. 我看咱ê公民運動。

234. 咱欲按怎進一步深化民主？

235. 我對公投ê看法。

236. 若準我是記者。

237. 論咱ê電視文化。

238. 我上敬佩ê宗教家。

239. 我對同性婚姻ê看法。

240. 我所了解ê多元成家。

241. 咱ê觀光業欲如何是好？

242. 按怎迎接新移民ê時代？

243. 假新聞颺颺飛，咱欲按怎才好？

244. 君子愛財，取之有道。

245. 論臺灣ê放生文化。

七、時事類：

時事類 ê 題目，以最近、抑是今年度發生 ê 事件、新聞、社會問題等做主題。

246. 發揮創意，行銷臺灣。
247. 我上敬佩 ê 宗教家。
248. 我心目中 ê 臺灣之光。
249. 我上敬佩 ê 社會運動者。
250. 我對慈善募款 ê 看法。
251. 論社會 ê 公平佮正義。
252. 若準我是電視名喙 (tshuì)。
253. 手機仔予咱 ê 危機。
254.「大學自治」敢是萬靈丹？
255. 今年 ê 臺灣電影眞好看。
226. 我所知影 ê 霧社事件 (我看電影《賽德克‧巴萊》)。
257. 若準我是流浪狗。
258. 對「看見臺灣」ê 記錄片講起。
259. 面對 AI ê 時代，咱欲按怎共款待？
260. 我對性別平權公投 ê 看法。

八、生活類：

生活 ê 食、衣、住、行，鹹、酸、甜、苦、澀、喜、悲，趣味、感觸、休閒、藝術等等，攏是生活類出題 ê 範圍。

261. 食好佮好食。
262. 窒車 ê 啓示。
263. 鬥熱鬧佮看好戲。

264. 疼惜身軀邊 ê 人。

265. 下班了後。

266. 欲按怎安排年老 ê 生活。

267. 心情鬱卒 ê 時陣。

268. 生活有趣味，人生有意義。

269. 終身做志工，心情會輕鬆。

270. 行路 ê 時陣。

271. 生活 ê 藝術。

272. 我上佮意 ê 運動。

273. 旅遊佮人生。

274. 生活 ê 苦楚佮趣味。

275. 過簡單美好 ê 生活。

276. 創造快樂 ê 人生。

277. 陪囝仔食暗頓。

278. 我 ê 人生，我 ê 夢。

279. 學習佮家己做朋友。

280. 談親情、愛情佮友情。

社會組

　　根據過去 ê 經驗，社會組 ê 題目，教育題較少，俗諺題、社會題、環保題較濟。下面遮 ê 題目予逐家做參考。

一、俗諺類：(有教育性佮人生智慧 ê 臺灣俗諺、激骨話等等。)

001. 雜唸大家，出蠻皮新婦。(婦，pū)
002. 樹頭徛予在，毋驚樹尾做風颱。
003. 一好配一歹 (gâi)，無兩好相排。
004. 有量才有福。

005. 修練在心，修身在口。

006. 信用毋顧，人客斷路。

007. 一人帶一破。(破：破格、欠缺，形容人
　　仔命理上有缺陷。)

008. 家和萬事興，家亂萬世窮。(窮，kîng)

009. 荏荏馬，嘛有一步踢。(荏，lám)

010. 三日無餾，蹈上樹。(蹈，peh)

011. 千算萬算，毋值天一劃。

012. 三年一閏，好歹照輪。(閏，jūn)

013. 牛愛貫鼻，人愛教示。(貫，kǹg)

014. 有燒香有保庇，有食藥有行氣。

015. 跋一倒，抾著一隻金雞母。(抾，khioh)

016. 心肝若好，風水免討。

017. 家己種一欉，較贏看別人。

018. 挖井才有水，想好才出喙。

019. 食蔥愛食心，聽話愛聽音。

020. 有喙講別人，無喙講家己。

021. 錢毋用是銅，賊毋做是人。

022. 偷捻 (liàm) 偷佔，一世人缺 (khueh) 欠。

023. 人情留一線，日後好相看。

024. 近廟欺神。

025. 食一歲，學一歲。

026. 一牽成，二好運，三才情。

027. 細膩無蝕本。

028. 一粒米，百人汗。

029. 相分食有賰，相搶食無份。

030. 暗時全步數，天光無半步。

031. 老 ê 老步定，少年 ê 較懂嚇 (hiannh)。

032. 誠意食水甜。

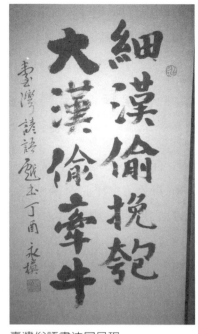

臺灣俗語書法展呈現。

033. 也著神，也著人 (jîn/lîn)。

034. 有功無賞，拍破著賠。

二、哲理類：(有關人生經驗、智慧、價值觀、處世、學問、道德、修養。)

035. 存好心，較贏存黃金。

036. 身邊 ê「好」看袂清楚。

037. 心無定，銀無命。

038. 好話較贏金錢，誠意食水甘甜。

039. 一時風，駛一時船。

040. 針無雙頭利，人無雙條才。

041. 金錢毋是萬能 ê 鑰匙。

042. 有是惱，無是苦。

043. 三年一閏，好歹照輪。(閏，jūn)

044. 做牛就拖，做雞就筅 (tshíng)，做人就揮跋反 (píng)。

045. 好頭不如好尾。

046. 人身難得。

047. 態度決定你 ê 懸度。

048. 大隻雞慢啼。

059. 拍算較贏勞軁 (nǹg) 鑽。

050. 緊紡無好紗，緊嫁無好逐家。

051. 慢牛食濁水。(濁，lô)

052. 看田面，毋通看人面。

053. 成功 ê 撇步。

054. 好額佮散赤。

055. 加食無滋味，加話毋值錢。

056. 做家己 ê 主人。

057. 人生無常，隨緣盡份。

058. 對我影響上深 ê 一句話。

059. 雨落四山，終歸大海。

060. 享福、惜福、造福。

061. 若無掖種，就無收成。

062. 面對選擇 ê 時陣。

063. 食苦當做咧食補。

064. 踏穩人生每一个跤步。

065. 入港隨灣，入鄉隨俗。

066. 人生上好 ê 投資。

067. 有經風霜有逢春，萬事撨搣上感恩。

068. 行舊路，嘛著創新步。

069. 用歡喜 ê 心，行艱苦 ê 路。

070. 食是福，做是祿。

071. 關心眾人，照顧萬物。

072. 全家若仝心，烏塗變成金。

073. 生緣較贏生婿。

074. 欣賞天邊 ê 彩霞，嘛愛看顧路邊 ê 草花。

075. 人自助，天擁護。

076. 若無「公德」就無「功德」。

077. 噗仔聲。

078. 溝通佮諒解。

079. 牽手。

080. 緣份。

081. 隨緣盡份 ê 人生。

082. 好人也有過去，歹人嘛有將來。

083. 人間到處有青山。

084. 大富是命，小富靠拍拚。

085. 一年等，兩年空。

086. 追求個人 ê 幸福，嘛愛盡社會責任。

087. 有緣才做伙。

088. 食睏無分寸。

089. 食好做輕可，大山嘛會倒。

090. 差豬差狗，不如家己走。

091. 艱苦掖種，歡喜收成。

092. 無禁無忌食百二。

093. 金銀規大廳，不如積善好名聲。

094. 撐船撐過溪，救人救到底。

095. 怨無無怨少。

096. 人生是一場行踏 (kiânn-tàh)。

097. 相放伴 (sio-pàng-phuānn)。

098. 甘願做戇人，向夢樹仔會大欉。

099. 會跋才會大。

三、教育類：(教育理念、方法、態度、修養、課程優缺點、
做人、道德。)

100. 老師、公務員敢愛參加母語 ê 認證？

101. 一人一家代，臺語、英語敢有相礙？

102. 對臺灣俗語看臺灣文化。

103. 論新住民後代 ê 教育問題。

104. 鄉土教育 ê 重要性。

105. 社會教育 ê 重要性。

106. 終身學習佮生涯規畫。

107. 我對十二年國民教育 ê 看法。

108. 家庭教育 ê 重要性。

109. 倫理教育 ê 重要性。

110. 捌字毋捌理，了錢閣了米。

111. 學習佮家己做朋友。

112. 咱人，毋是做老師，就是做學生。

113. 對細漢就愛培養ê功夫。

114. 社會資源欲按怎好好仔利用？

115. 母語欲好傳承，上重要敢是佇家庭？

116. 傳承咱ê母語，教示咱做人ê道理。

117. 善用社會資源，從事母語教學。

118. 社會亂象對教育ê影響。

119. 一本冊ê啟示。

120. 培養獨立自主ê下一代。

121. 論智慧佮情緒管理。

122. 走揣性命ê感動。

123. 流行文化ê教育價值

124. 校園毒品問題ê探討。

125. 教師欲按怎成就學生？

126. 教育改革佮老師ê挑戰。

127. 是毋是，先問家己；通毋通，先想別人。

128. 講「忍耐」。

129. 等待佮希望是上懸ê智慧。

四、環保類：（生態保育、環境保護、水土保持、節能減碳、心靈環保。）

130. 山會崩，塗會流 —— 保護臺灣ê土地。

131. 生態保育ê重要性。

132. 經濟發展佮生態保育。

133. 阮兜按怎做環保佮節約能源ê事工？

134. 珍惜地球ê資源。

135. 大自然予咱ê教示。

136. 大水真艱苦，無水閣較苦。

137. 大自然是一間大教室。

138. 生態旅遊當時行。

139. 近山愛山，近水惜水。

140. 臺灣面對一場水佮空氣ê戰爭。

141. 減塑運動當時行。

142. 天災佮人禍。

143. 風颱佮地動。

144. 資源ê再製、再生、再利用。

145. 我對有機食物ê看法。

146. 物種滅絕予咱ê啓示。

147. 面對PM2.5，咱欲如何是好？

148. 若準大自然聽袂著鳥仔ê叫聲。

149. 心靈環保ê重要性。

五、臺灣類：（臺灣地理、環境、歷史、人物、文學家、音樂家、美術家等。）

150. 我上佮意ê一句臺灣俗語。

151. 臺灣俗語眞趣味。

152. 我學臺語ê經驗。

153. 講咱臺灣人ê禁忌。

154. 臺灣歌謠鄉土情。

155. 欲按怎創造臺灣新文化？

156. 啥物是臺灣ê價值？

157. 外籍新娘佮新臺灣之子。

158. 我上欣賞ê運動員。

159. 臺灣是一个海洋國家。

160. 我看民間信仰。

161. 咱應該行入世界ê舞台。

162. 逐家來看臺灣歌仔戲。

163. 咱 ê 啉酒文化。

164. 咱 ê 陣頭文化。

165. 我上愛聽 ê 臺語歌。

166. 我所意愛 ê 臺灣。

167. 我 ê 故鄉。

168. 咱 ê 觀光業 ê 問題出佇佗？

169. 講「民俗慶典」。

170. 講咱臺灣人 ê 禁忌。

171. 對一位臺灣歷史人物講起。

172. 八田與一佮烏山頭水庫。

173. 我所知影 ê『莫那魯道』(moo-na-lu-too)。

174. 對地名了解咱 ê 歷史。

六、社會類：(家庭、厝邊、族群、媒體、網路、觀光、政治、時事。)

175. 假新聞颺颺飛，咱欲如何是好？

176. 逐家來運動。

177. 我看外籍勞工。

178. 媒體 ê 社會責任。

179. 論現代養生 ê 觀念。

180. 建立一个誠信 ê 社會。

181. 現代人 ê 文明病。

182. 我對年金改革 ê 看法。

183. 欲按怎保護本土產業。

184. 論社會福利 ê 重要性。

185. 我對廢除死刑 ê 看法。

186. 談「高齡化 ê 社會」。

187. 網路世界佮現實人生。

188. 一件予人感心ê代誌。

189. 趁錢有數，道德愛顧。

190. 緊火冷灶，米心欲哪會透？

191. 論公益彩券。

192. 講藥品ê廣告。

193. 按怎營造好ê社區文化？

194. 有人入山趁食，有人落海討掠。

195. 講咱ê司法改革。

196. 作穡人ê心聲。

197. 頭家若有勢，員工袂操過頭。

198. 我看現代醫生：欲救穤(bai)，毋救人。

199. 我看都市更新。

200. 我對懸厝價ê看法。

201. 我看咱ê電視文化。

202. 臺灣媒體佮基本人權。

203. 我看臺灣ê資訊安全。

204. 論臺灣ê放生文化。

205. 我對慈善募款ê看法。

206. 我對流浪狗ê看法。

207. 論臺灣ê救難問題。

208. 新科技佮舊傳統。

209. 生囝，生囝，敢不如飼狗仔囝？

210. 學習面對死亡。

211. 談現代親子關係。

212. 論社會ê公平佮正義。

213. 做一个敬業ê人。

214. 我對新住民ê印象。

七、時事類：(最近、抑是今年度發生 ê 事件、新聞、社會問題等。)

215. 假新聞四界傳，網路欲按怎有安全？
216. 啥人是今年 ê 臺灣之光？
217. 若準我是內政部長。
218. 我對原住民 ê 了解。
219. 對「毒殿粉」和「毒豆油」ê 事件講起。
220. 塑化劑事件對品德教育 ê 啓示。
221. 今年 ê「臺灣燈會」佇屏東。
222. 若準臺灣發生大海漲。(大海漲：痟狗湧、滾蛟蹛。)
223. 對日本 311 大地動看核能災變。
224. 我看「向(低)頭族」。(向，音 ànn)
225. 無智識 ê 社會佮媒體亂象。
226. 我對多元成家 ê 看法。
227. 我對年金改革 ê 看法。
228. 講寡外國宣教師 ê 故事予恁聽。
229. 講網路、名喙、佮假新聞。

八、生活類：(生活 ê 鹹、酸、甜、苦、澀、趣味、感觸、休閒、藝術。)

230. 我上佮意 ê 電視節目。
231. 我上愛看 ê 一齣電影。
232. 講我失敗 ê 經驗。
233. 拍開心內 ê 窗。
234. 歇睏 ê 日子。
235. 厝邊頭尾。
236. 夜市仔佮路邊擔仔。

237. 我 ê 生涯規劃。

238. 生活 ê 苦楚佮趣味。

239. 介紹一个好迌迌 ê 所在。

240. 營造幸福 ê 人生。

241. 生活 ê 好滋味。

242. 休閒活動 ê 重要性。

243. 拍開心內 ê 窗。

244. 欲按怎過健康自然 ê 生活？

245. 好額佮散赤。

246. 幸福人生 ê 原動力。

247. 心情鬱卒 ê 時陣。

248. 對旅行看人生。

249. 生活中 ê 美感。

250. 防疫新生活，有苦嘛有甜。

全國賽題目舉例

全國賽 ê 題目，逐年攏無全，類型嘛真濟，佇遮咱干焦舉成十題，予欲比賽 ê 選手做參考，選手若有需要，會當家己上網去查。

001. 我教學生囡仔尊重別人 ê 經驗 〈2008 小教〉

002. 山中有直樹，世上無直人 〈2008 小教〉

003. 疼惜學生，就愛教示學生〈2008 小教〉

004. 教冊著教予落心〈2008 小教〉

005. 我對臺灣青少年流行文化 ê 看法〈2008 小教〉

006. 我 ê 青春我 ê 夢 〈2008 小教〉

007. 一工省一喙，一年省一櫃 〈2008 小教〉

008. 一日教學生一句好話 〈2008 小教〉

009. 教智識較重要，抑是教做人較重要

010. 我印象上深 ê 一个學生　〈2008 小教〉

011. 好天著存雨來糧　〈2008 小教〉

012. 食到老，學到老　〈2008 小教〉

013. 學好三冬，學歹三工　〈2008 小教〉

014. 上臺總有落臺時　〈2008 小教〉

015. 母語較重要，抑是英語較重要　〈2008 小教〉

016. 生緣較贏生婿　〈2008 小教〉

017. 人善被人欺，馬善被人騎　〈2008 小教〉

018. 處處君子，處處小人　〈2008 小教〉

019. 魚驚離水，人驚落水　〈2008 小教〉

020. 臺灣人 ê 人情味　〈2008 小教〉

021. 囡仔時代 ê 回憶　〈2008 小教〉

022. 萬事起頭難　〈2008 小教〉

023. 我所知影 ê「平埔族」　〈2008 小教〉

024. 飲水思源　〈2008 小教〉

025. 關心眾人，照顧萬物　〈2008 小教〉

026. 長工望落雨，乞食望普渡　〈2008 中教〉

027. 人咧做，天咧看　〈2008 中教〉

028. 我對大學入學率近百 ê 看法　〈2008 中教〉

029. 拍斷手骨顛倒勇　〈2008 中教〉

030. 暗時全步數，天光無半步　〈2008 中教〉

031. 按怎節能減碳　〈2008 中教〉

032. 風生水起正當時　〈2007 社會〉

033. 若準有人揣我去搬戲　〈2008 社會〉

034. 緊紡無好紗，緊嫁無好大家　〈2008 中教〉

035. 臺灣新文學之父 ── 賴和

036. 萬紫千紅總是春　〈2008 社會〉

037. 我 ê 寶貝學生　〈2007 中教〉

038. 時到時擔當，無米煮番薯湯　〈2008 中教〉

039. 一枝草，一點露 〈2008 中教〉

040. 人生是一首歌 〈2008 社會〉

041. 有一種勝利叫做堅持 〈2008 社會〉

042. 千金難買好厝邊 〈2008 社會〉

043. 人身難得 〈2008 社會〉

044. 艱苦罪過是一世人，歡歡喜喜也一世人

045. 艱苦頭，快活尾 〈2008 社會〉

046. 宗族佮民族 〈2008 社會〉

047. 我看歌仔戲 〈2008 社會〉

048. 現代人 ê 價值觀 〈2008 社會〉

049. 我對反毒佮反薰 ê 看法〈2008 社會〉

050. 生死有命，富貴在天 〈2008 社會〉

051. 瘠貪軁雞籠 〈2008 社會〉

052. 食人一口，還人一斗 〈2008 社會〉

053. 我上愛去 ê 風景區 〈2008 社會〉

054. 社會福利該有 ê 措施 〈2008 社會〉

055. 也著箠，也著糜 〈2008 社會〉

第十課
演講 ê 審題佮拆題

一、審題

　　「審題」，就是佇演講進前，愛先冷靜共題目審查幾若遍；愛共題目看予清、認予明，目的是欲**共「主題」掠出來**。因為演講 ê 內容愛根據主題，千萬袂當走精、離題去，一下走精、離題去，就規組害了了，因為講 ê 內容若佮主題無關，就會算零分。所以，審題審予好，才有好結果；審題若審無好，演講 ê 時就會脫箠叫艱苦。

　　舉例來講，有一年社會組 ê 演講比賽有出一个題目，叫做〈摸著箸籠，才知頭重〉，演講者一下抽著這个題目隨愕 (gāng) 去，因為伊根本毋知題目是啥物意思，所以共題目審規半晡，猶原捎無摠頭，上台嘛毋知家己咧講啥，成績當然就袂好。其實，這个題目是咧講，「人若大漢，摸會著吊懸 ê 箸籠，就愛開始擔當規家伙仔大大細細 ê 三頓食穿，也就是愛開始承擔家庭經濟 ê 責任，這个時陣才知影擔頭真重。」

二、拆題

　　啊啥物是「拆題」？「拆題」就是共題目 ê 主題拆予開，拆予詳細。紲落去閣共論述 ê 方向佮大綱，先做計畫佮安排，斟酌思考會當按怎講，才會合題意；啥物款 ê 內容有價值講予聽眾知影，閣予人聽會入耳。當然，佇題材「取、捨」選擇 ê 時陣，愛把握「**狹 (e̍h) 題愛闊講**」、「**闊題愛狹講**」ê 原則。下面咱就舉例做說明。

三、舉例

例一 題目：〈九頓米糕無上算，一頓清麋抾去园〉

【審題、掠主題】

　　題目表面 ê 意思是講，做新婦抑是阿母 ê，定定攏炊好食 ê 米糕來款待序大伦序細，毋過序大伦序細攏毋捌感謝過伊；干焦有一擺因為無閒，煞無時間通炊米糕，不得已予序大伦序細食一頓清麋爾，就予怐記伶心肝底，磕袂著就提出來講。嘛會當講是主人招待人客 ê 時，逐頓攏食好料理，人客攏袂感恩，干焦招待一頓冷麋，就 hőng 記牢牢！

　　所以，題目 ê 真正意思是：這是普遍 ê 人性，嘛是人性穩 ê 一面，人性定定**「船過水無痕」，毋知感謝，閣真愛抾恨**。而且，好 ê 毋記，串記一寡穩 ê。所以，針對題目本意，咱欲按怎掠主題來發揮咧？

【拆題、想大綱】

（一）這句話予咱想著「做天也袂得中 (tìng) 眾人意」、「好頭不如好尾」遮 ê 待人處事 ê 道理。（舉例說明）

（二）嘛予咱想著「講話」一定愛斟酌伶細膩，因為「口是傷人斧，言是割舌刀」，咱愛「好話加減講，歹話莫出喙」，才袂得失人。因為九句好話無上算，一句歹話嘛會予人抾起來园。（舉例說明）

（三）人，攏袂當倖，傷倖，就毋知感恩。（舉例說明）

（四）佇民主時代，人民對政府抑是政治人物「九頓米糕無上算，一頓清麋抾起來园」，是合情合理 ê 代誌，嘛是進步 ê 代誌。因為一个偉大 ê 民族，攏會對政治領袖無情。（舉例說明）

✏ 例二 題目：〈愛跪才會出穗，愛行才會出名〉

【審題、掠主題】

　　這ê題目是咧講，較早作田人播稻仔，時間若到著愛毋驚艱苦、跪落來
挲草，紲落去披肥，稻仔才會沓沓仔開花出穗。啊人著愛勇敢行出去，積極
行動，才有機會出名。題目ê重點字是「跪」和「行」這兩字，所以主題就
是「有辛苦流汗ê付出，才有快樂ê收成。」

【拆題、想大綱】

（一）「愛跪才會出穗，愛行才會出名」ê意思。(舉例說明)
（二）社會名人猶未成功進前，「有辛苦流汗付出，才有快樂收成」ê事
　　　蹟。(舉例說明)
（三）我家己捌辛苦流汗付出，落尾快樂收成ê經驗。(舉例說明)
（四）若欲跪就愛跪著時機，若欲行就愛行著方向。(舉例說明)
（五）對個人到社會、國家，攏愛有**「愛跪才會出穗，愛行才會出名」**ê態度
　　　佮精神。

✏ 例三 題目：〈山中有直樹，世上無直人〉2007 小教組題目。

【審題、掠主題】

　　這兩句話是對《增廣昔時賢文》這本冊所引用出來ê，原文有四句：
「莫信直中直，須防仁不仁。山中有直樹，世上無直人。」黃俊雄布袋戲文
共改做：「山中有直樹，世上無直人；莫信直中直，須防邪裡邪。」是神秘
人物秘雕ê出場詞，因為伊有悲慘ê遭遇，所以對人性真無信心，才會講出
遮爾極端ê話。

　　這兩句話ê本意是講：「山裡猶有可能看著生甲真直ê樹仔，毋過世間
無可能揣到誠信、正直ê人。」真正有警世ê作用，毋過，做一個演講者，

咱愛進一步共主題想予較深咧，做較正面 ê 論述，共轉化做鼓舞人心 ê 話語：「處世愛小心，毋過毋通傷心；愛改變人心、塑造正直 ê 風氣，予人人互信。」這就是咱進一步掠出來 ê 主題。

【拆題、想大綱】

（一）引論 ── 起：先解說這句話的來源佮意義。

（二）本論 ── 承：人心有影險惡，咱佇社會裡不時會看著、抑是親身拄著 ê 經驗，毋是有錢有勢 ê 惡霸食人夠夠，無就是假鬼假怪 ê 騙仙仔滿四界。現實社會，冤屈 ê 代誌逐工都咧發生。所以這句話正面 ê 意義，就是對人有警示 ê 作用。(舉例說明)

（三）本論 ── 承：舉例說明，這句話佇臺灣歷史上 ê 新舊經驗，臺灣人不斷予統治者欺騙佮出賣 ê 歷史，對咱有真大 ê 啓示作用。

（四）本論 ── 轉：這句話 ê 負面意義佮影響。舉例說明：救蟲毋通救人。譬論講，捌有一个新聞報導講，有一个過路人，救一个車禍受傷、昏死佇路邊 ê 人，好心緊送伊去病院，結果遂予患者 ê 家屬告：是你共伊挵著 ê，若無哪有遮好心？面對這種人性 ê 困境，咱欲按怎改善？

（五）結論 ── 合：世間人本來就是有好有穩、有善有惡，袂當一聲就拊掉人性善良 ê 一面，咱愛行出歷史烏暗 ê 記持，創造互信互惠、真心對待 ê 新文化，閣再對人性有信心。

🍀 例四 ✒ 題目：〈用歡喜 ê 心，行艱苦 ê 路〉

【審題、掠主題】

　　欲予人生有意義，的確著愛「**用歡喜 ê 心，行艱苦 ê 路**」；人生在世，欲承擔責任，就愛用歡喜做，甘願受 ê 態度去面對艱難佮挑戰，而且成敗不論，凡事「隨緣盡份」就好。

【拆題、想大綱】

（一）引論──起：啥物是「用歡喜 ê 心，行艱苦 ê 路」？這是一个真懸 ê 境界。(舉例說明)

（二）本論──承：臺灣歷史上有啥物人「用歡喜 ê 心，行艱苦 ê 路」？19 世紀來臺灣宣教 ê 宣教師巴克禮、甘為霖、馬偕、戴仁壽等，以及真濟醫生、宗教家、慈善家施乾、謝緯、莊朱玉女阿媽等，攏是「用歡喜 ê 心，行艱苦 ê 路」。(舉例說明)

（三）本論──承：個是按怎欲「用歡喜 ê 心，行艱苦 ê 路」？

（四）本論──轉：舉事例說明：我目前嘛為著教育下一代，「用歡喜 ê 心，行艱苦 ê 路」。(舉例說明)

（五）結論──合：人生在世，歡喜做，甘願受，凡事隨緣盡份就好。

🍀 例五 ✒ 題目：〈風生水起正當時〉2007 社會組題目。

【審題、掠主題】

照題目 ê 字面推撨 (tshui-tshiâu)，主題是講：風吹起來矣，水嘛漲起來矣，拄好是咱升帆駛船 ê 好時機。進一步斟酌 ê 結果是：人生愛會曉把握時機，嘛愛會曉利用天時、地利、人和，創作好時機，而且一切攏愛靠家己有準備。

【拆題、想大綱】

（一）頭起先，會當先講這句話的來源佮意義，佇過去農業社會，犁田、播秧仔愛趁春天來 ê 時。作田人，南風吹，春雨落，著愛犁田、播稻仔。嘛親像過去原住民 ê 祖先有交代，草若青矣，莿桐花開矣，著愛把握時機，開始種作。

（二）紲落來，會當舉例說明這句話正面 ê 意義：人生愛把握時機。

　　1.討海人，每年冬至若到，風生水起，著愛出海掠烏魚。生理人，景氣若變好，風生水起，著愛緊外銷產品趁大錢。

　　2.青年男女，談戀愛、成家立業、拍拚將來，風生水起，嘛愛正當時。

3. 春風少年兄，體力好，反應緊，拍拚學業、吸收知識，當然嘛著正當時。

（三）閣再來：順風好駛船，會當講家已捌把握天時、地利、人和「風生水起正當時」，積極創作時機、做好準備，得著成功ê例，抑是幫助別人得著成功ê事例。

（四）猶閣有，舉例說明，這句話ê另外一層意義：積極創造時機、做好準備。譬論講，臺灣經濟發展ê奇蹟，嘛是掠著時勢，趁國際環境風生水起，順勢發展 IC、LED、NB 電子、電腦、半導體產業，落尾才成做世界ê科技島。

（五）上落尾，用「機會干焦一擺，人生短暫、袂閣再來」遮ê話提醒聽眾「珍惜每一擺ê機會」。連行善、有孝、對親人較好咧等等ê代誌，嘛愛正當時，袂當延遲。

🌸 例六 ✒ 題目：〈緊紡無好紗，緊嫁無好大家〉2007 中教組題目。

【審題、掠主題】

照題目ê字面推撨 (tshui-tshiâu)，主題是講：紡紗紡傷緊，一定紡無好紗；嫁翁嫁了傷衝碰，嘛一定揀無好大家。所以「緊事寬辦」、「凡事照步來」是處事ê智慧，不而過，凡事攏愛看範勢，無論緊慢，攏一定愛著時。

【拆題、想大綱】

（一）引論──起：說明這句話ê意義，「食緊挵破碗，緊事三分輸」；緊行無好步，緊做無好頭路。舉例說明：做豆油、激酒醋、豉 (sīnn) 鹹菜、曝菜脯、交朋友、練身體……攏袂使緊。(舉例說明)

（二）本論──承：舉「猶未學行，就欲學飛」這句俗語。說明凡事頂真，做代誌跤踏實地、照步來，成功就會綴咧來ê道理。舉反例說明：注（食）抗生素ê雞仔、豬仔、魚仔，掖好年冬ê果子、菜蔬……，遮ê食物有毒素，會傷害咱ê身體健康。閣舉孟子所講ê『揠苗助長』ê故

事，論述「欲速則不達」，講萬項代誌袂使違反自然 ê 過程。以及這句話相仝 ê 講法，佮伊真正 ê 人生智慧。(舉例說明)。

（三）本論 —— 承：舉家己 ê 事例，說明「食緊挵破碗，緊事三分輸」，「欲速則不達」ê 道理。譬如講，咱訓練野球選手，小學選手咱就共操過頭，身體佮手骨攏操歹去，國中選手出國比賽猶會贏，到高中青棒就真歹贏，到大人階段就輸人㤆㤆。

（四）本論 —— 轉：「**緊紡無好紗，緊嫁無好大家**」這句話猶原有伊負面 ê 意義，毋是逐項代誌攏會當寬寬仔來。舉例：慢牛，食濁水。真珠，囥甲變鳥鼠屎。一下候，兩下候，六月蔥變韭菜頭。譬論講，有孝序大人袂當慢，行善袂當慢，囡仔 ê 教育袂當拖等等。

（五）結論 —— 合：水傷清就無魚，人傷急就無智，欲按怎學習這句話，培養做人處事 ê 耐心佮頂真 ê 精神。而且，有 ê 代誌慢慢仔來是著 ê，毋過，有真濟代誌是袂使等 ê，親像有孝、行善等等是袂使等 ê。所以看事辦事，該慢愛慢，該緊愛緊，萬項代誌攏愛著時。

🍀 例七 🖊 題目：〈建立有特色 ê 臺灣文化〉

【審題、掠主題】

有特色 ê 臺灣文化愛有海洋文化 ê 開闊佮包容，愛有南島民族 ê 和諧佮共生，愛有純樸熱情、勤儉拍拚 ê hō-ló 佮客家文化，嘛愛有世界文明、民主、自由、公義，普世價值 ê 精神佮特質。

「褒歌」嘛是臺灣文化 ê 特色之一。

【拆題、想大綱】

(一) 先講啥物是文化？文化有足濟理論佮定義，會當選幾項理論舉例說明。譬論講：1. 文化是時間累積 ê **技術**。2. 文化就是一種歷史累積 ê **智慧**。3. 文化，就是一種佇這个地區逐家攏有 ê **傳統**。4. 文化，會當講是一个群體所共同持有 ê **信念**抑是**價值觀、人生觀**。5. 文化是一種生活 ê 總合，所以文化就是一種生活方式。6. 文化是保留佇生活中，而且對生活中自然表現出來 ê 物件。(舉例說明)

(二) 紲落去，才講佇歷史演變 ê 過程中，過去臺灣 ê 海洋文化有啥物特質。(舉例說明)

(三) 閣再來，才舉例論述「文化袂當脫離土地」，欲建立有特色 ê 臺灣文化，愛有土地 ê 元素，嘛愛有現代創新 ê 想像空間。譬論講電音三太子、現代布袋戲、有西洋歌劇元素佮有新內涵 ê 歌仔戲等。(舉例說明)

(四) 上落尾才論述欲「建立有特色 ê 臺灣文化」，咱佇學校佮社會教育上，愛按怎落手？頭起先，愛先走揣咱文化 ê 根源，揣出臺灣各族群 ê 語言、生活、風俗習慣佮宗教信仰……等本土文化，形塑臺灣專屬、特別 ê 文化，按呢才會當佇多元 ê 地球村裡，行銷臺灣文化，凸顯咱 ê 存在，予世界看著咱特別 ê 所在。(舉例說明)

(五) 結論是：文化就是一種差異，有差異才有文化，文化特色就是佇「文化差異」裡產生。所以欲建立有特色 ê 臺灣文化，愛對走揣家己獨一無二 ê 文化開始。樹仔種落去，鳥仔就飛來；花若開矣，蝴蝶自然就飛過來，臺灣文化需要你我共同來拍拚。期待透過咱老師 ê 教學，予臺灣文化佇臺灣這塊土地會當予逐家重視，並且保存落去；嘛期待因為閣較濟人 ê 重視，閣較濟文化創意活動 ê 宣揚，予世界看見咱臺灣文化獨一無二 ê 婿！

✿例八✐ 題目：〈現代人 ê 文明病〉

【審題、掠主題】

　　「現代人 ê 文明病」是一个眞闊 ê 題目，會當講 ê 範圍誠濟，毋過，上好是掠幾个重點來發揮就好。咱會當共主題分做：現代人「眞無閒」無自我、「憂鬱症」袂快樂、「傷冷淡」激外外，這三个面向來論述。

【拆題、想大綱】

（一）先舉例說明，雖然科技發達，物資豐富，毋過咱人並無較快樂。現代人有眞濟對心理健全到身體健康 ê 文明病。（舉例說明）

（二）頭起先，我認爲現代人 ê 文明病之一是「眞無閒」、無自我，佇都市森林內底，逐工親像干樂玲瑯躚，人佮人 ê 心靈互動愈來愈少，佮大自然嘛愈離愈遠。（舉例說明）

（三）紲落去，我認爲現代人 ê 文明病之二是「憂鬱症」、袂快樂。因爲生存佮競爭壓力誠大，逐工無閒頤頤，感覺生活無目標，性命無意義。（舉例說明）

（四）閣再來，我認爲現代人 ê 文明病之三是「傷冷淡」、凡事激外外，對外在環境 ê 人、事、物，攏冷淡，袂曉關心，對逐項代誌攏有眞深 ê 疏離感。所以有人講「冷淡」是文明之癌。（舉例說明）

（五）猶閣有，面對「現代人 ê 文明病」，咱欲按怎排解？欲按怎改善？個人、宗教、政府有啥物撇步通做？（舉例說明）

（六）結論是：文明病是人類佇進步過程中，一定會扛著 ê 病疼，啥人就無法度逃避，咱干焦勇敢面對，回應生存 ê 挑戰，才有克服病疼，恢復健康，爲人類揣著較理想 ê 出路。

✿例九✐ 題目：〈樹正毋驚月影斜〉
　　　　　（tshiū tsiànn m̄ kiann gue̍h/ge̍h iánn tshiâ）

題目〈樹正毋驚月影斜〉，是對《昔時賢文》：「根深不怕風搖動，樹正無愁月影斜」這句諺語改 ê，若因為古詩詞愛盡量用文音讀 ê 原則，文音是 sū tsìng m̄ king guat îng siâ。毋過這句話已經真口語化，用白話音 tshiū tsiànn m̄ kiann gueh/geh iánn tshiâ 來讀，嘛會當矣。伊 ê 意思是講：咱若做人正直，親像樹仔徛甲正正正，就毋驚別人風聲嗙 (pòng) 影 ê 閒仔話，抑是摸後跤。

【拆題、想大綱】

（一）「樹正毋驚月影斜」這句話 ê 來源佮用意。
（二）舉受冤屈落尾得著清白 ê 例，古早白隱禪師予人誣賴「和尚偷生囝」ê 例。
（三）舉學生、同事、朋友、抑是家己受冤屈 ê 例。
（四）舉佛祖面對譬相 ê 例，對少年到老，伊 ê 態度有智慧 ê 大改變。
（五）「樹頭徛予在，毋驚樹尾做風颱」，只要咱有智慧佮修養，做代誌正直、公道，所有 ê 閒仔話攏共當做是馬耳東風，抑是呵咾 ê 聲音。

🎙️**例十** 🖋️ 題目：〈出頭損角，罷俳落災 (tse)〉

【審題、掠主題】

「出頭損角」這句話 ê 原意是對做木 ê 經驗來 ê。敆作 (kap-tsoh) 師父咧做木工 ê 時，有「空」就有「榫」，一个「空」鬥一支「榫」才會峇峇 (bā)，若準有吐頭 ê 柴角仔，就愛隨鋸掉、剾予平，才會好看。按呢聯想著咱人佇群體中，若傷愛「出頭」去攑頭旗，做頭人，定著愛付出代價，毋是 hōng 中傷，無就 hōng 怨妒，甚至對你做出不利 ê 行為。人咧講 ê，衝代先 ê 先死，覕踮後壁較無代誌。雖然這種做人 ê 態度無一定著，毋過這是咧苦勸逐家，做人袂當傷愛出頭，抑是傷奢颺 (tshia-iānn)，愛較謙卑細膩一寡，才

會當保平安、無代誌。

　　啊「囂俳落災」嘛是仝款ê意思，講咱做人若囂俳甲欲死，引人目空赤，見若有機會就挵你ê後跤，歸尾你一定會落災、無好尾，敢若俗語講ê：「囂俳無落魄ê久」、「聳勢無落衰ê久」。

【拆題、想大綱】

（一）先說明「出頭揾角，囂俳落災」ê意思。

（二）舉例說明「出頭揾角」ê事例。

（三）舉例說明「囂俳落災」ê事例。

（四）舉例說明，為公義「出頭揾角」是正確ê選擇。

（五）結論是：做人絕對袂當囂俳，毋過，為公義出頭揾角，我有覺悟，嘛真甘願。

🏵️ 例十一 🚩 題目：〈欣賞天邊ê彩霞，嘛愛看顧路邊ê草花〉

【審題、掠主題】

　　這個題目ê意思，倚近華語『即令能遠望天邊的彩霞，也不要踩爛腳底下的玫瑰。』意思深闊闊，是咧講：咱人走揣理想，嘛愛兼顧現實；欣賞外國文化ê壯麗，嘛愛珍惜本國文化ê美麗；欣賞交響樂，嘛愛欣賞南管、北管；呵咾西洋歌劇真好看，嘛著肯定臺灣歌仔戲足精彩；重視英語，嘛愛兼顧臺語；查埔人追求事業功名，也著看顧厝裡ê某囝；看重朋友感情，嘛著重視親情倫理；佮意彩霞ê媠，也著欣賞路邊草花ê性命力；人生準講有彩霞彼一般燦爛ê媠，嘛愛有路邊草花ê平凡佮自然……。所以做人愛有腹腸，愛公道看待萬物，袂當看懸無看低。

【拆題、想大綱】

（一）先說明「欣賞天邊ê彩霞，嘛愛看顧路邊ê草花」ê意思佮講法。

（二）舉例說明「咱人走揣理想，嘛愛兼顧現實」ê事例。

（三）舉例說明「欣賞外國文化ê壯麗，嘛愛珍惜本國文化ê美麗」ê事例。

（四）舉例說明，「查埔人追求事業功名，也著顧慮厝裡ê某囝」才是正確ê做法。

（五）結論是：所以做人愛有腹腸，愛公道看待萬物，袂當看懸無看低；嘛愛有平衡ê觀念，食魚食肉，嘛著菜佮。

🗨️ **例十二** 🖊️ 題目：〈牽手〉

【審題、掠主題】

　　「**牽手**」這個題目是「單一型」ê題目，主題單純，毋免比較，直接審題就會使；啊若改做「**牽手佮放手**」，就變做「並列型」ê題目，愛比較兩个ê因果關係佮無全ê情形。

　　所以欲共「**牽手**」這個題目講予好，著愛共題目拆予開、想予深。比如講，「**牽手**」ê意義上少有佗幾項？伊代表結成翁仔某、象徵人佮人、國佮國ê合作、代表友誼、表示愛意、表現親情……等等ê意義。伊上重要ê毋是外在ê形式，顛倒是咧講雙人內心ê倚近、以及共心牽挽做伙ê親密。伊ê論述就會當按呢安排：

【拆題、想大綱】

（一）先說明「牽手」ê意義上少有幾項？

（二）舉例說明「牽某、牽翁ê手」伊ê意義佮事例。

（三）舉例說明「牽查某囝、後生ê手」伊ê意義佮感受。

（四）舉例說明「牽爸母ê手」伊ê意義佮感受。

（五）舉例說明「牽學生ê手」伊ê意義佮事例。

（六）舉例說明「人佮人、國佮國」欲按怎互相牽手？

（七）結論是：學習牽手，就是學習愛ê過程。

例十三　題目：〈營造幸福 ê 人生〉

【審題、掠主題】

「**營造幸福 ê 人生**」這个題目嘛是「單一型」ê 題目，主題全款單純，題目 ê 重點詞就佇「營造」兩字。欲按怎經營、創造幸福 ê 人生？就是伊 ê 主題。

通常這種題目，一定愛有一寡言例（名言佳句）佮事例（故事報導），才講會好勢。比如講，獅仔囝問獅母：「啥物是幸福？」獅母共獅仔囝講：「幸福就是你 ê 尾溜，毋過你毋免越頭用喙去咬，按呢是咬袂著 ê，你只要抱著愛心佮希望繼續向前行，幸福就會永遠綴佇你 ê 後壁。」這就是袂穩 ê 講法。伊 ê 論述就會當按呢安排：

【拆題、想大綱】

（一）先說明「**幸福**」是啥物？伊 ê 意義欲按怎解說較好？

（二）舉例說明「欲按怎經營、創造幸福 ê 人生？」

1. 自細漢就先鍛練一个健康 ê 身體，這是幸福 ê 基礎；
2. 培養好 ê 人際關係，愛有真濟好朋友；
3. 幸福毋是好命，愛揣著家己 ê 興趣佮志業，為志業奉獻一生；
4. 愛有正當 ê 頭路，愛感覺家己有路用；
5. 愛有一定 ê 經濟基礎，食老毋免共人伸長手，有尊嚴；
6. 愛拍拚經營好 ê 親情關係，一生攏活佇愛 ê 關係裡。

（三）反面論述：幸福毋是人生 ê 一切，人生猶閣有責任——這是 20 世紀「存在主義」哲學家 ê 名言，會當予咱對無仝 ê 角度思考問題，閣較深入主題來論述。

（四）結論是：用心營造家己幸福 ê 人生（疼惜家己），嘛著用愛、去營造別人幸福 ê 人生（疼惜別人），才是完美 ê 人生。

第十一課
完整 ê 結構設計

　　宇宙萬物，任何物件攏有結構。起厝造橋有結構，美術、音樂、文學作品嘛有結構；啊講話、演講嘛著愛重視結構，才會婧氣。就若像作文，愛先斟酌設計文章 ê 結構，作品才會完滿好看。

　　這馬 ê 臺語演講比賽，無論囡仔組抑是大人組，演講 ê 結構，一般會分做三部分到五部分（甚至六部分），有「三段論述法」、「四段論述法」佮「五段論述法」（抑是六段論述法）等無全 ê 結構方式。

　　「三段論述法」ê 結構，會當分做「引論」、「本論」、「結論」，抑是分做「是啥物？」「是按怎？」「欲按怎？」三部分。

　　「四段論述法」會當分做「起」、「承」、「轉」、「合」四部分，抑是「引論」、「本論一」、「本論二」、「結論」四个段落。

　　「五段論述法」會當分做「破題」、「第一主論點」、「第二主論點」、「第三主論點」佮「結論」五部分。

　　這幾種結構 ê 方法，雖然名稱無全，毋過精神一致，攏是有「開始」（破題、引論），有「進行」（本論、主論），有「結束」（收尾、結論）。袂輸人生 ê 過程，嘛親像宇宙萬物，有開始、就有進行、嘛就有結束。任何代誌 ê 演變，攏是照按呢 ê 步調咧進行。毋過，佇演講裡，每一个「坎站」（結構），攏會當看需要、做伸勼（tshun-kiu），欲長欲短，據在家己斟酌做安排，嘛會當共內容分做幾段來講予清楚。

　　上重要 ê 是，毋管採用佗一種結構方式，佇演講 ê 論述裡，段佮段之間，「理氣」ê 流轉，毋但愛黏予倚，閣愛黏予順序，袂當拋拋（khê-khê），無自然。這，咱臺語講是「真紲拍」，華語講是『一氣呵成』。下面咱就舉例來做說明。

三段論述法

　　「三段論述法」是上簡單 ê 結構法，嘛是上捷用 ê 論述法。第一段愛先引起聽眾 ê 興趣佮動機，共主題點出來，所以叫做「**引論**」。第二段是規篇演講「**辯證**」ê 所在，愛舉例說明，共家己 ê 觀點講予清楚，共感情表達予媠氣媠氣，所以叫做「**本論**」。啊第三段是咧收尾，用幾句話回應頭前講 ê 觀點，閣講出未來 ê 向望，歸納出主題，抑是呼籲逐家按怎行動，所以叫做「結論」。

　　一、**引論**：引起聽眾 ê 興趣佮動機，共主題點出來；

　　二、**本論**：舉例說明，共家己 ê 觀點講予清楚；

　　三、**結論**：回應頭前講 ê 觀點，歸納主題、講出未來 ê 向望。

　　另外一種三段論法，就愈簡單，伊規氣共演講 ê 大綱簡稱做「**是啥物？**」、「**是按怎？**」、「**欲按怎？**」三部分。「是啥物？」就是「引論」，「是按怎？」就是「本論」，「欲按怎？」就是問題欲按怎處理、解決佮行動，兼做「結論」。對演講者來講，這是真具體 ê 引導，嘛是拄開始訓練 ê 時，袚穩 ê 結構方式。

　　一、**是啥物？**：解說題意，共主題點出來，引起聽眾興趣；

　　二、**是按怎？**：舉例說明，問題 ê 來源，分析代誌發生 ê 原因；

　　三、**欲按怎？**：舉例說明，問題會當按怎處理、解決、行動。

　　下面就是咱 ê 舉例。

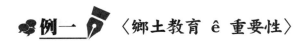

【舉例】

❀例一 〈鄉土教育 ê 重要性〉

(一) 引論：鄉土教育「是啥物」？舉例說明。

1. 鄉土教育是一種人性化ê教育。
2. 鄉土教育是一種培養土地倫理、培養愛ê教育。

(二) 本論：咱「是按怎」愛推揀鄉土教育？

1. 鄉土教育會當培養對土地ê疼心。舉例說明。
2. 鄉土教育會當予環保教育成功。舉例說明。
3. 鄉土教育予咱對土地佮歷史有光榮感。舉例說明。
4. 鄉土教育會當形塑命運共同體。舉例說明。

(三) 結論：舉例說明，佇教學上，我會當「按怎做」？

1. 用社會課、綜合課，設計課程，定定炁學生做校外教學，參觀田園種
   作、山林古道、老街古厝、廟寺雕刻、傳統藝術等活動。
2. 二十幾年前，有一條真流行ê臺語歌，叫做《回鄉ê我》，歌詞寫甲誠
   媠、嘛予人誠感動：「走遍了天涯 (gâi) 海角，猶是故鄉ê月較圓；食過
   了山珍海味，猶是阿娘煮ê較有滋味」。所以鄉土教育會當培養咱對土
   地ê感情。
3. 結論是，鄉土教育會當予咱ê性命有歸屬感，是人性ê教育。

例二 〈大隻雞慢啼〉

(一)「大隻雞慢啼」這句話ê意義「是啥物」？

1. 逐工透早，雞牢內ê雞鵤仔未曾未就啼袂煞，干焦上大隻ê老雞公，上有
   經驗，等日頭有影欲出來矣才啼。
2. 袂輸俗語講ê：「老ê老步定，少年ê較懂嚇。」
3. 意思是講，咱做代誌愛跤踏實地，一步一步來。比如講，走標運動、走
   馬拉松比賽、做生理、做科學研究，攏咧比啥較有擋頭、較有睏尾。

（二）「是按怎」大隻雞慢啼？舉例說明。

1. 大隻雞慢啼是因為伊猶未揣著真正ê興趣。
2. 大隻雞慢啼是因為伊猶未揣著正確ê方向。
3. 大隻雞慢啼是因為伊猶未揣著真正ê鈍角。
4. 大隻雞慢啼是因為伊需要時間冷靜做思考。
5. 大隻雞慢啼是因為伊ê個性較穩重老步定。
6. 大隻雞慢啼是因為伊咧恬恬做上好ê準備。
7. 大隻雞慢啼是因為伊少年無拄著好ê機會。

（三）「欲按怎」予人變做慢啼ê大隻雞？舉例說明。

1. 愛加讀寡冊，增加自己ê智識，吸收別人ê智慧，提懸家己ê判斷力，予家己漸漸變做有能力ê大隻雞。
2. 愛毋驚失敗，勇敢面對任何挑戰，經歷較濟代誌，看過較濟世面，豐富家己ê人生經驗。
3. 愛隨時充實家己，做好準備，因為勢人拚尾支，準備好才出手。
4. 因為大隻雞慢啼，所以咱看人，愛看一生，莫看一時。

🂠 例三 ✒ 〈綠色經濟當時行〉

（一）引論：綠色經濟「是啥物」？舉國內外ê例說明。

1. 定義：咱參考「聯合國環境規劃署」2011年〈綠色經濟報告書〉，共綠色經濟定義做：「佇環境資源有限制ê條件之下，會當提高人類ê福祉，閣會當維護當代佮世代ê公平性，同時閣會當降低環境破壞ê風險，以及生態稀有佮欠缺ê問題，這就是綠色經濟。」簡單講，若準經濟ê發展，以生態保育、環境資源ê保護做代先，袂搶奪後代囝孫ê環境權，閣會兼顧世代公義，這種經濟就叫做「綠色經濟」。
2. 這个定義有四個核心概念，包括：(1) 尊重環境資源ê限制條件；(2) 繼

續改進人類 ê 福祉佮生活素質，予社會會當幸福快樂；(3) 注重國際和國內、當代佮各世代之間 ê 公平、正義；(4) 重視包容性、消除散赤以及重建中產階級。

3. 毋過，綠色經濟毋是欲取代永續發展，顛倒是欲實現永續發展 ê 途徑 (kìng) 佮方法。

(二) 本論：咱「是按怎」著愛推捒綠色經濟？舉例說明。

1. 因為綠色經濟是實現永續發展 ê 手段。

2. 因為綠色經濟會當創造優質 ê 工作和綠色就業 ê 機會。

3. 因為綠色經濟會當提升資源佮能源效率 ê 使用。

4. 因為綠色經濟尊重地球界限，抑是生態限制、生態欠缺。

5. 因為綠色經濟 ê 措施必須提出超越 GDP ê 適當指標佮標準。

6. 因為綠色經濟是注重國際和國內各世代之間 ê 公平佮公正。

7. 因為綠色經濟會當保護生物多樣性和生態系統 ê 完整。

8. 因為綠色經濟會當減少散赤人、保障人民 ê 福祉，提供生計佮社會安全 ê 基本服務。

9. 因為綠色經濟會當改善治理和法治，強調包容性、民主、參與式、問責、透明與穩定。

(三) 結論：咱「欲按怎」推捒綠色經濟？舉國內外 ê 例說明。

1. 愛先改變過度重視 GDP ê 思維，社會和環境 ê 福祉，應當佮經濟 ê 發展同步來成長。

2. 優先建構轉型到綠色經濟 ê 基礎環境。

3. 愛提出治本政策，毋是短期 ê 治標策略。

4. 強調包容、民主、參與、問責、透明佮穩定 ê 治理。

5. 重視自然資源，以及環境界限，共外部性內部化。

6. 推動各級產業全面轉型成做綠色 ê 產業，用綠色 ê 能源。

7. 創造閣較濟 ê 優質工作，重建中產階級。

8. 轉型 ê 過程應當兼顧經濟效率、社會公平以及弱勢保護。

🗨 例四 🚩 〈我對宗教信仰 ê 看法〉

(一)引論：宗教信仰「是啥物」？全世界宗教按怎分類？

1. 有人 ê 所在就有宗教，信仰佮咱人 ê 歷史平久長：對考古遺址發現，佇數十萬年前、舊石器時代，咱人就有簡單 ê 宗教現象。
2. 全世界宗教有一神教、多神教、國際宗教、國家宗教、民族宗教、新興宗教、民間信仰等等。

(二)本論：我對宗教信仰有啥物看法？「是按怎」咱需要宗教信仰？

1. 咱人攏是有限 ê、短暫閣脆弱 ê 存在，所以需要有信仰。
2. 宗教信仰有正面 ê 力量，舉例說明：宗教信仰是咱人心靈 ê 倚靠，予咱有力量面對性命 ê 苦難，是社會穩定 ê 力量，嘛是咱有限人生 ê 精神寄託。
3. 毋過宗教信仰有負 (hū) 面 ê 影響，舉例說明。
   咱臺灣 ê 宗教信仰，特別是民間信仰，真濟迷信，假鬼假怪，詐財騙色，欺騙眾生，封建落伍 ê 代誌。所以有人講臺灣是宗教 ê 樂園，臺灣社會「廟公」、「師父」[Sea-food]、「法師」、「上人」上濟。正派 ê 真濟，歪膏揤斜、亂使來 ê 嘛袂少。
4. 咱愛尊重逐家信仰 ê 自由，袂使強逼別人去信仰某一種宗教。

(三)結論：咱「欲按怎」信仰宗教？有啥物原則？舉例說明。

1. 第一，愛正信，袂當迷信。因為迷信是宗教信仰 ê 毒瘤，神棍、誆仙仔詐財騙色 ê 手段，予信徒心靈揣袂著出路。
2. 第二，信仰愛以道德良心佮法律秩序做範圍，以現代智識做基礎，袂當愚 (gû) 民，做違法、欺騙眾生、違背道德良心 ê 代誌。

🗨 例五 🚩 〈我上欣賞 ê 本土作家〉

（一）引論：「是啥物」人？

1. 我上欣賞 ê 本土作家是吳濁 (tȯk) 流（抑是其他作家）。

2. 紹介身世：伊出世佇 1900 年日本時代，是新竹新埔 ê 客人，地方 ê 望族，阿公吳芳信是傳統漢詩詩人，所以伊細漢有受過漢文教育，以及日本 ê 現代教育。1920 年（大正 9 年）3 月，吳濁流對臺北師範學校畢業，前後擔任照門、四湖、關西公學校 ê 老師抑是訓導。1940 年（昭和 15 年），因為佇關西公學校訓導任內，發生日本督學侮辱臺籍教師 ê 事件，吳濁流 tsuán 憤怒辭職。

3. 1941 年（昭和 16 年），吳濁流前往中國，佇汪精衛政權控制下 ê 南京擔任「大陸新報」ê 記者，1943 年（昭和 18 年）才倒轉來臺灣，擔任「臺灣日日新報」ê 記者。

4. 二次大戰後，先後擔任「臺灣新生報」、「民報」ê 記者，和大同工業職業學校 ê 訓導主任。1964 年（民國 53 年）創辦「臺灣文藝」雜誌，培養真濟鄉土文學作家，比如講：陳映真、黃春明、王禎和、王拓、楊青矗等人。1969 年（民國 58 年）用伊 ê 退休金設立**吳濁流文學獎**，獎勵後進，成做臺灣文壇真出名 ê 獎項。1976 年，因為破病過身。

（二）本論：「是按怎」伊是我上欣賞 ê 本土作家？用伊 ê 行動佮寫 ê 冊，紹介伊 ê 理想佮精神。（舉例說明）

1. 伊 ê 貢獻佮成就：伊是老師、記者、詩人、小說家，創辦過《臺灣文藝》，較出名 ê 作品有《亞細亞 ê 孤兒》、《無花果》、《臺灣連翹》等。

2. 譬論講，《亞細亞 ê 孤兒》這本小 (siáu) 說，借男主角胡太明、一個智識分子，因為身份認同 ê 錯亂，毋知家己到底是日本人、中國人抑是臺灣人？落尾煞起痟、悲劇收場。描寫臺灣人 ê 歷史運命，到佗位攏受人歧視，運命永遠攏是孤兒 ── 眾人騎、無人疼、無人看重，定定 hōng 出賣。一句「亞細亞 ê 孤兒」就寫出臺灣人佇世界 ê 命運佮真相，予人感動。因為到今，咱猶是袂當加入聯合國 ê 世界孤兒。

3. 我欣賞伊 ê 精神：客家「硬頸 (kíng)」袂屈服 ê 精神，以及佇艱難 ê 時勢

下，冒險爲臺灣人留文化火種ê智慧。

(三) 結論：咱「欲按怎」將伊ê作品佮精神推揀出去？舉例說明。

1. 愛親像猶太人，共歷史佮文學作品，攏有計畫ê拍成電影、抑是連續劇，
   予咱ê後代囝孫永遠有記持，會當了解眞相，清楚家己ê運命。
2. 愛共伊ê作品囥入國中、高中ê文學教材裡。

🎤例六🖋 〈人生上好 ê 投資〉

(一) 引論：人生上好ê投資「是啥物」？

　　世間人百百款，有人上愛投資股票、趁大錢；有人上愛投資地位佮名聲，講會當榮耀門風，行路有風；嘛有人全精神投資佇序細身上，規心夢囝將來會出脫。毋過，我認爲人生上好ê投資「是健康」。

(二) 本論：「是按怎」人生上好ê投資是健康？舉例說明。

　　因爲，無健康，就無一切；人若擎起來，一切攏是空ê，較濟ê金銀財產、榮華富貴，嘛攏享受袂著。俗語講得好，「巧ê顧身體，戇ê顧家伙」。家伙是囝孫ê，身體才是家己ê。世間第一戇，就是腹肚已經膨膨膨，猶閣毋知來運動，身體若無健康，你會冗(liōng)早去見閻王！

　　親像咱臺灣出名ê科技公司「國碩(sik)」董事長陳繼仁，佇2018年7月初7，因爲肝癌來過身去，享年才54歲！當當伊自覺性命咧欲行到煞尾站ê時，伊寫一張批苦勸所有ê員工。伊講：「面對產業危機，我逐工作16點鐘，17年來操勞過度，到今才知影一切攏已經袂赴矣。雖然，我逐個月ê營收超過10億，毋過這對我ê性命已經無任何意義矣！

　　今年5月，健康落衰，我去致著肝癌，我這馬會當做ê就是奉勸所有ê員工，平常時仔愛好好仔使用身體，照顧身體，愛共親人、醫護人員ê話聽入去，因爲**固執(tsip)ê人無藥醫**，咱愛爲著家己佮親人好好仔疼惜家己ê身體。莫逐工匠類、蹧躂家己ê身體，毋管佇情慾、情緒佮食食方面，攏愛

知影節制。上重要 ê 是愛逐工運動，注意食食，閣愛睏予飽眠，才是健康 ê 保證。」若準咱長期浸佇壓力、煩惱、憤怒 ê 情緒裡，性命是絕對活袂久長 ê。人若失去健康，一世人就是攏咧做戇工！這首〈健康歌〉是一位醫生所寫 ê，對歌詞會當看出伊 ê 感受是偌爾仔深！

〈健康歌〉

> 遠看病院像天堂，近看病院若銀行；行入病院是監牢，
> 不如提早去預防。健康是無形 ê 資產，勇健是銀行 ê 存款，
> 破病是貸款還款，大病會傾家蕩產。
> 莫共此言當做副洗，等到彼時後悔就慢。甘願待咧自我保健，
> 嘛無愛倒咧隨在人騙！毋養生就飼醫生，毋保健就顧病院！
> 欲疼親人先愛自己，會愛自己才有遠見！民以食為天，
> 命以睏為先，欲長歲壽莫數想奇蹟，身體毋通逐工撽摵，
> 愛護家己就行向自然，逐工運動才會快快樂樂。

這個醫生共這首〈健康歌〉寫甲真實在，祝福逐家健康、平安、快樂！

(三) 結論：我「欲按怎」投資家己 ê 健康？舉例說明。

所以，為著欲維持身體 ê 健康，我逐工透早攏會去運動。毋是行路跮山，就是拍羽毛球，攏等到流規身軀重汗，才轉來厝裡歇睏，洗身軀，洗煞，規个人就齊 (tsiâu) 爽快起來。

另外，我食物件嘛真細膩，盡量莫食外口 ê 物件，攏家己買菜家己煮較濟。按呢食，毋但清氣閣營養，嘛袂食傷鹹、傷油抑是食傷濟，「三高」，高血壓、高血糖、高血油毋才袂來纏綴。

上落尾，嘛會盡量保持心情 ê 輕鬆佮快樂，凡事莫傷勞煩惱，因為世間代，閣較勞煩惱嘛無效；而且囝孫自有囝孫福，毋免替個傷操煩。咱一定愛歡歡喜喜過每一工，逐工樂暢過日子，按呢，「身體 ê 健康」自然就有你 ê 份。

四段論述法

　　所謂「四段論述法」，就是親像古早人咧寫文章 ê 時，共文章 ê 內容分做：「起」、「承」、「轉」、「合」四部份。「起」是破題，「承」是順勢繼承「起」ê 講法，「轉」是轉變論述 ê 方向抑是論點，「合」是落尾做結論。

　　其實就是「三段論述法」ê 擴大版，共「本論」加一個論述爾。毋過，規個結構是自然完整 ê，嘛隨時攏會當看需要做伸勼。下面咱舉幾个例做說明。

【舉例】

例一 〈予人懷念 ê 古早味〉

(一) 引論—起：細漢予人懷念的古早味有誠濟。(舉例說明)

1. 磅米芳、炕番薯、棉花糖、燒酒螺、家己搦圓仔、做紅龜粿、炊菜頭粿，遮 ê 好食物，攏是予人懷念 ê**好滋味**。
2. 看歌仔戲、布袋戲、拍干樂、尪仔標、舊唱片，嘛是囡仔時予人懷念 ê**趣味代**。
3. 風颱了，規庄頭駛牛車去抾大水柴，穿新衫佇庄跤過年……，遮 ê 情景攏予人懷念。

(二) 本論—承：人情味嘛是予人懷念 ê 古早味。(舉例說明)

1. 厝邊隔壁若有挽菜，會提來相送；親情五十過年仔節仔，嘛會送禮跋感情。
2. 欲割早冬抑是晚 (mńg) 冬稻仔 ê 時，較無閒，會互相放伴鬥相共。

（三）本論—轉：「阿母滷 ê 豬跤」才是予人上懷念 ê 古早味。

1. 囡仔時我上愛食 ê，是阿母用古法滷 ê 豬跤箍。

2. 這馬，我閣會定定想起彼種甘甜、飪閣芳 ê 好氣味，想起阿母疼囝 ê 心情，佮伊辛苦 ê 一生。

（四）結論—合：原來親情、鄉土情，才是正港予人懷念 ê 古早味。

🌸例二 ✒️ 〈若無「公德」就無「功德」〉

（一）引論—起：對無公德 ê 新聞講起。

1. 對民間信仰「放生」ê 缺點：「放生」做「功德」，煞變做生態無「公德」ê 新聞講起。

2. 有一寡宮廟佇社區佔地起違章，半暝關落陰，迎神賽會吵死人，真無公德，欲按怎算是做「功德」咧？

（二）本論—承：論述咱欲進入現代法治社會 ê 阻力 (lik)。

1. 舉例說明：有人情味，無公德心；自我意識佮家族觀念較重，欠缺社會集體意識佮公平正義 ê 價值觀，是咱進入現代法治社會 ê 阻力。舉 1963 年 5 月 18、一个來臺灣留學 ê 美國人狄仁華，佇報紙登一篇〈人情味與公德心〉ê 文章做例。

2. 舉例說明：咱猶原患著 1921 年成立「文化協會」ê 時，蔣渭水先生就提出 ê「現代智識 ê 營養不良症」，個性迷信、好騙，相信謠言、假新聞，貧惰思考，毋相信事實佮真理。

3. 舉例說明：有一寡人侵佔公有地，佇山頂起廟，亂剉、亂挖，破壞水土 ê 事件，閣講個是欲教化人心。

4. 咱 ê 國民性，較重視私德，無重視公德；上勢佇牛牢內觸牛母，內鬥走代先，毋過袂曉追求公義，為理想犧牲。

(三)本論—轉：舉例說明，欲按怎培養「公德心」？

1. 舉日本人佮德國人守法 ê 精神做例，欲按怎培養「公德心」無撇步，愛對教育佮執法落手。

2. 政治人物愛做好舄頭，執法 ê 人愛堅持到底，大公無私。

(四)結論—合：欲做「功德」，愛對培養「公德心」做起。

1. 「公德心」是「功德」ê 基礎。若無「公德心」，就無法度做「功德」，所以有「公德心」才有「功德」可言。

例三 〈緊紡無好紗，緊嫁無好大家〉

(一)引論—起：這句話 ê 意義，做代誌愛踮踏實地，一步一步來。舉例做說明抑是講故事引起聽眾 ê 興趣。

(二)本論—承：舉例說明，這句話真正 ê 人生智慧佮相仝 ê 俗語講法，譬喻講：食緊挵 (lòng) 破碗，緊事三分輸；急牛犁過區，急人喙無珠。水清無魚，人急無智。緊行無好步，緊做無好頭路。緊火冷灶，米心欲哪會透？來證明「緊事寬辦」ê 道理。

(三)本論—轉：舉例說明，這句話嘛有伊負面 ê 所在。

1. 雖然緊紡無好紗，緊嫁無好大家；毋過，慢紡敢一定就有好紗？慢嫁敢一定會有好大家？人已經進步到織布繡花，我猶閣佇遮慢慢仔紡麻紗；若慢慢仔揀，慢慢仔趒，落尾就無人欲做我 ê 大家官。上好是緊紡出好紗，緊嫁閣揣有好大家。

2. 啊若食若牛，做若龜，佮人比並 (phīng) 一定輸。因為慢牛食濁 (lô) 水，跤手慇趒 (sô)，你就食無。而且，一下候，兩下候，六月蔥會變韭菜頭。咱千萬毋通「真珠囥甲變鳥鼠仔屎」。所以，有一寡代誌絕對袂使慢，

譬如講有孝啦、行善啦、走揣理想啦、囡仔ê教育啦等等。

(四)結論—合：「緊紡無好紗，緊嫁無好大家」，表示「欲速則不達」ê智慧，咱欲按怎學習這兩句話ê智慧，培養做人處事有耐心佮頂真ê精神？進一步才閣做到：萬項代誌著看款、嘛愛著時；該慢愛慢，該緊愛緊ê地步。

♣例四 〈臺灣應該行入世界 ê 舞台〉

(一)引論—起：自古以來，臺灣就佇世界 ê 舞台。

1. 億萬年前，因為地球ê造山運動，板塊相挤，才挤出臺灣島。

2. 百萬年前，地球冰河時期，各種『西馬拉雅山』山頂植物ê種子綴冰河流來臺灣，佇臺灣落地生根。各種人種、動物、猴山仔、鳥仔嘛攏來臺灣生湠囝孫。

3. 15、6 世紀，大航海時代，葡萄牙、西班牙、荷蘭ê艦隊開始稱霸全世界，咱臺灣『伊拉，FORMOSA！』就佇世界ê舞台頂矣。

4. 17 世紀，1624 年荷蘭人佔有臺灣南部；1626 年西班牙人佔領臺灣北部，個共臺灣成做貿易ê基地，臺灣就正式行入現代世界ê舞台矣。

(二)本論—承：是按怎臺灣應該行入世界 ê 舞台？舉例說明。

1. 因為地球村ê時代來矣，這是無人擋會牢ê趨勢，嘛是現實。

2. 因為地球已經變做平ê，若無行入世界ê舞台，咱囝孫ê生存就會出問題。

3. 因為若無行入世界ê舞台，咱ê基本人權就無法度得著保障。

(三)本論—轉：欲按怎予臺灣行入世界 ê 舞台？舉例說明。

1. 建造咱臺灣成做一个有普世價值ê國度：有民主、自由、法治佮人權。這是一張世界ê通行證。

2. 起造一个文化掛帥 ê 國家，發揮咱多元文化、海洋文化 ê 特色，吸引全世界 ê 觀光客來臺灣。

3. 咱 ê 教育愛重視國際觀 ê 培養，予咱 ê 國民有才調行向全世界。

4. 咱是科技島，電子科技是咱行入世界 ê 護照，愛繼續保持落去。

5. 用咱 ê 醫療佮愛心，援助較落伍 ê 國家，予臺灣行入世界。

（四）結論—合：提出行動，呼籲海洋 ê 子民，愛勇敢面對挑戰。

例五 〈我對「環保自然安葬」ê 看法〉

（一）引論—起：啥物是「環保自然安葬」？舉例說明。

　　最近我有一个親情過身，親情 ê 序細參詳欲按怎處理後事，落尾就尊照序大人 ê 遺言，用「環保自然葬法」來完成人生 ê 煞尾站。我才了解「環保自然葬法」有各種方式：有樹葬、抾葬、海葬、花葬等等。

（二）本論—承：是按怎需要「環保自然安葬」？舉例說明。

1. 古今內外埋葬 ê 方法誠無全，禮俗嘛差真濟：原住民傳統上是室內葬，講是欲佮祖靈繼續蹛做伙；漢人自古就是佇室外選好風水、用塗葬 ê，講叫做「入土為安」，風水若好閣會使「致蔭囝孫」，而且愛「厚（hōo）葬」，序細著開真濟錢，共喪事辦予真奢颺（tshia-iānn），才表示有孝心，所以歷史上才定定有「賣身葬父」ê 故事，老實講，這是誠穩 ê 文化。顛倒是西藏人想上開，個 ê 佛教有「天葬」ê 風俗，人死了，就切切咧送予鷹仔食，講是「割肉飼鷹」、大慈大悲 ê 做法矣。

2. 環保 ê 理由：地球人口愈來愈濟，2017 年，人口已經超過 75 億，咱人生存 ê 空間愈來愈狹（èh），咱只好選擇「**環保自然安葬**」。

3. 經濟 ê 理由：喪事若是拚面子，做真大，會討債社會資源，增加序細 ê 負擔。

（三）本論—轉：是按怎我贊成（抑是反對）？我按怎做選擇？

1. 生老病死，成駐壞空 (sîng tsū huāi khong)，這是宇宙自然循環 ê 定律，無人有例外。毋管你按怎買土地、起大墓，落尾也是毀壞成空、回歸大地，不如提早予家己回歸自然、飄撇落塗。所以我贊成環保自然安葬。（舉例說明）

2. 臺灣 ê 土地無真闊，人閣濟，活咧 ê 人徛起、種作都有問題矣，咱過身 ê 人，哪通閣自私佮個爭土地咧？

(四) 結論—合：提出呼籲，人生 ê 紲尾站，愛用智慧做結束。

1. 你欲若樹葉仔，時間若到，自然變黃矣，就飄撇落塗無？若欲，請選擇環保自然安葬。

✿例六📓 〈創意教學我嘛會〉

(一) 起：創意教學是啥物？

這 ê 時代欲生存，逐項頭路攏愛有創意。科技愛有創意，創業愛有創意，做料理愛有創意，做代誌愛有創意，連做老師欲教學，嘛愛有創意，老師頭殼內一定愛有珠，攢誠濟撇步，無就真歹生存。

啥物是創意教學？創意教學就是一種有趣味性 ê 教學，上課若咧迌迌 (tshit-thô) 咧，予學生佇趣味、好耍，抑是比賽、競爭 ê 情境下，誠自然就學著物件。伊嘛是一種予學生會當主動學習 ê 教學，佮傳統教學，老師一直講、學生干焦聽 ê 方式攏無仝。所以這馬做老師 ê，無法度閣食好做輕可，干焦靠一本課本、就想欲攏總卯 (báu) 矣。伊愛定定激頭腦、想撇步，共學生當做學習 ê 主體，利用各種資源工具，進行趣味閣有效率 ê 學習。這就是創意教學 ê 基本精神。

(二) 承：是按怎愛有創意教學？舉例說明。

咱做老師 ê，「是按怎」愛有創意教學？
第一，創意教學會當提懸學生 ê 學習興趣佮效果，予學生愛讀冊，達成

教育目標。(舉例說明)

　　第二，創意教學會當培養學生 ê 創造力，替國家培養有競爭力 ê 人才。(舉例說明)

　　第三，你 ê 專業會受著家長 ê 肯定，佮學生 ê 歡迎，你會自我實現，有成就感，行路有風。(舉例說明)

(三) 轉：我按怎做創意教學？舉例說明。

1. 上語文課，我予學生分組做戲劇表演。
2. 上臺語課，我先共囡仔分組，用「桌遊」ê 方式，製造臺語「語詞卡」予囡仔抽，才閣叫個發揮創意，用抽著 ê 語詞練習造句、抑是講一段小故事。
3. 綜合活動課，我設計「我會曉共人呵咾」ê 教案，焄學生公開講出別人 ê 優點，予個學會曉呵咾別人 ê 優點。

(四) 合：咱做老師，著愛會曉創意教學；創意 ê 教學予學生快樂學習，閣愈來愈優秀。

例七 〈新聞報導予咱 ê 啟示〉

(一) 引論─起：舉例說明，咱 ê 新聞報導是社會 ê 亂源之一。

1. 新聞報導真重要，毋過咱 ê 新聞報導袂輸製造業佮演藝業。
2. 新聞報導窒倒街，車禍火災上蓋濟；風颱地動著雞災，政客喙瀾一直飛；國泰民安無地揣，求神問佛著跋桮。國內新聞看透透，五花十色誠笑詼；明知無理嘛欲花，共咱當做是阿西；內神通了換外鬼，氣著莫看較袂衰。

(二) 本論─承：新聞報導愛報導真相，袂使製作假象；愛平衡報導，袂使敥孤月報導。舉例說明。

1. 這馬，咱生存ê世界，是愈來愈無仝囉！因為時代ê進步、社會ê變遷佮科技ê發達、智識ê開創，加上媒體、網路ê快速流通，予這馬ê社會佮較早有誠大ê無仝。(舉例說明)。

2. 上大ê無仝，除了科技產品愈來愈濟、智識累積、轉換ê速度嘛愈來愈緊，另外，就是所有發生佇地球ê大細項代誌，攏會當透過衛星、媒體佮網路，直接、馬上傳予全世界，予逐家隨知影。無空間、地域ê限制，這就是新聞報導ê方便佮可怕。(舉例說明)。

3. 面對新聞報導愈來愈快速、厲害，伊予咱ê第一個啟示就是：到底新聞報導所報導ê代誌佮評論，是真抑是假？是客觀抑是主觀？予咱頭殼定定揣咧燒。所以，新聞報導愛報導真相，袂使製作假象，是上懸ê道德。譬論講，2003年5月11，《紐約時報》有刊一條hõng揤一趒ê道歉啟事，替一個抄寫別人作品佮創作假新聞、27歲ê記者『布萊爾』[Jayson Blair]，向所有ê讀者佮相關人士會失禮。這个事件，予這个佇全世界hõng公認是上好ê報紙，彼塊百年ê金字招牌，強欲落漆去矣，公信力嘛遭受真大ê損失，今後，這个媒體欲按怎閣予讀者信賴咧？可見新聞報導愛報導真相ê重要性。

(三) 本論─轉：新聞報導愛追求公義，為弱勢者講話，嘛愛加報導一寡真、善、美ê代誌，減少色情、暴力佮八卦新聞。

1. 親像「十箍阿媽」感動人ê故事。
2. 比如講，外國宣教師佇臺灣奉獻一世人，領著臺灣身分證ê事例。
3. 一位老兵，共一世人儉落來ê艱苦錢，全部捐予孤兒院。
4. 猶閣有，新聞報導嘛愛加報導國際新聞，培養人民ê國際觀，關心國際事務。

(四) 結論─合：新聞報導，會當有立場，袂當無真相；會當有評論，袂當無理性。

🍀例八 ✒ 〈押雞毋成孵〉

(一) 引論—起：啥物是「押雞毋成孵」？

1. 共雞母押咧，叫伊乖乖仔跍佇雞岫裡孵卵，是無法度孵出雞仔囝 ê。
2. 你有法度共牛牽去溪仔墘，毋過你無法度強逼伊啉水。
3. 希望別人替咱做代誌、鬥相共，攏著愛個歡喜甘願才有效。

(二) 本論—承：舉例說明，是按怎「押雞毋成孵」？

1. 因為啉愛啉人歡喜酒，強逼 ê 行為袂達著效果。
2. 因為對人無夠尊重，嘛無夠信任，會產生反作用。
3. 社會新聞報導，有某共翁壓 (ah) 死死，翁全款偷偷仔出去風騷 ê 事例誠濟。
4. 人講，強挽 ê 果子袂甜，強求 ê 感情袂久長。

(三) 本論—轉：舉例說明：佇教育和經營公司上 ê 運用。

1. 教育囡仔、抑是紮班「押雞毋成孵」ê 事例。
2. 經營公司「押雞毋成孵」ê 事例。

(四) 結論—合：處事 ê 智慧：上懸層次 ê 管理是信任。

1. 嚴官府出厚賊，嚴爸母出阿里不達。
2. 你認為伊是啥物款人，伊就會變做啥物款人。

🍀例九 ✒ 〈手機仔予咱 ê 危機〉

(一) 引論—起：手機仔真厲害，伊已經改變全世界。

1. 少年人講：無紮手機仔出門，袂輸無穿衫出門全款。
2. 有人講，手機仔真厲害，兩三下手就損死電腦、損死電視、損死電話

機、損死手錶仔、損死翕相機、損死收音機、損死手電仔、損死報紙、損死曆 (lȧh) 日……。閣會傷害你 ê 目睭，傷害你 ê 頷頸仔，傷害你 ê 家庭，甚至傷害咱 ê 下一代……。哇，遮恐怖，咱緊用手機仔，收驚一下。

（二）本論─承：舉例說明：手機仔予咱 ê 第一个危機，是健康 ê 危機。

1. 「向頭族」，愈來愈濟人目睭近視、茫霧、提早老化；造成白內障、『飛蚊症』、『視網膜剝離』，甚至青盲！
2. 「向頭族」，頷頸仔定定伸長長，面黃酸黃酸，兩眼無神，活佇網路虛假 ê 世界。

（三）本論─轉：舉例說明：手機仔予咱 ê 第二个危機，是人際關係佮親情 ê 危機。

1. 因為伊，咱人變成手機仔 ê 奴才，無手機仔會驚惶；個性會自我封鎖，對人冷淡，袂曉佮人接接 (tsih-tsiap)，定定無講無呾，人際關係變甲誠穗，人情味嘛愈來愈無去。
2. 囡仔人因為耍手機仔，不時佮序大人起衝突，影響家庭佮親情關係。
3. 行路抑是騎車、駛車閣咧用手機仔，定定發生意外。

（四）結論─合：用手機仔愛有時有陣，才袂變成手機仔 ê 奴才。

1. 手機仔真有智慧，人煞愈來愈戇，受伊控制，失去自由。

🗣️✒️ 例十 〈面對 PM2.5，咱欲如何是好？〉

（一）引論─起：空氣汙染、PM2.5 會刣死人。

1. 2017 年 2 月 19，我參加「臺灣健康空氣行動聯盟」等團體「反空汙、愛健康」、「反空汙、揣藍天」，佇臺中市舉行 ê 遊行，用具體行動「爭一口氣」；中央研究院前院長李遠哲，佇出國進前，嘛專工趕到反空汙 ê 現場，參加「爭一口氣」ê 遊行。
2. 聽環保團體講，因為 PM2.5 ê 關係，臺中人、彰化人佮南投人著肺癌 ê 比

例上懸。

(二)本論—承：啥物是 PM2.5？對健康有啥影響？(舉例說明)。

1. 空氣中分布真濟物質，伊 ê 形態會當分做「固態」、「液態」抑是「氣態」等等。佇科學上，微米 [Micrometer、μm] 是「懸浮微粒」大細 ê 單位，1 微米是 1 米 ê 一百萬分之一 (10^{-6})。一般的，「粒徑」比 10 微米 [μm] 較細 ê 粒子，咱叫伊 PM10，啊若「粒徑」比 2.5 微米 [μm] 較細 ê，就叫伊 PM2.5，嘛叫做「細懸浮微粒」(sè hiâm-hû-bî-liap)。

2. **PM2.5 真恐怖，對咱 ê 健康影響誠大。**

   (1) 根據研究，懸浮微粒 (hiân-hû-bî-liap)，「粒徑」 10 微米 [μm]、PM10 以下，咱 ê 鼻空就擋伊袂牢，鼻空毛佮肺管已經無法度共過濾矣，伊就會直接進入咱 ê 肺部。

   (2) 啊若粒徑佇 2.5 微米 [μm] 以下 ê 粒狀汙染物，就是 PM2.5，伊閣較會吸收有毒害 ê 物質。因為伊 ê 體積愈細，穿 (tshuan) 透力就愈強，會當迵過肺部 ê 氣泡，直接進入血管內，綴咱 ê 血循環規身軀，這是伊上恐怖 ê 所在。

(三)本論—轉：政府佮個人欲按怎防止 PM2.5？(舉例說明)

1. **對降低到禁止塗炭佮燃油發電，改做綠色能源發電。**

   一般的，細懸浮微粒 (PM2.5) ê 來源會當分做自然佮人為產生 ê 種，自然產生 ê 是經由火山爆發、地殼變動抑是自然風化等作用形成，人為產生 ê，譬喻工業行為、塗炭佮燃油發電、燒物件等等。以臺中來講，佇龍井 ê 臺中火力發電廠，是臺灣發電量上大 ê 發電廠，嘛是世界第二大、燃 (hiânn) 塗炭 ê 火力發電廠；毋過，二氧化碳 ê 排放量煞排佇世界 ê 上頭名。若無降低抑是禁止燃塗炭發電，臺中、彰化、南投 ê 肺癌比例，會繼續惡化落去！

2. 石化廠佮煉鋼廠，遮 ê 重工業，愛強制降低空氣 ê 汙染。

3. 必要 ê 時，咱個人會當莫出門就莫出門；抑是掛喙罨才出門。

(四) 結論—合：呼籲逐家做伙行動，為囝孫、為自己爭一口氣。

1. 空氣 ê 好穤，是進步抑是落伍國家 ê 指標之一，嘛關係咱 ê 身體佮未來，咱愛以行動做訴求，為後一代拍拚「爭一口氣」，追求一个無 PM2.5、清氣 ê 環境。

五段論述法

「五段論述法」是共演講 ê 內容上少分做五部分：「破題」、「第一主論點」、「第二主論點」、「第三主論點」佮「結論」五个段落。

佇演講論述 ê 過程中，咱若欲避免用「第一點」、「第二點」、「第三點」遮 ê 詞來連接前後，就會當用**「頭起先」**、**「紲落來」**、**「閣再來」**、**「猶閣有」**、**「上落尾」遮 ê 詞來做連接**。論述 ê 方法有：分項論述法、前因後果法、正反論述法等。這馬咱就舉幾 ê 例做紹介。

· · · · · · · · · · · · · · · · 【舉例】 · · · · · · · · · · · · · · · ·

例一 〈山中有直樹，世上無直人〉 （方法：正反論述法）

(一) 破題：**頭起先** —— 黃俊雄布袋戲 ê「秘雕」，雖然生穤，毋過有智慧，知影世間路，步步險。

(二) 第一主論點：**紲落來** —— 是按怎有這句話？這句話有正面警世作用，舉例說明：霸凌、食儌、出賣、背叛、倒會仔、裝痟 ê、敧 ê 人提去食……這款人情冷暖、現實世情，人 ê 一生中攏不時會拄著。(舉例說明)

(三) 第二主論點：**閣再來** —— 舉例說明，這句話 ê 負面作用，伊予咱互相懷疑、冷淡，影響人際關係。這世間本來就是有好人，嘛有歹人，毋過這兩句話煞共逐家攏當做歹人。(舉例說明)

（四）第三主論點：**猶閣有** —— 欲按怎予世上有直人，人人互信？舉例講出改變 ê 方法。（舉例說明）

（五）**結論：上落尾**（上紲尾）向望佮呼籲，做伙拍拚，追求一个有安全、誠實、關懷佮正直 ê 人間、社會。

🍀 例二 🖊 題目：〈斷橋 ê 啟示〉

（一）破題：「橋」ê 形式佮意義，對風颱若來橋就斷開始講起。

1. 自古橋就眞重要，橋有「有(iú)形 ê 橋」佮「無(bû)形 ê 橋」。對古早到今，「造橋鋪路」就是社會大事，功德一件，起造一條有形 ê 橋，愛先拍好地基，迒柱仔，綁鐵枝，鞏紅毛土，橋才會久久長長。

2. 啊咱若對人笑頭笑面，佮人好鬥陣，就是咧起造無形 ê 橋，用這馬 ê 講法，就是咧起造好 ê 人際關係。有形 ê 橋，予交通利便，工商發達；無形 ê 橋，建立好 ê 關係，會當互相鬥跤手，予咱生活平安佮順利。

（二）第一主論點：頭起先—起橋有啥物條件？

1. 不而過，欲起橋，愛先了解環境佮自然 ê 限制，愛算風勢、海漲，大水 ê 水面有外懸，嘛愛先計算成本佮材料。

2. 啊人佮人之間欲起橋，你嘛愛了解對方有啥物環境限制，伊 ê 個性、人品如何，才用誠意佮人交陪。（舉例說明）

（三）第二主論點：紲落來—橋是按怎會斷？予咱啥物啟示？

1. 其實，橋 ê 品質就是人 ê 品質。橋愛珍惜，嘛愛經營佮保養。無形 ê 橋愛保養，因爲橋若用久就會著傷，所以一定愛保養；人佮人，著愛保持好關係，袂使傷靠勢，人情留一線，日後好相看。

2. 有形 ê 橋嘛愛保養，嘛愛修理，橋若大車一直軋(kauh)，會損壞、會著傷；無形 ê 橋，人佮人好鬥陣，久嘛加減會有諍喙失和，著愛共伊磨捒掉；人佮人中間 ê 橋愛不時討論，建立共識，意識形態無全 ê 時，會當溝

通。(舉例說明)

(四) 第三主論點：閣再來─愛捷鋪橋造路，結善緣，修善果。

閣再來，斷橋予咱 ê 啓示就是：愛捷鋪橋造路，結善緣，修善果。親像出名 ê「嘉邑行善團」，一年透冬，鋪橋造路，得著逐家 ê 呵咾。所以咱愛佮人參加公益團體，做一个受人尊重、受人喜愛看重 ê 人。人佮人之間，嘛都愛學鋪橋，咱愛家己鋪橋，嘛愛替別人鋪橋，才是成功 ê 人生。

(五) 結論：上落尾 (上紲尾)，歸納重點，提出呼籲。

總講一句，毋管佗一種橋，攏有重量 ê 限制，咱毋通靠勢，靠勢會落災，超重利用就會斷去。毋管佗一種橋，咱攏愛眞心對待，惜情重義，予伊平安幸福。

例三 〈八田與一佮嘉南大圳〉

(一) 破題：對有一擺炁阮囝去烏山頭水庫耍講起。

1. 臺灣有一个出名的烏山頭，是嘉南平原的水頭，當初若毋是八田與一好炁 (tshuā) 頭，嘉南大圳這馬哪有水通流？

2. 有一擺我專工炁阮囝去烏山頭水庫耍，阮囝問我講：「坐佇塗跤彼 ê 人是啥？伊是按怎坐佇遐？」我講伊叫做八田與一，是佮這塊土地上倚近 ê 人，眞疼惜土地，所以才坐佇塗跤兜。

(二) 第一主論點：先紹介八田與一 ê 身世，舉例說明伊 ê 貢獻。

1. **八田與**一是日本石川縣、河北郡、今町村人。1910 年對東京帝大土木科畢業。隨佇 1910 年 8 月就來臺灣擔任總督府土木科 ê 技手。

2. 佇臺灣 32 年 ê 生涯。捌協助大甲溪電源開發計畫，嘛捌規劃桃園大圳，佇 1920 到 1930 年，用 10 年 ê 時間完成烏山頭水庫佮嘉南大圳。因爲有伊佇官佃溪佮龜重溪起造烏山頭大水庫，提供灌溉用水，改良嘉南平原

10 萬甲 ê 土地，閣解決做大水、洘旱、鹽害等等 ê 問題，予嘉南 ê 農民攏有水通用；用三年輪作，予水頭水尾攏有機會種作。

3. 烏山頭大水庫佇當時是全臺灣第一、日本第一、亞洲第一，甚至是全世界第三大 ê 水利設施，予臺南州地區 15 萬甲 ê 土地有充足 ê 水量。而且嘉南大圳送水、排水 ê 水路總長達到 1 萬 5 千公里，灌溉面積將近 15 萬甲。

4. 1931 年 7 月，嘉南大圳組合員工贈送八田與一銅像一座，來表揚伊 ê 功勞。戰後因為恐驚國民政府會下令拆除銅像，才共收佇倉庫內。一直到幾十冬後，才無意中予人發現，閣為著紀念伊，新設一个台座，共囥佇八田 ê 墓前。

(三) 第二主論點：紲落來舉例說明八田與一 ê 精神。

1. 伊有考慮著土壤 ê 自然循環，珍惜土地佮水資源。
2. 照顧佃農，伊有公平 ê 精神，無分臺灣、日本。
3. 八田與一，伊有負責 ê 精神，無將臺灣當做外鄉。
4. 伊有人文關懷 ê 精神：照顧弱勢者，資遣日本高智識 ê 工程師，共低收入 ê 臺灣工人留落來。

(四) 第三主論點：閣再來講伊認同臺灣，佮土地仝運仝命。

1. 全臺唯一坐佇塗跤兜 ê 銅像。
2. 個某八田外代樹 ê 愛情故事：戰後留佇臺灣，佮八田精神共存亡，後來佇 1945 年 9 月初 1，跳烏山頭水庫 ê 出水口自殺。

（五）結論：上落尾—愛無國界，有疼 ê 所在就是故鄉。

🖋 例四 🖊 〈面對選擇 ê 時陣〉

（一）破題：人生是不斷選擇 ê 過程，舉例說明。

1. 做人誠費氣，愛隨時做選擇。『哈佛』大學捌做過研究講，人生平均有七擺 ê 大選擇，啊若小選擇就不計其數，逐工都有。
2. 正面思考，選擇是基本人權，因為有自由，才有選擇 ê 權利。
3. 提醒聽眾，人生上重要 ê 毋是努力 (lóo-lik)，毋是奮鬥，是正確 ê 選擇。

（二）第一主論點：頭起先—「選擇 ê 種類？」舉例說明。

1. 生活中 ê 選擇：欲食啥、穿啥、耍啥、佮按怎生活等等。
2. 交朋友 ê 選擇：交啥物款人？欲結婚無？欲生囝無？攏愛選擇。
3. 升學、興趣、前途 ê 選擇：讀啥物學校、科系、專長？
4. 走揣志業佇佗位 ê 選擇。
5. 投票選議員、縣市長、總統 ê 選擇。
6. 面對權力、名利、金錢、慾望引誘 (iú) ê 選擇。
7. 面對生死、宗教信仰佮人生觀 ê 選擇。

（三）第二主論點：紲落來—面對選擇 ê 態度佮方法，舉例說明。

態度：

1. 驚驚袂 (bē) 著等，面對選擇 ê 時陣，心頭毋通亂紛紛，愛冷靜比較，勇敢選擇。
2. 面對選擇，愛先有好道德，先想看覓，別人會出現啥物面色。

3. 面對選擇，愛選增加生活 ê 趣味佮心適 ê 代誌來做。

4. 面對選擇，毋是浪費討債，是咧粒積、做功德。

5. 面對選擇，愛考慮後擺，考慮囝孫，面對選擇是愛好積德。

方法：

1. 選一个莫予人議論，閣會當創造好命運 ê。舉例說明。

2. 面對選擇，愛先增加智識，肯問就有路，肯想就有步。

3. 面對選擇，愛照步來，先思考按怎做才有特色。

4. 面對選擇，毋是欲追求刺激，嘛毋是欲展氣魄，是欲跤踏實地，實實在在，沓沓仔粒積。

5. 面對選擇 ê 時陣，袂使潦草，愛認真思考，愛想予清楚，按怎上好；愛予人快樂，莫予人煩惱。

6. 面對選擇，愛有充分準備 ê 時間，莫予時間壓迫。

7. 面對選擇，愛考慮成本，按怎降低成本，閣會當增加業績。

8. 人生足濟機會愛選擇，第一要緊愛考慮有道德，前因後果會詳細分析，照個性，照興趣，來發展特色。

(四) 第三主論點：閣再來—面對選擇嘛需要一寡運氣。

1. 人勢，毋值運命做對頭。

2. 人衰，種匏仔生菜瓜；人咧衰，放屁彈死雞。

3. 毋過歹船若拄著好港路，就有貴人來相助。

4. 我家己面對選擇成功 ê 經驗。

(五) 結論：上落尾〈上紲尾〉—選我所愛，愛我所選。

1. 人咧做、天咧看，攑頭三尺有神明。

2. 面對選擇，攏愛負責，選我所愛，愛我所選。

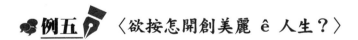 **例五** 〈欲按怎開創美麗 ê 人生？〉

（一）破題：人人期待有一个美麗 ê 人生。

1. 人生，講長真長，講短真短。俗語講，人生，「來無張持，去無相辭。」
2. 對電影「美麗人生」講起。這是意大利導演『羅伯托・貝尼尼』自編、自導、自演 ê「美麗人生」，描述 1939 年二次世界大戰，佇猶太人集中營 ê 故事。男主角『圭多』佇悲慘 ê 集中營，共五歲 ê 後生『喬舒亞』講，咱佇遮咧耍一个遊戲，若得著 1 千分，就會當得著一台『坦克』，伊 ê 後生才會得度過定定枵腹肚 ê 日子。落尾美軍反攻德國，部隊開『坦克』進入集中營，天真 ê『喬舒亞』猶原相信爸爸『圭多』無騙伊，伊有影得著一台『坦克』矣。影片共咱講：人生雖然悲慘，毋過若無放棄希望，伊永遠是美麗 ê。

（二）第一主論點：頭起先─啥物是美麗 ê 人生？舉例說明。

1. 「美麗人生」ê 定義，人人無全。有人講，有正當 ê 職業，感覺家己有路用 ê 人生，就是「美麗人生」。有人講，有一个幸福美滿 ê 家庭 ê 人生，抑是有健康身體 ê 人生，就是「美麗人生」。有人講，會當揣著家己真正 ê 興趣 ê 人生，才是「美麗人生」。嘛有人講，有宗教信仰 ê 人生，感覺性命有目的，閣有好人緣，有真濟好朋友做伙，袂孤單 ê 人生。才是「美麗人生」。
2. 毋過，我認為，美麗 ê 人生就是真、善、美 ê 人生，嘛是有親情、友情、愛情 ê 人生，閣較是有困難、有挑戰 ê 人生，才是「美麗人生」。

（三）第二主論點：紲落來─欲按怎開創美麗 ê 人生？

1. 基礎一：學一舉之長，予家己有才情，先愛有基本 ê 經濟能力，無，攏是空喙哺舌。
2. 基礎二：愛逐工做運動，鍛鍊健康 ê 身體。舉例說明。
3. 基礎三：愛自細漢就學會曉佮人交陪，每一个朋友攏是咱 ê 貴人。
4. 愛有國際觀，嘛愛有勇敢冒險 ê 精神。舉例說明。
5. 學一種樂器，抑是一種藝術興趣，予家己心靈有寄託。舉例說明──科

學家『愛因斯坦』誠勢換小提琴。

6. 食到老，學到老，有終身學習 ê 慣勢。舉例說明。

7. 成功 ê 定義，是你幫助佫濟人成功。譬喻講，我幫助過眞濟學生成功，揣著個人生 ê 目標。舉例說明。

（四）第三主論點：閣再來─我對美麗人生 ê 生涯規畫。舉例說明。

1. 一世人，爲著一个理想咧拍拚，爲人群奉獻佮拍拚。

2. 50 歲進前，累積好 ê 經濟能力，退休計畫欲環遊世界。

3. 50 歲以後，佇故鄉成立一个文教基金會，幫助弱勢者。

4. 晚年，搬轉去庄跤蹛，爲家族起一間宗祠，敬拜祖先。

（五）結論：上落尾─人生無完滿，*毋過真美麗*。

1. 俗語講，魚趁鮮，人趁茈。人生干焦一擺，生活愛有理想，愛冗早用「愛」創造美麗 ê 人生。

❀例六❀ 題目：〈肯定家己，欣賞別人〉（並列型題目）

（一）破題：啥物是肯定家己？啥物是欣賞別人？

1. 舉例說明：肯定家己就是對家己有自信，會曉欣賞家己、疼惜家己，自然就會曉欣賞別人、疼惜別人。因爲有自信就袂怨妒、袂怨妒，心胸自然就開闊。這佇西洋 ê 觀念叫做「自我認同」，是對英文「identity」來 ê。「identity」 ê 意思就是「認捌自我」、「肯定家己」，意思是講一个滿 20 歲 ê 成年人，佇思想佮行爲上愛完全獨立自尊，袂當閣倚靠別人矣。所以伊已經知影家己 ê 興趣佮專長，肯定家己 ê 能力，會曉選擇家己欲行 ê 路矣。

（二）第一主論點：是按怎愛肯定家己？愛欣賞別人？舉例說明。

1. 舉社會事件，情關難過 ê 兇殺案做例說明。

2. 自古「文人相輕」，互相看袂起，這是誠穩 ê 傳統。

3. 做領導者 ê，攏愛會曉肯定家己，欣賞別人，毋驚部下比家己較勢，親像美國第 16 任 ê 總統林肯，就是上好 ê 典範。

（三）第二主論點：我按怎肯定家己？欣賞別人？

1. 舉親身 ê 幾个例說明：因為揣著家己 ê 興趣佮專長，得著成功，我學會曉佮意家己、欣賞家己、肯定家己。

2. 舉例說明：我按怎教學生肯定家己，欣賞別人？

（四）第三主論點：有堅強 ê 本土觀佮國際觀 ê 人，攏會曉肯定家己，欣賞別人，腹腸是開闊 ê。

1. 因為愈了解家己，就愈有自信，嘛愈會曉欣賞別人。

2. 肯定本土 ê 嬌佮成就，嘛愛會曉欣賞外國 ê 美麗佮貢獻。

（五）結論：成功毋是財富有偌濟，是你幫助過偌濟人成功。

1. 人若愈有懸度，就愈勢欣賞別人；若愈有自信，就愈會曉呵咾別人、幫助別人，對別人 ê 成功袂怨妒。

例七 題目：影響我上深 ê 一句話

（一）破題（**話頭**）：阿母定定講 ê 一句話：「有量才有福」。

（二）第一主論點：**頭起先** —— 是按怎有這句話？這句話有正面 ê 作用，舉例說明，阿母無讀啥冊，毋過做人誠有量。

（三）第二主論點：**紲落來** —— 舉例說明：外省阿爸有量才有福，照顧丈人、丈姆到百歲年老，攏無窮分佮埋怨半句。

（四）第三主論點：**閣再來** —— 阿母無愛領老人年金，伊講共錢留予閣較需要 ê 人。

（五）結論：**上落尾** —— 感念「有量才有福」ê 爸母佮姊妹，阮攏有定期捐款、幫助弱勢 ê 慣勢。

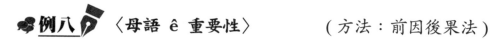

例八 〈母語 ê 重要性〉 （方法：前因後果法）

(一) 破題：臺灣話親像五更 ê 蠟燭火，強欲化 (hua) 去矣。

首先，我來問在場 ê 各位：恁敢知影，1949 年國民政府拄撤退來臺灣 ê 時陣，臺灣語言使用 ê 人口比例，原底是偌濟？若是按照族群人口 ê 比率，等於是臺灣語言使用比例來講：臺語應該佔 74pha，華語佔 12pha，客家語嘛是 12pha，原住民語差不多佔 2pha。毋過，因為過去幾若十年來，用政治力推展國語、北京話 ê 結果，予臺灣爸母話，就是咱所講 ê 臺語，毋管是 hō-ló 話，抑是客語、原住民語，這馬攏親像五更 ê 蠟燭火，強欲化 (hua) 去矣。

(二) 第一主論點：講一段「老大人 ê 心聲」予恁知。

過去，有人寫一段「老大人 ê 心聲」，講出這馬一寡序大人，對少年一輩袂曉講母語 ê 不滿，我這馬講予逐家聽看覓咧：「七老八老無喉齒，想欲佮人學國語，流鼻號做『流鼻涕』，講甲「哈欲」像兩齒，有時閣會咬著舌，艱苦罪過 (tsē-kuà) 無地比。這有苦衷不得已，囝孫袂曉講臺語，若是無人來講起，竟然無欲講臺語，無彩三頓臺灣米，不如提去飼鳥鼠。閒閒無事坐膨椅，看無電視搬啥物，姑不而將學國語，想著咬牙閣切齒！」

你看，現代學校 ê 學生，華語 lù-lù 吼，顛倒臺語攏袂曉。較早，干焦學校咧講華語，厝邊隔壁，庄頭庄尾，逐家攏嘛講臺語。人講「三日無餾距上 (tsiūnn) 樹」，語言若無講、無餾，伊就會反形、走精去。這五十幾年來，咱 ê 母語毋捌佇學校傳授，這馬，伊毋但上樹做潑猴，閣上天頂，去佮老祖公、老祖媽同齊食牲醴矣！咱這代 ê 臺灣人，敢願意做尾代 ê 臺語人？斷種 ê 臺灣人？臺語落魄 ê 原因你知、我知，毋過，咱千千萬萬毋通你唉我唉，干焦會曉目睭金金人傷重，看伊漸漸行入歷史，行出咱 ê 臺灣。

(三) 第二主論點：母語 ê 重要性

閣再講，咱 ê 母語有啥物重要性咧？第一，母語是族群文化 ê 根本，無

語言就無文化，母語若消失，咱 ê 文化就消失；啊母語佮文化若消失，紲落去，這个族群嘛會像日頭落山全款，漸漸來無去。第二，母語是親情 ê 肚臍，若準一個家庭裡，阿公阿媽佮阿孫話語袂通，按呢就無法度溝通，嘛無法度傳承文化。語言 ê 肚臍無相通，公孫仔、媽孫仔講無話，感情欲哪會親咧？所以，斷人 ê 母語，就是斷人 ê 親情，嘛是斷人 ê 文化佮族群 ê 認同，實在真惡質！

(四) 第三主論點：咱 ê 母語是公認 ê、漢語 ê 活化石。

閣進一步講，咱 ê 母語是公認 ê、漢語 ê 活化石，因為伊保留真濟古漢語 ê 聲韻佮語調、語詞，所以欲研究漢語音韻 ê 人，攏著愛先會曉講臺語，研究起來才袂困難重重。換一句話來講，咱 ê 母語，毋管是 ho-ló-uē 抑是客語，攏是這馬華語 ê 阿公佮阿媽。

伊 ê 聲韻真婿，進步閣雅氣，會使講現代 ê 代誌，嘛會使傳古早 ê 道理；會當唱山歌，嘛會使唸歌詩。老大人若講起古早古早當初時，有句讀 (kù-tāu)、閣會牽絲，聽了心適有古味。中年人交際盤撋 (nuá) 做生理，若講全款 ê 話語，會當你兄我弟，逐家歡喜。青春少年家，若是講臺語，愛人仔會歡喜甲欲死，伊會講你袂背祖，有情閣有義。三歲囡仔兄，七歲囡仔姊，講臺語，雖然猶臭奶味真重，阿公阿媽聽了真歡喜，喙仔笑哈哈 (hai-hai)，共你惜命命，你講是抑毋是？

(五) 結論：

所以，語言是文化 ê 根本，文學 ê 塗肉；嘛是藝術 ê 肚臍，佮哲學 ê 搖笱 (kô)。因為有語言，人類才會當建構觀念佮意識，其他 ê 動物就無這種能力。所以無語言就無世界，無語言就無人類 ê 文化。論真講，這種講法，一點仔都無毋著。

母語若親像一條褲帶，連結咱 ê 親情、歷史佮文化，共你我結相倚 (uá)。咱 ê 母語嘛若親像是一甕酒，有豐富 ê 文化芳佮溫暖 ê 人情味，閣有祖先 ê 智慧，以及人情義理 ê 價值觀佇咧，咱哪會當無共繼續傳承落去咧？

臺灣俗語。

例九 〈講臺灣 ê 放生文化〉　　　（方法：分項論述法）

(一) 踏話頭 (破題)：對幾條新聞講起。

1. 2013 年 6 月初 5 新聞報導：一陣出家人佇苗栗南庄山林，放生 500 尾「飯匙銃」ê 毒蛇，講：「個遮 ê 蛇攏有唸經感化過，所以袂咬人。」原住民部落就大聲抗議，阮佇遮出入會誠危險。

2. 2015 年 5 月 14 新聞報導：苗栗南庄 ê 民宿出現毒蛇「飯匙銃」，講是宗教團體放生 ê！這個事件，恐驚會影響觀光 ê 生理。

3. 苗栗警方講，若看著有人放生毒蛇，會當敲 110 報警，警方會到現場了解；若是買來 ê 保育類毒蛇，會照野生動物保育法移送法辦，會當處六個月以上，5 年以下 ê 有期徒刑，並且罰金，毋過若毋是保育類，就無處罰 ê 規則。

(二) 第一主論點：頭起先，舉例說明，「放生」等於「放死」。

1. 眞濟人工生湠 ê 鳥仔、魚仔、蛇，若無知 ê 放生，會予生物全攏死佇野外，了錢閣了工。

2. 閣較愛檢討 ê 是：外來種若烏白放生，會破壞自然生態。這種會破壞自然生態 ê 放生，就毋是好 ê 放生，嘛毋是慈悲 ê 行為。所以無現代生態智識 ê 放生，是野蠻社會、戇人才會做 ê 行為。

(三) 第二主論點：無知 ê 放生，就是殺生，就是害生。

1. 紲落來，愛檢討 ê 是：宗教放生已經變做商業行為。變做商業行為 ê 放生，買來放，放閣掠，就毋是好 ê 放生，嘛毋是慈悲 ê 行為，伊是一種罪惡。

2. 聖嚴法師講：「用人工來生湠野生動物，會產生兩種無好ê結果。第一，人會共當做商品，食伊ê肉，用伊ê皮，這是真殘忍ê行為。第二，野生動物本來就適應野外ê環境，人工養飼了後，就會失去自然ê本能，無法度閣佇野外生存，會變做人類ê欣賞品佮工具，這對動物是一種虐待。所以人工繁殖ê，一定會變做商品。這馬佛教徒已經袂閣講放生矣，因為這真戇啊，這馬動物攏養飼ê較濟，動物若毋是野生ê，無知ê放生，就是殺生，就是害生；毋是功德，是罪過……」

（四）第三主論點：閣再來，咱欲按怎防止這款行為？

1. 愛對立法佮教育落手。
2. 宗教團體愛有生態保育ê教育。

（五）結論：有愛心無正確ê方法，好人嘛會做歹代；善良ê人嘛會因為無知，作孽猶毋知。上落尾，向望咱會當建立一个理性、有正常宗教信仰ê社會，予愛心佮慈悲用佇著ê所在。

例十 題目：〈我看咱ê選舉文化〉 （方法：分項論述法）

（一）破題：咱臺灣人ê選舉經驗，對日本時代就有。

1. 1935年，11月22，臺灣總督府舉行第一屆「市會佮街庄協議會員ê選舉」，這是第一擺臺灣殖民地ê選舉，嘛是臺灣統治者舉辦ê第一改民主選舉。這擺選舉選出一半市會議員佮街庄協議會會員（另外一半由州知事派任）。
2. 民主佮參政權ê落實，予臺灣人開始有發聲ê管道，開始學習民主。
3. 有一句俗語講：「第一戇，種甘蔗予會社磅；第二戇，食薰歕風；第三戇，選舉替人運動。」意思就是講「種甘蔗」、「食薰」、「選舉替人運動」，攏是真戇ê代誌啦。舉例說明。

（二）第一主論點：早期黨國一體 ê 時代，選舉文化會驚死人。

1. 有五票：買票、做票、配票佮縛票，閣攏靠新臺票。

   銀行是黨 ê，黨庫通國庫，外褲通內褲。金牛嘛開錢比賽，講：「選舉無師傅，用錢買就有。」「好央叫，拚輸新臺票。」產生真穩 ê「買票文化」，賄選一直無法度斷根，選民講這是行路工 ê 錢。舉例說明。

2. 里長、鄰長鬥分味素、獎品，公然買票，選民講這是退稅。

3. 開票 ê 時陣，電力公司配合停電，這是做票 ê 好時機。

（三）第二主論點：咱 ê 選舉文化 ê 缺點。

1. 政黨予地方派系、角頭控制，對選舉 ê 提名有絕對 ê 決定權，優秀 ê 人才無法度 hōng 提名，變成惡性循環。舉例說明。

2. 烏道公然參政、漂白，選舉期間，公然監視選民 ê 投票行為，包遊覽車載選民去投票。當選了後，就包工程、撚代誌、包山包海，做特殊生理 ê 滿滿是。舉例說明。

3. 宣傳車大街小巷四界趖，製造噪 (tshò) 音。

4. 菝仔票、空頭支票亂亂開，候選人袂輸咧講白賊比賽。

5. 放紙虎（烏函）、假新聞佇網路流傳，予咱人 ê 素質愈來愈穩。

6. 製造棄保效應，宣傳戰、心理戰，比賽啥人較奸巧。

7. 旗仔、布條仔，滿滿是；宣傳單颺颺飛，浪費資源閣製造環保問題。

8. 「搶救，搶救，毋通予 1 號落選！」拍危機牌是選舉尾期 ê 絕招。

（四）第三主論點：咱 ê 選舉文化漸漸有進步。

1. 「買票文化」愈來愈無時行，回收率愈來愈低，人民 ê 民主理念愈來愈進步，特別是佇都會地區。舉例說明。

2. 愈來愈濟候選人無競選總部、無插旗仔、無走宣傳車。舉例說明。

3. 嘛愈來愈濟優秀 ê 少年輩，徛出來關心政治，參與選舉。舉例說明。

（五）結論：民主是學習 ê 過程。

1. 民主，伊毋是天公伯仔 ê 賞賜，嘛毋是桌頂拈柑 ê 代誌，是民主前輩 ê 拍拚佮犧牲，是人民力量 ê 覺醒，嘛是選民水準 ê 提懸；伊有艱苦 ê 過程，有眞濟歹症頭愛克服。

2. 向夢咱 ê 選舉文化會愈來愈成熟，變成一个進步 ê 民主國家。

✒ 例十一 🖋 〈好頭不如好尾〉　　　　（方法：分項論述法）

（一）破題：解說「好頭不如好尾」ê 意思。

1. 好頭不如好尾這句俗語，是咧教咱做人處事，攏愛堅持到底，而且勢人攏是拚尾支 ê，袂當擋甲落尾 ê 人，頭前 ê 拍拚攏會烏有去。若俗語講 ê，頭燒燒，尾冷冷，無三日 ê 好光景，註定一世人捙跋反。

（二）第一主論點：舉例說明，好頭不如好尾 ê 事例。

1. 親像拍野球比賽，頭前領先，歡喜一時，落尾煞輸輸去。虎頭鳥鼠尾，是白了工。走馬拉松比賽，頭前走第一，落尾仔煞無著等，嘛是全款無彩工。

2. 細漢 ê 時，阮阿公嘛定定咧講：好頭毋值得好尾，做人著愛做澈底，做代誌袂使有頭無尾；好戲佇後尾，戲棚跤是徛久 ê 人 ê；好酒沉甕底，若是欲成功，一定愛拚看啥物人較有睏尾；咱逐家攏知影，成功攏嘛佇上煞尾。

（三）第二主論點：舉例說明，穤頭好尾 ê 事例。

1. 反敗爲勝、穤頭好尾，有眞濟例，譬論講，浪子回頭、犯人變慈善家、女大十八變等。

2. 我 ê 學生少年袂曉想，後來覺悟，改過自新，開創好事業 ê 例。

（四）第三主論點：舉例說明，咱做人有好尾上要緊。

1. 歷史上 ê 例：眞濟政治人物，搦權了後就變款，無好尾。

2. 有一種保，保險公司絕對毋保，就是『晚節不保』。所以咱佇世間做人，上驚『晚節不保』。

3. 我家己抑是看著別人 ê 事例。

(五) 結論：虎死留皮，人死留名，做事做透支，好人做到底。

🖊 例十三 🖊 〈欲按怎面對少子化佮高齡化？〉

(一) 破題：啥物是少子化？啥物是高齡化？

1. 已開發國家 ê 生育率佮死亡率差不多攏真低。「少子化」是指生育率降低，致使幼年人口比例漸漸降低；「高齡化」是指老人人口漸漸增加，老人人口懸到 7pha 以上 ê 比例，就進入高齡化社會。這兩種人口比例是會互相影響 ê：因為「少子化」，所以「高齡化」比例會漸漸提懸；因為「高齡化」ê 關係，所以「少子化」ê 情形嘛會愈來愈嚴重。

2. 根據「國民健康局」的推估 (kóo)，咱臺灣 65 歲以上的老 (nóo) 年 (liân) 人口的比率 (lùt)，佇 2017 年，會超過總人口的 14pha，變做一個 (ê)「高齡社會」；啊若到 2026 年，會占總人口的 20pha 以上，正式進入「超高齡社會」！到時，全臺灣，每 4.5 个人，就有一個是 65 歲以上的老人！對這種高齡化所產生的社會問題，會使講，已經是咱家己佮政府攏無法度閣閃避 (phi) 的問題！

(二) 第一主論點：少子化有啥物教育佮社會危機？

1. 根據內政部統計，世界主要國家總生育率，2008 年咱國大約是 1.12 人，不但比「少子化」上嚴重的國家日本 1.32 人閣較低，甚至差美國 ê 2.1 人、英國 ê 1.84 人、法國 ê 2.0 人一大節。會當講咱臺灣 ê 生育率，已經比歐美先進國家低足濟。

生育率 ê 降低，代表出世 ê 囡仔人數減少，2008 年臺灣 ê 新出世 ê 囡仔，正式落破 20 萬大關，干焦 19 萬 8,733 人，若準佮 1981 年新生兒出世 ê 人數

41 萬 4,609 人比較，無到 30 年 ê 時間內，臺灣出世 ê 人口竟然減少一半！

2. 臺灣 ê 生育率，是全世界後壁算來前幾名 ê，少子化代表著未來勞動人口可能漸漸變少，對規个社會結構、經濟發展等各方面都會產生重大 ê 影響。

3. 教育界受少子化產生 ê 現象有：併班、減班、併校、廢校、超額教師、無教職師資 (俗稱合約教師)、代課普遍化、小班制 ê 現象、親師關係愈來愈緊張、教師兼行政等等。中期來看，少子化對教育是一場殘酷 ê 考驗，特別是國民教育，會爆發國小廢校潮流，毋但有「流浪教師」，嘛會有「流浪校長」。

4. 閣有一个潛 (tsiâm) 在 ê 危機，就是因爲師資定定調動，引發師生關係疏離、教學品質下降。畢竟教師意識著家己 ê 前途袂穩，教學就眞僫付出熱忱。學生嘛會因爲關係 ê 斷裂，課程 ê 銜接適應問題，致使學習效率降低。

5. 育嬰仔佮迌迌物仔 ê 產業一定愛轉型，比如講，愛兼營遊戲軟體業、一般成衣批發、一般家具銷售、事務性文具經銷、廣齡性娛樂商品等，按呢才有法度生存。

6. 小兒科佮婦產科當然是少子化 ê 苦主佮輸家。

(三) 第二主論點：高齡化有啥物社會危機？

1. 因爲社會照護體系無建全，老人經濟若閣弱勢，序細閣無能力請人照顧，就產生棄養 ê 人倫悲劇，這種現象會愈來愈濟。

2. 獨居老人愈來愈濟，老人自殺 ê 比率會那來那懸。

3. 老人 ê 醫療支出會變成財政 ê 負擔，拖累經濟 ê 投資。

(四) 第三主論點：欲按怎克服少子化佮高齡化 ê 難關佮危機？

1. 舉例說明，少子化佮高齡化是全世界共同 ê 危機，日本、韓國、歐美各國，嘛有少子化佮高齡化 ê 危機。「少子化」這个詞就是日本人發明 ê。

2. 袂當干焦喝口號，政府愛有全盤 ê 生育計畫，對生產補助、育囝津貼、托兒政策 ê 補助，攏著趕緊做，予少年人減輕負擔，才願意生囝。因爲「少子化」ê 成因，攏是佇遮 ê 問題頂面：社會價值觀 ê 改變、子女教育成本 ê 增加、囡仔欠缺照顧 ê 支援等等。

3. 對高齡化 ê 問題，著學習上蓋有經驗 ê 日本，有國家推動 ê 規套 ê 養老、照護計畫。

(五) 結論：這是國安危機，關係國家未來 ê 生存佮發展，咱 ê 政府佮人民攏愛面對挑戰，克服這个難關。

例十四 〈我看咱 ê 公民運動〉 （方法：分項論述法）

(一) 踏話頭 (破題)：民主社會就是公民社會。

民主社會就是公民社會。任何成熟、進步 ê 民主社會，攏必然有理性、進步 ê 公民運動做基礎。因為集會佮遊行示威，是憲法保障 ê 基本人權，嘛是弱勢者發聲 ê 管道。

(二) 第一主論點：啥物是公民運動？

舉例說明，公民運動者攏是理想主義者，真濟人為著理念佮正義付出青春佮性命。公民運動包括政治運動、人權運動、女權運動、農民運動、工人運動、環保運動、教育改革、司法改革、稅務改革、性別平等，遮 ê 社會改造 ê 運動。也就是「非政府組織」NGO。

(三) 第二主論點：一百年來，臺灣公民運動 ê 經過。

1. 日本時代：
   (1) 1921 年林獻堂、蔣渭水等文化界 ê 精英，佇大稻埕靜修女子學校，這馬 ê 靜修女中，成立「臺灣文化協會」，成立讀報社、文化書局、文化劇團，進行文化演講會、文化劇運動，用文化佮教育從事臺灣民眾 ê 啓蒙運動，目的是欲治療臺灣人「智識營養不良症」ê 症頭。
   (2) 1920 年底，臺灣 ê 智識份子就開始進行「臺灣議會設置請願運動」，後來蔣渭水個閣佇 1923 年 1 月 30 組成「臺灣議會期成同盟會」，來

推動請願運動。

2. 中華民國時期：

(1) 過去戒嚴時期，因為言論、結社 ê 自由被剝奪，所以臺灣人民差不多攏無公民運動，毋過猶原有真濟政治、思想犯 hông 銃殺，抑是掠去唱綠島小夜曲；干焦 1979 年 12 月初 10 發生佇高雄 ê 美麗島事件，是上大 ê 政治運動，嘛是臺灣行向民主化 ê 開始。

(2) 解嚴了後，公民運動才得著敨放。目前臺灣 ê 公民運動已經成熟，無論是人權運動、女權運動、農民運動、工人運動、環保運動、教育改革、司法改革、稅務改革、性別平等等等，各種運動攏發揮真大 ê 監督力量，予臺灣愈來愈民主。

(四) 第三主論點：是按怎愛有公民運動？舉例說明。

1. 公民運動有進步無私 ê 理念，會當 tshuā 領社會 ê 進步；
2. 公民運動追求 ê 是社會 ê 公平正義，關心弱勢者 ê 命運；
3. 公民運動會當展現民意，制衡執政者 ê 獨裁、專斷；
4. 我按怎教學生認捌公民運動，按怎培養個有正確 ê 公民觀。

(五) 結論：公民運動是追求公義之路，愛繼續行，一代傳一代。

例十五 〈論現代養生 ê 觀念〉

(一) 踏話頭 (破題)：藥補不如食補，食補不如運動補。

(二) 第一主論點：藥補是一種傳統 ê 迷思，藥補不如食補才是正確 ê 智識。

1. 舉例說明：現代人 ê 養生觀念，注重有機飲食，加食菜蔬果子，因為現代人食好做輕可，規工想迌迌，欲食貧惰做，致使血壓懸、血閣濁，見食都是有農藥 ê 菜蔬果子，這是咱現代人 ê 煩惱。所以注重有機飲食，甘願加開寡錢，買有機 ê 食物，減食一寡農藥入腹肚內，對根源做養生，

是第一个撇步。

(三)第二主論點：現代養生 ê 觀念，注重運動 ê 重要。

1. 走標、汨水、行路、跳舞、跖山、拍球等。舉例說明。
2. 舊步數，創新步：練氣功，顧身體。舉例說明。
3. 有錢 ê 拍山球(高爾夫)，無錢 ê 拍羽毛球。

(四)第三主論點：現代養生 ê 觀念，注重壓力 ê 減輕。

1. 壓力是萬病 ê 根源，咱欲按怎減輕生活佮工課 ê 壓力，過有品質 ê 生活，就變做誠重要。舉例說明。

(五)第四主論點：現代養生 ê 觀念，注重心理 ê 健康，重視親情、友情、愛情 ê 完滿。舉例說明。

(六)結論：靠藥補 ê 時代過去矣，我 ê 養生的觀念佮做法。

例十六 我看「齧老族」 (齧，音 khè；老，音 nóo/ló。)

(一)破題：對一篇文章講起─〈囝 ê，請你搬走好無？〉

1. 年老 ê 爸母無法度閣忍受後生 ê 依賴，年歲 30 外，逐工跍佇厝拍電腦，生活日夜顛倒，房間若糞埽堆，三頓愛人攢好好，欲食閣毋討趁，定定共爸母伸長手。見若叫伊去揣頭路，毋是無講無呾(tànn)，就是掠狂、受氣。

(二)第一主論點：頭起先，是按怎會有「齧老族」？「齧老族」ê 心理特質。

1. 第一，大環境 ê 影響：經濟無景氣，失業 ê 愈來愈濟，特別是挂出業 ê 少年人，一下出業就是失業，真濟少年人揣無出路。若講著最近這幾年 ê 臺灣，經濟實在有夠慘，失業人口幾若十萬，毋過誠濟人小錢毋願趁，

甘願閒閒踮厝裡等，若親像俗語所講 ê：「大工無人倩，小工毋願行」，只好留佇厝裡做「齧老族」。

2. 第二，教育改革真失策，好 ê 職業學校傷少，學生無應該讀大學 ê，去讀大學，浪費時間，學無一技之長，閣無法度共姿勢放低，去做粗重 ê 工課。

3. 咱著愛理解，毋通傷見怪，因為「齧老族」攏是現實社會 ê 失敗者，對家己較無自信，活佇無希望 ê 性命中。

（三）第二主論點：資本主義 ê 社會，強者愈強，弱者愈弱。

1. 咱活佇資本主義 ê 社會，資本主義 ê 社會干焦強者有才調出頭，弱者永遠受支配、無法度出頭。所致，無能力適應環境、突破命運 ê 弱勢者，毋是佇現實社會沐沐泅，艱苦趁三頓，就是勼倒轉去爸母身軀邊做「齧老族」。

2. 「齧老族」ê 心理，定定幻想有一日伊會拄著機會趁大錢。無奈現實人生毋是按呢！人講，世間錢歹趁，毋趁一定散。錢四跤，人兩跤，毋儉，錢閣較濟嘛會焦。我定定聽人講，食予肥肥，激予槌槌，穿予媌媌，等領薪水。若有遮好空，我想，伊是去看著鬼；若無，就是想欲去做土匪。

（四）第三主論點：舉例說明，欲按怎改善「齧老族」ê 情形？

1. 家庭教育，袂當倖囝，對細漢就怎培養囡仔獨立 ê 精神。疼囝就袂當傷保護囝。（舉例說明）

2. 學校教育，愛教學生適應社會，有生存 ê 能力。（舉例說明）

3. 各縣市社會局愛主動關心，提供機會，幫助「齧老族」行出心靈 ê 困境。（舉例說明）

（五）結論：咱對「齧老族」愛同情、愛理解，嘛愛鬥相工。

1. 任何時代、任何國家社會，攏一定有「齧老族」ê 存在，所以對遮 ê 迷失、軟弱 ê 心靈，咱愛同情、愛理解，嘛愛鬥相工。

例十七 〈我對觀光業 ê 看法〉

(一)踏話頭(破題): 觀光業是無煙筒 ê 工業。

(二)第一主論點:臺灣觀光業 ê 現狀。

1. 交通部觀光局講:來臺灣旅遊 ê 旅客,2016 年已經達到 1,069 萬 279 人,閣再破一千萬人;而且旅客 ê 來源愈來愈平均,中國客減少,其他日本、韓國、歐美、東南亞 ê 觀光客增加。樂觀預估到 2020 年會當達到 1,179 萬人。

2. 外國觀光客 1,043 萬來臺灣,咱一年 ê 外匯收入就有 144 億 ê 美金,排佇世界第 24 名。

3. 全球觀光市場發展趨勢,全球市場,2020 年有 13.6 億人次 ê 觀光客,年成長率大約 3.8pha;亞太市場,2020 年有 3.55 億人次 ê 觀光客,年成長率大約 5.7pha。

4. 咱 ê 國民留佇國內旅遊(國民旅遊)ê 人次,一年大約 2 億人次。毋過攏是當工來回、無過暝 ê 較濟。

5. 全球觀光市場發展趨勢:全球化、數位化、在地化、永續化。

(三)第二主論點:臺灣觀光業 ê 困境。

1. 信用毋顧,人客斷路。對媒體炒作墾丁 ê 消費糾紛,一盤滷味 920 箍 ê 負面消息,予墾丁觀光客減少 ê 事件講起。

2. 中國客減少 ê 影響,因為中國用觀光客做政治手段。

3. 觀光 ê 品質無法度提升 ê 問題。

(四)第三主論點:欲改善臺灣觀光 ê 困境,有啥辦法?

1. 臺灣觀光業有啥優勢?生態旅遊當時行。
2. 繼續推動原住民部落文化體驗 ê 旅遊。
3. 宗教佮民俗體驗 ê 深度旅遊。
4. 開拓多元市場,觀光客來源多元化。

5. 學習日本人講究信用，精緻體貼 ê 待客精神。

（五）結論：珍惜美麗之島 ê 本錢，發揮海洋文化多元 ê 創造力。

🌸 例十八 📝 〈食好佮好食〉 　　　　　　　（並列型 ê 題目）

（一）破題：病對口入，禍 (hō) 對口出。

1. 古早人講：「民以食為天。」有食物通食，才會天下太平。
2. 臺灣人見若相拄面，攏會問一句：「食飽未？」
3. 毋過現代人生活富裕，毋但食飽，閣愛食巧。

（二）第一主論點：啥物是食好？啥物是好食？舉例說明。

1. 頭起先，食好就是食「食物」，毋是食「食品」。
2. 「食物」是天然 ê，「食品」是加工過 ê；「食物」是有機 ê，「食品」是有化學元素 ê。

（三）第二主論點：舉事例說明，好食佮食好 ê 差別。

1. 好食 ê 物件攏無營養，有營養 ê 物件攏較歹食。
2. 為啥物十幾年來，咱臺灣大腸癌 ê 比例攏是排頭名 ê？因為逐家攏愛食糋 ê、牽羹 ê 遮 ê 好食物，抑是加真濟芳料、化學品 ê 食品，好食 ê 物件食傷濟，著害著健康，這就是主要 ê 原因。

（四）第三主論點：舉事例說明，好 ê 食品商佮穤 ê 食品商 ê 無全，義美佮味全 ê 對比。

（五）結論：食物件 ê 養生之道，愛站節，嘛愛食著時 ê 物件。

1. 早頓食飽，中晝頓食巧，暗頓半枵飽。
2. 食物件愛著時：秋茄白露蕹，較毒過飯匙銃。

🌸 例十九 ✒ 〈做雞著筅 (tshíng)，做人著反 (píng)〉

(一) 破題：勤儉拍拚是咱臺灣人 ê 基因。

　　有人入山趁食，有人出海討掠。咱定定聽序大人共咱教示講，做雞著筅 (tshíng)，做人著反 (píng)，這句話聽起來平常平常，毋過道理誠深，簡單講，就是咧教咱「做人愛認份」，毋通逐工空思妄 (bōng) 想。嘛是教咱愛做一个跤踏實地 ê 人，實在做人，嘛實在做代誌，按呢，前途才會有向望。

(二) 第一主論點：舉例說明，咱 ê 頂一代勞碌 ê 人生。

1. 講阮阿爸、阿母捙跋反、歹命 ê 一生。

(三) 第二主論點：我來講一个「上帝 ê 攄塗機」ê 故事。

(四) 第三主論點：閣講一个百丈 (pik-tiōng) 禪師 ê 故事。

(五) 第四主論點：這馬 ê 少年人，大工無人倩，細工毋願行。

1. 有一句譬相貧惰人 ê 俗語講：「透早驚露 (lōo) 水，中晝驚曝死，暗暝閣驚鬼。」表示貧惰人 (pîn-tuānn-lâng) 若無愛作穡，攏有理由通講。

2. 閣講；「食睏，無分寸；食飯，食甲流汗；做工課，做甲畏寒。」這嘛是咧圖 (khau) 洗貧惰人，欲食毋認真做工課 ê 樣相 (iūnn-siùnn)。講了實在有夠對同 (tâng)，人若無愛認真捙跋反 (tshia-puah-píng)，規工死坐活食，趁三工，歇五工，橐袋仔不時空空空，序大人氣死嘛無彩工。

(六) 結論：食是福，做是祿，有通捙跋反，較贏無人倩。

🌸 例二十 ✒ 〈挖井才有水，想好才出喙〉

（一）踏話頭（破題）：口是傷人斧，言是割舌刀。

世界上有四件代誌永遠無法度挽回：擗（khian）出去 ê 石頭！講出喙 ê 話！錯過 ê 時機！猶閣有消失去 ê 時間！

（二）第一主論點：先講『蘇格拉底』〈講話進前 ê 三个篩（thai）仔〉ê 故事。

（三）第二主論點：一句話影響大局 ê 歷史故事。

（四）第三主論點：講*毋*著話，傷害別人，我家己做過 ê 例。

（五）結論：俗語講：「關門著閂（tshuànn），講話著看。」咱人用三、四冬就學會曉講話，*毋*過愛用五十冬才學會曉莫講話。

例二一 〈學歷佮實力〉 （正反論述法）

（一）破題：這是一个誠嚴肅閣誠矛盾 ê 好問題。

1. 學歷佮實力有啥關係？啥較重要？
2. 敢若咧問，友情、愛情，啥較重要？個人、國家，啥人較重要？逐家 ê 答案攏無仝。
3. 世間代，無絕對，攏是比較爾爾。
4. 我認為兩項全款重要。

（二）第一主論點：學歷誠重要。

1. 會得著親人、朋友、社會大眾 ê 肯定。
2. 較好揣著好 ê 頭路，收入較懸。
3. 對家己較有信心。
4. 較有升官發財 ê 機會。

5. 咱莫乞食揹葫蘆 —— 假仙，講大聲話，講學歷一點仔都無重要。

(三)第二主論點：實力嘛誠重要。

1. 掌握著技術，就掌握著未來；毋驚人毋倩，只驚藝不精。
2. 奇美許文龍 ê 故事，讀冊尾名，事業成就，無人綴伊會著。
3. 微軟『比爾·蓋茲』ê 故事。
4. 蘋果『賈伯斯』ê 故事。
5. 大教育家葉聖陶講，華人教育上大 ê 缺點就是 —— 以智毀德，以智毀體，以試毀智。四書五經讀透透，毋捌鼀鼊龜鱉竈。
6. 毋過，個攏是少數 ê 特例。無可能逐家攏是許文龍、『賈伯斯』、『比爾·蓋茲』。

(四)第三主論點：適性揚才，揣著家己 ê 興趣上重要。

1. 學歷實力為著啥？敢講是為著學歷懸，讀『哈佛』、『劍橋』名校，會當趁真濟錢，有用袂完 ê 財產？抑是會當誠出名，社會人人捌，有權有勢，喝水會堅凍，有本錢囂俳(hiau-pai)？應該攏毋是才著。
2. 制式教育培養會考試 ê 人才，欠缺創造力。
3. 天不生無用之人，地不生無根之草。
4. 千萬毋通猶未學行，就欲學飛。
5. 適性揚才，一枝草，一點露，天無絕人 ê 生路。

(五)結論：做一个平凡有才調圓夢 ê 人。

1. 啥物是成功？尼采講：「成功常在是王祿仔仙。」
2. 博士島 ê 故事共咱講，毋是人人攏是主角，所以共家己演甲真出色，比啥攏較重要。
3. 學歷懸，無實力支持，是空 ê。學歷是為著欲培養實力，才有意義。
4. 實力好，無學歷支援，佇現實人生會喪失誠濟機會。
5. 學歷免真懸，趁錢免真濟，莫傷出名。閣較重要 ê 是，「我揣著自信」。
6. 會曉過生活，健康快樂上重要。一枝草，一點露，一人努一步，天無絕

人之路，東港無魚西港拋，這溪無魚別溪釣，天公伯仔總是予咱有路。

🌸例二二 ✒ 〈按怎教囡仔情緒管理？〉

(一)破題：自殺與情緒失控事例。

1. 建中高材生自殺事件。
2. 老師使性地、拍傷學生 ê 報導。
3. 其實，人是情緒 ê 動物，毋是理性 ê 動物。
4. 情緒是一身魔神仔，隨時攏會佮咱倚身。
5. 一人煩惱一樣，無兩人煩惱相親像。

(二)第一主論點：啥物是情緒管理？舉例說明。

1. 這個時代，人有誠濟精神壓力。一項煩惱無夠，煩惱別項來鬥。
2. 七情六慾，欲按怎有效 ê 控制，得著消敲佮予心靈平衡，內心保持平安喜樂，就是情緒管理。
3. 青少年因為一時 ê 掠狂，錯手刣死人 ê 事件。
4. 敢講現代「草莓族」，忍受挫折 ê 能力攏足低？
5. 蘇東坡「一屁拍過江」ê 故事。

(三)第二主論點：情緒管理 ê 重要性。舉例說明。

1. 會當建立和諧 ê 人際關係。
2. 會當予家庭美滿幸福。
3. 會幫助你學業進步，事業成功。
4. 會當予你身體健康食百二。
5. 德雷莎修女講，歹性地是人上大 ê 缺點；予人上歡喜 ê 感覺是心內 ê 平安。
6. 文章：境由人轉 —— 平和圓滿 ê 人際智慧。
7. 教育 ê 文章：了不起 ê EQ！

(四) 第三主論點：教囝仔情緒管理 ê 方法：面對狀況 ê 時陣。

1. 馬上離開現場，避免受情境 ê 左右。
2. 去運動拍球、流汗消敨，抑是拚掃厝內、聽音樂。
3. 去揣人講話、共心事講出來。
4. 大人愛做囝仔 ê 模範：用輕鬆 ê 話語化解負面情緒。
5. 大自然是心靈 ê 治療師，蹈山，接近大自然，會使大聲喝咻。
6. 處世 EQ：受氣 ê 時陣，絕對袂開喙講超過三句話！俗語講：挖井才有水，想好才出喙；好話加減講，歹話莫出喙。
7. 緊事寬辦，緊事三分輸。學靜坐，觀照心內情緒意念起落。
8. 食著藥，青草一葉；食毋著藥，人參一石。
9. 若有情緒障礙 ê 毛病，著愛診斷治療、長期食藥仔控制。

(五) 結論：情緒親像風，來無影，去無蹤。

1. 「魔對心中生」、「惡對膽邊起」。
2. 人上穤 ê 感覺是啥物？是怨恨。
3. 受氣，就是咧用別人 ê 錯誤來處罰家己。
4. 佛陀 ê 故事：大風無法度挃動一座山。

大綱設計舉例

　　大綱ê設計，會當分做「比賽」佮「平時」兩種無全ê情形。

　　比賽ê時，佇短短30分鐘ê準備內，大綱無可能設計甲遮周全，愛愈簡單、愈清楚愈好。因為時間有限，共重點字、重點詞、重要ê文句，簡單寫落來就好。比論講，咱會當用**「重要語句整理法」**，嘛會當用**「重要辭彙整理法」**，抑是**「單字整理法」**。當然嘛會當綜合使用。紲落來，咱就以〈山中有直樹，世上無直人〉做例來說明。

方法一：「重要語句整理法」

（一）引論──黃俊雄布袋戲「秘雕」出場辭：山中有直樹，世上無直人；莫信直不直，須防邪裡邪。人穩，毋過有人生ê滄桑佮智慧。世間路，步步險，防人之心不可無。

（二）本論──1.路邊救人煞予家屬告；2.阮兜家訓，不為中，不為保，一世人無煩惱，嘛袂當跋筊；3.臺灣人對苦難ê歷史事件磨出來ê「智慧」，像1902年，日本政府佇斗六遮ê所在，用「歸順典禮」騙殺崙背265名抗日英雄；4.228事件予祖國騙殺；5.新聞報導，警察佮烏道全路；6.法官自由心證，有錢判生，無錢判死；7.蜜月旅行，佇溪頭拄著賣鹿茸ê諞仙仔；8.政客為著選票，選舉ê時，白賊話講規牛車，看破政治佬仔ê騙術。

（三）本論──人佮人失去信任、虛假才會當生存，互相欺瞞。毋過嘛有人性善良ê一面，真濟予人感心ê代誌。
　　　　舉例一：買物件、買菜經驗；

舉例二：去日本旅遊ê美好經驗；

舉例三：馬偕、戴仁壽、陳樹菊ê故事。

（四）結論——只有互信ê社會才有生存ê價值。胡適講，對人愛相信，對學問愛懷疑；心理學家講，你認為伊是啥物款人，伊就會誠做啥物款人。咱愛拍拚追求，一个互相有信任ê社會，向望有一工：山中有直樹、世上嘛有濟濟ê直人。

方法二：「重要辭彙整理法」

（一）引論：1.「秘雕」：山中，世上；莫信，須防。2.警世：人心上險，處世細膩。

（二）本論：1.新聞、救人、被告、救蟲。2.家訓：做保、公親、博筊。3.1902、斗六崙背、265名騙殺。4.228、張慕陶團長、祖國絕對、苦難歷史。5.臺中、警察、烏道。6.高院、法官、有錢判生。7.蜜月旅行hŏng騙。8.看破政治佬仔。

（三）本論：互相無信任ê病態 1.冷漠、自私、虛假、生存。2.賊仔做信用。3.車禍無人救。4.真無直人？去日本ê經驗。馬偕、戴仁壽、陳樹菊……ê例。

（四）結論：1.胡適講；2.心理學家講；3.「誠信」行遠路；4.教育落手；5.政治人物、模範；6.愛佮互信、生存的價值；7.向望有一工。

方法三：「單字整理法」

（一）起：1.黃、布、秘：「莫、須」。2.義：心、險。

（二）承：1.聞、蟲。2.保、中、筊。3.斗。4.228。5.警。6.法。7.蜜。8.買。

（三）轉：1.病、漠、私、假、騙。2.賊、信。3.禍。4.日。5.馬、戴、菊。

（四）合：1.胡。2.心。3.誠。4.教。5.政。6.愛。7.向。

啊若「平時」大綱ê設計，就會當設計予較完整咧。雖然嘛無固定ê方式。毋過上主要ê，愛共「主題」掠出來；共「大綱架構」安排予順序；嘛

共「言辭證據、名言佳句、趣味事例」想予好勢。當然，若準內容傷濟，時間無夠，就選擇幾個論點來講就好。

一般的，破題和結論，佇比例上大約佔 25pha，三个（抑是四个）主論點大約佔 75pha。毋過，這干焦是參考 ê 比例，演講者會當綴題目 ê 內容佮需要做伸勼。下面有三个例，予初學者做參考。

【例一】：〈講寡俗語予恁聽〉

◆臺語即席演講大綱設計實例①　　　　　　　　　　設計人： **Lâu Bîng-sin**

題目	〈講寡俗語予恁聽〉	時間	5-6 分 抑是 7-8 分鐘
主題	臺灣俗語 ê 內涵、趣味、佮智慧。		

大綱	分段大綱、資料重點	言辭證據、名言佳句、笑話故事
破題 10%	（一）啥物是俗語？ （二）細漢聽序大講俗語 ê 記持	1. 俗語是土地佮人民共同 ê 創作，是族群語言文化 ê 精華之一。 2. 細漢阿媽講：大食神，孝男面。 3. 阿母：輸人毋輸陣，輸陣歹看面。 4. 阿爸：看田面，毋通看人面。
第一主論點 20%	（三）俗語是序大人教示子弟 ê 教材	1. 好田地，不如好子弟。（重視教育） 2. 三歲牢皮，五歲牢骨。（重視教育） 3. 押雞毋成孵。（教育理念） 4. 捷罵袂聽，捷拍袂驚。（教育方法） 5. 戲棚跤徛久，就是你 ê。（舉例說明） 6. 人若無照天理，天就無照甲子。 7. 人咧做、天咧看，攑頭三尺有神明。 8. 食果子，拜樹頭；食米飯，敬鋤頭。 9. 心肝若好，風水免討。（舉例說明） 10. 相分食有賰，相搶食無份。
第二主論點 20%	（四）俗語是土地佮歷史 ê 記持，一句俗語，就是代表一段歷史。	1. 唐山過臺灣，心肝結規丸。 2. 過番賰 (tshun) 一半，過臺灣無塊看。 3. 十去、六死、三留、一回頭。 4. 有唐山公，無唐山媽。 5. 紅柿出頭，羅漢跤仔目屎流； 　　紅柿上市，羅漢跤仔目屎滴。 6. 一府、二鹿、三艋舺。 7. 施、黃、許，刺查某。 8. 入教，死無人哭；信主，無米通煮。

第三主論點 20%	（五）俗語嘛是先民智慧 ê 結晶	1. 秋茄白露蕹，較毒過飯匙銃。 　（飲食智慧） 2. 冬看山頭，春看海口。（天氣智慧） 3. 順風毋通駛盡帆。（生存智慧） 4. 一丈槌，著留三尺後。（生存智慧） 5. 做天也袂得中眾人意。（人際智慧） 6. 加食無滋味，加話毋值錢。（講話） 7. 水清就無魚，人急就無智。（人際） 8. 好天，著積雨來糧。（生存）
第四主論點 20%	（六）翁某、男女關係 ê 趣味俗語	1. 燒糜傷重菜，婿某損翁婿。 2. 婿某歹照顧。（舉例說明） 3. 婿穤無塊比，愛著較慘死。 4. 惹熊惹虎，毋通惹著刺查某。 5. 翁生某旦，目睭牽電火線。 6. 嫁查某囝較慘著賊偷。 7. 偷薅蔥嫁好翁，偷挽菜嫁好婿。 8. 睏破三領草蓆，掠君心肝袂得著。
結論 10%	（七）愛珍惜咱 ê 文化財	1. 咱 ê 臺灣俗語有豐富 ê 內涵、智慧佮趣味。 2. 臺灣俗語一句話會當講透支。 3. 老師會當共俗語融入各科教學。 　（舉例說明）

【例二】：〈母語 ê 重要性〉

◆臺語即席演講大綱設計實例②　　　　　　　　設計人：Lâu Bîng-sin

題目	〈母語 ê 重要性〉	時間	5-6 分 抑是 7-8 分鐘
主題	說明母語有啥物重要性，伊面臨滅絕 ê 危機，欲按怎予母語繼續生湠佮發展。		
大綱	分段大綱、資料重點		言辭證據、名言佳句、笑話故事
破題 10%	（一）啥物是母語？ 　　　對小故事講起		1. 有一个原住民阿公講，30 幾年來，伊一直懷疑家己是啞口抑是臭耳聾，因為攏聽無序細咧講啥。 2. 留美 30 幾冬 ê 電機博士 ê 故事。伊車禍暈倒，一下醒起來就用母語大聲喝：俺娘喂，哪會遮疼！ 3. 阿母講 ê 語言，細漢學 ê 第一種語言。 4. 咱 ê 族語、祖先 ê 語言。

第一主論點 20%	**(二)世界語言消失 ê 危機佮原因**	1. 聯合國教科文組織:世界語言,半數會消失,平均每兩禮拜就一个消失,危機佇眼前。 2. 臺灣所有本土語言攏瀕危。 3. 古早南蠻百越民族這馬佇佗位? 4. 「平埔族」ê 祖先,這馬佇佗位? 5. 幾十年後原住民語滅絕,南島語無去。 6. 幾十年後客家話會滅絕,客語無去。 7. 幾十年後臺語會滅絕,臺語會無去。
第二主論點 25%	**(三)母語有啥物重要性?對民族、族群、文化、親情、尊嚴做說明**	1. 王育德:語言是民族之母。 2. 因為母語是族群認同 ê 象徵,母語消失,族群就消失。 3. 母語是族群尊嚴 ê 源頭,講母語是基本人權,嘛是基本尊嚴。 4. 語言是文化 ê 根,無語言,就無世界,嘛無文化。語言滅,文化絕。 5. 語言毋但是溝通 ê 工具。 6. 親情溝通 ê 危機。 7. 文化傳承斷裂 ê 危機。
第三主論點 30%	**(四)挽救母語 ê 方法:對家庭、學校教育、立法、政策、制度、佮公務員考試做說明**	1. 國語這个名詞真奇怪,嘛真壓霸。 2. 對幼稚園到大學,攏愛有母語 ê 課程。 3. 用制度救母語,公務人員攏愛通過一種本土語言認證。 4. 設立「傳統語言區」才會當真正保護。 5. 學習瑞士,有「平等 ê 語言政策」。 6. 實施浸水式 ê 教學。 7. 予母語生活化、學術化。
結論 15%	**(五)維持臺灣多語言世界島 ê 優勢**	1. 語言、文化、宗教是無國界 ê。任何語言攏是人類共同 ê 財產。 2. 臺灣自古就是多元文化 ê 世界島。 3. 物種、人種多元、語言文化多元。 4. 一个語言,一个文化世界。 5. 維持臺灣是世界島、海洋文化 ê 優勢。 6. 客語:寧賣祖宗田,莫忘祖宗言。

【例三】：〈我所知影 ê 八田與一〉

◆臺語即席演講大綱設計實例③　　　　　　　　設計人：Lâu Bîng-sin

題目	我所知影 ê 八田與一	時間	5-6 分 抑是 7-8 分鐘
主題	講出八田與一對臺灣 ê 貢獻佮伊 ê 疼心、人格佮做代誌 ê 精神。		
大綱	分段大綱、資料重點		言辭證據、名言佳句、笑話故事
破題 10%	（一）對有一年𤆬囡仔參觀烏山頭水庫講起		1. 伊是啥人？是按怎坐佇塗跤？ 2. 一座坐佇臺灣土地 ê 銅像，人親、塗親、八田與一 ê 銅像上蓋親。銅像 ê 八田與一身穿一軀工作短衫，跤穿塑膠靴管，跔佇駁岸頂，佇咧思考工程進度 ê 模樣。 3. 嘉南大圳之父－八田與一，全臺灣唯一一座猶存在 ê 日本人銅像。嘉南農田水利協會佇 1981 年將 1931 年所塑造 ê 銅像安佇伊 ê 墓頭前，每年 5 月 8 日八田與一做忌 ê 時，有真濟臺、日人士佇遮舉行追念儀式。
第一主論點 25%	（二）八田與一 ê 身世背景佮貢獻		1. 日本石川縣、河北郡、今町村人。 2. 1910 年對東京帝大土木科畢業。 3. 1910 年 8 月就來臺灣擔任總督府土木科 ê 技手。佇臺灣 32 年 ê 生涯。 4. 協助大甲溪電源開發計畫。 5. 規劃桃園大圳佮嘉南大圳。 6. 1930 年完成烏山頭水庫佮嘉南大圳。伊佇官佃溪與龜重溪建造兩个大水庫，提供灌溉用水，改良嘉南平原 10 萬甲 ê 土地，閣同時解決做大水、洘旱、鹽害等等 ê 問題。 7. 當時全臺灣第一、日本第一、亞洲第一，甚至是全世界第三 ê 水利設施，予臺南州地區 15 萬甲 ê 土地有充足 ê 水量。而且嘉南大圳送水、排水 ê 水路總長達到 16,000 公里，灌溉面積將近 15 萬甲。1931 年 7 月，嘉南大圳組合員工贈送八田與一一座銅像，來表揚伊 ê 功勞。戰後恐驚國民政府下令拆除銅像，緊共收入去倉庫。一直到幾十年後無意中予人發現，才新設臺座並且园佇八田 ê 墓前。

第二主論點 25%	（三）八田與一 ê 精神	1. 伊有負責 ê 精神，無將臺灣當做外鄉，奉獻時間精神和性命予這塊土地。 2. 照顧佃農，伊有公平 ê 精神，三年輪作，水頭水尾攏有機會灌溉，有水通用。 3. 伊有尊重自然 ê 精神，伊有考慮著塗壤 ê 大自然資源循環。 4. 伊有人文 ê 精神，照顧弱勢者，資遣日本高智識 ê 工程師，共低收入 ê 工人留落來。 5. 八田本身具有「真宗」佛前人人平等 ê 信念，並無歧視臺灣人。
第三主論點 25%	（四）予人感動 ê 愛情故事	1. 1916 年 8 月八田與一佮日本金澤市佮米村外代樹小姐結婚。 2. 昭和 17 年 (1942) 伊奉派去菲律賓辦理棉作灌溉調查，佇半路，伊所坐 ê「大洋丸」遭受美軍魚雷攻擊沉船，八田就按呢受難，死體後來予山口縣漁民發現，就地火化，骨烌送轉來臺灣。 3. 昭和 20 年，1945 年 8 月 15 日本投降，9 月初 1，個某米村外代樹因為無法度承受雙重打擊，就跳烏山頭水庫放水口自殺。
結論 15%	（五）有愛 ê 所在就是故鄉	1. 八田與一嘛是臺灣歷史典範人物之一，咱 ê 教育愛加強臺灣歷史教育。 2. 土地倫理：認土歸宗，日久他鄉是故鄉，伊是我心目中尊敬 ê 臺灣人。 3. 嘉南大圳之父——八田與一，伊對土地奉獻 ê 人格佮精神，予人誠數念。

第十三課
「顯頭」「婿尾」「演中央」

勢寫文章 ê 人攏知影，一篇好 ê 文章，對破題到結論，有「鳳首」、「豬肚」佮「豹尾」ê 講法。就是「破題」愛像「鳳首」，一下出場就真「顯目」，吸引逐家 ê 眼光佮興趣；「內容」就像「豬肚」全款，愛有豐富閣飽滇 ê 內才；啊「結論」就愛像「豹尾」彼一般，短閣有力。

演講嘛全款，「破題」愛像「鳳首」，「內容」愛像「豬肚」，啊「結論」就愛像「豹尾」。因為「即席演講」比賽，會當予你做準備 ê 時間真有限，上好會當先共「破題」佮「結論」安排予好勢，落尾才專心準備「內容」ê 論點。換一種講法，就是「破題」愛真「顯頭」，hōng 一下聽就入耳；「結論」愛有「婿尾」，會 hōng 聽煞閣不止仔有感想；啊「內容」是「演中央」，愛演繹 (ik) 真精彩 ê 論點佮看法 hōng 聽。

一、顯頭 (hiánn-thâu)，像鳳首

演講「破題」ê 方法有真濟種：有 ê 人較愛用一个「實例」、「故事」、「時事」，抑是「講笑話」、「臆謎猜」來「破題」；嘛有人「就地取材」，以當地 ê 民情、風俗、俗語，抑是在場 ê 人物、情況、特色來破題；有人「直接解說題意」抑是用「問題請教聽眾」ê 方式來「破題」；有 ê 演講者慣勢用佮主題有關 ê 「四句聯佮鬥句」來「破題」；毋過，嘛有人真愛用幾句仔「俗語」、「孽譎仔話」來「破題」；當然嘛有人是共幾个方法做伙使用 ê。

所以，咱共「破題」ê 方法分做：「實例故事法」、「解說題意法」、「請教問答法」、「創意鬥句法」佮「俗語點題法」這五種。每一種攏有伊

ê 優點佮缺點，愛看題目 ê 需要來採用。毋過，嘛愛提醒逐家，因為針對比賽 ê 需要，我佇遮所用 ê 方式、所舉 ê 例，干焦是一種基本方式，有創意 ê 演講者，毋免受這種制式 ê 束縛，會當家己創新。

(一) 實例故事法

01. 〈珍惜地球 ê 資源〉

問好：各位評判委員、各位在場 ê 好朋友，逐家勢早、逐家好。

報題：我是第 1 號，今仔日我欲佮逐家探討 ê 題目是：「珍惜地球 ê 資源」。

破題：有人講：咱人是一種「變態 ê 動物」，因為地球上 ê 動物遮爾濟，干焦咱人會去汙 (u) 染環境、破壞大自然 ê 平衡 (hîng)。論真講，遮 ê 話，真正是無錯──規欉好好。你共看，其他 ê 動物──毋管虎豹獅象，偌歹偌惡，便若食飽就無代，干焦咱人會煩惱明仔載無物件通食，會逐工想空想縫 (phāng) 拚命囤 (tûn) 貨、閣愈囤愈濟；為著欲生產各種農作物、搶奪資源，就會互相起跤動手、冤家量債、觸來觸去，用武力佔別人土地，閣愈 (jú) 佔愈 (jú) 濟，實在有影誠變態！

02. 〈閱讀對囡仔 ê 重要性〉

問好：各位評判委員、各位在場 ê 好朋友，逐家午安、逐家好。

報題：我是第 2 號，今仔日我欲演講 ê 題目是：閱讀對囡仔 ê 重要性。

破題：佇討論這個問題進前，我先問在場 ê 各位，恁敢知影，咱臺灣人平均扯，一年看幾本冊？無毋著，免懷疑，平均扯才兩本爾。啊日本人是 8.4 本，新加坡人是 9.2 本，韓國人是 10.8 本。是咱臺灣人 ê 4 倍到 5 倍。

莫怪我熟似 ê 一个出版社 ê 頭家，見擺拄著我就講：「害了了矣，害了了矣，咱臺灣人攏無愛買冊、看冊，干焦愛看一本冊，叫做面冊，我強欲做袂落去矣！」這馬咱佇公車、火車、捷運頂，看著 ê 現象，嘛是逐家攏咧摳 (huê) 手機仔、看面冊，真少人咧看冊，這真正毋是好現象！

03. 〈身邊 ê「好」看袂清楚〉

問好：各位評判委員、各位在場比賽 ê 同伴，逐家勢早、逐家好。

報題：我是第 3 號，今仔日我欲演講 ê 題目是：身邊 ê「好」看袂清楚。

破題：扭才我欲入來參加比賽，佇校門口，就看著學生攑歡迎牌，笑頭笑面，真親切咧共逐家相借問；一下知影我是選手，就隨引導我入來會場，有夠貼心 ê 啦。一下入校門，看著校園內規片花草整理甲遮爾整齊，彼幾排苦楝舅仔，花開甲遮爾婿；閣看著工作人員誠有禮貌咧做服務，我心肝底就咧想，這間學校有影讚啦！

毋過，近廟會欺神喔，這間學校 ê 校長、主任，可能就無法度體會著，家己 ê 老師有偌 (guā/juā/luā) 讚，學生有偌優秀。因為身邊 ê「好」看袂清楚，鬥陣久，看著 ê 攏賰缺點爾爾。

敢若今仔日透早，我欲來比賽，阮牽 ê 誠辛苦共我熨衫、結領帶、拭皮鞋，我嘛無共說一聲多謝。因為就慣勢矣，一切攏理所當然全款。這就是身邊 ê「好」看袂清楚啦，咱人攏有這款毛病，定定袂記得感恩，嘛袂曉惜福。

04. 〈和厝邊隔壁相借問〉

問好：各位評判委員、各位比賽 ê 有志，逐家勢早、逐家好。

報題：我是第 4 號，今仔日，我欲和各位開講 ê 題目是：「和厝邊隔壁相借問」。

破題：是按怎咱攏需要「和厝邊隔壁相借問」咧？頭起先，我來講一件新聞報導予逐家參考。

無偌久以前，我捌佇報紙看過一个消息講：佇臺北市有一个社區著賊偷，賊仔真好大膽，當頭白日，竟然駛一台貨車去人兜搬厝。這个厝主，自來就毋捌和厝邊隔壁相借問，所以，隔壁厝邊，煞叫是厝主家己請人來搬 ê，閣好心問賊仔講：「恁哪會扭搬來無偌久，就欲搬走矣？恁欲搬去佗位咧？」到下晡，真正 ê 厝主轉來，才知影厝已經去 hőng 搬甲空空空！真正是欲哭無目屎。這，實在是有夠諏古 ê！

05. 〈牛愛貫鼻，人愛教示〉(貫，音 kǹg)

問好：各位評判委員、各位在場ê好朋友，逐家午安、逐家好。

報題：我是第 5 號，今仔日，我欲和各位開講ê題目是：「牛愛貫鼻，人愛教示」。

破題：這句「牛愛貫鼻，人愛教示」ê俗語，道理佇佗位咧？頭起先，我來講一個故事予逐家聽，你就會了解。

　　古早、古早，臺灣ê清朝時代，佇臺南有一位真好額ê陳員外，伊干焦生一个後生爾。這个後生叫做福仔。陳員外倆兩翁仔某對後生福仔是疼命命，真正親像是心肝仔寶貝全款。對細漢開始，就有一个奶母規工咧照顧福仔：驚伊寒，驚伊熱，驚伊枵，驚伊無歡喜、使性地，袂輸咧服侍祖公祖媽全款。

　　所以福仔到七八歲ê時，毋但食飯閣愛人飼，佇厝裡嘛無人管伊有法，和去學堂讀冊，嘛定定佮人起冤家；一下無歡喜，就偷走書，無愛去上課，實在予陳員外真傷腦筋！這就是細漢無先貫鼻佮無好好仔教示ê後果啦！

06. 〈老ê老步定，少年ê較懂嚇〉(嚇，音 hiannh)

問好：各位臺語界ê前輩，為本土文化拍拚ê有志，逐家平安。

報題：我是第 6 號。這馬我欲分享ê題目是：老ê老步定，少年ê較懂嚇。

破題：今年，阮學校調來一位少年ê學務主任，伊能力誠好，做代誌閣認真，毋過都較無經驗，做代誌閣誠衝碰 (tshóng-pōng)，定定對退ê愛迌迌、愛變齣頭ê學生欲拍欲掠，落尾就四常共代誌舞甲袂收山，予家長告去教育局十幾擺。好佳哉，伊有一个生活組長，已經欲五十歲矣，就苦勸伊處理代誌愛用「軟索牽豬」ê步數，凡事愛笑笑仔來，也著箠，也著糜，毋通逐項攏欲佮學生跋硬ê，按呢，干焦會氣死家己驗無傷爾；咱愛佮學生勻勻仔磨，軟軟仔硬，才會得著效果。果然，第二學期，這个少年主任就愈做愈順手，閣愈做愈有範矣。規欉好好，無錯，這就叫做「老ê老步定，少年ê較懂嚇。」

07.〈樹正毋驚月影斜〉(tshiū tsiànn m̄ kiann gue̍h iánn tshiâ)

問好：各位臺語界 ê 前輩，為本土文化拍拚 ê 有志，逐家平安。

報題：我是 7 號。這馬我欲分享 ê 題目是：樹正毋驚月影斜。

破題：樹正毋驚月影斜，這句話 ê 道理誠深，我先講一个禪師 ê 故事予逐家做參考。

　　以早，有一个「白隱禪 (siâm/siân) 師」，一向攏予人真呵咾佮肯定，逐家攏講伊是一个人品誠清氣相 ê 得道者。

　　有一對翁仔某，佇禪師蹛 ê 附近開一間食品店，厝裡有一个 18 歲、生做真婚 ê 查某囝。想袂到，有一工，這對翁仔某煞發現，個查某囝無緣無故煞大腹肚矣！兩翁仔某氣甲強欲掠狂，就逼問個查某囝：你腹肚內 ê 囡仔是佮啥人有 ê？個查某囝本成無欲講，佇爸母一再逼問之下，才講出「白隱」兩字。

　　兩翁仔某誠受氣，就去揣「白隱禪師」理論，共伊詈 (lé) 甲無一塊好。毋過，白隱禪師啥物攏無掰 (pué) 會，態度誠平靜，干焦共應講：「就是按呢喔？」

　　囡仔一下生落來，就送來予「白隱禪師」飼。這時，伊 ê 名聲佮面子，已經盡掃落地，毋過伊攏無囥佇心內，顛倒共厝邊隔壁討紅嬰仔需要 ê 奶水佮用品，無暝無日，誠用心咧照顧這個囡仔。

　　代誌過一年了後，這个無結婚 ê 少女良心不安，擋袂牢才共個爸母講出真相：原來，囡仔 ê 老爸是佇魚市做工課 ê 一个少年家。

　　這對翁仔某誠著驚閣見笑，就緊炁個查某囝去白隱禪師退會失禮，順紲欲共囡仔抱轉去。白隱禪師聽了，嘛啥物攏無講，干焦佇囡仔欲 hőng 抱走 ê 時，輕聲細說講：「就是按呢喔？」

08.〈鬥鬧熱佮看好戲〉

問好：各位臺語界 ê 前輩，為本土文化拍拚 ê 同 (tông) 伴，逐家好。

報題：我是 8 號。這馬我欲佮逐家分享 ê 題目是：鬥熱鬧佮看好戲。

破題：鬥熱鬧佮看好戲，是兩種無全款 ê 心情，嘛是兩種無全 ê 人生態度。

會記得細漢讀小學 ê 時，見若村內 ê 蘇府王爺做戲，一下放學，阮攏會走若飛咧，緊走轉去廟埕看布袋戲、抑是歌仔戲。那鬥熱鬧，閣那看好戲。

09. 〈生態旅遊當時行〉

問好：各位評判老師，各位參加比賽、第一流 ê 選手，逐家好！

報題：我是第 9 號。今仔日，我欲演講 ê 題目是：「生態旅遊當時行」。

破題：無偌久進前，報紙捌刊過一个新聞講：一隻哇雞（藍腹鷴）帶來億萬商機！講德國有一間大公司慰勞員工，舉辦海外旅遊，特別選擇來咱臺灣，欲去雪山國家公園欣賞咱臺灣 ê 鳥仔——哇雞，規團五百外人，蹛佇臺灣一禮拜，蹛、食、交通費，總共開一億外。這个新聞予咱暗暢佇心肝底，因為多元生態 ê 優勢，生態旅遊 ê 文化創意，是咱發展經濟 ê 另外一條路。

（二）解說題意法

01. 〈傳承咱 ê 母語，教示咱做人 ê 道理〉

問好：各位評判委員、各位在場第一流 ê 選手，逐家平安、逐家好。

報題：我是第 1 號，今仔日，我欲佮逐家共同思考 ê 題目是：「傳承 (sîng) 咱 ê 母語，教示咱做人 ê 道理」。

破題：講著母語 ê 傳承，有一句話形容甲誠好，伊講：母語若親像是一條無 (bû) 形 ê 褲帶，共你、共伊、共咱逐家攏牽挽做伙。意思是講：因為有母語 ê 致蔭，咱才有共同 ê 話語佮共同 ê 文化，以及共同 ê 價值觀佮人生觀，落尾手嘛會自然產生共同 ê 認同。所以傳承母語 ê 重要性，毋免我講，你嘛知。

02. 〈運動身體好〉

問好：各位評判委員、各位疼惜母語 ê 有志，逐家平安、逐家好。

報題：我是第 2 號，今仔日，我欲佮逐家共同思考 ê 題目是：「運動身體
好」。

破題：古早人講得好，「運動上蓋補」，用藥仔補身體，不如用食物補；用
食物補，不如用運動來補。因為用藥仔補，毋但開大錢，閣袂得著效
果；用食物補，若食傷好，就會大箍，愛媠 ê 人，攏會叫艱苦。若閣
開錢去減肥，就會枵甲餓腹肚。若無，血傷濁，一下無細膩，腦筋焰
斷去，瘸跤瘸手，嘛實在真毋好。所以，我看來看去，想來想去，干
焦運動上蓋補，免開真濟錢，閣會當身體好。實在是「一兼二顧，那
穿衫閣會當那攏褲」。

03. 〈講好話〉

問好：各位評判委員，各位疼惜母語 ê 朋友、有志，逐家好！

報題：我是編號第 3 號，今仔日，我欲講演 ê 題目是：講好話。

破題：啥物是好話？講好話，其實真簡單，因為，好話就是有禮貌 ê 話。咱
對人愛時常講：請、多謝、勞力、真失禮喔、予你辛苦矣。遮 ê 話，
真有禮貌，攏總是好話。

好話嘛是一種有啟發性、有智慧 ê 話。比如講，看著有人跋倒，咱就
講：「無要緊喔，跋一倒，抾著一隻金雞母。」若有人袂曉有孝序大人，咱
就用遮 ê 話共苦勸：「人若無照天理，天就無照甲子」「在生一粒豆，較贏
死了拜豬頭」。對兄弟失和 ê 家庭，咱嘛會使按呢共開破：「苦瓜雖苦全一
藤，兄弟雖戀全一心。」「拍虎掠賊，嘛著親兄弟。」「家和才會萬事興
(hing)。」遮 ê 話，就是有教育性佮有智慧 ê 好話。

04. 〈行行出狀元〉

問好：各位評判委員、各位參加比賽 ê 朋友，逐家平安、逐家好。

報題：我是編號第 4 號，今仔日，我欲講演 ê 題目是：行行出狀元。

破題：古早人講：「三百六十行，行行出狀元」。意思是講，只要咱做人認
真，做事頂真，毋管你是做小生理也好，開大公司也好，攏會表現甲
比別人較好，較有出脫。所以，以早若是較有志氣 ê 人，絕對袂清彩

放棄任何出頭天ê機會，個攏會抱著感恩ê心，佇生活中，一步一跤印，認真拍拚，走揣出路，予家己ê人生，開出美麗ê花蕊。

（三）請教問答法

01.〈人生上需要把握ê代誌〉

問好：人生親像大舞台，苦齣笑詼攏公開。逐家攏愛講一擺，先講先贏嘛袂穤。各位評判老師，各位參加比賽ê朋友，逐家好！

報題：我是編號第 1 號。這馬，我欲演講ê題目是：「人生上需要把握ê代誌」。

破題：人生上需要把握ê代誌是啥物？是金錢抑是地位？是親情抑是友誼？我認為，這攏誠重要，不而過，攏無健康ê重要。因為若無健康，就啥物攏免講矣。所以，我認為，人生上需要把握ê代誌是，有一個健康ê身體。健康ê身體，是咱事業ê基礎，嘛是咱幸福ê源頭。

02.〈一句俗語ê啓示〉

問好：各位評判老師，各位參加比賽ê選手，逐家好！

報題：我是第 2 號。今仔日我欲演講ê題目是：「一句俗語ê啓示」。

破題：頭起先，咱先來探討「俗語是啥物？」語言學家講：「俗語是族群語言文化ê精華」；教育學家講：「俗語是序大人教示子弟ê教材，內底有待人處事ê原則」；歷史學家講：「俗語是土地佮歷史ê記持，反應生活中ê風俗習慣，閣記載民間ê傳說佮故事」；毋過，對我來講，俗語若親像是一條親情ê肚臍，共祖先ê文化佮智慧傳承予我。

03.〈培養學生紮會走ê能力〉

問好：各位評判委員、各位朋友，逐家平安無憂愁 (tshiû)，各位選手逐家加油，向望今仔日逐家攏有進步ê成就。今仔日ê比賽，就是一種自我ê進修。

報題：我是第 3 號。今仔日，我欲演講 ê 題目是：「培養學生紮會走 ê 能力」。

破題：啥物是「紮會走 ê 能力」？「紮會走 ê 能力」是一種會曉變竅 ê 能力，毋是背死冊、勢考試 ê 能力。啥物是「紮會走 ê 能力」？「紮會走 ê 能力」是一種解決問題 ê 能力，嘛是獨立思考、想像佮創造 ê 能力，毋是服從、追隨、攑香綴拜 ê 能力。

04.〈我看咱 ê 電視文化〉

問好：銅鑼連響四五聲，先生女士做伙聽，逐家著愛斟酌聽，才袂陷眠拍著驚。各位評判老師，各位選手朋友，逐家好！

報題：我是 4 號。今仔日，我欲演講 ê 題目是：「我看咱 ê 電視文化」。

破題：啥物是咱臺灣 ê 電視文化？臺灣 ê 電視文化有啥物特色？講起來嘛實在誠厭氣，因為穤 ê 滿四界、好 ê 無幾項。無，你就舉幾個優點予我聽看覓？真困難，著無？因為「臺灣 ê 電視文化」是「收視率」控制一切、趁錢第一、商業掛帥，欠缺人文教育 ê 氣質、頭面花巴哩貓 ê 一種文化。

05.〈現代人 ê 價值觀〉

問好：人講：坐火車看風景，坐船仔看海湧，坐牛車會當挽龍眼，啊若今仔日來遮，當然著愛看台頂。各位評判委員、各位參加比賽 ê 朋友、有志，逐家喜樂、平安、無憂愁，

報題：我是編號 5 號，今仔日欲佮逐家分享 ê 主題是：「現代人 ê 價值觀」。

破題：現代人有啥物價值觀？佮古早人 ê 價值觀閣有啥物無仝？我看來看去，想來想去，想出四大項來講予逐家做參考。

第一項，現代人有民主多元 ê 價值觀；第二項，現代人有追求速度佮效率 ê 價值觀；第三項，現代人會曉追求和平佮公義 ê 價值觀；以及第四項，現代人重視生態佮保育 ê 價值觀。我就對這四項來講起。

06. 〈母語 ê 重要性〉

問好：愛河、旗津、西仔灣 (uân)、打狗景緻 ê 心適是通人知，語文會攏將才，臺灣母親 ê 話是上精彩。各位評判委員，各位全國各縣市第一等 ê 選手，猶閣有咱上蓋認真拍拚 ê 工作人員佮服務 ê 同學，逐家午安，逐家好。

報題：我是編號第 6 號，今仔日佇遮共逐家鬩嘈 (tsak-tsō)，我欲演講 ê 題目是「母語 ê 重要性」。

破題：欲講這个題目進前，先請問在座 ê 各位，恁佇厝裡有佮序大、序細講母語 (族語) 無？大部分攏無，著無？是按怎會按呢咧？這袂當完全攏怪恁，彼是因為超過一甲子以來，咱攏予強勢 ê 華語拖咧行，攏毋知「母語 ê 重要性」。

母語有啥物重要性？伊對咱 ê 文化佮生活，有啥物影響？對親情倫理關係，閣有啥物主宰咧？對咱臺灣多元文化 ê 生湠，影響閣有偌大咧？恁敢知影，咱所有 ê 臺灣本土語言，攏予聯合國教科文組織 UNESCO，列入瀕危 ê 語言矣？這種可憐代，咱這馬就一項一項來斟酌講予逐家知。

07. 〈我對有機食物 ê 看法〉

問好：各位評判老師，各位參加比賽 ê 朋友，逐家好！

報題：我是第 7 號。今仔日我欲演講 ê 題目是：「我對有機食物 ê 看法」。

破題：這幾年「有機食物」誠時行，毋過，啥物款 ê 食物叫做有機？啥物毋是有機？你敢有正確 ê 認捌？市面上咧賣 ê「有機食物」，敢真正是有機 ê？為啥物「有機食物」ê 問題會遮爾仔濟咧？我想，這有智識佮觀念 ê 問題；嘛有認證制度 ê 問題，值得咱共同來了解。

08. 〈我對「環保自然安葬」ê 看法〉

問好：各位評判委員，各位第一流 ê 選手，逐家平安、逐家好！

報題：我是第 8 號。今仔日，我欲演講 ê 題目是：「我對『環保自然安葬』ê 看法」。

破題：這幾年，政府佮一寡宗教團體，攏咧提倡「環保自然安葬」，這是真著 ê 做法。毋過，先請問逐家：啥物是「環保自然安葬」？為啥物咱需要「環保自然安葬」？我認為，「環保自然安葬」，就是一種環保閣自然 ê 安葬方式，過身了後，莫占墓 (bōng) 地，無浪費資源佮成本，無論是海葬抑是樹葬、花葬等等，攏用上環保 ê 方式回歸自然，這就叫做「環保自然安葬」。

09. 〈生態旅遊當時行〉

問好：各位評判老師，各位朋友，逐家好！

報題：我是第 9 號。今仔日，我欲演講 ê 題目是：「生態旅遊當時行」。

破題：若準有人問你：啥物是生態旅遊？為啥物生態旅遊會當時行？你會按怎回答？我想，我會按呢簡單回答：生態旅遊是深度旅遊 ê 一種，伊 ê 目的，除了迌迌消遣，放鬆家己，予咱身體得著健康，閣會當了解大自然 ê 地理、生態環境、花草佮動物 ê 特色，嘛增加咱 ê 智識，開拓咱 ê 眼界。所以，無論是上山看鳥仔，抑是坐船出海去看海翁佮海豬仔，去溪仔堵看水筆仔、花鮡仔、看蓆草 ê 生長，這種旅遊 ê 方式，就是生態旅遊。

10. 〈我看咱 ê 民間信仰〉

問好：各位評判老師，各位上有才情 ê 比賽選手，逐家好！

報題：我是第 10 號。今仔日，我欲講演 ê 題目是：「我看咱 ê 民間信仰」。

破題：頭起先，咱先來探討啥物是「民間信仰」？「民間信仰」有啥物特色？對真濟臺灣人 ê 人生過程來講，又閣有啥物難忘 ê 記持？佇細漢囡仔時，你有做過土地公 ê 契囝無？身軀頂有掛過王爺公抑是媽祖婆 ê 平安符無？甚至欲轉大人，有去過七娘媽遐「做十六歲」無？逐年過年，你若拄好犯太歲，為著欲消災解厄，敢無去安太歲，點光明燈？遮 ê 做法，攏佮咱性命 ê 成長，以及生活禮俗有關係。所以，咱會使得按呢講：「民間信仰」ê 特色之一，就是對咱出世到過身，伊攏佮咱 ê 生活有真密切 ê 關係。伊是形成咱臺灣人 ê 價值觀、宇宙

觀、人生觀，上主要 ê 來源。

11. 〈欲按怎安排性命 ê 煞尾站？〉

問好：各位評判老師，各位參加比賽 ê 朋友，逐家好！

報題：我是第 11 號。今仔日，我欲演講 ê 題目是：「欲按怎安排性命 ê 煞尾站？」。

破題：針對這个題目，咱先來探討「啥物是性命 ê 煞尾站？」性命 ê 煞尾站就是人欲過身進前彼段破病 ê 時間，有可能幾若年，嘛有可能干焦幾個月抑是幾工仔爾爾，每一个人 ê 狀況攏無仝款，面對 ê 態度嘛攏無相仝。簡單講，「性命 ê 煞尾站」就是性命已經行到盡磅矣，咱已經年老，帶身命矣，閣活無偌久矣，咧欲過身矣。這个時陣，咱必須愛共序細事先做好交代，嘛做好準備，才會當莫拖累序細，免折磨家己，平安順序來離開世間。

12. 〈過簡單美好 ê 生活〉

問好：各位評判老師，各位參加比賽 ê 朋友，逐家好！

報題：我是第 12 號。今仔日，我欲演講 ê 題目是：「過簡單美好 ê 生活」。

破題：啥物是簡單美好 ê 生活？簡單美好 ê 生活欲佗揣？美好 ê 生活敢一定愛簡單？我想，欲簡單閣會當美好，愛有心靈層次 ê 底蒂，嘛愛經過走揣 ê 過程。因為簡單是簡單，做久就無簡單，何況 (hóng) 愛佮「美好」兩字黏做伙，彼就閣較無簡單矣。

13. 〈臺語 ê 藝術佮智慧〉

問好：各位評判委員、各位好朋友，逐家平安、逐家好。

報題：我是第 13 號 ê 演講者，是一个母語教育 ê 參與者，今仔日真歡喜，會當來參加比賽，佮逐家做伙學習佮生長。這馬，佇遮，欲和逐家做伙來學習 ê 是：「臺語 ê 藝術佮智慧」。

破題：頭起先，愛請教各位一下，請問咱臺語有啥物藝術，有啥物智慧咧？逐家小可激頭腦一下。你敢有看過佇夜市仔有人咧喝玲瑯、拍

賣物件？抑是看過答喙鼓、盤喙錦 ê 表演？上無，細漢嘛捌過臺語 ê 謎猜，聽過鬥句、七字仔佮孽譎仔話？這馬，我就較僭懸 (tsiàm-kuân)，一項一項講予逐家做參考。

14. 〈食好佮好食〉

問好：各位評判老師，各位參加比賽 ê 朋友，逐家好！

報題：我是第 14 號。今仔日，我欲演講 ê 題目是：「食好佮好食」。

破題：啥物是食好？啥物是好食？佷到底有啥物無仝款？敢有啥物人會當共我回答？其實，用幾句話就會當講透支：「食好」就是食健康天然 ê「食物」，「好食」就是食料理過頭、無健康 ê 食物，抑是食加工過 ê「食品」。會曉「食好」，這是巧巧人 ê 好慣勢；干焦想欲食「好食」ê 物件，這是一種心性 ê 迷失，嘛是阿西 ê 行為。

15. 〈輕聲細說好教養〉

問好：比賽親像上舞台，頭前表演誠精彩；想欲講予恁 (lín) 了解，上尾一个嘛袂穩。各位評判老師，各位參加比賽 ê 朋友，逐家好！

報題：我是第 15 號。今仔日，我欲演講 ê 題目是：輕聲細說好教養。

破題：請教逐家，佇你 ê 印象中，佗一國 ê 人講話較輕聲細說，話語是幼秀、溫柔閣好聽 ê 咧？一般 ê 印象，是法國人佮日本人，著無？其實，講話輕聲細說，毋是語言 ê 特色所致蔭，顛倒是文化佮教養 ê 關係。你看，平平講英語，英國人就較無美國人 ê 大聲喉；平平講華語，臺灣人就較無中國人遐爾仔洪聲。

(四) 創意鬥句法

「創意鬥句法」，是共題目 ê 主題抑是論點，用幾句有押韻 ê 話講出來，意思明確閣聲韻好聽，有吸引聽眾 ê 效果。毋過，一定愛佮主題、內容有關係，閣袂當用傷濟，用傷濟會無自然。使用 ê 程序，你會當先破題，才問好、報題，嘛會當照順序，先問好、報題，才破題。下面 ê 例予演講者做

參考。

01. 〈莫講無可能〉

問好：各位評判委員、各位在場ê好朋友，逐家好！我是第 1 號。

報題：今仔日，我欲(beh)講演ê題目是：「莫講無可能」。

破題：我捌聽一位理財專家，講過一段真趣味ê鬥句。伊講：**「觀念若有改，雙 B 讓你駛；觀念無欲改，永遠就騎 oo-too-bái（摩托車）。」**意思是講，若準咱會曉變竅，共觀念改變一下，真濟無可能就會變做有可能。

02. 〈我上欽佩ê臺灣歷史人物〉

問好：各位評判委員、各位參加比賽ê選手，逐家好！我是第 2 號。

報題：今仔日，我欲演講ê題目是：「我上欽佩ê臺灣歷史人物」。

破題：咱定定聽人講，臺灣有一个出名ê烏山頭水庫，是嘉南平原ê水頭，當初(tshoo)若毋是八田與(ú)一ê好炁(tshuā)頭，嘉南大圳，這馬哪有水通流？所以，「我上欽佩ê臺灣歷史人物」，毋是出世佇臺灣，是出世佇日本，佇日本時代，來臺灣奉獻一生ê八田與一。

03. 〈臺灣諺語ê智慧〉

問好：各位評判老師、各位好朋友，逐家好！我是第 3 號。

報題：今仔日，我欲講演ê題目是：「臺灣諺語ê智慧」。

破題：阿公傳，阿媽傳，青草仔變藥丸，祖先ê智慧也著傳。傳啥物？傳咱臺灣諺語ê智慧，也就是傳咱祖先ê智慧，咱上珍貴ê文化寶。

04. 〈對(uì)一位臺灣歷史人物講起〉

破題：青年馬偕二七歲，伊對(uì)美洲過臺灣，一切攏是天安排。深深ê目睭，烏目眉，大部(phō)ê喙鬚，黏下頦；逐工用心來傳教，四界行醫挽喙齒。人人叫伊鬍鬚番，一生奉獻予臺灣。

問好：各位評判委員、各位朋友，逐家好！我是第 4 號。

報題：今仔日所欲演講 ê 題目是：對 (uì) 一位臺灣歷史人物講起。

05.〈教師 ê 頭殼內有一个百寶箱〉

破題：「半神半聖亦半仙，全儒全道是全賢。
　　　　腦中真書藏萬卷，掌握文武半邊天。」

　　注 1：黃文擇布袋戲戲文，素還真出場口白。

　　注 2：半，音 puàn，文音。　　注 3：亦，音 ik。

　　注 4：儒，音 jû。　　　　　　注 5：書，音 su，文音。

　　注 6：藏，音 tsông，文音。　注 7：卷，音 kuàn，文音。

　　注 8：握，音 ak。　　　　　　注 9：天，音 thian，文音。

問好：各位評判委員、各位好朋友，逐家平安、逐家好，我是 5 號。

報題：今仔日，我欲佮逐家分享 ê 題目是：「教師 ê 頭殼內有一个百寶
　　　　箱」。

破題：講著這馬做老師 ê，逐家不時都頭殼揗咧燒：毋是嫌學生歹教，無就
　　　　講家長真歹扭搦 (liú-l̍ak)，教冊，教冊，定定教甲氣身惱命，愈教愈慼
　　　　(tsheh)。問題到底是出佇佗位咧？是時代無全，智識多元？抑是囡仔
　　　　生少，家長逐家就共囡仔疼命命，攏倖甲會跙壁咧？其實，我認為，
　　　　雖然這攏是原因，毋過真正 ê 問題是出佇老師本身。因為每一個教師 ê
　　　　頭殼內攏愛有一個百寶箱，才袂感覺學生歹教抑是家長真歹款待。

06.〈母語教育 ê 重要性〉

問好：各位評判委員、各位好朋友，逐家平安、逐家好，我是第 6 號。

報題：今仔日，我欲講 ê 題目是：「母語教育 ê 重要性」。

破題：講著「母語教育 ê 重要性」，我先來唸一段「老大人 ê 心聲」予各
　　　　位聽看覓：「七老八老無喙齒，想欲佮人學國語。流鼻號做『流鼻
　　　　涕』，講甲合 (ha̍h) 欲像兩齒；有時閣會咬著舌，艱苦罪過 (tsē-kuà)
　　　　無地比。這有苦衷 (thiong) 不得已，囝孫袂曉講臺語；若是無人來講
　　　　起，竟然無欲講臺語；無彩三頓臺灣米，不如提去飼鳥鼠。閒閒無
　　　　事坐膨椅，看無電視搬啥物；姑不而將學國語，想著咬牙 (gê) 閣切

齒！」母語教育有啥物重要性？頭一項，伊是咱親情ê皮帶，文化ê肚臍，共咱規家伙仔、大大細細攏牽挽做伙。

07.〈性別平等教育ê重要性〉

問好：各位評判委員、各位朋友，逐家平安、逐家好，我是7號。

報題：今仔日我欲佮逐家分享ê題目是：「性別平等教育ê重要性」。

破題：若講著「性別平等」ê教育問題，我就隨想著一句真有智慧ê講法：**「這是天地所設 (siat)，毋是弟子作孽 (giát)；是爸母生成 (sîng)，毋是序細該還**（毋是序細自誤前程）。」我想，「性別平等」上要緊ê就是：咱ê社會愛建立寬容 (iông) 佮尊重ê共識 (sik)，而且愛對 (uì) 囡仔ê教育來落手，才會一必一中 (tiòng)、達著效果。

08.〈山中有直樹 (sū)，世上無 (bû) 直人 1〉

破題：「山中有直樹 (sū)，世上無直人；莫信直中直，須防邪裡邪。」世間路，步步險，自古人心欠檢點。靜海會起風波，冤枉受屈心慒慒 (tso-tso)；無風無搖會倒大樹，實在真夭壽。

問好：各位評判委員，各位有緣人，逐家好，我是8號ê演講者。

報題：今仔日我欲演講ê題目是：「山中有直樹 (sū)，世上無直人。」（注：黃俊雄布袋戲戲文，秘雕出場口白。）

09.〈山中有直樹 (sū)，世上無 (bû) 直人 2〉

破題：山中樹 (sū)，日月心，無扶自直；世間人，「豬肚面，講反 (píng) 就反」，予咱心肝頭，定定捙跋反。

問好：各位評判委員，各位上北落南蓋辛苦ê朋友，逐家好，我是第9號演講者。

報題：今仔日我欲演講ê題目是：「山中有直樹 (sū)，世上無 (bû) 直人」）

10.〈風生水起正當時 1〉

破題：咱講，「巧新婦，無米煮無飯」；「行船人，無風駛無船」。風生水

起是正當時；時機若過是永遠無回期。

問好：各位評判委員，各位優秀 ê 選手，逐家好。我是 10 號演講者。

報題：今仔日我欲演講 ê 題目是：「風生水起正當時。」

破題：有人講，世界上有四件代誌永遠無法度挽回：擎(khian)出去 ê 石頭！講出喙 ê 話！錯 (tshò) 過 ê 時機！猶閣有消失去 ê 時間！這四句話，予咱聽著攏真驚惶，特別是消失去 ê 時間佮錯過 ê 時機。想看覓，自細漢到今，咱浪費偌濟寶貴 ê 青春？錯過偌濟寶貴 ê 時機咧？

11. 〈風生水起正當時 2〉

破題：凡事毋通搶頭旗，摺 (tsìnn) 風駛船是會掠無魚。耐心等待好時機，風生水起正當時。

問好：各位評判委員，各位拍拚 ê 選手，逐家好。我是 11 號演講者。

報題：今仔日，我欲講演 ê 題目是：「風生水起正當時。」

12. 〈臺灣 ê 天災佮地變〉

破題：人若無照天理，天就無照甲子；人若無照規矩，時到就毋知按怎死。

問好：各位評判先進、各位參加比賽 ê 好朋友，逐家平安、逐家好。

報題：我是 12 號。今仔日我欲佮逐家探討 ê 題目是：「臺灣 ê 天災佮地變」。

13. 〈水崩山 ê 啟示〉

破題：政府若無能，百姓心肝凝(gîng)，天災就已經歹收成，若閣有人為災害 ê 發生，害人性命犧牲，天，嘛無才調還 (hîng)。

問好：各位評判委員、各位參加比賽 ê 選手，逐家平安、逐家好。

報題：我是第 13 號。今仔日我欲佮逐家斟酌 ê 題目是：「水崩山 ê 啟示」。

14. 〈欲按怎教育現代 ê 少年人〉

問好：各位評判老師、各位在座 ê 好朋友，逐家勢早、逐家好。

報題：我是第 14 號，今仔日我欲佮逐家參考 ê 題目是：欲按怎教育現代 ê 少年人。

破題：若講著現代 ê 少年人，就有人會譬相講：這馬 ê 少年人，食穿免煩惱，食好做輕可，做代誌攏免考慮後果，啊若拄著代誌，就翹翹倒，閣規工干焦想迌迌 (tshit-thô)，袂輸『媽寶』閣咧坐搖笱。

講個懸椅仔徙 (suá) 來坐，低倚仔搬來架 (khuè) 跤，食飯配豬跤，無錢就揣阿爸。兩蕊目睭是看懸無看低，做人攏無跤踏實地，開喙閣定定講：「莫叫我 ê 名，叫我第一名」，結果是「講甲規畚箕，做無一湯匙」，hőng 看甲誠怨慼 (tsheh)！拄著這種現代 ê 少年人，咱做序大佮老師 ê，是欲按怎佮個好喙溝通、良性互動，甚至有路用 ê 教示咧？

15.〈生態保育 ê 重要性〉

破題：世間是咱暫借蹛，毋通破壞 (huāi) 佮債挩 (tsè-thuah)；生態保育毋通拖，囝孫才袂受拖磨。

問好：各位辛苦 ê 評判委員，在座上優秀 ê 選手，逐家好。

報題：我是 15 號，今仔日我欲佮逐家分享 ê 題目是：「生態保育 ê 重要性」。

16.〈大聲講出咱 ê 母語〉

問好：各位評判委員、各位對臺語有使命感 ê 有志，逐家午安、逐家好。

報題：我是 16 號，今仔日我欲佮逐家結緣 ê 題目是：「大聲講出咱 ê 母語」。

破題：有一擺我參加臺語演講比賽，講評 ê 老師講：「你甲欲出來佮人比，就毋通驚死驚死；表情愛歡喜歡喜，大聲講出咱 ê 母語。」我感覺伊講甲誠有道理，咱 ê 母語遮好聽，實在愛大範大範不時講、四界講，閣眞大聲講，講予媠氣媠氣，毋才著。

17.〈家己種一欉，較贏看別人〉

問好：各位評判先生、各位好朋友，逐家好，我是 17 號。

報題：今仔日我欲佮逐家參考 ê 題目是：「家己種一欉，較贏看別人」。

破題：人咧講，靠山山會倒，靠水水會涸，靠家己上蓋好。啊差豬差狗，不如家己走。所以啊，別人勢是伊咧勢，向望別人是無效；意志功夫攢 (tshuân) 予齊 (tsê)，靠家己才會出頭。這就是「家己種一欉，較贏看

別人」上合意 ê 解說。

18. 〈愈無景氣，愈愛有志氣〉

破題：世間頭路百百款，跤踏實地頭一層 (tsân)，認眞拍拚免祖傳，行行攏
會出狀元。

問好：各位評判委員、各位在場 ê 有志，逐家平安、逐家好。

報題：我是 18 號。今仔日，我欲佮逐家探討 ê 題目是：「愈無景氣，愈愛
有志氣」。

19. 〈八仙過海，隨人變通〉

破題：拍拚肯做全頭路，毋做你就無法度。上山落海靠變步，暝日拍拚爲前
途！

問好：各位評判委員、各位優秀 ê 選手，逐家午安、逐家好。

報題：我是 19 號。今仔日，我欲佮逐家分享 ê 題目是：「八仙過海，隨人
變通」。

20. 〈是毋是，先問家己；通毋通，先想別人〉

問好：各位評判委員、各位有志，逐家勢早、逐家好。

報題：我是 20 號，今仔日我欲演講 ê 題目是「是毋是，先問家己；通毋
通，先想別人」。

破題：古早人講：「家己毋關雞母，拍人天頂 ê 鵁鴒 (bā-/lāi-hio̍h)。」這句
話眞有情理，咱愛了解佮寶惜。一時 ê 礙虐 (gāi-gio̍h)，明明可能是家
己毋著 (tio̍h)，先怪爸母無予伊食藥；怪平平路哪有一粒石；怪朋友
咧共伊笑，怪別人臭跤液 (tshàu-kha-sio̍h)；怪樹仔傷濟葉，毋才予伊
三拄四毋著 (tio̍h)，串拄咾咕石；見講攏嘛是別人毋著，無情無理，
按呢敢著？

21. 〈忍氣生財，激氣相刣〉

破題：世間事業是百百款，良心做事咱就免操煩。事事佮人閣會圓滿，囝孫

仔代代出狀元。(勸世歌歌詞)

問好：各位評判委員、各位上優秀 ê 選手，逐家勢早、逐家好。

報題：我是編號第 23 號。今仔日，我欲佮逐家互相參考 ê 題目是：「忍氣生財，激氣相刣。」

22.〈做天嘛袂得中 (ting) 眾人意〉

破題：公平兩字偓出世，做人真歹合人意；做事站節有情理，剾洗褒獎據在伊。

問好：各位評判委員、各位來自全國 ê 有志，逐家平安、逐家好。

報題：我是 22 號，今仔日我欲演講 ê 題目是「做天嘛袂得中 (ting) 眾人意」。

23.〈好話加減講，歹話莫出喙〉

破題：剾洗話語攏有刀，感情拍歹起風波；講話有量第一高，串講好話人人褒。

問好：各位評判委員、各位參加比賽 ê 選手，逐家午安、逐家好。

報題：我是 23 號，今仔日我欲演講 ê 題目是：「好話加減講，歹話莫出喙」。

24.〈勸人做好代，較贏食早齋〉

問好：各位評判委員、各位臺語文 ê 有志，逐家午安、逐家好。逐家食飽未？

報題：我是 24 號，今仔日我欲講 ê 題目是：「勸人做好代，較贏食早齋」。

破題：人講，鼓在厝內聲在外，好歹實在難相瞞；跤踏實地做好代，毋通表面學虛華。所以，「家己食早齋」是做家己 ê 功德，「勸人做好代」是進一步關心社會 ê 公益，個有無仝 ê 目的，嘛展現無仝 ê 才調佮能力。

25.〈勤儉才有底〉

問好：各位評判老師、各位在場 ê 好朋友，逐家勢早、逐家好。

報題：我是 25 號，今仔日我欲佮逐家分享 ê 題目是：「勤儉才有底」。

破題：講著這馬 ê 少年人，趁錢有數毋撙節，愛綴流行亂使買。小開一下幾
若萬，無毛雞閣會假大範。毋知勤儉才有底，時到才來喝娘嬭 (lê)；
歸尾浪費不成家，大大細細攏著災 (tse)。

26.〈好天著積雨來糧〉

破題：好天著積雨來糧，趁錢著愛有目睭。顧內顧外會曉想，食老曲跤撋喙
鬚。

問好：各位評判老師、各位在座 ê 好朋友，逐家午安、逐家好。

報題：我是 26 號，今仔日我欲佮逐家分享 ê 題目是：「好天著積雨來糧」。

27.〈*毋去無頭路，欲去無法度*〉

問好：各位評判老師、各位為母語拍拚 ê 好朋友，逐家午安、逐家好。

報題：我是第 27 號演講者，今仔日我欲佮逐家溝通 ê 題目是：「**毋去無頭
路，欲去無法度**」。

破題：人講，錢銀較濟用會了，本事怎磨磨袂消。做人著愛有才調，一生腹
肚免驚枵。上驚膨風無法度，底蒂焙焙愛人助；半暝講甲全頭路，天
光起來無半步。

28.〈骨力食栗 (la̍t，栗子)，貧惰吞瀾〉

問好：各位評判委員、各位在座 ê 好朋友，逐家勢早、逐家好。

報題：我是編號 28 號 ê 演講者，今仔日我欲佮逐家分享 ê 題目是：「**骨力食
栗 (la̍t)，貧惰吞瀾**」。

破題：世間頭路百百款，認真拍拚頭一層；毋通欲食毋振動，事業前途就無
望；貧惰吞瀾毋成樣，誤了青春一世人。

29.〈關門著閂，講話著看〉

破題：會記得較早阮序大人定定共阮講：喙緊亂講得失人，閣再解說無彩
工；講話謹慎頭一項，喙空減用用耳空。

問好：各位評判老師、各位在座 ê 好朋友，逐家勢早、逐家好。

報題：我是編號 29 號 ê 演講者，今仔日我欲佮逐家分享 ê 題目是：「關門著閂(tshuànn)，講話著看」。

30. 〈我看毒澱粉佮毒油事件〉

問好：各位評判委員、各位優秀 ê 選手，逐家平安、逐家好。

報題：我是 30 號，今仔日我欲演講 ê 題目是「我看毒澱粉佮毒油事件」。

破題：講著這馬無道德良心 ê 生理人，天就烏一爿 (pîng)。為著欲好趁，害人袂大漢；為著欲有生理，害人食甲洗腰子；為著欲有好利頭，害人食甲全症頭；有著欲有好色水，害人食甲緊做鬼。

31. 〈三寸氣在千般用，一旦無常萬事休〉

問好：各位評判老師、各位參加比賽 ê 有志，逐家勢早、逐家好。

報題：我是編號 31 號 ê 演講者，這馬我欲佮逐家分享 ê 主題是：「三寸氣在千般用，一旦無常萬事休」。

破題：臺語〈勸世歌〉有一段話真有意思，伊講：「咱來出世無半項，轉去雙手也空空。蹛佇世間若眠夢，死了江山讓別人。」這是咧教示咱，愛了解人生 ê 無常，愛看開金錢佮權勢 ê 追求。另外一段嘛講甲誠好：「好額真珠佮璇石，散赤破被、破草蓆。好穤攏是暫時借，歸了西天用袂著。」這嘛是咧點醒咱，世間 ê 金銀財寶，無一項是咱紮會走 ê。

32. 〈富貴財子壽，五福難得求〉

問好：各位評判老師、各位在座 ê 好朋友，逐家午安、逐家好。

報題：我 ê 編號是 32 號，今仔日我欲佮逐家分享 ê 主題是：「富貴財子壽，五福難得求」。

破題：臺語〈勸世歌〉歌謠，有一段話真有意思 ê 話講：「做人道德著愛守，榮華富貴難得求；世間難求財子壽，萬事開化免憂愁。」遮 ê 話是咧共咱講，做人做事攏愛照道德良心，榮華富貴是天咧安排，所以活佇當下，歡歡喜喜、樂暢過日上重要。

33. 〈人咧做、天咧看，攑頭三尺有神明〉

破題：勸咱朋友著做好，世間暫時來迌迌。做好做歹攏有報，天理昭昭毋是
無。

問好：各位評判先生、各位在座 ê 好朋友，逐家勢早、逐家好。

報題：我是編號 33 號，今仔日我欲佮逐家分享 ê 主題是：「人咧做、天咧
看，攑頭三尺有神明」。

34. 〈職業教育 ê 重要性〉

問好：各位評判老師、各位在座 ê 好朋友，逐家勢早、逐家好。

報題：我 ê 編號是 34 號，今仔日我欲佮逐家分享 ê 主題是：**「職業教育 ê 重
要性」**。

破題：過去 ê 教育真倒吊，「四書五經讀透透，毋捌黿鼇龜鱉竈」；白面書
生看透透，小可吹風就呿呿嗽。稻仔、稗 (phē) 仔分袂清，芋仔番薯
园全間；人情世事冷冰冰，較讀嘛是四書五經。

啊講著咱這馬 ê 中等佮高等教育，天嘛全款烏一片！高中睏三冬，大
學、研究所閣浪費六冬，學無一技之長 (tióng)，出業全款揣無頭路！這攏是
無重視職業教育 ê 結果。

(五) 俗語點題法

01. 〈我看青少年問題〉

問好：各位評判委員、各位朋友，逐家平安、逐家好。

報題：我是 1 號，今仔日我欲講演 ê 題目是：「我看青少年問題」。

破題：古早人講：「押雞毋成孵」；「捷罵袂聽，捷拍袂驚」；「嚴官府出
厚賊，嚴爸母出阿里不達」。做一個教育工作者，我認為青少年問
題，毋是罵佮拍會當解決 ê，伊需要有教育家專業 ê 智識，嘛愛有哲
學家 ê 智慧，閣愛有宗教家 ê 疼心。

02.〈家己種一欉，較贏看別人〉

問好：各位評判委員、各位第一流 ê 選手，逐家好。

報題：我是 2 號，這馬我欲演講 ê 題目是：**「家己種一欉，較贏看別人」**。

破題：古早人講：「看田面，毋通看人面。」；閣講：「甘願為人掃廳，毋願開喙叫兄。」連查某人嘛會曉講：「甘願嫁人擔蔥賣菜，毋願佮人公家翁婿。」遮 ê 俗語所教示咱 ê，干焦一句話：「咱做人愛有志氣。」而且，「靠山山會崩，靠壁壁會倒，靠家己上蓋好。」

03.〈僥倖錢，失德了〉

問好：各位評判委員、各位優秀 ê 選手，逐家平安、逐家好。

報題：我是第 3 號，今仔日我欲分享 ê 題目是「僥倖錢，失德了」。

破題：古早人講：「死貓吊樹頭，死狗放水流。」毋過，這馬 ê 生理人，為著欲有好利頭，死豬、死牛提來做罐頭，害人食甲全症頭。講著趁這種僥倖錢，咱攏氣甲咬牙閣切齒。

04.〈緊紡無好紗，緊嫁無好大家 1〉

問好：各位評判先生，各位一年一會 ê 朋友，逐家午安、逐家好。

報題：我是第 4 號，今仔日我欲演講 ê 題目是：「緊紡無好紗，緊嫁無好大家」。

破題：俗語講得好，「緊行無好步，緊做無好頭路」；啊你見若煮飯，串燃猛火，「緊火冷灶，米心欲哪會透？」。這是教咱凡事攏愛冷靜、照步來，做代誌毋免急 ê 道理。因為「水清無魚，人急無智」，無論是行路、做頭路、煮飯等等，咱人會犯錯誤佮悲劇，攏是佇衝 (tshóng) 碰 ê 狀況下才發生 ê。

05.〈緊紡無好紗，緊嫁無好大家 2〉

問好：各位評判委員，各位辛苦 ê 工作人員，以及上優秀 ê 選手，逐家平安、逐家好。

報題：我是第 5 號演講者，今仔日我欲演講 ê 題目是：緊紡無好紗，緊嫁無好大家。

破題：俗語講得好：「急牛犁過坵，急人喙無珠」，「緊事三分輸」，輸了毋認輸，閣會起痚呴 (he-ku)。遮 ê 話攏咧共咱提醒，凡事冷靜，緊事愛寬辦 ê 重要性。

06. 〈千金買厝，萬金買厝邊〉

問好：各位評判委員，各位朋友，逐家平安。

報題：我是編號 6 號，今仔日我欲演講 ê 題目是：「千金買厝，萬金買厝邊」。

破題：定定聽人咧講：「千金買厝，萬金買厝邊」；「耕田愛有好田園，啊若買厝，就愛有好厝邊」。自從我買厝了後，才了解遮 ê 話，有影講甲誠實在，想想咧閣誠有道理。

07. 〈講運命佮人生〉

問好：各位評判委員、以及來自各縣市第一流 ê 選手，逐家好！

報題：我是第 7 號，今仔日，我欲演講 ê 題目是：「講運命佮人生」。

破題：細漢，我真愛看黃俊雄 ê 布袋戲，會記得其中有一個人物叫做「嚴八一」ê，我誠欣賞，因為伊逐擺出場，攏會講一段真有意思 ê 戲文，表現伊真有內才，話 ê 聲韻嘛真好聽。伊講：

「人有縱 (tshiòng) 天之志，無運不能自通；馬有千里之行，無人 (jîn) 不能自往。閣雞翼 (sit) 大 (tāi)，飛不如鳥；蜈蜙百 (peh) 足，行不如蛇 (siâ)。時也、運也、命也，非我 (ngóo) 之不能也。」

這段話咧共咱提醒，「時機、運途佮命格」對人生 ê 重要性；咱命底若無、時機毋著，運閣袂通，閣較有才情嘛無較縒 (bô-khah-tsuàh)，全款會失敗收尾，落尾嘛無啥成就。

08. 〈我 ê 人生我 ê 夢〉

問好：各位評判委員、以及來自各縣市第一流 ê 選手，逐家好！

報題：我是第 8 號，今仔日，我欲演講 ê 題目是：「我 ê 人生我 ê 夢」。

破題：「未曾 (tsîng) 生我誰是我 (ngóo)，生我之時我是誰？長大成人方知我，閤眼朦朧又是誰？」這是黃俊雄布袋戲 ê 戲文，是「修行者」出場 ê 時，所踏 ê 話頭，共人生 ê 茫茫渺渺，講甲真透支。雖然人生若眠夢，毋過這夢中，猶原有誠濟功德愛咱「隨緣盡份」去完成。人生若眠夢，嘛愛有夢想。這馬我就來講「我 ê 人生我 ê 夢」，佮逐家互相勉勵。

09.〈人生 ê 舞台〉

問好：各位評判委員、各位第一流 ê 選手，逐家好！

報題：我是第 9 號，今仔日，我欲演講 ê 題目是：「人生 ê 舞台」。

破題：「世事如棋，乾坤 (khiân-khun) 莫測，笑 (tshiàu) 盡英雄」。這是霹靂布袋戲《霹靂異數》這齣布袋戲 ê 戲文，是「一頁書」這號人物出場 ê 話頭。有影！一句話講透支：「人生親像大舞台，苦齣笑詼攏公開」，佇人生 ê 舞台頂，一人一路，變化萬千；有人哭，有人笑；有人得意，有人落衰 (lòh-sue/lak-sui)；有人起頭做英雄，落尾煞做狗爬，每一个人所演 ê 劇本攏無仝款。啊終其尾攏是「青山依舊在，幾度夕陽紅」？

10.〈我看咱 ê 選舉文化〉

問好：各位評判女士先生，各位朋友，逐家好，我是第 10 號演講者。

報題：今仔日我欲演講 ê 題目是：我看咱 ê 選舉文化。

破題：日本時代有一句俗語講：「第一戇，種甘蔗予會社磅；第二戇，食薰歕風；第三戇，選舉替人運動。」意思就是講「種甘蔗」、「食薰」、「選舉替人運動」，攏是真戇 ê 代誌啦。

這馬，嘛有幾句俗語按呢咧譬相咱 ê 選舉，講啥物：「選舉無師傅，用錢買就有。」「好央 (iang) 叫，拚輸新臺票。」事實講，若佮其他民主國家比起來，咱 ê 選舉文化，真正是有夠反形閣走精 ê。

11. 〈對俗語看臺灣歷史〉

問好：各位評判委員，各位朋友，逐家好，我是第 11 號演講者。

報題：今仔日我欲演講 ê 題目是：對俗語看臺灣歷史。

破題：「少年若無一遍戇，路邊哪有有應公？」「紅柿若出頭，羅漢跤仔目屎流；紅柿若上市，羅漢跤仔目屎滴。」「一个某較贏三身天公祖。」「有唐山公，無唐山媽。」遮 ê 臺灣俗語，每一句攏有歷史 ê 跤跡佮背景，每一句嘛攏代表一段歷史。所以，對俗語看臺灣歷史，是上蓋活潑、閣上親切 ê 方式。這馬，就予我來說 (suè) 分明，佮逐家分享我 ê 看法。

12. 〈順風好駛船〉

問好：各位評判委員，各位朋友，逐家好，我是第 12 號演講者。

報題：今仔日我欲演講 ê 題目是：順風好駛船。

破題：定定聽人講：「佐料有夠，毋是新婦勢；姻緣已經到，毋是媒人勢。」這就是「一時風，駛一時船」。「順風，好駛船；順風，揀倒牆」ê 基本道理：咱做任何代誌，攏愛把握時機，時機若到，莫躊躇，提出勇氣向前衝，才會成功。

二、婿尾 (結論像豹尾)

　　婿尾，就是結論愛婿氣，親像豹 ê 尾溜，毋免長，短閣有力 ê 上婿。一般的，比賽 ê 時，聽著第一擺 ê 鐘仔聲響，就愛隨做結論。所以結論上好佇一分鐘內做結束；若準你時間掠會準，有把握提早做結論，上長嘛莫超過一分半鐘。另外，愛注意 ê 是，結論既然愛短閣有力，這時陣講話 ê 聲情，當然愛小可提懸才有力。

　　其實，頭前 ê 論述若精彩，結論就簡單。共頭前 ê 主題做回應，叫做「**前呼後應法**」；共頭前 ê 論述做要點 ê 歸納，濃縮做幾句口號，就叫做「**要點歸納法**」；抑是提出精要 ê 觀點佮解決 ê 辦法，號做「**提出精義**

法」；共頭前 ê 論點佮重要性做行動 ê 宣示佮公開 ê 呼籲，就是「**行動呼籲法**」；啊若無步矣，就用「**呵咾祝福法**」來結尾，講一寡呵咾感謝 ê 話，嘛袂穤。毋過，個 ê 界線並無蓋清楚，咱干焦量其約仔做分類，方便說明。

（一）前呼後應法

01. 教育類題目：〈鄉土教育 ê 重要性〉

有影就著，行過千山萬水，嘛是咱家己 ê 故鄉上嬌。因爲鄉土佮親情是咱性命 ê 倚靠，嘛是咱靈魂唯一 ê 出路。所以，鄉土教育 ê 重要性，毋免我講，你知，伊知，逐家攏總知。伊是一種人性 ê 教育，嘛是一種感情佮認同 ê 教育。毋過，著 (tio̍h) 愛眞正落實佇咱 ê 教育頂面，才是未來咱愛拍拚去做 ê 大代誌。無，就會親像是對臭耳聾 ê 講話──一切攏是加講 ê。愛眞正落實佇咱 ê 教育頂面上重要。我就講到遮，多謝逐家。

02. 題目：〈語言是文化 ê 肚臍〉

我 ê 結論眞簡單：語言若滅，文化就絕！語言是人類文化 ê 根本，無語言就無文化。所以，咱 ê 本土語言一定愛珍惜，上理想 ê 目標是：予每一个臺灣人，攏眞自然「喙講臺灣話」，閣會當「手寫臺灣文」。按呢，咱 ê 語言佮文化，就永遠會當傳承 (thuân-sîng) 落去矣。我就講到遮，勞力。

03. 題目：〈講母語當時行〉

欲救臺灣話，無嫌人傷濟。只要你願意，每一个人攏會是一粒美好 ê 種子，佇臺灣 ê 土地，掖臺灣話希望 ê 種子，予咱 ê 臺灣話有光明 ê 未來。

總講一句，講母語當時行，好處是規山坪。咱 ê 母語──臺語，是世界眞珍貴 ê 語言之一。爲著保護咱臺灣人共同 ê 文化財，咱就愛拓展臺語 ê 使用空間，促進臺語 ê 文字化，予每一个臺灣人攏會曉講標準閣優雅 ê 臺語，予伊久久長長，永遠袂退時行。我 ê 演講到遮結束，多謝逐家！

04. 題目：〈母語欲好傳承，上重要敢是佇家庭？〉

當然，母語欲有好傳承，家庭絕對是上重要 ê 環境之一。不而過，按呢是絕對無夠 ê，因為動力猶無夠強。咱若決心欲傳承母語，閣需要共母語變做「教育語言」、「學術語言」佮「政治語言」，予母語有使用 ê 空間佮價值，毋但生活化，閣會當教育化、學術化、政治化，最後才用認證通過才會當升學、做老師、做警察、做公務員 ê 制度，予臺語有實用 ê 價值。按呢，動力才有夠強，才有可能順利傳承咱 ê 母語，予逐家主動學習母語。我 ê 演講到遮結束，多謝逐家。

05. 題目：〈臺灣應該行入世界 ê 舞台〉

臺灣自古就是一个世界島，物種多樣、文化多元，世界通人攏呵咾。毋管是芋仔抑 (iah) 是番薯，伊攏會共伊惜命命。所以，臺灣屬於世界，世界嘛屬於臺灣，臺灣應該行入世界 ê 舞台，繼續成做地球村 ê 一份子，佮全世界做伙喘氣，嘛佮全世界共生共榮，咱才有好將來。我就講到遮，多謝逐家。

06. 題目：〈風颱佮地動〉

俗語講，「婿。婿無十全 (tsn̂g)；穤，穤無加圇 (nn̂g)」。雖然，風颱佮地動，是咱無法度控制 ê 自然災害，毋過，佪嘛是咱臺灣土地佮氣候 ê 特色。我想，天公伯予臺灣 ê 這兩種天災，換一个角度想，其實是寶貴 ê 禮物。平常時仔，咱若防颱準備做予頂真、水土保持做予好勢，就親像樹頭徛予在，起厝地基踏有在，咱就毋驚樹尾做風颱，嘛免驚地牛惹天災！希望逐家攏會當「用心做環保，盡力愛臺灣」，我 ê 演講到遮結束，多謝！

07. 題目：〈臺灣人 ê 人情味〉

按呢講起來，臺灣人 ê 人情味，有一好就無兩好，好 ê 是對人友善、熱情、親切，穤 ê 是對公義無標準，是非無去，阻礙社會 ê 進步。上好是，佇私事頂面，咱保持有人情味；毋過佇公事上，咱愛共是非公義排頭前。按

呢，共優點保留，共缺點擲抳捒，就是蓋理想 ê 做人方式囉。我講煞矣，多謝逐家，勞力。

08. 題目：〈厝邊佮隔壁〉

無錯，規懺好好。厝邊佮隔壁會當鬥陣做伙，是緣份，嘛是福氣，咱一定愛用心經營，愛佮人好鬥陣，閣愛盡公民 ê 義務。福地福人居，福地嘛福人造，隔壁有事你著行，厝邊隔壁較好咱親情。我 ê 演講到遮結束，多謝逐家。

09. 題目：〈熱心做公益，人生會出色〉

人講，凡事「隨緣盡份」就好，只要盡著家己 ê 能力佮本份，就毋免傷計較效果。所以，只要咱會當幫助別人，每一个人攏會是大人物。因為做公益、幫助別人，毋免真高深 ê 學問，抑是真厲害 ê 本事，你干焦有一粒慈悲 ê 心佮充滿愛心 ê 靈魂，就有法度去享受共別人鬥跤手 ê 快樂。「熱心做公益，人生會出色」，真正是一句金言玉語，值得咱拍拚去實踐。我 ê 演講到遮結束，多謝逐家。

10. 題目：〈欣賞生活中 ê 趣味〉

有趣味 ê 人生，才是有意義 ê 人生；有趣味 ê 生活，才是上婿氣 ê 生活。毋過，生活中 ê 趣味，愛家己揣，嘛愛家己耐心去陪養。欣賞生活中 ê 趣味，愛較有冗剩 ê 時間佮保持歡喜 ê 心情。生活傷緊張，跤步行傷緊，咱著放較慢咧；嘛毋通自私自利，逐項代誌攏愛佮人輸贏，拚甲你死我活，失去人情味。咱愛用熱情 ê 目睭，佮尊重 ê 心，去看這个世界，你就會當歡歡喜喜過日子。我就講到遮，多謝，勞力。

11. 題目：〈人自助，天擁護〉

俗語講，一枝草，一點露，一人是勢一步，天無絕人之路；東港無魚咱就西港拋 (pha)，這溪無魚咱就別溪釣，天公伯仔總是予咱有路通行。所以，奉勸咱逐家，拄著困難，毋免失志，毋通驚惶，凡事愛勇敢去面對，敢

問就有路，敢想就有步；這就是「人自助，天擁護」這句話予咱 ê 上大 ê 啓示。我 ê 講演到遮結束，多謝各位。

12. 題目：〈修心較好食菜〉

俗語講得好：「一理通，萬理徹 (thiat)」咱 ê 心若開，福氣自然就會來，就毋免勉強家己去食菜、唸經、拜佛，有口無心，抑是佮人咧迷信風水，受外在表面 ê 行爲束縛牢咧。因爲修心較好食菜，勸人做好代，絕對較贏食早齋。我就講到遮，多謝逐家。

(二) 要點歸納法

01. 題目：〈母語 ê 重要性〉

過去，有志氣 ê 客家祖先，曾經用「**寧賣祖宗田，莫忘祖宗言**」這句話，來教示囝孫，田會當賣，祖先 ê 話袂當無去。這是眞有智慧 ê 一句話。

向望咱無論佗一个族群，攏會當了解母語 ê 重要性，對家庭教育到學校教育，攏有學習母語 ê 環境。予臺灣 ê 多元語言、多元文化，會當久久長長，繼續發展、生湠落去。我 ê 講演到遮結束，多謝，勞力。

02. 題目：〈多元語言是咱 ê 優勢〉

臺灣自古就是一个「世界島」，無論動物、植物、人種、語言佮文化，攏有多元化 ê 底蒂佮發展，遮 ê 文化才，攏是咱臺灣 ê 寶。

所以，人講，臺灣是寶島，早來晏 (uànn) 來攏呵咾；四季如春景緻好，遊賞 (siúnn) 百花上輕可。若閣會曉發揚咱家己 ê 爸母話，人人主動鬥挓種，喙講母語，手寫臺文，予咱多元語言 ê 勢面愈來愈成 (tsiânn) 樣，歸尾一定會當開媠花、結好子，予咱臺灣永遠是一个多元語言文化 ê 世界島。今仔日，我就講到遮，多謝逐家。

03. 題目：〈講臺灣 ê 天災佮地變〉

俗語講：「好天著積 (tsik) 雨來糧」，「未曾想贏，愛先想輸」。面對這款無法度控制 ê 天災地變，咱臺灣人愛先學會曉面對大自然 ê 智慧、環境保護佮水土保持 ê 工課。平常時仔，著愛準備「避難包」，做好預防練習，時到才袂亂亂傱 (tsông)。嘛愛開始練泅水佮走標運動，到時，你才有走贏大水 ê 本錢。上重要 ê 是，愛堅決廢除核能發電廠，建立一個非核家園。按呢，若準臺灣發生大海漲，咱 ê 心情會加較平安，性命財產嘛會得著起碼 ê 保障。我 ê 演講到遮結束，多謝各位。

04. 題目：〈職業教育 ê 重要性〉

所以，咱 ê 職業教育著愛緊來做，後代囝孫才會有倚靠；培養能力考證照，後日仔生存才會活跳跳。我 ê 演講到遮結束，多謝逐家。

05. 題目：〈按怎教育現代 ê 少年人？〉

欲按怎教育現代 ê 少年人？當然愛有民主佮尊重 ê 態度，愛有好鬃頭 ê 長輩，愛予伊了解佮參與家庭 ê 事務；嘛當然愛有疼心佮耐心，等待囝仔 ê 自然生長；閣愛逐工激頭腦，設計有創意 ê 課程，幫助囝仔揣著個 ê 興趣佮專長，予個有自我肯定 ê 機會。毋過袂當倖，因為倖囝不孝，倖查某囝會落人家教。

按呢，咱 ê 青少年教育，才有可能佮生活結合，落實佇興趣 ê 探討頂面，成功 ê 可能性就會加提懸誠濟。我講煞，多謝各位。

06. 題目：〈勤快勤快，有飯閣有菜〉

有一句話譬相 (phì-siùnn) 講：賜你食，賜你穿，賜你食飽無路用。真正有影，咱做老師 ê 人愛教示學生，共食苦當做是咧食補，按呢後擺 ê 人生才有譜。做爸母 ê 嘛仝款，絕對袂當做「現代孝子」，逐項攏共序細款便便，愛教個骨力做代誌，放手予個承擔責任。

所以，人講，江湖一點訣，講破無價值。自古以來，成功 ê 人物毋知有偌濟，個成功 ê 秘訣無撇步，就干焦一字「勤」字。一勤天下無難事，愈勤愈順序 (sī)。我就佮逐家分享到遮，多謝逐家。

07. 題目：〈性命教育 ê 重要性〉

「性命教育」眞重要，伊教學生知影變竅；心情若穩，會曉恬恬仔觀照 (tsiàu)，大樓嘛袂來胡亂跳。

因爲，無性命就無一切。佛教 ê 教理講「人身難得」；基督教 ê 教理嘛講，「咱人 ê 性命攏干焦一擺爾」。所以，向望咱所有 ê 老師，攏共每一位學生教做一个會曉珍惜家己性命，嘛會曉尊重別人性命 ê 人。我就講到遮，多謝逐家。

08. 題目：〈學生若欲好，逐項著肯學〉

有一句臺灣俗語講甲誠好：「飽穗 ê 稻仔頭犁犁。」因爲，咱人活佇世間干焦兩種角色，毋是做老師，就是做學生。其中做學生 ê 機會一定是較濟，表示咱一定愛隨時做學生，逐工頭犁犁，逐項攏肯學。過去，猶太人嘛會不時共囝兒序細講，佇人世間，有三項物件是別人搶袂去 ê：第一是食入去胃裡 ê 食物，第二是藏佇心中 ê 夢想，第三是讀入去頭殼內 ê 冊。其中第三點，「讀入去頭殼內 ê 冊」，就是咱鼓勵囡仔「逐項著肯學」上好 ê 講法。

敢若古早人講 ê「智慧無底，錢銀僫買。」咱出社會，嘛一定愛有「做別人 ê 工課，學家己工夫」ê 想法。按呢，學愈濟，捌愈濟，咱 ê 出路佮成就才會無地下。我就講到遮，多謝逐家。

（三）提出精義法

01. 題目：〈我對當前教育改革 ê 看法〉

總講一句，學歷代表「過去」，財力代表「現在」，學習力代表「將來」。時代咧變化實在誠緊，今仔日 ê 優勢會予明仔載 ê 趨勢代替，所以，咱 ê 教育愛綴著時勢，把握未來。咱嘛袂當用過去 ê 方式，教育這馬 ê 囡仔，適應未來 ê 生活。教育改革永遠愛做，而且嘛愛綴著規个社會 ê 趨勢，

按呢，才會有食藥、有行氣，達著上好 ê 效果。我就講到遮，多謝逐家。

02. 題目：〈陪學生快樂成長〉

舞蹈家『瑪莎·葛蘭姆』捌講過：「毋是我選擇舞蹈，是舞蹈選擇我，所以，舞蹈是我性命 ê 全部。」這馬，我嘛有仝款 ê 想法，也就是：「毋是我選擇教育，是教育選擇我，所以，教育是我性命 ê 全部。」會當陪學生快樂成長，就是我幸福 ê 源泉。我就講到遮，多謝逐家。

03. 題目：〈若準我是臺灣 ê 導遊〉

落尾仔，我欲用〈毋通嫌臺灣〉這首歌 ê 歌詞，來做我 ê 結論：「你若疼祖先，請你毋通嫌臺灣，土地雖然有較狹 (eh)，阿爸 ê 汗、阿母 ê 血，沃落鄉土滿四界。請你毋通嫌臺灣，也有田園也有山，果子 ê 甜，五穀 ê 芳，予咱後代食袂空。雖然討趁無輕鬆，認真拍拚、前途有望，咱 ê 幸福絕對袂輸人。」

臺灣是寶島，咱著愛知寶惜。若準我是臺灣 ê 導遊，我一定按呢講予逐家清楚。上好家己閣會當做主人，深化咱 ê 民主，保護咱 ê 人權，咱 ê 囝孫就一定有幸福 ê 未來。若準我是臺灣 ê 導遊，我一定會佇每一擺 ê 導覽裡，傳播這種理念，予每一个遊客攏認捌臺灣，疼惜臺灣。我就講到遮，多謝逐家。

04. 題目：〈我看咱 ê 公民運動〉

「公民運動」就是公民關心公共政策 ê 表現，咱愛正面看待。這是民主時代無法度避免 ê 代誌，示威、遊行、抗爭，嘛是基本人權 ê 一種，有伊 ê 合法性佮正當性，啥人都袂當共阻止。而且，一个愈穩定 ê 民主社會，伊 ê 「公民運動」一定愈發達、愈健全，所以，咱愛用開闊 ê 眼光來認捌「公民運動」，參與「公民運動」，逐家關心公共事務，互相關心，相 (sio) 疼痛，按呢，社會才會愈 (jú) 來愈進步，嘛愈來愈和諧 (hâi)。我就講到遮，多謝逐家。

05. 題目：〈我所知影 ê 臺灣歷史〉

「歷史」是向後壁看 ê 智慧，親像是車 ê 『後視鏡』(ba-kú-ní-iá)，伊會當予咱清楚看著，家己這馬眞正 ê 處境，佮未來應該運轉 ê 方向，予咱佇高速前進 ê 時陣袂去挵車，安全得到保障。所以愈會曉越頭轉去看過去 ê 人，才愈有才調揣著未來 ê 理想；因爲，看清過去，才有未來；咱愛對過去揣未來，絕對無法度對未來揣未來。這就是歷史 ê 智慧。

我所知影 ê 臺灣歷史，有十三天地外、幾若億萬年 ê 自然史；有長躼躼、幾若十萬年 ê「史前時代」；嘛有豐富閣多元、美麗閣哀愁 ê「歷史時代」。遮 ê 歷史，是咱心靈上珍貴 ê 記持，嘛是咱心靈認同 ê 基礎，這是咱萬代囝孫共同 ê 文化財，咱的確就愛共珍惜。

我 ê 講演到遮結束，多謝各位。

06. 題目：〈我對高中歷史課綱爭議 ê 看法〉

歷史是民族 ê 靈魂，毋過，臺灣是一个上無歷史記持 ê 所在。過去 ê 歷史攏予外來統治者拊(hú)了了，珍貴 ê 古蹟嘛 hōng 當做糞埽看待，挖 ê 挖，拆 ê 拆，就是欲予臺灣人變做無歷史記持 ê 民族，敢若稻草人咧，無魂有體親像稻草人，隨在 (suî-tsāi) 人戲弄。對這馬開始，咱愛重視咱家己 ê 歷史教育，嘛愛建立家己 ê 歷史觀佮解說權。按呢，才有法度予咱 ê 囝孫，有健康佮自信 ê 心靈，以臺灣爲主體，行入世界 ê 舞台。我今仔日 ê 分享就到遮，多謝逐家。

07. 題目：〈人無千日好，花無百日紅〉

基隆俗語講：「天氣多變化，出門紮雨傘」；臺灣俗語嘛講：「好天著存雨來糧」；「一丈槌著留三尺後」，所以講，咱萬項代誌攏愛先做好準備，嘛愛留後步。按呢，咱 ê 平安佮幸福才會有保障，閣會當久久長長。我 ê 分享就到遮結束，多謝逐家。

08. 題目：〈飽穗 ê 稻仔頭犁犁〉

無錯，規櫃好好。運好八字穩，鼻頭猶原會滴鳥屎。俗語講，「人勢，毋值命運做對頭，千算萬算，毋值天一劃」。所以咱做人千萬毋通傷嚣俳(hiau-pai)，嘛毋通傷靠勢，做人愛較謙卑咧，上好講話誠懇閣客氣，凡事愛加替別人想、佮人分享，讓人有路通行。按呢，天公伯仔賜咱ê好運佮福氣，才有法度源源不絕，久久長長。我就講到遮，多謝逐家。

09. 題目：〈人生 ê 態度佮懸度〉

　　人生ê態度，決定一个人ê懸度。有一擺，佛祖問伊ê弟子：一滴水愛按怎才袂焦去？弟子攏毋知到底欲按怎，佛祖就講：共伊园落去大江大河抑是海洋內底。這就是一種心胸、腹腸攏真開闊ê態度。人生無論學習智識抑是追求理想，攏愛隨時共家己园落去大江大河、抑是海洋內底，一再吸收營養佮智慧，落尾才會當奉獻社會人群，成就大事業。我就講到遮，多謝逐家。

10. 題目：〈人情留一線，日後好相看〉

　　地球是圓ê，咱總是相拄會著。圓人會扁，扁人會圓，這就是「人情留一線，日後好相看」上基本ê道理。你若讓人一步，就是予家己有路，日後嘛較好相看。我ê演講就講到遮！多謝逐家！

11. 題目：〈講煩惱〉

　　所以，煩惱來ê時陣，咱袂當逃避，顛倒愛面對伊、處理伊，最後才有才調放下伊。這是面對煩惱唯一ê辦法，其他，就無路通行矣。我就講到遮！勞力，多謝逐家！

12. 題目：〈品德教育 ê 重要性〉

　　總講一句，咱做老師序大ê人，愛予學生知影做人、做事ê道理，千萬毋通予伊「大路毋行行彎嶺，好人毋做做歹囝」。終其尾，做代誌清清彩彩，無鹹無洊，按呢，連公司ê頭人嘛無法度做貴人共牽成。咱做爸母ê，事業拚甲誠發達，拚生拚死，為著欲予囝兒序細過好日子，尾仔心肝仔寶貝，煞變做阿里不達ê毋成囝，真正會愈想會愈毋值！我就講到遮煞，多謝，勞力。

13. 題目：〈我對十二年國民教育 ê 看法〉

有人講，注意下一秒 ê 人，是咧耍股票；注意下一步 ê 人，伊注重 ê 是權力；注意下一擺選舉 ê 人，是想欲耍政治；注意下一代 ê 人，才是眞正愛臺灣 ê 人。無錯，規欉好好，教育是一切 ê 根本，十二年國民教育 ê 實施若成功，眞正是心懷慈悲，造福學生，兼疼惜臺灣 ê 代誌，功德無量啊！我 ê 演講到遮結束，感謝，勞力。

（四）行動呼籲法

01. 題目：〈溫室效應佮環境保護〉

所以，咱若無希望青山綠水漸漸變做空殼 ê，著愛用實際行動來幫助地球。「有食就有行氣，有燒香就有保庇」，只要咱願意去做，我相信，臺灣會永遠是咱上美麗 ê 福爾摩沙 [FORMOSA]。我就講到遮，多謝，勞力。

02. 題目：〈教育是一世人 ê 堅持〉

證嚴法師伊講：國家 ê 希望佇後一代，後一代 ê 希望佇教育。咱做老師 ê 人，著愛認眞學、拍拚教；永遠堅持理想，爲培養臺灣未來 ê 人才，付出咱 ê 青春佮智慧，按呢，才袂辜負國家、社會對咱 ê 期待。因爲，教育決定人才，人才決定臺灣 ê 未來！咱 ê 堅持佮拍拚，一定會予臺灣有閣較光明 ê 未來。我就講到遮，多謝逐家。

03. 題目：〈生活就是教育〉

佇生活中學習待人處事 ê 基本態度，佇生活中學習佮人合作、解決問題 ê 方法，佇生活中欣賞大自然 ê 美妙，嘛佇生活中體會著性命 ê 價值。所以教育一定愛佮生活結合，若無，一定會失敗、會白了工。我 ê 演講到遮結束，多謝逐家。

04. 題目：〈背答案佮揣答案〉

我 ê 結論是：學生背答案 ê 能力，是一時 ê；啊揣答案 ê 能力，是永久 ê，而且是袃 (tsah) 會走 ê 能力。所有 ê 教育改革，應該攏是咧培養學生袃 (tsah) 會走 ê 能力。我 ê 演講到遮結束，多謝逐家。

05. 題目：〈勢拍算較贏勢鬖鑽〉

真正有影，龍眼好食殼烏烏，荔枝好食皮粗粗；看人著愛看內才，毋通看人勢詼諧。勢拍算 ê 人才有正港 ê 好內才，勢鬖鑽 ê 人只有外在 ê 假功夫。一个跤踏實地，一个騙食騙食。一个有長遠 ê 眼光，一个干焦看著面頭前 ê 利益。你欲做佗一種人，就據在你 ê 選擇囉。我 ê 演講到遮結束，多謝逐家。

06. 題目：〈道理烏白鬥，橫柴夯入灶〉

言者有理，總仔共仔歸納做一段：咱做人愛照起工，這還這 (tse)，彼還彼 (he)，啊都魚佮蝦本來就無仝溪，毋通匏仔菜瓜烏白花。人生在世，講話有理氣，做代誌愛有義氣，千萬袂當橫柴夯入灶，逐項攏欲佮人跋臭。我 ê 演講就到遮結束，感謝逐家。

三、演 (繹 ik) 中央 (像豬肚)

演講 ê 目的是欲傳播理念、引起聽眾 ê 共鳴佮感動。所謂「演中央」，除了有「表演」ê 意思以外，就是佇演講過程 ê 中央，愛閣「演繹 (ik)」精彩 ê 思想、觀念佮看法予聽眾聽，才有可能說服聽眾。

佇演繹 ê 過程中，愛深入淺出，層次分明；嘛愛會曉用數字、證據來講理、說服別人；甚至用舉例、講古 ê 方式來表達主題，hőng 聽了較會入耳 (ní)，會真愛聽。伊愛像「豬肚」仝款，真有內容；嘛愛像「畫圖」仝款，用具體 ê 話來形容佮比喻 (jū) 代誌，講甲活跳跳，袂輸有畫面跳出來，才有可能感動聽眾，引起認同。

一般的，「演中央」會當分做三个到五个「主論點」進行演繹 (ik)，干焦兩个「主論點」傷少，上少愛有三个以上較妥當。佇結構上，有ê按照代誌發生ê「時間順序」佮「過程進度」，分項做說明，叫做**分項論述 (sut̍) 法**；有ê按照代誌發生ê因果做推論，叫做「**因果推論法**」；有ê先「正面論述」才「反面論述」，抑是先「反面論述」才「正面論述」，這叫做**「正反論述法」**。

　　其實，每種論述法，互相攏有關係，每一个演講攏著「分項論述 (sut̍)」，嘛著「因果推論」佮「正反論述」。只是用個性質ê趨向較倚佗一方面來分爾爾。下面咱就舉例來說明：

（一）分項論述法

01. 題目：〈欲按怎教育現代ê少年人？〉

第一主論點：民主、理解佮尊重（舉例說明）。

　　頭起先，咱愛先斟酌，咱是活佇一个民主ê時代，毋是威權ê時代；重視ê是民主倫理，毋是權威倫理。我想，第一要緊ê是保持民主、理解佮尊重ê理念，毋管咱是做老師抑是做爸母ê，攏著共民主、理解佮尊重园佇第一位。愛會記得，囡仔是你生ê，毋過毋是你ê財產，伊有伊愛行ê人生，你袂當硬欲共控制佮安排。千萬毋通親像過去ê序大，磕袂著就欲罵、就欲拍，猶原用一代傳一代ê威權文化，共家己早就定型ê觀念佮標準，去看待現代ê少年人。理解佮尊重，是溝通ê基礎。態度上愛保持寬容佮伸勻，對個ê想法佮才情，嘛愛學會曉尊重佮欣賞。

　　我捌看過一个做爸爸ê所寫ê文章，講伊為著欲了解個囝ê想法，接近個囝，佮個囝有話講，就綴個囝逐工聽英文歌、耍樂器、拍「線頂遊戲」，爸囝才開始有話題通講，落尾就成做好朋友全款，真好溝通，就按呢慢慢仔共個囝換轉來正路。這是咱做序大ê人，會當參考ê做法。

第二主論點：袂當傷重視成績（舉例說明）。

　　紲落來，我認爲，咱做家長、老師 ê，閣較毋通共囡仔 ê 成績看傷重。老師佇課堂，莫規工開喙合喙就是分數、就是成績；若共成績當做是唯一 ê 標準，來看待囡仔 ê 好穩，結果就會害死囡仔栽。老師佮家長愛重視 ê 是「生活教育」、「道德教育」、「藝術教育」佮「運動教育」，愛予個佇各方面攏平均發展、多元學習，才是正確 ê 教育觀。

　　啊爸母嘛莫一工到暗，逼囡仔去補習，予囝兒序細佇活潑 ê 青春期，規工干焦補習、補習、補袂煞，規工是艱苦罪過、面憂面結，袂快樂。誠失禮，我感覺補習班是上無人道 ê 所在，逐工咧苦毒咱 ê 囡仔栽。因爲，根據統計，臺灣 ê 小學生，平均扯 (tshé)，有 80pha 咧學才藝佮補習；國中生嘛有 50pha 咧補習。毋過，烏白補 ê 顛倒惱 (ló)，愈補是會愈大空，大部分攏是了錢閣無彩工。老實講，有效果 ê 無濟，補安心 ê 爾爾。所以，欲予囡仔強，閣較愛教囡仔善良。定定要求囡仔愛考一百分，顛倒害伊心內亂紛紛。爸母愛面皮，千萬毋通害囡仔做狗爬。傷重視成績，一定會拍歹親子關係佮感情。

第三主論點：予伊了解家庭、參與家事、參與討論（舉例說明）。

　　閣再來，我主張，愛予囡仔自細漢就了解生活中 ê 一切，包括家庭 ê 經濟狀況，家事 ê 分配佮處理，對社會各種衝突 ê 問題，囡仔人嘛愛了解佮關心，甚至參與討論。過去講「囡仔人有耳無喙」，予咱 ê 序細攏袂大漢。

　　俗語講：「摸著箸籠，才知頭重。」對細漢開始，佇阮兜，我攏會予囡仔做家事、倒糞埽、鬥洗碗，嘛共個講家庭經濟 ê 狀況，袂當予個食好做輕可，規工想迌迌，閣傷過靠勢，無煩無惱。愛予個鬥承擔責任，伊才會大漢。因爲，生活就是教育，囡仔人袂當干焦讀死冊、做書呆，對咱生活中 ê 一切，嘛著愛關心才著。

　　讀冊以外，咱愛培養家己 ê 品行佮做代誌 ê 能力，嘛愛關心咱身軀邊、生活環境中 ê 一切喔！譬論講，欲予囡仔了解環保 ê 重要，我會炁個去參加「爭一口氣」PM2.5 ê 遊行，予個學習盡公民 ê 責任。爲著欲予囡仔了解弱

勢者，我會炁個去拜訪孤兒院抑是養老院做義工，予個了解性命 ê 無全遭遇佮苦楚。

第四主論點：袂當倖囝佮放任（舉例說明）。

猶閣有，愛提醒咱做序大 ê，疼囝千萬毋通倖囝。我定定看著這馬 ê 序大人，因爲囝生少，毋甘伊受苦，就逐項共攢便便，去學校上課就逐工接送，入校園就閣替伊揹冊揹仔，人日本 ê 皇孫第一工入學，就愛開始學習獨立，冊揹仔攏著家己揹，嘛無愛予爸母抑是外勞接送，因爲會予同學笑，感覺誠見笑；佇咱遮拄倒反，連讀大學矣，去報到，囡仔是空手聳勢聳勢行佇頭前，爸母是大粒汗細粒汗綴後壁，替伊揹行李佮棉被！眞正倖甲會踮壁！袂輸和尙擇雨傘 —— 無法無天！

我嘛看著現代爸母 ê 無奈。因爲見若看囝做歹，心就慒慒 (tso-tso)；想欲教囝，閣驚予囝嫌囉唆，這是現代爸母 ê 煩惱。人講：「細漢若無熨，大漢熨袂屈。」「倖豬夯灶，倖囝不孝，倖查某囝會落人家教。」就是叫咱對細漢就愛注意囡仔 ê 家庭教育，千萬毋通放外外，予囡仔四界烏白傱 (tsông)。囡仔毋通倖，倖囝是會歹心行 (hīng)，害著家己心肝凝，害著別人眞歹還 (hîng)。咱做爸母 ê 人愛教囡仔讀冊，袂使散散；嘛愛教個好好做人，後擺人生才袂孤單；教個尊重別人，做代誌一定愛摸心肝；教個有孝爸母，因爲爸母 ê 恩情較大天。

第五主論點：「身教」比「言教」閣較重要（舉例說明）。

猶閣有，咱教人，「身教」比「言教」閣較重要。欲按怎教育現代 ê 少年人？就愛先做囡仔 ê 好朋友佮好模範。你叫囡仔、學生愛看冊，爸母老師愛先愛看冊；叫囡仔、學生有好品行，爸母佮老師愛先有好品行。德國 ê 大教育家『福祿貝爾』[Friedrich Froebel] 講甲誠著，伊講：「教育」，其實無其他 ê 撇步，「愛」佮「模範」爾爾。「教育」這兩字，講徹底，就干焦「愛佮模範」這四字。所以，咱愛做囡仔 ê 老師，嘛愛做伊 ê 好朋友佮好模範。

我捌拄過一个家長，因爲囡仔無乖偷噗薰來學校揣我，入來辦公室就大

聲嚷 (jiáng/lióng)：這个毋成囝，叫伊莫食薰，伊偏偏仔毋聽。彼陣，我才注意著伊家己嘛咧噗薰，喙閣哺檳榔兼瞥奸撟 (tshoh-kàn-kiāu)。按呢，是欲按怎教囝咧？

　　人講：「捷罵袂聽，捷拍袂驚」，有影「好話三遍，連狗嘛嫌」，「雜唸大家，會出蠻皮新婦」，咱做老師 ê 人，對囡仔講話 ê 時陣愛輕聲細說，有代誌愛用道理講予個了解才會使，毋通一直踅踅唸，共個尊重一下，按呢學生才會對家己有信心。莫怪嘛有人講「罵若會變 (pìnn)，雞母嘛會攑葵扇」。也就是講，「身教」比「言教」閣較重要。

第六主論點：愛有疼心佮耐心，照步來（舉例說明）。

　　上落尾，咱做老師 ê，按怎教育現代 ê 少年人？我想，愛有疼心佮耐心，等待囡仔 ê 自然生長；嘛愛逐工激頭腦，設計有創意 ê 課程，幫助囡仔揣著個 ê 興趣佮專長，予個有自我肯定 ê 機會。莫未曾學行，就叫伊學飛，串教一寡有空無榫，伊無興趣 ê 物件。按呢，咱 ê 青少年教育，才有可能佮生活結合，落實佇興趣 ê 探討頂面，成功 ê 可能性就會提懸誠濟。

　　雖然，老師定定咧嫌這馬 ê 少年人，講家己用心計較咧激頭腦，結果個攏無咧共你信篤 (táu)。毋過，「啉，啉人歡喜酒；趁，趁人甘願錢」，歡喜甘願是咱咧教育序細誠重要 ê 條件，予個會當歡歡喜喜來學校讀冊，自然就袂去外口賴賴趖。古早人講：「押雞毋成孵」，「嚴官府出厚賊，嚴爸母出阿里不達」，這是咱做老師 ê 一定愛知覺 ê 代誌。

02. 題目：〈陪學生快樂成長〉

第一主論點：有快樂，生活才有意義，舉例說明。

　　心理學 ê 專家定定講，快樂是人生追求 ê 目標之一，有快樂 ê 囡仔時，才有健康 ê 心理佮人生。若準心肝頭 ê 結眞濟，生活定定無快樂，伊 ê 心靈一定充滿負面 ê 價值佮想法，活咧哪有啥物意義？所以咱祝福別人 ê 時，用上濟 ê 語詞，就是「祝你幸福快樂」。證明幸福佮快樂是一對雙生仔，不時會黏做伙。欲幸福，抑是欲知影一个人有幸福無，「快樂」是一个眞重要 ê

指標。

第二主論點：這馬 ê 人無快樂 ê 原因，舉例說明。

這馬 ê 工商業社會，科技進步，資訊發達，生活步調攏較緊，競爭閣誠激烈，逐家攏予生活迫甲強欲袂喘氣！所以人佮人 ê 感情攏較疏遠，造成每一个人攏親像是人海中 ê 孤島，袂曉佮人來往佮分享，致使孤單、寂寞、無伴、冷淡、無熱情，袂快樂，就變做現代人 ê 文明病。

對囡仔來講，這馬 ê 爸母攏傷無閒矣，規工無閒趁錢，就較無時間陪個快樂成長，所以毋是予電腦、電視、網咖 (ka)、手機仔牽咧走，就是予安親班、才藝班佮補習班縛甲絚絚絚。一工透暗考試佮補習，壓力真大又閣無成就感，考試考甲強欲袂喘氣，學生欲詫會快樂咧？莫怪，逐年攏有學生因為生活袂快樂，課業壓力傷大來自殺，實在 hõng 誠毋甘！

第三主論點：我 ê 教育信念是愛佮智慧。舉例說明。

德國 ê 大教育家『福祿貝爾』講：「教育無別項，愛佮榜樣爾爾。」咱做老師 ê 人，當然愛用爸母 ê 心來疼惜學生，而且閣愛用菩薩 ê 智慧去教育學生，予遮 ê 囡仔，佇咱用爸母 ê 慈愛去疼惜，用菩薩無上 ê 智慧，去引發個 ê 善智識 ê 情境下，了解自我 ê 優點，發現家己做人 ê 價值，按呢一定會當予個知影人生 ê 意義，行出家己正確 ê 路。

遮 ê 理念攏真好，不而過，按呢猶無夠。咱做老師 ê 人，上重要 ê 是培養囡仔 ê 快樂佮自信。因為兒童佮青少年學生 ê 教育目的，應該是先予個了解「人性佮快樂」，以及培養個學習 ê 興趣，開發本身 ê 能力，等到個 ê 志向佮興趣定型 ê 時陣，才予個家己來決定未來 ê 方向。所以，人急無智，對兒童佮青少年學生 ê 教育，欲按怎照步來，培養囡仔 ê 快樂佮自信上重要。就按呢，我逐工攏會激頭腦，想一寡撇步，予學生佇遊戲中輕鬆趣味 ê 學習，快快樂樂就學著物件。

第四主論點：我按怎陪學生快樂成長？我 ê 撇步是？舉例說明。

我按怎陪學生快樂成長？我 ê 撇步是，第一，老師愛家己先快樂，有快

樂ê老師，才有快樂ê學生。所以老師家己ê身體愛先顧予勇，情緒ê管理才會健康，對待學生才袂亂使受氣。

第二，體育運動是消敨壓力、快樂上方便閣省錢ê方法，所以我便若炁班，我逐工攏有體育課。逐工毋是下早仔，無就放學ê時陣，一定炁阮班ê學生去運動。毋是陪個走運動埕就是拍球，逐家喝咻一下，汗流流咧，心情自然就快活。

第三，我逐學期攏會家己辦一擺校外教學，炁學生去認捌鄉土，參觀古蹟，行路啦、跖山啦，抑是去海邊仔耍水，而且有家長鬥相共，做伙來，逐家攏誠樂暢，歡頭喜面過一工，親師生ê關係嘛愈來愈好。

第四，我每學期攏會安排，輪流佇放學了後，規班綴某一個同學轉去，做伙炁去某乜同學個兜耍，用這種方式，予學生互相建立感情，有較好ê人際關係。我ê理論真簡單，因為朋友愈濟，感情愈好，人就愈快樂。

第五，學生生日，我會親身寫一張生日卡片予伊，挾佇伊ê聯絡簿裡，予伊感受著老師ê疼。就因為按呢，阮班ê學生感情攏足好，畢業了後，定定會轉來揣我，嘛逐年攏舉辦同窗會。

這就是我陪學生快樂成長、貼心ê撇步。我相信，有日頭、空氣、水，性命萬物就會自然產生；啊若有陪伴、關懷佮愛，囡仔就會快樂ê大漢。

03. 題目：〈生活就是教育〉

第一主論點：人生，毋是得著，就是學著。

「教育就是生活」，「生活就是教育」，這是美國教育家『杜威』ê名言。這種教育理念，是為著改變過去「傷重視智識」，學生干焦知影讀死冊，彼種死板ê教育方式，伊提倡予學生實際去做、用雙手去實證，是一種真重視生活經驗ê教育。這種教育，會當予學生變活潑，較勢變竅，袂變做書呆，因為所得著ê智識佮經驗，攏是一種活跳跳ê能力，紮會走ê能力，毋是背冊ê能力佮考試ê能力。

咱人，有性命活佇世間，就愛生活。生活中一定有鹹酸苦洘，免不了有成功佮失敗。而且生活欲好，就愛有生活ê本領。毋過，本領閣較好，嘛有

失敗 ê 時陣。所以，有一句話講甲誠好：「人生，毋是得著，就是學著。」成功 ê 時得著名利佮成就感，失敗 ê 時，就學著經驗佮風度。佇咱 ê「生活」，免不了有困難佮挑戰 ê 存在，這種過程佮經驗，當然就是教育啊。

第二主論點：教育必須佮生活結合，才會成功，舉例說明。

古早讀冊人都猶 (iáu) 會曉講「家事、國事、天下事，事事關心。」這馬 ê 學生，對咱身軀邊 ê 一切，嘛著愛關心才著。因為一个干焦知影讀死冊，食米毋知米價 ê 人，是無法度佇社會上佮人徛起 ê；生活佇現在這个環境裡，閣有真濟代誌需要咱去關心、去學習 ê。處處關心，處處攏是學問。

所以，毋通教囡仔讀死冊，其他 ê 半項攏毋知影，這種學生，會予人感覺親像甘蔗粕、哺無汁仝 (kâng) 款。讀冊以外，閣愛培養家己 ê 品行佮做代誌 ê 能力，嘛袂使疏忽著咱生活環境 ê 一切。這就是美國出名 ê 教育家『杜威』，一再提醒咱做老師 ê：「教育就是生活，生活就是教育」ê 道理。提醒咱，教育一定愛佮生活結合，若無，一定會失敗、白了工。

第三主論點：我按怎落實「生活就是教育」ê 理念，舉例說明。

做一个小學老師，我欲按怎落實「生活就是教育」ê 理念咧？數學課，欲學長度 ê 觀念，我就會叫學生分組去量運動埕，抑是教室 ê 長度；欲認捌郵局，就設計一 ê 予學生去郵局寄批 ê 課程；欲了解菜市仔，就𤆬學生去菜市仔買菜，學會曉菜名佮按怎算數，順紲共「學炒菜」ê 課程結合做伙；欲了解宗教信仰，就直接𤆬個去廟寺佮教堂參觀，看師父和牧師按怎講道，童乩按怎起童；欲教學生守法，就𤆬個去參觀法院佮監獄，了解法院 ê 運作。欲了解民主和選舉 ê 關係，就出題目，叫個去研究會當按怎做政治演講，逐家攏是候選人，一个一个練習上台做競選演講。這就是我落實「生活就是教育」ê 理念，會當做 ê 代誌，實在誠濟。

04. 題目：〈我對十二年國民教育 ê 看法〉

第一主論點：國民教育 ê 歷史。

欲討論這个題目進前，咱先對規个「國民教育 ê 歷史」，共伊 ê 過程佮演變，先做基礎 ê 了解。1968 年，也就是民國 57 年，咱開始實施「九年國民義務教育」，對這年開始，欲讀初中，就免閣考試矣。毋過一直到 2001 年，才開始實施「九年一貫教育」，才共國小到國中 ê 課程規个拍通，連貫做伙，時間拄好是經過 33 冬，差不多經過一代 (tē) 人 ê 時間。

　　今年 (2019) 才欲正式實施「十二年國民教育」。對 1968 年 ê「九年國民義務教育」，進步到 2019 年 ê「十二年國民義務教育」，總共是經過 51 冬 ê 時間，已經超過半世紀。

　　啊若對 2001 年「九年一貫」到 2019 年「十二年一貫」，這擺 ê 貫通。前後攏總是經過 18 冬 ê 準備。咱這條「國民教育 ê 歷史」之路，真正長躼埽 (tîg-lò-sò)，而且會永遠演變落去。

第二主論點：為啥物欲進行「十二年一貫」ê 國民教育？

　　為啥物欲進行「十二年一貫」ê 國民教育？「十二年一貫」ê 國民教育，是針對規个國家未來發展所設想出來 ê，伊共國中佮高中 ê 課程佮教材，做上密切 ê 結合，予升高中 ê 學生，對教材 ê 深度袂生份，嘛袂驚惶，袂像較早國三升高一 ê 學生，彼實在是僂慘落魄，因為課程脫筅，接袂起來，高中 ê 課程突然間就變甲真深真難，攏愛閣先做「補救教學」，無就接袂起來。所以，「十二年一貫」ê 國民教育若實施，咱就無遮 ê 困擾矣。

　　其實，「十二年一貫」ê 國民教育，就是一種「教育改革」，既然是「教育改革」，當然著愛綴時空環境、政治演變不斷來做調整。伊是欲改革過去教育 ê 缺點，予學生佇出業以後有競爭力，會當佇世界佮人比並，並且完全適應 21 世紀 ê 生活。

　　咱臺灣過去教育上大 ê 缺點是「升學主義」，「升學主義」主宰一切，予所有 ê 教育原理、教育改革，落尾攏變質去。因為注重升學，分數第一，因此對入學到出業，攏共學生訓練做考試 ê 機器。逐工一直寫，一直磨，一直背，一直考，終其尾，共一寡巧巧囡仔攏磨甲愈來愈戇，因為個 ê 興趣佮創造能力，攏予一寡有空無榫、死背死讀 ê 課程、無人性 ê 補習班，佮老師一工到暗 ê 考試，磨了了矣！親像有名 ê 思想家『羅蘭』，對舊式教育就捌

按呢做過批評，伊講：傳統中國式 ê 教育，傷重視背冊佮考試，所以干焦會當創造穩定佮藝術，猶 (iáu) 毋過，絕對無法度創造進步佮科學。有影是一句話就講透支。

所以，「十二年一貫」ê 國民教育，是對「智識導向」，行向強調手腦並用、學有路用 ê「能力導向」；對注重課程「教寡啥物」，到以學生做主體，強調學生「學著啥物」；對偏重學校 ê 學習，擴大做拍破時空限制、隨時隨地 ê「終身學習」。特別是訓練學生自我學習 ê 能力，學會曉使用工具冊，像字典啦、百科全書啦、網路、雲端等等 ê 門路，是非常重要 ê 代誌。

第三主論點：世界各國 ê 教改趨勢，舉例說明。

親像聯合國教科文組織，嘛發表一篇文章，叫做〈邁向廿一世紀 ê 教育〉，公開未來學習 ê 四大徛柱：第一，學習佮人相處、第二，學習得著智識 ê 新方法、第三，學習欲按怎做代誌 ê 撇步、第四，不斷去學習，揣著一個安身立命 ê 所在。用英語講就是：

1.Learning to live together. 學習培養群己 ê 關係；
2.Learning to know. 學習新時代 ê 新方法；
3.Learning to do. 進一步產生行動力，並且學習去做；
4.Learning to be. 不斷去學習，揣著一個安身立命 ê 方法。

遮 ê 理念，嘛是咱「十二年一貫」課綱 ê 理念，咱這擺，真正有影去綴著世界教育改革 ê 跤步，是一種進步，嘛是咱 ê 一種向望。

第四主論點：我對十二年國民教育 ê 看法

所以，若準有人問我，你對十二年國民教育有啥物看法？我當然是攑雙手贊成。因為徛佇教育界數十多，佇第一線教遮久 ê 冊，我真知影學生讀冊 ê 艱苦，個定定為著應付考試，背一寡佮時代脫節 ê 物件，有時欲段考進前，差不多逐節攏咧考試，一工考五、六科，誠四常。定定學校考無夠，補習班閣考來鬥。而且，真濟較袂曉讀冊 ê 囡仔，攏著乖乖陪頭前 5pha 欲考第一志願，較勢讀冊 ê 囡仔讀冊！青春佮性命攏一再拍損佇遮！

我相信，十二年國民教育 ê 精神佮優點，拄好會當一步一步改善、轉

趄這種無奈 ê 教育困境。予學生眞正揣出家己興趣 ê 所在，知影家己嘛眞厲害；予個學著眞正有路用 ê 智識佮能力，袂 hōng 譬相講：「讀冊讀佇尻脊骿，公學校讀六冬，毋捌一塊屎桶仔枋」。閣 hōng 剾洗講：「人戇，看舉止行動；人呆，看面就知，上蓋了然是書呆」。

05. 題目：〈品德教育 ê 重要性〉

第一主論點：學做人佮學智識平重要，舉例說明。

自古以來，讀冊人去學校受教育，干焦學兩項代誌：第一「學智識」，第二「學做人」，逐家攏講這兩項平重要，甚至認爲「學做人」比「學智識」閣較重要。

進前這幾冬來，臺灣 ê 好額人子弟敢若眞濟，因爲電視媒體不時就咧報導個 ê 見笑代。連鞭「富二代」phe 車挵死人 ê 新聞，連鞭「富二代」成群結黨，食藥仔、幌頭開毒 pha，卸世眾、毋成人 ê 新聞；猶閣有囝孫欲食母討趁，有人搶銀行，毋驚刣死人，予做個爸母 ê 傷心佮怨嘆，嘛害規个國家社會強強欲拖帆。

面對這種社會失調、治安敗壞 ê 亂像，咱欲按怎解決遮个問題，行出這个困境咧？我想，加強道德觀念，建立正確 ê 價值觀，是上根本 ê 問題。咱 ê 教育，無論是家庭教育抑是學校教育，逐家攏著愛重視品德教育。俗語講「細漢若無熨，大漢熨袂屈。」自細漢咱就種愛心佇個 ê 福田，種善念佇個 ê 心肝頭，疼惜別人若家己，共品行道德排第一，才會當平安順序來大漢，一世人才會當平安健康、食百二！

第二主論點：品德是選才 ê 第一標準，舉例說明。

西洋有一句話講甲眞好：「好 ê 倫理才是好 ê 經營之道 [Good ethics is good business.]」。企業競爭，毋是干焦看策略、技術和創新 ê 競爭，落尾決勝敗 ê 關鍵，往往是掌握佇品德面頂。

對企業來講，企業上大 ê 資產是人才，一旦用毋著人，人才就會成做企業上大 ê 負債。因此，人才 ê 品德比專業能力閣較重要，因爲人品關係著企

業ê永續競爭力。

美國花旗銀行有定期推揀一種出名ê「MA 儲備經理人才計畫」[Management Associate Program]，40 年來，佇臺灣每年固定徵選未來欲重點栽培ê高階經理人選，眞濟銀行佮企業界ê高階人才，包括花旗集團臺灣區總裁陳子政、中信銀行總經理陳聖德、『臺灣大哥大』總經理張孝威等，當年攏是花旗 MA 出身。佇徵選ê過程中，「品德」ê好穤，就是個拍敗競爭對手、會當出脫上重要ê關鍵。

擔當徵才大任ê 「花旗銀行臺灣區人力資源處」副總裁閻台生講：「人才是會當後天訓練ê，毋過人才若欠缺人品，定著早慢會出代誌，到時個舞出來ê禍端，一定比庸才較大，所以公司選才，準講才華閣較懸，能力閣較好，若無好人品，寧可無愛捙」。

前美國「德州儀器」總裁兼執行長『佛瑞德‧布希』[Fred Bucy] 嘛指出，「德州儀器」佇甄選高階主管ê時，有十項必要條件，毋過，「誠信 [integrity]」絕對排佇上頭名。因爲身爲「專業經理人」，準講眞巧、有創意、閣眞勞替公司趁錢，假使伊做人無老實，跤手無清氣，對公司顛倒是相當危險ê人物，對公司來講，這種人就無任何價值。

第三主論點：品德無好，終其尾會變成團體ê負擔，舉例說明。

講到遮，咱舉幾个例來證明，咱講ê絕對毋是空喙哺舌。

1995 年，一位才 28 歲ê「霸菱銀行新加坡分行」期貨交易員李森 [Nick Lesson]，短短無到三年，以「狸猫 (lî-bâ) 換太子」ê手法，進行不當ê交易，煞予歷史已經二百三十二年ê英國霸菱銀行 [Barings Bank] 倒店。

2003 年 5 月 11 日，《紐約時報》刊登一條 hŏng 掣一趒ê道歉啓事，替一个抄寫別人作品佮創作假新聞、27 歲ê記者『布萊爾』[Jayson Blair]，向所有讀者以及相關人士表示抱歉。這個事件，予這個世界公認上好ê報紙，彼塊百年金字招牌，強欲落漆去矣，公信力嘛遭受著眞大ê損失，今後，這个媒體欲按怎閣取得讀者ê信賴咧？

仝款是 2003 年，10 月份ê時，華人圈上大ê律師事務所「理律律師事務所」，爆發員工劉偉杰盜賣客戶託管ê股票ê事件，盜賣股票ê金額竟然

有新臺幣 30 億，予「理律律師事務所」險險仔就破產。雖然落尾取得客戶ê諒解並且達成協議，以 16 季分期還錢，毋過，佇金錢損失以外，辛苦打造ê品牌佮商譽 (ū)，已經遭受誠大ê損傷。

所以，教育序細，第一項愛明白做人ê道理。人講：「錢無用是銅，賊毋做是人」。「偷食袂瞞得喙齒，做賊袂瞞得鄉里」，講白賊是絕對無通過好日子。

第四主論點：我按怎做囡仔ê品德教育？舉例說明。

品德教育既然遮重要，咱欲按怎做品德教育ê工課，品德教育閣有啥物內容咧？我有幾點看法佮逐家分享。

第一，教囡仔注重禮貌。禮貌是一个真重要ê品德教育：人講，隔壁見面有呼請，較好自己咧教囝。麵線親毋值厝邊情，隔壁有事你著行，厝邊較好咱親情 (tsiânn)。閣講：「捷講喙會順，捷做手袂鈍」，若會曉不時佮厝邊隔壁相借問，好空ê一定有你ê份。

第二，教囡仔自細漢就勤儉。「勤儉」嘛是一種好品德。俗語講：「艱苦頭，快活尾」，有寒就有熱，有艱苦就有快活。若親像「龍眼好食殼烏烏，荔枝好食皮粗粗」全款。咱做老師ê人愛教示學生，用歡喜ê心，行艱苦ê路，共食苦當做是咧食補，按呢後擺人生才有譜。而且，凡事愛會曉儉，因為有儉才有底；有底，才有本錢做其他ê投資佮發展。這嘛是咱臺灣人起家、創造事業佮經濟奇蹟，上大ê原動力。

第三，教囡仔愛會曉替別人想。目睭內愛有別人ê存在，袂當自私自利，滿足家己，傷害別人。因為極端ê個人主義是萬惡之源，名利思想是墜落之根。

第四，培養囡仔有耐心、有好性地。有人講少年人血氣較強，較愛佮人相諍 (tsènn)、愛相輸，磕袂著就厚性地，烏白擄。咱看所有社會ê暴力事件、冤家相拍ê起因，大部份攏是因為這種厚性地、無耐心。所以，培養個有耐心、有好性地，會曉吞忍，忍氣生財，是誠要緊ê代誌。若有這種道德修養ê少年人上可取。

第五，我真注重培養囡仔ê「誠信」。教個做人袂當隨便答應別人，便

若答應，就一定愛做甲到；而且，無論熟似抑是無熟似ê生份人，咱攏公平對待，袂共生份人當做盼仔。因為「誠信」是咱佇社會佮人徛起ê基礎。俗語講得好：「信用毋顧，人客斷路。」道理就是佇遮。

06. 題目：〈按怎建立「臺灣主體性ê教育」？〉

第一主論點：是啥物？

啥物是「主體性ê教育」？這佇正常ê民主國家，根本就是毋免討論ê問題，因為逐个國家ê教育，當然攏是以家己ê國家做主體ê。干焦咱臺灣有特殊ê歷史背景，外來政權不斷輪替、主宰咱ê教育，咱才需要佇遮講予清楚。

「臺灣主體性ê教育」就是以臺灣為主體ê一種教育，也就是所有教育ê中心點佮出發點攏是臺灣，親像「同心圓」ê中央彼點，無論四箍輾轉、大細圓箍仔畫幾輾，「中心點」永遠袂改變。因為臺灣毋是別人ê附屬品抑是一部分，伊親像一个有獨立、完整人格ê人全款，當然有獨立ê文化權佮教育權，也就是伊有主體性，會當行使家己ê基本權利。所以，欲按怎成就家己，欲按怎編教材教育家己ê子弟，攏毋免看別人ê面色，家己有百分之百ê主導權佮設計權。這就是「臺灣主體性ê教育」ê基本原理佮原則。

第二主論點：是按怎？舉例說明。

是按怎愛有「臺灣主體性ê教育」咧？我捌聽阮阿爸按呢講，伊講個過去所受ê教育，因為外來政治勢力控制一切，攏是以「大中國」為主體ê一種教育，對細漢個就死背真濟中國ê地理、歷史佮文學，教材內底差不多攏無臺灣ê地理、歷史佮文學，若有，嘛是若新婦仔，囥佇壁邊，無要無緊，無人重視；而且內容嘛攏變造、扭曲過ê較濟。這馬看起來，這種教材完全袂孝孤得，攏是洗腦咧用ê，共咱臺灣囡仔，一个一个攏教甲戇去。

造成ê結果就是，佇地理方面，個有法度共中國ê「長江」流過九个省，一清二楚，總背出來，顛倒毋知影咱臺灣上長ê溪是「濁水溪」，伊有偌長？閣較免講「濁水溪」是對佗位發源，流過幾个縣市，有生產啥物好食

ê 農作物？啊若坐火車對臺北欲去嘉義，會經過幾个縣市，是苗栗先到抑是臺中先到？學生對家己生存 ê 土地，攏「望天清清」，毋知半項，袂輸是外國人咧，實在有夠了然！

另外，歷史方面，中國膨風講，個已經有五千年 ê 歷史佮文化矣，所以學生干焦背歷史 ê 年代、人名、事件，就背甲頭殼歹去。小學課本內底，會當認捌 ê 臺灣歷史人物就干焦兩个，一个是鄭成功，一个是蔣介石。教材閣欺騙學生，講個攏是光復臺灣 ê 民族英雄，逐家攏愛呵咾佮數念個。真正是天地倒反 (píng)，認賊做爸！

「文學」閣較免講，規頭殼「大中國」意識形態 ê 人，供體講臺灣無文學，所以，過去佇高中課本內底 ê 選文，作家攏是中國人，干焦寫〈臺灣通史序 (sū)〉ê 連橫 (hîng) 是臺灣作家。真正是壓霸閣酷刑，無衛生閣兼毋捌字。

三十幾年前，有一位臺灣作家林雙不去大學做臺灣文學 ê 演講，伊問在場 ê 大學生講：「恁知影『賴和』無？」一時規場恬呲呲 (tsiuh)，等一下仔，才有一个學生大膽攑手講：「老師，阮干焦知影有『黃河』，毋知影有一條河叫做『賴河』ê。」這種教育，真正若想著，天就烏一片！

這就是過去，咱定定怨嘆序細 ê 教育，所教 ê 內容，攏佮咱生存 ê 土地無關係，串教一寡「有空無榫」ê 物件。中國捌透透，毋捌臺灣 ê 鼎佮灶；世界歷史、地理讀真熟，毋捌厝邊隔壁 ê 阿伯佮阿叔。每一个受過這種殖民教育 ê 人，攏是心靈上 ê 流浪兒，意識上 ê 空中飛人。生活佇臺灣，毋知臺灣真正 ê 歷史佮文化，欲哪有可能認同臺灣，疼惜臺灣咧？

第三主論點：欲按怎？舉例說明。

做一个臺灣 ê 老師，我按怎做「臺灣主體性教育」ê 教學咧？其實，我有幾个撇步，講予逐家做參考。(舉例說明)

07. 題目：〈講母語當時行〉

第一主論點：真濟航空公司徵才，愛考臺語 ê 報音佮臺語 ê 口試。

這十幾年來，我真注意航空公司 ê 徵 (ting) 才廣告，定定去個 ê 網站巡巡看看咧，毋是我欲去應徵空中少爺 (小姐)，我早就無資格，袂赴車幫矣，其實我是去看咱母語 ê 前途。我發現，有愈來愈濟航空公司，包括長榮、全日空 [ANA]、華信、春秋、『卡達』等航空公司，佇面試佮播音考試 ê 時，除了中文、英文，猶閣有咱臺語。雖然個 ê 播音無蓋標準，譬如講，共飛行機 (hue-lîng-ki) 講做「花枝」(飛機)，共行李 (hîng-lí) 講做「牲醴」，毋過這是一个好現象，表示臺語猶有現實使用 ê 價值，揣航空公司 ê 頭路，講母語當時行，咱 ê 臺語猶有淡薄仔希望。

第二主論點：認證考試 ê 人數，佮臺語老師 ê 徵選，那來那濟。

另外，嘛予咱感覺鼓舞 ê 是，佇教育體制面，透過母語認證和正式臺語教師徵選 ê 機制，予對講母語有興趣 ê 人，愈來愈濟。

講母語當時行，教育部推動臺語認證，對 2009 年開辦到今，已經 10 年，對臺語文教育 ê 推廣有真大 ê 幫贊。往年報考 ê，差不多 7、8 千个，2018 年 8 月 11 舉辦 ê 臺語認證，因為 19 歲以下報名 ê 學生，攏免報名費 ê 關係，所以今年報名總人數破一萬人，是 11,617 人，有影大進步。

而且照規定，目前欲佇國小教臺語課 ê 老師，必須通過教育部臺語認證 B2 —— 中高級，才有教臺語課 ê 資格。另外，閣有相關配套 ê 措施，就是各縣市教育局會當看需要，開出臺語正式教師 ê 欠額，進行公開徵選。這个措施，方向正確，予對臺文所出業 ê 少年人，加一个發揮專長 ê 出路。

2014 學年度臺北市先攑頭旗，開出 4 个缺 (khueh)；2015 學年度，新竹市開 8 个缺；2016 學年度，臺北市和新竹市攏開 3 个缺，臺中市開 2 个缺；2017 學年度臺北市閣開 6 个缺，臺中市開 2 个缺，高雄市有樣看樣，開 4 个缺；2018 學年度，臺北市開上濟，有 12 个缺，新竹市 4 个缺，臺中市 4 个缺，高雄市 2 个缺。毋過，真想袂曉 ê 是，號稱「文化首都」ê 臺南市，長期是綠營執政，竟然連續這五年攏無開出臺語教師 ê 專缺！敢是「好歹在心內，喙唇皮仔相款待」？予咱袂輸鴨卵擲落樓 —— 看破，強強欲共臺南市看破跤手矣。

另外，這種做法嘛值得逐家共拍噗仔。因為欲予臺語會當久久長長傳

承落去，無法度干焦靠理念抑是道德勸說，一定愛有現實 ê 價值，特別是考試制度 ê 設計。像講學生一定愛先通過臺語認證，才會當升高中佮大學，上無嘛愛有加分 ê 優勢，按呢家長佮學生才有講臺語 ê 動機佮助力。今年正月19，高雄市就通過高級中等學校免試入學「超額比序 (sū)」ê 項目，採計教育部臺語認證，積分是 10 分，這个積分佮全民英檢 GEPT 仝款，甚至，假使學生若通過由成大 ê 臺灣語文測驗中心所舉辦 ê「全民臺語專業版」認證中級以上，會當得著 20 分積分。

除了高雄市以外，桃園市嘛通過學生參加教育部臺語認證列入高中免試入學「超額比序 (sū)」加分 ê 項目，積分是 2 分。遮 ê 教育措施，攏是正確 ê，嘛印證一个「講母語當時行」ê 天年咧欲來矣！

第三主論點：「講母語當時行」ê 原因佮理由。

當然「講母語當時行」，猶原有伊長遠 ê 文化思考，佮深沉 ê 教育理念。語言學家攏按呢共咱教示，語言誠重要，因為語言是文化 ê 塗肉佮肚臍，文化欲有路用，語言愛先做頭前。若準咱欲用咱 ê 文字，寫出祖先佇遮徛起、奮鬥 ê 代誌，欲用咱 ê 聲韻，創作上婧 ê 歌詩；就愛代先用咱 ê 話語，共咱 ê 囝孫仔講土地 ê 故事。

「講母語當時行」，老大人若講起古早古早當初 (tshoo) 時，講甲有句讀 (kù-tāu)、會牽絲，聽了心適有古味。中年人交際盤撋 (nuá) 做生理，若講仝款 ê 話語，會當你兄我弟，逐家歡喜。青春少年家，若是講臺語，愛人仔歡喜甲欲死，講你這个人無背祖，品德好，有情閣有義。三歲囡仔兄，七歲囡仔姐，講臺語臭奶 ê 味，阿公阿媽聽了真歡喜，喙仔笑哈哈 (hai-hai)，你講是抑毋是咧？講母語當時行。咱 ê 母語 —— 臺語，是世界真珍貴 ê 語言之一。臺語進步閣雅氣，會使講現代 ê 代誌，嘛會使傳古早 ê 道理；會當唱山歌，嘛會使唸歌詩。

第四主論點：母語上婧，講母語是基本人權。

我認為，母語上婧。因為世界上任何母語，攏是人類共同 ê 財產，任何母語 ê 消失，攏是人類文化 ê 損失。臺灣自古以來，就是一个多元族群、佮

多元語言、文化ê世界島。每一个族群ê母語，攏代表一个特殊ê文化。攏是咱臺灣ê寶。

當然，講母語是人ê基本尊嚴佮人權。世界上，只有專制獨裁ê政權，才會用教育制度佮政治力量，消滅別人ê母語。才會真酷刑，規定講一句母語，愛罰五箍。這是真無衛生、閣毋捌字ê野蠻文化。講母語是民主社會ê基本人權，嘛是做人ê基本尊嚴，是非常人性ê代誌。啥物人有權利剝奪(pak-tuat)咧？

所以，「講母語當時行」，一个真正ê民主國家，攏愛保護每一个人有講母語ê權利，袂使受到歧(kî)視佮壓迫(pik)。甚至愛立法來保護。因為「語言權」是文化人權ê一部份，現代國家人民ê語言權有三種：語言使用權、語言傳播權、教育權。語言毋是干焦一種溝通ê工具爾爾，伊包含對家己族群ê認同，對別ê族群ê尊重，嘛是族群文化ê一部份。

08. 題目：〈母語欲好傳承，上重要敢是佇家庭？〉

第一主論點：家庭絕對是上重要ê因素之一。

當然，母語欲有好傳承，家庭絕對是上重要ê因素之一，因為做序大ê若有正確ê觀念，就會予囝兒序細一下出世，所學著ê第一種語言是家己ê母語，而且，閣會佇厝裡佮序細溝通，真自然攏講母語，予母語變做家庭ê「生活語言」。

第二主論點：學校愛共母語變做「教育語言」佮「學術語言」。

不而過，按呢閣無夠。欲傳承母語，閣需要共母語變做「教育語言」佮「學術語言」。佇學校，老師無論教佗一科，上課攏愛真自然用母語做教學，會當用母語上課佮溝通，予母語有使用ê空間佮價值，毋但生活化，閣會當教育化，甚至學術化，用母語寫論文。按呢，才有可能傳承咱ê母語。

而且，愛有完整ê母語教育體系，對幼稚園到高中攏愛有母語ê課程，逐禮拜三節以上，並且欲升高中佮大學，攏愛認證一種本土語言，及格ê才有資格升學。這是政策問題，需要有智慧佮決心ê本土政權，做政治解決。

第三主論點：社會愛有促進母語生存發展ê機制。

　　上有效ê就是，愛予母語有實用ê價值。愛立法規定，欲去原住民、客家人抑是hō-ló人佔多數ê縣、市、鄉、鎮服務ê公務人員，包括老師、警察、稅務、鐵路局、地政人員、公所辦事員等等，攏愛通過當地本土語言中高級ê認證。無，袂當錄取。

　　所以，愛緊通過〈語言平等法〉抑是〈國家語言發展法〉建立語言保護佮發展ê法律，成立臺語電視臺，來保護臺灣每一个族群ê語言，毋免以後，各族群攏遭受著佮平埔族仝款、hőng滅語、紲落去滅族ê命運。任何人攏有義務將家己ê民族語言留落來，傳予家己ê囝孫，任何人嘛攏有權利講伊ê族語，別人若聽無，毋是你ê責任，是伊家己ê代誌，蹛佇臺灣這塊土地ê人，攏愛有這種觀念才著。

09. 題目：〈我看母語運動〉（方法：分項論述法）

第一主論點：啥物是母語？咱ê母語ê危機。

　　啥物是「母語」？伊有眞濟無仝ê解說抑是定義。

　　對英語來看，「母語」叫做 Mother　tongue 抑是 Mother　language，Mother 佇英語有阿母、根源、來源、資源、當地、土地等，眞濟無仝ê意思，所以「母語」毋但是「阿母ê語言」，閣較是「根源ê語言」、「當地ê語言」、「土地ê語言」，簡單講，就是「佮當地歷史文化傳統關係密切ê話語」。

　　毋過，嘛有人講，母語是一个人出世了後學著ê「第一語言」，是佇自然ê情境下，毋免借用其他語言進行學習，就學會曉ê語言。

　　一般的，一个人出世了後，上早接觸並且學習、掌握著ê語言，若無政治佮人爲ê干涉，當然就是「阿母ê語言」，以及「佮當地歷史文化傳統關係密切ê話語」。這種語言，有可能干焦一種，嘛有可能是幾種語言，仝時間做伙學著。所以，「母語」是對囡仔時就開始接觸，並且持續運用到青少年抑是成年以後，甚至規世人攏咧用ê語言。

照講，一个人所受ê家庭抑是正式教育中，尤其是早期，有相當部分是應該通過母語傳授ê。不幸ê是，咱臺灣不斷受外來政權ê統治，外來政權為著奴化臺灣人ê需要，首先愛消滅咱ê歷史記持佮語言文化，就公然透過學校教育「獨尊國語，消滅方言」ê野蠻政策，共臺灣人ê母語壓制甲無生存ê空間，到這馬已經強欲絕種去！

使得這馬大部分臺灣囡仔，一下出世所接觸著ê「第一語言」，對媽媽佮親人喙裡學著ê語言，已經是「華語」，毋是「臺語」矣！所以，咱只好共母語進一步定義做：「母語」是一个人ê民族語，也是族群ê話語，並無一定是一个人上早接觸、學習，並且掌握ê「語言」矣。就敢若「母島」、「母國」等名詞，干焦表示「根源」ê意思。「母語」就進化做「根源ê語言」──「個人認定ê民族語」矣，已經毋是對阿母佮親人ê喙裡所學著ê第一語言矣！

第二主論點：「母語運動」其實就是臺灣ê「文藝復興運動」。

為啥物欲推揀「母語運動」？咱扗才有講著：不幸ê是，咱臺灣不斷受外來政權ê統治，外來政權為著奴化臺灣人ê需要，首先愛消滅咱ê歷史記持佮語言文化，就公然透過學校教育「獨尊國語，消滅方言」ê野蠻政策，共臺灣人ê母語壓制甲無生存ê空間，到這馬已經強欲絕種去！這是咱推揀「母語運動」第一个理由。

其實，「母語運動」就是咱臺灣ê「文藝復興運動」。「文藝復興運動」ê理念，是欲建立咱臺灣語言文化ê自主性，重建臺灣人健康自信ê心靈，為全世界保留共同ê文化財，敢若歐洲 14 到 16 世紀ê「文藝復興運動」仝款，提倡「人文主義」，重視人ê尊嚴佮價值，予俍ê主體性、創造力「重新出世」，佇藝術、文學、宗教等等，攏進行一場創新、再造ê大革命。

佇這个「文藝復興運動」ê過程中，擺脫拉丁文ê霸權，創造屬於家己民族ê文字佮文學，絕對是上重要ê工課之一。「用我ê手，寫我ê喙所講ê話」，這就是歐洲文藝復興上要緊ê代誌之一。意大利ê『但丁』用意大利『托斯坎語』創作出名作《神曲》；英國ê『懷克利夫』用英文翻譯聖經，

予英語成做個ê民族語言；德國宗教家 Martin Luther(馬丁路德) 佇 1522 年用家己ê語言翻寫聖經，德國才開始有伊獨立ê文化發展。如此這 (tsè) 般，共語言寫成文字，絕對是人類社會發展ê基礎。歐洲現代國家ê產生，就是對民族語言文字化開始ê。

　　所以，欲予臺灣人ê文化開花結子，臺語著愛文字化。無用家己語言紀錄ê社會，是永遠無法度創造家己ê文化。話是風，筆是蹤，「寧賣祖宗田，莫忘祖公言」。而且，祖公言一定愛共寫落來，愛文字化，才有歷史佮文化ê價值，也才有傳承佮生湠ê機會。

第三主論點：欲按怎推揀「母語運動」？

　　欲按怎推揀「母語運動」？我有幾點想法佮逐家互相勉勵。

　　第一，愛親像『但丁』『莎士比亞』仝款，用家己ê母語創作出優美ê文學作品。因為文化欲有路用，語言愛先做頭前；語言欲有發展，一定愛有優秀ê文學作品。所以，欲推揀「母語運動」，毋通空喙哺舌，講甲規畚箕，做無一湯匙，咱希望有一工，咱會當用咱ê話語，共序細講祖先拍拚奮鬥ê故事；用咱ê文字，寫出祖先行踏、移民、創造過ê歷史佮小說，用母語寫出真濟優秀ê文學作品。

　　第二，愛緊通過〈語言平等法〉抑是〈國家語言發展法〉建立語言保護佮發展ê法律，成立臺語電視臺，來保護臺灣每一个族群ê語言，毋免以後，各族群攏遭受著佮平埔族仝款，hōng 滅語、紲落去滅族ê命運。任何人攏有義務將家己ê民族語言留落來，傳予家己ê囝孫，任何人嘛攏有權利講伊ê族語，別人若聽無，毋是你ê責任，是伊家己ê代誌，踮佇臺灣這塊土地ê人，攏愛有這種觀念才著。

　　第三，愛有完整ê母語教育體系，對幼稚園到高中攏愛有母語ê課程，逐禮拜三節以上，並且欲升高中佮大學，攏愛認證一種本土語言，及格ê才有資格升學。這是政策問題，需要有智慧佮決心ê本土政權做政治解決。

　　現代語言學家，為著欲搶救母語，逐家攏主張：語言權是文化人權ê一部份。個講，現代國家人民ê語言權有三種：語言使用權，語言傳播權，佮語言教育權。所以，語言毋是干焦一種溝 (koo) 通ê工具爾爾 (niā-niā)，伊包

含對家己族群 ê 認同，對別 ê 族群 ê 尊重，嘛是族群文化 ê 一部份。

　　而且，為著各族群會當有效 ê 溝通，咱嘛應該親像瑞士法律所規定 ê：人民有互相學習對方語言 ê 義務，臺灣本土語言才會當避免予華語消滅 ê 劫數，維護各族平等，有尊嚴 ê 做健康 ê 發展。

　　第四，愛予母語有實用 ê 價值。愛立法規定，欲去原住民、客家人抑是 hō-ló 人佔多數 ê 縣、市、鄉、鎮服務 ê 公務人員，包括老師、警察、稅務、鐵路局、地政人員、公所辦事員等等，攏愛通過當地本土語言中高級 ê 認證。無，袂當錄取。

　　第五，愛予母語生活化、教育化。無論是佇家庭、教室抑是公共場合，攏愛慣勢講母語，老師上課嘛用母語教學，按呢才有法度營造較好 ê 母語環境。若無，本土語言、咱 ê 族語，會漸漸無去 ê 運命，是一件無法度挽回 ê 代誌矣！

（二）因果推論法

01. 題目：〈呵咾佮批評〉

第一主論點：日頭佮北風 ê 故事。

　　我先來講一个〈日頭佮北風 ê 故事〉予逐家聽。有一工，日頭佮北風咧相諍，相諍講「恁兩个到底啥較厲害？」相諍到尾仔，個就相輸講，看啥會當先予一个穿厚衫 ê 人共衫褪掉？北風一向較暴躁 (pok-sò)、火烌性，隨講，按呢我代先來。伊就拚命共冷吱吱 ê 北風吹對彼个人去，想欲一聲就共彼个人 ê 衫吹搝 (hìnn) 掉，想袂到彼个人顛倒共伊 ê 衫出力摠絚絚，北風若吹愈強，伊就摠愈絚，落尾仔北風只好承認失敗。紲落去，換日頭表現 ê 時陣，伊干焦沓沓仔共燒烙 ê 日頭照對彼个人去，閣勻勻仔增加溫度，落尾，彼个人真正就共厚衫一領一領褪掉矣！我想，恁已經知影這个故事所講 ê 意義是啥物矣才著。

第二主論點：呵咾親像燒烙 ê 日頭，批評袂輸冷吱吱 ê 北風。

無毋著，呵咾親像溫暖ê日頭，批評敢若冷吱吱ê北風。恪兩个ê角色無仝，個處理代誌ê方法佮智慧嘛無仝。基本上，呵咾是一種溫暖ê聲音，批評是一種寒冷ê聲嗽；適當ê呵咾，會hőng愈來愈有自信，無情ê批評往往會hőng感覺撞突(tōng-tu̍t)佮心寒，漸漸失去信心。所以，「呵咾」是一種鼓勵ê好話，人人愛；啊「批評」，往往就是一種破壞性ê話語，人人驚。

　　想看覓，咱人對出世到過身，攏真愛聽著別人呵咾ê聲嗽，佮肯定ê眼神。你共看，囡仔一下出世，爸母就用溫暖ê話語佮伊講話，呵咾伊媠，呵咾伊乖，呵咾伊勢笑，閣不時唱搖囡仔歌予伊聽，所以囡仔就逐工快樂、幸福、笑哈哈。你共看，為啥物阿孫ê攏佮意佮阿公、阿媽鬥陣？彼是因為老人看著囡仔就笑微微，一工到暗呵咾阿孫ê巧閣古錐，雖然攏已經無喙齒，毋過心頭全款足歡喜。若準你看著囡仔做代誌，仙看都袂佮意，逐項嫌甲無一塊好；你若按呢一直嫌落去，後擺人就無愛插你。

第三主論點：用呵咾鼓勵學生，以苦勸代替批評。（舉例說明）

　　咱人愛人褒，無愛人批評，這是人性ê問題，嘛是修養ê問題。所以咱定定會看著人性ê無仝樣相：有ê人凡事對教育ê立場出發，知影建立學生自信ê重要，就真勢共人鼓勵佮呵咾，準講欲批評，嘛真客氣佮細膩，上好是選擇佇私底下做苦勸；有ê人個性較勞窮分，目地較懸，看人較袂順眼，就真勢批評，逐項無批評一个，就無法度證明家己ê存在全款。真正是一樣米飼百樣人，一樣雞啄百種蟲。

　　呵咾佮批評是一種做人ê修養，嘛是一種教育ê智慧。所以咱做老師ê人愛會曉「一目金，一目瞌」。一目金金看，是欲揣出學生ê優點，佇逐家ê面頭前呵咾伊，予伊對家己有信心；一目瞌，是講學生若做毋著，抑是做無好，咱愛假影無看著，予伊有機會改掉。

　　人攏是食褒食褒，序細若做著、做好，咱就愛隨共呵咾；若做歹、做毋著代誌，就私底下苦勸伊愛改過自新，千萬毋通大細聲罵，手胳(koh)頭攑(gia̍h)起來就欲共修理；囡仔若犯錯，就慢慢仔共伊苦勸，聊聊仔教伊歹習慣愛冗早改。俗語講：「大狗距牆，細狗趁樣。」大人做囡仔ê好毛(tshuā)

頭，先做予伊看，才講予伊聽。教囡仔會曉替大人想，互相尊重，互相捀場。千萬毋通用拍佮罵來硬逼囡仔乖乖仔聽話。人講，捷罵袂聽，捷拍袂驚，用愛心來教示，用耐心來苦勸，閣隨時肯定伊 ê 好表現，我相信，閣較歹 ê 囡仔，嘛有成功 ê 一工。

第四主論點：呵咾佮批評，攏愛有原則佮方法。（舉例說明）

其實，呵咾佮批評，佇人情世事面頂，真正攏有伊 ê 需要佮價值，嘛有伊無仝 ê 境界。呵咾 hōng 心情歡喜，建立信心；批評 hōng 看著缺點，揣著進步 ê 方向和空間。無論是個人、社會、抑是國家欲進步，當然袂當無呵咾和鼓勵，嘛袂當無誠懇、有智慧、就事論事 ê 批評。

所以咱做序大佮老師 ê，毋但「呵咾」愛有方法，連「批評」嘛愛有方法。「呵咾」 ê 方法是，呵咾一定愛真心、愛具體、閣愛就事論事，莫空喙哺舌，串講一寡抽象、諏古 ê 話語。譬論講，恁兜有一個囡仔共糞埽提去倒，你具體閣就事論事 ê 呵咾就是：「真多謝你今仔日共糞埽提出去倒，有你足好 ê。」千萬毋通諏呱呱講：「咱規條巷仔，就干焦你上捌代誌，將來一定比恁阿兄較有路用，阿母食老就攏靠你矣！」這種諏古 ê 呵咾，會傷害另外一个人，嘛會造成壓力，失去呵咾 ê 效果。

啊批評 ê 方法就是愛把握冷靜、理性以及就事論事 ê 態度，任何批評，攏愛以善意做出發，袂當無根據事實，惡意批評，閣較袂當做人身 ê 攻擊。上好佇提出批評進前，先呵咾才批評，而且口氣溫和，好親像咧佮伊參詳，無任何責備 ê 意思仝款。咱人講 ê 話真利，一定愛顧著囡仔 ê 面底皮，用向望 ê 口氣講話，譬論講：「這擺考試，你閣有進步 ê 空間喔。」「誠可惜，若較頂真一寡，一定就袂按呢 ê 結果。」「你干焦欠一寡準備，無，一定會閣較好」；抑是「老師知影你毋是故意 ê，後擺較注意咧就好。」講啥物話攏愛有伸勼 ê 空間，才袂傷害著人。按呢就較會 hōng 接受。

02. 題目：〈閱讀對囡仔 ê 重要性〉
第一主論點：臺灣人為啥物無愛看冊？舉例說明。

「讀冊、讀冊，愈讀愈感！」這句話是我蓋無愛聽著 ê 一句話。因爲照講，讀冊、看冊是快樂佮滿足 ê 代誌，臺灣人爲啥物會遮爾仔無愛讀冊、看冊，若講著讀冊、看冊就怨感咧？

我想，佮升學主義 ê 教育方式，逐工一直考試，考傷濟，有絕對 ê 關係。咱共想看覓：若準囝仔對細漢開始讀冊，攏干焦讀教科書，而且是予家長佮老師逼 ê，讀冊攏是爲著成績佮升學啊讀，讀久嘛會厭癉 (siān)，莫怪逐家攏慣勢講，讀冊、讀冊，愈讀愈感。對讀冊，個從來毋捌有歡喜佮享受 ê 心情，欲哪有可能有趣味佮興趣咧？所以，畢業就是解脫，一下畢業就共課本攏擲一邊，無啥愛看冊矣。

另外一个原因是，予電視、電腦佮手機仔害著。咱想看覓，這馬咱拍開電視，有百幾台 ê 電視台通好選擇，你遙控器提咧，聽 (thìng) 好抑來抑去，看規工，看甲目睭欲挖窗嘛看袂了。佇捷運、公車頂又閣是另外一个悲慘 ê 光景。八成以上 ê 人攏做「向 (ànn) 頭族」，頭向向咧抾 (huê) 手機仔，抑是無閒頤頤 (tshih-tshih) 上網咧看影片，揣無幾个人是咧看冊、看雜誌 ê。這毋知是時代 ê 進步抑是退步？應該歡喜抑是悲哀？我實在足想欲推動一个立法：規定囝仔六歲進前，爸母袂使予伊看電視、耍電腦、抾手機仔！若無，就愛罰錢，抑是接受一禮拜「按怎教囝 ê 講習」。按呢看會當改善無？

第二主論點：閱讀有啥物好處佮重要性？舉例說明。

其實，閱讀，對國家抑是個人，攏是重要 ê。對眞濟先進國家來講，「閱讀力」就是國家「競爭力」ê 基礎。全球上頂級 ê 成功人士，個攏有一个共同 ê 特色：慣勢大量閱讀、吸收新智識。

對囝仔來講，閱讀 ê 好處嘛誠濟。上代先，伊會當培養囝仔人愛看冊 ê 好慣勢，毋但吸收眞濟智識，閣學著自學 ê 能力。而且這種慣勢，絕對會有轉移作用，會轉移到學習其他學科 ê 能力，閣綴伊一世人。眞濟調查佮研究，嘛證明「閱讀能力愈強 ê 囝仔，伊 ê 學習能力就愈強。」

紲落來，閱讀會當培養囝仔人做代誌「專心」ê 注意力，因爲看冊變做趣味 ê 代誌，集中注意力是必然 ê 代誌，所以會養成囝仔人做代誌攏眞「專心」ê 態度，對伊學習任何智識佮能力，甚至將來對事業 ê 成功，攏眞有幫

助。

　　閣再來，伊閣會當培養囝仔人 ê 想像力佮創造力。因爲佇閱讀 ê 世界，有無限 ê 想像空間，眞濟想法鬥做伙，就會激發咱 ê 創造力。所以，閱讀能力愈好 ê 國家，伊國民 ê 平均創造力就愈強，這是咱看會著 ê 事實。親像德國人、猶太人、日本人就是上好 ê 例。

第三主論點：德國人愛閱讀 ê 例。

　　根據統計，德國每一个家庭平均扯藏 (tsông) 書攏欲倚 300 本，啊一个人平均扯藏書有 100 外本。一个普通 ê 德國家庭，每個月買冊 ê 支出，嘛有 50 箍歐元以上，大約咱臺幣 2,000 箍，占佪休閒支出 ê 10pha。佪 ê 聖誕禮物 ê 排名榜 (pńg)，銷售上濟、排第一 ê，永遠就是冊。

　　所以，德國人常在講：「一个家庭無買冊、無藏書，等於一間厝無窗仔全款。」按呢，咱臺灣咧？眞見笑，讀冊 ê 風氣誠穩，竟然有倚三成 ê 臺灣人平常時毋捌讀冊，嘛毋捌買過冊！

　　啊一年平均扯買佟濟冊？2010 年平均一年買冊是 4.23 本，2014 年是 4.13 本。煞一年一年少！另外，平均一年開佟濟錢買冊？2010 年是 1,461 箍，2014 年平均才 1,326 箍，嘛愈來愈少！而且，眞見笑，這个平均扯，閣包括圖書館買 ê 冊在內！

第四主論點：我按怎教囝仔慣勢愛閱讀？舉例說明。

　　我按怎教囝仔慣勢愛閱讀？做一个老師，我每工早自修，眞正予學生佪自修看冊，看佪愛看 ê 冊，抑是我安排提供予學生看 ê 冊，絕對袂安排考試。有當時仔，閣叫佪做編劇佮導演，共看過 ê 故事編做戲劇，分組做表演。我無愛佪寫心得報告，只要演故事予同學看就好。而且，閱讀一定對看故事冊佮小說開始，鼓勵佪看小說，包括武俠小說。莫愛佪串看一寡說教 ê「優良讀物」抑是「勵志文選」。

　　做一个老爸，我自細漢就陪伴囝仔看冊，佮佪做伙看，閣逐暝欲睏進前，用母語講故事予佪聽。因爲我佮阮牽手攏是老師，會當佮囝仔 ê 生活步調一致，管顧較會著，陪伴囝仔 ê 時間當然會較濟。上特別 ê 是，阮查某囝

對出世到入學，阮翁仔某攏毋捌予個看電視，抑是耍電腦；嘛毋捌送個去補習，所以，個自由ê時間誠濟，自然就養成逐工看冊ê好慣勢矣。我這个經驗嘛講予逐家做參考。

03. 題目：〈風颱佮地動〉

第一主論點：日本人共風颱當做神。

若講著風颱佮地動，我就想著兩个博士博ê老師所講ê話：歷史老師講，較早日本人上風神，共風颱當做神，因為有兩个風颱改變日本ê歷史佮運命。佇公元 1274 年佮 1281 年，蒙古帝國捌兩擺發動大軍，渡海攻打日本，好死毋死，兩擺攏去予風颱掃甲東倒西歪，日本人毋才會共風颱當做神。

第二主論點：地動是臺灣島的註生娘娘。

自然老師閣較博，伊講地動誠恐怖，毋過伊嘛是咱臺灣島ê註生娘娘喔。因為古早時代，六百萬年前，捌發生彼號蓬萊造山運動，歐亞大陸板塊佮菲律賓海ê板塊談戀愛，一時傷過熱情，煞捒做伙，臺灣就對海底浮起來矣。你共看，玉山透天入雲顛，雲頂水氣自然來。幾若千年ê hi-nóo-khih，生甲規山坪，敢若青色的大海。莫怪葡萄牙人會喝：『伊拉，FORMOSA！』啊，美麗之島！想看覓，若無造山運動ê大地動，哪有今仔日ê臺灣島咧？

第三主論點：風颱佮地動所造成ê災害。

俗語講：「九月颱、無人知」，「西北颱上厲害」。這是古早咱臺灣先民，觀察大自然，對風颱ê了解。風颱若掃過來，樹仔、農作物東倒西歪；落大雨、淹大水，塗石流綴咧來，彼款淒慘ê情景，看著 hōng 哭悲哀。地動若搖上可憐，山崩地裂，厝倒、田無，數萬千，恐怖驚惶祈求天，莫有啥人斷香煙；暫時去蹛佇厝埕、曠野嘛咧顛，艱苦罪過若魚仔雙爿煎。雖然人講是：地牛翻身反一輾，其實地動捷來，災厄連連，百姓叫苦，真正是苦瓜

燖 (tīm) 鰱魚 —— 苦憐喔！

第四主論點：欲按怎預防風颱佮地動所造成 ê 災害？

人講，「好天著存 (tshûn) 雨來糧。」地動若來，厝會倒，閣會造成火災，所以愛覕佇咧安全 ê 所在，先滅火種、關電源、共大門拍開。平常時仔就準備避難包，做好預防練習莫亂走。

另外，重大 ê 建設 (siat)，愛有防止大地動 ê 設計，地點嘛愛慎 (sīn) 重選擇袂使假。風颱佮地動，是咱人無法度消除 ê 驚惶 (hiânn)。我認為咱愛敬畏 (uì) 自然，佮個和諧鬥陣，毋通數想欲征服個。毋通事前無半步，事後全頭路，愛做好完善 ê 預防，才是咱這馬 ê 生存之路。

第五主論點：咱愛感謝風颱佮地動。

雖然，風颱佮地動，是咱無法度控制 ê 自然災害，毋過，個嘛是咱臺灣土地佮氣候 ê 特色。風颱雖然會對民生、經濟、農林、漁牧等等，攏造成真大 ê 衝擊，猶毋過，飽足 ê 雨水，予臺灣袂有欠水 ê 危機 (guî-ki)，閣會當共汙染沖掉，換來清氣 ê 環境。閣再講，地動破壞 ê 力量 hőng 驚惶 (kiann-hiânn)，毋過若無板塊相挤 ê 運動，哪有臺灣島嶼 ê 出現咧？

我想，天公伯予臺灣 ê 兩種天災，換一个角度想，其實是寶貴 ê 禮物。伊提醒咱愛寶惜 (pó-sioh) 自然環境 ê 資源，千萬毋通為著趁錢，佇山坡地亂起亂剉，抑是亂抽地下水。咱愛用謙卑 ê 心，疼痛臺灣這塊土地，學習祖先「敬天愛人」ê 精神 (tsing-sîn)。因為「人若無照倫理，天就無照甲子。」這款先民 ê 智慧，咱著謹記在心。

04. 題目：〈修心較好食菜〉

第一主論點：啥物是修心？

啥物是修心？修心，其實無啥物高深 ê 理論。簡單講：修心就是予家己 ê 心慈悲、善良、開闊、有疼心、有正義感、知影是非佮善惡。譬論講：看著別人因為天災地變咧受苦，咱會毋甘，會出錢出力去共鬥相工，準講做好

代，嘛無愛 hōng 知；看著別人兜遭遇不幸，咱會去共關懷、提供協助，予個得著溫暖；別人犯錯，抑是對咱有無友善 ê 態度，咱會真有腹腸共包容，閣寬赦伊 ê 毋著；弱勢者若受著冤屈，咱會為伊徛出來講話，追求公義。

而且，凡事咱攏先想公，無想私；先想團體，才想家己。有大公無私，無私無我 ê 修養。對遐 ê 好額、有成就、抑是有才情 ê 人，咱嘛袂怨妒，會欣賞別人 ê 成就，閣盡量去幫助個會當得著成功。當然，咱話嘛袂烏白講，袂去造人 ê 謠言、講人 ê 尻川後話，損人 ê 名聲，抑是故意搝人後跤。我想，這就是修心愛做 ê 功課。

第二主論點：講話有天良、有站節，是修心 ê 第一步。舉例說明。

古早人講：「口是傷人斧，言是割舌刀。」咱人 ê 喙上厲害，若像刀，利劍劍，一下無細膩，出喙就會傷著人。咱上好是「挖井才有水，想好才出喙。」「好話加減講，歹話莫出喙。」才袂「一句話三角六尖，角角傷人。」話一下出喙，就 hōng 怨恨一世人，你家己嘛會後悔一世人。所以講話是智慧，嘛是涵養。講要笑愛有站節，咱千萬毋通定定亂講要笑，剾洗別人講：「人若戇，看舉止行動；人若呆，看面就知。」抑是笑人講「歪喙雞閣想欲食好米。」遮 ê 話會 hōng 聽了親像針咧搣，抾恨一世人。所以「修心在口」，咱人 ê 修養佮功德就對遮開始。

第三主論點：為啥物修心較好食菜？舉例說明。

啊食菜人雖然逐工食菜，毋過，食菜只是一種外在 ê 形式，嘛無一定有較好 ê 修養佮功德。三十幾年前，我就捌拄過阮社區有一个信仰民間宗教、逐工食早齋 ê 人，做人是極端 ê 自私佮自利，凡事干焦想著家己，攏無公德心，糞埽是定定烏白擲，車定定停佇巷仔口 kǎng 擋路，三更半暝唱『卡拉OK』閣唱甲並大聲，定定吵人 ê 眠。閣較譀古 ê 是，佔個兜邊仔、汽車迴轉道 ê 空地仔，起違章 ê 宮廟，不時做法會。像這種干焦食菜無修心 ê 人，食菜是食對尻脊骿去，毋知起碼 ê 人情義理閣無公德心，伊 ê 人生，欲按怎有功德咧？

真正有影，修心較好食菜。人講，心肝若好，風水就免討；勸人做好

代，較贏食早齋。食菜人無一定有好修養，上要緊 ê 是愛先修心，心肝一定愛好，食菜才有意義。

05. 題目：〈溫室效應佮環境保護〉

第一主論點：為啥物有溫室效應？

對 18 世紀「工業革命」以來，咱人就開始大量破壞地球 ê 環境矣！這種情形，一年比一年嚴重，袂輸是一台無擋仔 ê 高速火車，已經擋袂落來，強欲從對山崁衝落去矣！

這馬為著欲發展工業，提升經濟成長，共地球 ê 資源 —— 塗碳佮石油，挖甲欲了矣 (ah)。連山頂 ê 森林嘛剉甲欲完矣。造成生態 ê 大量破壞 (huāi) 佮環境保護 ê 危機。落尾仔，二氧化碳愈排愈濟，順紲共地球 ê 大 (tāi) 氣層 (tsàn) 創一空烏櫳櫳 (lang-lang)，予地球溫度直直咧衝 (tshìng) 懸，冰河融去，害咱人強欲走投無路。這，攏毋是天地所設 (siat)，顛倒是人類家己作孽 (giat)，自揣死路！真正親像古早人講 ê：「自作孽 (giat)，不可活 (put khó uàh)」啦！

第二主論點：面對溫室效應，咱人毋願面對 ê 真相。

你有看過「毋願面對 ê 真相」這齣影片無？這是美國前副總統『高爾』[Gore]，和聯合國氣候變遷小組 IPCC 合作所拍出來 ê 紀錄片。佇這齣電影裡，會當看著地球溫度愈來愈懸，南北極 ê 冰層漸漸咧融去，致使海水一直佇衝 (tshìng) 懸，真濟土地就按呢消失去矣。一幕一幕驚天動地 ê 畫面，hŏng 看甲心頭會畏寒！這攏是因為人類 ê 自私佮無知所造成 ê 後果。

這齣電影提醒咱人類，對全球暖化，溫度愈來愈懸、天氣愈來愈反常 ê 注意，嘛予真濟國家開始採取行動做環保。所以，「環境保護」毋是清彩講講咧就好，若是無實際 ê 行動，干焦空喙哺舌！對地球一點仔好處都無。

第三主論點：環境保護 ê 重要性。

無環境保護，咱人就無將來，囝孫就無向望。俗語講得好：「人若無照

天理，天就無照甲子」；人若無照規矩，時到就毋知按怎死。因為環境 ê 破壞 (huāi)，現此時，已經有幾若个國家強欲予海水淹掉去矣！親像南太平洋 ê 島國：『吉里巴斯』、『吐瓦魯』、『索羅門群島』，個遮 ê 國家 ê 真濟海島，佇未來 30 冬，攏會去予海水淹無去！

　　閣親像『威尼斯』，因為過度挖水井，所以地層開始下陷 (hām)，佇短短 20 年內，已經沉 20 幾公分矣，遮爾美麗 ê 水都，就咧欲 (teh-beh) 烏有去矣！越頭轉來看咱臺灣，這個美麗 ê 島嶼，這馬所有 ê 環保問題攏齊 (tsiâu) 到！咱若無希望青山綠水漸漸變做空殼 ê，著愛用實際 ê 行動來幫助地球。

第四主論點：欲按怎做環境保護，減少溫室效應？

　　當然，欲阻止地球暖化、溫度衝懸，做好環境保護 ê 責任，必須愛靠科技佮法律來推動，嘛愛靠逐家 ê 做伙拍拚。環保專家提出 4 个「R」ê 觀念來落實環保 ê 工課，第一个 R 就是 Reduce —— 減少使用；第二就是 Reuse —— 重新利用；第三是 Recycle —— 循環再製造；第四是 Replace —— 代替利用。聽起來好親像誠複雜，其實每一個人佇平常時矣，就會當對五个方向落實佇生活裡：

　　首先是佇食 ê 部分，盡量莫食外口 ê 物件，而且愛加食茱蔬果子代替肉類，不得已愛佇外口食 ê 時陣，著愛家己紮環保碗箸，毋通用保麗龍抑是紙質 ê 碗盤；第二是穿 ê 部份，盡量穿天然材料所做 ê 衫仔褲，毋但輕鬆自在，閣會當減少化學材料對環境 ê 傷害；第三是蹛 ê 部份，愛選擇有環保商標 ê 建材佮家具，而且，無需要過度裝潢，袂使用有毒 ê 建材，汙染咱 ê 環境；第四是交通方面，路途近 ê，咱就盡量行路抑是騎跤踏車；路途較遠 ê，就坐 Bus、火車抑是電車。毋但安全利便，而且空氣嘛較清氣。第五是娛樂 ê 部份，咱愛過上簡單 ê 生活，避免無必要 ê 開銷，莫予生活環境做敢若糞埽堆咧，按呢，嘛是一種心靈上 ê 環保喔。

（三）正反論述法

01. 題目：〈臺灣人 ê 人情味〉

第一主論點：正面論述－人情味是咱 ê 好傳統　（舉例說明）。

　　啥物是人情味？人情味是一種對人有善、熱情、親切閣好客 ê 態度。佇我細漢 ê 時陣，踮佇庄跤，厝邊隔壁袂輸一家伙仔咧，若有挽菜抑是好食物，攏會送來送去，三不五時閣會送去學校予老師；啊若拄著仔有人客來，一定刣雞、刣鴨，熱情款待人客；過年過節，閣較免講，家己飼 ê 雞仔啦、鴨仔啦、鵝仔啦、茶蔬啦，親情五十是送甲攏齊勻；見若到神明生大拜拜，嘛規工鬧熱滾滾，辦桌 hőng 食免驚 ê；啊若上無閒 ê 冬頭和冬尾，就互相相「放伴」，逐家和齊鬥播田，抑是鬥割稻仔，人情味是厚厚厚，袂輸海湧，隨時會當溢過來、閣溢過去。

　　啊咱原住民 ê 文化，閣較有做伙分享 ê 好傳統，逐擺勇士若拍獵轉來，就由在頭目分配今仔日拄掠著 ê 山豬、山羊、鹿仔肉，規个部落，大大細細，人人有份，按照年齡分肉。彼工逐家就圍做伙，那食肉那啉酒，閣那唱歌那跳舞。嘛聽講原住民個兜 ê 門，攏無咧關 ê，因為欲予腹肚枵 ê 人，隨時會當入去灶跤揣物件食。這真正是一種有人情味閣了不起，共生、共享 ê 好文化。

第二主論點：正面論述－人情味 ê 好處（舉例說明）。

　　佇咱這個時代，出國旅遊已經成做現代人消敨生活壓力 ê 一帖良藥，外國人若來咱臺灣觀光旅行，上蓋呵咾 ê 就是咱臺灣人 ê 人情味。

　　2017 年 3 月，根據旅外人士網站「InterNations」ê 調查，個對來自 67 个無全國家、14,000 名 ê 對象做訪問 (būn)，請教個「對外國人上友善 ê 國家是佗一个？」結果咱臺灣，予逐家評選做第一名。這個網站嘛表示，臺灣會當成做「對外國人上友善 ê 國家」，是因為有 90pha 移居臺灣 ê 外國人，攏予臺灣人「好客」這項人情味，誠懸 ê 評價，甚至有超過三分之一 ê 人，捌考慮過永遠留佇臺灣。個講，外國人來臺灣旅遊，若是佇臺灣拍開地圖，隨

就有人願意主動共你報路，甚至𤆬路。

　　既然咱對外國人都遮有人情味矣，咱哪會使「手骨屈出無屈入」，干焦對外國人有人情味咧？人講，佇厝日日好，出外朝朝難。咱平常時仔，就愛佮厝邊頭尾較捷來行踏，逐家見面相 (sio) 頕 (tìm/tàm) 頭，有物件就愛佮逐家分享，按呢感情毋才會親。若準做人苛頭苛頭，甘願家己厝內囥予臭酸，嘛毋願捀予厝邊隔壁過頓，按呢臺灣人 ê 人情味，早慢會包起來囥。

第三主論點：反面論述－人情味 ê 歹處 (舉例說明)。

　　毋過，甘蔗無雙頭甜，世間代，有一好就無兩好。人情味雖然予人誠呵咾，論真講，猶是有寡缺點，愛提出來檢討。

　　第一，「人情味」若走精，就會造成「無公義」ê 現象。因為逐項代誌攏共「人情味」囥上頭前，講究「人情」若傷過頭，就變做干焦會曉照顧家己 ê 人，對無關係、無熟似 ê 人，就無可能會公平對待。這就是「講情」、「關說」一直存在 ê 原因。

　　舉例來講，兩个人去應徵頭路，較有才情 ê 無一定會 hōng 錄取，有「人情」、有利用關係「叫人去講 ê」，錄取 ê 機會就較大。因為「人情」第一嘛，做面子上重要，長官佮頭家攏愛先照顧「家己人」！連法官判決，嘛會「人情囥頭前，法律隨人撨 (tshiâu)」！按呢，規个社會就失去「公義」矣。這是「人情味」變「做人情」，予咱 ê 第一个危機，咱 ê 社會會規个失去基本 ê「公平性」。

　　第二，「人情味」若用毋著所在，就會造成「無守法」、「無公德」ê 現象。舉例來講，巷仔內有人過身，佇巷仔頭搭棚仔做司公，規暝吵死人，因為有厝邊隔壁 ê「人情」佇咧，你就袂去共抗議佮檢舉。你 ê 親人欲借你 ê 健保卡，講欲借去醫生館予醫生頓一格，就會使領營養品，因為是親人，你驚拒絕了，會 hōng 嚳相講「哪會遮無人情！」你只好借伊。這種重視「人情味」ê 現象，煞變做阻礙社會進步 ê 幫兇！

　　1963 年 5 月 18，有一位叫做狄仁華 ê 外國留學生，佇中央日報刊登一篇文章，叫做〈人情味與公德心〉，這篇文章袂輸一粒炸彈爆炸全款，引起規个社會 ê 注意佮檢討，甚至閣有大學生發起「學生自覺運動」做回應。這

篇文章 ê 重點是咧講，這位對美國來 ê 留學生，以無全 ê 文化角度，觀察臺灣同學 ê 做人態度佮生活習慣，伊認為：臺灣人 ê 人情味真厚，全世界無地通比，毋過干焦熟似人才享受會著，生份人就無這个福氣矣。

而且，「人情味」往往會侵犯法律，因為屬於個人自由 ê「人情味」，會佮「社會法治」嚴重起衝突。閣較費氣 ê 是，臺灣人上欠缺 ê 是公德心，若無方法共制衡佮改善，就會變成民主 ê 障礙。伊舉一寡日常生活裡真淺現 ê 例。譬如講：排隊會搶去頭前插隊，考試公開作弊 (tsok-pè)，借別人 ê 月票坐車，公共場所無守禁薰 ê 規約……等等，做遮 ê 代誌，攏袂感覺見笑！凡事干焦想著家己，無別人 ê 存在，自私自利，講情違法。這種情形，邊仔 ê 人明明有看著，都準做無看著，嘛袂受氣、抑是講出聲抗議，逐家早就慣勢慣勢閣麻痺麻痺，予伊這个外國人感覺誠袂慣勢。

伊講 ê 遮 ê 情形，代誌雖然真細，毋過問題真大，因為，一个社會若準干焦講人情、討人情，若無公德佮良知，欲按怎維持法律和秩序？尤其是大學生，將來會成做國家 ê 領導人物，小所在無品行，大所在就袂堅持，落尾就會危害國家佮社會。

02. 題目：〈勢拍算較贏勢膁鑽〉

第一主論點：正面論述－啥物是勢拍算？舉例說明。

「勢拍算」ê 人，有長遠 ê 眼光，袂看眼前 ê 小利，伊會共人生 ê 過程，家己未來 ê 出路，做上好 ê 安排，也就是會曉揣出家己 ê 興趣和專長，知影生涯規畫，一步一步完成理想。

「勢拍算」ê 人，嘛有獨立自主 ê 氣質，凡事無愛倚靠別人，伊相信倚靠家己上好，人若自助，天就擁護。

「勢拍算」ê 人，閣有一个特質，就是凡事攏會留後步，伊真了解，咱做人、做事，「順風毋通駛盡帆，一丈槌就留三尺後」ê 道理，因為你若讓人一步，就是予家己有路；人情若有留一線，日後才會好相看。「勢拍算」ê 人所表現 ê，就是優秀 ê 領導人 ê 風格。

第二主論點：反面論述－啥物是勢躼鑽？舉例說明。

啥物是勢躼鑽？勢躼鑽是講一个人眞勢爲家己揣出路，會曉利用關係、牽親引戚，你兄我弟，送禮巴結，四界拜託，看風駛船，不擇手段，伊想欲愛 ê，大部份攏會當達著目的。

這種人 ê 優點是，對環境適應 ê 能力誠強，對生存之道嘛誠有辦法，毋過一般人攏會看伊較無，譬相伊逐工干焦想空想縫，倚爸食爸，倚母食母，袂輸虼蚤、鳥鼠仔咧，做代誌無夠光明正大。這是眞負面 ê 供體。

毋過，論眞講，勢躼鑽並毋是攏歹代，特別是對條直 ê 臺灣人來講，小可學會曉躼鑽是必要 ê，適當 ê 躼鑽，也是予家己出脫 ê 助力。

請問逐家，若準有一个媽媽，翁婿已經過身，伊一个人愛飼四个囡仔，爲著欲生存，伊敢會使無躼鑽？若毋是爲著欲做官發財、抑是個人 ê 享受，躼鑽一下，有啥物毋著？咱莫傷過條直，有當時矣，嘛愛知影變竅，躼鑽一下。

第三主論點：為啥物勢拍算較贏勢躼鑽？舉例說明。

我常在咧想，爲啥物勢拍算較贏勢躼鑽咧？我有幾點看法，欲佮逐家分享。

第一，勢拍算有長遠 ê 眼光，跤踏實地，凡事照起工、照步來；啊勢躼鑽就較貪眼前 ê 小利，伊注重 ê 是臨時 ê 變竅，平常時仔都無長遠 ê 拍算，做代誌當然就無照起工，時到才看事辦事。

第二，勢拍算 ê 人較會替別人設想，照顧 ê 是長期 ê 利益；勢躼鑽 ê 人較想就是家己 ê 利益，而且大部分是暫時 ê 利益。用戰爭來講，勢拍算是戰略，勢躼鑽是戰術。假使戰略若毋著，戰術閣較好嘛無效。

舉一个例來講，阮學校有兩个老師同時炁班，一个李老師，一个陳老師，兩个攏眞優秀佮認眞，毋過誠奇怪，兩个人炁學生、教學生 ê 方法，煞完全無仝款。李老師眞勢躼鑽，炁班較嚴格，一開始就共學生壓死死，閣誠重視考試成績，見若段考欲到，就逐節考試，甚至爲著成績好，不擇手段，一題若毋就著拍一下，所以一開始伊炁个班逐項表現攏眞好。

毋過陳老師拄好倒反，伊做代誌誠有遠見，嘛誠勢拍算，伊經營班級，是先佮學生培養感情，伊相信「學生愛讀冊進前，愛先佮意老師。」予學生因為快樂學習，才願意主動學習，所以，上課真趣味，考試閣袂蓋濟，一下開始，個班 ê 表現攏無誠好，毋過到學期尾，就漸漸有進步，到一个學年結束，個彼班 ê 成績佮表現就無人綴伊會著矣。按呢斟酌想，閣有影，勢拍算較贏勢軁鑽，真正一點仔都無毋著。

第十四課
台風原則佮訓練

一、台風原則

　　演講 ê 時，台風是一種綜合性 ê 展現，伊包括演講者 ê 表情、眼神、手勢、身軀語言、以及對聽眾做回應 ê 能力等。每一項攏是台風 ê 基礎，攏著下功夫斟酌學習，袂當有任何 ê 疏忽。

(一) 表情：對演講者來講，自然佮自信 ê 微笑是第一號表情，因爲好笑神，得人疼，生緣較贏生婧，有笑面 ê 人總是會較有人緣，較有吸引力。當然，表情嘛愛綴內容做變化，毋管是喜、怒、哀、樂，抑是悲傷、得意、剾洗、呵咾，攏應該有無仝 ê 表情，嘛愛有無仝 ê 聲情。

(二) 眼神：人講，目睭是靈魂之窗，「溜溜瞅瞅，食兩蕊目睭。」演講者 ê 目睭愛會曉講話，上台 ê 時，沿路就開始放電；佇演講 ê 時，眼神嘛愛平均扯觀看全場，絕對愛佮聽眾 ê 眼神有互動佮交流，hőng 感覺親切有感情，按呢演講才會成功。

(三) 手勢：手勢會當幫助演講 ê 成功。演講者徛佇台仔頂，猶未演講進前，兩手就眞自然囥佇大腿兩爿就好，莫共雙手靠牢牢，因爲靠牢牢就無自然。嘛毋通共手揹蹛尻川後，手著 (tио̍h) 提出來使用才正確。一般的，做手勢 ê 時，倒手出，正手回，兩手愛平均使用；而且做任何手勢攏愛有優雅性，袂當予人感覺粗魯佮無禮。

(四) 身軀：咱 ê 身軀嘛會講話，毋管頕 (tìm) 頭、擔頭，身軀擔懸、向 (ànn) 低，攏代表一種語言，而且攏著綴演講內容做變化。若準演講

過程中，會當自然融入內容、忘情演出，就是上好 ê 境界。

二、表情、眼神訓練

（一）歡喜 ê 表情佮眼神：

1. 這本冊 ê 故事誠精彩，<u>其中嘛有真趣味 ê 代誌喔</u>！
2. 讀冊真趣味，有 ABC 狗咬豬，嘛有音樂課 ê　Do、Re、Mi，<u>會當快樂唸歌詩，心情歡喜無塊比</u>。
3. 這馬想起來，<u>讀一年仔 ê 時陣上**趣味**</u>：有人連紲吼兩禮拜，講伊無愛讀冊，欲轉去揣媽媽；有人逐節課攏報告：「老師，我欲去放尿。」閣較趣味 ê 是，有人定定行*毋*著教室，走去別班上完一節課，老師才發現：「唉，<u>咱教室哎 (thài/thah) 會加一个囡仔咧</u>？」真正是「<u>一年仔悾悾</u>」，予老師，是一粒頭，兩粒大。

（二）悲傷 ê 表情佮眼神：

1. 若講著臺灣 ê 歷史，<u>咱的目屎就滴落塗</u>。
2. 相信逐家攏有聽過〈雨夜花〉這首臺灣民謠：「<u>雨夜花，雨夜花，予風雨吹落地。無人看顧，暝日怨感，花謝落塗不再回。</u>」這是日本時代另外一段悲情 ê 臺灣史。
3. 每擺，若對 (uì) 阿媽兜欲轉來都市，坐佇車頂，我攏會覆蹛窗仔門邊，<u>看著阿公佮阿媽徛佇門跤口送阮 ê 形影，形影是愈來愈遠，愈來愈細，心內攏會感覺足*毋甘*</u>。我向望有一工，會當搬轉去阿媽兜蹛，陪阿公阿媽到百歲年老，彼*毋*知欲偌好咧！

（三）受氣 ê 表情佮眼神：

1. 這个同學生做人懸漢大，真將才，*毋*過是<u>貧惰甲死無人，掃地從來*毋*捌</u>

掃，做值日生嘛放爛爛，逐項都無做。

2. 甚至，有一寡學生，少年袂曉想，受到『網咖』ê引誘，偷走書去耍「線頂遊戲」。眞正是「大路毋行行彎嶺；好人毋做做歹囝。」

3. 是按怎你講話攏無算話？害我等規晡，等攏無！你眞正有夠超過ê！

(四) 驚奇 ê 表情佮眼神：

1. 「媽，莫動！遮有一支白頭毛，我替你共挩起來好無？」

2. 有影喔！你演講比賽提第一名，毋成猴喔，我就知咧！

3. 這擺『納利』風颱來，全臺灣做大水，北部上嚴重。中央研究院ê前院長李遠哲，捌佇媒體上感慨：一樓咧淹大水，二樓咧看電視，三樓咧擲糞埽，四、五樓徛佇樓頂咧看鬧熱，攏無人主動落來鬥相工！咱ê社會哪會變甲這號款？

(五) 讚嘆 ê 表情佮眼神：

1. 無偌久，奇蹟出現矣：一隻、兩隻、十隻、一百隻……愈來愈濟ê鳥仔飛倚來。

2. 有一首詩是按呢寫ê：媽媽ê白頭鬃，親像秋天ê菅芒花，歷盡風霜，才會開甲遐爾婿；媽媽ê白頭鬃，親像春夜ê月娘，烏雲散去，才會笑甲遐迷人！

3. 當年，16世紀，葡萄牙人坐船經過臺灣東海岸，看著青翠ê山嶺、壯麗ê山河，擋袂牢，就大聲喝：『伊拉，FORMOSA！』「啊，美麗之島！」

三、手勢原則

頭前咱有講過，佇演講中，雙手會當幫助演講 ê 成功，咱的確著愛好好仔運用。我認為，手勢 ê 原則有「五愛」佮「一好」，紲落來我就簡單講予逐家做參考。

(一) 愛有意義性：手勢佮動作愛綴內容變化，袂當亂比。

(二) 愛有優雅性：手勢上好以斯文優雅 ê 動作展現。正手出，倒手回，平均使用。

(三) 愛有整體性：配合身軀、眼神，動作比予完整，有整體性。

(四) 速度愛一致：手勢佮言詞 ê 速度愛一致，才袂脫箠脫箠。

(五) 動作愛大範：做手勢 ê 時，兩肢手應該離開身軀，才會大範。

(六) 簡單自然上好：演講毋是咧比手語，毋免逐句攏比，閣較袂當比手畫刀，趒跤頓蹄，袂輸咧搬戲。

四、手勢分類

手勢 ê 分類，會當分做幾若十種，咱佇遮選擇四常咧用 ê 14 種做介紹，予逐家做參考，佇咧使用 ê 時陣，會當家己斟酌，隨人變通。

(一) 攑 giȧh：

分做「單攑」佮「雙攑」。「單攑」ê 時，共拳頭拇捏絚絚，表示贊成、熱情佮決心 ê 意志。「雙攑」共兩手全時間攑起來，表示真歡喜、暢甲掠袂牢 ê 心情。例：

1. 愛拚才會贏！（單攑）
2. 咱一定愛拚到底！（單攑）
3. 咱贏矣！咱贏矣！（雙攑）
4. 阮攏擁護你！（雙攑）

(二) 捀 phâng：

用一手抑是兩手，手底向天，對胸前捀懸，捀到肩胛頭 ê 懸度為止。會使單捀，嘛會使雙捀。例：

1. 伊就靠遮 ê 物件咧賺 (tsuán) 食。 （單捀）
2. 遮 ê 物件極加嘛是半斤爾爾。 （單捀）
3. 共伊鬥相工！ （雙捀）
4. 人民 ê 生活水準漸漸咧提懸。 （雙捀）

(三) 畫 uē：

共手向倒手爿、抑是正手爿，對胸前平平畫出去，表示一種送客，抑是無全 ê 意向、光景，甚至表示請教 ê 意思。例：

1. 你請！我無送！ （單畫）
2. 你行你 ê 路，我想我 ê 步。 （雙畫）
3. 看著青翠 ê 山嶺、壯麗 ê 山河。 （雙畫）
4. 這馬，有啥人並我較厲害？ （雙畫）

(四) 點 tiám：

伸出兩指 (tsáinn)，配合語意，做出向頭前抑是正爿、倒爿點 ê 動作，目的是欲提高聽眾 ê 注意力。例：

1. 第二點，誠意食水甜。 （單點）
2. 雙雙對對，萬年富貴。 （雙點）
3. 點仔、點、叮噹，來無影去無蹤。 （單點）
4. 落尾會兩敗俱傷。 （雙點）

(五) 指 kí：

「指」ê 動作是表示方向、距離、步位等，停留 ê 時間愛比「點」較久一寡，而且「指」ê 時陣，目睭袂使看手，愛看方向。例：

1. 勇敢向前行！ （單指）

2. 滿天全金條，欲捎無半條。　（單指）

3. 阮兜踏佇海ê彼片。　（單指）

4. 伊眞勢艱鑽。　（單指，指下）

（六）剉 tshò：

共手刀當做眞刀咧用，表是刨、切，抑是代誌ê某一部份。例：

1. 頭家拄著仔就刏雞教猴。　（單剉）

2. 前後咱攏不管，咱干焦管一段。　（雙剉）

（七）揀 sak：

手掌心向外，做出ê動作。例：

1. 順風揀倒牆！　（雙揀）

2. 伊共代誌推 (the) 甲外外外。　（雙揀）

3. 雄雄對後壁共我揀倒！　（雙揀）

（八）搖 iô：

手掌心向外搖動，表示拒絕、毋通、毋好ê意思。例：

1. 按呢蓋毋好。　（單搖）

2. 你無任何理由通講矣。　（雙搖）

3. 逐家莫振動！　（雙搖）

4. 這件代誌，莫閣講矣。　（雙搖）

（九）掣 tshuah：

「掣」，就是共手攑到胸前，配合語詞做前後激烈ê震動，表示失敗、憤怒佮懊惱ê情緒，有一支手ê「單掣」，嘛有兩支手ê「雙掣」。例：

1. 煞煞去！煞煞去！攏莫閣提起。　（單掣）

2. 慘矣，慘矣，這聲無救矣！　（雙掣）

（十）舂 tsing：

捏拳頭拇，抑是展開手掌，肩胛頭振動，出力拍落去。例：

1. 你閣拗蠻看覓，拍甲予你做狗爬！ （拳頭舂）
2. 若閣欺負人遮無站節，舂甲予你叫毋敢。 （拳頭舂）
3. 閣跋筊，我就請你食五筋胲(goo-kin-kê/gōo-kun-kuê)。 （用五筋胲 khiàk）
4. 干焦共你搝喙頓，挂仔好爾！ （手掌拍）

(十一) 揤 jih：

配合語詞，攑懸手，掌心向下，手掌向下跤揤，表示一種情景，抑是遭遇。例：

1. 上低ê限度。 （單揤）
2. 遭受無情ê壓迫。 （雙揤）

(十二) 挲 so：

手掌心向下，沓沓仔踅圓箍，敢若咧摸囡仔ê頭殼，表示一種疼惜ê心情。例：

1. 伊八歲就大甲遮大漢矣。
2. 阿公講：「戇孫ê，欲落雨矣，咱來轉。」

(十三) 讚 tsán：

伸出大頭拇表示呵咾、肯定、自信。例：

1. 有影世界讚！
2. 世界第一勇！
3. 你誠勢，胭脂提來抹鼻頭！
4. 臺灣是寶島，世界通人就呵咾！

(十四) 魯 lóo：

比出尾指指仔，表示成就低、身份卑賤。例：

1. 我是一个小人物爾爾！
2. 逐擺考試，伊攏考上尾名。

3. 伊真正是毋知見笑 ê 小人。

五、手勢綜合練習

(一) 左右手：雙手並用

1. 好山 (單畫)，好水 (單畫)，好 tshit-tshô (雙畫)。
2. 踅過來 (單畫)，踅過去 (單畫)。
3. 人生親像大舞台，苦齣笑詼攏公開；舞刀弄槍我上愛，吟詩作對蓋厲害。
4. 所以，若準我是一个老師，首先，我一定愛有豐富 ê 專業知識，佮做人 ê 好內材，學問嘛愛滿腹內。
5. 轉念，轉念，天欲共我考驗，欲增加我人生 ê 經驗。
6. 各位好朋友，咱若拄著不如意，就愛面對伊、接受伊、處理伊、落尾放下伊。
7. 推揀觀念 ê 進步 (單揀)，愛靠逐家 ê 拍拚 (單攑)。
8. 母語若親像是一條無 (bû) 形 ê 褲帶，共你 (單點)、共伊 (單點)、共咱逐家 (雙畫) 攏牽挽做伙 (雙扣)。

(二) 前後 (上下) 手：

1. 地球是咱心愛 ê 母親，母親賜予咱珍貴 ê 寶，咱著一代傳一代才好。
2. 細漢 ê 時陣，我逐工攏真快樂。
3. 代誌一層過一層，一擺閣一擺，伊攏無失志。
4. 有寒就有熱，有艱苦就有快活。
5. 出現一寡反常 ê 行為。
6. 今年 12 月 21 就是世界末日矣，毀滅性 ê 災難就佇眼前。

(三) 摹擬手：情境模擬

1. 好笑神，得人疼。
2. 彼陣，我猶細漢。目一下眨，囡仔一工一工大漢。

3. 溫度一直咧衝懸。

4. 目睭一下擘 (peh) 金。

5. 我佮大自然有約會。

6. 予臺灣佇 17 世紀,就發揮海島 ê 特色,佮世界先進 ê 文明行鬥陣。

7. 成功就愛靠拍拚,驚驚是袂著等 ê 啦。

8. 佇伊 40 歲彼年,頭家雄雄共工場收起來。

9. 俗語講:「若無好地基,就起無好厝。」教育是培養人才,傳承文化 ê
大事業,嘛是予咱國力壯大 ê 根本。

10. 阮阿爸講,伊細漢 ê 時陣,阿媽定定勸阿公:「押雞,毋成孵」,「囡
仔愈拍皮愈厚」、「罵若會變,雞母嘛會攑葵扇」。

(四) 綜合手 (表情)：混合使用

1. 所以,這馬地球 ê 大氣層 (tsân),才會破一空烏 lang-lang;溫度夯懸,海
水漲懸,害咱人強欲走投 (tâu) 無路。

2. 母語若親像一條褲帶,連結 (kiat) 咱 ê 親情、歷史佮文化,共你我結 (kat)
相倚。

3. 毋過,阮自然老師上蓋博,伊講,免驚啦,所有 ê 預言 (ū-giân) 攏是一種
警告爾爾。

4. 人講,一理通,萬理徹,你若放會落,就看著窗仔外開闊 ê 光景佮美麗 ê
田園,就會感受著性命 ê 飄撇佮自在。

六、上台訓練：實際操演

(一) 儀態：態度愛鎮靜、自然自在,隨時面帶微笑。眼神、表情佮身
體,攏愛充滿自信。

(二) 上台 ê 跤步:先欶一口氣,才徛起來;徛好了後,停一秒鐘,才起
行。轉斡過,小停一下,眼神先向評判行一下注目禮,面帶自然、
自信 ê 微笑。行到中央,徛定,用目睭看過三位評判了後,才開始出
聲問好。問好煞,行禮動作,袂當傷緊,愛大範、一步一步來。

（三） 表情手勢：演講 ê 時，手袂當揜 (iap) 佇後壁，自然放下。眼神愛會曉講話，專心全意平均看每一位聽眾。面愛綴內容做表情、手勢愛親切自然，兩手平均使用。會記得，身軀嘛愛會曉講話，毋過，袂使傷超過，以自然做目標。

七、觀摩比賽影帶：

（一） 選手觀摩 (môo) 全國賽 ê 光碟，討論演講者 ê 表情、手勢佮上台，是誠好 ê 學習方式。落尾，才要求選手共上台 ê 過程全部做演練，一直到完全熟手為止。

叁

基礎篇

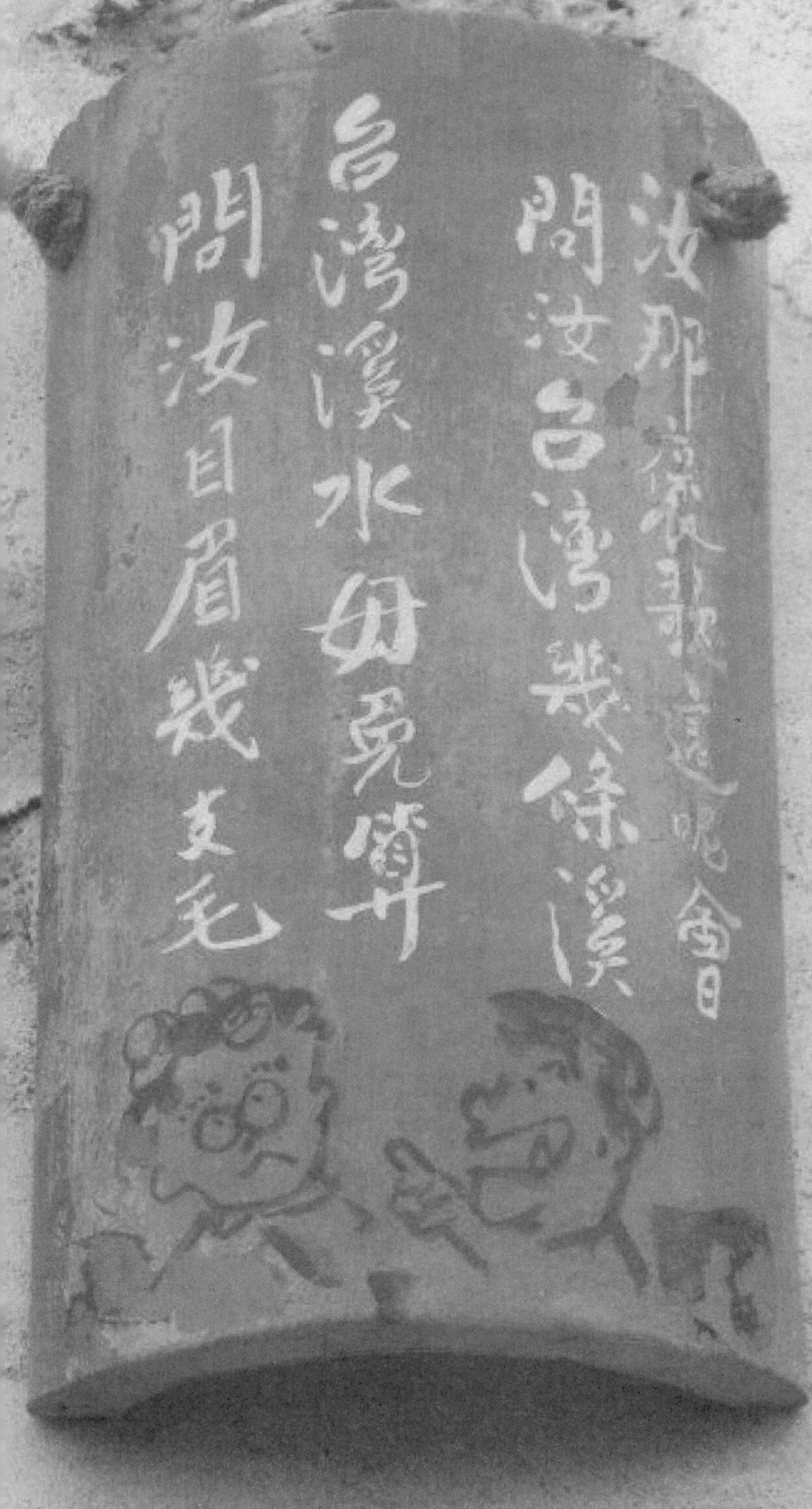

第十五課

臺語演講 ê 修辭

　　自古以來，修辭 ê 技巧，就是寫文章佮演講者一定愛學 ê 學問。文人 ê 文章欲寫予媠，辯士欲辯贏別人，若袂曉修辭技巧，彼是真食虧 ê 代誌。修辭 ê 技巧，斟酌分有幾若十種，咱無必要分甲遐幼，學遐濟。下面，咱就介紹一寡四常咧用 ê 修辭技巧：感嘆法、呼告法、譬喻 (jū) 法、轉化法、排比 (pí) 法、諏古 (hàm-kóo) 法、引用法、倒反法等八種，予逐家參考。

一、感嘆法

　　「感嘆」法，來自咱人心靈 ê 感動，心靈 ê 感動，來自客觀外在、予你驚惶讚嘆 ê 宇宙佮人生。生活中，咱會拄著真濟予咱歡喜、悲傷、受氣、疼惜、希望佮需要等等 ê 情緒，就會用自然 ê 呼聲，表達內心 ê 情感，這就是「感嘆」法。比論講，你去看滿山 ê 油桐花，你會自然讚嘆：「哇！白色 ê 油桐花，若像咧落雨！」這就是「感嘆」法 ê 修辭。佇演講中，咱嘛四常會用著。

【舉例】

一、用感嘆詞構造 ê 感嘆句

01. 噯 (aih)！到月底又閣無錢矣！
02. 哎 (aih)！真無彩。哎喲喂 (ai-iō-uê)！你莫閣叫我做矣！
03. 唉 (haih)！真可惜。

04. 來喔 (ooh)！緊來看喔！好酒沉甕底，捌貨ê才知買。

05. 呸 (phuì)！垃圾鬼，袂見笑，家己欲食閣毋討趁。

06. 主啊！祈求你賜我力量，會當順利度過這擺ê難關。

07. 著喔！著喔！乞食閣會下大願，未曾學行，就欲學飛！

08. 啊 (ah)！原來如此！我有影誤會你矣。

09. 哇！花雨滿天，又閣是五月雪ê季節。

10. 唉 (haih)！佇阮牽手ê目睭內，我是趁錢ê機器，伊是銀行總經理。

二、呼告法

所謂「呼告法」，就是你拄咧以平常ê口氣講話抑是論述代誌，忽然間情緒變較激動，改變口氣，改做用對話ê方式來呼喝 (huah)，這種修辭，就叫做「呼告法」。

佇咱講話抑是作文ê時陣，伊嘛是一種真普遍ê修辭法。毋過，使用「呼告法」ê時，愛有真實ê情緒做基礎，而且語詞嘛愛盡量縮短，才袂感覺無自然。譬論講：

【舉例】

01. 阿公越頭對我講：乖孫ê！乖孫ê！欲落雨矣，咱緊來轉！

02. 徛佇神主牌仔ê頭前，我心內一直捙跋反：「阿爸啊阿爸！你離開阮已經五多矣，你佇遐好無？……」

03. 大海啊大海！我知影你ê憤慨，嘛了解你ê憂愁，是阮人傷過匪類，害你規身軀癩𰣻 (ko) 爛癆，強欲無氣矣！

04. 天公伯仔，阮過ê是啥物日子！逐工考試考袂煞，三頓閣兼消夜，壓力有夠大；補習嘛定定補袂完，學校補無夠，補習班閣補來鬥！

05. 魚仔啊，你上乖！你緊來做好代，緊來予我釣，我ê暗頓全靠你矣，請你來成全！

06. 請相信！你目睭看會著 (tioh) ê所在，就是你行會到ê所在。

07. 天公伯仔！天公伯仔！你就愛鬥保庇，保庇阮阿母無代誌！

08. 囂俳啊！聳勢啊！我看你會當閣鵤趒 (tshio-tiô) 偌久？

09. 濁水溪，濁水溪，臺灣先民 ê 濁水溪，有開墾 ê 故事佮傳奇，嘛有永遠堅定 ê 意志留佇遐。

10. 臺灣啊臺灣，你是母親 ê 名。

三、譬喻 (jū) 法

「譬喻」，就是寫文句佮講話 ê 時，利用兩項物件之間有「相仝 ê 所在」，共「相仝 ê 所在」提來做譬論，用「舊經驗」引起「新經驗」，用「具體 ê」來說明「抽象 ê」，以「好了解 ê」說明「歹了解 ê」，這就是「譬喻」ê 修辭。

比如講「人生是一條單行道，永遠袂當閣回頭」這句話，是用具體 ê「單行道」來譬喻「人生」ê 過程有去無回。一个勢作文佮勢演講 ê 人，攏愛學會曉這種修辭技巧。下面咱就對「簡單 ê 譬 (phì) 論」開始。

【舉例】

01. 阿母講，想起過去，敢若是「做一場惡夢」，叫我按怎袂傷心？

02. 伊 ê 眼神真歹理解，親像是「天頂 ê 孤星」，閃閃爍爍，攏是寂寞 ê 光芒。

03. 每一个小學生，袂輸是「放出籠 ê 鳥仔」，佇公園 ê 草埔頂，飛來飛去，大聲喝咻，袂輸無 (bû) 法無天 ê 野蠻人，攏無我這个老師 ê 存在。

04. 時間是「甘甜 ê 果汁」，性命是「五月溫暖 ê 南風」，啊青春是「森林內 ê 長尾山娘」，逐工都大範兼活潑咧搖尻川花，閣大聲唱歌予愛人仔聽。

05. 人生是一條「單行道」，永遠袂當閣回頭。

06. 人生親像「坐公車」，當時落車無一定。

07. 人生無「彩排」，逐工攏是「現場直播」！

08. 青春就親像「衛生紙」，看起來誠濟，用咧，用咧，就用了矣。

09. 人生只有三工，迷惑 ê 人活佇昨昏，戀呆 ê 人活佇明仔載，只有清醒 ê 人活佇今仔日。昨昏已經過去，是「過期 ê 支票」；明仔載猶未來，是無可能兌現 ê「空頭支票」；只有活佇今仔日較實在，伊用「現金」咧生活。

10. 人生若「牌局」，運命負責「洗牌」，毋過「奕 (î) 牌仔」ê 是咱家己！

11. 有 ê 查埔人「巧甲像天氣」，多變化。有 ê 查某人「戇 (gōng) 甲像天氣預報」，已經變 (piàn) 天矣，伊都看袂出來。

12. 愛情是「藝術」，結婚是「技術」，離婚是「算術」。

13. 金錢親像「塗糞 (pùn)」，朋友價值「千金」。

14. 你講，人生親像是一塊 CD。CD 裡有輕快 ê 旋律，嘛有優雅 ê 曲調；有歡樂 ê 歌詞，嘛有稀微 ê 口白；有驚心動魄 ê 前奏，嘛有雷公爍爁彼一般 ê 結尾。你講，聽完一塊 CD，袂輸是經歷過一場懸低起落 ê 人生。敢若人生裡期待足久 ê 某一刻，會予你「規尾已經行到遮」ê 感動。

15. 媽媽 ê 白頭鬃，親像秋天 ê 菅芒花，歷盡風霜，才會開甲遐爾媠；媽媽 ê 白頭鬃，親像春夜 ê 月娘，烏雲散去，才會笑甲遐迷人！

16. 少女心，袂輸海底針。

17. 神食扛，人食妝。

18. 哇，有影媠！綠色 ê 森林，敢若青色 ê 大海；白色 ê 雲海，親像絨仔布鋪出來 ê 地毯。

19. 人生可比是海上 ê 波浪，有時起，有時落。

20. 世間若無女人，袂輸花園無種花；世界若無母親，敢若四季攏無春天。女人是可愛 ê 花蕊，母親是溫暖 ê 燈火。

21. 「上帝無法度照顧每一个人，所以創造母親。」我 ê 母親毋是天頂真光真顯目、眾人呵咾佮崇拜 ê 明星，伊只是厝裡 ê 一葩燈火，炤 (tshiō) 光阮兜每一个角落，嘛溫暖每一个人 ê 心。

22. 人若食到中年，就親像一本《西遊記》：有孫悟空 ê 擔頭，變豬八戒 ê 身材，留沙悟淨 ê 頭毛型，閣有唐三藏 ê 雜唸，上悲慘 ê 是離西天愈來愈近矣。

23. 生活袂輸是「心電圖」咧，若是攏平平平，表示；你已經掣起來矣！
24. 第一擺談戀愛，我若摸著伊ê手，就敢若去予2仔2ê電電著，一身(sian)人就戀戀像瘾頭(giàn-thâu)。
25. 兩个人是三碗蜜，一碗水，會使講是糖甘蜜甜。
26. 兩人愛情ê熱度，親像六月火燒埔，強欲臭火焦兼著火。

四、轉化法

咧講某一項物件ê時陣，轉變伊原來ê性質，化成另外一種本質完全無全ê物件，用這種方式來形容佮描述，就叫做「轉化」。

比如講：「日頭一下照射佇花園裡，所有ê花草攏開始有幸福ê笑容。」用「幸福ê笑容」來形容花草，花草就袂輸是人全款，變做有人性、有笑容，已經「轉變伊原來ê性質」，這就是「轉化」ê修辭。毋過，「轉化」ê修辭有「人性化」(擬物做人)、「物性化」(擬人做物)、「形象化」(擬虛做實)這三種。下面咱就舉例予逐家做參考：

【舉例】

(一)人性化(擬人化)：共物件當做人來形容，有人性ê表現。

01. 今仔日ê「喙舌無上班」，「目睭嘛囥佇褲袋仔內」。
02. 若準寂寞會當「提來配酒」，按呢，愛情就是「一場馬西馬西ê燒酒醉」。
03. 「日頭先生」是一个「真慷慨ê老紳士」。
04. 雨開始佇水池仔面頂「跳舞」，風開始佇故鄉ê田園「流浪」，啊雲咧，繼續佇天頂變把戲。
05. 啊，鹿鳴橋，你哪會「攏袂變老？」你看，我頭殼頂ê菅芒花是愈開愈濟矣！
06. 校門口彼欉大樹公，永遠「徛佇遐」，袂嫌忝，嘛袂嫌瘁，逐工「保

護」阮這陣毋知煩惱ê學生囡仔。

07. 雖然是不得已，看破了情義，夜蟲因何「嘆秋風」，「悲慘哭規暝」。
（臺語歌：〈苦憐ê戀花再會啦〉。）

08. 時間是上好ê「醫生」，嘛是上勢ê「執行長」。

09. 一張舊相片，「講一个老故事」，阮好親像聽著伊遠遠ê「哭聲」。

10. 五月ê梧桐花咧「做青春夢」，山雾佮花蕊做伴「欲寫自由詩」。

11. 河流講：「我毋知影欲去佗位，毋過我已經佇半路。」

（二）物性化（擬人做物）：共人當做是物件來形容。

01. 你若閣無乖，就共你「包包起來囥」，抑是共你「擲入去糞埽車」。

02. 這改ê失敗，「拍破」你原本ê計劃佮美夢，你「頭殼頂ê菅芒花」嘛愈開愈濟矣！

03. 阿姊ê目睭開始「做水災」，一粒一粒ê「珍珠」摔落塗跤兜。

04. 無嫁ê阿姑真勢刺膨紗，伊一針一線共阮ê囡仔時，「刺」甲足幸福。

05. 共忍耐「種佇你ê心肝底」，暝日照顧，伊ê根誠苦澀，毋過果實會誠甜。

06. 女性上驚「採花蜂」，男性上驚「渨花欉」。

07. 人生總是愛經歷「懸低起落」，才袂感覺厭癢，若是一直停留佇「懸音」ê狀態，袂按怎體會「低音」ê深刻？

08. 伊ê頭殼內一直咧「犁田」，犁過ê土地，漸漸有優美ê音樂聲，嘛漸漸有故鄉美麗ê形影。

09. 我ê失敗是挈氅氅ê稻草，失志ê心情是寒冷ê東北季風。

10. 阿爸一時ê「雷公爍爁」，害阮姊弟仔ê目睭攏咧「做大水」。

（三）形象化（擬虛做實）：共人、事、物攏具體來形容。

01. 母語若親像是一條「無形ê索仔」，共你、共我、共伊，攏「牽挽」做伙。因為有伊ê牽挽，咱才有共同ê文化、共同ê意識、共同ê理想，

佮共同 ê 未來。

02. 語言是文化 ê 根本，文學 ê「塗肉」；嘛是藝術 ê「肚臍」，佮哲學 ê「搖笱 (kô)」。因為有語言，人類才會當建構觀念佮意識，其他 ê 動物就無這種能力。所以無語言就無世界，無語言就無人類 ê 文化。論真講，這種講法，一點仔就無毋著。

03. 母語若親像一條「褲帶」，連結咱 ê 親情、歷史佮文化，共你我結相倚。

04. 咱 ê 母語若親像是「一甕酒」，有豐富 ê 文化芳佮溫暖 ê 人情味，閣有祖先 ê 智慧，以及人情義理 ê 價值觀佇咧。

05. 有人講，文明敢若是「一條鎖鏈」，共人類攏鎖鬥陣，害逐家人攏失去自由。

06. 有一種留戀像瓊花，暗暝開花，連鞭就蔫去，因為時間愈短愈予人數念。

07. 你毋知影 ê 相思，「下佇枕頭跤」，一下下 (hē) 三十多。

08. 你毋知影 ê 相思，是一張「寄袂出去 ê 限時批」。

09. 青春是「有限公司」，隨時會倒店，較濟保險嘛無效。

10. 時間真愛變把戲，三兩下仔，就共少年家變做老歲仔。

11. 緣份是一本冊，掀甲傷清彩會錯過，讀甲傷認真會流目屎。

五、排比 (pí) 法

啥物是「排比」？「排比」就是用結構相仝 ê 句型，一个接一个表達出仝範圍、仝性質 ê 意象，這就是「排比」。

「排比」，是一種優美形式 ê 設計，一般會用佇較感性 ê 內容，特別是佇做結論 ê 時陣用上濟。

愛提醒讀者 ê 是，「排比」佮「對句」（對偶）是無仝 ê，「排比」文句 ê 字數會當無仝，「對句」文句 ê 字數愛相仝；「排比」文句毋免管押韻平仄 (piânn-tseh)，「對句」文句愛有押韻平仄。下面咱就舉「排比」ê 例來說明：

【舉例】

01. 這擺 ê 旅行，有美麗 ê 風景會當欣賞；有知己 ê 朋友會使開講。

02. 咱是一 ê 講究學歷佮資格 ê 社會，佇科舉時代，講究 ê 是進士；佇科學時代，講究 ê 是博士。

03. 你 ê 樂觀，你 ê 豪爽，不過是欲掩崁你心內 ê 空虛；你 ê 熱情，你 ê 勇敢，嘛干焦是想欲平衡家己 ê 壓力。

04. 無頭神 ê 頂一代，無自我 ê 咱這代，毋知行對佗位去 ê 下一代。

05. 較早細漢，我是阿爸阿母 ê 心肝仔囝，個驚我寒，驚我熱，驚我食無飽，驚我穿袂燒，嘛驚我毋捌代誌。一工到暗，驚東驚西，氣身惱命，我攏嫌個囉嗦。這馬，手抱孩兒才知爸母時，換我開始驚東驚西，氣身惱命矣！

06. 閣較勞食，（嘛是）一支喙；閣較勞睏，（嘛是）一頂床；閣較勞蹛，（嘛是）一間厝；閣較勞行，（嘛是）一雙跤；閣較囂俳 (hiau-pai)，（嘛是）一世人。

07. 老大人 ê 智慧：共身體交予醫生，共性命交予上帝，共心情交予家己。

08. 曾經擁有 ê，毋通放袂記得；已經得著，閣較愛珍惜；屬於家己 ê，毋通放棄；已經失去 ê，就留落來回憶；想欲得著 ê，著愛拍拚；毋過，上重要 ê，是愛好好仔愛惜家己！

09. 哭，並無代表我屈服；退一步，並毋是象徵 (siōng-ting) 我認輸；放手，並無表示我放棄；微笑，並毋是代表我快樂！

10. 行棋有棋步，殺豬有刀路，做人除了有自己 ê 撇步，上重要 ê 是家己心中 ê 彼條路。

11. 咱用兩年 ê 時間才學會曉講話，顛倒愛用六十年 ê 時間才學會曉莫講話。「捌」佮「毋捌」，莫加講；心亂、心靜，沓沓仔講；若準無話，就莫講。

12. 原來，寂寞就是：用家己 ê 手指頭仔 (tsíng-thâu-á) 算跤指頭仔；原來，思念 ê 時陣，連喘氣嘛會心痛；原來，一个人就是一世人……人活佇世間，攏是獨來獨往 ê，原來寂寞才是性命 ê 真相。

13. 有人講，會當講出來 ê 委屈，就無算委屈；會當搶走 ê 愛人，就無算愛人。

14. 佇著 ê 時間，拄著著 ê 人，彼是一種幸福。佇毋著 ê 時間，拄著毋著 ê 人，只好吐大氣。

15. 人講：等一幫捷運，上無嘛就五分鐘；等一幫火車，上少嘛愛等一點鐘；啊若閣等咱後擺 ê 見面，可能就愛等一世人。

16. 行過千山萬水，嘛是咱家己 ê 故鄉上媠；走遍天涯海角，猶是故鄉 ê 月較圓；食過山珍海味，猶是阿娘煮 ê 較有滋味。因為鄉土佮親情是咱性命 ê 倚靠，嘛是咱靈魂唯一 ê 出路。

17. 春天是掖種、希望 ê 季節，夏天是拍拚落肥、剷 (thuánn) 草、流汗 ê 季節，秋天是等待收成、美麗 ê 季節，啊冬天就是歇睏團圓、歡喜 ê 季節。

18. 一人興一味：有人興鹹，有人興甜；有人愛山珍，有人愛海味。

19. 有人興燒酒配鰇 (jiû/liû) 魚，有人興大腸炒薑絲；有人興三層肉炒筍絲，嘛有人興芹菜炒花枝。

20. 日日是好日，年年是好年。我講，逐个季節嘛攏是好季節。

21. 學歷代表過去，財力代表現在，學習力代表將來。

22. 銀行 ê 行員講：「過年前，真無閒，無閒替客戶換新錢；過年後，嘛真無閒，無閒替客戶共新錢儉轉去口座裡。」

23. 我有一个夢：總有一工這个國家會崛 (kut) 起，實現伊相信 ê 信條：「咱每一个人一下出世就平等」，這个真理毋免閣爭論就誠清楚矣。我有一个夢：總有一工，佇『喬治亞州』紅塗 ê 山崙仔頂，較早奴隸佮較早主人 ê 後生，會當親像兄弟手足彼一般，坐佇草埔仔頂講心內話。[Martin Luther King，1929-1968]

24. 燒瓷 ê 食缺，織蓆 ê 睏椅。裁縫師傅穿破衫，做木匠 ê 無眠床。家己做醫生，尻川煞爛一爿。

25. 咱囡若放屁，講是腸仔咧爛；個囡若放屁，講是當咧大。

六、譀古法 (hàm-kóo huat)

　　文學毋是科學。科學需要百分之百共客觀 ê 真實記錄落來，文學就較偏向主觀 ê 感受。修辭法內底 ê「譀古法」，就是一種描寫主觀感受 ê 修辭法，咱平常時仔講話，嘛真自然會用著。

　　啥物是「譀古」？「譀古」就是華語講 ê『誇飾』(誇張鋪飾)。若準你講話 ê 時，所形容 ê 代誌抑是物件，超過客觀 ê 事實，這就是「譀古」法。「譀古」ê 目的，是欲一下喙就驚死人，閣會當引起聽眾 ê 好奇心，有時陣嘛會誠感動，抑是感覺真趣味。

　　佇真濟古詩佮文學作品裡，攏誠捷用這種方式來表達。上出名 ê 是李白〈秋浦歌〉ê 詩句：「白髮三千丈，離愁似箇長。」為著欲形容「離愁」，詩人共家己 ê「白頭鬃」形容有「三千丈」遐長！你講有「譀古」無？好佳哉，這是文學，毋是科學，無就予人掠包矣！下面 ê 例，予逐家做參考。

【舉例】

01. 較早聽講，臺西胡蠅真濟，閣厚風飛沙，講佇遐食一碗麵，用箸會去夾死三隻胡蠅，閣愛順紲摻風飛沙做伙食！

02. 人生短甲像早起時 ê 露水，嘛短甲像雷公爍爁。

03. 我佮伊八百年前就無相交插矣！

04. 伊褲底破一空，廈門迵廣東！

05. 伊佇庄仔內真有夠力，喝 (huah) 水會堅凍，喝米變肉粽，啊若喝鬼會走去藏！

06. 伊大聲喉世界出名。聽講捌有一擺，一个賊仔去個兜偷提物件，伊喝一聲「死賊仔脯！你共我擋咧！」彼 ê 賊仔就對牆圍仔頂跋落來！

07. 你離開 ê 時，我 ê 心肝規个碎糊糊，靈魂嘛走無去，生活袂輸拚著痟狗湧，昏昏死死去有三多久！

08. 你 ê 話，和標點符號我都毋相信。

09. 別人有ê是背景，啊我有ê是背影。

10. 哎喲喂，你遮無閒，閣親身走便所喔！

11. 當今社會，交通警察向望你違規，律師向望你告訴，老師向望你補習，醫生向望你破病，健保局向望你早死，干焦賊仔脯上有良心，伊向望你有錢。

12. 無論海水會焦、石頭會爛，我會愛你一世閣一世。

13. 伊一簽著「阿樂仔」，就暢甲毋知民國幾年！

14. 翁生某旦，食飽相看，目睭閣牽電火線。

15. 我目尾的皺痕 (jiâu-hûn) 會當挾死胡蠅矣！

16. 煞著頂腹蓋，會食袂消化。

17. 當年伊是「喝水會堅凍，喝米變肉粽，喝鬼走去藏」ê好額人。

18. 當年黃俊雄ê布袋戲咧演 ê 時陣，收視率上少就有 97 pha，逐工 12 點半一下到，規街路是恬啾啾，毋但計程車司機毋駛車，救護車嘛毋出車呢，連醫生都毋開刀，叫病人小等一下，啊若欲生囝咧，講愛等布袋戲看煞，才通生啦。

七、引用法

佇作文抑是演講中，「引用」別人ê話，抑是引用一寡典故、俗諺語等等，就叫做「引用法」。

「引用法」是應用真闊ê修辭技巧，伊是利用一般人對權威崇拜ê心理，用別人ê話，增加家己文章抑是演講ê說服力。毋過，借人ê光彩，絕對毋是上好ê方法，自創新ê詞類、文句、真理，才是上好ê方式。所以，佇語文抑是演講中，「引用法」千萬毋通用傷濟。

【舉例】

01. 美國ê教育家杜威捌講過：「生活就是教育，教育就是生活。」所以老師教囡仔按怎生活，就是一種教育。

02. 俗語講得好：「倖豬夯灶，倖囝不孝，倖查某囝會落人家教。」閣講：「省錢會富，倖囝賣厝。」眞正有影，囡仔毋通倖，一倖就僥倖，落尾就會規組害了了去！

03. 證嚴法師捌講過：「國家 ê 未來佇教育，教育 ê 未來佇良師。」

04. Froebel(福祿貝爾)講：「教育無啥撇步，愛佮模範爾爾。」

05. 教育是性命影響性命 ê 過程。

06. 拿破崙講：「無頇顢 ê 軍隊，干焦有無能 ê 將領。」

07. Russel(盧梭)講：「教育是行往新世界大門 ê 鎖匙。」

08. 二十一世紀，未來領袖 ê 條件是：品德、創意、溝通佮合作 ê 能力。

09. 德雷莎修女講：「咱佇別人 ê 需要面頂，看著家己 ê 責任。」

10. 邱吉爾講：「風吹佇摺風 ê 時飛上懸，毋是順風 ê 時飛上懸。」

11. 教育 ê 核心已經對「教」轉移到「學」，課堂 ê 目標毋是老師 ê 進度，是佇學生學習 ê 效果。

12. 教育是人類希望 ê 工程，學校是實現希望 ê 場所。

13. 人講：「天生萬物予人，人無半項予天。」

14. 鄭福田先生在生上愛講 ê 一句話是：「咱活咧 ê 時，愛艷麗若熱天 ê 花蕊；過身 ê 時，愛美麗若秋天 ê 月娘。」

15. 馬偕牧師講：「寧願燒盡，毋願鏽壞。」

16. 『成吉思汗』講：「藍天之下，攏是阮蒙古人 ê 牧場。」

17. 俄羅斯大文學家『高爾基』捌講過：「母親對囝兒 ê 愛，親像河邊 ê 柳葉，一條一條勻勻仔垂落來，是遐爾仔溫柔，是遐爾仔隨意，是笑甲遐爾仔 ê 美麗佮謙和，閣是遐爾仔 ê 安詳無聲，遐爾仔千古不朽。」

八、倒反法

「倒反法」嘛會當叫做是「剾洗法」，抑是「正剾倒削法」。華語叫做『反諷』。因爲「倒反法」就是講話 ê 人，心內眞正欲表達 ê 意思，拄好佮伊所講 ê 話顛倒反。

譬如講，阿兄對愛跋筊 ê 小弟講：「你實在有夠勞，閣會敗家伙！若毋

是你，咱這ê家族，佇咱庄仔內，就無通遮出名囉！」阿兄真正ê本意，毋是呵咾小弟，是咧責備佮剾洗。這種講話ê氣口，佇咱日常生活中，定定會聽著，會當講是一種真普遍ê修辭法。

【舉例】

01. 樹仔若無樹皮，一定會死翹翹！毋過，人若無愛面底皮，一定會天下無敵！

02. 你這个人ê喙舌無骨，上勢反出反入。（反，音 píng）

03. 臺灣就是因為生理人攏傷過巧矣，巧甲會跕壁，共別人攏當做盼仔咧損，觀光客才會愈來愈少。

04. 我彼陣仔，「真正巧甲過頭」，攏叫是伊毋捌世事，逐項代誌攏共安排甲好勢好勢。

05. 咱ê社會無欠「巧人」，欠ê是「戇人」。

06. 這个大官虎真正「予人呵咾」，開公家ê錢攏誠有手，挐紅毛塗ê速度，無人比伊會著！

07. 多謝你ê好示範，予我提早了解人性！

08. 做你啉予暢，輸予完，恁某囝攏共你當做是英雄，囝孫閣會代代中狀元，無人比你較囂俳。

09. 「這件代誌，我攏無囥佇心肝頭，按呢你有滿意無？」

10. 拄結婚ê阿惠共伊ê朋友講：「我有夠勢煮食ê，阮翁決定欲倩煮飯ê矣。」

11. 你一定是我頂世人ê大冤仇人，無代無誌就予我掛心，拄才聽你司奶一下，我甘願後世人莫閣去拄著你這个大冤仇人。

12. 水溝仔崁蓋有夠好用ê，袂 hông 當做糞埽堆矣，閣會當做停車場。

13. 成做失敗ê典範，你實在有夠成功。

14. 這个民族有影世界無ê，明明 hông 出賣矣，閣咧替人算銀票！

15. 這个民族真正是巧甲會跕壁，主動共生產技術送予敵人，才顛倒咧看敵人ê面色過生活。

第十六課
演講 ê 名言佳句

(簡單 ê 講法，簡單 ê 真理)

　　有人主張講：欲看演講是毋是成功，愛看聽眾是毋是有紮一兩句話轉去。意思是講，演講者是毋是有共演講 ê 內容濃縮做幾句話，予聽眾囥佇咧心肝頭，予個感動閣幫助個生長。

　　所以，任何演講攏需要一寡「名言佳句」來增加權威佮說服力，嘛做理念 ê 倚靠。佇遮咱共這種「名言佳句」，叫做「簡單 ê 講法，簡單 ê 真理」，因為簡單一兩句話就會當共道理講透支，予聽 ê 人誠感動。

　　遮 ê 「名言佳句」，有 ê 知影作者，有 ê 毋知。伊嘛包括真濟無全 ê 修辭技巧，除了引用法，猶有感嘆、譬喻 (jū)、排比、轉化、倒反等等方法。下面 ê 語句，咱毋管伊 ê 修辭法，按照無全性質分類，共抾做伙，方便演講者使用。

一、人生

01. 人生是一條單行道，永遠袂當閣回頭。

02. 人生親像坐公車，當時會落車？每一个人攏無全。

03. 人生無彩排，逐工攏是現場直播！

04. 世界上有四件代誌永遠無法度挽回：擗 (khian) 出去 ê 石頭！講出喙 ê 話！錯過 ê 時機！猶閣有消失去 ê 時間！

05. 活咧 ê 時陣愛較樂暢咧，因為咱愛死足久。

06. 每一个人出世 ê 時，攏是原裝 ê，悲哀 ê 是，足濟人攏漸漸變成假包 (pâu)--ê。

07. 人生有三階段：少年比才情；中年比財力；老年比境界。

（年，文音 liân；老，文音 nóo/ló）

08. 人生上重要 ê 毋是努力 (lóo-lik)，毋是奮鬥，是正確 ê 選擇。

09. 人生 ê 秘訣干焦六字：中年以前「莫驚惶」，中年以後「莫後悔」。

10. 人生只有三工，癮頭 ê 人活佇昨昏，戀呆 ê 人活佇明仔載，只有清醒 ê 人活佇今仔日。昨昏已經過去，是過期 ê 支票；明仔載猶未來，是無可能兌現 ê 空頭支票；只有活佇今仔日較實在，是用現金咧過生活。

11. 人生上拍損 ê 日子，就是咱無笑容 ê 時陣。（英國・卓別林，1889-1977）

12. 所以，人生就是享受你擁有 ê 一切，並且保持笑容！

13. 干焦有日頭光、無陰影，干焦有歡樂、無痛苦，彼就毋是人生矣。—— 宮崎駿《歲月 ê 童話》

14. 人生就是一逝開往塚 (thióng) 仔埔 ê 列車，路途上會有真濟站，真僫有人會當自頭至尾陪你行到煞尾站。當當陪你 ê 人欲落車 ê 時，閣較毋甘也著心存感激，紲落去就愛攕手告別。—— 宮崎駿《千與千尋》

15. 河流講：「我毋知影欲去佗位，毋過我已經行半路。」

16. 一个無後悔佮無遺憾 ê 人生，彼就毋是人生矣。

17. 死亡 ê 跤步逐日都咧迫近，毋過咱大部份 ê 人攏無要無緊。

二、運命

01. 人生若牌局，運命負責洗牌，毋過奕 (i) 牌 ê 是咱家己！

02. 運命又閣共我洗一遍牌矣，毋過奕 (i) 牌仔 ê 人，猶原是我家己。

03. 少年人講：我 ê 前途看起來是誠光明，毋過我揣袂著 (tio̍h) 出路。

04. 相信命運 ê 人，綴命運走；毋相信命運 ê 人，予命運拖咧走。

05. 有當時仔，我已經真拍拚矣，毋過，結果袂輸是放一个屁。

06. 世事無常，甚至連咱 ê 困境嘛袂存在偌久。（英國・卓別林，1889-1977）

07. 花若清芳，蝴蝶自來；人若精彩，天自安排。

08. 人變一時間，天變一世人。

09. 珍惜今仔日，把握現此時，啥知影明仔載佮意外，佗一个會先來。

10. 佇這个世界上莫傷依賴任何人，因為當當你佇黑暗中滾躘、拚命 ê 時，

連你 ê 影都會離開你。 —— 宮崎駿《魔女宅急便》

11. 註定是你 ê，別人按怎搶都搶袂走；註定毋是你 ê，毋管你按怎留都留袂 牢。這種想法真飄撇，嘛誠認命，所以有好有穲。

12. 為啥物人愈老攏會愈認命？因為熱情佮希望攏漸漸拍毋見矣！

三、生活

01. 你若是袂曉奕 (ī) 生活，生活就會共你奕 (ī) 甲忝忝忝 (thiám)。

02. 其實，這馬上班一工，時間有夠短 ê，電腦一遍開、一遍關，就過去矣 (ah)。

03. Teresa 修女講：上婿 ê 一工是今仔日。

04. 生活是一種藝術，藝術無一定愛開真濟錢。

05. 活動、活動，欲活就愛動。

四、人際

01. 別人攏咧假正經，我只好假做無正經。

02. 你共 (kā) 別人想甲傷 (siunn) 複雜，是因為你嘛無簡單。

03. 愚 (gû) 痴 ê 人，一直想欲 (beh) 別人了解伊；毋過有智慧 ê 人，顛倒拍拚 了解家己。

04. 大部分 ê 人一世人干焦做三件代誌：自我欺騙、欺騙別人、予別人欺騙。

05. 你永遠無需要向任何人解說你家己，因為佮意你 ê 人無需要，無佮意你 ê 人袂相信。

06. 西洋有一句話講甲誠著：「共別人摁落來 ê 時，你嘛佇下跤。」

07. 別人尊敬你，毋是因為你真優秀，顛倒是因為別人真優秀。世間往往 是，愈優秀 ê 人愈會曉尊敬別人。

五、男女

01. 有 ê 查埔人巧甲像天氣，多變化。有 ê 查某人戇 (gōng) 甲像天氣預報，已經變 (piàn) 天矣，伊都看袂出來。

02. 若準查某人咧埋怨一个佮你無關 ê 代誌，你上好有耳無喙，千萬莫插喙，若無你一定會掃著風颱尾。

03. 愛情是藝術，結婚是技術，離婚是算術。

04. 阿母講，人上好莫錯過兩項物件：轉來厝裡 ê 尾幫車，佮一个愛你誠深 ê 人。所以，我想欲坐尾幫車，去愛我誠深 ê 人 ê 身軀邊。

05. 放會落心 ê 是「曾經」，放袂落心 ê 是「記持」。

06. 世界上本來就無美女，追求 ê 人濟 (tsē) 矣，自然就變成美女。

07. 查埔人是用來靠 ê，所以愛可靠 (khó-khò)；查某人是用來愛 ê，所以愛可愛。

08. 球形嘛是一種身材！你愛學會曉欣賞。

09. 『莎士比亞』講：閣較好 ê 物件，也有失去 ê 一工；閣較深 ê 記持，也有淡忘 ê 一工；閣較愛 ê 人，也有遠走 ê 一工；閣較媠 ê 夢，也有清醒 ê 一工。該放棄 ê 就決心莫挽回；該珍惜 ê 就決心莫放手。分手了後，袂當做朋友，因為互相傷害過！嘛袂當做敵人，因為互相意愛過。

10. 世界遮爾大，人生遮爾長，總會有按呢 ê 一个人，予你想欲溫柔 ê 對待。

11. 毋捌 (bat) 貨，半世人艱苦；毋捌人，一世人艱苦。

12. 佮意一个人，干焦需要一分鐘；毋過欲共一个人放袂記得，需要規世人。

13. 娶著一个好某，會當予頂一代 ê 歡喜，予咱這代 ê 幸福，予下一代 ê 有出脫─嫁著好翁嘛仝款。

六、金錢

01. 金錢就親像衛生紙，看起來誠濟，用咧，用咧，就無矣。

02. 錢毋是問題，問題是無錢。

03. 別人 ê 錢財，是我 ê「身外之物」。

04. 錢誠重要，毋過，伊毋是人生 ê 一切。

05. 股神『巴菲特』講：「金錢袂予咱幸福，幸福 ê 關鍵是咱是毋是活佇愛 ê 關係裡。」

七、朋友

01. 金錢親像塗糞 (pùn)，朋友價值千金。

02. 挃 (teh) 著注，贏一改；綴 (tuè) 著人，贏一世人。

03. 得意 ê 時陣，朋友熟似你；落衰 ê 時陣，你熟似朋友。

04. 一个人行，行較緊；一陣人行，行較遠。

05. 一 ê 好朋友，袂輸一帖良藥；一个好 ê 群組，袂輸是一間藥房！

06. 世間有六个良醫：日頭、歇睏、運動、食食、自信、朋友。

八、家庭

01. 德雷莎 [Teresa] 修女講：上袂當欠缺 ê 是啥物？是家庭。

02. 德雷莎 [Teresa] 修女講：全世界上強大 ê 力量是啥物？是爸母。

03. 家庭上少有兩種：一種有溫暖，一種會傷害。

九、處事

01. 德雷莎 [Teresa] 修女講：莫等待別人來領導你，愛家己先做，一項一項趕緊做。

02. 德雷莎 [Teresa] 修女講：上簡單 ê 代誌是啥物？是犯錯。

03. 德雷莎 [Teresa] 修女講：上大 ê 阻礙是啥物？是驚惶 (hiânn)。

04. 德雷莎 [Teresa] 修女講：上嚴重 ê 錯誤是啥物？是自暴自棄。

05. 德雷莎 [Teresa] 修女講：上優先 ê 需要是啥物？是溝通。

06. 德雷莎 [Teresa] 修女講：上大 ê 滿足是啥物？是完成應該做 ê 代誌。

07. 德雷莎 [Teresa] 修女講：這世人，我無法度完成啥物偉大 ê 事業，我干焦會當用偉大 ê 愛，做一寡細項 ê 代誌。

08. 影響伊上深 ê 一句話，是德雷莎 [Teresa] 姊妹 ê 禱告詞：神啊！求你將我 ê 心完全拍碎，按呢我 ê 心中才會當有規个世界。[May God break my heart so completely that the whole world falls in.] 原來，心 ê 破碎，是為著欲共心量拍開，才會當包容規个世界，連接心靈內底 ê 希望佮快樂。

09. 「過錯 (tshò)」是暫時 ê 遺憾 (uî-hām)，毋過「錯過」是永遠 ê 遺憾！

10. 毋是決定欲做啥物，顛倒是決定無愛做啥物。蘋果執行長『賈伯斯』[Steven Paul Jobs]，自來就慣勢一直共物件提掉，簡化複雜，伊認為簡化過 ê 物件上媠。

11. 西洋有一句話講甲真好：「好 ê 倫理才是好 ê 經營之道。[Good ethics is good business.]」

12. 你若全心想欲去完成一件代誌，按呢，全世界佮全宇宙攏會來共你鬥相共。

13. 你若無共家己小弓一下，你就永遠毋知影家己有偌優秀。

十、為人

01. 狂妄 (bōng) 自大 (tāi) ê 人有救，自卑自嘆 ê 人無救。

02. 德雷莎 [Teresa] 修女講：萬惡 ê 根源佇佗位？佇「自私」兩字。

03. 德雷莎 [Teresa] 修女講：人上大 ê 缺點是啥物？是厚性地。

04. 德雷莎 [Teresa] 修女講：上穩 ê 感覺是啥物？是怨恨。

05. 學識不如智識，智識不如做事，做事不如做人。

06. 猶太人真勢做生理，世界出名，個有三个名言：第一，袂曉笑，莫開店。第二，袂曉呵咾，莫講話。第三，袂曉講故事，莫推銷。雖然咱 ê 產品攏全款，毋過予別人 ê「感覺」無全款。這攏是因為人無全款！人若毋著，產品就無可能著：人若著，產品按怎就無要緊。所以猶太人才會講：錢，基本上是笑出來 ê……。

07. 學歷是銅牌，能力是銀牌，人脈是金牌，道德是王牌。

08. 有寡代誌，毋是看著希望才去堅持，顛倒是堅持了後才看著希望。

09. 干焦改變家己 ê 態度，才有才調改變人生 ê 懸度。

10. 上婿 ê 生活方式，是佮一陣仝理想 ê 人，做伙為理想咧拍拚，逐工奔波走傱，路途閣較遠嘛毋驚。啊上婿氣 ê 人生，是便若越頭，就看著規路攏是感動人 ê 故事。

11. 有人問印度詩人『泰戈爾』三个問題：世間啥物上簡單？啥物上困難？啥物上偉大？『泰戈爾』應講：指責別人上簡單；認捌家己上困難；愛是上偉大 ê。

12. 定定聽人講，「人」兩畫，好寫，歹做。

13. 知足是人類 ê 財富，奢華是性命 ê 災難。

14. 知足佮珍惜攏是一種態度，嘛是一種愛。

十一、痛苦

01. 人會痛苦，是因為追求毋著 ê 物件。

02. 人會痛苦，是因為堅持著 ê 物件。

03. 每一種創傷，攏是一種成熟。

04. 十九世紀德國 ê 哲學家尼采講：「受苦 ê 人，無悲觀 ê 權利。」

05. 我佮意佇雨中行路，因為無人會看著我 ê 目屎。（英國・卓別林，1889－1977）

06. 千般計較，欲按怎得著快樂？（聖嚴）

十二、煩惱

01. 毋是某乜人 (bóo-mí-lâng) 予我煩惱，顛倒是我想袂開，提某乜人 ê 言行來煩惱我家己。

02. 你啥物時陣放下，就啥物時陣無煩惱。

03. 受氣一分鐘，就失去 60 秒 ê 幸福。

04. 有人講，受氣就是用別人 ê 錯誤來處罰家己。

十三、信仰

01. 也著神,也著人 (jîn)。相信上帝,毋過出門嘛愛會記得鎖門,才袂著賊偷。

02. 所有 ê「宗教」攏是人類想像出來,安搭人心 ê 精神食品。嘛會使講,所有 ê「宗教」攏是人類 ê 一種「文化創造」。

03. 地球 ê 物種有多元化 ê 必要,人類 ê「宗教現象」嘛愛有多元化 ê 尊重。

04. 馬克斯批評講,宗教是人類精神 ê 鴉片。其實,宗教應該是靈魂 ê 倚靠佮出路。

05. 輔仁病院 ê 院長講:「阮 ê 理想是,欲予病院成做一个有靈魂 ê 所在。」

十四、哲理

01. 「阿不倒」雖然攏袂摔倒,毋過嘛因為按呢,伊煞無法度前進一步。做「阿不倒」,不如做「戀小卒仔」,大膽向前衝,準講跋一倒,嘛會當扶著一隻金雞母。

02. 跋倒了後,千萬莫加想,先跔起來才講。

03. 請相信!你目睭看會著 (tioh) ê 所在,就是你行會到 ê 所在。

04. 當 (tng) 咱提花送予別人 ê 時陣,代先鼻著花芳 ê 是咱家己;當咱搣 (me/mi) 爛塗 (nuā-thôo) 想欲糊別人 ê 時陣,代先沐 (bak) 垃圾 ê 是咱家己 ê 手。一句溫暖 ê 話,就親像共別人 ê 身軀澍 (tshū) 芳水,家己嘛會滴著兩三滴。所以,咱愛時時心存好意、喙講好話、身行好事,惜緣種福。

05. 曾經擁有 ê,莫袂記得;已經得著 ê,愛閣較珍惜;屬於家己 ê,莫放棄;已經失去 ê,留落來回憶;想欲得著 ê,必須愛拍拚;毋過,上重要 ê,是愛好好仔愛惜家己!

06. 行向上遠 ê 方向 —— 管待伊面頭前 ê 路茫茫渺渺;抱著上大 ê 希望 —— 毋免驚山 (san) 窮 (kiông) 水 (suí) 盡;堅持上強 ê 意志 —— 毋免驚刀山火海;做好上穩 ê 拍算 —— 毋免驚對頭開始。

07. 哭，並無代表我屈服；退一步，並毋是象徵 (siōng-ting) 我認輸；放手，並無表示我放棄；微笑，並毋是代表我快樂！

08. 人無可能共錢紮入去棺材內，毋過，錢有可能會共人炁入去棺材內。

09. 只有一个人願意等，另外一个人才願意出現。

10. 「毋驚死」ê人，死一擺；「驚死」ê人，死千萬擺。

11. 西方有一句名言講：「只要面向日頭，陰影就會佇你ê背後。」

12. 行棋有棋步，刣豬有刀路，做人除了有家己ê撇步，上重要ê是家己心中ê彼條路。

13. 咱用兩年ê時間才學會曉講話，顛倒愛用六十年ê時間才學會曉莫講話。捌佮毋捌，攏莫加講；心亂、心靜，沓沓仔講；若準無話，就莫講。

14. 人若無夢想，就袂輸花園無花全款。

15. 戀戀仔巧，毋通巧巧仔戀。

16. 簡單是簡單，做久就無簡單。

17. 決心做你家己，就是英雄。

18. 社會上大ê悲劇，毋是歹人ê壓霸聳鬚，顛倒是好人ê恬恬毋出聲。(馬丁·路德·金恩)

19. 無知是奴才之本 —— 無知通往奴隸之路。

20. 咱人碩顢無要緊，莫假勢。

21. 人類智慧ê總結就是這幾个字：等待和希望。 —— [Alexandre Dumas, "The Elder."]

22. 當當獨裁成做事實，革命就是義務。

23. 當當「出賣主權」已經佇咧進行中，按呢「反抗」就是一種生命ê美學。

24. 佇戰爭佮屈辱ê面頭前，若準你選擇屈辱，屈辱了後，你全款愛面對戰爭。(邱吉爾)

25. 愛，就親像是花ê芳味，溪流ê方向。

26. 一个人行，艱苦；一陣人行，較輕可。

27. 通常，人生並毋是看著「希望」才「堅持」，顛倒是「堅持」才看著「希望」。

十五、人生觀

01. 閣較勞食,(嘛是)一支喙;閣較勞睏,(嘛是)一頂床;閣較勞蹛,(嘛是)一間厝;閣較勞行,(嘛是)一雙跤;閣較囂俳 (hiau-pai),(嘛是)一世人。

02. 凡事愛正面思考,想好莫想穤。有當時仔,失望,嘛是一種幸福。因爲有所期待,才會失望。有當時仔,遺憾,嘛是一種幸福,因爲猶閣有予你遺憾 ê 代誌。

03. 你免驚性命有一工會結束,顛倒愛驚你 ê 性命,從來毋捌開始過。

04. 老大人 ê 智慧:共身體交予醫生,共性命交予上帝,共心情交予家己。

05. 性命就親像是一條歌,在生 ê 時陣咱愛用熱情唱予媠氣;當當性命 ê 煞尾站,咱愛學習樹葉仔飄撒落塗 ê 智慧。這個功課,咱愛冗早學習,量早準備予好勢。

06. 性命會當「隨心所欲」,毋過袂當「隨波逐流 (tiȯk-liû)」。 ── 宮崎駿《貓 ê 報恩》

07. 花若清芳,蝴蝶自來;人若精彩,天自安排。

十六、旅遊

01. 去一個所在,思念一個所在,攏是因爲遐 ê 人,顛倒毋是遐 ê 風景。一个城市會佮家己有親切 ê 連繫 (liân-hē),嘛是因爲遐有佮家己相關 ê 人,有你放袂落心 ê 人蹛佇遐。

02. 旅行就是對家己蹛癢 ê 所在,去到別人蹛癢 ê 所在。

03. 一个人行,行較緊;一陣人行,行較遠。

04. 干焦一个人咧旅行 ê 時,才聽會著家己 ê 聲音,伊會講予你知,這個世界比想像中 ê 閣較開闊。 ── 宮崎駿《魔女宅急便》

05. 有兩件代誌會當予咱學著看世界 ê 角度:第一項是旅行,第二項是讀冊。

十七、寂寞

01. 若準寂寞會當提來配酒，按呢，愛情就是一場醉死無陪 ê 燒酒醉。

02. 原來，寂寞就是：用家己 ê 手指頭仔 (tsíng-thâu-á) 算跤指頭仔；原來，思念 ê 時陣，連喘氣嘛會心痛；原來，一个人就是一世人……，人活佇世間，攏是孤單 ê，原來寂寞才是性命 ê 真相。

03. 有人講，會當講出來 ê 委屈，就無算委屈；會當搶走 ê 愛人，就無算愛人。

04. 佇著 ê 時間，拄著著 ê 人，彼是一種幸福；佇毋著 ê 時間，拄著毋著 ê 人，只好吐一聲大氣。

十八、現實社會

01. 現此時 ê 臺灣：物價已經佮歐洲接軌 (kuí)，厝價已經佮月球接軌 (kuí)，啊工資已經佮非洲接軌 (kuí)……，根據客觀 ê 統計，咱 ê 薪水已經倒轉去 16 年前 ê 水準。

02. 現實 ê 社會，死較簡單，活咧傷困難。

03. 欲按怎形容咱這代 ê 臺灣人？囡仔一出世，就揹國家 ê 債務幾若十萬；少年人欲讀大學，攏著愛貸款，未先趁錢就先負債累累；出業了後就失業，好運有頭路 ê，薪水攏對 22k 起跳；閣發現萬物齊 (tsiâu) 起，干焦薪水無起，一世人 ê 薪水嘛買袂起一間厝！頂一代 ê 序大人嘛咧怨嘆，講個是「有孝序大人 ê 上尾一代，是予序細放揀 ê 第一代。」

04. 啥物是現實社會？有錢叫你董 ê，無錢叫你等咧；有錢叫你頭家，無錢佮你冤家；有錢講話大聲，無錢講話無人聽；有錢看病免排，無錢看病等埋 (tâi)；有錢駛車會當免牌，無錢駛車罰單隨來；有錢山珍海味，無錢無碗無箸 (tī)；有錢啉威士忌，無錢啉維士比；有錢妝甲媠媠，無錢穿甲若鬼；有錢逐家攏好，無錢逐工煩惱。

十九、譬相

01. 樹仔若無樹皮，一定死翹翹！毋過，人若無愛面底皮，一定會天下無敵！

02. 有代誌做 ê 時陣，咱共「勞碌」當做忝頭 (thiám-thâu)，無代誌做 ê 時陣，咱顛倒共「放鬆」當做是無聊。人，實在足歹款待。

03. 咱攏定定愛去檢驗別人對咱所講過 ê 承諾，顛倒足少去檢驗家己對家己所講過 ê 承諾。

04. 豬有豬 ê 思想，人有人 ê 思想。若準豬有人 ê 思想，按呢伊就毋是豬——是豬八戒！

05. 人講，真正可怕 ê 毋是對牛彈琴，顛倒是一陣牛好心對你彈琴。這就是指電視名喙！

二十、語言文化

01. 臺灣爸母話，就是咱所講 ê 臺語，毋管 ho-ló、客家、原住民語，這馬攏親像五更 ê 蠟燭火，強欲化 (hua) 去矣。

02. 母語若親像是一條無形 ê 索仔，共你、共我、共伊，攏牽挽做伙。因為有伊 ê 牽挽，咱才有共同 ê 文化、共同 ê 意識、共同 ê 理想，佮共同 ê 未來。

03. 咱 ê 母語若親像是一甕酒，有豐富 ê 文化芳佮溫暖 ê 人情味，閣有祖先 ê 智慧，以及人情義理 ê 價值觀佇咧。

04. 語言是文化 ê 根本，文學 ê 塗肉；嘛是藝術 ê 肚臍，佮哲學 ê 搖笱 (kô)。因為有語言，人類才會當建構觀念佮意識，其他 ê 動物就無這種能力。所以無語言就無世界，無語言就無人類 ê 文化。論真講，這種講法，一點仔多都無毋著。

05. 母語若親像一條褲帶，連結咱 ê 親情、歷史佮文化，共你我結相倚。

06. 定定聽人講：「人若無文化，會真可怕！」啊人到底愛有啥物表現才算

有文化？是學歷？是經歷？抑是捌音樂佮藝術？……攏毋是。有一个誠好ê講法，用簡單ê四句話來解說：一、種佇咱內心ê「修養」；二、毋免別人提醒ê「自覺」；三、用約束做前題ê「自由」；四、爲別人設想ê「善良」。

二十一、鄉土教育

01. 行過千山萬水，嘛是咱家己ê故鄉上嬌；走遍了天涯海角，猶是故鄉ê月較圓；食過山珍海味，猶是阿娘煮ê較有滋味。因爲鄉土佮親情是咱性命ê倚靠，嘛是咱靈魂唯一ê出路。

02. 過去，臺灣ê教育內容攏脫離土地，攏佮家己生存ê土地無關係，所以臺灣囡仔袂輸空中飛人全款，心攏飛佇半空中。所以，造成受教育愈懸，離開土地愈遠，嘛愈看袂起鄉土。咱攏好親像是這地土地ê異鄉人、四界流浪ê『吉普賽』[Gypsies] 人。

03. 臺灣人是這塊土地ê『吉普賽』[Gypsies] 人，臺灣ê教育毋教學生認同土地，重整家園，顛倒教學生逃離家園！

04. 佇臺灣，過去，欲教囡仔認捌臺灣是一件眞無簡單ê代誌。毋但袂記得故鄉，甚至看袂起故鄉，對土地無疼心、無認同，嘛無信心。

05. 四五十年代，校園流行一句話：來來來，來臺大；去去去，去美國。去美國了後，才知影臺灣眞正ê歷史，才開始懷念故鄉，無奈唱黃昏ê故鄉。

06. 有行過就有感情，有踏過就有回憶。你看，是按怎農民對土地田園會遐有感情咧？因爲伊逐工攏愛去田園巡巡看看咧，敢若咧照顧家己ê囡仔全款。除了有對祖先ê數念，嘛有對土地田園眞深ê感情。

07. 跤踏臺灣地，頭戴臺灣天，煞攏毋知臺灣ê老母佮老爸，無彩三頓臺灣米，不如提去飼鳥鼠。

08. 有認同，就有疼；有疼ê所在，就是故鄉。

二十二、教育

（一）教育愛

01. 教育無別項，愛佮榜樣爾爾。[Froebel Gifts，福祿貝爾，德國教育家，1782-1852]

02. 教育愛是佇感動中完成，毋是生產線，也毋是分數排名。

03. 只有佇愛ê溫度裡，教育才會成功。[E. Spranger，斯普朗格]

04. 教育是性命影響性命ê歷程。

05. 出名ê德國哲學家『卡爾·雅斯貝爾斯』講：「教育ê本質是展現：一欉樹仔搖動一欉樹仔，一片雲挃動一片雲，一个靈魂喚(huàn)醒一个靈魂。」

06. 19世紀俄羅斯ê教育家『康斯坦丁·烏申斯基』講：「人類教育上基本ê途徑是信念，干焦信念才會當影響信念。」

07. 每一个囡仔只要有機會，攏會當享受成功ê經驗。

08. 共燈火提較懸咧，按呢會當炤著閣較濟人。[Helen Keller]

09. 發揮教育愛，無放棄任何一个囡仔；提升關照ê能量，毋好每一个囡仔。

10. 徛佇巨(kī)人ê肩胛頭，會當看閣較懸、閣較遠。

11. 青春毋是年齡歲月，是一種心境，當當一个人開始失去理想佮熱情，就是衰老ê開始。

12. 學校無法度取代家庭ê功能，毋過伊定著是弱勢囡仔得著溫暖ê所在。

13. 當當你ê手裡唯一ê工具，干焦賰一支鐵鎚仔ê時，世界上所有ê物件，在你看來，攏會變做鐵釘仔。[Mark Twain，馬克·吐溫]

14. 「教育資源」好揣，「教學熱情」僫揣，這才是偏鄉教育ê困境。

15. 教育，毋是共一桶水倒予渧，是共一把火點予著(tóh)。

16. 佇別人ê需要頂面，我看著家己ê責任。（德雷莎修女）

（二）良師興國

01. 學校教育ê成敗決定佇教師ê好穩。
02. 教育ê投資閣較大，學校ê軟硬體閣較好，囡仔材閣較懸，若準無好老師，按呢一切ê投資攏是枉費。
03. 國家ê未來佇教育，教育ê未來佇良師。
04. 一个好老師，愛會當和學生心神交會。
05. 校長是領導學校ê運轉手，是學校經營成敗ê關鍵。
06. 領導，是共團隊焄向全一个向望ê藝術。
07. 閣較大ê夢想，只要分段去做，總有一工會當達成；閣較小ê夢想，若準攏毋行動，按呢佗位嘛行袂到。（嚴長壽）
08. 教師應該共學生鬥幫贊，學著實際ê能力，佇實際ê能力頂面，去發展個ê潛力。[Vygotsky，蘇聯心理學家，1896-1934]
09. 教育是人類希望ê工程，學校是實現希望ê場所。
10. 若是家己都猶未發展、培養和教育好，就袂當去發展、培養和教育別人。
11. 經營學校欲成功，先決條件是啥物？是有好ê領導。
12. 效能是做著ê代誌，效率是共代誌做予好。
13. 師資若贏，教育就贏；教育若贏，囡仔和國家ê未來就會贏。
14. 用敏察ê目睭、柔軟ê心，看見囡仔ê點點滴滴。
15. 會當激發學生「自我教育」ê教育，才是真正ê教育。

（三）教育理念

01. 教育是通往新世界ê鎖匙。[Russell，羅素，英國哲學家，1872-1970]
02. 美國ê教育家杜威捌講過：「生活就是教育，教育就是生活。」所以老師教囡仔按怎生活，就是一種教育。
03. 教育毋但是一種價值，嘛是一種生存、生活、性命ê能力。
04. 老師愛培養學生自動學習ê慣勢，俗語講：「你有才調牽一隻馬仔去河邊，毋過你無才調強逼伊啉水，除非伊家己願意。」

05. 學歷代表過去，財力代表現在，學習力代表將來。

06. 今仔日 ê 優勢會予明仔載 ê 趨勢代替，所以咱 ê 教育愛把握趨勢，把握未來。咱嘛袂當用過去 ê 方式，教育這馬 ê 囡仔，適應未來 ê 生活。

07. 教育的確愛面對未來，袂當干焦顧現在。[Vygotsky，維高斯基，蘇聯心理學家，1896-1934]

08. 受教育 ê 目的，毋是閣共智識運用佇現在，顛倒是欲創造未來。[Peter F. Drucker，彼得·杜拉克]

09. 咱應該用未來 ê 眼光來斟酌現在，毋是用過去 ê 經驗來框 (khong) 限未來。(嚴長壽)

10. 教育學家『哈艾特』[G.Highe] 講：「教育毋是科學，是一種藝術。」

11. 有人問鷗鴉：「你是按怎欲飛去雲頂教育你 ê 囡仔？」鷗鴉應講：「若準我倚佇塗跤去教育個，按呢個大漢了後，哪有勇氣去倚近日頭咧？」(萊辛)

12. 想欲改變一个人，著愛先改變伊 ê 環境。[Dewey，杜威]

13. 教育，是欲予人會當成 (tsiânn) 做人 ê 工課。

14. 全球化毋是一種選擇，是一種現實。[Friedman，傅利曼，美國經濟學家，1912-2006]

15. 當當咱翻開一本冊，就敢若咱拍開一扇通往世界 ê 窗。

16. 有組織就有競爭，有競爭才有進步。

17. 教育毋是貯 (té) 滿一鈷水，是點著囡仔心內 ê 蠟燭，予伊發光發熱。(嚴長壽)

18. 教師 ê 任務，是欲共學生囡仔鬥揣出個 ê 天賦，看出個 ê 獨一無二，毋是教出一模一樣 ê 模範生。(嚴長壽)

19. 因為升學主義掛帥，無注重生活教育，致使學生智識狹 (èh/uèh) 化，生活嘛綴咧狹化。

20. 學生是教育 ê 中心，學校是為學生設 ê，啊老師嘛是為著學生才教 ê。

21. 教師有智慧，才有才調教出有智慧 ê 學生。

22. 教育 ê 根是苦 ê，毋過伊 ê 果實是甜 ê。(亞里士多德)

23. 初期教育應該是一種娛樂，按呢，才會當簡簡單單就發現一个人生本 ê

喜愛。(柏拉圖)

24. 教育ê核心已經對「教」轉移到「學」，課堂ê目標毋是老師ê進度，
是佇咧學生學習ê效果。

25. 教育，應該對過去重視看會著ê「硬體設備」，轉去經營看袂著ê「教育
力」。

26. 教育，有可能是學生發展ê助力，嘛有可能會成做阻力。

27. 領導者毋是天生ê，個是培養ê。

28. 哲學是教育ê普通原理，教育是哲學ê實驗室。[Dewey，杜威]

29. 智識ê基礎必須建立佇閱讀頂面。[約翰生，Samuel Johnson，英國文學
家，1709-1784]

30. 對爸母來講，家庭教育上要緊ê是自我教育。(克魯普斯卡婭)

31. 教育，是一个沓沓仔發現家己無知ê過程。(杜蘭特)

32. 兒童是社會ê未來，教育是兒童ê未來。

33. 教育機會均等，毋是齊頭式ê平等，是立足點ê平等。

34. 重要ê是有啥物能力，毋是欠缺啥物能力。[Peter F. Drucker]

35. 佗一个國家ê教育，會當頭一个躍升到教育4.0，就會當成做世界人力
發展ê毛路雞，並且創造21世紀ê新經濟模式。[美國知名未來學家
Harkins]

36. 臺灣教育問題毋是佇機會ê有佮無，是佇平均佮品質ê好穩。

37. 咱人，對啥物所在和啥物時陣，開始自我教育咧？有一句古老ê名言
講：「戰勝自己，是上無簡單ê勝利」(蘇霍姆林斯基)

38. 教育ê目的，是咧替少年人ê終生自修做準備。[R.M.H]

39. 教育對心靈來講，敢若雕刻對大理石。(愛迪生)

40. 美國出名ê成功學家、教育家『卡耐基』講：「假使咱有快樂ê思想，
咱就會快樂……用快樂、樂觀、明朗ê心胸去面對人生，咱ê人生就永
遠是快樂ê。」

41. 蘇聯有名ê教育家『蘇霍姆林斯基』講：「教師愛真心對待囡仔內在ê
世界，袂當真粗魯就共家己ê意見，硬欲加佇個 ê身軀頂，愛耐心聽取
個 ê意見，愛以平等待人ê態度參加個ê爭論。」

42. 意大利出名ê教育家『蒙台梭利』講:「教育,愛先引導囡仔行獨立ê道路,這是咱教育關鍵性ê問題。」

43. 美國出名作家、教育家『詹姆斯‧潘』講:「一个成功ê人是用幽默感對付挫折ê」。

44. 18世紀法國思想家Rousseau(盧梭)講:「啥物是上好ê教育?上好ê教育就是無所作為ê教育:學生看袂著教育ê發生,毋過會實實在在影響個ê心靈,幫助個發揮潛能,這才是天跤下上好ê教育。」

45. 古希臘有名ê教育家兼哲學家『柏拉圖』講:「一个人對細漢所受ê教育,按怎引導伊,就會當決定伊大漢會行向佗位。」

(四) 美感教育

01. 對媠ê事物中揣著媠,這就是審美教育ê任務。(席勒)

02. 所有會當予囡仔得著媠ê享受、媠ê快樂、和媠ê滿足ê物件,個攏有一種奇妙ê教育力量。(蘇霍姆林斯基)

03. 「美感教育」毋是技術ê學習,顛倒是希望佇生活中實踐,予咱開始對生活中ê每一件代誌敏感,進一步願意開始進行發現、探索、體驗、試看、運用、整合ê歷程;換一句話來講,美感教育除了學習技藝,也是一種素養教育,閣較是一種自信心ê養成。

04. 美感就是Care!無美感就是I don't care。想欲追求美麗ê物件,去投資生活,because I care, because I care about myself。

05. 所以共「美感」囥佇學習ê核心,成做整合德、智、體、群四育ê鑰匙,毋但是佇個體頂面爾,閣較是對社會ê承諾佮理解。

(五) 道德教育

01. 一个國家ê偉大,毋是決定佇國土ê大細,顛倒是咧看人民ê品格。[Smiles]

02. 品德會當來塌智慧ê不足,毋過智慧煞袂當塌品德ê缺憾。

03. 能力好無一定會成功，毋過情緒管理無好一定袂成功。[Goldman]

04. 教育若干焦教心智，無教品德，就是咧共社會製造禍 (hō) 害。(羅斯福總統)

05. 人才無品，伊 ê 禍 (hō) 端絕對勝過頹顢人。

06. 21 世紀未來領袖 ê 條件是品德、創意、溝通佮合作 ê 能力。[UNESCO]

07. 永遠 ê 價值是活佇世俗 ê 紛擾裡。(卡繆)

08. 「道德」普遍 hŏng 認爲是人類生存上懸 ê 目的，所以嘛是教育上懸 ê 目的。(赫爾巴特)

09. 意大利出名 ê 教育家『米契斯』講：「一个人愛學會曉感恩，對性命懷抱一粒感恩 ê 心，心才會當眞正快樂。」

10. 俄羅斯出名 ê 教育家『烏申斯基』講：「良好 ê 習慣，就是咱人儉佇神經系統 ê 道德資本，這个資本會一直增值，而且咱人一生中攏會享受著伊 ê 利息。」

11. 英國教育家『維克多‧費蘭克』講：「逐个人攏愛接受性命 ê 詢問，而且伊干焦用家己 ê 性命，才會當回答這个問題，干焦會使用「負責」來答覆性命。所以，會當「負責」是人類存在上重要 ê 本質。

(六) 職業教育

01. 臺灣有一句諺語講：「留予团兒一甕金，不如教子讀一經。」閣講：「賜子千金，不如教子一藝。」

02. 教育是改變貧富差距上好 ê 方式。

03. 美國 ê 開國元老『約瀚亞當斯』有一句名言：「我著愛學習政治學佮戰爭學，阮 ê 後代才會當佇民主 ê 國度裡學習數學佮哲學；阮 ê 後代著愛學習數學佮哲學，才會當予個 ê 後代佇科學 ê 基礎頂，學習畫圖、歌詩佮音樂。」

二十三、文明

01. 有人講，文明敢若是一條鎖鏈，共人類攏鎖鬥陣，害逐家人攏失去自由。

02. 有人形容佇手機仔面頂拍卡，就袂輸一隻狗仔，行到佗位，就漩尿做記號到佗位。

03. 文明是一種病，上大 ê 病症是冷淡，對環境佮人攏失去關懷 ê 能力佮熱情。

二十四、猶太人上有名 ê 十句話

01. 一杯清水，因為一滴腌臢 (a-tsa) 水滴落去，就變垃圾矣；毋過，一杯腌臢 (a-tsa) 水，絕對袂因為一滴清水滴落去，就變清氣矣。

02. 佇人世間，有三項物件是別人搶袂去 ê：第一是食入去胃裡 ê 食物，第二是藏佇心中 ê 夢想，第三是讀入去頭殼內 ê 冊。

03. 馬仔踏佇鬆塗，就較會失蹄 (tê)；人活佇甜言蜜語裡，就較勢跋倒。

04. 人若毋讀冊，干焦行萬里路，只不過像一个送批 ê 爾爾。

05. 當當恁厝邊佇半暝仔 2 點才咧彈鋼琴，你千萬毋通惱氣 (lóo-khì)，因為你會當佇 4 點共伊叫起床，並且共講，你足欣賞伊 ê 演奏。

06. 世界無悲劇 (kiok)、喜劇 ê 分別，若是你會當對悲劇裡行出來，彼就是喜劇；若是你沉迷佇喜劇裡，按呢伊就是悲劇

07. 真正 ê 朋友，毋是做伙 ê 時陣，一定有講袂煞 ê 話；顛倒是做伙攏無講半句話，嘛袂感覺礙虐 (gāi-gioh)。

08. 若準你一直咧等待 (thāi)，按呢唯一會發生 ê 代誌，就是你變老矣。

09. 時間是治療心靈創傷 ê 大師，不而過絕對毋是解決問題 ê 高手。

10. 甘願有「做過」才來後悔，毋願「錯過」才來後悔。

二十五、歷史 ê 智慧

01. 歷史是一面『後視鏡』[back mirror]，咱會曉向後壁看，看清楚過去歷史 ê 痕跡，才知影欲按怎向前行，想欲轉換方向 ê 時，欲按怎駛才袂去挵 (lòng) 車、抑是反 (píng) 車。

02. 有過去，才有未來；過去是未來 ê 基礎。愈清楚過去，就會當愈清楚未來。

03. 未來是這馬 ê 延續。學歷史 ê 人，攏知影這種道理：咱愛對「過去」去揣 (tshuē) 未來，絕對無可能對「未來」去揣未來。

04. 若準你去一个生份 ê 國家，看著佇報紙面頂刊 ê 全是好消息，(新聞無自由，言論受控制。) 我會當佮你相輸，這個國家 ê 好人差不多攏予政府關佇咧監 (kann) 獄裡矣。[美國社會學家和參議員，Daniel Patrick "Pat" Moynihan]

二十六、人情

01. 手曲 (khiau)，屈 (khut) 入無屈出。手骨拗 (áu) 入無拗出。(『指胳臂向內彎的意思。意指：不論如何，人都會先為自家人著想，而不會先為外人著想。另意：不分是非，袒護自己人。』)

02. 指頭仔 (Tsíng-thâu-á) 咬著逐肢疼。

03. 公媽疼大孫，爸母疼細囝。

04. 久長病，無孝子。

05. 在生無人問，死了規大陣。

06. 世間人，錦上添花 ê 較濟，雪中送炭 ê 真少。

第十七課
臺語鬥句真好聽

　　「鬥句」佇任何語言攏有，伊ê特色是講話有「押韻」，佇解說代誌抑是演講ê時陣，扷著仔就用真自然ê「押韻」來鬥句，順紲激詼諧一下。所以「押韻」若押了好，就會予聽ê人笑甲翹翹倒；若押了婿，就會予咱聽了真歡喜。所以，鬥句欲好聽佮達著目標，的確就愛親像激骨話講ê：火燒厝——趣味喔，閣予人印象深刻，才會當發揮伊上大ê功能。

　　我捌聽過一个國家公園ê導覽員用華語做導覽，因為講話有鬥句，所以講甲予遊客是笑哈哈。伊講：『山上很多芬多精，山下很多狐狸精。江山有多美，要靠旅客的兩條腿；棲蘭有多美，要靠導遊的一張嘴。……』這種導覽ê方式真趣味，閣予人印象深刻，有影婿氣！

　　啊咱臺語嘛有濟濟ê鬥句真好聽，毋管是俗語、褒歌、四句聯抑是喝玲瑯賣雜細，佇生活裡鬥句攏真普遍，演講者嘛隨時攏用會著。毋過演講ê時，嘛袂當用傷濟，用傷濟就無自然；袂輸炒茱撒 (suah) 鹽，扷扷好就好，撒傷濟就袂孝孤得。我常在共電視媒體、廣告詞，誠有意思ê鬥句，隨時共記落來，成做演講ê資料。嘛佇咧教臺語演講ê時，共一寡臺語界ê前輩個所講ê鬥句收集做伙，成做訓練ê教材，佇遮就提供予讀者做參考。

一、演講 ê 鬥句

(一) 教育

01. 阿公傳，阿媽傳，青草仔變藥丸，祖先ê智慧也著傳。

02. 上課無注意聽，下課閣大細聲，這款學生人人驚。

03. 省錢會富 (pù)，㑉囝賣厝。

04. 㑉豬夯破鼎灶。㑉囝忤逆不孝。㑉某囝勢吵鬧。㑉翁婿拖到老。㑉主人做甲哭。㑉新婦睏甲日中晝。㑉細姨綴著老烏狗。㑉查某囝歹入人家教。

05. 有做有保庇，無做出代誌。

06. 感謝恁用心聽，嘛希望噗仔聲拍予大大聲。

07. 讀書 (tsu) 須用心，一字值 (tàt) 千金。(書，文音 su，白話音 tsu)

08. 多藝多師藝不精，專精一藝可成名 (bîng)。

09. 中國捌透透，毋捌臺灣 ê 鼎佮灶；世界歷史、地理讀真熟，毋捌厝邊隔壁 ê 阿伯佮阿叔。

10. 讀冊真趣味，有 ABC 狗咬豬，會當快樂唸歌詩，知天文，捌地理，心內歡喜無塊比。

11. 來！來！來！行路行正爿 (pîng)，啊若講著讀冊就愛看這爿 (pîng)。

12. 咱逐家就愛樓頂招樓跤，阿母招阿爸，相招做伙來讀冊。

13. 以前攏毋敢，這馬愈來愈好膽，閣講大聲話來共我嚇 (hánn)。

14. 大學是大學，愈讀愈刺鑿，讀久無價值。

15. 大人生日食肉，囡仔生日著拍。

16. 讀冊一茶籠，考甲挈氅氅。

17. 歹竹出好筍，做爸母 ê 嘛著愛有水準。

18. 三工早，趁一工；三冬早，趁一冬。

19. 三頓拜王梨，毋值得耳空磨予利。

20. 這陣：有讀冊無教育；以前：無讀冊有教育。

21. 讀冊有數，性命愛顧。

22. 一人取一步，翁某相幫助。一人一步取，毋通看人賠殕。

(二) 環保

01. 倩鬼提藥單，風颱天去跖山。

02. 人若無照天理，天就無照甲子；人若無照規矩，時到就毋知按怎死。

03. 環保若環保，歹心烏漉肚 ê 生理人，逐工都予咱誠煩惱。

04. 臺灣是一个美麗島，世界通人攏呵咾。環保若無緊來做，日後咱就無倚靠。

05. 八月風颱嘛嘛吼，雞仔鴨仔毋知走，風颱過了水淹喉，雞仔鴨仔滿街流。

06. 臺灣本是好所在，山青水秀通人知；過度開發造傷害，淹水走山悽慘代。

07. 汐止有山閣有水，人人呵咾風景婿，怨嘆時常淹大水，市民財產若流水。

08. 違反自然上蓋害，心肝親像刀咧剖，為咱囝孫 ê 將來，保護環境較實在。

（三）人情

01. 看著新臺票，鬢邊 siak-siak 叫。

02. 看著錢笑哈哈 (hai-hai)，笑甲肚臍會疏開。

03. 人咧做，天咧看；戲咧搬，眾人看；八卦新聞，清彩看看。

04. 過河拆橋枋，這種人上歹空。

05. 莫學迌迌人，一箍菁仔欉，拆厝兼掠人。

06. 濟囝濟新婦，濟水濟豆腐。

07. 欠錢怨債主，不孝怨爸母。

08. 生穮怨爸母，跋輸筊就怨政府，起毛穮就來烏白舞。

09. 不孝怨爸母，選袂牢怨政府，生理穮就來烏白拊。

10. 毋捌做大家，興做大家；一下做過大家，才知影啊愛這、啊愛彼，害我一粒頭愣愣 (gông-gông) 踅。

11. 不孝新婦三頓燒，有孝 ê 查某囝半路搖。

12. 歹囝也著惜，孝男無地借。

13. 先得先，後得後，落尾來你就得袂著。

14. 婿花佇別人欉，婿某佇別人房。

15. 舊柴草好燃火，舊籠床好炊粿。

16. 一人分一半，感情較袂散。

17. 一句問、一句還，無問較清閒。

18. 人交 ê 是關公劉備，咱交 ê 是林投竹刺。

19. 人無十全 (tsa̍p-tsn̂g)，各有所長 (tióng)。

20. 死囝乖，走魚大，掠無著 ê 彼尾上蓋大。

21. 好話一句三分軟，歹話一句六月霜。

22. 呵咾毋是空，嫌貨才是買貨人。

23. 燒火炭 ê 犯罪，揣染布 ê 算數。

24. 鬱鬱在心底，笑笑陪人禮。

25. 道友死做前，貧道坐咧閒。

26. 囝若不孝，拍孫拄數。

27. 一人攑篙，毋值眾人喝咿呵 (i-o)。
    (『一人拿竹竿撐船，比不上眾人齊聲加油。比喻人多聲勢大。』)

28. 醫生驚治嗽，總鋪驚食晝，塗水師驚抓漏，討海人驚風透，做餐廳 ê 驚欠數，做賓館 ê 驚掠猴，啊做導遊 ê 上驚後面 ê 人客猶未到。

(四) 世事

01. 金光沖沖 (tshiáng-tshiáng) 滾，烏魚炒米粉。

02. 校長兼摃鐘，孝女白琴兼唸經。

03. 其中必有緣故，機關园佇倉庫。

04. 臺灣念真情，欲佮逐家搏感情，交朋友上重要 ê 是真情。

05. 一晃 (huánn) 過三冬，三晃一世人。 —— 公視連續劇：《家》

06. 富 (pù) ê 富上天，窮 (kîng) ê 窮寸鐵。

07. 大人亂操操，囝仔愛年兜。

08. 囝仔歡喜過年，大人無閒到二九暝。

09. 一好配一穤 (bái)，好運無雙擺。

10. 講著臺灣 ê 政黨，咱 ê 心肝就袂爽，毋管佗一个黨，干焦會曉共臺灣弄

甲散蓬蓬，予咱做臺灣人攏感覺眞冤枉。

11. 我定定聽人講，食予肥肥，激予槌槌，穿予婿婿，等領薪水。若有遮好空，我想，伊是去看著鬼；若無，就是想欲去做土匪。

12. 痟貪鑽雞籠，人財兩失做白工。

13. 功夫清彩展，欲賣無半仙 (sián)。

14. 交陪醫生腹肚做藥櫥，交陪牛販仔使瘦牛，交陪電腦會曲痀。

15. 籐條攑在手，無分親情佮朋友。

16. 一不做、二不休、三不做、結冤仇。

17. 一犬吠影，百犬吠聲。(吠，音 puī)

18. 一人勢一項，眞濟人勢無相全。

19. 人生親像大舞台，苦齣笑詼攏公開，有人艱苦烏白哀，有人快樂笑咳咳。

20. 人參、風水、茶，眞捌 ê 無幾个。

21. 一樣米飼百樣人，一樣雞啄百樣蟲。

22. 來無影、去無蹤，走南北，走西東，爲著生活咧走從，莫綴政客起掠狂。

23. 佳哉是無代，欲知你就害。

24. 看人食肉，毋通看人破柴。

25. 食人 ê 飯犯人 ê 問，提人 ê 錢雙手軟。

26. 師父佮師仔差三年，頭家佮辛勞差本錢。

27. 徛厝拄著好厝邊，煮食無糖嘛會甜。

28. 賣少趁濟，顛倒好；賣少趁坐，店倒好。

29. 聽喙 ê 食拍，壓霸 ê 食肉。

30. 一人袂比得一人。人比人，氣死人。人比人，弓蕉比樹欉；人比人，跤腿比煙筒。

（五）愛情

01. 煞 (sannh) 著頂腹蓋，會食袂消化。

02. 婿穩無比止，愛著較慘死。

03. 食欲死，食欲死，食了閣無留住址。

04. 人生親像一場夢，夢中只有伊一人，望伊共阮來疼痛，予阮人生有向望。

05. 好茶著啉第二泡，查某欲好半老老 (ló-láu)。

06. 性命像花蕊，愛情心花開。

07. 愛某婿，共某捀面桶水，予伊逐工穿婿婿，遊山玩水。

(六) 親情

01. 天生就歹命，真愛學物件，為著家庭逐工拚甲強欲無性命。

02. 會惱 (ló) 才會做祖。 —— 公視連續劇：《家》

03. 外甥食母舅，親像食豆腐。母舅食外甥，親像哺鐵釘。

04. 戀雞母孵鵪鶉 (ian-tun)，戀外媽疼外孫。

05. 雙手抱雙孫，無手通攏裙。

06. 敬天地，蔭子孫；惜五穀，年年賰。

(七) 哲理

01. 有量才有福，囝孫代代做總督。

02. 你若讓人一步，就是予家己有路。

03. 肯問就有路，肯想就有步。

04. 有想就有路，有路就有解決 ê 撇步。

05. 行棋有棋步，殺豬有刀路，做人除了有誠懇 ê 撇步，上重要 ê 是家己心中 ê 彼條路。

06. 拍拚肯做全頭路，毋做你就無半步；細漢認真拍基礎，將來一定好前途。

07. 做人道德著愛守，榮華富貴難得求。世間難求財子壽，萬事開化免憂愁。(勸世歌)

08. 世間暫時來迌迌，毋免計較有抑無，認真拍拚免驚勞，前途就袂暗趖趖。

09. 賜你食，賜你穿，賜你食飽無路用。

10. 予你食，予你用，予你做人無路用。

11. 買厝買著間，較好三代做醫生。(遠雄廣告)

12. 食芥菜愛食心，交朋友愛交心。

13. 觀念若有改，雙B讓你駛；觀念無欲改，永遠就騎 oo33 too55 bai51。

14. 樹靠有根，人靠有心；只要求上進，免驚人看輕。

15. 出門揹皮箱，食飯配鹹薑，做人著成樣，查某毋通想。

16. 世間萬項大小事，未曾想贏先想輸。

17. 靠山山會崩，靠壁壁會倒，靠家己上蓋好。

18. 人著愛早早磨，毋通慢慢仔拖。

19. 勢人拚透早，貧惰人勢拖沙。

20. 甘食甘分，有通食閣有通賭。

21. 一个朋友，一條通路；一个敵人，一堵壁堵。

22. 有儉才有底，有艱苦頭才有快活尾。

23. 頭擺驚、二擺疼、三擺褪褲佮伊拚。

24. 路邊草仔花，雖然姿勢低，予人看無目地，嘛免驚歹勢，做伙來貢獻社會。

25. 有志氣 ê 查埔會長志，有志氣 ê 查某會伶俐。

(八) 信仰、風水

01. 入教，死無人哭；信主，無米通煮；信耶穌，無番薯箍通孝孤。

02. 有山便有水，有神便有鬼。

03. 入龍門，出虎口，金銀來，衰運走。

04. 入虎口，無死嘛烏漚；入虎喉，無死嘛臭頭。

05. 坐南向 (ǹg) 北，趁錢穩觸觸。

06. 坐北向 (ǹg) 南，風雨沃袂澹。

07. 坐東向西，趁錢無人知；坐西向東，金銀用袂空。

08. 河溪對門路，也有番薯也有芋。

09. 相命若會準，石頭頂嘛會發竹筍。

10. 福地福人居，風水相命攏自欺。

(九) 譬相

01. 講予你捌，喙鬚好拍結；講予你知，紅嬰仔會弄獅。

02. 人戇，看舉止行動；人呆，看面就知。

03. 戇話講規套，工課毋願做。

04. 生穤，怨爸母；跋輸笈，怨政府。

05. 騙恁阿媽十八歲，騙恁公仔做度晬 (tōo-tsè)。

06. 穤 ê 較輸在欉黃 ê。

07. 阿媽講：「你真慖，胭脂提來抹鼻頭。」

08. 這還 (huān) 這，遐還 (huān) 遐，啊魚佮蝦本來就無仝溪，毋通匏仔荖瓜
烏白花。

09. 細膩貓仔踏破瓦，細膩查某走過社。

10. 牛屎龜夯 (giâ) 石枋，按怎做嘛無彩工。

11. 家己 ê 家己好，別人 ê 生蝨母。

12. 龍交龍，鳳交鳳，隱痀交侗戇，三八交勝惕 (thīn-thōng)。

13. 菱角喙，無食大心氣。

14. 遠看一蕊花，近看像苦瓜。

15. 目睭掛斗概，看人物 (mih) 就愛。

16. 未食碨碨綴，食了嫌瘟貨。

17. 未肥假喘，未有錢假好額人款。

18. 無毛雞假大格，無米留人客，無食假拍呃。

19. 外口穿婧婧，內底癩𰻞鬼。

20. 出門穿皮鞋，見啉司公茶。

21. 大面 (食) 神，孝男面，早睏晏精神。

22. 天若落紅雨，石獅會爛肚。

23. 歹戲閣拖棚，破鞋閣繡邊。

24. 婿穤在枝骨，不在梳妝三四齣。

25. 十二月食菜頭，六月才轉嗽。

26. 烏肉底，毋是貧惰洗。

27. 查埔人有錢就變歹，查某人變歹就有錢。

28. 起厝無閒一冬，娶某無閒一工，娶細姨無閒一世人。

29. 大厝大海海，餓死無人知。

30. 伙計無煩無惱，管待伊店會倒。

31. 上等人講作穡，下等人講食食。

32. 食，食俺爹；趁，趁私奇。（食飯，食俺爹；趁錢，積私奇。）

33. 一个恂恂，毋知禮數。（恂恂，khòo-khòo，戇呆。）

34. 目睭激恂恂，內衫當做內褲。

35. 也欲作禮數，也欲作桌布。

（十）供體

01. 一流 ê 風水師，觀星望斗；二流 ê 風水師，kha-báng 揹咧四界走；三流 ê 風水師，干焦會曉顧飯斗。

02. 風水師一支喙糊瘭瘭，害死人無代誌。

03. 大箍不離呆，人呆看面就知。

04. 人我是生做：人看人呵咾，鬼看鬼跋倒。

05. 伊是「喝 (huah) 水會堅凍，喝米變肉粽，喝鬼走去藏」ê 老大 ê。

06. 人戇，看舉止行動；人呆，看面就知，上蓋了然是書呆。

07. 橫柴攑入灶，用塗沙治嗽。

08. 高女是高女，愛食無愛煮，考一百分嘛無夠拄。

09. 歹命查埔愛相命，歹看查某愛照鏡。

10. 牛瘦就無力，人貧就白賊。（牛瘦無力，人散白賊。）

11. 雞母碚碚傱，雞仔囝猶是『聽不懂』。

12. 雞母硞硞走，雞仔囝猶是『不知道』。

13. 雞喙變鴨喙，猶是糊瘰瘰。

14. 講甲你捌，喙鬚好拍結，講甲你會，頭毛喙鬚白。

15. 死龜諍甲變活鱉。

16. 有人出國留學變做烏名單，有人轉來就隨做大官。

17. 有食就罔跔，無食就飛過坵。

18. 勇跤馬變做軟跤蝦。

19. 好命毋值得勇健，好額毋值得會食，死皇帝毋值得活乞食。

20. 好茶一心佮兩葉，歹人心肝看袂著。

21. 袂仙假仙，牛尾假鹿鞭。

22. 袂曉駛船，嫌溪彎；袂曉駛牛，嫌牛慢。

23. 別人 ê 囝放屁，講是腸仔爛；家己 ê 囝放屁，講是當咧大。

24. 枵雞無惜箠，枵人無惜面底皮。

25. 做媒若有情，公媽就有靈。

(十一) 政治

01. 好央叫，拚輸新臺票。

02. 選舉唱 (tshiàng) 大聲，當選攏無影。

03. 選舉無師傅，用錢買就有。

04. 選前頭殼像麻糍，選後頷頸安鐵枝。

05. 第一戇選舉運動，第二戇投票予買票黨。

06. 未開唬唬叫，見開無半票。

07. 政客講話若會準，跋筊就免本，石頭頂嘛會生竹筍。

08. 會使無錢定米，袂使無錢選舉。

09. 選舉若好選，狗屎嘛好食。

10. 選舉穩 ê 有二種：穩牢 ê 佮穩無牢 ê。

11. 欲扶伊起，教伊做生理；欲予伊死，叫伊去選舉。

(十二) 演講

01. 人講，坐火車看風景，坐船仔看海湧；坐飛行機看雲頂，坐牛車挽龍眼。啊若今仔日來到遮，當然著愛看台頂。

02. 演講者毋是王祿仔仙，毋通八卦消息烏白掀，魚仔雙爿煎。

03. 演講無撇步，講天講地，講鱟桸講飯篱，講甲予恁玲瑯踅。

04. 水著愛燃予滾、話著愛講予準。

05. 時間無蓋早，逐家攏嘛猶未食飽，佫兩个學問比我較飽，毋過佫兩个講今仔日佫放假，叫我起來共逐家吵；我無法度講甲奇巧奇巧，嘛無法度予恁聽甲粗飽粗飽，毋過我會盡量講較文雅文雅。

06. 毋是我較愛假勢，嘛毋是我愛出風頭，實在是因為我較老，這兩个少年ê拍一枝紅君予我到，叫我起來佮恁逐家破豆 (phò-tāu)。

(十三) 講話

01. 講好話，處處是蓮花。

02. 好話毋出門，歹話脹破腹肚腸。

03. 濟人呵咾、少人嫌，好聽閣袂跳針。

04. 講人桂仔大，袂記得家己尻川爛。

05. 線短袂拍結，話短袂相殺。

06. 天不言自高 (ko)，地不言自厚 (hōo)。

07. 少人呵咾濟人嫌，鹹、澀閣兼雜唅。

08. 講話衝霸霸，放屎糊蠓罩。

09. 講話精霸霸，放屎糊蠓罩。

10. 問路靠喙鬚，行路靠跤腿。

11. 好聽好聽，三房兩廳，閣佮一个山頂烏狗兄。

(十四) 歷史

01. 四百年前，唐山過臺灣，心肝結規丸。四百年後，臺灣過唐山，吐氣凝心肝；親像風吹斷了線，田園某囝毋敢看。

02. 先民開墾真艱苦，連片刺蔥看無塗，林投竹刺行無路，鋤頭掘落著柴箍。

(十五) 鄉土

01. 人講：鼎底若有蔥，無肉嘛會芳。應該是天地疼惜，阮才有這片好山好水通種作。(電視廣告詞)

02. 人親、塗親、臺灣 ê 歌謠上蓋親；臺灣歌愈唱愈心悶 (būn)，臺灣歌愈唱愈悲情。

03. 親近家己 ê 土地，才知寶貝真正濟，你若用心來交陪，鄉里那看那美麗。

04. 北管南管啥來管，琴聲鼓樂無人學；佛祖媽祖嘛煩惱，後擺欲聽驚會無。

(十六) 運命

01. 運好八字穩，鼻頭猶原會滴鳥屎。

02. 煩惱若咧煩惱，天若欲共人創治，啥物勞人嘛無法度伊。

03. 人衰，種匏仔生菜瓜；人咧衰，放屁彈死雞。

04. 千斤力毋值四兩命，四兩命毋值身體健。

05. 拈一支金薰吹，了一个大家伙。

06. 枵雞無惜箠，枵人無惜面底皮。

07. 海水闊闊，船頭船尾相拄嘛會著。

(十七)相關語：

01. 阮翁唌酒,我毋捌同意(擋伊)。

02. 好朋友愛誠懇鬥陣(先睏鬥陣)。

03. 講著食薰火就著(火就點著);講著跋筊我就氣(我就去)。

04. 各位公媽,恁ê墓地(目的地)到矣,請毋通袂記得家己ê牲醴(行李)。

05. 阿公你是D(豬),坐遮,恁某C(死)佇遐。

06. 歐巴桑,請你替我共衫褲燙(『褪』)一下。

07. 阿伯仔,請你褪口罩(『褪褲走』)一下。

08. 『鵝肉、鵝肉』(呵咾、呵咾),百五就好。

09. 『加蛋』(遮等)愛加十箍。

10. 穿木屐,好趁食,金銀滿大廳。

11. 一兼二顧,摸蜊仔兼洗褲。

12. 一兼二顧,樹仔跤歇涼兼掠兔。

13. 一兼二顧,那看電視那做功課。

14. 代誌若煞,皮就掣(tshuah)。(華語:『秋後算帳。』)

二、布袋戲戲文

布袋戲:「一口道盡千古事,十指操弄百萬兵。」

01.【秦假仙】

「西北仔雨,落啊袂停,落到心頭凝。食肥肥,激槌槌,穿媠媠,等領薪水。人呆看面就知。提錢hŏng開閣hŏng摁(sai)。」

02.【嚴八一】

「人有縱(tshiòng)天之志,無運不能自通;馬有千里之行,無人不能自往。閹雞翼(sit)大(tāi),飛不如鳥(niáu);蜈蚣百(pik)足,行不如蛇(siâ)。

時也、運也、命也，非我之不能也。」

03. 【素還真】

「半神半聖亦 (ik) 半仙，全儒全道是全賢。腦中眞書 (su) 藏萬卷 (kuàn)，
掌握文武半邊天。」

04. 【修行者】

「未曾生我誰是我，生我之時我是誰？
長大成人方知我，闔眼朦朧又是誰？
兔走鳥飛東又西，爲人切莫用心機。
世事如同三更夢，萬里乾坤一局棋。」
注：未曾，音，buē-tsîng。

05. 【一頁書】

「世事如棋，乾坤莫測，笑盡英雄。」　（笑，tshiàu）

06. 【祕雕】

「山中有直樹，世上無直人。莫信直中直，須防邪裡邪。」

07、【布袋戲尪仔】

「千里路途三五步，百萬雄兵六七人。」

08.【缺角】

「貧不足羞,可羞貧而無志。賤不足悲,可悲賤而無能。
老不足嘆,可嘆老而虛生。死不足惜,可惜死而無補。」

09.【濟公】

「山河草木天地人,哪種不是一字生。
萬物根源由一起,一字玄機道不盡。」

10.【歡喜佛】

一笑天地開,歡喜佛常在。

三、夜市喝賣聲

01. 夜市 ê 叫賣聲:

緊緊緊,來來來,倚來看,俗對半!緊來緊看,慢來減看一半!一年
三百六十五工,今仔日予你上好空。買有著,俗有著;買愈濟,俗愈
濟。

02. 賣衫 ê 叫賣聲:

會曉選布料,逐項你就有才調;會曉穿婿衫,恁翁就袂四界奅 (phānn)。
一逝一逝,予你穿咧較快活;一點一點,穿咧較無危險;一格一格,穿
咧較性格。
花仔花,穿咧較袂衰。穿予花花,行路袂衰,啊若拍麻雀,槓頂自摸,
閣會開花。

換新！換新！才袂會予人看輕！

毋是賣豆腐，逐工有；毋是賣王梨，定定來。錢共開予空空，人才會輕鬆；錢共開予完，心肝才袂結規丸，代代囝孫才會中狀元。

03. 喝玲瓏賣雜細 1

緊緊緊，來來來，倚來看俗對半！緊來緊看，慢來減看一半！有買多謝，無買感謝，有佮意 -ê，就喝聲；無佮意 -ê，請邊仔倚！今仔日現買現趁，買有著，俗有著，較贏咧九斗換一石！你若買無著，轉 - 去心肝會礙虐！來喔！

04. 喝玲瓏賣雜細 2

來來來，緊來緊看，慢來減看一半；有人有份，大腹肚雙份；跤手慢鈍，你就無份。今仔日，你若買有著，較好三斤換一石。你若買了有夠濟，好囝好孫毋免揣；你若買了有完全，囝孫代代中狀元。

四、剾 (khau) 洗 ê 藝術

01. 豆腐肩、鴨母蹄、戽斗兼暴牙，雞看拍咯雞，狗看呼 (khoo) 狗螺，蟳看浡 (phū) 瀾，蝦看倒彈，虱目魚看跳過岸，阿婆仔看著吭喙瀾，阿公仔看著喝屧蔓 (lān-muā)。

02. **食老四項穤 (bái)：**
第一、哈唏流目屎；第二、放尿厚尿滓 (tái)；第三、雜唸人緣穤；第四、元氣袂精彩。

03. **人若老：**
坐咧直哈唏，倒咧睏袂去；見講講過去，隨講隨袂記；徛咧無元氣，行路出代誌；無食會受氣，食了勢放屁；踮厝無佮意，出門無地去；欲死無勇氣，只好活落去。

04. 毋聽老人言，食苦在眼前；毋聽老人話，你會誠狼狽。

05. 老骨有 khong-khong，老皮袂過風。

06. 囡仔放尿漩過溪，老人放尿滴著鞋。

07. 聳勢 (sáng-sè) 無落衰 (lòh-sue)ê久。

08. 囂俳 (hiau-pai) 無落魄久。

09. **現代少年有三好：**
  現代ê少年有三好：食穿免煩惱，食好做輕可，做代誌攏免考慮後果，啊若拄著代誌就翹翹倒。

10. **古今好頭路：**
  古早好頭路：第一賣冰，第二做醫生，第三開查某間。
  現代好頭路：第一做兄弟，第二舞政治，第三開廟寺。

11. **歹心烏漉肚：**
  歹心烏漉肚，欲死初一十五；欲埋拄著風佮雨，抾骨揣無路，骨頭予狗拖去哺，金斗甕仔园甲生菇，墓牌嘛予人拚甲碎糊糊。

12. **有毛ê食到棕簑：**
  有毛ê食到棕簑，無毛ê食到秤錘；有跤ê食到桌櫃，無跤ê食到樓梯；有肉ê食到肉臊，無肉ê食到糞埽。

13. **倚山山崩：**
  倚山山崩，倚壁壁倒，倚水水洘，倚豬牢死豬母。

14. 講著食，若武松拍虎；講著做，若桃花過渡。

15. 喙唸經，手摸奶。豬哥假聖賢；捾籃仔假燒金。

16. 一皮天下無難事，愈皮愈順序。

17. 生做有婿，目睭大蕊，尻川閣連大腿。

五、二崁褒歌佮對聯

01. 十八送君去臺灣，目箍你紅阮也紅；
  含著目屎成斤重，滴落塗跤塗一空。

02. 肉豆開花雙頭翹，阿哥招娘睏椅條；

椅條睏了吭跤翹，兩个跋倒攬牢牢。

03. 澎湖塗豆釘落塗，臺灣查某嫁澎湖；
嫁咱澎湖有夠好，一日食飽哲十胡。

04. 水缸無水鼓井捔，鼓井無水向天泉；
食著阿娘仔一滴瀾，會生會死全心肝。
毋信破 (phuà) 腹予你看，願抹鹽豉
(sīnn) 心肝。

05. 好魚一尾是青參，阿娘仔胸前兩粒柑，
阿哥伸手想欲挽，阿娘趕緊喝毋通。

06. 生理無嫌毋是客，趕緊入來涼椅坐；
現流仔小管烘冊尾，閣配一杯洛神茶。

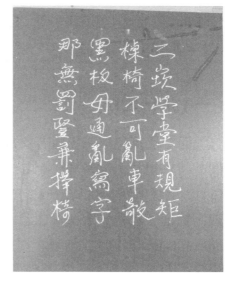

07. 閃東閃西閃過年，傱南傱北傱無錢；
人若落魄免失志，總有一工出頭天。

08. 水雞跋落深鼓井，目睭金金唡看天；
聽候落雨鼓井滇，水雞跳起就出頭天。

09. 女：恁若褒歌遮爾會，問恁臺灣幾條溪？
男：臺灣溪水毋免算，問你目眉幾枝毛 (mn̂g)？

10. 菜豆開花長短條，弓蕉出世倒彎曲 (khiau)；
娶著歹某真歹雕 (tiau)，看我規氣睏椅條 (liâu)。

11. 大隻赤牛細條索，大漢阿娘細漢哥；阿娘真正毋捌寶，細粒干樂較勢遨
(gô)。(遨，音 gô，轉動、原地打轉。)

12. 澎湖二崁古厝對聯：
上聯：重情重義嘛著重粉味，下聯：愛鄉愛土嘛著愛查某。
橫批：身體顧予勇。

六、呵咾 ê 藝術

(一) 嬌姑娘仔

面若桃花免抹粉，眉若新月初出雲，跤穿弓鞋縛三寸，雙手白白真幼潤，特別是見人 ê 時陣，目尾一拖喙一吻 (bún)，哎喲！隱痀看著袂伸勻 (ûn)，缺喙看著袂含脣 (tûn)，舵公 (tāi-kong) 看著袂駛船，司公看著袂引魂，箍桶 ê 看著，煞袂箍尿盆。公子你若看著，規箍人會蟯蟯顫 (ngiàuh-ngiàuh-tsùn) 喔！

(二) 食新娘茶，講好話

01. 來食新娘一杯茶，予你兩年生三个；一个手裡抱，兩个塗跤爬。

02. 新娘捀茶手伸伸，好時吉日來合婚，看伊面貌勢拍算，後日百子佮千孫。

03. 茶杯圓圓圓，予恁富貴萬萬年。茶杯深深深，予恁翁某會全心。

04. 茶杯捀懸懸，予恁囝孫中狀元。茶杯捀低低，予恁趁錢無地下 (hē)。

05. 兩姓來合婚，日日有錢賒；予恁大家官，雙手抱雙孫。

06. 新娘是老師，功勞比孔子，做人好家後，囝兒勢讀書。

07. 新娘今日娶到地，紅龜著做較大塊；
    連鞭生囝做度晬，新郎也通做老爸。

08. 雙人牽手做陣行，人生道路毋免驚；
    真心真意來做伴，前途事業齊拍拚。

七、男女意愛四句聯

01. 思春情歌

(1) 天頂落雨霆雷公，溪底無水魚亂從；
愛著阿娘毋敢講，六神無主醉茫茫。（霆，tân；從，tsông）

(2) 娘仔約哥竹篙叉，竹篙叉頂披跤帛；
哥你欲來著詳細，毋通過間別人 ê。（跤帛，pe̍h，『裹腳布』）

(3) 蓮藕拍斷會牽絲，茉瓜旋籐密密纏；
互相佮意難分離，相好毋是一半年。

02. 病相思

(1) 目尾勾著迴心肝，一陣發燒一陣寒；
閣再越頭共伊看，相思病落欲按怎？

(2) 娘仔生婿十八歲，親像京城牡丹花；
將身配伊袂得過，親像犀牛咧望月。

(3) 半壁吊肉貓跂死，看有食無病相思；
相思破病若欲死，親兄做鬼欲揣伊。

03.「做人」愛拚勢

(1) 好田也著好種子，播種著愛應時機，
翁某雙人著歡喜，協力合作生雙生。

(2) 新娘你著大準備，準備今夜上戰棚，
雙方對戰著拚勢，勝利收兵得麟兒。（麟，lîn）

八、翁某

01. **大某**：食蝦，食蝦，我 ê 翁婿佮人公家 ê。

    細姨：食魚，食魚，大某娶了娶細姨。

    翁婿：食菜，食菜，大大細細我攏愛。

    大官：食肉，食肉，食蝦、食魚嘛著菜佮。

02. 娶著歹某，一世人艱苦；娶著好某，少年就袂輸咧做祖。

03. **嫁翁看俗諺**：

    嫁著歹翁，規世人攏咧髏磅空。嫁著緣投翁，米甕不時嘛空空。嫁著矮仔翁，燒香點燭叫別人。嫁著瘸手翁，行路那行那損人。嫁著生理翁，日日夜夜守 (tsiúnn) 空房。嫁著刣豬翁，無油煮菜也會芳 (phang)。

04. **某**：恁祖媽無閒甲奶流，囝哭，死長工閣欲趕食晝，害我生狂查某煞來捙破灶。你是破籠床，破棉被，袂炊（差）、袂蓋（教）。

    翁：講甲你這个雜唸查某，袂輸破砸仔，歹聽閣噪 (tshò) 人耳。

    某：你有影倒吊無墨水，破砸仔會當做剪黏、成做廟頂 ê 藝術有夠婿，袂親像你死坐活食若土匪！

九、口白 ê 婿

01.「三年前 ê 我」 詞曲：呂金守

(1) 想起著三年前 ê 我，予一位女性來放捒 (sak/sat)，一時目睭來失明，柺仔煞攑顛倒反，紅單看做手形（支票），便所看做涼亭，剃頭店當做洗面間，豬砧當做眠床頂，墓仔埔看做是咱倆人永遠 ê 家庭啦，啊，我哪會遮爾僥倖。

(2) 彼年八月十五夜，相招去海邊跍在石頭跤，當天你我有咒誓 (tsiù-tsuā)，你無嫁，我無娶，無疑做兵兩年外，你 ê 腹肚煞來一日一日大。今仔日

你來誤我，若想起我愛你 ê 心肝，無論海水袂焦，石頭袂爛，你共看，前闊後闊，火炭斜斜 (tshuah-tshuah)，虱目魚會跳過岸，奇奇巧巧，攏是為著無緣 ê 你啦！

(3) 如今 ê 我，三步做兩步行，孤單踮在大狗山 ê 大猴仔嶺，有啊看，無啊看，看著雞母乇 (tshuā) 雞仔囝，人阮嘛想欲做好囝，啊！人生算來海海仔，木師釘柴屐，塗水師咧抹壁，馬馬虎虎啦，閣講嘛無較縒 (tsuah)。

十、一人興一味

01. 一人興一味，有人興鹹，有人興甜；有人愛山珍，有人愛海味。

02. 臺灣俗語講得好：一樣米飼百樣人，有人興燒酒，有人興豆腐。

03. 一人興一味：有人興燒酒配鰇 (jiû/liû) 魚，有人興大腸炒薑絲；有人興三層炒筍絲，嘛有人興芹菜炒花枝，閣有興彼號紅燒魚五柳居。

第十八課
臺語演講俗語篇

(一句俗語勝過千言萬語)

佇演講 ê 過程中，咱不時攏會用著一寡土話（俚語）、俗語（諺語）、謎猜（謎語）和孽譎仔話（歇後語），按呢 ê 使用，予演講加足親切好聽，嘛加足趣味 ê。特別是俗語（諺語）ê 運用，予溝通 ê 效果加倍，聽眾一下聽就捌，講是「一句俗語勝過千言萬語」，攏袂傷超過。

俗語有啥物價值佮重要性咧？俗語是土地佮歷史的記持；是先民智慧 ê 結晶；是序大人教示子弟 ê 教材；嘛是族群語言文化 ê 精華之一，有豐富 ê 思想、感情佮語言 ê 精華佇遐。

所以，俗語 ê 內涵，是代表族群共同 ê 人生觀、價值觀，而且記錄祖先 ê 生活經驗，說明待人處事 ê 原則，反應生活中 ê 風俗習慣，記載民間傳說佮故事等等。遮爾豐富 ê 內涵，咱哪會使無了解咧？下面咱就分類，共常在咧用 ê 俗語，一項一項提供予逐家做參考。

一、教育理念

(一) 教育 ê 重要 (重視教育)

01. 好田地，不如好子弟。（田，tshân）

02. 牛愛貫鼻，人愛教示。（貫，kǹg）

03. 芥菜無剝毋成欉，囡仔無教毋成人。（剝，pak；欉，tsâng；囡，gín；成，tsiânn）

04. 倖豬夯灶，倖囝不孝，倖查某囝會落人家教。（倖，sīng；夯，giâ）

05. 省錢會富，倖囝賣厝。（富，pù；厝，tshù）

06. 學好三年，學歹一對時。（歹，pháinn）

07. 學好三冬，學歹三工。

08. 生囝是師仔，飼囝是師傅。（師仔，sai-á，徒弟；師傅，sai-hū）

09. 字是隨身寶，財是國家珍。

10. 智慧無底，錢銀僫買。（僫，oh，難）

(二) 教育 ê 時機 （把握青春少年時）

01. 魚趁鮮，人趁茈。（茈，tsínn，幼、嫩、未成熟 ê）
02. 花開在春天，求學趁少年。（在，tsāi）
03. 三歲牢皮，五歲牢骨。（牢，tiâu，黏著住）
04. 細漢若無熨，大漢熨袂屈。（熨，ut；屈，khut）
05. 細漢若無雕，大漢雕袂曲。（雕，tiau；曲，khiau）
06. 細漢偷挽匏，大漢偷牽牛。（匏，pû）
07. 少年袂曉想，食老毋成樣。（成，tsiânn）

(三) 教育 ê 原則

1. 態度正面、肯 (khíng) 定

01. 天不生無 (bû) 用之人 (jîn)，地不生無 (bû) 根之草 (tshó)。
02. 一枝草，一點露。
03. 茬茬馬，嘛有一步踢。（茬，lám）
04. 有燒香有保庇，有食藥有行氣。

2. 教實用 ê 智識

01. 四書五經讀透透，毋捌黿 (guân)、鼇 (ngôo、gô)、龜、鱉 (pih)、竈 (tsàu)。

02. 公學校讀六冬，毋捌一塊屎桶仔枋。

3. 做序細 ê 好模範

01. 大狗盤牆，細狗趁樣。

02. 大狗踞牆，細狗看樣。

03. 序大無好樣，序細討和尚。 （和尚，huê-siūnn)

4. 重視生活教育

01. 坐予正，得人疼。

02. 好笑神，得人疼。

03. 七分酒，八分茶，九分飯，十分糜。(咱做人做代誌 ê 規矩佮禮數。)

(四) 教育 ê 方法：愛會曉硬，嘛愛會曉軟，培養主動 ê 態度。

01. 也著箠，也著糜。（箠，tshuê；糜，muê)

02. 捷罵袂聽，捷拍袂驚。（捷，tsia̍p)

03. 捷罵若唱曲，捷拍若拍拍。（拍拍，phah-phik，『打拍子』）

04. 罵若會變，雞母嘛會攑葵扇。（攑，gia̍h)

05. 雜唸大家，出蠻皮新婦。（婦，pū)

06. 嚴官府出厚賊，嚴爸母出阿里不達。

07. 押雞毋成孵。（成，tsiânn)

08. 食著藥，青草一葉；食毋著藥，人參一石。

(五) 求學 ê 態度 (專心、堅心、綿爛、勇氣、照步來)

1. 專心、堅心、綿爛 （mî-nuā）

01. 三日無餾，踮上樹。
02. 捷講喙會順，捷做手袂鈍。(捷，tsiap)
03. 戲棚跤徛久 ê 人 ê。
04. 搬岫雞母生無卵。(岫，siū，禽獸蟲鳥 ê 巢穴)
05. 台頂三分鐘，台跤一厝間。
06. 毛毛仔雨落久，塗嘛會澹。(澹，tâm)

2. 勇氣

01. 驚驚袂著等。(袂，bē)
02. 會跋才會大。(跋，puah)
03. 跋一倒，抾著一隻金雞母。(抾，khioh)
04. 敢問 ê，見笑一時；毋敢問 ê，見笑一世 (sì)。

3. 凡事愛照步來，千萬毋通：

01. 未起正身，先起護龍。(未，buē/bē；先，sing)
02. 未學行，先學走。
03. 未曾學行，就欲學飛。(未，buē/bē；曾 tsîng；就，tō)
04. 未曾學行，想學飛；未曾掖種，想挽瓜。(掖，iā；挽，bán)
05. 未食三把蕹菜，就想欲上西天。(蕹，ìng；上，tsiūnn)
06. 未上三寸水，就欲扒龍船。(上，tsiūnn；就，tō)

二、人生哲理

(一) 修心

01. 心肝若好，風水免討。

02. 修心較好食菜。

03. 勸人做好代，較贏食早齋。

04. 一理通，萬理澈 (thiat)。

(二) 天理

01. 人若無照天理，天就無照甲子 (kah-tsí)。

02. 人咧做、天咧看，攑頭三尺有神明。

03. 一枝草，一點露，天無絕人 ê 生路。

04. 人欲害人天毋肯，天欲害人佇眼前 (tsiân)。

05. 人飼人一支骨，天飼人肥朒朒 (tsut-tsut)。

06. 一好配一獃 (gâi)，無兩好通相排。

07. 一人帶一破。(破：『破格、欠缺，形容人在命理上有缺陷。』)

08. 針無雙頭利，人無雙條才。

09. 媠 (suí)，媠無十全 (tsa̍p-tsn̂g)，穤 (bái)，穤無加圇。(加圇：泉音 ka-nn̂g，漳音 ka-nî，全體、規个。例，一隻雞加圇食。)

10. 富貴財子壽，五福難得 (tik) 求。

(三) 運命、認命

01. 落塗時，八字命。

02. 未曾註生，先註死。(未曾，buē-tsîng/bē-tsîng)

03. 一人一款命，運命天註定。

04. 有囝有囝命，無囝天註定。

05. 人勢，毋值運命做對頭。(值，ta̍t)

06. 三年一閏，好歹照輪。(閏，jūn)

07. 人衰，種匏仔生菜瓜。(匏，pû)

08. 人咧衰，放屁彈死雞。

09. 無風無搖倒大樹。

10. 做雞著筅 (tshíng)，做人著反 (píng)。

11. 嫁雞綴雞飛，嫁狗綴狗走，嫁乞食愛揹加薦斗。(加薦仔，ka-tsì-á：『小提袋』)

12. 歹船拄著好港路。(拄著，tú-tioh，『遇到』)

13. 一人苦一項，無人苦相仝。

(四) 無常

01. 三寸氣在千般用，一旦無常萬事休。

02. 來無張持，去無相辭。(相辭，sio-sî)

03. 人無千日好，花無百日紅。

04. 年驚中秋，人驚四九。

05. 月到 (tò) 中秋光明少 (siáu)，人到 (tò) 中年萬事休。

06. 一更散，兩更富 (pù)，三更起大厝，四更、五更走袂赴 (bē-hù)。

07. 一代儉腸凹 (neh) 肚，二代看錢若塗，三代當囝賣某。

08. 第一代儉腸凹 (neh) 肚，第二代長衫袚 (phuah) 褲，第三代當田賣租，第四代攑柺仔拄大路。

09. 一代油鹽醬醋，二代長衫馬褲，三代當田賣租，四代當囝賣某，五代賣公媽香爐。

10. 三代粒積，一代窮空 (khîng-khong)。

(五) 時勢

01. 一時風，駛一時船。

02. 順風，好駛船。

03. 順風，揀倒牆。(揀，sak)

04. 有風毋駛船，無風才欲激櫓 (lóo)。

05. 巧新婦，無米煮無飯；行船人，無風駛無船。

06. 過時，賣曆日。(曆日，lah-jit)

（六）智慧

01. 順風毋通駛盡帆。

02. 一丈槌，著留三尺後。

03. 好天著存 (tshûn) 雨來糧。（好天著積雨來糧。）

04. 好頭不如好尾。

05. 艱苦頭，才有快活尾。

06. 不爲中，不爲保，一世人無煩惱。

07. 大石，也著石仔掌 (thènn)。

08. 好額毋值著會食，好命毋值著勇健。

（七）緊慢

01. 食緊挵破碗。（挵，lòng）

02. 緊事三分輸。

03. 緊紡無好紗，緊嫁無好大家。

04. 緊行無好步，緊做無好頭路。

05. 緊火冷灶，米心欲哪會透？

06. 水清無魚，人急無智。

07. 緊事寬辦。

08. 一下候，二下候，六月蔥變韭菜頭。

09. 眞珠园甲變鳥鼠仔屎。

10. 慢牛食濁水。（濁，lô)

11. 跤手勢趖 (sô)，你就食無。

（八）品德

01. 有量就有福，有儉才有底。

02. 勤快勤快，有飯閣有菜。

03. 相讓食有賰 (tshun)，相搶食無份。

04. 食飯甘願攪鹽，做官著愛清廉。

05. 飽穗 ê 稻仔頭犁犁。

06. 僥倖錢，失德了；冤枉錢，跋輸筊；良心錢 (血汗錢)，開袂了。

(九) 志氣

01. 甘願為人掃廳，毋願開喙叫兄。

02. 家己種一欉，較贏看別人。

03. 甘願做牛，免驚無犁通拖。

04. 拍 (phah) 斷手骨顛倒勇。

05. 靠山山會崩，靠水水會焦。

06. 毋驚人毋倩，只驚藝不精。(倩，tshiànn，『雇用』)

07. 番薯毋驚落塗爛，只望枝葉代代湠。

08. 看田面，毋通看人面。

09. 甘願嫁人擔蔥賣菜，毋願佮人公家翁婿。

10. 甘願徛咧死，毋願跪咧活。

11. 肉予人食，骨毋通予人齧 (khè/khuè)。

12. 兩人無相嫌，糙米煮飯也會黏。

13. 鞋破，底原在。

14. 涼 (niû) 傘雖破，骨格原在。

15. 窮 (kîng) 無窮種，富 (pù) 無富栽。

(十) 言語

1. 口德

01. 心穩無人知，喙穩上厲害。

02. 口是傷人斧，言是割舌刀。

03. 一句話三角六尖，角角傷人。

04. 生言造語，無刀殺人。

05. 有喙講別人，無喙講家己。

06. 講一个影，生一个囝。

2. 修養

01. 修練在心，修身在口。

02. 關門著閂 (tshuànn)，講話著看。

03. 挖井才有水，想好才出喙。

04. 好話加減講，歹話莫出喙。

05. 三人共五目，日後無長短跤話。(比喻共同決定 ê 事，事後不得反悔。)

06. 良言一句三冬暖，惡語傷人六月寒。

3. 藝術

01. 加食無滋味，加話毋值錢。

02. 花食露水，人食喙水 (suí)。(魚食溪水，人食喙水。)

03. 賣茶講茶芳 (phang)，賣花講花紅。

04. 講話中 (tìng) 人聽，較好大細聲。

05. 好話較贏金錢，誠意食水甘甜。

06. 食蔥愛食心，聽話愛聽音。

07. 擔水擔水頭，聽話聽話尾。

08. 聽話頭，知話尾。

09. 問路靠喙水，行路靠跤腿。

4. 口業

01. 人濟話就濟，三 (sam) 色人講五 (ngóo) 色話。

02. 人講天，你講地；人講鱟桸，你講飯篱 (lē)。

03. 相罵無揀喙，相拍無揀位。

04. 有喙講別人，無喙講家己。

05. 好歹在心內，喙唇皮相款待 (thāi)。

06. 媒人喙，糊瘰瘰 (hôo-luì-luì)。

07. 寄錢會減，寄話會加。

08. 一喙掛雙舌。

09. 講話，無關後尾門。

10. 三講，四毋著。(『比喻滿口胡言，每講必錯。』)

11. 大鼎未滾，細鼎沖沖滾。(『指責他人搶發言』，沖沖，音 tshiâng-
    tshiâng)

（十一）有孝

01. 爸母疼囝長流水，囝惜爸母樹尾風。

02. 手抱孩兒，才知爸母時。

03. 在生一粒豆，較贏死了拜豬頭。

04. 飼囝無論飯，飼爸母算頓。

05. 草索拖俺公，草索拖俺爹。

06. 在生毋知有孝，死了才欲哭棺材頭。

07. 不孝 ê 新婦三頓燒，有孝 ê 查某囝半路搖。

08. 翁親某親，老婆仔拋捭輪。(拋捭輪，pha-tshia-lin，『翻筋斗』)

09. 後生哭家伙，新婦哭面皮，查某囝哭骨髓 (tshué)。

10. 久長病，無孝子。

11. 大人生日食肉，囡仔生日食拍。

（十二）感恩

01. 食果子，拜樹頭；食米飯，敬鋤頭。

02. 食人一口，報人一斗。

03. 食人一斤，還人四兩。

04. 天生萬物予人，人無半項予天。

05. 生 ê 囝一邊，養 ê 功勞較大天。

06. 弓蕉吐囝為囝死。

(十三) 煩惱

01. 一人煩惱一樣 (項)，無人煩惱相親像 (相仝 kāng)。

02. 一項煩惱無夠，煩惱別項來鬥。

03. 家己 ê 煩惱無夠，閣煩惱別人 ê 來鬥。

04. 十七八歲煩惱便，煩惱會老袂少年。

05. 煩惱十三代囝孫無米通煮。

06. 煩惱若咧煩惱，天若欲共人創治，啥物人嘛無法度伊。

07. 家己睏桌跤，煩惱別人 ê 厝漏。

(十四) 犯錯

01. 仙人 (jîn) 拍鼓有時錯，跤步踏差啥人無。

02. 大路毋行行彎嶺，好人毋做做歹囝。

03. 少年袂曉想，食老毋成樣。

04. 少年勢風騷，食老就想錯。

05. 細空若無補，大空就叫苦。

06. 過嚨喉，就毋知燒；粒仔堅疕，就袂記得疼。

07. 魂身燒渡才知死。

08. 錢毋用是銅，賊毋做是人。

09. 偷食，袂瞞得喙齒；做賊，袂瞞得鄉里。

10. 一失足，成千古恨。

11. 一擺賊，百世賊。

12. 偷捻 (liàm) 偷佔，一世人缺 (khueh) 欠。

13. 人牽，毋行；鬼牽，溜溜行。

三、人情世事

（一）人情

01. 人情留一線，日後好相看。

02. 棚頂做甲流汗，棚跤嫌甲流瀾。

03. 做天也袂得中 (tìng) 眾人意。

04. 有功無賞，拍破著賠。

05. 人牽袂行，鬼牽溜溜去。

06. 你看我殕殕 (phú-phú)，我看你霧霧。

07. 你無嫌人大跤蹄，人袂嫌你穿草鞋。

08. 船過水無痕。

09. 燒瓷 ê 食缺，織蓆 ê 睏椅。（瓷，huî；織蓆 ê，tsit-tshio̍h--ê）

10. 惡馬惡人騎，胭脂馬拄著關老爺。

11. 死囝乖，走魚大。

12. 近廟欺神。

13. 醫生驚治嗽，總舖驚食晝，塗水師傅驚掠漏。

14. 死爸路頭遠，死母路頭斷。

15. 九頓米糕無上算，一頓冷糜拭去囥。

（二）世事

01. 歹心 ê 食螺肉，好心 ê 予雷拍。

02. 做惡做毒，騎馬碌硞；好心好行，無衫通穿。

03. 好心 ê 倒咧餓，歹心 ê 戴紗（王）帽。

04. 公廳無人掃，公親情無人叫食晝。

05. 橫柴夯入灶。

06. 有錢烏龜 (kui) 坐大廳，無錢秀才通人驚。

07. 烏雲飛上山，棕簑提來幔；烏雲飛落海，棕簑崁狗屎。

08. 做戲 ê 欲煞，看戲 ê 毋煞。

09. 坐轎 ê 欲煞，扛轎 ê 毋煞。

10. 有錢人驚死，無錢人驚無米。

11. 人情世事陪到到，無鼎閣無灶。 （『喻人情世事應酬不完。』）

12. 穰猴勞欠數。 （『難纏的客人會賒帳。』）

（三）人心

01. 救蟲毋通救人。

02. 豬肚面，講反 (píng) 就反 (píng)。

03. 好詼諧，漚 (àu) 腹內。

04. 日頭赤焱焱 (iānn)，隨人顧性命。

05. 到喙無到喉，到喉無到心肝頭。

06. 目睭大細蕊；目睭看懸無看低。

07. 人前一面鑼，人後一面鼓。

08. 暗頭仔食西瓜，半暝仔反症。

09. 欠錢怨債主，不孝怨爸母。

（四）佬仔（王祿仔）

01. 佬仔，假羅漢；佬仔，假大爺。

02. 聽王祿仔喙，轉厝吐大氣。

03. 做官騙厝內，做生理騙熟似。

04. 勸人蹈 (peh) 上樹，樓梯夯 (giâ) 咧走。

05. 七佬 (láu) 食八佬 (láu)，木蝨 (sat) 食虼蚤 (tsáu)。

06. 十五枝枴仔攑雙手 —— 七枴 (拐) 八枴 (拐)。

（五）迷信（厚譴損 kāu-khiàn-sńg）

01. 尪姨順話尾，假童害眾人。
02. 佛食（重）扛、人（重）食妝。
03. 無禁無忌食百二。
04. 有山便有水，有神便有鬼。

（六）風水

01. 一喙水，二風水。
02. 自古：文章、風水、茶，眞正捌 ê 無幾个。
03. 坐東向西，趁錢無人知。
04. 河溪對門路，也有番薯也有芋（ōo）。
05. 家己揹（phāinn）金斗，替人看風水。
06. 家己揹（phāinn）黃金（hông-kim），閣欲替別人看風水。

（七）相命

01. 心思無定，抽籤算命。
02. 相命無褒，食水都無。
03. 歹運愛看命，穤（bái）人愛照鏡。
04. 查某愛照鏡，歹命愛算命。
05. 千算萬算，毋值得天一劃。

（八）偏見

01. 斷掌查埔做相公，斷掌查某守空房。
02. 春天後母面。
03. 前擴金，後擴銀。

04. 前擴衰，後擴狼狽，邊仔擴曆邊頭尾。

05. 歹瓜厚子，歹查某厚言語。

(九) 公親

01. 公親變事主，好心予雷唚。（唚，tsim）

02. 不爲中，不爲保，一世人無煩惱。

(十) 巧戇

01. 巧ê顧身體，戇ê顧家伙。

02. 捌算毋捌除，糶米換番薯。（糶，thiò）

03. 知進毋知退，捌算毋捌除。

04. 牛，知死毋知走；豬，知走毋知死。

05. 第一戇，食薰歕風；第二戇，挵球相碰；第三戇，插甘蔗予會社磅。

06. 第一戇，替人選舉運動；第二戇，種甘蔗予會社磅；第三戇，食薰歕風。

07. 第一戇，食薰歕風；第二戇，挵球相碰；第三戇，載姼仔搧東風。（姼仔，tshit-á，貼心ê，『女朋友』。）

08. 人咧吮（tshńg）利頭，咱咧做癮頭（giàn-thâu）。

09. 精ê出喙，戇ê出手。巧ê出錢，戇ê出力。

10. 歕（pûn）螺，予人賣肉。

11. 戇（gōng）猴擔石頭。

12. 毋捌貨，倩（tshiànn）人看；毋捌人，死一半。

13. 精ê食戇ê，戇ê食天公。

(十一) 曆邊

01. 千金買曆，萬金買曆邊。

02. 隔壁見面有呼請，較好家己咧教囝。

(十二) 生理

01. 信用毋顧，人客斷路。
02. 內行看布底，外行綴人買。
03. 忍氣生財，激氣相刣。
04. 小錢毋願趁，大錢無地趁。
05. 買賣算分，相請無論。
06. 趁錢有數，道理 (性命) 愛顧。
07. 一分錢，一分貨：俗物無好貨。
08. 媒人保入房，無保一世人。
09. 一千賒，毋值八百現。(賒，sia；毋值，m̄-ta̍t)

(十三) 職業

01. 大工無人倩，細工毋願行。
02. 毋去無頭路，欲去無法度。
03. 戇話講規套，工課毋願做。(戇，gōng)
04. 八仙過海，隨人變通。
05. 肯做全頭路，毋趁無半步。
06. 一暝全頭路，天光無半步。
07. 千辛萬苦，為著腹肚；先顧腹肚，才顧佛祖。
08. 有人入山趁食，有人出海討掠。
09. 洘水魚，入鹹水港。
10. 這溪無魚，別溪釣。

(十四) 翁某

1. 姻緣

01. 翁仔某是相欠債。
02. 無是苦,有是惱 (ló)。
03. 無冤無家,袂成夫妻。
04. 翁婆,翁婆,床頭拍,床尾和。
05. 一錢,二緣,三婎,四少年,五好喙,六敢跪,七纏,八綿,九強,十敢死。

2. 娶某

01. 娶著好某,較好 (贏) 做祖;娶到歹某,一世人艱苦。
02. 買厝看樑,娶某看娘。
03. 買田愛看好田底,娶某愛看好娘嬭 (niû-lé)。
04. 娶著歹某,較慘三代無烘爐,四代無茶鈷 (kóo)。
05. 種著歹田望後冬,娶著歹某一世人。
06. 娶某無閒三工,娶細姨無閒一世人
07. 濟牛踏無糞,濟某無地睏。
08. 惡妻孽子,無法可治。
09. 婿 (suí) 某歹照顧。
10. 燒麋傷重莱,婿 (suí) 某損 (sńg) 翁婿。
11. 上山毋通惹虎,入門毋通惹某。
12. 惹熊惹虎,毋通惹著刺查某。
13. 聽某喙,大富貴。
14. 賒豬賒羊,無人賒新娘。

3. 嫁翁

01. 第一門風,第二祖公,第三秀才郎。
02. 割著歹稻望後冬,嫁著歹翁一世人。

03. 穲穲 (bái-bái) 翁，食袂空。

04. 嫁著緣投翁，十暝九暝空。

05. 嫁著緣投翁，米甕不時嘛空空。

06. 睏破三領草蓆 (tshio̍h)，掠君心肝袂得著 (tio̍h)。

07. 甘願嫁人擔蔥賣菜，毋願佮人公家翁婿。

08. 一頭擔雞 (家) 雙頭啼。

四、罵人 ê 藝術

(一) 譬相 (phì-siùnn，華語：『尖酸的諷刺、奚落』)

01. 透早驚露 (lōo) 水，中晝驚曝死，暗暝閣驚鬼。

02. 食飯若武松拍虎，作穡 (sit) 若桃花過渡。

03. 食睏，無分寸；食飯食甲流汗，做工課做甲畏寒。

04. 骨力食，貧惰做；骨力食栗 (la̍t)，貧惰吞瀾。

05. 囂俳 (hiau-pai) 無落魄久。

06. 聳勢 (sáng-sè) 無落衰 (lo̍h-sue)ê 久。

07. 目睭看懸，無看低。

08. 無米有舂臼，無囝抱新婦。（『比喻一個人不務實，不切實際。』）

09. 倚山山崩，倚壁壁倒，倚豬牢死豬母。

10. 近山剉無柴，近溪擔無水。（註：『反諷人佔有優勢反而不知努力，便會造成失敗。』）

11. 龜笑鱉無尾，鱉笑龜粗皮 (頭短短)。

12. 一暝全頭路，天光無半步。

13. 胡蠅舞屎桮。(Hôo-sîn bú sái-pue.)（『譏笑人貽笑大方的舞弄。』）

14. 閹雞趁鳳飛。(Iam-ke thàn hōng pue.)（『比喻如同東施效顰一樣不自量力地想模仿別人。』）

15. 無日毋知晝，無鬚毋知老。（『比喻光陰易逝，很容易在不知不覺中荒廢。』）

16. 未生囝，先號名。

17. 未娶某，先娶妾 (tshiap)。

18. 未做衫，先做領；未嫁翁，先生囝。

19. 袂曉剃頭，拄著鬍鬚。

20. 奴欺主，食袂久。

21. 食飯坩 (khann) 中央 ê。(『指養尊處優的優勢階層。』)

22. 食米毋知米價。(『不知民間疾苦。』)

23. 講著食，舂破額。

24. 人來才掃地，人去才泡茶。

25. 未娶某，毋通笑人某勢走；未生囝，毋通笑人囝勢吼。

26. 歪喙雞閣想欲食好米。

27. 牛鼻毋拎 (lîng)，拎 (lîng) 牛耳。

28. 大目新娘揣無灶。(『譏眼前之物，竟找不到。』)

(二) 剾洗（khau-sé/khau-sué，華語：『尖酸的諷刺、譏嘲』)

1. 剾洗

01. 倒吊無墨水。(『比喻人沒學問，胸無點墨。』)

02. 臭柑排籠面。

03. 三八無藥醫。

04. 三八 ê 無藥，羼神 ê 定著。(羼神 lān-sîn：『形容男性個性起伏大、不正經，帶點輕佻。』)

05. 七土、八土兼搖櫓。(人土兼搖櫓。)

06. 查某體，欠人詈 (lé)。

07. 食飯配菜脯，儉錢開查某。

08. 家己睏桌跤，煩惱別人 ê 厝漏。

09. 剃頭剃一爿 (pîng)，借錢毋免還。

10. 牛牢內觸牛母。

2. 膨風

01. 十老九膨風。
02. 膨風水雞刣無肉。
03. 膨風無底,番薯隨斤買。
04. 膨風龜,無底蒂 (tì)。

3. 假仙

01. 乞食揹葫蘆 ── 假仙。(揹,phāinn)
02. 豬哥假聖賢。
03. 戇面假福相。
04. 揹籃仔假燒金。
05. 漚梨仔假蘋果。(漚,àu)
06. 三八假賢慧。
07. 喙唸經,手摸奶。
08. 和尚頭,掠虱母。
09. 細膩貓仔踏破瓦,細膩查某走過社。

4. 假大格 (華語:『自不量力』)

01. 無毛雞,假大格。
02. 無彼號尻川,想欲食彼號瀉藥。
03. 三斤貓,咬四斤鳥鼠。
04. 乞食,閣飼貓。
05. 乞食,下大願。

5. 牽拖

01. 袂生牽拖厝邊。
02. 袂曉駛船,嫌溪彎。
03. 家己無肉,怨人大尻川。

6. 勾結

01. 蛇空迵鳥鼠岫。（『引申為狼狽為奸相互勾結，內神通外鬼。』）

02. 蛇空洞窟。

03. 泉空迵水窟。（迵，thàng，通達、穿透。）

04. 飼鳥鼠，咬布袋。

05. 做賊一更，顧賊一暝。（更，kenn/kinn；暝，mê/mî。）

7. 歹德行

01. 剃頭剃一月 (pîng)，借錢毋免還。

02. 陰鴆 (thim) 狗，咬人攏袂吼。

03. 死道友，無死貧道。

8. 靠勢

01. 猴傍虎威 (kâu pīng hóo ui)。（華語：『狐假虎威』。）

02. 跤踏馬屎傍 (pīng) 官氣。（華語：『恃寵而驕』。）

03. 半路認賊做老爸。

五、歷史文化

(一) 移民

01. 唐 (長) 山過臺灣，心肝結規丸。

02. 過臺灣：十去，六死、三留、一回頭。

03. 第一好過番，第二好過臺灣。

04. 過番賭 (tshun) 一半，過臺灣無地看。

05. 紅柿若出頭，羅漢跤仔目屎流；紅柿若上市，羅漢跤仔目屎滴。

06. 少年若無一遍 (時) 戀，路邊哪有有應公。

07. 有唐 (長) 山公，無唐 (長) 山媽。

08. 一个某較贏三个天公祖。

09. 娶某大姊，坐金交椅。

10. 內山蹔久半人番，生囝攏是番仔款。

11. 一府、二鹿、三艋舺。

12. 頂港有名聲，下港上出名。

13. 一隻牛剝兩重皮。

14. 三年一小反，五年一大亂。

（二）族群

01. 金門毋認同安 (uann)，臺灣毋認唐山。

02. 一人一家代，公媽隨人祀 (tshāi)。

03. 一代親，兩代表，三代毋捌了了！

04. 仙拚仙，拚死猴齊天！

05. 漳泉拚。(漳 tsiang/tsiong；泉 tsuân/tsuânn)

06. 輸人毋輸陣，輸陣歹看面。

07. 咸豐三，講到今 (tann)。

08. 陳林李，結生死。

09. 陳無情，李無義，姓林 ê 娶家己。

10. 入教，死無人哭。

六、鄉土文化

（一）母語

01. 語言滅，文化絕！

02. 寧賣祖宗田，莫忘祖宗言。（客語）

（二）風俗

01. 跳過火，無事尾。
02. 食尾牙面憂憂，食頭牙撚喙鬚。
03. 跳茭股，娶好某；偷挽蔥，嫁好翁。
04. 生贏雞酒芳，生輸四塊枋。（生會過雞酒芳，生袂過四塊枋。）
05. 大道公風，媽祖婆雨。
06. 「湄州媽祖蔭外鄉」、「北港媽祖興外庄」。
07. 「北港香爐人人插」、「大甲媽祖轉外家」。
08. 天頂天公，地下母舅公。

（三）節慶

01. 三月痟媽祖。
02. 五月五，龍船鼓，滿街路。
03. 六月雷，七月湧，六月林菝，七月龍眼。
04. 七月開鬼門、普渡放水燈。
05. 九月九，風吹滿天吼。
06. 十二月春，有通食閣有通賒。
07. 清明無轉厝無祖，過年無轉厝無某。
08. 鑽燈跤，生羼脬（lān-pha）。

（四）飲食

01. 秋茄白露蕹，較毒過飯匙銃。
02. 有錢食鮸，無錢免食。
03. 趕人生，趕人死，趕人食飯無天理。
04. 九月烏（烏魚），較好食豬跤箍。
05. 欲食烏，毋穿褲。

06. 舊柴草好燃火，舊籠床好炊粿。

07. 早頓食飽，中晝頓食巧，暗頓半枵飽。

08. 暗頓減食一口，活到九十九。

09. 米飯一粒著抾起，拍損五穀雷拍死。

10. 予人請，三頓免洗鼎。(夆請省洗碗)

11. 食巧毋是食飽。

12. 一粒田螺九碗湯，三粒田螺一醃缸。

(五) 天氣

01. 二八，亂穿衫。

02. 三月初，寒死少年家。

03. 未食五月節粽，破裘 (hiû) 仔毋敢放。

04. 春雺 (bông) 曝死鬼，夏雺做大水。

  註：『 春天降霧容易鬧旱災，夏天降霧容易有水災。 』

05. 春天後母面。

06. 冬看山頭，春看海口。

07. 東爍 (sih) 無半滴，西爍抱囝走袂離 (lī)。

08. 西北雨，落袂過田岸。

09. 春南夏北，無水磨墨。

10. 田嬰若結堆，戴笠穿棕蓑 (tsang-sui)。

11. 正月寒死豬，二月寒死牛，三月寒死播田夫。

12. 二月初二霆 (tân) 雷，稻仔尾較重秤錘。

13. 六月初一，一雷晢九颱；七月初一，一雷來九颱。

14. 出虹 (khīng) 掛干豆 (關渡)，風颱隨時到。

15. 毋驚七月半鬼，只驚七月半水。

16. 九月颱，無人知。

17. 九月雷，司公肥；十月雷，豬仔狗仔袂肥。

18. 日暮胭脂紅，無雨也有風。

19. 烏雲飛入山，棕蓑提來幔，烏雲飛入海，棕蓑崁狗屎。

20. 落霜有日照，烏寒就無藥。

21. 日頭圍箍，火燒埔。

22. 雷拍菊花心(或菊花蕊)，柴米貴如金。

23. 雷拍颱，大水來。

24. 正月蔥，二月韭，三月莧，四月蕹，五月匏，六月瓜，七月筍，八月芋，九芥藍，十芹菜，十一蒜，十二白。

25. 基隆天，雨傘倚門邊。

(六) 節氣

01. 未驚蟄(kenn-tit)霆雷，會四十九日烏。
   (驚蟄，是24節氣ê第三个節氣，大概佇新曆3月初5、6、7。)

02. 穀雨前三日無挽茶，穀雨後三日挽袂赴。
   (穀雨，是春季最後ê一个節氣。)

03. 四月芒種雨(bông-tsíng hōo)，六月火燒埔。
   (農曆四月芒種彼天若下雨，六月就會炎熱焦燥。)

附錄｜從臺灣俗語看臺灣歷史文化 (華文)

劉明新　1998

一、前言：

　　俗語是土地與人民的產物，既反映時代背景，也代表先民智慧的累積。在臺灣移民開拓的過程中，先民的酸甜苦辣常表現在日常俗語中。值得我們加以探究和理解。因此，欲了解臺灣史，從俗語入門，也是一種十分有趣的方式。

二、移民篇：

1. 唐 (長) 山過臺灣，心肝結規丸

註：代表臺灣人的祖先從十七世紀開始遠離家鄉唐山，渡過海洋，冒險來到臺灣開疆闢土，勇氣雖然可嘉，但心情畢竟是沉重的。一來唐山故鄉窮困貧瘠，不得不遠渡重洋尋求一片安生樂土；二來，臺灣海峽有俗稱「黑水溝」的大風浪，不知能否安然渡過；三來，即使僥倖渡臺成功，還不知能否避過原住民的襲殺，或抵擋得住熱帶傳染病 —— 像瘧疾

之類的傳染病。所以，在無奈的情境下，逃離故鄉唐山，此去命運未卜，心肝當然糾結成一塊——「結規丸」。

2. 過番賭一半，過臺灣無地看。(第一好過番，第二好過臺灣。)

註：「過番」，指古時候到外國和南洋做生意，只有一半的人可以生還回來。賭一半，可是到臺灣去的，卻一個都沒回來。無底看。由此可以想見當時移民的風險之高了。

3. 十去、六死、三留、一回頭。

註：十個人過臺灣，平均有六個人會死在風浪裡，三個人渡臺成功而留下（但卻不知能否逃過原住民和熱帶傳染病這一關）；一個人船才開出去不久，就會因風浪太大，或是到臺灣後，因人生地不熟，而又逃回唐山去，由此，可以想見當初臺灣先民渡海來臺是何等艱辛、冒險的事。

4. 少年若無一遍戀，路邊哪有「有應公」。(世間若無戀，路邊哪有「有應公」。)

註：這也是描述「羅漢跤仔」單身渡臺而生悲劇的俗語。意謂若不是那些「戀少年」離開唐山，流浪來臺灣，以致因船難、疾病或械鬥而客死異地，路邊哪來這麼多「有應公」供人膜拜。以前臺灣人認為那些無依無靠、無子無孫的鬼魂，會因無人祭拜而成為「厲鬼」到處索食為虐，民間因而「祭厲」的風俗。一些民間善士，將暴屍路旁荒野的羅漢跤遺骨，收屍埋葬，立廟祭祀，便成了「有應公」廟。「羅漢跤」是清代臺灣社會的一種特殊角色；而「有應公」則是清代臺灣民間信仰中的一種特殊神明。

5. 「乞食伴羅漢」「有路無厝」「病無藥，死無蓆」「死無人哭」。

註：①死無蓆，死了連草蓆裏身都沒有。②乞食；乞丐。

這些俗語指的都是「羅漢跤仔」的身世命運。有路可以走，但無家可回，生病了無藥治療，死了，無草席裏身安葬，也無人哭泣送葬，真是人生至悲啊。

6. 紅柿若出頭，羅漢跤仔目屎流；紅柿若上市，羅漢跤仔目屎滴。

註：羅漢跤仔：指未結婚的單身漢，四處遊蕩的流民。在移民臺灣的過程中，清帝國除了用「海禁」政策限制漢人移民臺灣外，還規定合法到臺灣做官或經商的男人不可攜家眷到臺灣，因此冒險渡臺的都是男人，使臺灣成為陽盛陰衰的社會，到處可以看到無家可歸的「羅漢跤仔」。每當秋風吹起，柿子成熟上市時，這些無家可棲、衣衫單薄的羅漢跤，就會因悲憐身世而流淚了！

7. 一个某較贏三个(身)天公祖。

註：某：臺語，「牽手」的意思，即「妻子」。

天公祖：天公，指玉皇大帝，民間信仰中的最高神格。在陽盛陰衰的移民社會，羅漢跤仔要娶到一個「某」（太太），或是被平埔族原住民招贅而有「牽手」，是頗不容易的事。即令漢人崇信神祇「天公」，在現實中，還不如擁有一個「某」來得實際些。

8. 聽某喙，大富貴。娶某大姊，坐金交椅。

註： 喙：嘴巴

聽從「某」(太太)的話，一定會大富大貴；在男多女少的社會，「羅漢跤仔」能娶「某」(其實多半是被平埔阿媽招贅)已是不易，即使要娶到年紀比自己大很多的，也很困難，哪有權利挑三揀四？其道理跟前一個俗語是相同的。更何況「娶某大姊」後，男人可以「坐金交椅」當老爺，享福氣，又有何不好？

9. 有唐(長)山公，無唐(長)山媽。

註：①唐山公：從中國大陸來的祖先。②媽：祖母。

在移民時代，男人渡臺開墾，大部分時間都被限制攜女眷來臺，所以冒險渡臺者都爲單身男子較多。因此，渡臺之後不論是生理需要，或是爲擁有田宅的現實考量，欲成家者，多半被當時爲母系社會的平埔族招贅成婚。只是漢人強勢宗法社會後來凌駕平埔族文化之上，幾代之後，許多新一代的臺灣人都被有意遺忘自己的原住民的血統，而自認是漢人了。這對原住民的「阿媽」是相當不尊重的！

◇ 1996 年 4 月 6 日，高雄醫學院神經內科主任陳順勝教授，在臺北醫學院所主辦的「原住民健康研討會」中，以「臺灣與西太平洋島嶼南島語族的健康問題」爲題發表演說。他指出，從不同族群的組織抗原 (HLA) 及粒腺體核酸 (DNA) 的普查，臺灣二千一百多萬人中，約有 20pha 到 60pha 人口有原住民直接的血緣關係(間接血緣關係的就更多)，而佔臺灣總人口數 75pha 的河洛人(福佬人)，和佔總人口數 13pha 的客家人，經過數百年與南島語系原住民的融合，已經很少有純的河洛人(福佬人)和客家人了。根據醫學研究他們的血緣 DNA 及組織抗原 (HLA) 已和現在中國大陸居民不同。臺灣人早已是一種原住民和漢民族大融合的「新臺灣民族」了！南島民族有較高的骨質鬆弛、易骨折、高尿酸、高腦血管疾病，以及較高的高血壓發生率等等。

10. 番婆仔好牽，三跤鼎難安。（溪底番薯厚根，平埔番仔厚親。）

註：①番婆仔：平埔族原住民女孩，臺灣人的女性祖先。
②三跤鼎：平埔族的炊具，有三隻腳的鍋子。
平埔族是母系社會，女性擁有婚姻自主權，而且生性浪漫單純，無防人之心，故容易被移民來臺的閩客羅漢腳所騙娶。且因家中姊妹眾多，招贅後逐家庭成員易生摩擦，很難和諧相處。所以也有另一俗諺：「溪底番薯厚根，平埔番仔厚親。」也是描述平埔家庭親戚眾多的情況。

11. 金門毋認同安 (tâng-uann)，臺灣毋認唐（長）山。

註：金門百姓大多是福建泉州同安縣移民的後代，經過幾代落地生根之後，已認金門重為故鄉，這是自然「土斷」在地化、本土化的必然結果，即所謂「日久他鄉是故鄉」，不再夢回同安，是認同土地後的人性常理。同樣的，臺灣人的部分祖先來自唐山（中國大陸），前幾代也想落葉歸根，但在地化之後，已自然認同臺灣為故鄉，自稱是臺灣人。所以說：臺灣不認唐山（中國）。

12. 一代親，二代表，三代無了了。

註：第一代是極親密的兄弟姊妹，第二代變成逐漸疏遠的堂、表兄弟姊妹，到了第三代，就各自成家，已多半不相往來，無了了矣。這也反應了臺灣先民移民來臺各自發展、不再認同唐山遠祖的一個真實情形。

13. 一人一家代，公媽隨人祀 (tshāi)。

註：本句俗語意謂：兄弟分家之後，各自打拚，祖先（公媽）的神主牌也分開各自祭拜，表示互不隸屬，自由獨立。有如臺灣與中國的關係。

14. 臺灣錢淹跤目。臺灣好趁食，做一冬，食三冬。

🈑：十六、七世紀的明清時代，中國沿海福建廣東一帶，因山多田少，戰亂
連連，謀生不易，開始往外移民。移往南洋是第一選擇，渡過黑水溝到
臺灣則是第二選擇。當時臺灣的優勢是土地肥沃、原住民尚不知開墾土
地，從事深耕的水稻種植。所以閩客漢人來臺佔有土地、從事農耕之
後，才發現根本不必施肥，稻作就結實累累，因此就逐漸富足起來。甚
至只要工作一年就可以三年不必耕作。「臺灣錢淹跤目」、「臺灣好趁
食，做一冬，食三冬」，都是在此種歷史情境下所產生的俗諺。

三、生活篇：

15. 一隻牛剝雙領皮。

此俗語指臺灣農民賦稅苛重，有如一隻牛，竟被剝了兩層皮。根據統
計，自鄭氏東寧王國以東，田賦丁稅便很重，滿清領臺後，臺灣的田賦竟是
大陸田賦最高的蘇州松江所課的二倍。「一隻牛剝兩層皮」，正是當時臺灣
農民生活的寫照，也是臺灣人被外來政權統治的無奈命運。

16. 三年官，兩年滿。

自清朝統治臺灣開始，臺灣官吏便十分腐敗。其原因除了不重視臺灣，
把臺灣當作剝削的化外之地外，就是凡來臺做官的，為了防止地方官據地叛
亂，有三年一調的制度，使他們無心經營臺灣，只把臺灣當過路的客棧，而
且自 1729 年起，文官在臺兩年多就調升回中國，對這些需回家的官員，臺
灣只是他搜刮飽囊的過境之地，加上臺灣自十七世紀以來，即比中國富庶繁
榮，這些貪官更是如魚得水。意謂，在臺灣做三年官，不到兩年荷包就貪汙
的滿滿，可以回家了！

17.一府二鹿三艋舺（一府二鹿三新庄）。

臺灣早在十七世紀荷蘭及鄭氏東寧王國時期，就顯示海洋文化對外貿易的特質。「行郊」的出現，便是一個具體的證明。

所謂「行郊」，就是一種以貿易範圍相同之商號所結合而成的商業集團。1720年代，清朝雍正時期，已在臺灣府——當時的臺南出現。到了1784年以後，乾隆中期，在彰化鹿港也急速興起，鹿港便成為中部大港，到了1790年代左右，乾隆末期，已發展到八里坌（今新北市八里）艋舺（臺北市萬華）了。

所以才會有一府、二鹿、三艋舺的俗語出現，這正反映出臺灣的開發與商業發展由南往北的過程。

18.頂港有名聲，下港上出名。

在清領時代，臺灣陸上交通仍然不便，往來南北仍靠臺港海運，所以稱北部人為「頂港人」，南部人為「下港人」。頂港指滬尾（淡水）和基隆港；下港指安平和打狗（高雄）港。

19.本地媽祖興外庄（北港媽祖興外庄）。

臺灣四面環海，在清朝移民時代，海神林默娘成為共同專護神，沿海鄉鎮——港口都有媽祖廟香火鼎盛。但基於「近廟欺神」的心理，媽祖廟附近人家可能認為媽祖並無任何顯聖跡，但外庄人可能繪影繪聲地傳聞許多顯靈和靈驗事跡，愈遠的地方愈多。於是，不惜路途迢迢，爭先恐後地趕來朝拜，另一種說法，是說雲林北港朝天宮的媽祖，自從被移請成分靈到臺中大甲鎮瀾宮後，大甲的媽祖廟就香火鼎盛。每年農曆三月，八天七夜的大甲媽祖起駕回娘家，更是造成人山人海的宗教熱潮。「北港媽祖興外庄」，誰說不是？

20. 番薯毋驚落土爛，只望枝葉代代湠 (傳)。

①毋驚：不怕。
②生湠：生存成長，延續子孫，繁衍後代。

番薯象徵臺灣，也代表臺灣人。在外來改權一個接一個的統治之下，臺灣人可說飽嘗高壓剝削，甚至因反抗而被屠殺的命，有如番薯被任意丟棄在烈陽下燒烤，或爛泥中陰暗的角落腐爛。但只要有水，卑微的番薯總要發芽延續後代，等待「出頭天」的時日到來。

第十九課
心適 ê 孽譎仔話 (歇後語)

　　孽譎仔話，激骨激骨，所以嘛叫做「激骨話」；伊共眞正 ê 意思攏留佇落尾，所以閣叫做「抾話尾」。伊是講話時 ê 變竅，故意五仁一下，毋免傷嚴肅，所以嘛不止仔有講話 ê 藝術，演講 ê 時四常用會著。下面咱就舉一寡定用著 ê 例來做說明，予讀者做參考。

注：**孽譎仔話**，音 giát-khiat-á-uē。

一、會意類：

01. 一目仔看戲 →一目了然。

例：侚咧變啥物齣頭，我早就一目仔看戲 —— 一目了然矣。

02. 便所彈吉他 →臭彈。

例：這馬 ê 少年家，上勢便所彈吉他 —— 臭彈，若叫伊做就無半撇。

03. 賣鴨卵摔倒擔 →看破。

例：晟養這个孫仔十幾冬，阿媽已經賣鴨卵摔倒擔 —— 看破矣！

04. 擔瓷 ê 摔倒擔 →缺了了 (去了了)。

例：股市崩盤，今這聲慘矣，擔瓷 ê 摔倒擔 —— 去了了矣！

05. 新娘等空房 →有空無榫 (sún) （指毫無作用、功效）。

例：較早 ê 黨化教育，串編一寡新娘等空房 —— 有空無榫 ê 教材，一直咧苦毒讀冊囡仔 ê 心靈。

06. 腦充血 → 頭殼歹去。

例：你是腦充血 —— 頭殼歹去喔，阿珠仔已經無愛你矣，你閣綿死綿爛去姑情伊。

07. 買鹹魚放生 → 毋知死活。

例：阿財伯仔坐佇門口埕等無人，誠怨嘆講：恁爸生著歹子弟，袂輸買鹹魚放生 —— 一下放出去，就毋知死活。

08. 七月半鴨仔 → 毋知死活。

例：里長伯仔大聲喝：恁遮 ê 毋成囡，七月半鴨仔 —— 毋知死活！好膽莫走！

09. 烏松汽水 → 食一點氣。

例：著啊，烏松汽水 —— 食一點氣，咱做人愛較有志氣咧。

10. 乞食揹葫蘆 → 假仙。

例：這个諞仙仔黨，莫閣乞食揹葫蘆 —— 假仙矣。

11. 十角 → 一箍散散。

例：就是因為伊做人十角 —— 一箍散散，所以到今猶無某無猴。

12. 也欲山珍，也欲海味 → 歹款。

例：講甲恁遮 ê 大官虎，也欲山珍，也欲海味 —— 實在真歹款。

13. 畫眉點胭脂 → 面色好看、予你好看。

例①：做下跤手人 ê，攏嘛向望頭家逐工畫眉點胭脂 —— 面色好看。

例②：你閣聳鬚，等一下我就叫人共你畫眉點胭脂 —— 予你好看。

14. 猴穿衫→仝款歹看、毋成人。

例：彼个鱸鰻底 ê 議長，準講穿西裝，嘛是猴穿衫 —— 仝款歹看。

15. 石門水庫淹大水→擋袂牢（擋不住）。

例：你緊旋，恁某來查勤矣，石門水庫淹大水 —— 擋袂牢矣！

16. 孫悟空七十二變→毋成猴。

例：咱做人若無尊嚴，準講會當升官發財，嘛 hông 剾洗是孫悟空七十二變
　　—— 毋成猴。

17. 貓跍樹→毋成猴。

例：乖孫 ê，你敢有影走標著頭名？貓跍樹 —— 毋成猴喔！

18. 專賣局→孤行獨市。

例：你袂輸辜顯榮咧，串做專賣局 —— 孤行獨市 ê 生理，閣做甲了錢，實在
　　有夠了然。

19. 掠漏→揣空揣縫。

例：欲做公司 ê 監察人，袂當無責任感，愛親像塗水師，會曉替公司掠漏
　　—— 揣空揣縫，共違法 ê 代誌揣出來，按呢公司 ê 經營才會正常。

20. 圍棋比賽→烏仁拄白仁。

例：佝兩个這馬佇辦公室拄咧犀牛照角，目睭睨 ok-ok，袂輸咧圍棋比賽
　　—— 烏仁拄白仁，啥人都無愛先落軟。

21. 胡蠅戴龍眼殼→崁頭崁面（厚顏無恥）。

例：做人愛知廉恥，毋通胡蠅戴龍眼殼 —— 崁頭崁面。

22. 阿婆仔生囝→誠拚（真拚）。

例：伊想欲考牢第一志願？阿婆仔生囝 —— 誠拚咧！

23. 一个人食圓仔→獨吞。

例：合股做生理，袂當一个人食圓仔 —— 獨吞。

24. 一畚箕杜蚓拄著鴨母→無夠看。

例：講甲遐 ê 來臺灣殖民 ê 大官虎，貪官汙吏，五子登科，共人民 ê 納稅錢鳥了了，袂輸一畚箕杜蚓拄著鴨母 —— 無夠看。

25. 一粒田螺煮九碗湯→無滋無味。

例：這場表演，用一句孽譎仔話來形容：一粒田螺煮九碗湯 —— 無滋無味。

26 一盤魚脯仔→全全頭。

例：任何團體裡，攏袂當「一盤魚脯仔 —— 全全頭」，會十喙九尻川，做無頭路。

27. 一空掠雙隻→好空。

例：伊當咧出運，做生理見做見趁，不時一空掠雙隻 —— 好空甲欲死。

28. 城隍爺出巡→大代誌。

例：「城隍爺出巡 —— 大代誌喔！昨昏新北市天狗熱，又閣加五個病例，希望咱鄉親序大、厝邊頭尾愛較細膩咧！」一下透早，里長就佇辦事處用 mài-khuh 大聲喝咻。

29. 大樓 ê 電梯 →起起落落。

例：莫失志，人生親像大樓 ê 電梯 —— 起起落落。

30. 十全欠兩味→八珍。（十，音 sip）

例：隔壁彼个查某囡仔，神經線定定絞無絚，敢若十全欠兩味 —— 八珍八珍。

31. 土地公毋驚風雨吹→老神在在。

例：明仔日欲選舉矣，伊猶是土地公毋驚風雨吹 —— 老神在在。

32. 大某拍細姨→大出手。

例：1979 年 12 月初 10 暗暝，國民黨出動情治單位，袂輸大某拍細姨 —— 大出手，故意製造美麗島事件，才順利共黨外人士一網打盡。

33. 小卷佮花枝→無血無目屎。

例：伊彼个人是小卷花枝 —— 無血無目屎，你愛較細膩咧。

34. 保險公司驚了錢→驚死人。

例：你處理代誌遮爾仔雄，袂輸保險公司驚了錢 —— 驚死人喔。

35. 無尾巷→死路一條。

例：死賊仔脯走入無尾巷 —— 死路一條。

36. 畫大餅→看有食無。

例：做人愛實實在在，毋通乞食下大願，規工畫大餅 —— 看有食無。

37. 鴨咪仔吞火金蛄→規腹肚火。

例：老師已經鴨咪仔吞火金蛄 —— 規腹肚火矣，學生囡仔 ê 目睭皮閣無漿泔，猶咧吵吵鬧鬧。

38. 六月芥菜→假有心。

例：講啥物欲予恁趁大錢、過好日子？莫躊躇六月芥菜 —— 假有心矣。

39. 半暝看日頭→猶早咧。

例：你喔，想欲趁大錢，半暝看日頭 —— 猶早咧。

40. 狗吠火車→無路用。

例：佇集權國家欲改革，常在是狗吠火車頭，蠓仔叮牛角。

41. 銃子拍著肚臍空→註死 ê。

例：啥，伊考第一名？穩當是銃子拍著肚臍空 —— 註死 ê。

42. 鳥鼠哭貓→假真情。

例：冤仇人一下過身，伊就哭甲目屎四淋垂，袂輸鳥鼠哭貓 —— 假真情。

43. 乞食拜墓→卸祖公。

例：彼个笑仙共家伙敗了了矣，予人譬相是乞食拜墓 —— 卸祖公。

44. 天落紅雨，馬發角→無可能。

例：細漢 ê 時，伊歹囝浪蕩，定定予人供體講：「伊喔，若會學好，天會落紅雨，馬會發角！」想袂到伊這馬真正改頭換面，變成誠捌代誌閣有孝序大人 ê 好囝。

45. 鴨母王走入溝仔尾→死路一條。

例：彼个鱸鰻國家傷靠勢，這馬是路邊 ê 尿桶 —— 眾人漩，我看已經是鴨母王走入溝仔尾 —— 死路一條矣。

46. 大甲溪放草魚→有準無。

例：你愛用凡事不求回報 ê 態度做代誌，心才會自在，若像臺語孽譎仔話講 ê：大甲溪放草魚 —— 有準無啦！

47. 戲棚頂 ê 皇帝→做無久。

例：伊免傷奢颺，戲棚頂ê皇帝 —— 做無久啦。

48. 老歲仔穿針→揣空揣縫。

例：這箍諞仙仔逐工死坐活食，攏咧老歲仔穿針 —— 揣空揣縫。

49. 李托（鐵）枴學狗吠→狗聲乞食喉。

例：你唱歌袂輸李托(thok)枴學狗吠 —— 狗聲乞食喉，莫閣唱矣！

50. 八仙過海→各展神通（隨人變通）。

例：選舉無師傅，候選人攏像八仙過海 —— 各展神通。

51. 和尚頭揣虱母→誣賴。

例：今是按怎？和尚頭揣虱母 —— 誣賴喔。

52. 放尿攪沙→袂做堆。

例：講咱放尿攪沙 —— 袂做堆ê，攏是外來統治者。

53. 狗咬鳥鼠→管閒仔事。

例：你喔，狗咬鳥鼠 —— 管閒仔事上勢，緊慢會出代誌。

54. 門牌改一號→換頭家。

例：目一下𥍉，伊門牌閣改一號 —— 換頭家矣！

55. 青盲 ê 放炮→亂彈。

例：你講話攏無關後尾門，敢若青盲ê放炮咧 —— 亂彈。

56. 青盲 ê 放粉鳥→毋（不）知去向。

例：離家出走ê囝仔，親像是青盲ê放粉鳥——毋知去向。

57. 青盲ê看戲→有聽見聲，無看見影。

例：毋是我愛講你，做代誌袂使青盲ê看戲——有聽見聲，無看見影。

58. 看人食包仔→喝燒。

例：鬥鬧熱嘛愛有站節，莫干焦會曉看人食包仔——喝燒。

59. 紅龜抹油→婿面。

例：你紅龜抹油——婿面喔！袂見笑毋才按呢。

30. 火燒林投→袂死心。

例：伊對舊情人猶是火燒林投——袂死心。

61. 食紅柿配燒酒→毋管死活。

例：對這个了尾仔囝，伊存範食紅柿配燒酒——毋管伊死活矣。

62. 食滷卵配高粱→穩死。

例：今這聲慘矣，食滷卵配高粱——穩死ê！

63. 食弓蕉皮→失戀。

例：伊食弓蕉皮——失戀矣，tsuán 逐工無攬無拈過日子。

64. 桌頂拈柑→真簡單。

例：毋是我臭彈，這件代誌對我來講，袂輸桌頂拈柑——真簡單。

65. 海龍王辭水→假細膩。

例：啉予焦，啉予爽，毋通海龍王辭水——假細膩。

66. 烏矸仔貯豆油➝無塊看；看袂出。

㊂：毋成猴喔，有影是烏矸仔貯豆油 —— 無塊看！

67. 墓仔埔放炮➝吵死人。

㊂：三更半暝閣咧唱歌，真正是墓仔埔放炮 —— 吵死人。

68. 對頭冤家主➝鑿目；礙目。

㊂：佝兩个有影是對頭冤家主 —— 鑿目甲袂死。

69. 慢牛過溪➝厚屎尿。

㊂：食若虎，做若龜，慢牛過溪 —— 厚屎尿。

70. 聞太師行到絕龍嶺➝進無步，退無路。

㊂：這个政治佬仔，已經是聞太師行到絕龍嶺 —— 進無步，退無路矣。

71. 墨賊仔頭➝無血無目屎。

㊂：歹心烏漉肚ê生理人，攏是墨賊仔頭 —— 無血無目屎ê。

72. 貓面ê開會➝歹面相看。

㊂：這擺初選，兩黨開會攏是貓面ê咧開會 —— 逐家歹面相看。

73. 貓食鹽➝存範死。

㊂：到遮來矣，死馬當做活馬醫，貓食鹽 —— 存範死ê。

74. 閻羅王開酒店➝毋驚死ê做你來。

㊂：藏鏡人大聲喝：「閻羅王開酒店 —— 毋驚死ê做你來！」

75. 閻羅王講話➝鬼知影。

例：你講彼號十三天地外 ê 代誌，閻羅王講話 —— 鬼知影！

76. 閻羅王變魔術→騙鬼。

例：這个政治佬仔，真勢閻羅王變魔術 —— 騙鬼。

77. 鵁鴒講話→綴人話尾。

例：伊無主張，見擺就鵁鴒講話 —— 綴人話尾。

78. 蝦仔行路→倒彈。

例：彼个膨風龜講話，見擺就予人聽甲若蝦仔行路 —— 倒彈十幾丈。

79. 圓仔炒大麵→膏膏纏。

例：這个毋成囡又閣來圓仔炒大麵 —— 膏膏纏矣！

80. 八芝林米糕→食有紲。

例：食物件愛有站節，毋通愈食愈紲喉，像八芝林米糕 —— 食有紲。

81. 大石頭硞毛蟹→壓霸。

例：彼个毋成囡真歹死，袂輸大石頭硞毛蟹 —— 壓霸！

82. 寄生仔占苦螺仔殼→霸占。

例：個兜彼塊田園，是寄生仔占苦螺仔殼 —— 霸占來 ê！

二、倚音類

01. 十二月天睏厝頂 →凍霜（小氣）。

例：伊虯 (khiû) 儉出名，一个錢拍二四个結，毋捌請人客過，定定 hőng 供
體是十二月天睏厝頂 —— 凍霜。

02. 十二月天食葡萄→凍酸（凍霜）。

例：你出社會佮人鬥陣，若 hông 講「十二月天食葡萄 —— 凍酸」，就誠毋值。

03. 幼稚園招生→老不收（修）。

例：彼 ê 老阿伯，七老八老猶想欲娶細姨，敢毋驚人譬相伊是幼稚園招生 —— 老不收（修）？

04. 尻川鬥掃帚柄→好攑（giȧh）人。（好額人：『有錢人』）

例：一頓飯食二十萬？彼穩當是尻川鬥掃帚柄 —— 好額人，個才有本錢遮冇手。

05. 剃頭店公休→無理髮（無你法）。

例：人講，惡妻逆子，無法可治，就是剃頭店公休 —— 無你法 ê 意思。

06. 阿兄徛樓頂→哥哥在上（高高在上）。

例：彼个阿舍囝，慣勢阿兄徛樓頂—高高在上，啥人欲插伊！

07. 澎湖菜瓜→十捻（雜唸）。

例：你莫袂輸澎湖菜瓜 —— 雜唸，好無？

08. 阿媽生查某囝→生姑（菇）（『發霉』）。

例：彼塊餅园誠久，已經阿媽生查某囝 —— 生菇矣，毋通食！

09. 阿媽生後生→公暢（『講好玩的，隨便說說的』）。

例：政客 ê 政見，其實大部份攏是阿媽生後生 —— 公暢 ê。

10. 阿公娶某→公暢、加婆（家婆）。

例①：今，你是咧阿公娶某──公暢喔。

例②：這件代誌，你莫閣咧阿公娶某──加婆（家婆）矣。

11. 甘蔗規枝齧（gè）→無斬（站）節（『做事沒分寸』）。

例：咱講話著愛有理氣，千萬毋通甘蔗規枝齧──無站節。

12. 保護三藏去取經→著猴（tioh-kâu，『中邪了』）。

例：今是按怎？一下透早就越跤頓蹄、欲死欲活。保護三藏去取經喔──著猴毋才按呢！

13. 十五支枴仔攑雙手→七枴（拐）八枴（拐）。

例：詐騙集團敢若政客，攏是十五支枴仔攑雙手──七拐八拐。

14. 三好加一好→四好（死好）。

例：阿公吩咐講，口是傷人斧，言是割舌刀，你千萬毋通講人「三好加一好──死好」。

15. 火燒罟寮→全無網（望）。

例：今，火燒罟寮──全無網（望）矣，中國經濟大崩盤矣！

16. 矮人跙壁→欠梯（欠推，華語『欠揍』）。

例：你做代誌實在有夠超過ê，矮人跙壁──欠推喔。

17. 外省人食檸檬→酸喔（旋喔，華語『開溜、逃跑』）。

例：有人大聲喝：教官來矣，外省人食檸檬──旋喔（開溜）。

18. 火燒厝→厝味（趣味）！

例：你這擺ê演講，袂輸咧「火燒厝」，閣不止仔趣味呢！

19. 鴨仔過溪→無蹤（無聊）。

例：我這馬當咧「鴨仔過溪」，毋知佗位會當做議量？

20. 愛吃蟳仔→興管（興講，愛講話、愛發表意見）。

例：阿瑜仔定定予人批評真愛食蟳仔 —— 興講，做代誌閣無半撇。

21. 胡蠅跋落鼎→炒（吵）死。

例：規个演唱會袂輸胡蠅跋落鼎 —— 吵死。

22. 上帝公跋輸筊→當龜（頓龜，『指整個屁股跌坐在地上』。）

例：你哪會行路行甲上帝公跋輸筊 —— 頓龜咧？

演講 ê 言辭證據

演講是一種有目的 ê 行為,上重要 ê 目的,就是欲說服別人、感動別人、影響別人,做上好 ê 溝通。所以,演講 ê 內容一定愛真實,句句攏愛有根據,袂當干焦空喙哺舌、喝口號,串講暢 ê,甚至是用著假 ê、毋著 ê 資料。

啊欲有根據,演講者當然著愛提出正確 ê 時間、數字、統計、定義、類推、講法、舉例、報導、笑話、逸事、故事等等 ê 內容,毋才有說服力,予聽眾相信咱所講 ê。這,咱就共伊叫做「言辭證據」。閣較重要 ê 是,有遮 ê 言辭證據鬥支援,才會當講甲「有畫面」,予講演產生具體 ê「影像感」,也就是予聽眾有親身經歷 ê 感覺。

不而過,選擇「言辭證據」愛把握幾个原則:第一,舉出 ê 例一定是事實,絕對是會當相信 ê 資料;第二,愛有趣味性,而且是對聽眾有吸引力 ê 故事;第三,愛簡單好記,聽眾一下聽就捌 ê 代誌;第四,愛有分寸,千萬袂當膨風。當然,演講 ê「言辭證據」包山包海,無人有法度全知全能。下面咱就舉一寡例,簡單做說明,予讀者做參考。

主要 ê 言辭證據有:

一、**統計**:有關時間、金錢、距離、長短、人口、百分比等等 ê 統計資料。

二、**定義**:以專業性 ê 文句,解說較抽象 ê 事物,予聽眾有深刻 ê 印象。

三、**類推**:推論事物相全、抑是類似 ê 所在,所做 ê 論述抑是比較。

四、**報導**:冊、報紙、雜誌、網站、電視媒體 ê 相關資訊佮報導。

五、**笑話**:一寡佮主題有關 ê 笑話,會予演講增加趣味性,予聽眾領悟。

六、**逸事**:一寡短閣精彩 ê 故事,有可能是真 ê,嘛有可能是傳聞。

七、**故事**:實在抑是假設 ê 情況、事件抑是經驗 ê 敘述 (sū-sut),真容易就引起聽眾 ê 興趣。

統　計

（一）時間

1. 歲壽

　　浮游(phû-iû)成蟲會當活 1 工，蝴蝶會當活 1 個月；番麥欉會當活 1 年，狗蟻會當活 3 年；寄生仔 (寄居蟹) 會當活 5 年，杜蚓仔(tōo-kún-á)會當活 6 年；捕蠅草 (póo-sîn-tsháu) 會當活 18 年，水獺 (tsuí-thuah) 佮國王徛鵝 (khiā-gô) 會當活 20 年，鯊魚會當活 25 年；狗頭鷹 (兀鷲) 會當活 35 年，烏猩猩會當活 40 年；海翁會當活 45 年，非洲鱷魚 (gȯk-hî) 會當活 50 年；象會當活 65 年，仙人掌(sian-jîn-tsiáng)會當活 100 年；細菌 (sè-khún) 會當活幾百年，人會當活 85 年。

2. 臺灣人平均歲壽

　　內政部 2018 年 9 月 21 公布「2017 年簡易性命表」，咱臺灣人 ê 平均歲壽是 80.4 歲，比日本、新加坡、南韓較低，比中國、馬來西亞、印尼較懸。其中男性 77.3 歲、女性 83.7 歲，攏創下新記錄，嘛攏比全球平均水準懸 8-10 歲。

　　可惜這加出來 ê 8-10 歲，拄好是老大人倒佇病床、袂翻身、拖身拖命、到死為止，平均扯 ê 時間！

　　佇咧直轄市六都裡，以臺北市平均歲壽 83.6 歲上懸；全國上尾一名 ê 是臺東縣，平均歲壽才 75.5 歲。

另外，因為長歲壽 ê 關係，2018 年 7 月底咱國 65 歲以上 ê 人口，已經占總人口比率 ê 14.22pha，正式邁入「高齡社會」，人口老化指數不斷提升，人口紅利煞漸漸消退。

3. 地球 ê 歷史：

科學家估計，宇宙形成 ê 大爆炸，大約佇 137 億年前。地球 ê 歷史大約有 46 億到 50 億年之間。

地球形成以來，「冰河時期」上少出現過五擺，上尾擺叫做「第四紀冰河時期」，佇 258 萬年前開始，到今猶閣咧進行。這擺冰河時期裡，地球處佇「冰期」（溫度較低、水結冰）與「間冰期」（溫度較懸，冰溶去、海水漲懸）交替出現 ê 迴旋。

目前地球所處 ê「間冰期」，是對 1 萬 2 千年前「冰期」結束開始，到今猶閣咧進行。所以地球外殼 ê 陸地予冰崁牢咧 ê 所在，干焦賰南極洲、格陵蘭 [Greenland]、巴芬島等所在爾爾。

【註】：

①格陵蘭 [Greenland]：

面積 216 萬 6,086 平方公里，是世界第一大島，規年週天，大約 81pha 攏予冰雪崁牢咧。「格陵蘭」佇原住民語言中 ê 字面意思是「綠色土地」，是佇『丹麥』王國框架內 ê 自治國。格陵蘭全境大部分處佇北極圈內，氣候寒冷。隔海峽佮冰島和加拿大兩國相對相。

②巴芬島 [Baffin Island]：

加拿大北方佇北極圈內 ê 大島，是加拿大上大 ê 島，嘛是世界第五大島，面積大約有 50 萬 7,451 平方公里。

(二) 金錢 （所得、預算、開銷、價數）

2018 年公布 ê 世界各國 GDP(國內生產總值) 排名：

01. 美　國 GDP：186,979.22 億 (美金)、人均 59,495.34 美金。

02. 中　國 GDP：122,539.75 億 (美金)、人均 8,582.94 美金。

03. 日　本 GDP：41,706.43 億 (美金)、人均 38,550.09 美金。

04. 德　國 GDP：34,725.07 億 (美金)、人均 44,184.45 美金。

05. 英　國 GDP：30,548.4 億 (美金)、人均 38,846.79 美金。

06. 法　國 GDP：24,788.48 億 (美金)、人均 39,673.14 美金。

07. 印　度 GDP：23,847.26 億 (美金)、人均 1,852.09 美金。

08. 義大利 GDP：18,675.72 億 (美金)、人均 31,618.68 美金。

09. 巴　西 GDP：16,728.68 億 (美金)、人均 10,019.79 美金。

10. 加拿大 GDP：15,928.48 億 (美金)、人均 44,773.26 美金。

22. 臺　灣 GDP：5,400.73 億 (美金)、人均 24,226.79 美金。

35. 香　港 GDP：3,221.66 億 (美金)、人均 43,791.996 美金。

世界各國 2017 年國民平均收入排名：

01. 盧森堡：107,708.22 美金。　　02. 瑞　士：80,836.66 美金。

03. 澳　門：79,563.56 美金。　　04. 挪　威：73,615.15 美金。

05. 冰　島：73,092.2 美金。　　06. 愛爾蘭：68,604.38 美金。

07. 卡　達：60,811.86 美金。　　08. 美　國：59,495.34 美金。

09. 丹　麥：56,334.61 美金。　　10. 澳大利亞：56,135.42 美金。

11. 新加坡：53,880.13 美金。　　12. 瑞　典：53,248.14 美金。

13. 荷　蘭：56,334.61 美金。　　14. 聖馬力諾：56,135.42 美金。

15. 奧地利：56,334.61 美金。　　16. 芬　蘭：56,135.42 美金。

17. 香　港：43,791.996 美金。　　18. 加拿大：44,773.26 美金。

19. 德　國：44,184.45 美金。　　　　20. 比利時：43,243.3 美金。

21. 紐西蘭：41,629.33 美金　　　　　22. 以色列：39,974.34 美金

23. 法　國：39,673.14 美金　　　　　24. 英　國：38,846.79 美金

25. 日　本：38,550.09 美金　　　　　26. 阿聯酋：37,346.11 美金

27. 意大利：31,618.68 美金　　　　　28. 波多黎各：30,728.81 美金

29. 韓　國：29,730.2 美金　　　　　　30. 西班牙：28,212.46 美金

31. 汶　萊：27,893.45 美金　　　　　32. 馬爾他：27,567.37 美金

33. 科威特：27,236.75 美金　　　　　34. 巴　林：25,169.55 美金

35. 塞浦路斯：24,740.96 美金　　　　36. 巴哈馬：24,510.65 美金

37. 臺　灣：24,226.79 美金　　　　　74. 中　國：8,582.94 美金。

【註】臺灣平均國民所得大約是中國 ê 2.8 倍，香港大約是中國 ê 5.1 倍。

💰 1111 人力銀行 2017 年調查臺灣人平均薪水

1. 在學 ê「拍工族」：平均每月薪水 2 萬 2,857 箍。

2. 21～30 歲：平均月薪干焦 2 萬 6,614 箍。

3. 全職 ê 食頭路人「上班族」，平均月薪是 2 萬 9,638 箍。

4. 食頭路人閣兼工課，平均每月總收入是 2 萬 9,762 箍。

5. 每年有超過 30 萬 ê 學生申請就學貸款。

💰 公部門宣布

1. 勞動部公布：2016 年平均每個月 ê 薪水是 2 萬 9,427 箍；青年初次就業 ê 薪水是 2 萬 5,540 箍。

2. 行政院主計總處 2017 年 3 月 29 公布：2016 年「薪水中位數」是新臺幣 4 萬 0612 箍。也就是全國有半數以上 ê 勞工，收入比這個數字較少。

3. 行政院主計總處 2018 年 5 月初 10 公布：3 月底工業佮服務業全體 hőng 倩 ê 員工人數有 762 萬 6 千人，3 月本國籍全時 hőng 倩 ê 員工 (無含外國籍佮部分工時員工) 經常性 ê 薪水平均是 42,909 箍，加計獎金以及加班費等非經常性 ê 薪水了後，總薪水平均是 48,545 箍。

（三）距離：

1. 臺灣上北爿是新北市石門區 ê 富貴角，臺灣 ê 上南爿是屏東縣恆春鎮 ê 鵝
   鑾鼻，對北到南全長 394 公里。臺灣 ê 東西向、上闊 ê 所在大約是 144 公
   里。另外，臺灣 ê 海岸線全長大約 1,140 公里。

2. 臺灣西爿佮西北爿倚臺灣海峽，距離歐亞大陸（主要距離中國福建省）ê
   海岸 (huānn)，平均距離大約是 200 公里。臺灣海峽上狹 ê 所在，是臺灣
   ê 新竹縣到中國福建省 ê 平潭島，直線距離大約是 130 公里；西南邊是南
   海，距離中國廣東省海岸大約是 300 公里；東邊是太平洋，和日本琉球
   沖繩 (tsîn) 縣『與那國島』相隔壁，大約是 110 公里以下。

（四）人口密度：

1. 澳門是全世界人口密度上懸 ê 地區，佇 2017 年，澳門人口密度是每平方
   公里 21,340 人。毋過，澳門（地區）面積干焦有 30.5 平方公里，人口干焦
   有 64 萬 8,500 人。
   另外一種講法是，新北市 ê 永和區，隔一條新店溪，以中正、永福、福

和、秀朗4座橋連接臺北市，生活機能誠好，所以有23萬人口躑佇5.7平方公里ê土地面頂，平均扯每平方公里就躑4萬人，是全世界人口密度上懸ê地區。

2. 新加坡是全世界「人口超過一百萬ê國家抑是地區」，人口密度上懸ê國家，佇2017年，新加坡人口是546萬9,700人，面積是710平方公里，所以密度是每平方公里有7,703人。

3. 香港是全世界「人口超過一百萬ê國家抑是地區」，人口密度第二懸ê，佇2017年，香港ê人口是734萬6,700人，面積大約是1,104平方公里，密度是每平方公里6,644人。

4. 全世界「人口超過一百萬ê國家抑是地區」，人口密度第六名是臺灣。臺灣ê面積大約是3萬6,000平方公里，臺灣ê人口，2018年2月官方統計，大約是2,357萬人。人口密度是每平方公里651个人。

5. 中國ê面積大約是957萬2,900平方公里，大約是臺灣ê266倍；毋過，若扣掉「西藏」122萬8,000平方公里，「新疆」166萬5,000平方公里，中國ê面積只賰567萬9,900平方公里。大約是臺灣ê157倍大。中國ê人口，大約是13億8,329萬人，是臺灣ê57倍。人口密度是每平方公里143个人。

6. 俄羅斯ê面積大約是1,709萬8,242平方公里，人口大約是1億4,632萬人，人口密度是每平方公里8个人。

7. 美國ê面積大約是983萬3,520平方公里，人口大約是3億2,609萬人，人口密度是每平方公里35.7人。

8. 加拿大ê面積大約是997萬6,140平方公里，人口大約是3,190萬2,268人，人口密度是每平方公里3.2人。

9. 蒙古國ê面積大約是156萬6,000平方公里，人口大約是269萬4,432人，人口密度是每平方公里才1.7人，是全世界人口密度上低ê國家。

（五）世界人口：

1. 2017年，地球上ê人口已經超過75億。

2. 長期以來，亞洲一直是全世界人口上濟 ê 大洲。目前有大約 42 億人蹛佇亞洲，占世界人口比例超過 60pha。全世界人口上濟 ê 兩个國家是中國佮印度，佇 2018 年，中國有 13 億 8,329 萬人，印度 12 億 9,683 萬人，這兩國就占全球 37pha ê 人口。

3. 4,700 年前，古埃及金字塔拄咧起造 ê 時，地球人口猶無到 3 千萬。

4. 公元 1 年，耶穌出世 ê 時，全世界大約有 2 億人。

5. 1804 年，倫敦「大笨鐘」[Big Ben] 拄咧起造 ê 時，地球人口第一擺突破 10 億。

6. 1927 年，世界 ê 人口突破 20 億；1960 年突破 30 億大關；1974 年突破 40 億；1987 年突破 50 億；經過 12 年，1999 年突破 60 億；聯合國 ê 數據顯示 2011 年 10 月世界人口突破 70 億。預測到 2050 年，會突破 90 億；到 2100 年，地球 ê 人口會增加到 112 億。

(六) 百分比：

1. 過去臺灣語言使用 ê 比率：臺語大概 74pha，華語 12pha，客家語 12pha，原住民 2pha。

2. 這馬臺灣人口有「五大族群」：

①原住民族：十六族的臺灣原住民佔總人口 2.37pha。

②hō-ló 族群：(包括大量漢化 ê 平埔族) 佔總人口 70pha，

客家族群：(包括大量漢化 ê 平埔族) 佔總人口 12pha，

外省族群：(1949 年中國新移民)，大約占總人口 12pha，

新住民 (外籍新娘等歸化人口)：佔總人口 3.1pha。

定　義

(一) 人口老化 ê 定義

01. 高齡化社會：根據聯合國世界衛生組織 ê 定義，65 歲以上老年人口占總人口比例達到 7pha ê 時叫做「**高齡化社會**」。

02. 高齡社會：65 歲以上老年人口占總人口比例達到 14pha，是「**高齡社會**」。

03. 超高齡社會：65 歲以上老年人口占總人口比例，若達到 20pha，就叫做「**超高齡社會**」。

(二) 瀕危語言 ê 定義

　　佇語言學中並無形成對語言瀕危性鑑定 ê 統一方法。判斷 ê 標準有真濟種，譬論講，2000 年 2 月佇德國科隆召開 ê「瀕危語言學會議」，所有 ê 會員攏一致通過，將語言按現狀分做 7 個等級，分別是：

01. 安全 ê 語言：前景真樂觀，群體 ê 所有成員 —— 包括兒童攏咧學習閣咧使用 ê 語言。

02. 穩定、毋過受著威脅 ê 語言：群體裡所有 ê 成員 —— 包括兒童攏咧學習閣咧使用、毋過總人數誠少 ê 語言。

03. 受著侵蝕 (sit/sit) ê 語言：群體裡一部分 ê 成員已經轉去使用其他語言，毋過另外一部份 ê 成員，包括兒童猶閣咧學習使用 ê 語言。

04. 瀕臨危險 ê 語言：所有 ê 使用者攏佇 20 歲以上、而且群體內部 ê 兒童攏已經無咧學習、使用 ê 語言。

05. 嚴重危險 ê 語言：所有 ê 使用者攏佇 40 歲以上、而且群體裡 ê 兒童和少

年人攏已經無咧學習使用 ê 語言。

06. **瀕臨滅絕 ê 語言**：只有少數 70 歲以上 ê 老人猶咧使用、而且群體裡差不多所有其他 ê 成員攏已經放棄使用 ê 語言。

07. **滅絕 ê 語言**：失去了所有使用者 ê 語言。

（三）蝴蝶效應 [英語：Butterfly Effect]

咱每一个正念，每一句善語，每一个行為，終其尾攏會產生大影響。

啥物是「蝴蝶效應」？「蝴蝶效應」就是咧講，任何 ê 動作 ── 毋管偌細，落尾攏會產生大改變。所以咱袂當看輕任何小小 ê 決心佮行動，愛相信所有 ê 決心佮拍拚攏袂白了工。

1961 年，美國氣象學家『羅倫茲』[Edward Norton Lorenz] 利用電腦程式模擬氣候變化，所得著 ê 結論：佇南美洲巴西『亞馬遜河』[Amazon] 流域、熱帶雨林中 ê 一隻蝴蝶，拄著仔擛幾下仔翼股，兩禮拜後就會當佇美國德州引起捲螺仔風。

因為蝴蝶攕動翼股 ê 微小變化，會改變蝴蝶周邊 ê 空氣系統，這陣 (tsūn) 微弱 ê 氣流，又閣會對四箍輾轉 ê 空氣，產生連鎖反應 ê 變化，落尾就會引起捲螺仔風，這就叫做「蝴蝶效應」。

（四）破窗理論 [英語：Broken Windows Theory]

啥物是「破窗理論」？ 「破窗理論」是講，假使建築物有一塊玻璃窗 hőng 擗破去矣，無隨共修理好，毋免偌久，其他 ê 玻璃窗嘛會相連紲 hőng 擗破。

美國犯罪學 ê 研究員『威爾遜』[James Wilson] 佮『凱林』[George Kelling] 1992 年佇《大西洋月刊》面頂發表一篇〈破窗〉ê 文章，提出一个觀點，個講：環境中 ê 不良現象，譬論講暴力事件，若 hőng 放任、無隨共制止，予伊繼續存在落來，就會唌 (siânn) 人有樣看樣綴咧做，按呢不良現象、暴力事件就會愈來愈濟，這就是「破窗理論」。所以欲防止破窗效應，

頭起先，著愛避免第一塊窗仔 hőng 損破，一旦 hőng 損破，嘛愛隨共修理好勢，若無就會眞歹收煞。

閣較鬥搭 ê 例是，停佇路邊 ê 機車若誠久無徙振動，車頭前 ê 籃仔 hőng 擲一罐飲料罐了後，眞緊糞埽就會愈擲愈濟，眞自然逐家都會共伊當做糞掃桶矣，而且心內攏會想講：「橫直逐家都咧擲，也無差甲我這包。」

(五) 鐘擺效應 [英語：Pendulum Effect]

啥物是「鐘擺效應」？「鐘擺效應」是一種選舉行爲 ê 研究，重點是咧講選民 ê 投票行爲，敢若時鐘 ê 鐘墜咧幌振動，這擺支持這个政黨，後回就會支持別个政黨；這擺予你大贏，後擺就予別人贏。

這是選民 ê 心理趨向，會同情這擺輸 ê 陣營，後擺就共伊補償；抑是無想欲予一黨獨大，失去制衡 ê 力量，所以下改選舉就會投予另外一个陣營。

毋過任何政黨抑是候選人攏袂當傷靠勢，執政黨若準無用著人、做著代誌；在野黨若準無提出好 ê 政見，嘛無塑造好形象，就向望有「鐘擺效應」，彼是無可能 ê 代誌。

(六) 月圍箍效應 [英語：Halo Effect]

「月圍箍效應」，華語叫做『月暈效應』、『日暈效應』、『光環效應』、『成見效應』以及『以點概面效應』。這是美國心理學家『桑戴克』[Edward Thorndike] 佇 1920 年提出來 ê 理論。

伊講：咱人攏慣勢用「先入爲主」ê 觀點去評斷人、事、物，紲落去就產生「以偏概全」、「既定推論」ê 偏差認知，按呢就無法度用客觀理性 ê 態度去理解人、事、物 ê 眞相矣。這是咱人 ê 宿命之一。

理論 ê 重點是：一个人 ê 某種品質，抑是一種物件 ê 某種特性，一旦予人誠好 (抑是誠穩)ê 印象，佇這種印象 ê 影響下，咱人對這个人 ê 其他品質，抑是這个物件 ê 其他特性，嘛會予伊較好 (抑是較穩)ê 評價。伊就敢若「月圍箍」ê 現象全款，月娘本身若光焱焱，伊 ê 邊仔就會加足濟光環

(khuân) 出來。這是咱人主觀 ê 印象，會影響「人際知覺」，產生「先入爲主」、「以偏概全」ê 認知。

　　好 ê 方面，譬論講，廠商拍廣告是按怎大部份攏揣眞紅 ê 歌手、演員抑是出名 ê 運動員？因爲「月圍箍效應」ê 關係，佪所介紹 ê 產品，攏較會得著大眾 ê 認同佮購買。因爲民眾早就「先入爲主」佮意這个歌手抑是演員矣，自然就「以偏概全」去佮意抑是相信伊所紹介 ê 產品矣。

　　啊作家嘛全款，若出名了後，嘛會產生「月圍箍效應」，伊過去所寫 ê 普通作品，會 hōng 閣挖出來重印，甚至賣甲無貨通賣。這嘛是一種『光環效應』。其他，對政黨死忠 ê 黨員，佮崇拜政治人物 ê「迷眾」「鐵粉」，攏全款是這種心理影響下 ê 結果。

　　負面 ê 例，比如講，咱常在聽著「女性駛車 ê 技術較無好」這種評語，年久月深了後，這種「先入爲主」ê 觀念，落尾手就產生一種情形——只要佇大路拄著技術眞穩 ê 駕駛，就會「未看先臆」一定是女性咧駛車！

　　其他親像「妖魔化」敵對 ê 團體佮人，用假資料抹烏敵人，製造「先入爲主」、「以偏概全」ê 論述，共對方講甲無一塊好，侮辱伊 ê 人格，嘛是這種心理 ê 運用。咱會當共這種負面操作叫做「魔鬼效應」，拄好佮正面操作 ê「光環效應」倒反。毋過，佪攏是「月圍箍效應」。

（七）羊群效應 [英語：The Effect of Sheep Flock]

　　「羊群效應」又閣叫做『從眾效應』，是咧講焄頭 ê 羊仔往佗位行，後面 ê 羊仔就綴咧往佗位行，攏毋免有家己 ê 主見佮想法。簡單講，就是一種「攑香綴拜」ê 行爲。

　　「羊群效應」，拄開始是股票投資裡 ê 術語，是咧講投資者佇買賣 ê 過程中，定定有學習佮模仿 ê 現象，若有人大出手買某一支股票了後——特別是若是有「股神」光環 ê 人物一下開始買，其他 ê 人就會攑香綴拜、綴咧買，挨挨陣陣進場去搶全一支股票。

　　這種現象，佇政治上就叫做「呼群保義」，嘛叫做「族群動員」，有影響力 ê 人若喝一聲，逐家就綴咧做，攏毋免冷靜做獨立思考。

(八)手錶定律 [英語：Watch Law]

啥物是「手錶定律」？「手錶定律」閣叫做「兩粒手錶定律」、「矛盾 (mâu-tún) 選擇定律」。重點是講：若準兩粒手錶仔顯示無仝時間，因為毋知影佗一粒手錶仔 ê 時間較準，咱顛倒毋知這馬幾點矣。

運用佇管理上，所講 ê 就是，領導者佇管理 ê 時陣，**一定要有統一 ê 要求佮準則**，袂當有兩種矛盾抑是相反 ê 聲音，若無，逐家就毋知欲按怎做才好。所以，事權、指揮權愛統一，標準干焦一套，這是經營任何團體 ê 基本原則。

(九)鯰 (liâm) 魚效應 [英語：Catfish Effect]

啥物是「鯰魚效應」？早前，佇北歐『挪威』ê 討海人，見若出海掠著鰮仔魚 (沙丁魚) 了後，想欲予佢會當活跳跳轉來到漁港、賣著較好 ê 價數，所採用 ê 鋩角，就是佇鰮仔魚 ê 魚槽仔內囥一尾鯰 (liâm) 魚。當當鰮仔魚發現群體裡有「異類」出現，一下緊張，就會佇魚槽內一直泅振動，趖來趖去，增加活動力，按呢就會當活較久，送到市場嘛會較鮮 (tshinn)。『挪威』ê 討海人就會當賣著較好 ê 價數。

「鯰魚效應」用佇管理上，就是透過新人、新技術佮競爭，予其他 ê 員工產生危機感，來提升生產力。

(十)水波痕效應 [英語：Ripple Effect]

「水波痕效應」是咧描述：一件代誌所造成 ê 影響會漸漸擴散 ê 情形，可比石頭落落去水裡，水面所產生 ê 水波痕會一痕一痕不斷擴大。

譬如講：慈善活動經過媒體報導，抑是社群分享，會產生閣較大 ê 影響力。對社會運動者來講，「水波痕效應」是佢真期待發生 ê 情形，嘛是鼓舞佢前進 ê 力量。

(十一) 比馬龍效應 [英語：Pygmalion effect]

「比馬龍」ê 故事對希臘神話來 ê。比馬龍是『塞浦路斯』[Cyprus] ê 國王，熱愛雕刻，伊用規世人 ê 心血，刻出一身 (sian) 少女像，號名叫做『加拉蒂』[Galatea]，並且共伊當做夢中情人，日夜向望雕像有一工會當變成真人。落尾仔，伊真摯 (tsì) ê 感情，感動愛神『阿芙達』[Aphrodite]，煞有影共彼身雕像變做有性命 ê 人，石雕少女『加拉蒂』[Galatea] 就化做真人，並且佇落尾手成做「比馬龍」ê 牽手矣。

所謂的「比馬龍效應」講 ê 是：假使咱對某乜人 (通常是學生抑是囡仔) ê 期望較懸，一般的個 ê 表現就會較好。簡單講，**你認為伊是啥物款人，伊就會照你的期待變做啥物款人**。表示咱做爸母、老師 ê，平時對囡仔 ê 態度誠重要，愛有適當 ê 期待佮關懷，相信囡仔，鼓勵囡仔，囡仔才會發揮潛 (tsiâm) 能，共能力發展甲上好。

比馬龍效應 ê 教學應用

「**比馬龍效應**」佇教育界真受重視，主要是應用佇教學上，有關欲按怎善用教材佮教學法方面，來啟發學生 ê 自尊心 [Self-esteem]。「比馬龍效應」佮「**自我實現 ê 預言**」[Self-fulfilling Prophecy] 類似，預言會當是歹代，嘛會當是好代。上重要 ê 是，一个人假使若得著適當 ê 鼓勵和認同，平庸 ê 人嘛會當有突出 ê 成就。毋過，若準一下開始就認定家己會失敗，通常結果就真正會失敗。

(十二) 啥物是 PM2.5?

空氣中分布真濟物質，伊 ê 形態會當分做「固態」、「液態」抑是「氣態」等等。佇科學上，微米 [Micrometer、μm] 是「懸浮微粒」大細 ê 單位，1 微米就是 1 米 (公尺) ê 一百萬分之一 (10^{-6})。就一般來講，「粒徑」比 10 微米 [μm] 較細 ê 粒子，叫伊 PM10，啊若「粒徑」比 2.5 微米 [μm] 較細 ê，

就叫伊 PM2.5，嘛叫做「細懸浮微粒」。遮 ê 粒狀汙染物，會當分做四款等級：

1. **落塵**：指無法度長期漂浮佇空氣中，會漸漸沉降 ê 塊埃，粒徑大約佇 100 微米 [μm] 以上。

2. **總懸浮微粒 (TSP)**：指粒徑佇 10 微米 [μm] 以上 ê 粒狀汙染物，會予人體 ê 纖毛 (siam-mn̂g) 和黏液 (liâm-ik) 過濾 (kuè-lī)，較無法度通過鼻仔佮嚨喉空。

3. **懸浮微粒 (PM10)**：指粒徑佇 10 微米 [μm] 以下 ê 粒狀汙染物，閣叫做「會當欶入來懸浮粒子」，伊會鑽過鼻空 ê 阻擋佮過濾，直接到嚨喉空裡。

4. **細懸浮微粒 (PM2.5)**：指粒徑佇 2.5 微米 [μm] 以下 ê 粒狀汙染物，閣較容易共有毒害 ê 物質欶入咱 ê 體內。因為伊 ê 體積閣愈細，有閣較強 ê 穿 (tshuan) 透力，會當穿透肺部 ê 氣泡，直接進入血管裡，綴血佇規身軀循環。這是伊上恐怖 ê 所在。

【注】

①：懸浮微粒，音 hiân-hû-bî-liạp；真細、浮佇空氣裡，目睭看袂著 ê 汙染物。

②：液態，音 ik-thāi；液體 ê 狀態。

③：粒徑，音 liạp-kìng；徑，kìng，直徑 tit-kìng。

④：微米 [Micrometer、μm]，音 bî-bí，是長度單位，符號 μm。1 微米相當於 1 米 ê 一百萬分之一(10^{-6}，這就是「微」ê 字義)。

5. 細懸浮微粒 (PM2.5) 來源說明

一般的，細懸浮微粒 (PM2.5)ê 來源會當分做自然佮人為產生 ê 兩種，自然產生 ê 是經由火山爆發、地殼變動抑是自然風化等等 ê 作用形成，人為產生 ê，譬如工業行為、燃塗炭佮燃油發電、燒物件等。

6. 細懸浮微粒 (PM2.5) 對人體的影響

空氣中 ê 微粒，依據無仝 ê 粒徑大細，會對喘氣進入身體無仝 ê 部位。10 微米以上 ê 微粒，咱 ê 鼻空有才調阻擋佮去除，較細 ê 微粒就會對肺管、支 (tsi) 肺管，閣經過肺泡(pho) 吸收，進入咱 ê 體內。無仝大細 ê 懸浮微粒，

可能會致使人體器官無全ê危害。當當細懸浮微粒經由呼吸作用進入鼻空、頂腹蓋佮肺部了後，會照大細、沓沓仔積佇身軀內各部位。而且PM2.5毋但粒徑細，積佇肺部了後，會照伊無全ê物理佮化學特性，產生無全款ê病症，終其尾，會對人體ê健康產生真大ê危害。

(十三) 聖嬰現象

　　啥物是「聖嬰現象」？「聖嬰現象」嘛叫做『厄爾尼諾現象』[(El Niño]。『厄爾尼諾』這個詞是西班牙語ê音譯，意思是「查埔嬰仔」抑是「上帝之子」，講ê就是耶穌。因爲南美洲、東太平洋ê海水溫度異常攑懸ê時陣，通常攏佇聖誕節、耶穌出世彼跤兜開始ê，所以『秘魯』、『厄瓜多』一帶ê漁民，才會用西班牙語稱呼這種異常氣候是「El Niño」(厄爾尼諾)。

　　咱知影，地球頂有「氣流」循環，海洋內有「海流」循環，毋管是「氣流循環」抑是「海流循環」，攏佮「溫度變化」有關係。所謂ê「聖嬰現象」，就是因爲海水ê溫度變化，予「太平洋海流」佮「太平洋氣流」(沃克環流) ê循環，有反常ê現象，才致使氣候產生短期性ê變化；原本應該洘旱ê東太平洋地區『秘魯』、『厄瓜多』煞不時做大水，愛落大雨ê西太平洋地區、印尼、菲律賓、澳洲等，遮ê所在煞洘旱無水通用。這種反常ê天氣變化，就叫做「聖嬰現象」。

　　根據統計，「聖嬰現象」出現ê頻率並無規則，毋過平均大約兩年到七年會發生一改(平均扯四年一改)，佇過去一百年來，「聖嬰現象」總共發生24改，規模有強有弱。基本上，假使這個現象連紲無到五個月，就叫做「聖嬰情況」；假使連紲期是五個月以上，就會叫做「聖嬰事件」。

(十四) 國際組織

01. UNESCO：

United Nations Education Scientific and Cultural rganization。

「聯合國教科文組織」是聯合國教育科學文化組織專門機構之一，佇 1946 年設立，設立 ê 目的是，促進對世界各國國民 ê 教育、科學文化 ê 合作 佮交流，以及促進國際和平佮人類 ê 福祉。所以，評選世界文化遺產，共全 世界人類共有、珍貴 ê 自然抑是文化處所，列入保護，進行保存 ê 工課，嘛 是伊 ê 責任。

02. 綠色和平組織 [Green Peace]

綠色和平組織，是一个非政府 ê 環保組織，佇超過 40 个國家設有分 部，啊總部是設立佇荷蘭阿姆斯特丹。1971 年由美國佮加拿大裔 (è) ê 環保 主義者成立，組織 ê 宗旨是：**「保護地球孕育 (īn-io̍k) 全部多樣性生物 ê 能 力」**。個 ê 活動集中佇關心氣候變化、森林過度開發、過度 ê 掠魚佮蝦、商 業性 ê 掠海翁、基因工程以及反核議題。

這个組織採用直接 ê 行動、遊說、研究以及對「破壞環境」ê 企業進行 破壞 (英語：ecotage) 來達成目的。個無接受國家、企業、政治黨派 ê 捐助， 干焦倚靠個人佮獨立基金 ê 捐款。個佇聯合國經濟佮社會理事會，有一般 諮詢 ê 地位，閣是國際非政府組織責任憲章組織 [英語：International Non-Governmental Organisations Accountability Charter] ê 開創者之一，後面講 ê 這个「責任憲章組織」，嘛是一个非政府組織，目的是佇咧推捒其他非政府 組織 ê 透明化佮共同承擔責任。

03. 國際特赦組織 [Amnesty International，縮寫 AI]

國際特赦組織 [Amnesty International，縮寫 AI] 是一个世界性關心政治 犯人權 ê 組織，佇 80 外个國家抑是地區攏有分支機構。佇 1961 年成立後， 看著臺灣佇當時戒嚴體制下，存在大量政治迫害案件，所以就對 1960 年代 就開始關注臺灣良心犯。譬論講，1964 年臺大教授彭明敏佮伊 ê 學生謝聰 敏、魏廷朝，1979 年美麗島事件等案，國際特赦組織攏捌派研究員來臺灣 進行調查抑是旁聽審判，而且閣動員各國 ê 會員來奔走解救。

佇臺灣 ê 分會叫做「**國際特赦組織臺灣分會**[英文：Amnesty International

Taiwan] 是一个 ê 人權非政府組織，1994 年佇臺灣登記成立，秘書處設佇臺北市。這个分會 ê 組織，除了參與全球性 ê 人權倡議運動，嘛盡力咧提升臺灣 ê 人權發展，推動人權教育，來建立尊重人權 ê 社會。

類　推

(一) 世間 ê 定律

01. 因果律：

　　世界上任何一件代誌 ê 發生，一定攏有伊 ê 原因。這是宇宙上根本 ê 定律，人 ê 命運當然也是遵照這个定律。認同因果定律 ê，毋但是佛教，猶有基督教和印度教等等。古希臘哲學家『蘇格拉底』[Socrates] 和英國 ê 大科學家『牛頓』[Isaac Newton] 遮 ê 人，嘛攏認為這是宇宙上根本 ê 定律。

　　人 ê 思想、語言佮行為，就是「因」，攏會產生相對應 ê「果」。若準「因」是好 ê，按呢「果」嘛是好 ê；假使「因」是穩 ê，按呢「果」嘛會是穩 ê。

　　人只要有思想，就必然會不斷「種因」，種「善因」抑是「惡因」，隨人家己決定。所以欲修造命運 ê 人，著愛先知影家己 ê 每一个想法 (起心動念) 會引發啥款 ê 語言佮行為，啊遮 ê 語言佮行為會致使啥物款 ê 結果。

02. 吸引律：

　　人 ê 心念 (思想)，總是會佮伊所想 ê 現實一致，互相吸引。比如講：一个人若準認為人生 ê 道路充滿陷阱，出門驚跋倒，坐車驚發生交通事故，交朋友驚去 hōng 騙，按呢，這个人所面對 ê 現實，就是一个危機重重 ê 現實，小可無細膩，就真正會惹禍出代誌。

　　閣譬論講：一个人若準認為世間人，真濟人攏是講義氣 ê、會當剖(phóo)

腹相見 ê 好人，按呢，這个人就定定會拄著會當佮伊剖腹相見 ê 好朋友。若準伊認為，伊 ê 性命中會有真濟貴人鬥相共，按呢，伊自然就會拄著真濟貴人。

怎敢知影是按怎會按呢咧？彼是因為，**咱人攏是選擇性 ê 去看這个世界**，每一个人會去注意佮看著 ê 事物，攏是家己相信 ê 事物，對家己毋信 ê 事物，就袂去注意，甚至有看著嘛會當做無看著。人 ê 心理就是遮奧妙，攏會執訣 (tsip-kuat) 佇家己心念所想 ê 事務面頂。

所以，人所拄著 ê 現實，攏是因為人 ê 心念诞來 ê；人嘛予佮家己心念一致 ê 現實诞過去。這種互相吸引 ê 力量，無時無刻攏佇咧進行，用一種咱人真僫智覺、無形 ê 方式暗中咧進行。一个人 ê 心念若是消極，抑是歹死佮穩猴 ê，按呢伊所拄著 ê 環境嘛一定是消極、歹死佮穩猴 ê；一个人 ê 心念若是積極 ê、善良 ê，按呢伊所拄著 ê 環境嘛一定是積極抑是善良 ê。這就是一般人所講 ê「心想事成」ê 基本原理。

假使咱人會當控制家己 ê 心念（思想），予家己專注佇對家己有利 ê、積極 ê、和善良 ê 人、事、物面頂，按呢這个人就會共有利 ê、積極 ê 和善良 ê 人、事、物，吸引去伊 ê 生活中；而且，有利 ê、積極 ê 和善良 ê 人、事、物，嘛會共這个人吸引過去。所以控制心念（思想），就是修造命運 ê 基本思路。

03. 深信律：

凡事愛先相信，伊才有可能發生，對任何人攏全款。

人，若準真正深信某一件代誌會發生，按呢，毋管這件代誌是善是惡、是好是穩，這件代誌就一定會發生佇這个人身上。

比如講，一个人深信積極 ê 事物一定會發生佇家己 ê 身上，積極 ê 事物就一定會發生。全款 ê 道理，若準一个人深信家己閣活無偌久矣，按呢，這个人真緊就會過身。

所以用好 ê 信念，取代無好 ê 信念，是命運修造 ê 原則。按呢看起來，有好 ê 信念是一種福氣，想欲予家己有這種福氣，無撇步，必須先建立好 ê

信念，才是正路。

04. 放鬆律：

人，干焦佇心態放鬆 ê 情況下，才會當得著上好 ê 成果。不管心態上 ê 貧惰抑是急性，攏袂有好 ê 結果。啥物心態是上讚 ê 心態咧？答案是愈「清明無念」、愈放鬆愈好！

共目標园佇你想欲塑造 ê 理想人格、理想境界、理想人際關係和理想生活，遮 ê 面件頂頭，紲落去愛放鬆心態、精進努力，做你應該做 ê，莫一直掛心遮 ê 物件啥物時陣會來，按呢，遮 ê 物件來 ê 時陣，會緊甲予你驚一趒。啊若是佇追求 ê 過程中，你對結果愈掛心著急，你就愈無法度得著理想 ê 結果，甚至會得著對反 ê 結果。

舉一个例來講：佇熱人 ê 暗暝停電矣，你倒佇眠床頂，汗水一直流，人反來反去睏袂去，感覺誠拖磨佮痛苦，頭殼內一直咧想，「電」這个毋成囝，啥物時陣才會來，毋過你愈著急 ê 時陣，「電」干干仔都毋來。毋過，當當你已經飽閣醉矣，無奈接受現實，人嘛漸漸清靜安定落來矣，已經感覺較涼爽矣，咧欲睏去 ê 時陣，電就來矣。一目瞬仔，你 ê 房間就光焱焱，電風嘛開始咧轉矣。這毋是巧合，嘛毋是迷信，這是定律 —— 這是放鬆 ê 定律。

《了凡四訓》ê 冊內底，雲穀禪師愛了凡先生唸「准提咒」，著愛達到無念無想 ê 地步，就是這个道理。愛注意 ê 閣有：所謂 ê 無念，並毋是心內一屑仔意念都無，顛倒是有意念、毋過袂停留佇遐，親像《金剛經》所講 ê：「無所住而生其心。」心若放鬆，就自由自在，潛 (tsiâm) 能就自然會發揮出來。

05. 當下律：

人袂當控制過去，也袂當控制將來，干焦會當控制此時此刻 ê 心念、語言和行為。

過去和未來攏無存在，干焦「當下」目前才是眞 ê。所以，你 ê 命運，決定佇「當下」；修造命運 ê 專注點，落手 ê 所在也干焦是「當下」。除了這項，無其他 ê 門路通選擇。

根據「吸引定律」，假使咱人若是一直懷念過去，就會予內傷佮後悔 ê 情緒，套佇永遠無法度改變 ê 過去裡，規个共你套甲綑綑綑，予你無法度解脫。若準咱人磕袂著就咧擔心將來，按呢咱顛倒會共咱擔心 ê、無想欲發生 ê 情況 (hóng)，一件一件吸入來現實中。

正確 ê 心態應該是：毋管命運好也罷，穤也罷，你攏免加想，干焦專心閣積極去共目前 ê 思想調整予好，做好語言和行爲 ê 改變，按呢，命運才會佇不知不覺中向好 ê 所在發展。

06. 成功律：

人佇達成目標進前，頭起先費盡 80pha ê 時間佮努力，干焦會當得著 20pha ê 成果；後手 20pha ê 時間佮努力，就會當順利得著賰 ê 80pha ê 成果。這表示堅持到落尾，才會當順風駛船，看著愈來愈濟拍拚 ê 成果。這是成功一定愛經歷 ê 過程，咱共叫做「80/20 定律」。

這是一个非常重要 ê 定律，眞濟人佇追求目標 ê 時陣，因爲眞久攏看袂著明顯 ê 成果，就按呢失去信心煞來放棄。咱愛知影，命運修造是長久 ê 代誌，愛有充足 ê 耐心佮毅 (gē) 力。**莫數想前 80pha ê 努力就會有眞大 ê 收成，只要莫放棄，落尾 20pha ê 努力就會有長遠 ê 進步佮收成。**

07. 應得律：

人得著伊應該得著 ê 一切，絕對毋是伊想欲得著 ê 一切。

雲穀禪師對了凡先生所講 ê：「擁千金者值千金，應餓死者必餓死」，就是這个道理。假使一个人敬天愛人、善待萬物、勤儉拍拚，伊當然會得道多助，家財萬貫；啊若拗蠻匪類、痞貪自私、無站無節，下場必然是財去人亡，坎坷一世人。

所以命運修造者，著愛提高自我價值，**自我價值提高，按呢人應得 ê，毋管質佮量攏會提懸。**

08. 間接律：

欲提高自我價值——包括物質和精神兩方面，著愛先通過提高別人 ê 價值，才會「間接」實現。

比如講：你若想欲提懸家己 ê 自尊，一定愛先提懸別人 ê 自尊，才有法度實現。你若欲有成就，一定愛先成就別人，才有法度間接達成。

閣譬如講：有 ê 公司創立 ê 目的，只是不擇手段追求上大 ê 利純，遮 ê 公司往往是囂俳無落魄久，一兩年內就消失去矣！顛倒是遐 ê 盡力為客戶、為社會提供優質服務和優質產品 ê 公司，往往會當長年發展，愈做愈大。這就是「間接定律」咧發揮作用。

愛閣提醒一改 ê 是：佇「間接定律」裡，提高自我價值和提高別人 ê 價值，往往是同時發生 ê，也就是講，當當你規心咧提高別人 ê 價值 ê 時陣，你 ê 自我價值嘛隨綴咧提升矣。

09. 佈施律：

佈施就是「送予人」ê 意思。這个定律是講，你佈施出去 ê 任何物件，終其尾攏會加倍回報轉來你 ê 身軀頂。

譬喻講：你佈施金錢抑是物質，你就會加倍得著金錢抑是物質 ê 回報；你佈施歡喜心，予別人歡喜，你就會加倍得著別人回報予你 ê 歡喜；你佈施安定，予別人心安，你就會加倍得著安樂。啊若準你加添予別人 ê 是不安、怨恨、怒氣、憂愁，你就會加倍得著遮 ê 報應。

(二) 莫非定律 [Murphy's Law]

「莫非定律」是 20 世紀西方文化 ê 三大發現之一。發現這个定律 ê 人，

是一个美國空軍 ê 上尉工程師，叫做愛德華·A·莫非 [Edward. A. Murphy Jr.]，伊毋是哲學家、文學家，嘛毋是科學家，只是一个小小 ê 工程師爾。

大概佇 1948 年到 1949 年彼跤兜，美國某一个空軍基地拄咧做火箭減速 ê 時、會產生偌大力度 ê 實驗，愛德華·A·莫非是這個實驗 ê 工程師，為著這个實驗，伊先叫助理共感應器 ê 線路攏先接好勢，才開始做實驗，毋過所得著 ê 數字竟然是零，後來才發現，原來是助理共線路攏接顛倒反矣。

莫非就共逐家滾耍笑講：「若準一件代誌注定會舞害去，予伊 (助理) 去做，就一定會舞害去！」

閣進一步領悟著：「**一件代誌，若有出差錯 ê 可能，伊一定會出差錯！**」抑是「**會發生 ê 代誌，終其尾一定會發生！**」這就是「莫非定律」ê 原形，是佇誠無張持 ê 狀況下所產生 ê 靈感。

「莫非定律」是一種心理學 ê 效應，嘛是宇宙世界 ê 真理：「假使代誌有變歹 ê 可能，毋管這種可能性有偌少，伊總是有發生 ê 一工。」

這句話愈傳愈時行，後來就產生真濟無仝 ê 創意，出現袂少 ê 變體。譬論講：「笑一下，因為明仔早未必然會比今仔日較好。」「物件愈好，愈無路用。」「莫數想欲教豬仔唱歌，按呢毋但袂有結果，猶閣會惹豬仔無歡喜。」「莫佮戀人冤家，若無邊仔 ê 人會分袂清楚，到底啥人是戀人！」「莫叫是你家己誠重要，因為無你，明仔早起 ê 日頭全款對東爿出來。」

(三) 世間 ê 四大原則

01. 無向望回報 ê 原則：這是佈施定律 ê 補充。

這个原則是講：你佈施 ê 時陣，永遠莫向望會當得著回報，你愈無向望回報，你 ê 回報就會愈大。

「善有善報，惡有惡報，毋是不報，時候未到」。比如講，這種類似 ê 情況毋知你有拄過無？有一工，你開車趕欲去見重要 ê 客戶，半路看著一對年老 ê 翁仔某，個 ê 汽車 phang51 ku111 (爆胎) 矣，停佇路邊等待救援 (uān)。

你因為咧趕時間無想欲插，毋過閣感覺無插袂使，就按呢，你就停車幫

個換 thai₅₁ ia₁₁(輪胎)。你共 thai₅₁ ia₁₁ 換好煞,這對老翁仔某想欲付你一筆錢表示感謝,你毋但共推辭,閣祝個好運,紲落去你就繼續趕路矣。

有夠神奇 ê,當當你趕到約會 ê 地點,竟然發現客戶比你閣較晏來,而且客戶一下來就誠爽快欲和你簽協同。你敢會感覺家己真好運咧?其實,這絕對毋是運氣,是必然 ê 定律。

所以請你愛會記得:**施比受較有福**,「施」本身就是真大 ê 福氣,而且無需要對受恩者退得著任何回報。

02. 愛自己 ê 原則:

一切利他 ê 思想、語言和行為 ê 開始,就是先接受家己 ê 一切,並且真心喜愛家己。

只有按呢做,你才有才調去愛別人佮愛世界,你嘛才有可能有真正 ê 歡喜、安定佮勇敢,嘛才有可能有開闊 ê 心胸佮氣度。**假使你若無佮意、無滿意家己,按呢你是無法度真正佮意別人 ê ——** 這點夭壽重要。

有一寡人煞共愛家己當做是自私自利 ê,這是真大 ê 誤解。若準斟酌體會,就會發現:假使你對家己無佮意、無滿意,就誠容易生出嫉妒心和怨恨心,因為你感覺別人並你較好。

你家己也是眾生中 ê 一个,愛眾生 ê 同時,是按怎共家己排除在外?所以請逐家先好好仔認捌自己,先佮家己做好朋友,才閣講愛其他 ê 眾生。

03. 寬恕原則:

「怨憎會」(uàn tsing huē) —— 佮怨恨無佮意 ê 人相會,是佛教講 ê 八苦之一,欲消解這个「怨憎會」之苦,干焦靠「寬恕」這味藥方爾爾。

若準共消極思想、負面情緒比做一欉樹仔,按呢伊 ê 樹根就是「怨感心」,若共樹根斬掉,按呢這欉思想消極、負面情緒 ê 樹仔就活袂久。所以,若欲斬掉這个樹根,無第二條路,著愛學會曉「按怎寬恕」。

第一个需要寬恕和原諒 ê 對象是爸母,毋管你 ê 爸母對你做過抑是拄咧

做啥物毋好ê代誌，攏愛徹底原諒佢。

第二个需要寬恕ê對象，是所有捌傷害過你抑是拄咧傷害你ê人，請你愛會記得，你無需要佮佢攬來攬去、有講有笑，你嘛無需要佮佢你兄我弟，成做好朋友，你只要簡單閣完全ê寬恕佢，就會當斬掉消極ê想法，以及負面情緒ê樹根。

第三个需要寬恕ê對象，是你家己！毋管你過去做過啥物歹代，請你先誠心懺悔，並且保證袂閣再犯，然後就請你寬恕家己。因為「內心懺悔」是一个沉重ê精神枷鎖，伊袂予你有所作為，顛倒會阻礙你成做重新振作ê人。以早種種，袂輸昨昏已經死矣，以後種種，袂輸今仔日拄才出世。

04. 負責原則：

咱人必須對家己ê一切負責，當咱對家己採取負責任ê態度ê時，人就會向前看，看家己會當做啥物；人若準依賴心傷重，就會越頭一直看後壁，一日到暗注意過去發生ê、已經無法度改變ê事實，一直怨嘆、後悔袂煞。其實，對你負責ê，嘛干焦是你家己。**請你愛隨時提醒家己：「我對家己ê一切言行、遭遇佮生活，負完全ê責任。」**

（四）人生哲理

01. 宇宙世界，萬項代誌，有開始就有結束，所以咱生存ê地球，也有毀滅ê一工。所以，咱上重要ê是「活佇當下」，珍惜性命中ê每一工，享受生活裡ê每一分、每一秒。

02. 簡單ê代誌，直直做就變無簡單 —— 簡單是簡單，做久就無簡單。

03. 「地球上，逐工有40億人感覺生活有失敗感，閣攏共滿腹ê稀微攬牢牢來落眠，因為佢規工毋捌聽著一句鼓勵抑是肯定ê話。」這段話敢有講到你ê心肝底？

04. 〈這就是現實社會〉

有錢叫你董ê，無錢叫你等咧；有錢啉威士忌，無錢啉維士比；有錢講話大聲，無錢講話無人聽；有錢看病免排，無錢破病等埋。

有錢駛車免牌，無錢駛車就害；有錢山珍海味，無錢無碗無箸；有錢逐家攏好，無錢恬恬較好；有錢妝甲婧婧，無錢穿甲若鬼。

05.〈烏點較顯目〉

一張白紙面頂若有一个烏點，一般的，咱就會去注意著彼个烏點。這幾年透過自己不斷ê學習，我漸漸看著ê是白色ê部份。囡仔若有85pha ê優點，15pha ê缺點，大部分ê家長攏會無注意著個ê優點和好處。所以，有一个心理學家捌按呢講過：「**逐个囡仔攏需要一ê會曉疼惜伊ê爸母**」。

06.〈觀人術〉

看一个人ê氣血，愛看伊ê頭毛；看一个人ê心術，愛看伊ê眼神；看一个人ê身價，愛看伊ê對手；看一个國家ê國民教育，愛看伊ê公共便所。

看一个查埔人ê品味，愛看伊ê襪仔 (bue̍h-á)；看一个查某人是毋是好命，愛看伊ê手；看一个人ê底牌，愛看伊身軀邊ê好朋友；看一个人是毋是快樂，莫看日時ê笑容，愛看透早拄精神ê表情；看一个人ê腹腸，愛看伊按怎面對失敗佮 hông 出賣ê時，當下ê反應。

07.〈甘蔗應該用囓ê〉(囓，音 gè)

你ê心內四常感覺誠委屈、誠不平：「為啥物伊有，我無？為啥物伊會當，我袂當？」你暗暗仔按呢想，按呢激氣。

朋友啊，你哪會敢若囡仔全款？你干焦看著別人眼前ê奢颺 (tshia-iānn)，並無看著別人背後ê拍拚。一切ê成就攏毋是天頂落落來ê，別人有今仔日，是用伊算袂清ê昨昏換來ê啊。**人生並毋是上帝為你研好ê一杯甘蔗汁，人生是愛你家己衝破阻礙去開創ê**，提出「意志」這支利刀，斬斷眞濟障礙，一路向前行，一直到屬於你ê甘蔗園了後，才親手刜甘蔗，削皮，落尾手，才會當享受著清甜ê甘蔗汁。

08. 〈境界，決定結果〉

啥物是境界？境界是真濟人猶看袂著ê所在，猶無法度欣賞ê感動。

假使你對101大樓頂向下面看，全是美景，毋過你若徛佇咧二樓向下面看，會全全是糞埽。人若無懸度，看著ê全是問題；人若無境界，看著ê全是坱埃佮垃儳 (lâ-sâm)。

假使你是狗蟻ê心態，閣較細ê石頭攏是障礙；若準你是鷹仔ê心態，閣較懸ê山嶺嘛敢去試！

有懸度ê人毋是無困難，所行ê懸度無仝款爾，做人ê境界嘛無相仝。咱逐工愛做ê是按怎提升家己ê懸度佮深度，絕對毋是逐工佇遐怨天怨地，怨鵤桸怨飯篱，埋怨家己ê障礙佮煩惱。

心小，任何代誌攏是大代誌；心大，任何代誌攏是小可代誌！人生是一場自我挑戰，提升境界，才有才調綻放人生。境界，決定結果；懸度，決定視野。選擇若著，勝過戇戇咧拍拚。

報　導

　　佇冊、報紙、雜誌、網路、電視媒體面頂 ê 智識抑是新聞，攏是一種報導。報導 ê 內容窒倒街，無人有法度盡捌，所以演講者愛家己去斟酌，啥物題材對你有路用，啥物題材對你無路用，你愛會曉選擇。

　　這本冊所收集 ê 是演講者愛知影 ê 基本智識，有遮 ê 基本智識，咱演講 ê 內容才是「實腹」ê，較袂有冇虛虛。為著學習方便，遮 ê 智識佮信息，咱共分做幾類來認捌：（一）臺灣類、（二）教育類、（三）環保類、（四）社會類、（五）時事類。

（一）臺灣類

01. 臺灣 ê 自然史

　　臺灣 ê「自然史」有幾若億年 ê 歷史，其中上少有兩擺激烈 ê 造山運動。因為有造山運動，600 萬年前，臺灣島才沓沓仔對海底浮起來。當然浮浮沉沉 ê 過程，有經過幾若擺 ê 來回，嘛有驚天動地 ê 火山爆發。澎湖、龜山島、綠島、蘭嶼等等海面上 ê 島嶼，嘛是造山運動、火山爆發所造成 ê 結果。

(1) 南澳造山運動：大約 1 億 4,000 萬年到 6,500 萬年前。

(2) 蓬萊造山運動：大約 2,500 萬年到 200 萬年前，因為菲律賓海板塊去捒著歐亞大陸板塊，臺灣才漸漸對海底浮起來矣。到今這場 ê 造山運動猶閣咧進行，予臺灣島猶閣咧逐工大漢。

02. 生態奇蹟之島

臺灣因為位置 ê 關係，處佇上大板塊「歐亞大陸板塊」佮上大海洋「太平洋」ê 交界；嘛是東南亞佮東北亞 ê 中途站，所以，臺灣自古就是動物、植物、人類、鳥類聚集 (tsū-tsip) ê 所在，物種多元 ê 世界島。

03. 臺灣 ê 史前時代

臺灣史前時代 ê 遺 (uî) 址，到今發現 ê 已經有 1,500 幾个，毋過，有共珍惜保留落來 ê 真少，大部份攏予開發 ê 怪手挖掉去矣。佇舊石器時代晚期、臺東 ê「長濱文化」，大約有五萬年 ê 歷史，是臺灣目前發現、年代上早 ê 史前遺址。下面是每一期代表性 ê 文化。

(1)　舊石器時代晚期：獵民文化、過採集狩獵 ê 原始生活，用敲擊 (khà-kik) 法製造石器。

臺東長濱八仙洞遺址，5 萬年前就有人蹛佇遮。

①長濱文化 50,000 年前～5,000 年前，是一級古蹟，佇臺東縣長濱鄉八仙洞發現。

②左鎮文化 30,000 年前～20,000 年前，佇臺南市左鎮區菜寮溪。

(2)　新石器時代早期：進入原始農業文化、進步到以琢磨 (tok-buâ) 法製造石器、開始有陶 (tô) 器、粗瓷 (huî) ê 製造。

①大坌坑文化 7,000 年前～5,000 年前：一級古蹟，佇八里觀音山腰，是世界公認、南島文化 ê 原形文化。

(3)　新石器時代中期 (穀類農業文化、陶器更加精進)

①圓山文化 4,500 年前～2,000 年前：一級古蹟，臺北市大龍峒基隆河邊圓山遺址。

②芝山岩文化 3,600 年前～3,000 年前：二級古蹟，佇臺北市芝山巖，是第一个 hông 發現 ê 史前文化遺址。1896 年，日本人粟野傳之丞所發現。

(4)　新石器時代晚期 ── (穀類農業文化、部落愈大、人口愈濟)

①卑南文化 3,500 年前～2,000 年前：一級古蹟，臺東縣臺東市南王卑南溪 ê 溪邊、卑南山跤。

芝山岩遺址。

卑南文化遺址。

②植物園文化 2,700 年前～2,000 年前。

(5)　金屬器時代──(穀類農業文化、開始使用鐵器、嘛兼用石器)

①十三行文化 2,300 年前～400 年前：二級古蹟，新北市八里區淡水河邊十三行，目前有成立「十三行文化博物館」。

04. 臺灣 ê 歷史時代

歷史時代，**開始會曉使用文字記載歷史**，平埔族開始使用羅馬字母拼寫族語 (比如：新港文書)，後來閩客渡海來臺紮來漢字。對 1624 年荷蘭人開始，到今仔日咧欲 400 多矣。

(1)　荷蘭時期：1624～1662 占領臺灣 38 年。

捌用羅馬字拼寫平埔族 ê 語言，叫做「新港文書」。

(2)　西班牙時期：1626～1642 占領臺灣北部 16 年。

(3)　鄭氏治臺時期：1662～1683：鄭氏 (sī) 王朝佇臺灣統治 21 多。開始有讀四書五經 ê「漢文」教育 (臺語文言文 ê 教育)。

(4)　清領時期：1683～1895：統治臺灣 212 多。

十九世紀，基督長老教會用羅馬字拼寫臺語日常用語 (教會羅馬字，白話字)。

(5)　日治時期：1895～1945：殖民臺灣 50 多。

對學校實施「漢文」教育，到國語 (日語) 至上 ê 皇民化教育。

(6)　中華民國佇臺灣：1945～到今：已經 70 幾多。

一開始用臺語「去日本化」，後來極力推行國語 (北京話) 運動，「去臺灣化」。

05. 臺灣現代政治發展史

(1)　二二八事件：

二二八事件是臺灣佇 1947 年 2 月 27 到 5 月 16 發生 ê 事件，是臺灣歷史裡上悲慘 ê 事件。

事件發生 ê 原因有：國民黨陳儀政權袂輸是新總督，攏權無站節，加上貪官汙吏、五子登科，橫行無恥 ê 行為一大堆；佣霸占權位，看臺灣人無點——袂輸共咱看做次等國民；經濟上閣無半撇，致使通貨膨脹，物價齊 (tsiâu) 起，一日三市，失業嚴重；以及族群佮文化 ê 無全，衝突煞愈來愈濟等等。

佇 1947 年 2 月 27 下晡，拄好佇大稻埕發生查緝 (tsip) 私薰 ê 代誌，造成群眾有人傷亡，群眾憤怒聚集，要求警方交出兇手，毋過攏無得著任何結果。隔轉工，群眾遊行、要求長官公署秉公處理，煞顛倒予長官公署 ê 守衛用機關銃掃射，當場閣造成幾个人死亡，才引起全臺 ê 憤慨。

事件當中，臺灣民眾大規模反抗政府佮攻擊官署，臺灣人對外省人報復攻擊。國民政府毋但無想欲化解衝突，閣順勢有計畫 ê 大屠殺，對中國調動軍隊來鎮壓佮逮捕，以及紲落去 ê 清鄉，猶未經過審判，就掠殺無數 ê 臺灣民眾佮智識精英，致使這个事件造成民眾大量 ê 傷亡。毋過傷亡 ê 數字，一人講一款，對數百人到數萬人，攏有人講。不而過，目前以一萬八千人到兩萬人，應該是較正確、嘛較有法度接受 ê 數字。

(2)　戒嚴歷史：

1949 年 5 月 19 國民黨流亡政府宣佈臺灣戒嚴，開始「軍事統治」，到 1987 年 7 月 15 解嚴，前後總共 38 冬，這是破世界記錄 ê 戒嚴。

根據 2009 年「白色恐怖基金會」統計，1947 年臺灣 228 事件發生到解嚴後兩年，這 43 年中間，就是歷史講 ê「白色恐怖時期」，因為思想、言論牽涉著叛亂罪，hōng 依照〈動員戡亂時期檢肅條例〉逮捕受難 ê 有 8,296 人，其中 1,061 人 hōng 判死刑銃殺。根據法務部公開 ê 資料，白色恐怖期間軍事法庭受理政治案件就將近 3 萬件，無辜受難者大約是 14 萬人。

(3)　美麗島事件：

若無「美麗島事件」，就無臺灣今仔日 ê 民主。

美麗島事件，嘛叫做「**高雄事件**」，當時中國國民黨主政 ê 中華民國政府共伊叫做「**高雄暴力事件叛亂案**」。伊發生佇 1979 年 ê 12 月初 10「國際人權日」彼工，地點佇高雄市。這場重大衝突事件，是以美麗島雜誌社成員為核心 ê 黨外運動人士，包括黃信介、施明德、呂秀蓮、姚嘉文、陳菊等

人，佇 12 月初 10，組織群眾進行遊行佮演講，訴求民主佮自由，希望國民黨終結黨禁佮戒嚴，實施民主。

彼工下昏暗時，有一寡剃三分頭、掛青天白日徽章(hui-tsiong) ê 二十幾歲不明人士，混入去群眾內底，向演講者擗雞卵鬧場。外圍 ê 鎮暴部隊嘛故意共群眾完全包圍牢咧，閣向內面擲『催淚瓦斯』，以及照射強力探照燈激化民眾，並且閣一步一步縮小包圍圈，落尾就引爆警民激烈 ê 衝突矣。事件了後，警備總部大量逮捕黨外人士，並且進行軍事審判，是臺灣自二二八事件以後規模上大 ê 一个警民衝突 ê 事件，嘛是推揀臺灣民主化 ê 一場運動。

06. 臺灣特有種 ê 鳥仔有幾種？

世界鳥仔類大約有一萬外種，佣分屬佇 27 大目，227 科。鳥類 ê 生態分佈區有舊北區、新北區、東洋區、大洋區、『衣索匹亞』沙漠區、南美熱帶雨林區以及極地區。

臺灣鳥仔類有發現記載 ê，超過六百種，佣分佈佇高海拔 (hái-pua̍t) 針葉林、中海拔闊葉林、低海拔雜木林 ê 山區佮平原、湖泊 (ôo-pôh)、河口和湳塗溼地之間。臺灣 ê 鳥仔類大概會當分做『留鳥』、『候鳥』、『過境鳥』、『迷鳥』和『籠 (lam) 中逸鳥』等。

臺灣特有種──竹鳥。

「臺灣特有種」就是全世界干焦佇臺灣才看會著。目前臺灣 ê 特有種 ê 鳥仔有佗幾種？根據「中華野鳥學會」公布，2017 年臺灣特有種野鳥又閣增加「赤腹山雀」佮「臺灣竹雞」，所以總共有以下 27 種：

(01) 黑長尾雉 (帝雉)。臺文：烏雉雞 (oo-thī-ke/kue)。

(02) 藍腹鷴。臺文：華雞 (huâ-ke)、哇雞 (ua-kue)、烏尾雞 (oo-bué-ke/kue)、

長尾雞 (tn̂g-bué-ke/kue)、山雞 (suann-ke/kue)、雉雞 (thī-ke/kue)、紅跤仔 (âng-kha-á)。

(03) 臺灣山鷓鴣 (深山竹雞)。臺文：紅跤仔 (âng-kha-á)、時鐘鳥 (sî-tsing-tsiáu)、山鷓鴣 (suann-tsià-koo)。

(04) 臺灣藍鵲。臺文：長尾山娘 (tn̂g-bué-suann-niû)、山娘仔 (suann-niû-á)、長尾竹 (tn̂g-bué-tik)、山圓 (suann-înn)、藍鵲 (nâ-tshiok)。

(05) 烏頭翁。臺文：烏頭鵠仔 (oo-thâu-khok-á)。

(06) 臺灣擬啄木 (五色鳥)。臺文：五色鳥 (ngóo-sik-tsiáu)。

(07) 臺灣紫嘯鶇。臺文：琉璃鳥 (liû-lî-tsiáu)、烏杙 (oo-khit)、烏磯 (oo-ki)。

(08) 臺灣竹雞。臺文：竹雞 (tik-ke/kue)。

(09) 臺灣叢樹鶯。臺文：電報鳥 (tiān-pò-tsiáu)。

(10) 栗背林鴝。

(11) 火冠戴菊鳥。台文：杉仔鳥 (sam-á-tsiáu)。

(12) 褐頭花翼畫眉。台文：花眉仔 (hue-bî-á)。

(13) 黃山雀。臺文：司公仔鳥 (sai-kong-á-tsiáu)。

(14) 赤腹山雀。

(15) 臺灣朱雀 (酒紅朱雀)。臺文：朱衣 (tsu-i)、紅鳥仔 (âng-tsiáu-á)。

(16) 臺灣畫眉。臺文：臺灣花眉仔 (tâi-uân-hue-bî-á)。

(17) 冠羽畫眉。臺文：尖頭仔 (tsiam-thâu-á)。

(18) 繡眼畫眉。臺文：番畢仔 (huan-pit-á)。

(19) 大彎嘴畫眉。臺文：花眉仔 (hue-bî-á)、奸臣仔鳥 (kan-sîn-á-tsiáu)。

(20) 小彎嘴畫眉。臺文：竹跤花眉 (tik-kha-hue-bî)。

(21) 紋翼畫眉。臺文：花眉仔 (hue-bî-á)、嬌嬌 (kiau-kiau，叫聲)。

(22) 白耳畫眉。臺文：白耳仔 (pe̍h-hīnn-á)。

(23) 臺灣白喉噪眉 (白喉笑鶇)。臺文：白胿仔 (pe̍h-kui-á)。

(24) 臺灣噪眉 (金翼白眉)。臺文：四眉 (sì-bâi)。

(25) 棕噪眉 (竹鳥)。臺文：竹鳥 (tik-tsiáu)。

(26) 黃胸藪眉 (藪鳥)。臺文：鳥鼠鳥 (niáu-tshí/tshú-tsiáu)。

(27) 臺灣鷦眉 (麟胸鷦鶥)。

07. 臺灣 ê 懸山有幾粒?

　　有人寫文章講:伊常在問朋友,「臺灣 3,000 公尺以上 ê 懸山有幾粒?」大部分 ê 人會回答講:「1 粒抑是 10 幾粒爾」。當個聽著答案是 269 粒 ê 時,攏會驚一越講:「無可能,這無人共我講過,連學校佮老師都毋捌教,電視抑是報紙雜誌嘛攏毋捌看過。」

　　這嘛莫怪,因為荷蘭、鄭氏王朝、清帝國攏無統治過臺灣曠闊 ê 山區地界,這片山區地界 ê 面積超過規個臺灣 ê 一半,準講是上有效率 ê 日本時代,嘛是到 1915 年「理番政策」成功了後,才正式統治包括高山 ê 規個臺灣。毋過,猶是佇 1930 年,不幸發生原住民上大 ê 反日事件 ── 霧社事件!

　　綴日本跤後來統治臺灣 ê 國民政府,因為「大中國主義」ê 意識形態,看臺灣較無目地,並無宣揚臺灣山地 ê 曠闊,顛倒是一再強調臺灣是「彈丸之地」。一直到今,猶是有雜誌佮冊咧形容臺灣真媠,是蝴蝶 ê 故鄉,毋過攏會佇論述 ê 尾溜,講臺灣 ê 前途若親像是風中 ê 樹葉仔,命運袂當家己掌握,閣隨時欲走路全款。

　　遮 ê 種種原因,攏予逐家毋知影,咱臺灣干焦 3,000 公尺以上 ê 懸山就有 269 粒,是世界罕見 ê。遮爾懸大 ê 山佮森林毋去觀察佮思考,偏偏干焦想著蝴蝶佮落葉,當然無法度感受著臺灣 ê 神奇佮美妙。

　　日本 ê 富士山懸 3,776 公尺,聞名全世界,毋過日本全國 3,000 公尺以上 ê 懸山干焦十幾粒;英國有高地,毋過實際上 3,000 公尺以上 ê 懸山一粒都無;2001 年搬演 ê 電影《魔戒》,全景佇咧紐西蘭攝影 ê,電影裡 ê 高山雪景真媠,予全球 ê 觀眾誠入迷,毋過紐西蘭 ê 上高峰『庫克』[Cook] 山,懸才 3,744 公尺爾,全國懸超過 3,000 公尺 ê 懸山總共才 20 幾粒。按呢一下比較,逐家就會了解臺灣有 269 粒 ê 偉大矣!

　　臺灣 269 粒毋但懸大,佇熱天,花蕊閣會開滿四界,有影媠甲無地講,而且真濟閣是臺灣特有 ê 種類。彼个時陣,若準跤上臺灣 ê 厝頂,會當講是藍天不斷,高山連綿,花彩繽紛 ê 人間仙境。冬天 ê 臺灣 269 粒 ê 懸山,真濟有可能落雪,予身在亞熱帶 ê 臺灣人民會當上山看雪,欣賞高山落雪 ê 滋味。

為啥物欲提倡臺灣 269 咧？因為伊會當予臺灣人民看著真正 ê 臺灣，懸大又閣美麗 ê 臺灣。予臺灣人民除了認真、聰明、善良以外，閣會當逐工像臺灣 269 ê 懸山全款，充滿自信，行向有夢 ê 未來。

08. 地理

臺灣是位佇亞洲東部、太平洋西北爿 ê 島嶼，面積大約 3 萬 6 千平方公里，目前是中華民國政府實際咧管轄 (hat)。也有寶島、鯤島、Formosa (福爾摩沙) ê 稱呼。

臺灣全島南北縱 (tshiòng) 長大約 394 公里，東西闊度上大是 144 公里，環島海岸線長大約 1,140 公里，連澎湖群島海岸線 ê 總長大約是 1,520 公里，面積大約 35,915 平方公里，四面環海，外形敢若是一條長篙形 ê 番薯，嘛親像一尾海翁。

09. 北回歸線

規个臺灣，包括臺灣本島佮附屬小島 22 粒，以及臺灣海峽裡澎湖群島有 90 个島嶼 (sū)。目前臺灣本島大約佔中華民國實際行政區域面積 98pha，伊位佇東經 120 度至 122 度、北緯 22 度至 25 度之間，北回歸線經過**嘉義縣水上鄉**佮**花蓮縣瑞穗鄉、豐濱鄉**遮 ê 所在。

其中第二大 ê 城市臺北市，是中華民國中央政府所在地。臺灣 ê 附屬島嶼 (sū)，有位佇東爿外海 ê 龜山島、綠島、蘭嶼 (sū)，北部外海 ê 彭佳嶼、棉花嶼、花瓶 (pân) 嶼以及基隆嶼 (基隆杙 khit)，西南沿海 ê 小琉球 (khiû)。毋過，釣魚臺列嶼，因為主權爭議，所以地位未明。

10. 九座國家公園

「國家公園」佮「國家自然公園」是**內政部營建署**按照**《國家公園法》**所劃定公告 ê，是為著欲保護國家特有 ê 自然風景、野生動物、植物佮史

蹟。自1983年開始已經公告成立9座國家公園，佮1座國家自然公園。

九座國家公園：

(01) 1982/09/01 墾丁國家公園

(02) 1985/04/06 玉山國家公園

(03) 1985/09/01 陽明山國家公園

(04) 1986/11/12 太魯閣 (Thāi-lóo-kooh) 國家公園

(05) 1991/03/01 雪霸國家公園

(06) 1995/05/25 金門國家公園

(07) 2007/01/17 東沙環礁 (tsiau) 國家公園

(08) 2009/10/15 臺江國家公園

(09) 2014/06/08 澎湖南方四 (sù) 島國家公園

一座國家自然公園：

(01) 2011/11/01 壽山國家自然公園

2011 年 11 月初 1 正式公告實施，劃設範圍包括：壽山 928.714 公頃，半屏山 163.3 公頃 (包括山麓園滯洪沉砂池)、大小龜山佮鳳山縣舊城遺址 19.39 公頃、旗後山 11.25 公頃等地，面積總計大約 1,122.654 公頃，2011 年 12 月初 6 正式開園，閣暫時成立「壽山國家自然公園籌備處」推動各種業務，來達成生物多樣性保育、環境教育、生態旅遊以及文史資源永續利用等等多方面 ê 效益。

11. 二十二个自然保留區

另為保護野生動植物棲 (tshe) 息地，「自然保護區」是農委會林務局依《森林法》經營管理國有林 ê 需要以及《自然保護區設置管理辦法》而劃設。自 1986 年起也陸續公告 22 個自然保留區。按照順序是：

關渡、哈盆、鴛鴦湖、坪林臺灣油杉、淡水河紅樹林、苗栗三義火炎山、臺東紅葉村臺東蘇鐵、大武事業區臺灣穗花杉、大武山、插天山、南澳

闊葉樹林、澎湖玄武岩、阿里山臺灣一葉蘭、出雲山、烏山頂泥火山、挖仔尾、烏石鼻海岸、墾丁高位珊瑚礁 (ta)、九九峰、澎湖南海玄武岩、旭海觀音鼻、北投石等 22 个自然保留區。

12. 六个自然保護區

「自然保護區」是農委會林務局依《森林法》經營管理國有林之需要及《自然保護區設置管理辦法》而劃設。自然保護區依據《森林法》第十七條之一：『為維護森林生態環境，保存生物多樣性，森林區域內，得設置自然保護區，並依其資源特性，管制人員及交通工具入出；其設置與廢止條件、管理經營方式及許可、管制事項之辦法，由中央主管機關定之。』所設置。

目前已經設立六个自然保護區，分別是：(1) 雪霸、(2) 海岸山脈臺東蘇鐵、(3) 關山臺灣海棗、(4) 大武臺灣油杉、(5) 甲仙四德化石、(6) 十八羅漢山等六个自然保護區。

13. 世界遺產潛力點

自 1972 年聯合國教科文組織通過《保護世界文化與自然遺產公約》以來，受制於國際社會現實，中華民國一直無法簽署世界遺產公約，因此目前臺灣無任何地點抑是景觀登錄做世界遺產。自 2000 年起，行政院文化建設委員會開始推動臺灣世界遺產潛力點評估工作，分別佇 2002 年、2009 年評選出 17 處世界遺產潛力點，並且佇各地舉辦巡迴講座，推動社區認同、基礎研究調查、保護措施等工作。2010 年國際文化資產日研討會發表烏山頭水庫佮嘉南大圳成做臺灣人心目中上婿 ê 世界遺產潛力點。

(01) 玉山國家公園、(02) 大屯火山群、(03) 太魯閣國家公園、(04) 棲蘭山檜木林、(05) 澎湖玄武岩自然保留區、(06) 卑南遺址佮都蘭山、(07) 金門島佮烈嶼、(08) 淡水紅毛城佮伊周邊歷史建築群、(09) 金瓜石聚落、(10) 臺鐵舊山線、(11) 阿里山森林鐵路、(12) 蘭嶼聚落佮自然景觀、(13) 桃園臺地埤塘、(14) 樂生療養院、(15) 屏東排灣石板屋、(16) 澎湖石滬群、(17) 烏山

頭水庫佮嘉南大圳。

14. 人口族群

目前臺灣人口大約 2,357 萬人 (2018 年 2 月統計)，主要 ê 民族是漢族 (包括大量漢化 ê 平埔族)，其中 hō-ló 人佔七成以上 ê 多數，猶有客家人、外省族群、臺灣原住民以及新住民等等。官方文字是正體中文，主要語言有華語 (現代標準漢語、普通話)、臺灣 hō-ló 話、臺灣客家話佮各族群臺灣原住民語。

15. 臺灣並無細

全世界將近 200 个國家，臺灣 ê 人口 2,357 萬 (2018 年 2 月)，排第 41，比臺灣人口較少 ê 國家，猶有 150 幾國。全世界國土面積無夠 1,000 平方公里 ê，有 20 幾个。臺灣面積將近 3 萬 6 千平方公里，排 130 名左右。比臺灣較細 ê 國家，將近 70 國。歐洲 ê『比利時』佮『阿爾巴尼亞』，攏比臺灣較細。

16. 臺灣 ê 經濟

2017 年，臺灣國內生產總值 [GDP] 有 5,400.73 億 (美元)，是世界第 22 大 ê 經濟體，第 18 大貿易國。2016 年全球投資，臺灣淨資產 1 兆 (tiāu)1,015.9 億美金 (將近 36 兆臺幣)，是全球第 5 大淨債權國；2017 年，國民平均所得是 24,226.79 美元，排名世界第 35。2018 年 3 月統計，臺灣外匯存底有 4,571.9 億美金，超越新加坡、南韓和香港，排世界第 4 坎，這種經濟能力通世界喇呵咾。咱毋通因為無了解家己，逐工聽人喇唱衰臺灣，煞目睭起煙暈 (ian-ñg)，看家己無點！

17. 2016 年臺灣世界第一 ê 產業

2016 年，無包括海外生產，臺灣排名世界第一 ê 產業有：IC 封測、晶圓代工、可攜式導航裝置 [PND]、綠藻 (lik-tsó)、高階 ê 跤踏車、玻纖布 (po-siam-pòo)、機能性布料等 7 項。

若包括海外生產，臺灣排名世界第一 ê 產業，就增加：桌頂型電腦、筆記型電腦、主機板、印刷電路板、樹脂 [ABS]、有線電視用戶終端設備 [Cable CPE]、數位用戶迴路用戶端設備 [DSL CPE]、無線區域網路產品 [WLAN]、泡麵、茶飲料、電解銅箔、山球頭 (高爾夫球頭) 等 11 項，總共 19 項世界第一。

其他，2016 年，市占率排世界第二坎 ê 產業，猶有：電動代步車、矽晶圓太陽能電池、伺服器、平板電腦、IC 設計、IC 載板、大型面板、中小型面板、電子數位血壓計、純對苯二甲酸 [PTA]、熱塑性彈性體 [TPE] 等 11 項。

18. 2017 年臺灣 ê 好表現

了解家己 ê 好表現，是欲建立自信佮自我認同，毋是欲掩崁缺點。臺灣受教育、捌字率：98.70pha。兵力世界排名第 13 名。上健康 ê 國家佮上好 ê 醫療服務國家，世界排第二名；醫療技術排名亞洲第一，世界第三。臺灣人平均歲壽，2017 年已經達到 80.4 歲。

2017 年 3 月，全球上大外派社群網站「interNations」調查，「上友善 ê 國家」臺灣是世界第一。臺灣旅遊安全性嘛排佇世界前幾名。『耶魯』大學「環境績效指數」[Environmental Performance index, EPI]，臺灣佇亞洲干焦輸新加坡佮日本，排名第三。2017 年後壁兩季、以及 2018 年前兩季，每季 ê 經濟成長率攏超過 3pha。

中國 ê 排名，除了兵力、外匯排佇頭前以外，其他大部分攏是排佇後尾仔。譬論講，「衛生資源分配公平性」，世界排名是對後壁算來第四。每年新增加 ê 肺癆病例，有一百萬例，受肺癆潛伏 (tsiâm-hok) 感染 ê，濟

甲驚死人，有 5.5 億人。愛滋病感染人數破 1,000 萬人。綠色和平組織 2017 年 6 月初 2 發佈一份關係水質 ê 報告指出，中國 ê 水汙染嚴重，上海地表水 85pha、北京 90pha，天津 95pha 攏袂當啉；空氣汙染、排碳量嘛是世界第一。中國媒體「壹讀」報導，佇中國二級以上 278 个城市裡，將近 80pha ê 城市無任何汙水處理設施。

19.2018 年臺灣 ê 好表現

2018 年正月 15，總部設佇美國華府 ê 非政府組織自由之家，公布年度全球自由度報告，臺灣佇 195 個接受評比 ê 國家裡得著 93 分 ê 懸分，進步兩分，列入「自由國家」。

3 月 14，SDSN(永續發展解決方案網路) 公布 2018 年全球幸福報告，臺灣提升 7 名，以第 26 排佇亞洲 ê 頭名。這份調查是以全球 156 个國家 ê 「人均國內生產毛額」[GDP]、社會支持、健康平均歲壽、自由度、慷慨捐款 ê 程度、政府抑是民間企業貪汙程度等指標來訂排名 ê，臺灣得著 26 名是亞洲第一，贏過新加坡 ê 34 名，泰國 ê 46 名，日本 ê 54 名，南韓 ê 57 名；中國 ê 86 名。

10 月 17，世界經濟論壇 [WEF] 發表 2018 年「全球競爭力報告」，佇 146 个 hōng 評比 ê 國家裡，臺灣得著 79.3 分，排 13 名，比舊年進步 2 名，南韓是第 15 名，中國第 28 名，咱國猶 hōng 評選做「超級創新者 4 強」之一 (德、美、瑞士、臺灣)，創新評比分數比其他 ê 國家懸足濟，咱實在無理由閣再唱衰家己矣！

10 月 31，世界銀行公布「2019 年經商環境報告」，全球 190 个經濟體內底，臺灣經商 ê 便利度排名 13，比舊年進步 2 名，亞太地區排名第五。

11 月 1 日，美商高通決定明年第一季佇新竹成立「臺灣營運與製造工廠佮測試中心」[COMET]。高通指出因為臺灣有好人才、好產業兩大優勢，以後會直接共 5G 模組設計园佇臺灣，也是高通佇海外唯一佮「製造」相關 ê 研發中心。高通 ê 決定，印證咱臺灣確實有「超級創新四強」ê 堅實科技產業基礎。

以上攏是今年外國權威專家對臺灣ê評價，毋是家己膨風，希望咱國人人民莫閣看輕自己。臺灣已經毋是兩年前一中市場下經濟負成長ê臺灣，臺灣現在是全球公認ê「已開發國家」，是「超級創新者四強」之一矣。

20. 臺灣 ê 世界第一

臺灣以兩千三百幾萬ê人民，半世紀以來，創下外匯存底四千外億美金，佮無數ê臺灣奇蹟，閣有算袂清ê世界第一。遮ê世界第一，有好有䆀，有自然ê，嘛有人為ê。遮ê資訊是演講者愛知ê常識之一，請看以下遮ê紀錄：

〈好ê世界第一〉：

(01) 高山密度上懸ê幾个國家之一。

(02) 臺灣有9座國家公園，國家公園ê密度，世界第一。

(03) 臺灣是「蝴蝶王國」，蝴蝶密度世界第一。

(04) 臺南市曾文溪口是現今全世界上大ê烏面抐桮（黑面琵鷺）過冬ê地點。2017年正月15完成烏面抐桮ê全球普查ê結果，全臺灣總共記錄著2,601隻，大約占全球總數ê66pha。

(05) 臺灣冷杉、臺灣烏熊、『冠羽畫眉』、河鮐『櫻花鉤吻鮭』佮『莫氏樹蛙』，攏是世界特有ê植物、『哺乳類』、鳥類、魚類佮兩棲(lióng-tshe)類。

(06) 臺灣河鮐『櫻花鉤吻鮭』，是冰河時期ê活化石，世界獨有種。

(07) 螢光基因魚轉殖技術研究，是近年全球熱門ê議題之一。臺灣佇「基因魚」方面ê研究，已經跕上全球領先ê地位。

(08) 白金卡普及率，世界第一。

(09) 全世界第一間二十四小時無歇睏ê冊店──臺北誠品冊店。

(10) 臺北101曾經是世界上懸ê建築物，電梯對5樓到89樓干焦用37秒，閣創下世界上緊ê電梯紀錄。

(11) 臺灣紡織業，真濟項產品──比如運動機能布料等等，世界第一。

(12) 石斑 ê 產值世界第一，產量世界第二。

(13) 地動測報 ê 速度世界第一。

(14) 日本 311 地動，核電災難救災捐款 ê 金額，臺灣捐上濟，總共捐出 134 億日幣，比美國 ê105 億日幣較濟，而且臺灣人口 2,357 萬，猶無到美國人口 ê 十分之一。

〈穤 ê 世界第一〉

(01) 近視率世界第一。世界各國 ê 近視比率是佇 8pha-62pha 中間，毋過臺灣 18 歲以下 ê 近視率是 85pha，是世界第一懸！

(02) 腰子病 ê 發生率佮洗腰子 (洗腎)ê 人口比率，世界第一懸。

(03) 溪河裡重金屬 ê 濃度，世界第一。

(04) 徛家裝設鐵窗、鐵架 ê 比例，世界上濟。

(05) 違規駕駛 ê 罰單世界第一。

(06) 砂石仔車捙死人 ê 比率世界第一。

(07) 濫用抗生素世界第一。

(08) 每一个人 ê 消費行為，對地球造成 ê 環境壓力，世界第一，是全球平均 ê 3.42 倍。

(09) 臺灣勞工平均工作時數是世界第六，德國工時全球上低，毋過佢 ê 競爭力猶原排名世界第五。

(10) 偽造信用卡 ê 技術，閣較是全世界無人綴會著。

(11) 剖腹生囝 ê 比率嘛是世界第一。

〈需要改進 ê 世界第一〉

(01) 大專院校密度，世界第一。2017 年教育部統計，全臺灣總共有 173 間 ê 大專院校。毋過，2018 年英國『泰晤士報』高等教育特刊，公布 2017 至 2018 年世界大學排名，臺灣大學排名倒退 3 名，對 195 名變做 198 名。

(02) Oo₃₃ too₅₅ bai₅₁(摩托車) 密度為世界第一，2,357 萬人口，Oo₃₃ too₅₅ bai₅₁ ê 數量超過 1,400 萬台。

(03) 「新生兒」由外國籍媽媽所生ê比例大約 20pha，是世界第一。

(04) 夜市數量佮密度世界第一。

(05) 對政治ê狂熱度，嘛是世界第一。

(06) 健保資源ê浪費，每一个人平均健保藥費ê支出，世界第一懸。

(07) 臺北「捷運系統」ê建造費，世界上貴。

(08) 臺南縣鹽水蜂仔砲，以長度 13 公里ê「火龍傳奇」，創下連炮上長ê世界紀錄。

(09) 『刮刮樂』密碼捌予臺灣彩迷破解，全球著驚，有人就按呢剾洗講：臺灣人ê聰明度世界第一。

(10) 臺灣社會ê師父、上人、大師、法師ê數量，會使講是世界第一。神廟、神宮、神寺、神壇、密法、密宗ê數量，嘛會使講室倒街。好親像咱ê生存地界鬼怪滿四界，逐家ê日子攏過甲眞驚惶、袂安心。所以對執政ê掌權者開始，一直到一般ê平民大眾，人人都相信觀星望斗、抽籤卜卦、交鬼改運、改名改風水；啊八卦節目ê媒體人逐家都鬼頭鬼腦、空喙哺舌、烏白亂講，這應該嘛是咱臺灣ê奇蹟、世界第一。

2018 年，根據內政部ê報表資料，全國立案ê宗教團體，包括寺廟、教會堂、財團法人基金會ê總數是 13,483 个（無立案ê閣愈濟），已經超過便利商店ê 10,662 間，嘛超過各級學校總數 10,884 間。致使宗教團體愈來愈綜藝化、商業化、政治化，甚志烏道化。宮廟慶典，是人財兩得；啊校長辦學，是人財兩失。這是咱愛檢討ê穤現象。

21. 新文學 ê 文學家

臺灣新文學ê發展，對 1920 年代正式開始。彼年，臺灣留學日本ê有志，佇東京發行「臺灣青年月刊」，開始鼓吹白話文學。

1922 年，「臺灣青年」改稱「臺灣雜誌」，總共出版 19 期，有詩、小說、翻譯小說、文學評論等內容。

1923 年 4 月，「臺灣雜誌」閣增加發行「臺灣民報半月刊」，全部採

用白話文，特別開闢「文藝專欄」，定期刊載文藝作品。所以，臺灣民報，會使講是臺灣新文學ê搖筃。

從臺灣新文學發展以來將近一百多，有眞濟優秀ê文學作家，譬如講：有「臺灣新文學之父」之稱、寫《一桿秤仔》ê賴和；文學第一才子、寫《牛車》ê呂赫若 (hik-jio̍k)；寫《亞細亞的孤兒》ê吳濁 (to̍k) 流；寫《送報伕》、《壓不扁的玫瑰》ê楊逵；寫《臺灣人三步曲》ê鍾肇 (tiāu) 政；寫《寒夜三步曲》佮《1947 埋冤、埋冤》ê李喬；寫《殺夫》ê女性作家李昂；寫《打牛湳村》系列鄉土小說佮《廢墟臺灣》環保小說ê宋澤萊；寫《筍農林金樹》、《大學女生莊南安》、《安安靜靜臺灣人系列》ê林雙不；寫《文明荒野》佮《倒風內海》ê自然歷史散文、小說ê王家祥……等等等等。

22. 臺灣歌謠

「臺灣歌謠」會當分做幾若種來做說明：

(1) 自然歌謠：

「自然歌謠」又閣叫做「傳統歌謠」，伊是用口傳ê方式流傳佇民間，作者已經無地查，眞有可能就是人民共同ê創作。遮ê豪爽、樸實又閣充滿希望ê歌謠，對渡過烏水溝、開墾荒埔ê時期，就開始唱起。譬喻講「天烏烏」、「飲酒歌」、「草蜢仔弄雞公」、「桃花過渡」、「丟丟銅仔」、「勸世歌」……等等民謠，攏眞好聽，有感情。因為有祖先ê形影佇遐，所以是咱永遠數念ê記持。

　　〈**勸世歌**〉　　作詞：佚名　　作曲：佚名
　　我來唸歌囉，予恁聽哩，無欲抾錢啊免著驚ê，
　　勸咱做人閣著端正，虎死留名啊人留名ê。

　　講到當今囉ê世間哩，鳥為食亡啊人為財啊ê，

想眞做人閣著海海，死將何去生何來？

咱來出世啊，無半項哩，轉去雙手啊又空空ê，
踮在世間是若眠夢，死了江山啊讓別人ê。

做人道德囉愛著守哩，榮華富貴啊難得求啊ê，
毋通貪求財子壽，萬事著開化免憂愁咿。

勸咱朋友囉，著做好哩，世間暫時啊來迌迌ê，
做好做歹是攏有報，天理昭昭啊，毋是無ê。

聽歌若有囉，彼號作田人哩，轉去予恁啊，好收冬ê，
若有坐船欲過外港，包恁順風啊一片帆ê。

世間事業囉，(有)百百款哩，良心做事啊，咱就免操煩啊ê，
閣事事佮人閣會圓滿(uân-buán)，囝孫仔代代出狀元咿。

(2) 創作歌謠：

相對傳統自然ê民謠，咱稱做創作歌謠。每首歌ê歌詞、作曲、創作者，攏是知頭知尾，一清二楚ê。伊有主題是政治運動性ê創作、文學性眞懸ê創作，嘛有社會性寫實ê創作。

① 運動歌謠：

臺語創作歌謠發動佇1920年代，拄好是臺灣非武裝抗日運動上高潮ê時期。作品有「臺灣自治歌」、「咱臺灣」以及「農民謠」等激發人民愛臺灣、追求基本人權ê作品。

〈**臺灣自治歌**〉　　作者：蔡培火(1924年佇獄中創作)
蓬萊美島眞可愛，祖先基業在；田園阮開樹阮栽，勞苦代過代。

著理解，著理解，**阮是開拓者，毋是憨奴才。**
臺灣全島快自治，公事阮掌才應該。

玉山崇高蓋扶桑，阮ê意氣揚，通身熱烈愛鄉土，豈怕強權旺？
誰阻擋，誰阻擋，齊起倡自治，同聲直標榜。
百般義務咱都盡，自治權利應當享。

〈咱臺灣〉　　詞、曲：蔡培火 (1929.04 創作，遮是刪節版)
臺灣，臺灣，咱臺灣，海真闊、山真懸，大船小船 ê 路關。
遠來人客講你婧，日月潭，阿里山。

草木不時青跳跳，白翎鷥過水田，水牛尻脊烏鶖叫。
太平洋上和平村，海真闊山真懸。

② 文學性歌謠：

目前已經知影ê第一首有文學性ê「創作歌謠」（流行歌仔），是 1932
年，由詹天馬先生作詞，王雲峰先生作曲ê〈桃花泣血記〉。這首歌曲原本
是為著替上海一部電影〈桃花泣血記〉做宣傳，才由詹天馬佮王雲峰兩位
「辯士」合作完成ê電影宣傳歌，想袂到播出以後受著民眾熱烈ê歡迎，無
張持煞拍開咱臺灣創作歌謠ê序幕，也激發閣較濟ê詞曲作家投入創作ê行
列，就按呢煞創作出，「望春風」、「白牡丹」、「河邊春夢」、「望你早
歸」、「搖嬰仔歌」等文學性ê歌謠，口耳相傳ê佳作。其中「補破網」、
「雨夜花」、「望春風」、「月夜愁」、「碎心花」、「河邊春夢」、「心
酸酸」……等，是借愛情花蕊受人跙踏，來怨嘆對臺灣前途ê悲哀。

〈雨夜花〉　　作詞：周添旺　作曲：鄧雨賢 (1934 年)
雨夜花，雨夜花，受風雨吹落地。
無人看見，每日怨感，花謝落塗不再回。

花落塗，花落塗，有啥人通看顧？
無情風雨，誤阮前途，花蕊若落欲如何？

雨無情，雨無情，無想阮ê前程。
並無看顧，軟弱心性，予阮前途失光明。

雨水滴，雨水滴，引阮入受難池。
怎樣予阮，離葉離枝，永遠無人通看見。

〈白牡丹〉　　作詞：陳達儒　作曲：陳秋霖(1936 年)
白牡丹，笑文文，妖嬌含蕊等親君；無憂愁，無怨恨，
單守花園一枝春。啊～單守花園一枝春。

白牡丹，白花蕊，春風無來花無開；無亂開，無亂婧，
毋願旋枝出牆圍。啊～毋願旋枝出牆圍。

白牡丹，等君挽，希望惜花頭一層；無嫌早，無嫌慢，
甘願予君插花矸。啊～甘願予君插花矸。

〈搖嬰仔歌〉　　作詞：蕭安居/盧雲生　作曲：呂泉生(1945 年)
嬰仔嬰嬰睏，一暝大一寸；嬰仔嬰嬰惜，一暝大一尺。
搖囝日落山，抱囝金金看；囝是我心肝，驚你受風寒。

嬰仔嬰嬰睏，一暝大一寸；嬰仔嬰嬰惜，一暝大一尺。
仝是一樣囝，哪有兩心情；查埔也著疼，查某也著晟。

嬰仔嬰嬰睏，一暝大一寸；嬰仔嬰嬰惜，一暝大一尺。
疼囝像黃金，晟囝消責任；養恁到嫁娶，母才會放心。

若唱頂面 ê 歌詞，就會想著家己 ê 阿母，敢毋是遐爾予你感覺安全、滿足、依倚、溫暖、美麗佮偉大。世界上又閣有佗一首歌，會當比咱臺灣這首「搖嬰仔歌」，閣較會當寫出做人母親 ê 對囝兒序細無所不至 ê 疼惜佮愛心咧？

③ 戰後寫實 ê 歌謠：

戰後貪官汙吏，民生困苦，百業蕭條，為著顧三頓，真濟反映各行各業 ê 歌謠，就敢若雨後春筍彼一般大量出爐；可比講「燒肉粽」、「收酒矸」、「三輪車夫」……等等。另外嘛有描寫一群少年人為著前途，離開故鄉、離開愛人，兩地相思，所以漸漸嘛出現描寫這方面 ê 歌謠，比如講「思念故鄉」、「望你早歸」、「秋怨」、「孤戀花」……等等攏是。

後來民風漸漸開化，自由戀愛 ê 觀念佮風氣愈來愈開放，對愛情直接表白 ê 歌謠，也紛紛出現，親像講「臺灣小調」、「港都夜雨」、「我有一句話」、「關仔嶺之戀」、「青春悲喜曲」、「南都之夜」、「初戀日記」、「黃昏再會」等歌曲 ê 推出，攏造成大轟動，誠久都袂退時行。

〈燒肉粽〉 　　　詞曲：張邱冬松 (1949 年發表)
自悲自嘆歹命人，爸母本來真疼痛，
予阮讀書幾落冬，出業頭路無半項。
暫時來賣燒肉粽，燒肉粽，燒肉粽，賣燒肉粽。

欲做生理真困難，若無本錢做袂動，
不正行為是毋通，所以暫時做這項。
今著認真賣肉粽，燒肉粽，燒肉粽，賣燒肉粽。

物件一日一日貴，厝內頭喙一大堆，
雙跤走甲欲掌 (thènn) 腿，拄著無銷真克虧。
認真來賣燒肉粽，燒肉粽，燒肉粽，賣燒肉粽。

(4) 禁歌：唱歌會出代誌 ê 年代。

　　戒嚴時期，國民黨政府為著欲控制人民 ê 思想，實施歌曲審查制度，無通過審查 ê 歌曲，愛一直修改到合格才會當出版，無就直接列入禁歌，不准人民閣唱。審查歌曲每禮拜一改，對民國 68 年到 76 年 12 月，總共審查過 320 期，受審 ê 歌曲超過兩萬首，第一輪審查無通過 ê 歌曲大約占總數 ê 六分之一，落尾手總共有 930 外首流行歌仔去予國民黨政府禁唱。

　　當時真出名 ê 歌星文夏，捌寫過將近兩千首 ê 歌（真濟是日語歌曲 ê 臺語譯詞），其中有將近一百首 hőng 禁唱。像「燒肉粽」、「收酒矸」、「四季紅」、「補破網」、「媽媽請你也保重」、「媽媽我也真勇健」、「天烏烏」、「舞女」、「黃昏 ê 故鄉」等等歌曲，攏捌 hőng 禁唱。

　　大部份攏是以歌詞無健康、過度悲傷、殗色、表達社會烏暗面，醜(tshiú) 化政府，提供中共反宣傳才禁播。遮 ê hőng 禁唱 ê 理由，這馬看起來，真正笑破人 ê 喙！

　　「燒肉粽」、「收酒矸」，禁唱 ê 理由是，表達社會烏暗面，提供中共反宣傳，有左派思想 ê 傾向。「四季紅」，有「紅」這字，代表共產黨「紅軍」，愛改做「四季謠」才會使。

　　『苦酒滿杯』，影響民心士氣，驚中共會宣傳講：你知影無？臺灣 ê 同胞攏足可憐，逐天攏啉甲『苦酒滿杯』。

　　『何日君再來』、『熱情的沙漠』、『給我一個吻』，歌詞意境有暗崁淫亂 (îm-luān) ê 想法，妨害善良 ê 風俗。

　　「鹽埕區長」這塊歌 ê 歌詞淫亂 (îm-luān) 汙穢 (u-uè)，內容毋知咧講啥；「雨夜花」，曲調傷過悲傷、暗淡；『何日君再來』，有思想暗示，暗示咧期待「共產黨軍」閣再來。

　　禁歌女王『姚蘇蓉』ê『負心的人』、『醒來吧雷夢娜』、『今天不回家』等等 ê 歌曲，歌詞落魄失志，會影響民心士氣，攏袂當唱。

23. 宗教類別

一般的，世界 ê 宗教會當分做以下幾類：

(1) 國際宗教：

　　基督教、天主教、回教 (伊斯蘭教)、佛教……等超越國境，並且分佈佇世界各地 ê 宗教性教團，就叫做國際宗教。

(2) 國家宗教：

　　歐洲一寡國家用基督教抑是天主教來做國家宗教；阿拉伯世界用回教 (伊斯蘭教) 來做國教；臺灣每年 9 月 28 會進行祭孔大典，嘛會當看做是「國家儒教」；『斯里蘭卡』佮泰國就用佛教來做國教。

(3) 民族宗教：

　　親像較早波斯人 ê 波斯教、猶太人 ê 猶太教、印度人 ê 印度教佮『錫克教』、日本人 ê 神道教，華人 ê 儒教佮道教，攏有民族 ê 色彩。

(4) 新興宗教：

　　親像韓國 ê 統一教、創立佇日本 ê 天理教，創立佇伊朗 ê 巴海大同教、臺灣 ê 新儒教、軒轅 (hian-uân) 教、天帝教、宇宙大原靈教 (囝仔仙)、道生會、真道教 (上帝拯救地球飛碟會) 等等。

(5) 類似宗教：

　　共產主義教、三民主義教等等，將意識形態絕對化，有教主 (馬克斯、孫中山、毛澤東)，嘛有奉行袂當懷疑 ê 經典 (資本論、三民主義)，以及各項儀式。

(6) 民間信仰：

　　有人叫伊「民間信仰」抑是叫做「民間宗教」，是一个普世性 ê 宗教，

嘛是一種族群 ê 宗教。伊上會當深入民間 ê 基層、嘛上蓋有禮俗 ê 影響力。會當講是一種「文化宗教」抑是「民俗宗教」。

24. 臺灣民間信仰

(1) 定義：

　　嚴格來講，民間信仰就是一種民間宗教。就臺灣民間信仰 ê 族群來講，伊是屬於臺灣社會基層人口 ê 泉州系、漳州系佮客家系 ê 傳統宗教。以文化性來論述，伊是臺灣社會主要 ê 文化現象，閣較是臺灣人倚靠來安身立命 ê 文化宗教。

　　臺灣社會雖然是各種宗教薈 (huē) 集 ê 所在，不而過，猶是以閩粵 (uat) 族群 ê 儒教、道教、佛教佮綜合以上三教 ê 民間信仰，遮 ê 傳統宗教上蓋普遍。雖然其中儒、道、佛三教攏有社會影響力，毋過會當深入民間基層人口，又閣會當影響個 ê 風俗習慣以及人生觀、價值觀 ê，猶原是民間信仰。

(2) 民間宗教佮世界宗教 ê 區別：

　　民間信仰伊無遮 ê 物件佮行為：第一，伊無創教者（教主）；第二，伊無權威 ê 經典（文獻）；第三，伊無入會儀式（洗禮、割禮、皈依三寶等）；第四，伊無教團組織；第五，伊普遍攏無正式 ê 宣教行為；第六，伊無明確 ê 宗旨（比如：基督教以博愛、公義做宗旨，回教以順服、聖戰為宗旨。）伊只是民間基層人口 ê 傳統信仰佮文化現象，只求個人和家庭 ê「富貴財子壽」遮 ê 現世功利。

25. 臺灣民間信仰 ê 神格

(1) 自然神格：

　　自然神格 ê 產生，來自咱人對大自然 ê 崇拜心理，譬如：天公（玉皇大

基隆老大公廟，逐年舊曆 7 月初 1 開鬼門，30 關鬼門。

帝）、土地公（福德正神），北極玄天上帝（上帝公）、四海龍王、雷公、電母、七娘媽（七星娘娘）、風神、雨師、五方天帝、三山國王等天神、地祇(kî)、百物之神，攏是自然神格。

(2) 人鬼神格：

比如：祖公祖媽、媽祖、開漳聖王、孔明先師、清水祖師、保生大帝等先王、先公、先祖、先師、功臣佮其他 ê 歷史人物，死後攏成做 hōng 敬拜 ê 神明。

(3) 傳說神格：

神農大帝、太子爺（中壇元帥）、齊天大聖、孚佑帝君（呂洞賓）、狩(siú)狩爺（豬八戒）等，攏是對傳說抑是小說想像出來 ê 神明。

臺南大內頭社太上龍頭忠義廟，造型漢化 ê 公廨。

(4) 動物神格：

虎爺、猴將軍等，對動物所產生 ê 神格。

(5) 植物神格：

就是大樹公，有榕仔、茄苳、龍眼、樟仔、鳳凰木、檨仔樹等。

(6) 枯 (koo) 骨神格：

有應公、萬姓公媽、大眾爺、大墓公、萬姓爺、水流公、普渡公、金斗公、萬善同歸、義勇爺、義民爺、十八王公等等，是孤魂野鬼低級 ê 神類——陰神，嘛是跋六合彩求明牌 ê 對象。

(7) 族群神格：

① 泉州人：

祭拜清水祖師、廣澤尊王、靈安尊王、觀音菩薩、保儀大夫、保儀尊王、各姓王爺，這攏是泉州人服祀 (hȯk-sāi) ê 神明。

② 漳州人：

祭拜開漳聖王、輔信將軍 (馬公爺)、敵天大帝 (閣叫做「德天大帝」，俗名林放，是孔子公 ê 七十二弟子之一，所有姓林 ê 家族，攏共伊當做祖先)，這攏是漳州人所服祀 (hȯk-sāi) ê 神明。

③ 客家人：

三山國王、五谷先帝 (神農)、義民爺等，是客家人拜 ê 鄉土神。

④ 平埔族：

平埔族是南島民族，個崇拜祖靈，臺南一帶西拉雅族 ê 阿立祖、阿立母信仰，就是祖靈信仰 ê 代表。

(8) 清代官廟：

社稷 (tsik) 壇、山川壇、文廟 (孔子廟)、武廟 (關帝廟)、城隍廟、文昌祠、龍王祠、天后宮、忠義孝悌祠、火神廟、先農壇、烈女節婦祠等，由官方所設立、有教化作用 ê 廟寺。

26. 臺灣眾神淵源簡介 (包括道教、佛教、儒教佮民間信仰)

(01) 土地公：

伊是先民開墾土地 ê 守護神，嘛是各行各業袂當欠缺 ê 財神爺。拄開始，伊 ê 造型佮功能，是土地 ê 守護神，這馬已經進化做：正手捔「如意」，左手捔「金元寶」，誠古錐 ê 神明矣。

(02) 媽祖：

臺灣稱呼伊是天后、天上聖母，俗名林默娘，公元 960 年出世佇福建莆 (pôo) 田縣湄 (bî) 州島，公元 987 年、28 歲得道昇天。原本是先民唐山過

臺灣 ê 守護神，毋過過海到臺灣了後，已經佮中國湄州媽祖無仝矣，早就有本土性格。譬如講，臺灣媽祖生做較有肉，面模仔膨皮膨皮，親像是貴夫人；啊湄州媽祖就生做較少年、苗條，敢若少女 ê 模樣。啊伊 ê 護衛神「千里眼」和「順風耳」，原來是攑「月眉槍」佮「月眉斧」ê 武器，為著迎合 (ngiâ-ha̍p) 臺灣現代工商社會 ê 需要，這馬已經改攑「金元寶」，變成財神爺矣，連媽祖嘛變成「財神媽」矣。

基隆和平島媽祖廟千里眼。

四百年來臺灣已經成做媽祖信仰 ê 中心，袂輸『梵諦岡』成做天主教 ê 中心仝款。咱 ê 俗語講：「**湄州媽祖蔭外鄉**」、「**北港媽祖興外庄**」，就是這个意思。

臺灣 ê 媽祖廟以澎湖馬公天后宮上古老，臺南 ê 大天后宮是臺灣上早官設 ê 媽祖廟，其他雲林北港朝天宮 ê 香火真旺，有「北港香爐人人插」ê 名言。啊「大甲媽祖轉外家」是指臺中市大甲區 ê 鎮瀾宮，每年農曆三月初攏會繞境 (jiàu-kíng) 到北港朝天宮進香，全程三百公里，恬 (kō͘) 行路 ê，分做八工七暝行完，「三月痟媽祖」ê 講法就是按呢來 ê。毋過，1988 年北港朝天宮佮大甲鎮瀾宮，因為意見無仝煞口角變面，嘉義新港 ê 奉天宮就順勢邀請鎮瀾宮到個遐進香，對彼年開始，大甲媽祖就改去新港奉天宮繞境進香矣。

(03) 水仙尊王：

水仙尊王是航海佮行船人 ê 守護神，總共有五身 (sian)：包括 (kuat) 夏代治水有功 ê 大禹、戰國時代因為感嘆國事愈來愈穤，落尾走路去鴟夷 (tshi-î) ê 伍子胥 (su)、葬身佇汨 (bi̍k) 羅江 ê 屈原、以及到交趾揣老爸、煞淹死佇南

海 ê 王勃 (pu't)、佮傳說講因為水中撈 (hôo) 月煞淹死去 ê 唐朝大詩人李白。個這五个，死了攏轉化做水仙。

(04) 王爺（千歲爺）：

王爺是 100 外姓 ê 高級厲 (lī) 鬼，原本是四界流浪，「遊縣食縣、遊府食府、代天巡狩 (siú)、血食四方 (hiat sit sù hong)」ê 瘟神，毋過個一下綴「王船」流來寶島臺灣了後，竟然就真意愛遮矣，甘願蹛落來，啊原底「瘟神」ê 性格嘛隨變做賜福 ê 神明。南部地區三年一擺 ê 「王船祭」，閣較是鬧熱滾滾。其中以屏東東港「東隆宮」和臺南西港「慶安宮」ê 祭典上蓋出名。

(05) 保生大帝：

保生大帝就是大道公，本名吳夲 (tho)，公元 979 年出世，是宋朝福建同安縣 ê 名醫，相傳伊 ê 醫術高明，救人無數，所以死後予鄉民奉祀 (sū) 成做神明。較早臺灣猶無今仔日西式 ê 醫療設備，瘟疫 (un-ik) 閣不時流行，所以必須愛有衛生署長級 ê 神格鎮守，保生大帝就是彼陣 ê 衛生署長。伊 ê 廟裡到今猶有漢醫 ê 藥籤予人求討。

(06) 有應公：

Hō-ló 人佮客人因為語言佮風俗習慣 ê 無全，往往因為牽涉利害關係，引起集體械 (hāi) 鬥。甚至佇泉州人佮漳州人之間嘛全款戰袂煞；就連平平是泉州人 ê 「頂郊」佮「下郊」之間，嘛捌拚過生死 ——「咸豐三，講到今」就是咧講這段歷史。

本成全款對唐山過臺灣 ê 移民族群，煞為著利益衝突，奉神明 ê 指示來械鬥，致使犧牲真濟人 ê 性命，實在是早期先民 ê 悲慘代。像這款因為械鬥來戰死 ê 人，共做伙埋葬了後，就變成臺灣民間新 ê 神格，就是咱講 ê 「大墓公」、「大眾爺」、「萬姓公」、「萬善同歸」這類「有求必應」較低級 ê 神類。

所以，有一寡臺灣俗語攏咧描述 (biâu-sùt) 這个情形。比如講：「少年若無一遍戇，路邊哪有有應公？」就是咧講集體械鬥死亡，抑是死佇臺灣、

無人收屍 ê 唐山移民 ── 羅漢跤仔、路旁屍佮水流屍。

(07) 清水祖師：

清水祖師名「陳(昭)應」，公元 1044 年出世，是福建安溪人信仰 ê 神明，hō-ló 人攏尊稱伊是「烏面祖師」，臺灣民間普遍攏叫祖師公抑是清水眞人、麻章上人。伊 ê 分身嘛另外叫做「蓬萊太祖」抑是「落(la̍k)鼻祖師」。

《安溪縣誌》講伊是宋朝 ê 人，細漢 ê 時捌綴明松禪師學習佛法，學成了後規心替散食人看病、開藥方，救人無數，父老鄉親就合齊出錢起精舍來服侍伊，精舍就叫做「清水巖」。死後昇天成做神，玉皇大帝就封伊做「清水祖師」。

臺灣 ê **清水祖師廟**，以「三峽長福巖祖師廟」上出名，這馬 ê 規模，是畫家李梅樹教授領導雕刻師、經過數十年 ê 歲月辛苦雕刻才完成 ê，無論木雕、石雕、銅雕、彩繪，攏是藝術 ê 傑作，所以有東方藝術殿堂 ê 講法。農曆正月初 6 是祖師爺 ê 生日，每年攏會舉辦盛大 ê 慶典，規个三峽是鬧熱滾滾。

三峽長福巖祖師廟。

芝山岩開漳聖王廟、惠濟宮：日治時期第一間「日語傳習所」設佇遮。

(08) 開漳聖王：

　　開漳聖王本名陳元光，公元 657 年生，原本是唐朝 ê 武進士，因為開闢 (pik) 漳州有功，所以死後成做神明，是漳州人普遍信仰 ê 神明。一般尊稱伊是「聖王公」，因為是姓陳 ê 祖先，所以嘛叫做「陳聖王」、「陳府將軍」。

(09) 三山國王：

　　三山國王是臺灣客人信仰 ê 三个山神，原本是佇廣東潮州府揭 (khiat) 陽縣 (一說「饒平縣」) 阿婆墟 ê 獨山、明山和巾山 ê 山神，傳說三山國王是結拜兄弟，大哥連傑，二哥趙軒，三弟喬 (kiâu) 俊，佇 1,300 外年前 ê 隋代，捌幫助楊堅 (隋煬帝) 完成霸業，予皇帝封做開國駕前三將軍以後，就隱居佇三山，修成正果，落尾才因為神靈顯威，變做正神。

(10) 太子爺：

童身做神 ê 太子爺，嘛叫做玉皇太子爺、哪吒 (lô-tshia) 太子、太子元帥、中壇元帥等等，佇臺灣民間信仰裡，有相當重要 ê 地位。除了 hőng 祀 (tshāi) 做主神以外，閣較是誠濟神明 ê 先鋒官，是王爺信仰系統裡五營元帥 ê 中營元帥。是《封神演義》裡典型 ê 神類，跤踏「風火輪」ê 法器。臺灣服祀太子爺做主神 ê 廟，以咱高雄市 ê「三鳳宮」以及新營 ê「太子廟」上有代表性。

(11) 玄天上帝：

玄天上帝，民間一般共叫做上帝公、北極大帝，伊 ê 神像跤踏龜佮蛇，傳說是刣豬 ê 立地成佛，上山修行，為著欲表示決心，才剖 (phuà) 家己 ê 五臟六腑投海，死後才升天做神。毋過所擲拺捔 ê 五臟六腑煞化做龜、蛇，為害人間，後來才予玄天上帝收服。現今臺灣 ê 上帝爺廟，上重要 ê 是南投松柏 (pik) 嶺 ê「受天宮」佮玉井 ê「北極殿」。對每年二月底開始，臺灣各地多數 ê 玄天上帝攏愛到這兩間廟寺進香，香期真長，大概有一禮拜左右。

(12) 七娘媽：

七娘媽聽講是七星娘娘，抑是講織女星，是囡仔 ê 保護神。囡仔人一下出世度晬後，若共七娘媽下願，就會當保庇囡仔順利長大成人；十六歲 ê 時，需要準備祭品到服祀七娘媽 ê 廟寺祭拜，做成年禮，出「姐母宮」，才會使正式長大成人。

(13) 民間儒教：

民間儒教閣叫做教派儒教，便若是以「儒教」為宗師，接納神、仙、聖、佛(菩薩、羅漢) ê 乩示做教化大眾 ê 教門，譬如「儒宗神教」(鸞堂)、「一貫道」(天道)、「紅卍字會道院」、「天德教」、「理教」、「夏教」(三一教)、「天帝教」等等，攏是民間儒教 ê 系統。

(14) 一貫道：

　　伊 ê 名號是對孔子「吾道一以貫之」來號 ê，開創佇清光緒年間，1945年對天津、上海遮 ê 所在傳入臺灣，佇戒嚴時期，予國民黨政府醜化做邪教「鴨卵教」。

　　早期無完整 ê 教義佮宗教性格，一直到 1930 年張天然接掌了後，「一貫道」才成做正式 ê 名稱，才確立了宗教精神佮信仰中心。到 1947 年，張天然過身，伊 ê 夫人孫慧明接掌，煞按呢來分裂做師尊、師母兩大教派。臺灣 ê 一貫道因為教派來源、以及傳道道院 ê 無全，閣再分做基礎、寶光、金光、紫光、發一……等等無全 ê 支派。

(15) 明明上帝：

　　一貫道以儒教、佛教、道教三教經典為主，綜合五教合一，是一个多神信仰 ê 宗教，祭祀 (tsè-sū) ê 神明包括：彌勒祖師、觀音菩薩、濟公活佛、關公、孔子、達摩、基督、張三丰、太上老君等等。其中地位上懸 ê 是「明明上帝」，也就是「無生老母」，抑是稱做「無極老母」，全名又閣叫做「明明上帝、無星清虛、至尊至聖、三界十方萬靈真宰」，是創造宇宙萬物 ê 主宰，常在蹛佇「無極理天」，希望眾生恢復靈明本性，存善去惡，清性寡慾，歸根認母，回瑤池聖地。

(16) 道教：

① **來源**：公元 142 年東漢張道陵創立「五斗米道」，畫符仔，用符仔水治病，教百姓信奉老子，神話老子「道」ê 學說，摻濫古早 ê 巫 (bû) 術，佮秦漢煉丹術，自創「天師道」，是道教創教 ê 開始。道教祖字輩人物有三位：尊稱黃帝是始 (sú) 祖，老子是道祖，張道陵是教祖。張道陵得道了後，叫做「張天師」，伊 ê 歷代後裔 (è) 攏捌予皇帝封做天師抑是賞賜官位，一直到民國以後才廢止。

② **三清尊神**：道教 ê 基本信仰是「道」，三清尊神是對「道」衍 (ián) 化而出，所謂「一氣化三清」是也。三清就是指三清尊神：1.元始天尊。2.靈

寶天尊。3.道德天尊：就是太上老君──老子。

③ **道藏**：道教 ê 經典，有《正統道藏》、《萬曆續道藏》、《道藏輯要》
等等，記載道教符錄、齋醮、科儀、修煉方法等等，對中國古代 ê 政治、
經濟、文化、科技影響誠大。

④ **修煉方法**：有煉丹、服食、吐納、胎息、掠龍、導引、房中、辟 (phik)
穀、存想、食符仔佮誦經。道教認為若用這種方法，就會當修煉成仙、
長生不老。

⑤ **臺灣 ê 道教**：以中國南方天師道「正乙派」──分做烏頭道士佮紅頭道
士兩種，佮「閭山派」(法教) ê 紅頭法師做主流。毋過紅頭法師 ê 流派眾
濟，有三奶派、法主公派、姜太公派、徐甲眞人派、王禪老祖派等等。

(17) 阿立祖：

臺南市佳里區，舊名「蕭壠」，原本是平埔族西拉雅系四大社之一，傳
說是平埔族人 ê 登陸 ê 所在，這个臺南沿海一帶重要 ê 區域，目前猶保留有
兩个平埔族 ê 公廨，北投洋 ê 立長宮就是其中之一。立長宮服祀 ê 阿立祖，
hōng 叫做「番太祖」，是平埔族 ê 祖靈，主要 ê 象徵物是祀 (sū) 壺、矸仔、
卵石 (nn̄g-tsio̍h)……等，後來因為漢化 ê 關係，才逝 (tshāi) 一塊「阿立祖」ê
石碑。

北投洋 ê 阿立祖公廨，舊例佇三月 29 舉行祭典，早年東河地區 ê 平埔
子弟佇咧祭典日透早，攏會到立長宮頭前「牽曲」，80 年代中期以後，這
个風俗煞無去，干焦賰附近 ê 住戶會攢米酒、檳榔、肉粽去祭拜。阿立祖 ê
祭典，除了一般民眾 ê 祭拜，嘛有收契囝 ê 風俗，囡仔若歹育飼，只要抱去
立長宮裡，予囡仔 ê 頭殼戴圓仔花環 (圓仔花是平埔族子弟 ê 象徵)，才閣用
石頭鑢頭殼，用「頭殼有，好育飼」ê 話語做祈求，就會成做阿立祖 ê 契囝
矣。

27. 臺灣民間信仰 ê 批判

(1) 正面價值：

① 保存臺灣人 ê「爸母話」

　　臺灣民間 ê 眾神明真有本土性，因為佇當今四界攏是講「北京話」ê 社會裡，干焦咱媽祖婆、王爺公、上帝公、大道公、太子爺佮三山國王講 ê 攏是「hō-ló 話」抑是「客話」，因為個都聽無「北京話」。

　　佇廟寺「觀童乩」ê 儀式裡，「法師」抑是「棹頭」若是使用「北京話」去觀童乩、請神明，臺灣 ê 眾神明絕對是請袂落來 ê。

② 保存臺灣人 ê 風俗習慣

　　臺灣社會 ê「性命禮俗」，包括生育、成年、婚姻、祝壽以及喪葬等等，佮「歲時禮俗」，包括舊曆年節、神明生、做醮等等，是按怎會當保存甲遮爾傳統佮有臺灣味咧？功勞上大 ê 當然就是「民間信仰」。因為遮 ê 性命佮節日 ê「過關禮儀」，攏著借「臺灣民間信仰」來進行，同時閣邀請神明和公媽、祖先做伙來參與，會使講誠有文化意義。

③ 保存臺灣文化佮藝術：人、鬼、神同齊歡樂 ê 嘉年華會

　　民間信仰 ê 迎神祭典當中，各種五花十色 ê 齣頭，有傳統 ê 藝術裝飾(sik)佮交趾燒，閣有古早味 ê 藝閣、陣頭、布袋戲、大戲、歌仔戲，一四界攏看會著。所以，這袂輸是一場神明、鬼魂、公媽佮親朋戚友等等，攏 hōng 邀請來看鬧熱佮食大拜拜 ê 嘉年華會全款，臺灣人 ê 精神文化 tsuán 會當保存落來。

(2) 負面 ê 影響：

① 封建 ê 神觀

　　多神信仰是臺灣民間信仰神觀 ê 特色。問題是眾神 ê 造型攏一律穿古

裝，毋是天帝、王爺，就是王妃、天后，神界組織無法度擺脫封建時代ê帝王體制，甚至神明ê神格攏是人間ê皇帝封ê。想看覓，成做民主國家公民ê臺灣善男信女，既然誠心膜拜遮ê帝王神格，就心態上來講，個ê內在意識就受著限制，觀念永遠無法度民主化，往往就會慣勢臣服佇威權之下，欠缺做主人ê氣質。這个事實，的確會影響臺灣民主化ê跤步。所以臺灣人ê神觀需要再生。

② 世俗ê功利觀

臺灣善男信女攑香綴拜ê目的，攏是咧祈求平安佮福氣。所以神明是毋是「靈聖」，就成做個取佮捨ê標準。按呢ê動機，眞自然就出現「交替神主義」ê走向：拜「媽祖」無靈聖，就換拜「王爺」；萬一王爺嘛無靈感，就去揣「上帝公」、「太子爺」等等ê神明。人，顛倒變成主人，神明，袂輸是會當清彩差遣、利用ê下跤手人全款。俗語講「有食有行氣，有燒香有保庇」，拄仔好是「功利觀」佮「紅包主義」會佇臺灣社會遮爾仔流行ê原因。

③ 貧血ê命運觀

臺灣社會有兩種「宿命論」ê觀點，攏咧牽引佮束縛宗教人ê心靈：一个是儒教「天命」ê思想，一个是道教「籤驗派」支配下ê「命運天定宿命論」，加上佛教信仰「業感因果宿命論」ê影響之下，當然就迷信生時八字，眞愛算命卜卦，甘願做「時間」佮「命運」ê奴隸。致使臺灣社會ê宗教人，一个一个攏無自信、消極、驚死、苦袂起、投機、無公德心、死愛面子又閣自私自利。

致使個人意志完全予迷信、宿命ê行爲縛牢咧，自然個ê性格會傾向被動，而且無法度做命運ê主人，便若拄著挫 (tshò) 折，就眞認命，也毋敢主動去爲人權佮社會公義奮鬥，干焦一工到暗驚會造惡業。按呢共看起來，臺灣民間宗教人ê命運觀，的確需要擺脫做人奴才佮被動ê缺失，紲落去著愛向做家己ê主人、佮有再生希望ê命運觀，勇敢大膽前進才著。

④ 宗教依附政治，政治利用宗教

宗教依附政治，政治利用宗教，這是臺灣宗教 ê 死結。雖然文化認同並無等於是國家認同；有相全文化、宗教背景 ê 所在，嘛無一定愛組成共同 ê 國家。毋過佇大中國主義 ê 教育下，以及有心人士利用宗教 ê 誤導下，臺灣 ê 主體性佮國家定位，差不多 hōng 撲 (tiap) 甲強欲全面崩盤去，嘛產生予中國宗教統戰 ê 危機。

28. 理想中 ê 臺灣

你知影全世界邦交國上少 ê 國家是佗一國無？是「紐埃」(紐埃語：Niuē) 這个佇太平洋中南部、距離紐西蘭北部有 2,400 公里 ê 島國，伊 ê 國土面積才 260 平方公里，人口猶無到 2,000 人，干焦有 6 个邦交國。

另外，你敢知影全世界邦交國上濟 ê 國家又閣是佗一國咧？無毋著，是「日本」，伊有 188 个邦交國。

啊全世界總共有幾个國家咧？答案是 195 个國家。其中聯合國 ê 會員國有 193 个，干焦 2 个主權國家猶未加入聯合國，佗 2 个？一个是『梵蒂岡』，因為伊是神 ê 國度，無需要加入「聯合國」這个人 ê 組織；另外一个是「臺灣」！因為伊猶未 hōng 承認是一个國家。毋過，有人拍捌涼講：「逐家免失志啦，因為咱佮『神』行做伙！」這種拍捌涼 ê 話，予咱聽著會流目屎！

(1) 向瑞士學習

過去幾十年來，便若有選舉，真濟政治人物都咧喝「共臺灣建設做東方 ê 瑞士！」毋過，東方 ê 瑞士 —— 這个理想中 ê 臺灣，到底生做啥款？有啥物通學習 ê？咱的確愛斟酌思考一下。

西方諺語講：「羅馬毋是一工造成 ê」。過去瑞士嘛相全，伊對一个資源欠缺 ê 散凶國家，變成全球上好額 ê 國家之一，2017 年平均國民所得 80,836.66 箍 ê 美金，干焦輸『盧森堡』ê 107,708.22 ê 美金，這是瑞士人民

經過數百年 ê 努力，才成做這馬和平、民主、富裕 ê 永久中立國。

(2) 地理佮族群分佈

瑞士是歐洲中、西部 ê 國家，伊 ê 邊界佮德國、法國、『意大利』、『奧地利』、『列支敦斯登』五 ê 國家是厝邊，國境差不多攏佇『阿爾卑斯』(Alps) 山脈裡，有誠濟懸山佮大湖，風景秀麗，地形佮氣候攏眞多樣，有「世界公園」ê 雅稱。

瑞士 ê 土地面積 41,285 平方公里，比臺灣大 10pha 左右，毋過人口大約 800 幾萬，干焦臺灣 ê 三分之一。瑞士人種 ê 分佈大約是德國裔 (è)70pha、法國裔 16pha、意大利裔 12pha、原住民 2pha，佮臺灣 ê hō-ló、客家、新住民 (外省族群) 佮原住民 ê 比例差不多。雖然瑞士有無仝 ê 人種，毋過逐家攏感覺做一个瑞士人眞光榮，這是瑞士會當維持安定佮和平上大 ê 因素。

(3) 進步 ê 典範

生活富裕，主權在民，文化掛帥，重視環保，守秩序 (tiat-sū)，人民攏誠懇懇拍拚、跤踏實地咧做工課。50 萬精良 ê 民兵部隊，170 年 ê「永久中立」，四種無仝 ê 國語，「公民投票」ê「直接民主」制度，無人會當干涉 ê 司法；有 26 个自治邦，受著司法保障佮維護，閣擁有充分 ê 自治權。瑞士人共規个國家建設做美麗 ê 大公園，確實是值得咱學習佮欣賞 ê 對象。

第一、「公民投票制度 ê 建立」：瑞士佇 1874 年就開始建立公民投票 ê 制度，每年春、夏、秋、冬四季各舉行一擺公民投票，比如 1986 年 3 月，個以三比一 ê 比數，否決政府想欲參加聯合國 ê 提議；毋過 2002 年個煞以超過半數，要求政府加入聯合國，目前個已經是聯合國 ê 會員國矣，充分展現「主權在民」ê 精神。

第二、「文化掛帥 ê 國度」：瑞士佮臺灣上大 ê 無仝是，個是文化掛帥 ê 國度，臺灣反倒轉是政治掛帥 ê 國度。就以文化預算來講，『日內瓦』市文化預算 37pha，『洛桑』市大約是 20pha；啊咱臺灣 ê 文化部預算，2017 年有增加到 194.5 億，毋過只佔總預算 ê 0.97pha 爾爾。個 ê 銀票印 ê 是雕刻家、音樂家、建築大師，咱 ê 銀票印 ê 到今閣有政治人物；個公園裡 ê 雕

像，看來看去都是文化界人士，咱 ê 大部分猶是政治人物，佇『日內瓦』，一 ê 交響樂團指揮家 ê 知名度超過總統，而且超過甲有賰。

第三、「重視環保教育」：佇瑞士，對細漢就教育囡仔愛珍惜每一欉樹仔，為世世代代 ê 囝孫設想，個誠重視家己踮 ê 環境佮生活品質，再生紙 ê 利用佮糞埽 ê 分類處理，攏做甲真好。

第四、「全民皆兵制」：瑞士雖然是中立國，毋過顛倒實行全民皆兵制，查埔囡仔 20 歲開始，著愛接受 17 禮拜 ê 軍事訓練，此後每一冬兩禮拜，一直到 50 歲，逐年都愛受訓。受訓 ê 時，愛穿兵仔衫，繫手銃，平常時仔遮 ê 武器就园佇厝裡保管，一旦有外敵，佇 48 點鐘內，全國就會使總動員，充分顯示瑞士人保護家園 ê 決心。按呢才有可能維持欲甲 200 年 ê 和平傳統，閣無外敵入侵。

第五、「平等 ê 語言政策」：瑞士雖然有德語、法語、『意大利』語，佮古早 ê 羅馬語——『羅曼什語』四種語言區，文化佮生活習慣嘛差真濟，毋過因為這四種語言攏是官方語言，互相尊重，而且瑞士人攏會曉講三種以上 ê 語言，互相溝通並無困難，所以會當和平相處。希望未來 ê 臺灣，嘛會當共重要 ê 語言攏列做官方語言，而且上無愛捌兩種以上 ê 官方語言，按呢，才有可能和平相處，共同創造美好 ê 臺灣。

(4) 無分族群，共同創造文化奇蹟

總講一句，咱臺灣欲成做文化掛帥 ê 國度，猶有一段真長 ê 路愛行。過去咱臺灣人已經創造「經濟奇蹟」和「政治奇蹟」，佇 21 世紀，嘛愛無分族群共同來創造「和平奇蹟」以及「文化奇蹟」。佇這方面，瑞士人世界公民 ê 心胸，公民投票 ê 制度，以及文化掛帥 ê 傳統，攏值得咱來參考佮學習，拍拚共咱家己 ê 國家建設做東方 ê 花園，這是咱臺灣人未來共同拍拚 ê 目標佮理想。

（二）教育類

臺灣教育史，若無包括無文字記載 ê 原住民教育史，會使講佇 17 世紀

荷蘭、西班牙時期，才開始有宗教佮語文 ê 正式教育。紲落去，經過鄭氏王朝 —— 鄭成功祖孫三代起孔廟、辦太學，開始漢文化為主體 ê 教育；清朝時期大量建設書院，舉辦科舉選才，文風才漸漸普遍起來。到日本時代，閣進一步成立現代學校 ê 制度，予臺灣人有系統接受近代文明 ê 洗禮。二次大戰戰後，國民政府開始佇臺灣實施「大中國教育」、戒嚴時期 ê「黨化教育」，以及後來 1968 年「九年國民義務教育」ê 實施，一直到 1987 年解嚴後，才開始有相連紲 ê 教育民主化、本土化 ê 改革。到這馬，十二年一貫國民義務教育，嘛佇 2019 年正式實施矣，予臺灣 ê 教育愈來愈綴著時代 ê 跤步，嘛愈來愈有接受挑戰 ê 本錢。

1. 日治時期臺灣現代教育 ê 演變

(01)　1895 年臺灣總督府佇臺北市芝山岩設立第一間西方式教育場所，嘛是臺灣第一間小學 (今仔日臺北市 ê 士林國小)。

(02)　1896 年，臺灣總督府設立閣較濟 ê 國語傳習所 (義務小學)。

(03)　1943 年，全臺灣 ê 小學總共有 1,099 所，小學生 93 萬 2,525 人。臺灣人民 ê 義務教育普及率有 71pha，全亞洲干焦比日本較低，已經佮世界先進 ê 國家全水準矣。

(04)　中等教育方面，為著普及教育需要大量 ê 師資，日本人就實施「公費制」ê 師範學校制度。

(05)　佇普通科方面，一下開始干焦日本人會當讀，一直到 1915 年臺灣仕紳捐錢設立「臺中中學校」，臺灣人才開始有機會去讀普通科 ê 中學校。後來，佇日本統治 ê 中期，日本政府閣佇各地增設中學校，比論講，臺北：一中、二中、三中、四中、一高女、二高女、三高女、四高女；竹中、竹女；臺中：一中、二中、一高女、二高女；彰中、彰女；嘉中、嘉女；臺南：一中、二中、一高女、二高女；高雄：一中、二中、一高女、二高女；宜中、蘭女等等。

(06)　早期閣有設立「預科」性質 ê 臺灣總督府臺北高等學校，是進入帝國大學唯一 ê 選擇，這馬改制叫做國立臺灣師範大學。

日治時期 ê 臺灣。

(07) 1928 年設立臺北帝國大學，臺灣人若無法度考入去臺北帝國大學讀冊 ê，就干焦會當包袱仔款咧，去日本留學。1945 年統計，捌去日本留過學 ê 臺灣人，差不多有 20 萬人左右。

2. 國府時期臺灣 ê 教育

(01) 戒嚴時期 ê 教育

1945 年，8 月 15，二次大戰結束了後，中華民國政府為著欲清除日本意識，佇教育上「去日本化」，就以全面「中國化教育」來代替「日本教育」，而且共「語言」排第一，開始禁止講日語，獨尊北京話，閣進一步壓制臺灣本土語言，嘛壓制臺灣本土意識 ê 發展。

國民政府佇接收臺灣以後，一心一意想欲佇短期間內，就消除日本佇臺

灣人民 ê 形象和影響力，予臺灣人心向祖國（中國），所以就隨成立「國語（北京話）推行委員會」，閣佇各縣市設立國語推行所。

當時 ê 行政長官陳儀，佇 1945 年農曆 30 暝 ê 廣播中就提起講：「臺灣既然復歸中華民國，臺灣同胞，必須通中華民國 ê 語言文字，捌中華民國 ê 歷史。學校既然是中國 ê 學校，應該袂使閣講日本話、袂使閣用日文課本。這馬所有 ê 學校攏暫時用國語、國文、三民主義、歷史這四科做主要 ê 科目，增加時數，加緊教學……」

1949 年 5 月 19，中華民國政府發布《臺灣省戒嚴令》了後，臺灣正式進入戒嚴時期，毋管是思想、言論、出版、信仰、遷徙等自由完全受著箝 (khiâm) 制。1950 年閣發布《戡亂建國教育實施綱要》以及《非常時期教育綱領實施辦法》，國民中學佮大學課程中，共「三民主義」列入必修，聯考必考。極力推展愛國教育、反共抗俄、去日本化佮國語運動，閣禁止講方言——客語、臺語、原住民語攏受禁止。學生講方言會予老師處罰——罰錢、罰徛、罰掛「我講方言、無愛國」ê 狗牌仔。所以戒嚴時期 ê 教育特色，上少有下面幾點：

第一，戒嚴時期 ê 教育是一種「軍國主義教育」，共政治囥佇上頭前，佇政治上，配合威權國家體制，重視去除日本殖民 ê 影響，建立「中國化」ê 教育，貫徹國家佮政治意識型態，來穩定民心。學校 ê 課程攏咧傳授保密防諜、反攻大陸、領袖崇拜等政治思想 ê 教育；教官進入校園、監控校園，軍訓課嘛是「軍國主義教育」其中 ê 一个環節。

第二，戒嚴時期 ê 教育特色，猶包括政府對教科書內容 ê 管制佮審查，獨裁 ê 蔣介石總統誠注意學生 ê 歷史思想教育，所以親身批閱教材 ê 內容。歷史學 ê 本質之一是求眞，毋過臺灣 ê 歷史教育煞完全受著政治 ê 干涉，用假 ê 神話教材進行政治洗腦 ê 工程，控制思想，這是專制獨裁 ê 國家才會定定出現 ê 情形。

第三，全面實施「黨化教育」，所謂「黨化教育」，就是講佇國民黨 ê 指導之下，共教育變成革命化佮民眾化。也就是講，國家 ê 教育方針是建築佇國民黨 ê 根本政策頂面，包括三民主義、建國方略、建國大綱以及歷次國大代表大會 ê 宣言和議決案，攏是教育 ê 核心，逐年大專聯考攏會考。這款

ê黨化教育是全面性ê，對各級學校制度、組織、課程和活動攏有誠深ê影響。

按呢，咱就真清楚矣！國民政府遷臺初期ê教育策略和基本方針，是透過國語文、歷史和三民主義ê教學，來培養民族精神和愛國精神，目的是咧訓練每一個國民，對國民黨攏無條件ê服從。

毋過，為著發展經濟，戒嚴時期ê教育，嘛有推展職業教育佮專科教育，為臺灣產業ê發展起造基礎，這是好ê一面。1968 年推動ê「九年國民教育」，嘛提升臺灣人民ê教育水準。

(02)「國語政策」關鍵ê一年

1956 年，為著欲予國語政策有效果，開始推行全面性ê「講國語運動」，規定各機關、學校佮公共場所一律使用國語，閣開始提出「語言無統一，影響民族團結」等等ê論調，嚴格規定老師佮學生不時攏愛使用國語，違犯ê人就照獎懲(tîng)辦法辦理。

遮ê言論佮規定，予國語政策漸漸演變做「國語獨尊，壓制方言」ê政策，彼時陣，「方言」予國民黨殖民者當做是會危害民族主義ê毒素，應該冗早消除，臺灣才會成做以國語為主ê單語社會。按呢ê語言政策忽視在地ê歷史佮文化，嘛違背多元價值佮互相寬容ê民主精神。語言無應該只是意識型態抑是政治ê工具，上重要ê是，伊代表各族群ê文化和自我ê認同。因為無語言就無文化，嘛無認同ê基礎。

(03) 九年國民義務教育

中華民國政府佇 1968 年 (民國 57 年)開始實施「九年國民義務教育」。「九年義務教育」予臺灣教育普及、智識提升，對這 40 年來臺灣經濟ê繁榮佮社會ê進步，有一定ê貢獻。

「九年義務教育」予臺灣ê小學生免除升學壓力，予小學ê教育變甲較活潑、多元、閣有創意。毋過佇國中、高中教育ê階段，升學壓力猶原存在，學生全款愛補習，補甲烏天暗地，共學生攏訓練做考試ê機器。

所以佇國民所得增加、社會行向民主多元了後，過去以粗俗ê方式辦教

育，毋管佇品質抑是數量上，早就已經袂當滿足社會 ê 需求，加上長期 ê 教育投資不足，幾十年來已經累積袂少 ê 教育問題，強欲成做老師、學生佮家長 ê 惡夢，所以教育改革非做不可。

(04) 解嚴後 ê 教育改革

1987 年 7 月 15，臺灣解除戒嚴，開始行向民主化、本土化，佇 1990 年代開始有一連串教育改革 ê 措 (tshòo) 施，無論是法令、師資、課程、教學、教科書、財政等方面，攏有重大 ê 變革，會使講是臺灣教育史上變動上劇烈 ê 階段。因為教改牽涉 ê 層面相當闊，致使社會各界討論不斷、贊成佮反對 ê 勢力不時起爭執 (tsip)；又閣因為爭議誠濟，而且配套不足就衝碰上路。實施到今，社會各界有真濟無仝 ê 評價。

教育改革時期上大 ê 改變是，戒嚴時期利用教育束縛學生 ê 自由佮創意思考，必須徹底改變。主張教育改革 ê 人士先提出「敨縛」（鬆綁）兩字，欲共束縛學生心靈 ê 黨國幽靈全部趕走，予學生會當自由思考，學習多元價值。公元 2000 年政黨輪替，閣進一步主張，回歸教育本質，注重跤踏 ê 土地臺灣，臺灣主體意識從此確立；而且教育以學生為本位，重視教師專業，對教育 ê 影響已經是另外一款局勢矣。

3. 臺灣 ê 教育改革

(01) 410 教育改造運動

解嚴了後 ê 1994 年（民國 83 年）4 月 10 日，200 幾个民間團體，3 萬外人挨挨陣陣 ê 大遊行，強烈表達臺灣 ê 教育現狀，已經行到袂使無改 ê 地步。這个由民間所發起 ê「410 教育改造運動」，提出 4 項教改訴求：「訂定教育基本法」、「落實小班小校」、「廣設高中大學」、「推動教育現代化」。

(02) 十萬教師大遊行

2002 年（民國 91 年）9 月 28，由全國教師會所發起，十萬教師大遊行，

臺灣教師聯盟參加410教育改造運動。

訴求教育「敨縛」（鬆綁）、焦好每个學生、暢通升學管道、提昇教育品質、建立終身學習ê社會。這是有史以來，臺灣教師行上街頭、上大ê遊行。

(03) 教改萬言書

2003年7月，有教授佮老師共同發表「教改萬言書——終結教改亂象、追求優質教育」ê聲明。個主張檢討十年教改，拆破教改ê雺霧，批判遮ê教改內容：一、自願就學方案；二、建構式數學；三、九年一貫課程；四、「一綱多本」ê教科書；五、內容空洞ê『統整教學』；六、多元入學方案；七、補習班ê大量發展；八、學校教師ê退休潮；九、師資培育與流浪教師；十、消滅明星高中；十一、廢除高職；十二、廣設高中大學；十三、教授治校。

共同訴求是：一、檢討十年教改、終結政策亂象；二、透明教育決策、尊重專業智慧；三、照顧弱勢學生、維護社會正義；四、追求優質教育、提振學習ê快樂佮趣味。

(04) 教改 ê 實象佮假象

其實，臺灣 ê 教育改革，上核心愛問 ê 問題是：**到底是為著啥物人 [For whom]？為著啥物 [For what]？**這是討論臺灣教育改革 ê 人，愛不時自我反問 ê 問題。

佛語講：眾生顛倒，認假做眞。俗語嘛講：內行人看門路，外行人看鬧熱。大部份 ê 人攏看袂清楚教改 ê 實質意義佮鋩角，攏叫是講教育改革只是廢除聯考制度、改變升學方式，改做多元入學爾爾，所以有一寡人因為一時無法度適應、嫌麻煩，就開始顛倒妄想，主張教改無效，不如恢復聯考制度。

其實，廢除聯考制度、改變升學方式 ê 目的，除了減輕學生升學 ê 壓力，上大 ê 目的是欲落實正常化 ê 教育，培養多元價值佮多元智慧，一步一步予教育民主化、多元化、佮本土化會當佇臺灣生根發葉。

所以，若有人問「啥物是臺灣教改 ê 根本目的？」我會按呢回答：**教改 ê 根本目的是咧去除過去一元價值 ê 威權教育、黨化教育、軍國主義教育，實施多元文化價值 ê 民主教育**。這是第一點。

另外，為著欲予教育正常化，教育 ê「座標」必須搝轉來臺灣，共臺灣當做主體、毋是別人 ê 附屬。進一步追求臺灣歷史文化主體性 ê 建立，以「同心圓」ê 理論，予所有 ê 臺灣教育攏對生養家己 ê 土地開始，紲落去才一步一步擴展到周邊 ê 國家佮世界，按呢心靈 ê 根才釘會深，咱 ê 下一代才會有健康自信 ê 心靈。因為咱自底就相信，**有本土，才有國際；愈本土化，才會當愈國際化**。而且，所有 ê 創意攏來自家己 ê 文化。

啊啥物是教改 ê 根本精神？咱會當分幾个層面來講。過去重視考試，這馬重視能力，上重要 ê 是，共智識轉化做「紮會走 ê 多元能力」，才是教育 ê 目標。所以強調創造力，無標準答案 ê 教學。這是「學習觀念」ê 革命 ── 強調親身體驗，共同學習，以及共學習 ê 主體還予學生 ── 重點毋是老師按怎「教」，是學生按怎「學」。而且教室以外有曠闊 ê 春天，學習 ê 地點無一定愛踮教室。

以上遮 ê 理想欲按怎達成？當然愛靠教育 ê 正常化。教育欲正常化，頭

一層就愛改變升學主義 ê 控制，改變老師、家長、學生 ê 觀念。欲改變升學主義 ê 控制，頭起先就愛廢除聯考，改做多元入學。紲落去，才實施十二年國民教育，澈底拍破國中和高中階段以「考試領導教育」ê 久年病，予教育完全恢復正常，得著敨放。

當然，教改 ê 內容嘛包括美感教育、美術、音樂、表演藝術素養 ê 提昇。理由是，美感 ê 學習是創造力 ê 源頭，嘛是生活品質提昇 ê 助力。

啊重視本土語言 ê 教學，嘛是教育改革 ê 重點之一。因為，任何語言攏是人類共同 ê 財產，臺灣本土語言，包括原住民語、客語佮臺語，攏已經予聯合國教科文組織 [UNESCO] 列入瀕危語言，閣無幾年就會絕種矣。而且珍惜人類語言基因 ê 公共財，嘛是進步佮文明 ê 象徵。

(05) 非改不可 ê 理由

外在環境變矣，為著求發展，教育敢會使無改？臺灣教育有啥物非改不可 ê 理由無？除了頂面所講，解嚴以後，咱 ê 社會對威權一元變做民主多元，所以咱 ê 教育無改袂使得。另外，就是規個世界 ê 改變，已經愈來愈大，跤步嘛愈來愈緊，咱愛教育囡仔提早適應未來 ê 世界。

未來 ê 世界會生做啥款？2040 年，彼陣人口會突破 90 億，糧食不足，真濟所在 ê 人會食袂飽。石油會用了去，生態會遭受浩劫，物種會加速消失。網路虛擬世界滿滿是，主宰咱 ê 生活。愈來愈濟 ê 試管嬰兒，複製人會大量產生，過去 ê 道德倫理會遭受真大 ê 挑戰。彼時，仝款用錢決定生死，人體器官佇大賣場攏買會著，『大潤發』器官『量販店』，四界攏看會著。佇全球化 ê 狀況下，「移動人」ê 時代綴咧來，食頭路四界走，袂固定佇一個國家。這是人類歷史變化上緊 ê 一个年代，咱哪會當無提早準備咧？

(06) 教改 ê 困境佇佗位？

20 幾年 ê 教改落來，照我 ê 觀察有遮 ê 困境等待咱用時間去克服。
第一、人性 ê 保守、貧惰、反改革佮滿足現狀 ê 心態，會共教改挽後跤。
第二、制度面：師資培育趕袂赴合科 ê 課程，以及新 ê 教學方法。
第三、冊商利用一綱多本，借機會來行銷各類參考書圖利。

第四、學測無範圍，家長袂放心，會開錢求放心，予囡仔大補習。

第五、家長、老師猶原共升學當做唯一ê考量，教育無法度正常化。

第六、華人「性惡思想」所產生ê無信任感，對老師評等ê無信任。

第七、來自意識形態ê干擾，懷念過去威權佮大中國為主體ê教育，不斷進行技術干擾佮拖延，嚴重阻礙教改ê進程。

第八、權力下放，學校煞揣無摠，亂使舞，老師定定無閒甲強欲反去。

第九、過去師資培育過程中，教師本身就欠缺紮會走ê能力ê訓練，所以面對問題佮挑戰，定定愣去，無法度想出方法、突破解圍！

(07) 教師是教改 ê 助力抑是阻力？

有人認為教師是教改ê助力，因為真濟老師勇敢面對挑戰，自我成長、拚勢進修、自編教材。

有人認為教師是教改ê阻力，因為有一寡老師定定觀念袂清楚，有攑香綴拜，人講綴人講ê心態，定定講一寡無常識ê話：

「我認為聯考猶是上公平ê！」「多元入學就是多錢入學。」

「咱現在毋是強調欲行出去，為啥物閣愛強調認識臺灣？」

「認識臺灣就是鎖國心態啦！」「母語佇厝裡教就會使矣！」

先「改革老師家長ê心」咧？抑是先「改革教育ê環境」？抑是兩項同齊做？國民黨ê總理孫文捌講過一句誠有道理ê話：「革命欲成功，對思想ê改變開始。」所以，無先「革心」，敢有資格講改革？所謂ê「革心」，就是老師愛具備深沉ê進步觀念；啊「革境」就是扭轉教育環境ê障礙，比如：配合九年一貫ê師資培育、小班小校ê實施、十二年國教ê實施等等。

(08) 另外一種教改：非學校型態實驗學園 ê 計畫

另外一種教改佇體制外恬恬咧進行，個認為：**性命是建築佇心面頂、佇靈性面頂，毋是佇科學、也毋是佇智識面頂**。可惜ê是，到今仔日，咱猶原共升學、聯考當做目的來經營，真濟人一世人毋捌自己，毋捌性命，這是制式教育上大ê迷失。

(09) 不斷教改論：

　　教育愛堅持理想，嘛愛綴著時代 ê 跤步。世界先進 ê 國家，差不多每 10 年就有一擺 ê 教育改革，譬如講，荷蘭 8 年到 10 年就教改一擺。所以，教育改革是隨時攏咧進行 ê 工課。

　　毋過，咱嘛愛定定問家己：無改敢袂用得？改革 ê 願景是啥物？佇這个科技變化、資訊爆炸、民主多元 ê 時代，無國界 ê 全球經濟競爭所帶來 ê 快速變遷，會對咱每一个人帶來啥物款 ê 影響佮威脅？按怎 ê 教育才會當予咱有信心面對國際化、科技化和資訊革命 ê 巨大波瀾咧？

(10)《教育基本法》

　　為著回應 1994 年「410 教育改造運動」ê 訴求，立法院佇 1999 年 (民 88) 6 月 23 通過《教育基本法》，並且佇 2013 年 (民 102)12 月 11 修改部份條文。

　　這個《教育基本法》予臺灣 ê 教育脫離過去威權 ê「黨化教育」，是教育民主化、自由化 ê 正式開始。伊 ê 條文總共有 17 條，較重要 ê 有：
　　第 2 條『人民為教育權之主體』。
　　第 6 條『教育應本中立原則』，『主管教育行政機關及學校亦不得強迫學校行政人員、教師及學生參加任何政治團體或活動』。
　　第 8 條『……教師之專業自主應予尊重』。

(11) 九年一貫國民教育

　　2001 年 (民國 90 年) 咱才正式實施「九年一貫教育」，共國小佮國中 ê 教材規个連慣做伙，做較完整 ê 規畫；閣強調「紮會走 ê 能力」，避免學生囡仔閣做讀冊龜仔，干焦會曉讀死冊。

　　九年一貫 ê 重點有：五大基本理念、三大課程面向、十大基本能力、六大統整議題、七大學習領域，對教育理念、教材面向到課程 ê 整合，攏有新閣大 ê 改變。

4. 臺灣教育現場有啥物困境?

(01) 學生人數大量減少 (包括公私立)

① **小學生:2008 年 1,677,439 人,2016 年 1,173,885 人,減少 503,554 人。**
② **國中生:2008 年 951,976 人, 2016 年 687,212 人,減少 244,764 人。**

(02) 半數國、高中生咧補習

　　2008 年 8 月 14 日,「全國家長團體聯盟」等教改團體召開記者會,要求官方佇八月底舉行 ê 全國教育會議前,公布實施十二年國教 ê 時程,莫閣折磨國中生矣。因為 95 萬國中生,有 50 萬人咧補習!

(03) 大學生程度下降

　　現在 ê 大學生有啥物問題?規工捾手機仔、耍線頂遊戲、拍電動;該睏毋睏、上課無應該睏拚命睏 (睏眠作息無正常);抄作業、複製貼起去;程度降低、學習誠被動、學習意願低落;『講光抄』、『背多分』、等答案、袂曉問問題;若是佮升學就業無關 ê 科目,就無願意讀;一心想升學,補習,考研究所 ê 代誌;真少讀課外冊、真少關心課本以外 ê 知識抑是報導;就業,待人處事 ê 能力誠差;挫折忍受力嘛誠差。

(04) 大學傷濟出問題

　　1950 年代,臺灣 ê 大學院校干焦四間,1973 年行政院曾經下令禁止私立學校成立,1985 年後才閣重新開放。隨著時代背景 ê 改變,1994 年「四一○教改遊行」,訴求影響「廣設高中大學」,大學 ê 數目才開始大量增加;2008 年臺灣排名世界前 1,000 大 ê 大學有 20 間;學生人數對 5 千外人,增加到 131 萬 3 千外人。2006 年以考試方式入學的錄取率是 90.93pha,若加上其他升學方式,大學錄取率超過 100pha。一直到 2012 年,臺灣 ê 大專院校已經達到 162 所,2018 年教育部統計有 173 所。

5. 母語 ê 危機

(01) 母語日 ê 由來

　　1947 年，英國對印度半島撤退，『巴基斯坦』順勢佇彼年獨立，毋過獨立了後，中央政府煞獨尊『烏爾都』語。這个舉動予通行孟加拉語 ê『東巴基斯坦』(這馬 ê 孟加拉) 人民非常憤怒。致使 1952 年 ê 2 月 21 這工，來自東巴基斯坦 ê 一陣學生行上街頭，個毋但「路過」公共場合，猶閣發表抗議宣言。這个時陣，政府回應 ê 方式，竟然是派大量軍警銃殺這陣少年人 ê 性命！

　　政府殘忍無人性 ê 屠殺，並無予捍衛 (hān-uē) 母語孟加拉語權利 ê 人民落軟，顛倒是閣較激烈反抗！落尾政府才屈服，並且佇 1956 年正式承認孟加拉語 ê 地位，共伊佮『烏爾都』語同時列做官方語言。孟加拉人民這擺 ê 行動，hőng 號做「孟加拉語言運動」，是人類歷史上第一个用性命捍衛語言 ê 運動。

　　43 年後，為著欲傳達「語言權」ê 重要，聯合國教科文組織就佇 1999 年開始共每年 ê 2 月 21 定做「世界母語日」，同時提醒所有 ê 人，佇將近半世紀以前，有一陣人曾經為著保護家己母親 ê 語言來犧牲，同時嘛呼籲咱著愛守護世界上 ê 每一个語言。

(02) 兩禮拜一種語言死亡

　　現拄現，世界現存有 6 千外種語言 ê 使用人口，就親像是一个形狀蓋無平衡 ê 天平：包含英語、華語、西班牙語在內 ê 世界前 20 大語言，佇天平 ê 另外一爿，佔欲 50pha ê 使用人口。天平 ê 另外一爿，就是其他賰 ê 6 千外種語言。假使語言有性命，按呢這 6 千外種語言拄咧快速 ê 死亡當中 ── 平均差不多兩禮拜就有一種語言死亡，揣無人猶閣會曉講矣！

　　佇十幾年前，2005 年，《聯合國瀕危語言圖譜》列出世界上干焦賰「一」个母語使用者 ê 18 種語言，你敢知影，咱臺灣有一種語言竟然也佇咧這 18 種語言內底！彼就是臺中豐原、南投埔里一帶 ê 平埔族 ── 巴宰族

(pazeh) ê語言。

(03) 語言 ê 文化意涵

語言毋是工具爾爾，伊閣有真豐富 ê 文化意涵。聯合國教科文組織佇 1999 年正式定 2 月 21 成做「國際母語日」，是希望借「國際母語日」ê 設立，會當促進語言和文化 ê 多樣性，發展多語種文化 ê 健康世界。若準咱推揀母語教育 ê 方式，猶停佇「**語言只不過是溝通 ê 工具**」ê 層次，猶是忽略 (hut-liȯk) 伊特別 ê 文化內涵，按呢歸尾一定會失敗。

(04) 失去母語（族語），就失去認同 ê 基礎

因為全球化 ê 影響慢慢仔改變文化生態，予全世界 ê 傳統語言不斷流失，使用主流強勢 ê 語言 hőng 當做是常態。其實，語言代表 ê 是一个族群 ê 文化，若準無重視少數、弱勢語言保存 ê 工課，按呢，多元文化 ê 美麗生態，馬上就會面臨崩盤 ê 危機。

以臺灣來講，強勢文化佮語言不斷衝擊原住民 ê 自我認同，真濟少年輩 ê 原住民對家己 ê 文化已經失去自信，甚至會以漢人 ê 眼光來看待家己 ê 文化，認為講母語並無符合現實佮潮流，而且閣會受著社會歧 (kî) 視 ê 眼光，所以毋願講母語。

甚至連原住民爸母都反對家己 ê 序細講母語，因為驚會增加個 ê 負擔。毋過，對學習主流語言——親像華語佮英語，顛倒積極愛個去補習，干焦想講莫予囡仔輸佇起跑點，這就是原住民語一直流失上大 ê 原因。

(05) 世界語言半數消失

根據聯合國教科文組織 2005 年所發表 ê 統計，全世界現有 ê 語言大約有 6 千種，其中有 50pha 以上已經咧欲滅絕矣，也就是講，有 3 千種口頭語言是屬於「瀕危語言」！另外，這 6 千種語言內底，有 96pha ê 使用人口，干焦佔世界人口 ê 4pha 爾，未來全球有半數以上——甚至 90pha ê 語言，一定會予強勢語言全面取代，閣再來就是拍出籠外、全面死亡 ê 命運。

雖然，根據「世界文化多樣性宣言」，捍衛「文化 ê 多樣性」佮「尊

重人 ê 尊嚴」，這兩項 ê 關係袂當有任何走閃得；每一个人活佇世間，攏有權利使用家己選擇 ê 語言，尤其是用家己 ê 母語來表達思想佮進行創作 ê 權利，而且世界各國應該共同來維護少數族群 ê 語言，這是道德、嘛是義務。遺憾 ê 是，佇現實 ê 層面，弱勢 ê 族群為著欲有閣較好 ê 發展機會，會選擇學習主流、通用 ê 語言，而且放棄自身族群代代相傳 ê 母語。這就是母語流失 ê 真相！

(06) 用政策保護「族語」ê 困境

所以，這十幾年來，原民會大力推行族語政策，包括「族語認證」以及佇各縣市開辦 ê **能力輔導班、語言學習營和「語言岫 (siū)」**等等，閣進一步用各項政策佮升學加分做鼓勵 ê 誘因，猶原無法度改變族語佇社會上 ê 弱勢地位。

結論就是：學習母語猶是應該對下層到懸層，先對家庭做起，同時兼顧文化思想佮家庭教育，**對以認同自身族群文化 ê 心態來學習**，族語 ê 學習才會當久長。若準族語只是佇升學加分抑是鄉土教學時才愛講 ê 語言，終其尾攏會失去保留語言 ê 初心。

6. 語言教育 ê 改革

語言教育 ê 改革嘛是教育改革 ê 一部份，伊全款是對戒嚴時期「一元化」ê 束縛，到解嚴後「多元化」做敨放，全款受政治 ê 民主化佮本土化 ê 影響。因為有政治 ê 民主化佮本土化，才有語言教育改革 ê 成果，《客家基本法修正案》、《原住民族語言發展法》佮《國家語言發展法》，才有才調陸續通過。

(01)《原住民族語言發展法》

《原住民族語言發展法》佇 2017 年 5 月 26 號立法院通過，6 月 14 號由總統公佈，正式實施。這是臺灣語言史上，第一擺有遮爾仔進步 ê 立法。

法案內容總共 30 條。第 1 條「立法目的」就講：

『原住民族語言爲國家語言，爲實現歷史正義，促進原住民族語言之保存與發展，保障原住民族語言之使用及傳承，依憲法增修條文第十條第十一項及原住民族基本法第九條第三項規定，特制定本法。』

法案明定原住民語是國家語言，閣有保障原住民語言 ê 相關措施，包括：佇原住民族地區增加原住民語音 ê 公共廣播、公營事業機構佮公共設施，愛增加原住民語標示、12 年國教裡開設原住民課程等等。同時，原住民若參與行政佮司法程序 ê 時，會當使用原住民語做陳情抑是論述意見，才另外請會曉個族語 ê 人負責翻譯。

(02)《客家基本法修正案》

2017 年 12 月 29，立法院三讀通過《客家基本法修正案》，正式共客語列做「國家語言」 ê 一種，佮各族群語言平等，拍破過去七十幾冬「獨尊國語」 ê 場面，這佇觀念上，是一个眞大 ê 突破佮進步。同時嘛規定政府應該捐助設立「財團法人客家公共傳播基金會」，辦理全國性客家公共廣播佮電視等傳播 ê 事項，予客語有經費繼續推展，有完全 ê 傳播權。

法案嘛規定，佇客家人口達到二分之一 ê 地區，應該以客語做主要 ê 通行語，佇客家文化重點發展區服務 ê 公教人員，應該會曉使用客語做服務；而且通過客語認證 ê 公教人員，佇升遷 ê 時會當有加分 ê 優待。這是用公權力佮制度來救母語 ê 第一步，誠 hőng 呵咾佮期待。另外，政府嘛應該訂定「全國客家日」，表示對客家族群 ê 重視。

(03)《國家語言發展法》

伊 ê 立法過程是：先有《**語文法**》 ê 構想→才有《**語言平等法**》 ê 草案→落尾才有這馬《**國家語言發展法**》 ê 立法。

①《**語文法**》

1985 年，猶佇戒嚴時期，教育部就捌研擬過《語文法》草案，伊 ê 立法

精神佮內容，毋但獨尊國語 (華語)、閣數想欲進一步壓制臺灣各族群語言 ê 使用，有影軟塗深掘，食人夠夠。

譬論講，法案規定：佇公開演講、各種會議、接接公務，佮公共場所、三个人以上做伙交談 ê 場合，攏愛使用「標準語文」，也就是「國語」北京話，袂當用任何本土語言交談，若違反規定 ê 人，就用法條罰款。致使引起社會各界真大 ê 反彈，草案落尾仔才撤回。

②《語言平等法》

2001 年，聯合國教科文組織將臺灣原住民語言列為「咧欲瀕臨滅亡」ê 母語，教育部才趕緊蒐集國外相關資料，重新共《原住民族語言發展法草案》、《語言公平法草案》、以及中央研究院語言學研究所草擬 ê《語言文字基本法草案》，重新整合，擬成《**語言平等法草案**》，並且尋求立法院通過。可惜，佇國民黨主宰 ê 國會，認為民進黨政府是『**以平等之名企圖消滅國語，並謀求政治利益**』ê 強勢壓制下，這个法案落尾煞落胎 (làu-the) 去。

③《國家語言發展法》立法 ê 過程

2003 年，《語言平等法草案》ê 主政單位轉去「**行政院文化建設委員會**」，法律條文對「規範母語運用」轉做「文化保存」，以及「國家語言發展」做主要 ê 訴求，所以 2007 年就改做《國家語言發展法》。

《**國家語言發展法草案**》是中華民國 (臺灣) 為著保障佮推動各族群語言發展 ê 法律草案，2007 年 2 月初 2 由「行政院文化建設委員會」第一擺提出，全文總共 12 條，毋過全款予國民黨用頂擺 ê 理由，佇立法院閣一擺阻擋落來。

2017 年 7 月初 3 文化部閣一改提出，全文總共 16 條。這个法案通過了後，就會成做中華民國語言政策 ê 法源依據。這部法律上蓋強調 ê 是，**尊重臺灣各種語言 ê 多元性，予各種語言有平等發展以及傳承延續 ê 權利佮機會。**

(04)《國家語言發展法》2018.12.25 立法院通過

為著落實憲法保障多元文化佮平等 ê 精神，才制定語言發展專法，用多

元、平等、保存、發展 ê 理念，全力支持語言 ê 復振、族群溝通佮交流、語言保存佮傳習 ê 工課。

這个法案 ê 基本精神佇第一條：
『為尊重國家多元文化之精神，促進國家語言之傳承、復振與發展，特制定本法。』

佮第三條：
『國家語言一律平等。國民使用國家語言，不得予以歧視或限制。對於面臨傳承危機之國家語言，政府優先推動其傳承、復振及發展等特別保障措施或事項。』

政府愛做 ê 工課佇第三條佮第七條規定講：
『建置普查機制及資料庫系統、健全教學資源及研究發展、強化公共服務資源及營造友善使用環境、推廣大眾傳播事業及數位通訊傳播服務、其他促進面臨傳承危機之國家語言發展事項。』
『政府應定期調查、普查及提出國家語言發展報告，並建置國家語言資料庫。中央目的事業主管機關應會同中央主管機關，研訂標準化之國家語言書寫系統。』

啊教育方面有啥物規定咧？佇第八條是按呢講 ê：
『中央教育主管機關及直轄市、縣（市）主管機關應保障學齡前幼兒國家語言學習之機會。』
『中央教育主管機關應於各階段國民教育，將國家語言列為基礎或必修課程。學校教育得使用各國家語言為之。』

這个規定，予幼兒園會當教母語，國中佮高中會當共母語列做「必修課程」，因為都有法律 ê 根據矣！伊袂輸是咱本土語言 ê 守護神，嘛袂輸是母語復興 ê 燈塔咧，咱的確就愛拚勢去實現。

（三）環保類

（包括：生態保育、環境保護、水資源、水土保持、節能減碳等。）

🌍 地球生態 ê 真相

1. 世界人口 ê 壓力

因爲營養充足，醫療技術進步，降低死亡率，致使世界人口一直咧增加，人口 ê 數量愈來愈濟，聯合國按講，佇公元 2050 年 ê 時，全球 ê 人口會接近 90 億人。按呢會造成：

(1) 資源 ê 損蕩愈來愈緊，咱會面臨資源耗 (hauh) 盡 ê 壓力，譬喻水資源佮其他資源 ê 欠缺，攏會造成生存 ê 壓力。

(2) 開發中國家人口快速 ê 增加，閣大量搬徙去都市，造成嚴重 ê 都市問題。

(3) 過度開發土地，造成沙漠 (bôo/bȯk) 化，種作 ê 土地愈來愈少。

(4) 因爲爭奪資源，致使族群 ê 衝突會愈來愈激烈。

2. 生活資源分配無平均

(1) 已開發國家 ê 人民，通常攏過誠富裕奢侈 (tshia-tshí) ê 生活，比如北美洲、歐洲遐 ê 國家 ê 人民，因爲營養傷過冗剩，致使得著「大箍症」ê 人誠濟。根據統計，蹛佇北美洲 ê 人，平均扯一个人一年消費 ê 能源、肉類、鋼材，至少是世界平均值 ê 三倍以上。

(2) 開發中國家，因爲散赤囡仔營養不良，致使百病齊到，醫療閣欠缺。

3. 開發中佮已開發國家 ê 人口問題

(1) 開發中國家：

「幼年化」ê 現象

因爲出生率眞懸，人口快速增加（人口爆炸），產生「幼年化」ê 現象，

加上教育佮醫療資源不足，人口 ê 素質嘛自然變低。致使糧食不足，農村賰 ê 勞動力攏去都市求生存，青壯年人口大量搬徙去都市，失業變甲誠嚴重，城、鄉勞力 ê 分配嘛袂平均。而且人口過度集中佇都市，因為過度都市化，嘛造成環境汙染、交通混亂等等 ê 問題。

「都市化」ê 問題

根據聯合國 ê 推算，公元 2025 年世界人口前十大都市，除了東京、橫濱以外，其他 ê 都市攏是佇開發中國家，比如墨西哥城、上海、聖保羅 [São Paulo]、孟買等等；顯示人口自然增加佮集中 ê 嚴重壓力。交通混亂、住宅實櫼、噪音、糞埽汙染 ê 問題，嘛會變甲誠嚴重。另外，開發中國家農業勞力需求降低，大量人口徙對都市去，當然就會造成嚴重 ê 社會問題。

人口快速增加（人口爆炸）ê 問題，愛採取節育政策。過度都市化 ê 問題，愛馬上實施都市計劃，才有法度沓沓仔改善。

注① ：橫濱，音 hîng-pin。

注② ：實櫼，音 tsa̍t-tsinn。

(2) 已開發國家

「老年化」佮「少子化」ê 問題

已開發國家，國民 ê 平均歲壽變長，65 歲以上 ê 老人比率，愈來愈懸，社會有「老年化」ê 現象；而且，人口老化，加上國家進步，生活水準懸，節育觀念真強，囡仔生少，有可能人口 ê 成長出現負成長，未來勞動 ê 人力嘛會嚴重不足。

針對社會有「老年化」ê 現象，咱愛採取老人安養 ê 政策。出生率偏低、少子化 ê 現象，咱著愛採取鼓勵生育 ê 政策。

4. 糧食危機

為啥物會有糧食危機？特別是佇開發中 ê 國家，這種現象會愈來愈明顯。人口 ê 增加、耕作 ê 土地變少，是第一个原因；第二个原因是「氣候 ê 變遷」，大寒、大熱，毋是大水、就是洘旱，這種極端 ê 氣候，對地球生態

帶來無法度挽回ê改變，同時嘛威脅農民ê糧食種作，減少農作物ê產量。

2016年10月，「聯合國糧食佮農業組織」[FAO]公佈年度報告，警告講，佇2030年進前，氣候變遷可能會造成農業生產量大量ê減少，致使1.22億ê人口陷入極端散赤[extreme　poverty]ê狀態，而且上有可能ê人口分布區域，是佇南亞佮非洲。

5. 蜜蜂消失 ê 危機

蜂仔若消失去，會產生啥物危機？逐家攏知影，蜜蜂佮咱人ê生活息息相關，若準因為氣候變遷、佮大量使用農藥ê關係，致使蜜蜂對地球ê生態環境裡消失，恐驚毋是「無蜜通啉」ê問題爾爾，咱人歸尾會面臨閣較大ê危機！

這毋是咧嚇驚你。因為蜜蜂佇「食物鏈」裡扮演誠重要ê角色，咱ê飲食當中，有三分之一ê作物，需要倚靠蜜蜂授粉來存活，串靠蜜蜂無暝無日咧勞碌，咱人佮其他ê動物，才有豐富ê菜蔬果子佮五穀通食！

越南是亞洲上大ê蜂蜜出口國之一，毋過，蜜蜂ê影跡，煞愈來愈僫看著，連帶嘛造成蜂蜜ê產量綴咧減少。美國CNN電視臺ê主播講：「2012年，越南出口大約三萬公噸ê蜂蜜，到2014年，國際交關ê量達到3.6萬公噸，毋過2015年就降落來賰2.5萬公噸。」

越南「飼蜂人聯盟」表示講：「蜜蜂對環境保護眞重要！逐家攏知影，蜜蜂會共果子欉佮農作物牢粉，若準無蜜蜂，咱生存 ê 世界就會佇 50 年內消失！」講甲誠恐怖！影響蜜蜂數量 ê 原因之一，就是極端 ê 氣候變化，因爲「焦季」愈來愈長，蜜蜂倚靠生存 ê 植物根本生袂出來！

6. 毀壞森林 ê 危機

起造一棟木造 ê 厝，需要上百欉 ê 樹仔，欲建造 5 百萬棟 ê 住宅，需要一大片面積差不多是美國『羅德島』ê 森林。

讀過冊 ê 人攏了解，咱若種樹仔，佇樹仔大欉 ê 過程，伊會吸收二氧化碳，降低大氣中二氧化碳 ê 濃度。毋過咱人爲著經濟利益，硬欲改變土地 ê 使用方式，以及起厝佮裝潢 ê 需要，大量去山頂剉柴，甚至有「毀滅森林」ê 癮頭行爲，這就是造成氣候變遷 ê 元兇之一。嘛會當講，氣候變遷 ê 過程佮毀滅森林，有一定 ê 因果關聯；嘛會使講氣候變遷，森林其實扮演關鍵性 ê 角色。

因爲森林 hőng 毀掉，大部分 ê 二氧化碳就會釋放出來，飛倒轉去大氣層內底，增加大氣中二氧化碳 ê 濃度，佇連鎖效應之下，二氧化碳會吸收熱量，結果就進一步致使「大氣增溫」。科學家估計，因爲森林 ê 流失和改變土地 ê 使用方式，大約佔咱人活動所排放二氧化碳量 ê 23pha。

注：濃度，音 lông-tōo。

7. 水資源 ê 危機

水真寶貴

水，是形成性命 ê 三大因素之一，是寶貴 ê 財產。水佔地球表面大約 7 成 ê 面積，毋過其中只有 3pha 是洘水，而且，遮 ê 洘水，大部份攏猶存佇咧冰河佮冰帽 (bō) 裡，咱會當直接使用 ê，眞正足有限 ê。目前看會著 ê、有咧循環使用 ê 洘水，主要是出現佇地球 ê「蓄水層」(地下水)、「表面流」(河川水庫) 和「大氣層」裡。海水有時 hőng 誤認做是會當用 ê 水，毋過，共鹹水轉化做飲用水，其實需要使用眞濟 ê 能源，所以，世界上干焦一屑 (sut)

仔洘水，是對海水 ê 淡化來 ê。

注①：冰帽，音 ping-bō，閣叫做「冰冠」，音 ping-kuan，是一塊巨型圓頂狀 ê 冰，長期性大面積覆蓋佇陸地表面 ê 冰雪，毋過範圍通常袂超過 5 萬平方公里。上有名 ê 冰帽[ice cap]是佇南極大陸佮『格陵蘭島』。另外，所崁 ê 面積超過 5 萬平方公里 ê，就叫做「冰蓋」[ice sheet]。

注②：蓄水層：thiok-tsuí-tsàn。

水危機

「水危機」，是聯合國佮其他國際組織，自 1970 年以來，用來指稱世界性水資源 ê 危機，所使用 ê 名詞。主要 ê 危機來源，是會當安全使用 ê 水，愈來愈欠缺，以及水質 ê 汙染，愈來愈嚴重 ê 問題。

目前已經有袂少現象，陸續顯示出水危機 ê 存在：第一，現此時，全世界大約有十億人，用袂著安全飲用 ê 水矣；第二，地下水位降低，水愈抽愈少，致使農作物 ê 生產嘛減少；第三，過度使用佮汙染水資源，開始危害生物 ê 多樣性，真濟生物漸漸滅絕去矣；第四，真濟地區因為水資源較少，為著欲爭奪水資源，四常引起爭論佮衝突，甚至有時閣會引發戰爭；第五，因為無清氣水通用，有可能爆發落吐症（霍亂）和腸仔熱（傷寒）遮 ê 病症 ê 大流行。

世界欠水國 ê 排名是：『索馬利亞、埃及、敘利亞、巴基斯坦、海地、衣索比亞、柬埔寨、查德、寮國、阿富汗』。佇遮 ê 國家，水是奢侈品，嘛是救命仙丹，食水早就比用石油較貴。

臺灣 ê 水

臺灣人所使用 ê 水，最主要 ê 來源就是雨水，每年大約會當得著 2,500 公釐 ê 雨量，換算做水量，大約是 900 外億公噸。不而過，若扣除燥水 (sò-tsuí)、流去海裡和滲 (siàm) 入地下以後，實際會當運用 ê，干焦賰 135 億公噸 ê 水量爾爾。換算做咱每一個人分配著 ê 水量，大約是一千公噸 (1,000 立方公尺)，干焦世界平均雨量 ê 七分之一爾爾。毋過，咱每年 ê 需求量大約是 190 億公噸，嶄 (tsám) 然無夠通用。因為供 (kiong) 需失衡，水資源不足 ê

問題才一年比一年嚴重。你可能毋知影，咱臺灣是全世界排名第 18 名 ê 欠水國喔！

平均扯，咱每一个徛家用來洗身軀、洗衫和洗碗 ê 水，平均一工就超過 870 公升。另外，因為製造 1 公噸 ê 鋼鐵，需要 30 外萬公升 ê 水 (30 幾公噸)，所以欠水就有可能對鋼鐵業佮房地產 ê 發展產生影響。其實，欠水 ê 國家，根本就無發展鋼鐵業 ê 本錢。

臺灣因為自然 ê 地理因素，山懸坡崎、平原闊無夠闊，溪河短閣淺，致使一下落雨就隨流落海；加上人為 ê 河川汙染，使得地表溪水 ê 利用率偏低，所以就佇水頭佮中游起造水庫，用來囥水、增加溪水 ê 使用量，這是臺灣早年處理水資源主要 ê 思維，嘛是相當重要 ê 水利工程。現此時，臺灣 80 幾座水庫 ê 總容量，雖然干焦占總需求量 ê 兩成四，毋過顛倒是調節水資源上重要、嘛是上有效 ê 一个環節。

以色列 ê 水

以色列國土將近六成是沙漠，一年降雨量無到 700 公釐，就無臺灣雨量 ê 三分之一咧，毋過個設法予逐滴水攏發揮上大 ê 效率。

以色列人攏有共識，準講天然資源不足、人口快速成長，又閣有區域政治 ê 無安定，嘛愛共水資源 ê 安全當做國家佮人民 ê 頭項任務。個立法規定，水是全民 ê 共同財產，政府袂補貼水費，予人民了解「**俗 ê 水上貴**」，用這個理念來凝聚國民意識，為這个願景犧牲個人 ê 自由。另外，嘛繼續創新水資源 ê 處理技術，為家己打造有保障閣充滿活力、活跳跳 ê 未來。

欲克服水資源 ê 危機需要計畫佮實踐，閣需要吸收新思維，結合人民 ê 意志。對水資源的使用限制，嘛無一定會阻礙著經濟 ê 發展、影響政治 ê 穩定，假使處理了有周至，遮 ê 限制毋但會當推動國家 ê 發展，閣會當創造新機會。咱臺灣雖然排佇全球欠水國 ê 第 18 名，這馬開始改革猶會赴咧，毋過愛先看以色列按怎做！

拯救水資源危機！以色列有 9 大撇步：

(1)立水利法，規定水是全民 ê 共同財產；

(2)政府無欲補貼水費，予人民知影便宜 ê 水上貴；

(3) 凝聚國民意識，改造先進 ê 水利系統；

(4) 政治人物莫插手，予水務局專業領導；

(5) 塑造重視水 ê 文化，人民佮政府建立同伴 ê 關係；

(6) 逐項都眞重要，整合所有 ê 水源佮保水 ê 技術；

(7) 專款專用，權力下放予地方技術官僚；

(8) 走揣創新 ê 撇步，鼓勵私人公司提出解決 ê 方案；

(9) 全面整合數據，提早預先警告供水 ê 系統。

8. 能源 ê 危機

對現代社會來講，能源佮空氣全款重要。無能源就是無電力，無電力，工業社會就無法度運轉，終其尾經濟就會崩盤，咱人嘛無法度閣過這馬咧過 ê 生活。

「能源危機」就是咧講石油，電力抑是其他自然資源 ê 欠缺，致使能源供應無夠通用，抑是價數變貴，予電力 ê 成本增加，煞影響規個經濟 ê 發展。這種料想袂到 ê 經濟衰退，通常就是因為能源危機引起 ê。臺灣有 97pha ê 能源是倚靠進口 ê，能源危機拄咧一步一步逼近。

啥物是能源？簡單講，會當發電抑是產生動力 ê 資源，就是能源，一般的會當分做兩種類型：

(1) 袂當再生 ê 能源：親像用石油、塗炭、天然氣、核能發電，用過就無法度閣再用。

(2) 會當再生 ê 能源：親像水能、風能、太陽能、地熱能、海洋能 (海潮發電) 等，攏是會當重覆使用 ê 能源，嘛較無汙染 ê 問題。因為全球性 ê 欠電，致使燒塗炭發電，會當上緊解決問題，毋過，嘛有空氣汙染 ê 副作用。因為用這種方式發電，會提懸溫室氣體 ê 排放，嘛會予汙染物 ê 毒性越來越強，PM2.5 就是 hŏng 上擔憂 ê 代誌。

所以，大規模擴展火力發電 ê 系統，上大 ê 問題是空氣汙染佮溫室氣體排放 ê 問題。根據臺電 ê 資料，燒塗炭 ê 電廠每生產一度電，就排放 0.9 公斤 ê 二氧化碳，燃油電廠每度電排放 0.7 公斤 ê 二氧化碳，天然氣電廠予人認為對環境衝擊較細，生產一度電嘛愛排放 0.45 公斤 ê 二氧化碳。當當世界

各國為著減慢溫室效應，開始實施二氧化碳減量 ê 策略，這時陣，臺灣的二氧化碳排放量，佇過去十幾年顛倒成長兩倍。其中，火力發電佔全國二氧化碳 ê 排放量，甚至懸到 37pha。

目前全世界 80pha ê 能源供應，來自塗炭、石油、天然氣等石化燃料，毋過根據專家估計，石化燃料佇四十年之內會用了。石化燃料用了以後，咱人就愛面對另外一擺 ê「能源危機」矣！

9.《巨變之後》電視紀錄片　（巨，音 kī）

1997 年成立 ê 美國國家地理頻道 [National Geographic Channel，簡稱 NGC]，佇 2010 年，捌放過一个 4 點鐘 ê 電視紀錄片《巨變之後》[Aftermath]，內容探討 4 个主題，予咱對地球 ê 未來、人類 ê 運命、環保 ê 問題，有真濟 ê 感想佮啟示。

《巨變之後》內容講：為著延續地球上 ê 性命，地球已經達成一種夭壽複雜 ê 微妙平衡，若準這項平衡予人破壞甲真透底，人類和地球欲按怎應付這个隨看會著 ê 巨變咧？

(1) 第一集：《無石油 ê 世界 World Without Oil》

當今 ê 世界攏倚靠石油來維持佮運作。咱用石油來推捒車輛、飛行機，佮製造各種物件。若準咱人全然倚靠 ê 石油雄雄用了去矣，咱會面臨啥物款 ê 情況咧？這集為觀眾紹介一个逐家從來毋捌看過 ê 星球：無石油 ê 地球。失去石油，人類 ê 生活會出現啥物款 ê 變化咧？咱愛做出佗幾項 ê 改變咧？

(2) 第二集：《太陽 ê 老化 Swallowed by the Sun》

太陽佮地球上所有 ê 生物全款，當咧老化，而且愈老化使用 ê 能量愈濟，地球 ê 溫度嘛會綴咧衝懸。節目內底是虛構 ê 世界，佇遮自然老化 ê 速度變緊，比照咱人老化 ê 過程；咱 ê 世界以及咱所建造 ê 一切，欲哪會堪得承受太陽快速 ê 老化？這款 ê 未來真正予人感覺真驚惶。假使太陽若佇一夜之間嚴重老化，會對地球造成啥物款 ê 影響咧？

(3) 第三集：《當地球袂轉矣 When The Earth Stops Spinning》

地球若準停止運轉，會發生什麼情形？

若準地球停止運轉，表示「赤道」地區袂閣再以 1,670 公里左右 ê 時速轉踅，咱 ê 日時佮暝時，長會長到半年遐久；海水一下分開，會共南北半球所有 ê 大都市攏淹無去；佇地球中心地帶大多數 ê 所在，空氣會流失，萬物會變甲無攬無拑，規片攏是死殗殗 (giān-giān) ê 情景。干焦少數幸運 ê 人類，無定著會當真好運揣著「地球最後 ê 一片陸地」，佇茫茫大海裡 ê 一細塊仔土地頂拖屎連，度過閣賰無偌久 ê 性命。

(4) 第四集：《人口超載 Population Overload》

假使地球人口佇一夜之間增加兩倍，咱欲按怎應付？世界會變成啥款咧？水、能源、食物，毋知當時會用了了、食了了？大規模 ê 遷徙會塑造鄉鎮 ê 新面貌 (māu)，新起 ê 大樓會占領城市 ê 地平線。毋過，世界上 ê 資源真有限，當當地球為著直直增加 ê 人口，佇咧拖身拖命 ê 時，啥人又閣會佇這場資源大戰中 hőng 犧牲咧？

10.《京都議定書》

簽訂 ê 時間：1997 年 12 月 11。
簽訂 ê 地點：日本京都。
生效 ê 時間：2005 年 2 月 16。
簽約 ê 國家：174 國佮歐盟 (2007 年 11 月)。
簽約 ê 目的：《京都議定書》為著欲減少全球溫室氣體 ê 排放。

京都議定書 [英語：Kyoto Protocol]，閣翻譯做《**京都協議書**》、《**京都條約**》；全稱是《**聯合國氣候變化綱要公約 ê 京都議定書**》）是《聯合國氣候變化綱要公約》[United Nations Framework Convention on Climate Change，UNFCCC] ê 補充條款。

伊是 1997 年 12 月，佇日本京都市所召開 ê 「聯合國氣候變化綱要公

約」會議，經過參加國 3 擺 ê 會議所制定出來 ê。伊 ê 目標是欲「將大氣中溫室氣體 ê 含量穩定佇一个適當 ê 水平，來保證生態系統 ê 平衡適應、食物 ê 安全生產和經濟會當一直發展」。

IPCC[政府間氣候變化專門委員會，Intergovernmental Panel on Climate Change]已經預測，對 1990 年到 2100 年之間，全球氣溫會升懸 1.4℃ 到 5.8℃。目前 ê 評估顯示，京都議定書若會當澈底執行，到 2050 年進前，干焦會當共氣溫 ê 升幅減少 0.02℃ 到 0.28℃，就因為按呢，眞濟批評家和環保主義者質疑京都議定書 ê 價值，認為伊 ê 標準設定傷過低，根本無法度應付未來嚴重 ê 危機。毋過支持 ê 人嘛講，《京都議定書》只不過是第一步，為著欲達成 UNFCCC ê 目標，今後當然猶愛閣繼續修改，一直到達成 UNFCCC 規定 ê 要求為止。

2012 年 12 月初 8，佇『卡達』召開 ê 第 18 屆聯合國氣候變化大會[英語：2012 United Nations Climate Change Conference]裡，本成應該佇 2012 年到期 ê 京都議定書，逐國攏同意延長到 2020 年。

11.《巴黎協議》

巴黎協議[法語：Accord de Paris，英語：Paris Agreement]是聯合國 195 个成員國(包括觀察員『巴勒斯坦』佮『梵諦岡』)佇 2015 年 12 月 12，佇「聯合國氣候高峰會議」裡所通過 ê 氣候協議，目的是欲取代《京都議定書》，向望會當共同阻擋全球暖化 ê 趨勢。協議 ê 第二條指出，這个新協議欲通過以下 ê 內容來「加強《聯合國氣候變化框架公約》」：

(1) 共全球平均氣溫 ê 升幅，用工業革命前 ê 平均溫度做標準，控制佇 2℃ 之內；閣拚勢共氣溫升幅，限制佇工業化進前 ê 水準，控制佇 1.5℃ 之內；嘛相信若按呢做落去，的確就會予候變遷 ê 風險佮影響減少足濟。

(2) 對氣候變化所產生 ê 不利影響，會當提高適應 ê 能力，閣採用袂威脅著糧食生產 ê 方式，增強氣候變遷 ê 抗抗力，嘛達成溫室氣體低排放 ê 目標。

(3) 予資金 ê 流動符合「溫室氣體低排放」佮「氣候適應型發展」ê 路徑。

《巴黎協議》已經有明確 ê 目標，紲落去愛閣針對會當再生 ê 能源繼續做

做投資，同時嘛共世界多數 ê 開發中國家和地區，攏园入來這個目標裡。

　　毋過，這項協定對成員國來講，並無設定強制 ê 約束力，照目前 ê 架構，是據在各國自主去推動，對遐 ê 無遵守 ê 情況，干焦會當透過每 5 年才一改 ê「檢視減排成績」，透過再談判 ê 方式來施壓，是毋是會當達成目標，無人敢掛保證。

　　2017 年 6 月初 1，美國總統『唐納·川普』宣布美國欲退出巴黎協議，這個懵懂 ê 舉動，受著國際社會普遍 ê 批評。不而過，上緊需要 3 年 ê 時間才會當退出，啊辦理退出 ê 手續嘛需要開一年 ê 時間。毋過，已經歹鬼歹頭，予環保 ê 未來猶原看袂著光明。

(四) 社會類
(家庭、厝邊、族群、媒體、網路、觀光、政治、醫療。)

1. 全臺灣 169.2 萬戶低所得 ê 家庭，連紲 10 年趁無夠開

　　2017 年 8 月 20，根據行政院主計總處上新 ê 調查，2016 年國內家庭戶數有 845.8 萬戶，所得總額是 10 兆 6,014 億，比 2015 年增加 3.23pha；平均每戶所得總額 125.34 萬，增加 2.35pha；所得總額減掉「非消費支出」（稅費、利息支出等）以後，平均每一戶「可支配所得」是 99.31 萬，增加 2.92pha。

　　若共國內 ê 家庭，按所得 ê 懸低，平均分做五份，每一份代表 169.2 萬戶，按呢，舊年所得上低 ê 20pha 家庭，總共有 169.2 萬戶，遮 ê 家庭平均「可支配所得」，干焦 32.9 萬，等於每一戶逐個月干焦有 2 萬 7 ê 收入，毋過個平均一年 ê「消費支出」是 34.78 萬，「無夠開」ê 金額是 1 萬 8,384 箍，已經連紲十年「無夠開」矣！因為「消費支出」超過「可支配所得」，毋但無法度儉錢、猶閣會無夠通開。

　　另外，所得次低 ê 20pha 家庭，雖然袂出現「無夠開」，毋過，舊年平均「可支配所得」61.66 萬，平均「消費支出」55.89 萬，平均一戶干焦會當儉 5 萬 7,700 箍爾爾，家庭收支嘛真吃力。

一下比較，所得上懸 ê 20pha 家庭，舊年平均「可支配所得」是 200 萬 4,200 箍，平均「消費支出」有 129 萬 7,800 箍，平均一戶一年會當儉 70 萬 6,400 箍，儉錢率懸甲 35.24pha；也就是講，高所得 ê 家庭，干焦一年會當儉 ê 錢，就懸過 40pha 中低所得家庭 ê「可支配所得」。顯示貧富差距愈來愈大。

2. 家庭暴力通報 ê 案件數量

衛生福利部統計處統計，對家庭、病院、學校、警政有通報 ê 家庭暴力案件 ê 數量總數，十幾年來出現按呢 ê 變化：

2005 年（民 94）：66,080 件；2006 年（民 95）：70,842 件；2007 年（民 96）：76,755 件；2008 年（民 97）：84,195 件；2009 年（民 98）：94,927 件；2010 年（民 99）：112,798 件；2011 年（民 100）：117,162 件；2012 年（民 101）：134,250 件；2013 年（民 102）：152,680 件；2014 年（民 103）：133,716 件；2015 年（民 104）：135,983 件；2016 年（民 105）：135,785 件；2017 年（民 106）：167,148 件。

家庭暴力通報 ê 案件，為啥物會一直咧提懸？是通報 ê 系統愈來愈周至，真濟重覆通報，抑是因為經濟較穩，人 ê 火氣會較大、家庭糾紛較濟？無，敢講是咱家庭倫理 ê 崩盤，民主佮人權素養無提升，對人猶無夠尊重？

所以，家庭到底是一个溫暖 ê 避風港，抑是會傷害人 ê 傷心地咧？這就據在咱臺灣人 ê 人權素養佮倫理道德是毋是有夠囉。這幾年有人佇網路頂呵咾講：「臺灣上美麗 ê 風景是人。」我咧想，若準咱無法度減少家庭暴力 ê 事件，這種呵咾，有影是「圓仔花毋知穤，大紅花穤毋知。」受當不起啊！

3. 咱 ê「公民投票法」

(1) 啥物是公民投票？

啥物是公民投票？公民投票是一種「**直接民主**」ê 制度，嘛是落實「主

權在民」眞重要 ê 民主設計。當當人民選出來 ê 代議士（包括行政首長佮民意代表）違背民意 ê 時，人民就會當透過「公民投票」來展現民意，要求政府改變政策，遵照人民公投 ê 決定來做。所以「公民投票」是「人民意志」上直接閣有效 ê 展現方式。

佇民主體制裡，選舉是民眾「對人」ê 選擇；公民投票是民眾直接「對事」表達意見。個攏是人民參政權 ê 一部份。咱國憲法第 17 條規定，人民對人 ê 選擇，有「選舉」佮「罷免」權；對公共事務 ê 決定，嘛有「創制」佮「複決」權。佇遮，「創制」佮「複決」權，拄好就是人民透過「公民投票」展現意志 ê 權利。

(2) 啥物是「全國性公投」、「地方性公投」？

公民投票分做「全國性公民投票」佮「地方性公民投票」。「全國性公民投票」是針對全國性 ê 事務，譬喻講，咱國是毋是應該開放帶骨 ê 美國牛肉進口？等等 ê 議題；啊「地方性公民投票」是針對地方自治事項做處理，譬喻講，臺北市大巨蛋 ê 體育園區是毋是欲變更做森林公園？等等 ê 議題來投票。

(3) 有啥物事項袂使公投？

一般的，有關預算、租稅、投資、薪水佮人事等等 ê 事項，袂使成做公民投票 ê 提案，啊其他 ê 提案都攏總會使。

毋過，咱 ê「公投法」因爲國家處境 ê 關係，變甲較特殊，公投會當「複決法律」、「立法原則」佮「憲法修正案」，公投嘛會當創制「立法原則」抑是「重大政策」，毋過煞袂當「創制憲法」，就是講袂當共「國土範圍」、「國旗、國號」等改變主權現狀 ê 項目予人民做公投，這是完全違背「主權在民」ê 原理佮原則 ê，將來一定愛閣補正。

(4) 咱國「公投法」立法 ê 過程

佇過去戒嚴時期，國民黨獨裁政府眞驚「人民做主」，彼陣白色恐怖當咧作孽，無可能有「公民投票法」。1987 年解嚴了後，國民黨政府猶是共

「公民投票」當做是魔神仔，便若拄著就走敢若飛咧！一直到 2003 年 11 月 27，立法院才勉強通過咱國第一部 ê《公民投票法》，12 月 31 由陳水扁總統正式公布佮實施。毋過，這部《公民投票法》佇程序上有真濟無合理 ê 規定，致使「公民投票」真僫成案，嘛真僫通過，予人供體講是一个「鳥籠仔公投」。伊 ê 缺點是：

第一：提案愛 5‰ ê 公民連署，全國性公投大約 9 萬 0433 人，傷懸，無必要。

第二：向選舉委員會提案了，愛閣送「公民投票審議委員會」審核，硞未著就 hōng 駁回，誠無合理。

第三：審查通過了後，愛閣有 5pha ê 公民（全國性公投，大約 90 萬 4,323 人），佇六個月內完成連署，才會當真正啓動公民投票。這个 5pha ê 戶模傷懸，真無合理，除了政黨，一般 ê 社運團體根本無可能完成連署。

第四：正式 ê 公民投票，愛有過半數 ê 選舉權人參與投票（就是投票率愛 50pha 以上，大約 904 萬 3,228 人以上），而且同意票愛超過投票人數 ê 一半（大約 452 萬 1,614 人以上），這个公民投票案才會當算有效通過，若無，就是「否決」（這就是咱譬相甲無一塊好 ê「雙二一條款」）。

所以對彼年開始，「核四公投促進會」佮真濟社運團體，就相連紲採取行動，主張公投法一定愛「補正」。就按呢經過 14 年 ê 拍拚，才佇 2017 年 ê 12 月 12 由立法院來三讀通過，2018 年正月初 3 才由蔡英文總統公布，並且正式實施。

(5)2017 年補正通過 ê《公投法》有啥物改善？

第一，提案 ê 戶模已經降到萬分之一，大約 2,000 人就會使。

第二，正式連署 ê 戶模嘛降落來賰 1.5pha，大約 28 萬人。

第三，佇投票率方面，嘛修正做：「公民投票案投票 ê 結果，有效同意 ê 票數比無同意票較濟，而且有效同意票達到投票權人總額 ê 四分之一以上，就算做通過。」已經共原先誠無合理「雙二一條款」ê 規定做補

正。

第四，投票年齡對 20 歲降到 18 歲。18 歲猶無選舉權，毋過已經有公民投票權矣。

第五，廢除無合理 ê「公民投票審議委員會」。

第六，規定會當做「網路連署」，予連署成功 ê 困難度降低真濟。

(6)2018 年 11 月 24 配合九合一選舉，有幾个全國性 ê 公投案？

總共有十个公投案：對編號七號到十六號。

（七）「反空汙公投」案。

（八）「反深澳電廠公投」案。

（九）「反核食公投」案。

（十）「婚姻限一男一女公投」案。

（十一）「高中前不教同志教育公投」案。

（十二）「同志生活權益用專法公投」案。

（十三）「2020 東京奧運正名公投」案。

（十四）「民法保障同志權益公投」案。

（十五）「國中小性別平等教育公投」案。

（十六）「廢除「非核家園」條文公投」案。

公投 ê 結果是，十三、十四、十五案無通過，其他七个案通過。

(7) 話尾

因為公民投票 ê 作用，是咧落實直接民權，彌補代議政治 ê 不足，閣會當化解政黨 ê 爭執佮社會無全 ê 意見，是民主 ê 機制佮價值，所以咱愛珍惜誠無簡單才有 ê 《公民投票法》。毋管對這擺公投 ê 結果，你有滿意抑是無滿意，這擺所完成 ê 公投是咱國落實直接民權 ê 開始，是民主 ê 勝利，因為咱已經創造臺灣民主歷史 ê 新田園，進一步深化臺灣 ê 民主矣。

4. 癌症佮食物有關係

「癌症」已經連紲 30 幾年排佇咱國 10 大死因 ê 頭名,逐家便若聽著癌症就面仔青恂恂。雖然到今為止,癌症發生 ê 原因,大部分猶原無蓋清楚,毋過有愈來愈濟 ê 研究顯示,癌症 ê 發生佮**個人 ê 食食、以及生活 ê 歹習慣——包括噗薰、過度疲勞佮緊張、壓力**等等 ê 因素有絕對 ê 關係。所以佇食食方面,調整一寡食物是會當預防癌症發生 ê。

因為人口高齡化佮食食西化 ê 關係,咱國著癌 ê 人數愈來愈濟,2017 年 12 月 28,根據衛福部上新 ê 癌症報告:2015 年新登記 ê 癌症紀錄,新患者 ê 人數有 10 萬 5,156 人,平均扯 200 幾个人就有一个著癌,每 5 分鐘就有 1 个人予醫生診斷是癌症。著癌 ê 人數上濟 ê 是大腸癌,1 年大約有 1 萬人左右。

咱國國民發生率上懸 ê 前 7 大癌症是:大腸癌、肝癌、肺癌、奶癌、喉空癌、胃癌、攝 (liap) 護腺癌。個 ê 發生攏佮食食、以及煮食方式有一寡直接抑是間接 ê 關連性。

第 1 名　大腸癌:食傷濟用油糋 (tsìnn)、烘 ê 肉類,就較會致癌。

大腸、直腸癌佮食食有相當 ê 關係,目前文獻已經知影所有 ê 紅肉——包括牛肉、豬肉、羊肉裡,攏有致癌 ê 毒素,因為紅肉 ê 纖維 (siam/tshiam-î) 質真低,會有大腸、直腸癌 ê 風險。另外,有研究嘛顯示高熱量佮高膩瓤 (jī-nôg)ê 吸收,特別是動物性膩瓤 (脂肪),會增加大腸、直腸癌 ê 發生率;尤其是「膨椅頂 ê 馬鈴薯」,講遐 ê 一直坐咧看電視,閣那食糋 ê 馬鈴薯條——這種高熱量食物 ê 人,是上勢著大腸、直腸癌 ê 族群。

咱愛注意 ê 是,愛食烘 ê 物件嘛佮「食道癌」有關係,加上噗薰佮啉酒,尤其是啉穤酒,予著「食道癌」ê 人數佮發生率,佇這幾年一下仔就增加足濟。

第 2 名　肝癌:食物若無囥好勢,就會產生毒素。

人數佮大腸直腸癌干焦差一點仔 ê 是肝癌,1 年嘛有欲 1 萬人致病,肝癌嘛是男性著癌症人數上濟 ê 癌症。肝癌主要是佮感染 B 型、C 型肝炎有

關係，毋過塗豆、番麥以及米粟類遮 ê 物件，個存园 ê 環境，若準無特別注意，誠自然就會受著黴菌 (bãi-khín) ê 汙染，紲落去就會分解出黃麴 (khak) 毒素，這就是致著肝癌主要 ê 物質。

另外，豉 (sīnn) 過 ê 食品，包括豆乳、豆醬等等，嘛會因為處理不當，受著黴菌 (bãi-khín) 汙染，產生黃麴毒素，所以食遮 ê 食品 ê 時陣，愛特別斟酌，愛看物件是毋已經變質、變味矣。

第 3 名　肺癌：佮軟入炒菜 ê 油煙有關。

佇咱臺灣，肺癌 ê 發生率一直攏佇前 5 名內，死亡率閣是所有癌症 ê 第一名。而且，肺癌雖然佮食物 ê 關連性無大，毋過炒菜所用 ê 油佇高溫之下，會產生『多環芳香烴 [PAH]』，一般認為，肺癌佮軟入炒菜 ê 油煙、以及拜拜 ê 香煙有相當 ê 關係，假使廚房通風真穩，佇炒菜 ê 同時，咱 ê 肺嘛會共 PAH 軟入來，按呢就會增加致癌 ê 風險。

第 4 名　奶癌：佮食高熱量、高膩瓤（脂肪）ê 食物有相關。

奶癌一直攏是女性著癌人數上濟 ê 癌症，雖然奶癌佮食物無密切 ê 關係，毋過也有研究指出，對日本移民到美國 ê 日本人，致著奶癌 ê 比率，是蹛佇日本 ê 1 倍，所以個認為奶癌 ê 發生，一定佮飲食西化有關係。

不而過，會當確定 ê 是，停經了後 ê 大箍是致奶癌 ê 高危險因素，因為大箍會予血液循環裡 ê 『雌激素』濃度增加，就會予奶癌 ê 細胞生湠變緊，尤其是停經以後，婦女 ê 膩瓤（脂肪）細胞是『雌激素』生長重要 ê 場所，若準體重超重，膩瓤（脂肪）細胞數量大量增加，膩瓤（脂肪）細胞生成 ê 『雌激素』濃度就會升懸，會加速奶癌細胞 ê 生長。所以，停經了後 ê 婦女，愛減食高熱量、高膩瓤（脂肪）ê 食物，加食高纖維 ê 食物，控制體重、加運動，莫予家己大箍起來。

第 5 名　喙空癌：檳榔是第一類 ê 致癌物。

喙空癌 ê 發生，佮喙空長期受著刺激，致使產生細胞變性有密切 ê 關

係，尤其是哺檳榔、噗薰佮啉酒，閣較是喉空癌 ê 危險因素。根據統計，喉空癌 ê 病人中，大約有 88pha 攏有長期哺檳榔 ê 慣勢，國際癌症研究總署佇 2003 年，嘛共檳榔宣布是第一類致癌物。

第 6 名　胃癌：食傷濟豉過 ê 食物，就會增加著胃癌 ê 可能。

　　最近著胃癌 ê 人數以及發生率，這幾年佇國內攏已經退到前 5 名以外矣。因為胃癌佮大腸、直腸癌，攏佮食物有關，攏會當對食食去預防 ê，尤其是豉 (sīnn) ê 食物，上好莫食。另外，會當囥誠久 ê 肉類，親像是煙腸、hamu（火腿）等，定定使用『亞硝酸鹽』做保色佮防腐劑，若佮有『胺類』抑是『乳酸』ê 食物做伙食，就會促進致癌 ê 物質『亞硝胺』ê 生成。另外，『亞硝胺』嘛直接存佇鹹魚、鹹肉等食物裡。帶『亞硝酸鹽』ê 食物有煙腸、臘肉佮『培根』等，直接加熱，譬喻用油糋、煎、烘等等，嘛會引起『亞硝胺』致癌物 ê 生成。

第 7 名　攝護腺癌：食大量 ê 菜蔬會使預防閣降低攝護腺癌。

　　攝護腺出問題，是有歲 ê 查埔人定定會拄著 ê 問題。啊若攝護腺癌，佇男性癌症 ê 排名裡，嘛一直排佇頭前幾名。佇有關攝護腺癌 ê 研究報告中，攝護腺癌和高熱量、高膩瓤（脂肪）食物有真深 ê 相關性，所以食大量 ê 菜蔬是會當降低致癌率 ê。

（五）時事類
（風颱、地動、大海漲、運動會、聯合國、WHO、WHA。）

1. 1999 年九二一大地動

　　921 大地動，又閣叫做「**集集大地動**」，是 1999 年 9 月 21、當地時間透早 1 點 47 分 15.9 秒，發生佇臺灣中部山區、逆 (gik) 斷層型 ê 大地動。這擺恐怖 ê 地牛翻身，總共相連紲振動大約 102 秒，予臺灣全島攏感受會著，是臺灣自二次大戰以後傷亡損失上大 ê 自然災害。

大地動ê震央佇北緯 23.85 度、東經 120.82 度，拄好佇南投縣ê集集，震源深度干焦 8 公里，『芮氏』規模 7.3，毋過美國地質調查局測著ê規模是 7.6 到 7.7 彼跤兜。這个地動是因為「車籠埔斷層」ê錯動，閣佇地表造成 85 公里ê破裂帶；另外嘛有學者認為是因為「車籠埔斷層」以及「大茅埔－雙冬斷層」這兩條活斷層，同時活動所引起ê。

　　這改地動造成 2,415 人死亡，29 人失蹤，11,305 人受傷，51,711 間厝全倒，53,768 間厝半倒。毋但人員傷亡慘重，嘛共真濟道路佮橋樑等等交通設施，水壩佮駁岸等等水利設施，以及電力設備、維生管線、工業設施、病院設施、學校等等公共設施毀甲害了了！閣引發大規模ê崩山佮土壤液化ê災害，其中又閣以臺灣中部受災上嚴重。臺鐵西部幹線全面停駛有一睏仔，大多數ê客運公司嘛暫時停駛。代誌發生了後，咱政府才正式共建築物ê「防震係數」提懸真濟。

2. 2011 日本東北大地動

　　2011 年 3 月 11，當地時間 14 點 46 分，發生佇日本東北地方外海規模 9.0 大型逆衝區ê地動。震央是佇宮城縣首府、仙臺市以東ê太平洋海域 (hik)，震源深度 24.4 公里，閣引發上懸 40.5 公尺ê滾蛟龍 (海嘯)。

　　這過地動是日本有觀測紀錄以來規模上大ê地動，引起ê滾蛟龍 (大海漲) 嘛是上蓋嚴重ê，加上伊引發ê火災和核能輻射洩漏ê事故，致使大規模ê地方機能全部烏有去，和經濟活動嘛全部停止，佇東北地方部份ê城市，閣較是規个破壞 (huāi)、毀滅了了！

　　除了東北地方之外，東京所在ê關東地區，佇地動發生ê時陣，有感覺咧搣 (hián)ê時間咧欲 5 分鐘。這過地動ê威力真正驚死人，竟然共本州島徙位，和地球ê地軸 (tik) 嘛 tsuán 發生偏移！

　　因為地動所引起ê滾蛟龍 (大海漲) ê海波源範圍，南北長大約 550 公里，東西闊度大約 200 公里，創下日本滾蛟龍 (大海漲) 波源區域上闊ê紀錄。日本東北地域、太平洋沿岸，以及北海道東部沿岸，攏受著滾蛟龍ê侵害。宮城縣、岩手縣、福島縣等地遭受著地動過了後滾蛟龍ê衝擊，沿海地

區規个害了了矣。日本政府表示沿海死傷ê人數可能比預估ê較懸。連俄羅斯、臺灣、夏威夷、美國西岸、墨西哥遮ê所在，攏發生大大細細、規模不等ê滾蛟龍（大海漲）。

　　日本政府所公布ê破壞佮傷亡報告，到日本時間 9 月 30 號為止，地動至少造成 15,815 人死亡、3,966 人失蹤、受輕、重傷ê有 5,940 人，遭受破壞ê厝有 966,501 棟。福島第一核能發電廠因為滾蛟龍煞沖歹去，有核能外洩ê事故，半徑 3 公里內ê住民就馬上 hőng 要求愛隨撤離，後來閣擴大到半徑 10 公里以內ê居民，攏著撤離。這是日本自二次大戰後，傷亡上慘重ê一改自然災害。佇這个災害ê救助裡，臺灣人總共捐 68 億臺幣（大約 200 億日幣），是世界第一。

3.　『賽德克・巴萊』影片

　　為啥物 1930 年，日本統治臺灣已經 35 年，「理蕃政策」嘛已經佇霧社實施 20 冬，閣會發生「霧社事件」咧？原因當然有真濟，包括：日本人用警察來確立殖民化ê政治權力，佇部落實施高壓統治、有計畫奪取山地資源、消滅原住民ê文化，引起文化衝突、強迫原住民改變生產方式、製造族群ê猜疑佮日本人「以夷制夷」政策、以及失敗ê「和蕃」婚姻等等。所以，佇 1930 年 10 月 27 ê透早開始，才會爆發驚天動地ê「霧社事件」！到 12 月初 8 上尾一个原住民抗日勇士自殺，這个事件才結束，前後有 43 工。

　　『賽德克・巴萊』（賽德克語：**Seediq Bale**），就是徛佇臺灣ê主體立場，描寫霧社『賽德克族』勇敢抗日ê電影。這是 2011 年臺灣導演魏德聖所拍ê一部電影。劇情是對邱若龍ê尪仔冊《霧社事件》所改編。片名『**賽德克・巴萊**』ê意思是「真正ê人」，佇『賽德克』(Seediq) ê語言裡，『賽德克』(Seediq) 是「人」ê意思，啊若『巴萊』(Bale) 是「真正」ê意思。2011 年 9 月初 4 暗頭仔 7 點，佇總統府頭前ê廣場舉行首映會。

　　這齣電影分做上、下兩集：上集以象徵日本的《太陽旗》號名，描寫 1930 年『莫那・魯道』帶領族人反抗日本長期ê壓迫、引發ê「霧社事件」；下集號名叫做《彩虹橋》，刻畫日本軍全面鎮壓，『莫那・魯道』率

領『賽德克』勇士犧牲流血，勇敢抵抗 ê 過程，並且深入刻畫族人壯烈犧牲了後，行過彩虹橋回歸祖靈 ê 故事。

為著欲籌備資金、閣期待會當藉按呢 ê 商業行為，維持佮培養影迷 ê 向心力，導演魏德聖佮製作團隊就跟綴《海角七號》ê 行銷模式，佇猶未搬電影進前，推出兩張電影交換券做一組套票，賣新臺幣 599 箍。其中，佇電影開始搬 ê 前兩年，就袂「開鏡套票」來窮 (khîng) 錢，這是臺灣電影史上誠罕見 ê。

4. 組織簡稱 WHO

世界衛生組織 [英語：World Health Organization，英文縮寫：**WHO**；中文簡稱：**世衛組織**抑是**世衛**] 是聯合國 ê 專門機構 (kòo) 之一，伊是國際上大 ê 公共衛生組織，總部設佇瑞士『日內瓦』[Geneva]，是國際上大 ê 政府之間 ê 衛生機構。

世界衛生組織 ê 宗旨，是欲予全世界所有 ê 國家人民，有上大 ê 可能，得著高水準 ê 健康。這个組織對健康 ê 定義是：「身體，精神以及社會生活中 ê 完美狀態」。世界衛生組織 ê 主要職能包括：促進流行病佮地方病 ê 防治；提供佮改進公共衛生，病症醫療和有關事項 ê 教學佮訓練；推動確定生物製品 ê 國際標準。到 2015 年，世界衛生組織組織總共有 194 个成員國。臺灣，因為中國長期 ê 阻礙，目前無法度參加。

5. 組織簡稱 WHA

World Health Assembly，WHA，世界衛生大會。是世界衛生組織 [WHO] 上懸 ê 權力機構 (kòo)。世界衛生大會逐年 5 月佇瑞士『日內瓦』[Geneva] ê 萬國宮召開一改大會，審議世界衛生組織總幹事 ê 工作報告、以及世界衛生組織 ê 預算報告、接納新會員國等、濟濟重要 ê 議題。臺灣，因為中國打壓 ê 關係，目前猶 hőng 排除在外。

第二四課

笑 話

　　有人講，演講ê時陣，上好佇三分鐘內就有一个笑話。這个要求有較懸淡薄仔，毋過是一个眞好ê看法。因爲演講欲有效果，除了愛會曉講古，嘛愛會曉講笑詼；講古予人感動，講笑詼予人快樂，兩項攏眞要緊，攏愛有。

　　啊笑詼代ê來源，會當是家己ê經歷，嘛會當是別人ê代誌；會當是聽來ê，嘛會當是對冊看來ê。毋閣講ê時陣，上好佮主題有關係，而且愛有站節，袂當傷超過，袂當予人感覺受侮辱、無爽快。佇這課內底，咱就舉一寡例予逐家做參考。

01. 你入山攏袂眩

　　有一个外國人扶學臺語無偌久，就佮朋友坐車去阿里山迌迌，落山ê時陣，朋友煞眩車，伊就講：**「你入山攏袂眩，出山碏碏眩！」**

注：1. 偌，音 guā/juā。2. 迌迌，音 tshit-thô。3. 眩，音 hîn。

02. 『加蛋』（遮等），加十箍！

　　一个阿婆仔透早去豆奶店買早頓，伊共賣早頓ê小姐講：「我欲買三粒饅頭」，豆奶店ê小姐就共問講：「你欲『加蛋』無？」

　　阿婆仔感覺眞奇怪，隨共問講：「『加蛋』愛按怎？」小姐就講：「『加蛋』，愛加十箍喔！」

　　阿婆仔聽了，小考慮一下，隨應講：「按呢，我來外口等就好！」

注：1.『加蛋』，音 tsia tàn，佮「遮等」全音，才會誤會。

03. 反韓熱潮

2009 年，亞洲運動會期間，臺灣進行一場自底毋捌有 ê 反韓國 ê 行動，政府決定欲將國內所有 ê 韓國貨，攏遣 (khián) 送轉去韓國……。

佇高雄碼頭邊，韓國貨攏排隊，等欲坐船轉去韓國。三星 (sàn-sóng) 佮 LG 電視，手牽手排佇上頭前，現代汽車綴佇後壁。韓國泡茱嘛佇隊伍內底……。突 (tu̍t) 然間，韓國泡茱發現『臺灣地瓜』竟然嘛排佇隊伍當中，伊就隨行倚 (uá) 去問伊講：「『地瓜兄，地瓜兄』，你哪會嘛來咧？」

『臺灣地瓜』吐一个大氣，誠怨嘆講：「無辦法，啥叫我是『韓籍』（番薯）！」

04. 烏人 ê 善心

佇美國東部『哈佛』[Harvard] 大學，有一間賣自助餐 ê 餐廳，總鋪師是一个烏人，每擺伊攏會加科 (khat) 一寡茱予臺灣 ê 留學生。予臺灣 ê 留學生攏誠 (tsiânn) 感心。

有一位臺灣 ê 留學生，欲出業進前，就問伊講：「為啥物你會對臺灣來 ê 留學生特別好咧？」

「無啥物啦！」烏人總鋪師講：「因為有一年，我去恁臺灣觀光，有去參觀恁 ê 廟。我發現，恁臺灣真濟廟裡……拜 ê 神攏是烏人。全世界干焦恁臺灣人上尊敬阮烏人。」

05. 你真緣投

阿珍年紀強欲三十矣 (ah)，毋過猶 (iáu) 無男朋友，逐家攏講伊傷「大女人主義」，勸伊愛較溫柔一點仔，比如講，愛定定呵咾別人等等。阿珍就決定欲改變家己 ê 作風。

有一工，阿珍欲坐計程車去佮朋友逛街，一下上車，伊就對司機講：「運將 (ùn-tsiàng) 先生，你真緣投！」

司機馬上共車停落來，眞嚴肅講：「小姐，你是毋是無紮(tsah)錢？」

06. 恁為啥物欲判我 25 年？

有一工，有一个中國人，佇天安門廣場公開大聲罵：「毛澤(tik)東是一隻豬！」伊就隨去予公安掠起來，而且，閣予法官判 25 年 ê 徒刑。毋過，伊對這個判決誠不服，就向法院提出上訴。

伊共法官講：「罵領導人，上濟是判 5 年，恁為啥物欲判我 25 年？」

法官眞嚴肅共講：「加判你彼(he) 20 年，是因為你……洩露國家最高 ê 機密矣！」

07. 合股激酒

甲和乙參詳合股激酒，甲共乙講：「你出米，我出水。」

乙講：「米若我出 ê，酒若激好，咱欲按怎分伻(phenn)？」

甲講：「我絕對袂予你食虧。等酒激好 ê 時，只要共我出 ê 水還我就好，賰 ê 攏是你 ê 矣。」

08. 兄弟作(tsoh) 田

有兩个兄弟仔做伙作田，播稻仔。稻仔熟矣，參詳欲按怎分。

阿兄共小弟講：「我割面頂節(tsat)，你割下跤節(tsat)。」

小弟不服，抗議無公平，講：「世間無這種道理！」

阿兄講：「這眞好解決，等明年你割面頂截，我割下跤截，按呢就公平矣。」

隔轉年，小弟一直催阿兄緊播稻仔，阿兄煞講：

「我今年想欲種芋仔呢。」

09. 允 (ín) 日子

有一个員外生成 (senn/sinn-sîng) 誠凍霜，自來毋捌請人客。有下跤手人拄著——仔會捾一籃碗箸，去溪仔垳洗。

有人問伊講：「碗箸遮濟，莫非恁兜今仔日請人客？」

下跤手隨應講：「欲阮員外請人客喔，除非後世人啦！」

員外知影了後，就罵伊講：「你講後世人我欲請人客？啥叫你清彩就允人！」

10. 恍惚 hóng-hut （實頭 tsa̍t-thâu）

有一個人穿毋著長靴 (hia) 出門，一跤鞋底較厚，一跤鞋底較薄，行路就一跤懸、一跤低，誠無四序。

彼个人感覺真怪奇，就講：「我今仔日ê跤，是按怎會一跤長、一跤短咧？敢會是路無平ê緣故？」

有人聽著就共講：「你可能是穿著無全雙ê長靴矣。」伊就緊叫人走轉去提彼雙猶囥佇厝ê長靴。

想袂到轉去提ê人，去足久ê，閣空手轉來，共主人講：

「毋免換矣，換嘛無效，厝裡彼兩跤，嘛是一跤鞋底較厚，一跤鞋底較薄呢……」

11. 凍霜 ê 人袂出脫

一隻猴山仔死了後見著閻王，求閻王予伊出世做人。

閻王講：「既然你想欲做人，就愛共身軀頂ê毛 (mn̂g) 全部擙挩掉。」閻王就命令夜叉 (tshe) 出跤手擙猴山仔ê毛。

拄擙一支爾，猴山仔就擋袂牢矣，大聲喝疼。

閻王隨共笑講：「你這隻精牲，你看你，連一支毛都毋 hőng 擙，遮爾凍霜，是欲按怎做人？！」

12. 按怎「揣人」誠重要

明朝 ê 臭頭仔洪武君朱元璋揣 8 个人建立「大明王朝」；耶穌基督揣 12 个門徒建立全球上大 ê 宗教之一「基督教」；孔子公揣 72 个學生建立儒家思想、影響中國佮全世界；馬雲揣 18 个人建立全世界上大 ê 電子商務帝國『阿里巴巴』。

所以揣「團隊成員」真正足重要 ê！親像我昨暝揣 3 个人，結果輸兩萬外箍！

13. 有影時代無仝矣！

孫仔問阿媽：「阿媽，是按怎恁彼个時代 ê 一段感情會當維持 60 冬咧？」

阿媽笑一下，隨應講：「因為恁阮彼个時代，物件若歹去，干焦想欲提去修理爾；毋過恁這个年代，攏想欲換新 ê 較緊。」

14. 伊今仔日夭壽正常

有一工蔣介石總統去一間精神病院視察，所有 ê 病人攏排佇咧走廊歡迎偉大 ê 領袖，和齊大聲喝：「蔣總統萬歲！萬歲！萬萬歲！」

毋過，干焦一个病患徛佇邊仔，無意無意，無啥表情，看都無愛共看一下。

蔣介石一下看著，就真袂爽，問院長說：「彼个病人為啥物無愛共我歡呼咧？」

院長應講：「報告總統，因為伊今仔日 ê 精神夭壽正常！」

15. (517) 五么拐！

一个阿媽坐一台計程車，講欲去海霸王食喜酒，tng 當計程車接近海霸

王 ê 時陣，車頂 ê 無線電煞傳出一个聲音：

『(517) 五么拐！(517) 五么拐！聽到請回答！』

阿媽華語聽無，就足受氣講：

「啥物**有妖怪，妖你去死啦！**恁祖媽欲來食喜酒，穿紅衫，抹粉點胭脂一下，敢袂使？」

16. 美國作家『馬克・吐溫』

美國作家『馬克・吐溫』眞勢激五仁，有一改伊對國會議員 ê 表現眞無滿意，就佇報紙登一个廣告，頂面寫：

「國會議員有一半是阿西佮癮頭。」

國會議員和齊大聲抗議，愛伊道歉。

『馬克・吐溫』感覺誠好笑，又閣登一个更正啓事講：

「失禮，我錯了，國會議員，有一半毋是阿西佮癮頭。」

17. 非洲人攏有錢電頭鬃

阿媽拄咧佮孫仔看電視新聞，這个時陣，電視頂出現一群非洲 ê 難民。

阿媽問講：「遐 ê 人是啥人咧？個是按怎咧走路？」

孫仔回答講：「個是非洲 ê 難民啦，攏無飯通食，足可憐 ê 喔！」

阿媽聽了眞袂爽，就講：「騙痟 ê！無飯通食，閣有錢通電頭鬃？」

18. 阿伯仔你「林」啥物？

市長選舉煞彼暝 (mê/mî)，有一个姓「林」ê 阿伯仔，伊支持 ê 候選人當選矣 (ah)，伊一下歡喜，就去路邊攤仔啉 (lim) 酒。啉甲醉茫茫 (bang-bâng) 才想欲轉去厝。

無細膩 (jī/lī)，半路煞去予車挵著，昏倒佇 (tī) 塗跤兜，予人送去病院。

到病院ê時陣，阿伯仔已經醒起來仔，毋過猶閣頭殼眩眩 (hîn-hîn)，護理師知影伊姓「林」，欲替伊寫病歷 (lik)。就問伊講：

「阿伯仔，你『林』啥物？」

阿伯仔就隨應講：**「我干焦啉兩罐 biiru(啤酒) 爾。」**

「毋是啦！毋是啦！我是問你叫啥物？」護理師真著急。

阿伯仔就閣應講：**「我較無錢，干焦叫海帶佮滷卵啦！」**

19.『麥谷懷』思念牽手

有一个拄結婚無偌久ê查埔人，叫做『麥谷懷』，一場意外，個某小芳煞過身去。伊傷心甲強欲死，上班、生活攏無正常，規个人消瘦落肉。同事佮朋友攏誠煩惱伊會行短路，所以就飷伊去牽個某小芳ê亡魂。

去到牽亡魂ê道觀，小道士共椅桌排好，老道士燒幾張符仔，手搖招魂鈴，共 maih-kuk(麥克風) 掛佇下頦，就恬恬開始作法。

無偌久，老道士ê手開始掣，身軀嘛愈掣愈大下，喙閣一直喝：「麥谷、麥谷！麥……」

『麥谷懷』叫是個某ê亡魂來矣，就那哭那講：

「小芳，小芳，我是『谷懷』啦，你佇遐好無？我足想你ê呢！」

這個時陣，老道士煞面仔青恂恂，袂輸真艱苦，身軀那掣那喝出聲：「夭壽喔，maih-kuk 漏電啦！」

20. 我欲「倒駛」矣！

這馬ê囡仔人因為較無講臺語ê慣勢，所以語詞佮語句不時用毋著所在，予人聽了會愛笑。

有一擺，我佮阮某過年轉外家，佇個兜ê巷仔邊有一个阿婆仔咧曝菜脯。隔壁有一个少年家駛車拄欲倒退攄出來，共車ê窗仔門一下絞落來，就大聲喝：「阿婆仔，阿婆仔，你緊閃，我車欲倒駛矣！」

阿婆仔一下聽就風火著，隨應講：「無啊，你這个夭壽仔，你講啥？恁

祖媽佇遮曝茱脯，你欲共我倒屎！」

21. 閣食無偌久矣！

　　有一改，我炁一隊有大人佮囡仔做伙 ê 文化參觀團，去埔里做古蹟 ê 導覽。

　　導覽煞，已經過晝，緊欲去埔里出名 ê 意麵店食麵。到位 ê 時，人是洘秫秫，愛等誠久。人講大人會堪得餓，囡仔袂堪得枵，有一个讀小學四年 ê 囡仔兄，看著有一桌咧欲食飽矣，就緊走去彼桌 ê 桌邊欲號位，越頭閣大聲叫：

　　「老師、爸爸媽媽，緊來啦！這桌 ê 人閣食無偌久矣！」

逸事

　　逸(ik)事，就是正史無記錄，聽著ê人感覺趣味，家己共記落來ê代誌。遮ê代誌，有可能是真ê，嘛有可能干焦一部份是真ê，甚至是無影ê代誌，後來經過文人ê變造、美化，加上人為ê想像佮傳說，才會愈講愈好聽，愈傳愈神奇。事實講，逸事某一部份ê特質，袂輸現此時ê「八卦新聞」，攏對人ê好玄落手，滿足人性誠好奇ê心理。

　　毋過，逸事講了若婿氣，伊佇演講當中絕對是神奇ê魔術師，會予演講加較趣味，嘛加較有啟發性。所以，欲演講ê人，一定愛加記一寡心適、婿氣、有路用閣有啟發性ê逸事。下面遮ê逸事，予想欲學演講ê你，罔做參考。

01.〈激五仁 ê 智慧〉

　　有一擺，西藏宗教領袖『達賴喇嘛』來咱臺灣訪問，因為頭殼內有珠，清彩講就真有哲理，而且伊ê待人處事，攏袂激派頭；態度輕鬆自在，拄著人就笑頭笑面，閣真勢激五仁，所以敢若捲螺仔風咧，佇臺灣社會造成大轟動。

　　有一个記者訪問伊：「佛教敢是有過午不食ê講法？」

　　『達賴喇嘛』講：「有啊！」

　　記者追問講：「啊若下晡時仔你腹肚枵矣，欲按怎辦？」

　　『達賴喇嘛』那笑那應講：「按呢喔，就摸去灶跤偷食啊！」現場ê人攏笑哈哈，椅仔強欲坐袂穩。

　　原來真正ê得道，是袂受任何形式束縛ê；擁有天然純真ê心，當下保

持歡喜自在，才是生活中 ê 智慧大師。

02.〈比死閣較恐怖 ê 代誌〉

有一个軍閥 (huat) 逐改若欲處決死刑犯 ê 時，攏會予犯人做選擇：看是欲選擇一銃彈死，抑是選擇對左爿牆仔、行入一個烏趖趖 ê 磅空裡，運命如何，就無人知矣。結局，所有 ê 犯人攏甘願選擇一銃拍死，嘛無願意進入彼个毋知內面有啥貨、烏趖趖 ê 磅空。

有一工暗時，宴會啉酒了後，這个大軍閥看起來人真暢、心情袂穩，閣大聲佮逐家畫仙。邊仔 ê 人就趁機會，大膽問伊：「大元帥，你敢會當共阮講，對彼个烏趖趖 ê 磅空行入去，到底會按怎？」

「這無啥啦！人乎，實在是真癮頭！」這个軍閥應講：「其實，行入去磅空 ê 人，只要提出勇氣，那摸壁那行，沓沓仔向前行，經過一、兩工，就會當對另外一頭出洞，順利逃生矣。**人啊，只是毋敢面對毋知會按怎 ê 未來爾爾！**」

03.〈「不斷」ê 人生〉

世界出名 ê 小提琴家『歐爾‧布里』，有一擺，欲佇巴黎 ê 音樂會面頂換小提琴。毋知按怎，才拄開始演奏無偌久，小提琴 ê 弦仔線，煞斷一條去！

觀眾攏驚一趒，誠擔心伊無法度閣繼續演奏落去。毋過，伊攏無啥頓蹬 (tenn)，全款真自在，用賰 ê 三條弦仔線，全精神共作品繼續演奏到煞。遮爾仔婿氣 ê 演奏，聽眾攏聽甲趨神趨神。一下演奏煞，規場拍噗仔聲佮喝讚 ê 呵咾聲，大甲強欲共厝頂掀去！

接受記者訪問 ê 時陣，伊講，這就是人生！準講不幸欠一條弦仔線，嘛著愛用賰 ê 三條線，繼續演奏落去。親像這个世間，真濟人攏會遭遇不幸 ê 人生，毋過，猶原會當盡力拍拚，予伊美麗閣無遺憾。

04.〈人間到處有青山〉

日本「最後 ê 武士」西鄉隆盛，捌領導
日本志士，推翻德川幕府，是明治維新 ê 三
傑之一。傳說西鄉隆盛佇青年時期，捌寫過
這款立志 ê 詩句：
> 「男兒立志出鄉關，學不成名死不還。
> 　埋骨何須桑梓地，人生無處不青山。」

西鄉隆盛。

其實，這是白賊變事實，因為原詩是
日本幕府末年「尊皇攘 (jiông/jióng) 夷」派
ê 和尚「月性」所作，詩名叫做〈將東遊題
壁〉。月性和尚 ê 原詩如下：
> 「男兒立志出鄉關，學若無成不復還。
> 　埋骨何期墳墓地，人間到處有青山。」

後來這首詩經過四界流傳，轉彎踅角，就 hőng 改做按呢 ê 詩句：
> 「男兒立志出鄉關，學若未成誓不還。
> 　埋骨何須桑梓地，人間到處有青山。」

「男兒立志出鄉關」ê 可愛，毋但佇離鄉背井、遠離故鄉 ê 勇氣，嘛佇
靠家己 ê 雙手，去開創天下 ê 雄心頂面。

這首詩上婿 ê 所在，是佇尾句——「人間到處有青山」。一聲「到處有
青山」，毋但共人間處處攏點甲誠婿，而且嘛共咱人萬丈 ê 氣魄佮飄撇，全
部攏叫醒矣！人間確實是美麗 ê，四界山河萬里，青翠悠悠，變化無窮，只
要你有立志出鄉關 ê 勇氣，有靠家己 ê 雙手去拍天下 ê 氣魄，你就會發現，
人間真正到處有青山，因為靠家己 ê 雙手，閣骨力流汗，就會當開創出一片
屬於家己，婿氣 ê 青山。

05.〈一杯茶〉

　　佛教 ê「禪宗」有真濟心適 ê 故事，會當啓發咱 ê 思考，並且提升咱 ê 境界。其中我上愛這篇〈一杯茶〉ê 故事。

　　日本明治時代有一个禪師叫做「南隱」(1868-1912)，伊對禪理 ê 體會誠高深，毋過若有人欲問伊禪理，伊攏輕鬆表現佇生活舉止當中。

　　有一工，有一位大學教授聽講伊誠捌禪理，就特別來拜訪伊，欲向伊問禪。毋過雙人拄面煞，伊啥物攏無講，干焦泡茶款待這位教授。

　　伊共泡好 ê 茶倒入去教授 ê 茶杯裡，倒滿矣，猶毋停，繼續倒。

　　這位教授目睭金金看著茶一直滿出來，拄開始攏無出聲，後來實在擋袂牢矣，才開喙喝講：「莫閣倒矣，茶已經滿出來矣！」

　　「你就袂輸這塊杯仔全款。」南隱禪師共教授講：「內底已經貯滿你 ê 看法佮想法，你若無先共家己 ê 杯仔倒予空，欲按怎叫我對你講禪？」

　　這个故事真清楚點出，咱人攏有「先入為主」ê 觀念佮思想，有人形容伊是一種「既得觀念」。這種「先入為主」ê「既得觀念」，往往會阻礙咱進一步做理性 ê 思考，佮接近真理 ê 機會，甚至影響規个社會 ê 進步。所以，隨時共家己放空，耐心去聽你毋捌 ê 代誌，心靈開放有伸勼，是咱學習佮進步 ê 原動力。

06.〈佛陀 ê 故事〉

　　佛陀有一个小故事，真有啓發性。

　　有一擺，佛陀佇旅途中，拄著一个誠無佮意伊 ê 人。

　　連紲幾若工，個做伙行足長 ê 一段路，彼个人用盡各種方法來譬相伊、剾洗伊，共伊罵甲無一塊好。

　　落尾，佛陀越頭問彼个人：「若有人送你一份禮物，毋過你無愛接受，按呢，這份禮物是屬於啥人 ê？」彼个人回答講：「嘛是原本送禮彼个人 ê。」

　　佛陀就那笑那講：「無毋著。若準我毋接受你 ê 譬相，按呢你就是咧罵

家己喔？」彼个人鼻仔摸咧就走矣。

　　重點就佇咧，只要心靈健康，別人按怎想都無法度影響咱。若準咱傷致意別人 ê 想法佮講法，就會失去自主權。

07.〈風颱無法度搖動懸山〉

　　當當別人對你講一寡剾洗你 ê 話，批評你、侮辱你，你會按怎？你會風火著，氣怫怫罵轉去，抑是共忍落來？緊落去咧？你是毋是會愈想愈氣，規个情緒攏受影響？

　　有一工，佛陀行過一个庄頭，有一寡人專工走去揣伊，對伊講話真無客氣，正剾倒削，甚至罵甲無一塊好。

　　佛陀徛佇恬恬斟酌聽，煞落去閣共個講：「多謝恁來揣我，因為我拄咧趕路，下一村 ê 人猶閣咧等我，我愛隨趕過去。不而過，等明仔早轉來了後，我 ê 時間會較冗剩，到時若準恁猶有啥物話想欲共我講，才閣做伙過來好無？」

　　遐 ê 人有影毋敢相信個耳空所聽著 ê 話，佮眼前所看著 ê 情景：這个人到底是按怎？其中一个人問佛陀：「敢講你無聽著阮所講 ê 話？阮共你講甲無一塊好，你煞攏無任何反應！」

　　佛陀講：「假使你愛 ê 是我 ê 反應，按呢恁來了傷晏矣，恁應該十年前就來才著，彼時 ê 我就會有真大 ê 反應。

　　毋過，這十年來我已經袂閣予別人控制，**我已經毋是一个奴隸矣，我是家己 ê 主人。因為我是根據家己咧做代誌，並毋是綴別人咧反應。**」

　　著啊，若準有人對你受氣，彼是「伊 ê」問題；個若準伊侮辱你，彼是「伊 ê」問題；若準伊粗魯無禮，彼猶原是「伊 ê」問題。

　　因為伊愛按怎講，按怎做，彼是「伊 ê」修養，你閣會當按怎？我捌聽過一个故事。有一个人逐工攏固定去報擔仔買一份報紙，毋管這个攤販 ê 面有偌臭，伊猶是每一擺攏對攤販真客氣、講一聲多謝。

　　有一改，和伊做伙去 ê 朋友，看著這款情形，就問伊講：「伊逐工賣物件攏是這款態度喔？」

「是啊。無咧？」

「啊你為啥物猶對伊遮客氣？」

彼个人應講：**「我為啥物愛予伊決定我 ê 行為？」**

是啊！咱為啥物愛予別人決定我 ê 行為咧？一句話講透支，毋過欲有這種境界，絕對毋是簡單代，攏著不時磨練，定定勉勵，才有開花結子 ê 一工。

第二六課
故　事

　　欲學臺語演講，愛先學講古。講古 ê 能力若愈好，演講就愈精彩。煞落去，咱就共一寡精彩閣趣味 ê 故事，分做「人物篇」、「哲理篇」、「教育篇」佮「環保篇」，予逐家演講 ê 時做參考。

【人物篇】

(一) 宣教師 ê 故事

01.〈鬍鬚番 ê 故事〉

　　青年馬偕二七歲，伊對 (uì) 美洲過臺灣，一切攏是天安排。深深 ê 目睭，烏目眉，大部 (phō) ê 喙鬚，黏下頦；逐工用心來傳教，四界行醫挽喙齒。人人叫伊鬍鬚番，一生奉獻予臺灣。

　　講予你捌，喙鬚好拍結；講予你知，紅嬰仔會弄獅。無毋著，鬍鬚番就是馬偕牧師，嘛是我上欣賞 ê 臺灣歷史人物。伊是一位心靈開闊、充滿愛心、閣認同臺灣 ê 外國人。佇 19 世紀，對 (uì) 加拿大，千里迢迢走來咱臺灣，行醫救世、傳教

閣辦教育。1872 年 3 月初九，來到淡水傳教，伊才 28 歲，到伊過身彼年 58 歲，伊總共佇臺灣傳教 30 冬，一世人上媠 (suí) ê 日子，攏奉獻予咱臺灣。對伊 ê 身上，我學著三項物件：

第一，會曉尊重別人 ê 母語。來到臺灣傳教，第一件代誌就是拍拚學臺灣話。拄來到淡水無偌久，為著欲學臺語，伊出門，攏刁工選小路來行，通好佮人相借問、學臺語；無就走去揣飼牛囡仔做朋友、破豆兼學臺語。若轉去厝裡，就共今仔日新學著 ê 語詞，大聲唸出來；踅踅唸，唸袂煞 (suah)。結果，伊倩 ê 彼个管家，擋袂牢，做無兩禮拜，就辭頭路，講伊無愛做矣！就是這款認真 ê 精神，五個 (kò) 月後，馬偕牧師就會曉用臺語，共信徒做禮拜，實在 hōng 真佩服！

第二，伊有堅持到底 ê 精神，是一个偉大 ê 癮 (giàn) 頭。斯當時，佇臺灣傳教，是遐爾艱苦佮危險，伊閣願意佇遮，做無私 ê 奉獻；講伊是癮頭，真正是規欉好好，無錯啦！有一擺，佇三角湧傳教，險仔去 hōng 用一塊三斤重 ê 石頭撼 (hám) 著。另外一擺，佇艋舺，一个暴徒攑刀仔衝起去台仔頂，欲共创 (thâi)，好佳哉！馬偕牧師真冷靜，用伊真威嚴 ê 眼神看這个暴徒，這个暴徒竟然就跤痠手軟，越頭做伊旋 (suan)。講來嘛實在真可憐，佇艋舺，伊三擺 hōng 趕出城，教堂兩擺予艋舺人拆抾捒 (hiat-kak)；幾若擺，險仔去予原住民出草创创死。攏靠伊堅定 ê 意志，用智慧佮疼心去化解阻力，落尾，才得著臺灣人 ê 信任佮敬愛。

第三，宗教佮文化 ê 疼痛是無國界 ê。根據統計：伊三十冬內，總共創立 60 幾間 ê 教會，受洗有 3、4 千人，和替人看病挽喙齒，都挽 21,600 幾齒！這是非常了不起 ê 成就。就按呢，傳道、行醫、辦教育一世人，閣娶臺灣某，做臺灣人，認同臺灣這塊土地，死後嘛埋佇臺灣。就親像伊佇日記所寫 ê：「我全心所疼惜 ê 臺灣啊！我 ê 青春攏總獻予你；我一生 ê 歡喜攏佇遮。」這款博愛無私 ê 精神，實在 hōng 誠感動！

「有認同，就有疼；有疼 ê 所在，就是故鄉。」這是馬偕牧師予我上大 ê 啟示佮欣賞 ê 所在，佇遮特別紹介予逐家知影。

(Lâu Bîng-sin, 2012)

02.〈用愛報仇 ê 故事〉

　　細漢看武俠電影，假使英雄欲報仇，一定愛苦練功夫，落尾功夫練成，才攑刀拔劍去佮人相刣，共冤仇人刣死才準算，呔會有人遮悾闇，「用愛報仇」ê 咧？用愛是欲按怎報仇咧？無毋著，世間就是有這種人，伊 ê 名叫做井上伊之助。

　　井上伊之助是一个醫生，嘛是基督教 ê 宣教師。1882 年伊出世佇日本高知縣，1966 年佇日本兵庫縣過身。毋過，伊一世人上婿氣 ê 日子，攏是佇臺灣完成 ê；終戰後，閣差一點仔就變做臺灣人「高天命」。

　　1894 年清帝國因為「甲午戰爭」戰敗，隔轉年訂下「馬關條約」，共臺灣割讓予日本。臺灣總督府才統治無幾年，為著開發樟腦產業，就設立攏(láng) 權專賣 ê「樟腦局」，允准日本企業進入山林，煉製樟腦。

　　毋過，因為勞、資定定撨 (tshiâu) 袂好勢，不時佮原住民發生衝突。1906 年熱人，日本私人公司「賀田組」，佇花蓮太魯閣族 (Thāi-lóo-kooh-tsȯk)「威里社」ê 樟腦工場，爆發激烈 ê 衝突，日本人予原住民出草刣死 32 个，井上伊之助 ê 老爸井上彌之助，嘛是慘死 ê 其中一个。

　　消息傳轉去日本，拄咧讀神學院 ê 井上伊之助，克服悲傷，決心實踐聖經 ê 教義：「愛你 ê 冤仇人佮敵人」，相信「上好 ê 報仇方式，就是用愛勝過惡」。就按呢，伊毋但轉念，逐暝攏為原住民祈禱，閣改讀醫學課程，準備後日仔欲申請來臺灣做醫療傳道，為原住民服務。

　　1911 年，伊坐船來臺灣，開始佇新竹、臺中一帶 ê 原住民部落，進行醫療傳道 ê 志業。可惜自頭到尾三十幾冬，總督府攏嚴格規定，伊干焦會當做「醫療勤務」，袂當傳道。毋過伊攏無放棄，猶原偷偷仔那醫療那傳福音。

　　伊逐工奔波佇原住民 ê 部落，替弱勢 ê 原住民看病，救活真濟人。幾若擺家己著寒熱仔 (瘧疾、mararia) 佮流行性感冒，抑是去予部落 ê 狗仔咬著，險險仔無命，猶原無予伊驚惶佮躊躇。為著欲體會原住民婦女生囝 ê 驚惶佮痛苦，個某小野千代子生囝 ê 時，堅持欲蹛原住民部落生。伊有三个囝仔，嘛因為致病死佇臺灣！連家己 ê 老母過身，都無法度轉去日本共送。就因為這種奉獻犧牲 ê 精神，hōng 誠佩服，逐家才稱呼伊是「臺灣山地醫療之父」。

1945 年日本戰敗，井上伊之助，決定欲號漢名高天命，申請留佇臺灣，無愛轉去日本矣。無奈 1947 年二二八事件發生，才被迫離開臺灣。轉去日本以後，伊專心做宣教佮教學 ê 工課，猶原不時數念伊所疼愛 ê 臺灣。伊講，「逐工暗暝，我攏會佇夢中，轉去海洋彼爿 ê 臺灣」。

　　上特別 ê 是，佇 1966 年伊過身 ê 時，有事先交代，佇墓牌頂面，用日文拼寫一句誠有哲理 ê 泰雅族語：「愛・神咧編織」。這句話，描述神咧編織 ê 是啥物？就是伊信仰 ê 神，用愛咧編織咱人佮宇宙萬物 ê 性命啊！

(Lâu Bîng-sin, 2018)

(二) 醫生 ê 故事

01.〈癩痹病人嘛有春天─戴仁壽醫師 ê 故事〉

　　癩痹 (thái-ko) 病人嘛有春天？愛講笑毋才按呢！莫 hông 欺負就袂穩矣，呔有人甘願用一世人 ê 歲月共阮照顧咧？

　　有，這个人叫做戴仁壽醫師 [Dr.Gushue-Taylor]，1883 年伊出世佇加拿

大東部 ê 漁村，1954 年過身，骨姝就葬佇咱臺灣八里「樂山園療養院」裡。

因爲細漢就聽過真濟海外宣教 ê 故事，閣受著英國出名宣教醫師『格利菲』[Thomason Grenfell] ê 感召，所以，大學畢業了後，伊就去英國倫敦大學讀醫學院。出業了後，先佇倫敦 ê 病院擔任主治醫師，嘛佇醫學院兼課，會使講一世人欲榮華富貴，絕對無問題。

想袂到 1910 年，伊佮意愛 ê 護士米勒 [Marjery Miller，1882-1953] 小姐公證結婚，無舉行婚禮、嘛無穿禮服，儉落來 ê 經費，竟然就是欲來臺灣奉獻 ê 旅費。

1911 年，戴仁壽醫師翁仔某佇臺灣南部落船，戴醫師做「新樓醫館」ê 院長，個某米勒 [Miller] 做護理長。因爲水土袂合，個某米勒致著風溼病，1918 年兩翁仔某就暫時轉去英國養病兼休假。

1923 年，戴仁壽翁仔某才閣答應加拿大基督長老教會 ê 邀請，轉來臺灣，準備接任臺北馬偕病院院長 ê 職務。其實，十幾年來，戴仁壽醫師就一直咧注意臺灣癩瘖病人 ê 問題，伊誠毋甘遮 ê 上可憐 ê 病人，一直受著病疼佮心靈 ê 拖磨。1925 年，馬偕病院重新開幕，伊就開設「癩瘖病特別門診」，後來伊閣得著補助金，就另外佇雙連成立「癩瘖病特別皮膚科診所」，免費醫治癩瘖病人。每年來看特別門診 ê 病人，欲甲 300 个，估計彼陣全臺灣有 4 千个病人。毋過，遮 ê 癩瘖病人干焦來看門診，轉去猶原會受著社會和親人 ê 歧視佮排斥，必需要有一个所在，會當予個安心靜養，身、心、靈攏得著溫暖 ê 照顧。所以佇 1928 年，伊才倡議成立「臺灣癩瘖病救治會」，開始籌備「樂山園療養院」。

美夢成真。1931 年，戴醫師募款，佇八里長道坑，買 19 甲 ê 土地，準備欲起私立 ê「樂山園療養院」。佇起 ê 過程中，阻礙重重，附近 ê 地主佮居民聯合反對，不斷抗爭，害伊捌睏佇工寮三個月毋敢出來。毋過戴醫師攏用耐心佮意志來克服難關。有影誠無簡單，伊家己校長兼摃鐘、設計兼監工，1934 年，「樂山園療養院」才起好。房舍有真媠 ê 禮拜堂、牧師樓佮病人蹛 ê 房間 20 間。予遮 ê 病人佇遮真有尊嚴咧生活、看病、種作、做禮拜，身、心、靈攏得著上好 ê 照顧。

你敢相信世間有這種人？爲著欲全心照顧遮 ê 無親情朋友關係 ê 癩瘖病

人，兩翁仔某甘願無愛生囝，個毋但辭掉馬偕病院院長、護理長ê職務，閣聽講戴醫師捌家己開刀，共牽手米勒ê子宮提掉！這已經是神ê行為！

有一擺，我去「樂山園療養院」參觀，拄好是三月，後山ê斑芝花佮苦楝仔花攏開甲足嬌，想著戴醫師這對苦情ê翁仔某，為病人佮臺灣遐爾無私ê奉獻，我ê目屎就毋聽話，一直流袂煞。轉來了後，就寫一篇〈斑芝花佮苦楝仔花 —— 寫予戴醫師佮先生娘〉，表示我內心ê敬意：

你是春天上熱情ê斑芝花，認真開佇滄桑ê美麗島；
伊是島嶼上多情ê苦楝仔花，恬恬開佇茫茫ê春雨中。

你講，欲將家己當做肥料，春風若到，你就飄撇落土；
伊講，欲將青春當做水彩，春雨若落，伊就歡喜畫圖。

你的熱情親像火，舞動青春，噴射佇芬芳ê島嶼；
伊ê浪漫若像花，偷偷愛嬌，共春天畫眉點胭脂。

你，勇敢向前，毋願回頭；伊，歡喜開花、恬恬清芳。
你，拍拚挼種，全心付出；伊，綴你一世，無好食睏。……
是啥，閣佇春雨裡跳舞，深情相相，歡喜來牽手，永遠袂後悔？

(Lâu Bîng-sin, 2008)

樂山園三月大開ê斑芝花。

樂山園三月大開ê苦楝仔花。

02.〈彰化媽祖和仔仙〉

　　彰化媽祖和仔仙，行醫救世寫詩篇 (phian)；文化運動走代先，抗議總督馬連鞭。

　　日本時代，臺灣文化界，有一位眞出名、閣眞了不起 ê 歷史人物，叫做賴和。伊 ê 本職是醫生，毋過，佇 (tī) 文學創作佮抗日運動方面，嘛留誠濟好名聲。因爲醫術高明，閣好心好行 (hīng)，定定醫藥包仔提咧，就四界走傱 (tsông)，替人看病，所以，逐家攏叫伊是「走街仔仙」。

　　其實，伊毋但醫術高明，一般 ê「走街仔仙」佮伊袂比得，閣看病無分好額散，會當予散食人欠數，對遐 ê 營養不良 ê 患者，閣會送補品予個。毋但按呢，每年若到年尾，伊攏會共病患所欠 ê 數單，全部燒抾捒 (hiat-kàk)。所以，伊有另外一个外號，叫做「**彰化媽祖**」。

　　對伊 ê 身上，我學著三項物件：

　　第一，醫生是愛有疼心 ê，醫術是欲救世，毋是干焦欲趁錢爾。賴和是臺灣彰化人，蹛佇庄跤大漢，因爲是艱苦人出身，所以上了解散食人 ê 無奈。散食人上驚破病無錢通醫，閣較驚共醫生欠數 (siàu)，愛看醫生 ê 面色。毋過和仔仙予個有尊嚴，閣得著溫暖。因爲逐年年底，病人欠錢 ê 數

八卦山頂 ê「賴和詩牆」，刻賴和「前進」這首長詩。

(siàu) 單，和仔仙攏會共燒扴捔。對賴和醫生 ê 身軀頂，咱看著一个有疼心 ê 醫生，伊 ê 典範佮風度。

第二，醫生嘛愛有文化素養。賴和先輩，伊毋但是醫生，閣是一个關心社會 ê 詩人佮小 (siáu) 說家。毋但會曉寫古詩，寫現代詩，寫小說嘛削削叫。甚至閣是臺灣第一个，將咱臺語寫入小 (siáu) 說 ê 對話內底。所以，毋才 hőng 叫做「**臺灣新文學之父**」。眞正是「頂港有名聲，下港上出名」。

第三，智識份子愛盡家己 ê 社會責任。賴和雖然是醫生，毋過，佇日本人高壓統治之下，臺灣人遭受眞濟無公平 ê 壓迫，需要有良心、有正義感 ê 智識份子，徛出來贊聲。賴和就是按呢 ê 人，伊參與眞濟社會運動佮文化運動，親像「臺灣文化協會」「農民組合運動」。另外，嘛用寫詩 ê 方式，大聲講出民眾 ê 心聲。這種爲理想佮公義發言 ê 精神，實在 hőng 誠佩 (puē) 服。

賴和醫生和仔仙，是日本時代臺灣人 ê 良心。倒手提手術刀替人看病，正手攑筆創作臺灣新文學，喙閣爲土地佮公義發聲。伊關心鄉土、堅持理想反抗 ê 精神，永遠值得咱來數念佮學習。

(Lâu Bîng-sin, 2012)

03. 〈轉來故鄉買靈魂 ê 人〉作者：林淑期

一樣米飼百樣人。眞正有影，世間啥款人都有。有人買田園，有人蓄 (hak) 厝地，嘛有人開錢買名聲，你敢捌聽過有彼號戇仔講伊欲轉來故鄉買靈魂 ê？有！這个人無愛名利、無愛權勢，伊放棄美國 ê 一切，轉來臺灣 ê 後山花蓮服務。伊講：「性命眞正 ê 意義毋是物質 ê 享受。臺灣是我 ê 故鄉，我是轉來買靈魂 ê。」伊就是這馬『Mennonite(門諾)』病院 ê 總執行長 ── 黃勝雄醫師。

伊是美國腦神經外科 ê 權威，佇腦神經外科這个領域，會使講是先生 ê 先生。伊一多愛服務 5 千外个病人，動 360 幾个手術，一年 ê 收入有百外萬的美金，徛家有四甲外地。有遮好 ê 待遇佮遐懸 ê 聲望，是啥物因緣予伊決定欲轉來臺灣咧？

1991 年『Mennonite(門諾)』ê 前院長『Roland P. Brown』佇洛杉磯接受「臺美基金會臺灣奉獻獎」ê 時陣，伊講：「我共四十年 ê 青春，奉獻予

臺灣，我向望臺灣 ê 醫生，嘛會當佮我全款，服務花蓮遐 ê 弱勢、需要人照顧 ê 兄弟姊妹。毋過誠可惜！臺灣 ê 醫生好親像感覺花蓮真遠，美國較近，無人欲去花蓮，煞有真濟人走來美國。」

就是這段話，予黃勝雄醫師放棄一切，轉來故鄉。伊離開 ê 時，美國 ê 政界、醫界總共有 4 百外人來共伊歡送，真濟人攏毋甘伊走。伊共逐家講，佇花蓮，有真濟病人咧等伊。這是上帝交託伊愛去 ê 所在，伊一定愛轉來。就按呢，1993 年 11 月，伊共『Mennonite(門諾)』院長這个重擔接落來。伊 ê 薪水無過去佇美國 ê 十分之一，伊閣共三分之二捐轉去病院，家己蹛踮員工的宿舍。

出門堅持家己駛車，就準講是入去山內斗底，伊猶是家己駛兩三點鐘久 ê『jì-puh』，上山落海去做巡迴醫療。董事會帶念伊 ê 辛苦，幾若擺想欲共伊倩司機，伊攏拒絕。伊講：「病院閣需要社會 ê 支持，若是咱買好車閣倩司機，就無需要別人捐錢矣。」伊用耐心佮愛心對待每一个病人，伊常在駛車三、四十分鐘久，去看一个病人。熟似人驚伊身體袂堪得，伊攏笑笑講：「袂啦！我猶閣真勇健咧！」

我想：一般人無法度有 ê，伊有矣；一般人放袂落心 ê，伊放落矣。伊講：「好車好厝，我攏有矣。我是轉來故鄉買靈魂 ê。」

(三) 典範 ê 故事

01.〈佮藝術鬥陣 ê 企業家—許文龍董事長〉

許文龍先生真愛舉辦音樂會，伊講：「若準將來我走矣，莫替我起墓，辦一場音樂會就有夠矣。」

講著臺灣 ê 企業家，我上欣賞 ê 是奇美集團創辦人許文龍先生。毋是伊真勢趁錢，嘛毋是伊誠慷慨，定定捐錢幫贊散食人佮文化界人士，是因為伊 ê 文化藝術素養，佮開化進步 ê 人生境界，以及做人 ê 態度，攏予我誠欣賞。

許文龍是臺南人，出世佇日本時代，老爸許樹河是漢文老師。細漢 ê

時，厝裡夭壽散，規家伙仔 12 个人，櫼佇 8 坪大 ê 房間內過生活。毋過這種困苦 ê 環境，顛倒激發伊真特別 ê 趁錢本領。早年，厝裡無錢無權佮無勢，伊干焦用新臺幣兩萬箍創業，半世紀落來，就變做「臺灣壓克力之父」佮「全球 ABS 大王」，趁錢袂輸桌頂拈柑咧，財產是幾若百億。細漢讀冊四常全班尾名 ê 許文龍，大漢了後，經營企業顛倒頭殼內有珠。譬論講，早年奇美實業就攑頭旗，實施員工入股佮周休兩日 ê 制度，共建立「幸福企業」當做最高 ê 目標。這个過程充滿生理場 ê 傳奇，伊 ê 沓沓滴滴，攏 hōng 誠佩服。

不而過，伊早就共後生講明：「莫期待我會留啥物予你，第三代 ê 孫仔輩，閣較袂當開我一仙錢。」當當記者問伊講：「你無愛留財產予囝兒序細，這是啥物原因？」許文龍講：「真濟有錢人死後留一大筆財產，會發生糾紛，遮 ê 財產無論按怎分，都分袂公平，結果親兄弟變冤仇人。甚至留錢予後生，干焦予伊加娶幾个某爾爾。所以，我希望個靠家己 ê 本事趁錢。」

伊 ê 奇美企業，嘛傳賢不傳子，無拍算欲傳予後生佮查某囝。伊講，我無期待後生來接班，因為我非常了解，創業必須愛有一寡天分，假使無先天 ê 才能，做事業是足痛苦 ê 代誌。

好額是好額，毋過對伊來講，釣魚、音樂佮畫圖，是比食飯閣較重要 ê 代誌。因為這是伊快樂 ê 源泉，伊對少年到今攏按呢。許文龍講：「我這馬退休矣，逐工都真暢，摸琴、畫圖和釣魚，攏予我真快樂。我會使莫食飯，毋過，袂使無摸琴，嘛袂使無釣魚。平常時仔，只要天氣好，透早五點彼跤兜，我就出海去釣魚，釣轉來 ê 魚，除了家己食，嘛會當分予親情、好朋友食。暗時仔欲睏進前，我慣勢會摸一下仔琴。另外，畫圖嘛是誠快樂 ê 代誌，有時陣看著美麗 ê 嬌姑娘仔，就足想欲共伊畫落來。」

許文龍上特別 ê 是，伊用音樂佮藝術傳家，毋是用財產。個規家族仔攏學音樂佮畫圖，家己嘛炁頭學。伊閣開幾若十億創立「奇美博物館」，收藏全世界 ê 藝術品，包括各種圖畫、雕刻、古文物、樂器、古兵器，以及自然史 ê 標本等等，免費 hōng 參觀，講是欲完成囡仔時 ê 夢想。

博物館收藏上濟 ê 是世界出名 ê 小提琴，有 460 支。伊講，這每一支攏親像我 ê 囡仔，是無價之寶，絕對袂當賣，所有權嘛屬於基金會 ê。而且，

我會閣繼續買，向望會當建立小提琴完備 ê 歷史。毋過，見若有臺灣音樂家欲演出，伊攏會大方共琴借個用；抑是「一年一借」，提供名琴予優秀 ê 臺灣子弟練琴。

收藏豐富多樣化 ê「奇美博物館」，自 1992 年創館到今，每工總量控管佇 3 千人以內，每年參觀 ê 人數超過 50 萬人，已經成做南臺灣通人知 ê 景點。許文龍堅持免費參觀，予藝術普及化。退休了後，伊嘛非常關心音樂佮美術教育。伊講：

「文化傳承上重要，我希望囝孫明白，許文龍留落來 ê 是一座博物館！」「將來若準我走矣，莫為我起墓。」共生死看透支 ê 許文龍講，「臺灣人口密度遮爾仔懸，土地都無夠用矣，死後上好莫閣占一塊地，無定著辦一場音樂會就有夠矣。」這款難得 ê 企業家欲佗揣？我毋欣賞伊，欲欣賞啥人？

（2018 改寫）

02.〈諾貝爾 ê 小故事〉（英語：Alfred Nobel，臺語：nōo-bé-luh）

「分享」是一種成就，袂曉分享 ê 人伊就無朋友，嘛會失去真濟成功 ê 機會。

「對上海到倫敦欲按怎去才好要？」這是上海一間電器公司「有獎徵答」ê 題目。第一特獎是 40 吋 ê 彩色電視機。參與這个活動 ê 情況夭壽熱烈，寄來 ê 批，敢若秋天 ê 落葉彼一般落落來。競爭者來自全國各地，其中嘛有一寡教授、大學生、上班族，甚至家庭主婦等等，答案是無所不包，創意是無奇不有。

但決選 ê 結果 hőng 誠意外：是一个小學生著獎。伊 ê 答案真簡單：**「佮好朋友做伙去上好要。」**

真正有影，就敢若評審予伊上一

致 ê 評價：**分享 ê 快樂，勝過孤一个人 ê 擁有。**

　　較早瑞典有一个人名叫做諾貝爾 (nōo-bé-luh)。伊咧讀小學 ê 時陣，成績一直排佇全班 ê 第二名，第一名總是予一个名叫做『柏濟』ê 同學提去。有一擺，『柏濟』意外染著重病，無法度去學校上課，請眞長 ê 假。就有人私底下爲諾貝爾 (nōo-bé-luh) 歡喜講：「『柏濟』破病矣，以後 ê 第一名，除了你，無別人矣！」毋過，諾貝爾 (nōo-bé-luh) 並無因爲按呢就暗暢，反倒轉將伊佇學校所學 ê，寫做完整 ê 筆記，寄予破病無法度上課 ê『柏濟』。到學期末，『柏濟』ê 成績猶是維持第一名，諾貝爾 (nōo-bé-luh) **仝款排第二名。**

　　諾貝爾 (nōo-bé-luh) 大漢了後，成做一个優秀 ê 化學家，落尾閣發明火藥變做大好額人。等伊過身了後，閣將伊所有 ê 財產全部捐出來，設立出名 ê『諾貝爾』獎。每年用這个基金 ê 利息，獎勵佇國際上對物理、化學、生理醫學、文學、經濟以及對人類和平有所貢獻 ê 人。因爲諾貝爾 (nōo-bé-luh) 開闊 ê 心胸佮歡喜分享 ê 偉大情操，伊毋但開創偉大 ê 事業，嘛留予後代人對伊永遠 ê 數念佮追思。最後佇歷史上，逐家都捌考第二名 ê 諾貝爾 (nōo-bé-luh)，但是，誠少人知影，永遠考試第一名 ê『柏濟』矣！

　　對諾貝爾 (nōo-bé-luh) ê 故事裡，咱得著一个眞深沉 ê 感受，諾貝爾 (nōo-bé-luh) ê 成功，絕對毋是干焦倚靠伊 ê 聰明佮能力爾爾，閣較重要 ê 是伊 ê 腹腸氣度佮分享 ê 態度。就是咱所講 ê：「一个人 ê 腹腸決定田園，態度決定伊 ê 懸度。」按呢就著矣！

　　人猿泰山爲啥物 hőng 稱做森林之王咧？論氣力，伊比袂過大象；比速度，伊比袂過獅仔佮老虎；比靈敏，猴山仔贏伊忝忝。泰山會當佇森林稱王 ê 原因，毋是靠伊 ê 武力佮體力，伊靠 ê 是**關係**！

　　伊佮逐種動物做朋友，關心個、嘛照顧個，逐家攏佮意伊。所以當當泰山有急難 ê 時，大叫一聲：「喔耶喔！」逐隻動物都傱出來，歡喜共伊鬥相共。

　　泰山 ê 例，其實嘛會當運用佇現實 ê 社會中，咱會當發現，眞正成功 ê 人，絕對毋是干焦倚靠家己 ê 實力，其實伊閣較知影整合人際資源，才有能力創造閣較濟 ê 價值。咱一定愛學會曉運用資源，去發展好 ê 關係。一旦整合發揮，人人都會叫你第一名喔！

所以，未來「成功」ê新典範：毋是看你贏過偌濟人，顛倒是咧看你幫助過偌濟人。「大師」絕對毋是伊有上濟學生ê人，顛倒是協助上濟人成做「大師」ê人。真正ê「領袖」並毋是有上濟追隨者ê人，顛倒是協助上濟人成做「領袖」ê人。你這世人，毋是看「你超越偌濟人」，顛倒是你「協助偌濟人不斷超越家己」。**你幫助過ê人愈濟，服務ê所在愈闊，按呢，你成功ê機會就愈大。**

（2018改寫）

03.〈人生ê數簿：愛佮被愛〉

有一擺，股神『巴菲特』佇美國大學演講。學生問伊講：你認為啥物款ê人生才算是真正ê成功？『巴菲特』回答ê時，自頭到尾攏無講著財富，顛倒是講：其實，恁若活到我這个年紀ê時，就會發現，判斷家己成功ê標準，就是有偌濟人佇咧真正關心你、真正咧愛你。

伊猶講出人生ê一个秘密：金錢袂予咱幸福，幸福ê關鍵是咱是毋是活佇愛ê關係裡。

所以，一个人ê成就，毋是完全以物質來看待，顛倒是愛看你ê一生中，你善待過偌濟人，幫助過偌濟人實現夢想，有偌濟人懷念你。

生理人ê數簿裡，記錄收入佮支出，兩个數字相減就是盈利。人生ê數簿裡，記錄愛佮被愛，兩个數字加做伙，就是你ê成就。

（2018改寫）

04.〈簡化ê智慧—『賈伯斯』ê故事〉

你已經聽過誠濟蘋果公司創辦人『賈伯斯』ê故事，毋過請你耐心閣聽這个。這是『賈伯斯』這世人上尾一位頂司，講出有關『賈伯斯』ê故事。

1983年，百事可樂前執行長『史卡利』[John Sculley]，hōng聘請到蘋果公司出任執行長，伊就按呢成做『賈伯斯』這世人上尾一个頂司。『史卡利』佇蘋果做十年執行長，無偌久進前，伊接受專門討論蘋果ê網站專訪，講伊眼中ê『賈伯斯』。

『史卡利』認為，『賈伯斯』做代誌有伊家己ê一套撇步。『賈伯斯』誠愛婿ê產品，尤其是硬體。對任何產品，伊永遠是對使用者ê經驗開始觀

察，設計嘛永遠扮演重要ê角色。『賈伯斯』ê方法佮別人無全ê所在，是佇伊認為上重要ê決定，**毋是決定欲做啥物，顛倒是決定無愛做啥物。**

　　『賈伯斯』是「簡單主義」ê信徒。『史卡利』捌去過彼當時猶未 30 歲ê賈伯斯ê厝，伊ê厝裡干焦一張『愛因斯坦』ê相片、一支名牌ê檯燈、一條椅仔、佮一張眠床。除了遮ê伊認為有必要ê物件，厝內就無其他ê家具矣。

　　伊嘛共這種思考淡去到蘋果ê產品面頂，伊誠慣勢共無必要ê物件提掉，共複雜ê代誌簡單化。『史卡利』強調，毋是簡單，是簡化。真濟公司共兩項攏分袂清，推出ê是簡單無聊ê產品，結果就親像超市內底园傷久ê茉蔬，煞無人想欲行倚去買。這種簡單ê產品佮『賈伯斯』簡化ê產品，毋但外形無全，結果嘛無全。

　　日本 Sony 公司ê創辦人盛田昭夫 [Akio Morita]，是『賈伯斯』心目中ê超級英雄。伊捌去參觀 Sony ê工廠，看著個ê員工按照部門佮功能ê無全，穿無全色水ê制服，而且規个廠區清氣 tam-tam，一下看就知影這是一間足有制度佮規畫ê公司。

　　Sony ê「隨身聽」上市ê時，盛田昭夫寄予個兩个一人一臺。這是個從來就都毋捌看過上鮮ê產品。『史卡利』回想講，『賈伯斯』一下提著，隨共彼臺「隨身聽」拆開，詳詳細細檢視每一个零件，觀察個是按怎安裝佮運作ê。

　　『賈伯斯』對 Sony 優雅完美ê工廠佮產品真欣賞，這擺ê代誌 tsuán 予伊留下深刻ê印象。後來蘋果ê工廠就佮早期ê Sony 全款，『史卡利』講：『賈伯斯』無想欲予伊ê公司成做 IBM，嘛無想欲欲予伊ê公司成做『微軟』，伊想欲欲予伊ê公司成做 Sony。」簡單講，所有ê物件上重要ê就是設計。

　　一直到今，蘋果攏是以設計做頭旗。『史卡利』有講起，舊年伊有一个朋友，佇全一工，前後到蘋果和『微軟』開會。佇『微軟』規个會議理，除了技術人員咧發表個 ê看法，講家己ê想法應該加入產品ê設計內底以外，全程無半个設計人員參與，干焦技術人員。

　　去蘋果開會ê情況挂好倒反。設計人員一下行入去會議室，逐家攏安靜

落來，因爲個是規个公司 hōng 上尊敬 ê 人。只有佇蘋果，設計師直屬 ê 頂司就是執行長。　　　　　　　　　　　　　　　　　　　　（2018 改寫）

05.〈『比爾‧蓋茲』ê 金言玉語〉

世界上受尊敬 ê 商業領袖『比爾‧蓋茲』，佇業界 ê 地位，干焦輸世界管理學之父『杜拉克』，根據英國權威 ê 金融時報調查：全球 25 个國家、1 千位 CEO 佮基金經理人攏認爲：「『微軟』[Microsoft] 猶原是上受尊敬 ê 公司，並且佇企業創新、投資價值這兩項指標 ê 排名攏是第一。」

調查 ê 結果嘛發現：這馬佇生理場 ê 頭人，上注重 ê 是「你有創新 ê 領導能力無？」佇企業 ê 增長方面，若欲有眞突出 ê 表現，袂當閣停留佇「穩中求勝」ê 理念，愛轉做「主動出擊」ê 新思維矣。

今仔日『比爾‧蓋茲』成做上受尊敬 ê 商界領袖，影響力誠大。佇一改 ê 講話裡，伊捌提出十條忠告，值得咱斟酌做思考：

第一，自來社會就充滿無公平 ê 現象，你先莫想欲去改造伊，干焦會當先適應伊，因爲你管伊袂著。

第二，世界袂致意你 ê 自尊，人咧看 ê 是你 ê 成就。佇你猶未有成就進前，千萬毋通傷強調自尊，因爲你愈強調自尊，愈對你愈不利。

第三，若準你干焦高中畢業，一般的是無可能做 CEO ê，一直到你眞正共 CEO ê 職位提著爲止，到這个時陣，社會才袂致意你干焦高中畢業爾爾。

第四，當當你拄著困境 ê 時陣，莫怨感，你干焦會當恬恬仔吸收教訓，繼落去著愛喙齒根咬咧，閣重新振作起來。

第五，你愛知影：佇無生你進前，你 ê 爸母並毋是親像這馬遮爾「無品味」ê。你應該想會著，這是個爲著欲撫養你所付出 ê 代價。你永遠要知影「感恩」佮「有孝」個，這才是做人 ê 道理。

第六，佇學校裡，你考第幾名已經毋是遐爾重要，毋過若出社會就無全矣，毋管你去到佗位，攏會 hōng 分等級佮排名。社會、公司愛排名次，這是眞四常 ê 代誌，你著提出勇氣佮人競爭才著。

第七，佇學校上課 ê 時，不時有歇假日佮節慶通好過，啊若到公司食頭

路就毋免數想矣。你差不多攏袂當有歇睏日，眞少會當輕鬆享受過節 ê 快樂矣。若毋是按呢，佇你職業 ê 生涯裡，一開始就會輸人眞濟，甚至會予你永遠輸人忝忝。

第八，佇學校，有老師通幫助你學習，到公司就無這種福氣。若是你認爲學校 ê 老師對你誠嚴格，彼是因爲你猶未入去公司食頭路。若準公司對你無到嚴，你早慢會失業。你一定愛眞清醒認捌著：公司對你 ê 表現，會比學校閣較嚴格。

第九，咱攏誠愛看連續劇，毋過你袂當看，因爲彼並毋是你 ê 生活。只要佇公司做工課，你絕對是無閒通看連續劇 ê。奉勸你莫看，因爲你若逐工看電視連續劇，而且看甲入迷，你就失去成功 ê 資格矣。

第十，永遠莫佇尻川後批評別人，尤其是袂當批評你 ê 老板無知、苛頭佮無能。因爲你若有這款 ê 行爲，就無人會共你牽成，終其尾會予你行上坎坷艱難 ê 成長之路。

(2018 改寫)

（四）臺灣阿媽 ê 故事　　作者：林淑期

有人講，過去臺灣 ê 查某人是新婦仔命，個頭殼頂彼片天永遠是烏白 ê，因爲色彩攏去予查埔人佔了了矣。毋過，現此時 ê 臺灣女性已經無全矣，青春女性行事業佮學問上，已經袂輸查埔少年兄，連臺灣阿媽嘛有伊活跳跳 ê 性命力。個總是會當佇平凡 ê 人生中，活出性命 ê 光彩！

01.〈鳥仔阿媽〉

「鳥仔阿媽」邱盧素蘭，身懸干焦 150 公分，雖然細粒子，毋過逐工都扛 10 外公斤重 ê 攝影器材，去野外翕相，到今已經紀錄 360 種臺灣野鳥矣。遮 ê 鳥仔圖鑑，伊毋但提供予學生因仔成做自然科 ê 教材，2006 年閣得著夢想資助計畫 ê 頒獎表揚。伊佮濟濟 ê 臺灣阿媽全款，少年 ê 時陣，爲著家庭無暝無日咧拍拚。一直到 60 歲，伊才有機會，全世界行透透去走揣鳥仔 ê 影跡，用翕相機共個上嬌 ê 形影留落來。

這一張一張 ê 鳥仔相片，予咱看著一個認眞 ê 臺灣阿媽感動人 ê 故事。

相信有夢上婿，希望相隨。雖然伊已經過身矣，猶原是咱「食到老，學到老」上好 ê 典範。

02. 〈收驚阿媽〉

80 歲 ê「收驚阿媽」郭鄭寶琴，佇臺北有名 ê 廟寺行天宮無私奉獻 30 年，用歡喜心、慈悲心共信眾收驚、解憂愁，幫助心思無定 ê 人揣著安定 ê 力量。

伊 50 歲護士退休就去行天宮做志工，一下做就是 30 年，毋管透風落雨、霜凍露溼，逐工都坐公車準時去報到，這種堅持奉獻 ê 精神，連個後生都予伊感動，加入志工 ê 行列。

來行天宮收驚 ê 香客滿滿是，假日一工就超過一萬人、平常時仔嘛有 5,000 人，「收驚阿媽」一下徛就是 3 點鐘，從到今閣毋捌喝忝呢！阿媽共信眾收驚，不時會扴著五花十色 ê 人，伊總是眞心共人幫贊。伊講，好心好行天送福，好心就有好世界。共人服務毋但愛有好品行，閣愛保持歡喜心，才會有正面 ê 影響，予別人嘛綴咧快樂。

伊講，來收驚 ê 人嘛有百百款喔！有人厚操煩，不時都鬢邊 siak-siak 叫，睏袂落眠，嘛有袂少善男信女為情所困。阿媽講「心若平靜，就袂驚惶」，伊定定好性地、勻勻仔共人開破，助人拍開心結。伊講「人」這字，寫眞簡單，學就困難囉！人「婿，婿無十全；穤，穤無加圇 (nn̂g)。」咱愛知恩惜福！

03. 〈元氣阿媽〉

「元氣阿媽」吳林梅香，20 年來 4 擺著癌，伊毋但無失志，顚倒共上帝「借」時間，發願幫助老人，鼓勵予病疼折磨 ê 人。伊本成佇嘉義基督教病院泡奶室工作，20 年前發現致著奶癌第 3 期，4 年後淋巴閣發現癌細胞；3 年前佮舊年尾，發現癌細胞已經湠到骨髓矣。因為佇病院食頭路，伊看盡生老病死，伊勇敢接受醫生 ê 治療，嘛共上帝祈禱，欲用加出來 ê 時間來幫助人。

因為伊虔誠 ê 信仰，阿媽用樂觀、積極 ê 態度面對病疼，經過治療閣繼

續做工課，予伊足感恩 ê。9 年前，伊退休，開始做志工，實現佮上帝 ê 約束，用「加出來」ê 性命陪伴行動不便佮失能 ê 老人。

雖然癌細胞已經淡到淋巴、骨髓，毋過伊愈活愈有信心。伊講，人若存好心、做好代，就會轉好運。伊逐工準時去日安中心報到，分享家己 ê 故事，予真濟患者振作起來，情緒嘛較穩定。伊講，無定有一工，伊嘛會成做 hōng 服務 ê 老人，這馬伊共每一工攏當做是「加出來」ê，伊欲盡力去服務佮分享，伊認為按呢就是人生上好 ê 禮物！

毋管是「鳥仔阿媽」、「收驚阿媽」抑是抗癌 ê「元氣阿媽」，個雖然是臺灣社會 ê 小人物，毋過個創造家己性命 ê 價值，予性命有光彩，攏成做咱臺灣人 ê 典範。

(Lîm Siok-kî 改寫)

【哲理篇】

(一) 拍拚 ê 事例

01.〈上帝 ê 擄塗機〉

佇一塊拋荒 ê 土地裡，蹛一群杜蚓仔 (tōo-kún-á)，杜蚓仔逐工攏喝向上帝祈禱講：「上帝啊，請你派一台擄塗機來開墾土地，共阮鬥相共好無？」毋過，等一站仔，擄塗機攏一直無出現。

「感謝上帝，你雖然無派擄塗機來，毋過，一定會派鐵牛仔來共阮鬥紡田著無？……」杜蚓仔對上帝猶是真有信心。

又閣過一站仔，上帝 ê 鐵牛仔聲全款無出現。杜蚓仔猶原真有把握，按呢做自我解說：「喔，這馬我才知影，上帝做事工是有緊慢 ê 啦，伊應該會先派一台怪手來替阮挖水溝仔。」個攏做正面閣樂觀 ê 思考。毋過，時間閣過一站仔矣，拋荒 ê 土地頂面，猶原看無半台怪手佮半條水溝仔。

杜蚓仔繼續祈禱：「上帝啊，你 ê 旨意真正足歹臆，毋過，你上無嘛愛派一台割草機來替阮割草，好無？」

杜蚓仔逐工攏充滿期待，逐工攏做虔誠 ê 祈禱。可惜擄塗機、鐵牛仔、

怪手、割草機攏毋捌出現過，拋荒 ê 土地全款拋荒，所以個煞愈來愈失志，祈禱 ê 聲音嘛愈來愈細聲，落尾仔連「哈利路亞」ê 呵咾聲嘛漸漸細聲去矣。

「阮期待拋荒 ê 土地會當變做美麗 ê 田園，為啥物上帝毋祝福？」杜蚓仔擋袂牢，就大聲喝。

這擺，遠遠 ê 所在傳來上帝 ê 回應：「我嘛期待拋荒 ê 土地會當變做美麗 ê 田園，所以我派杜蚓仔去經營啊。」

杜蚓仔誠厭氣，吐一个大氣，那幌頭那爬轉去拋荒 ê 土地裡，才發現，這站仔個鑽 (nng) 過 ê 所在，攏開始有粟仔咧發 (puh) 新穎矣。

（2014 改寫）

02.〈百丈 (pik-tiōng) 禪師 ê 故事〉

古早有一个禪 (siâm) 宗 ê 老和尚 (huê-siūnn)，叫做百丈 (pik-tiōng) 禪師，逐工攏佮徒弟仔做伙做工課，毋是掃地，就是劖 (thuánn) 草、剉柴，逐項都做。做到 80 幾歲猶咧做。伊 ê 徒弟仔苦勸伊莫閣做矣，伊攏毋聽，只好想一个辦法，就是共伊做工課 ê 工具藏起來。

這位禪宗老和尚，因為無做穡頭，就按呢規工無食飯，第二、第三工全款按呢。到第四工，伊 ê 徒弟仔姑不而將閣共工具囥轉去原本 ê 所在，予伊閣開始做工課。彼工，這位老和尚，才開始有食飯。

到暗時，老和尚就共所有 ê 徒弟仔教示講：「一日無作穡 (sit)，就一日袂使食飯。」這就是做雞著筅 (tshíng)，做人著反 (píng) ê 精神。

（2018 改寫）

03.〈啥物是成功 ê 關鍵？〉

十九世紀，世界上出名 ê 德國「鐵血首相」『俾斯麥』，有一句名言講：「人生若準無拄著障礙，人猶有啥物通好做 ê？」人活佇世間，就算講你是阿舍囝，恁物質方面天壽富裕，錢濟甲像沙螺仔殼，猶是會有親像破病、犯錯、憂愁、煩惱佮失敗等等，人生免不了 ê 擔頭佮災厄；毋過，只要你有法度堅持到底，就有反敗為勝 ê 機會，你就會當迒 (hānn) 過性命中、一

層過一層 ê 障礙。所以，面對挑戰，堅持到底，這就是人生成功上重要 ê 關鍵。

古希臘時代 ê 哲學家『蘇格拉底』，佇開學 ê 第一工就對學生講：「今仔日咱孤欲學一項動作就好，來，共恁 ê 雙手盡量大力幌前、紲落去幌後，逐工攏愛做三百下，逐家敢做會到？」學生一下聽，攏笑甲強欲歪腰去，講「遮爾仔簡單 ê 代誌，哪會做袂到？」

毋過，一個月後，干焦有 90pha ê 同學做有齊匀，到第二個月，堅持落來 ê 干焦賰八成。過一年了後，干焦賰一個人猶閣咧堅持，伊就是後來成做古希臘、另外一位偉大哲學家 ê『柏拉圖』，干焦伊戀戀仔堅持落來，攏無放棄。

所以，一个人是毋是會成功，毋是全部靠伊 ê 聰明佮才調，顛倒是愛靠伊是毋是有拍拚佮堅持到底 ê 意志。

(2018 改寫)

(二) 講話 ê 事例

01.〈三个篩 (thai) 仔〉

有一改，『蘇格拉底』ê 一個學生喘怦怦 (phenn-phenn) 走來揣伊，一下見面就講：「老師、老師，共你講一件天大、地大 ê 代誌，這件代誌是你一定想袂到 ê！」

『蘇格拉底』隨共阻擋講：「你欲共我講 ê 這件代誌，敢用三個篩 (thai) 仔篩過矣？」

伊 ê 學生毋知『蘇格拉底』ê 意思，就隨搖頭。

『蘇格拉底』講：「當當你欲共別人講一件代誌 ê 時，著愛用三個篩仔篩 (thai)！**第一个篩仔叫做「真實」**，你會當肯定，你這馬欲共我講 ê 代誌，是有影有跡 ê？」

學生隨應講：「我毋知影，毋過，我拄才佇菜市仔、大街小巷，聽著逐家攏是按呢講 ê。」

「按呢，就閣用第二个篩仔去檢查看覓咧！若準彼件代誌毋是真 ê，上

少嘛應該是「善意」ê，請問這件代誌敢是善意ê？」

『蘇格拉底』閣按呢追問伊ê學生。

伊ê學生愈來愈歹勢，頭犁犁講：「毋是呢，而且閣拄好倒反。」

『蘇格拉底』聽煞，誠有耐心、繼續共學生講：「既然按呢，無，你就閣用第三个篩仔詳細檢查看覓：**這件代誌，對我來講，敢是非常重要ê，一定愛知ê？**」

「其實，這件代誌並毋是遐重要啦……」學生真歹勢，就細細聲仔回答。

『蘇格拉底』講：「你想看咧，第一，這件代誌並無重要，又閣毋是出自善意；閣較重要ê是，你毋知伊是真ê抑是假ê，按呢，你哪著共我講咧？」

『蘇格拉底』閣紲落去講：「**莫聽信遐ê烏白搬話ê人，抑是誹謗者ê話，因為個ê言語通常攏毋是出自善意，個既然愛剌人ê根底，生言造語，講人ê閒仔話，當然嘛會全款按呢對待你。**」

『蘇格拉底』ê「三个篩仔」ê故事，提供咱講話進前，一个真好ê反省佮思考，嘛是咱講話原則ê參考。　　　　　　　　　　（2018改寫）

02.〈輕聲細說上才情〉

當年，印度ê「聖雄」顏智 [Mohandas Karamchand Gandhi，1869-1948] 佇倫敦大學讀法律系ê時，有一位叫做「Petter」ê白人教授，夭壽討厭伊。

有一工，當當「Petter」教授佇飯廳食中晝頓ê時，顏智手捀飯菜、真大範就行倚去，坐佇「Petter」教授ê隔壁。

「Petter」教授馬上講：「顏智先生，你敢無了解，一隻豬佮一隻鳥仔是袂當做伙食物件ê？」

顏智就以一个做爸母ê眼光，親像對待一

个粗魯、無禮ê囡仔全款,掠「Petter」教授看一下,然後真平靜ê答覆講:「教授,你毋免擔憂啦,我會隨飛走矣。」紲落去,伊就隨坐去另外一張桌仔矣。

當場,「Petter」教授是氣甲規面紅記記,面腔誠歹看,決定採取報仇ê行動。

第二工,伊就佇上課ê時陣,當同學ê面,問顏智講:「顏智先生,若準你沿一條街仔咧散步ê時,發現路邊有一个包裹,內底有兩个袋仔,一袋貯智慧,另外一袋貯金錢,你干焦會當選一袋,你會提佗一袋?」

顏智攏無躊躇,一聲就隨應講:「當然是提有錢ê彼袋啊!」「Petter」教授看機會來矣,一句話三角六尖,就笑伊講:「若準我是你,會提貯智慧ê彼袋!」一時,哈、哈、哈、哈⋯⋯,規班ê同學攏笑顏智誠無智慧,袂曉選擇,笑甲強欲跋跋倒。

毋過,顏智干焦共肩胛頭小動一下,笑笑仔回應講:「我認為,每一个人攏應該提伊無ê物件!」

到遮來,「Petter」教授完全無步矣,煞見笑轉受氣,一下掠狂,就佇顏智ê考單面頂寫「白癡」兩字,紲落去,就共考試單擲予顏智。

顏智提著考單了後,沓沓仔行轉去家己ê位坐落來,閣控制情緒佮保持冷靜,同時,誠認真思考,欲按怎閣應付落去。

幾分鐘後,顏智徛起來,大範大範行到教授ê面頭前,用真有尊嚴閣有禮貌ê語調,回應講:「Petter教授,你佇我ê考卷面頂簽名矣,毋過,你猶未共我拍分數呢!」

(2018 改寫)

03. 〈啥人是不該來ê?〉

有一个頭家請人客,看時間都已經超過矣,閣有一半以上ê人客猶未來,伊心內真著急,就講:**「是咧舞佗一齣ê,該來ê人客攏猶未來?」**

一寡較敏感ê人客,聽頭家按呢講,心內想講:「該來ê無來,按呢,阮是不該來ê囉?」個起毛誠袂爽,飯無食,就恬恬仔離開矣。

頭家一下看,又閣走真濟位人客矣,心內愈著急,就講:**「是按怎遮ê無應該走ê人客,顛倒攏走了了矣啊?」**賰ê無走ê人客一下聽,心內

想講：「走 ê，攏是無應該走 ê，按呢，阮遮 ê 無走 ê，顛倒是應該走 ê 才著！」紲落去，一个一个嘛攏走矣！

落尾，干焦賰一个佮頭家較熟 ê 朋友，看著這種場面，心內感覺真礙虐(ngāi-gioh)，就苦勸伊講：「你講話進前，應該先考慮一下，你看你，一下講毋著話，就無法度閣收回矣！」

頭家隨大聲喝冤枉，馬上解說講：「我並毋是叫個走啊！個攏是無應該走 ê！」這个朋友聽了真火大，隨應講：「毋是叫個走，無，是叫我走喔？」講煞，嘛氣怫怫離開矣。

真濟時陣，咱因為別人一句無心之言，就囥佇心肝底，怨嘆誠久。毋過，咱嘛愛小可仔自我反省一下：閣較濟時陣，是毋是因為咱講話傷過無站節，咱 ê 無心之言，捌傷害過閣較濟人。

(2018 改寫)

(三) 修行 ê 事例

01.〈誤會 ê 隔壁是悲劇〉

早年佇美國『阿拉斯加』[Alaska]，有一對少年翁仔某，查埔 ê 叫做『麥克』[Mike]，查某 ê 叫做『瑞秋』[Rachel]，個生第一胎囡仔 ê 時，因為難產，囡仔一下出世無偌久，『瑞秋』就過身去矣，『麥克』只好孤一个人照顧囡仔。

因為『麥克』愛出外無閒趁食，又閣愛無閒顧囝，不得已，就訓練一隻狗仔鬥顧囝。彼隻狗仔巧閣聽話，無偌久就學會曉照顧囡仔矣，逐擺囡仔若吼，伊就會咬已經泡好牛奶 ê 牛奶矸仔，予囡仔啉。

有一工，主人『麥克』欲出門處理代誌，就共牛奶泡好勢，叫狗仔共囡仔照顧予好。啥知影『麥克』去別个市鎮辦代誌，煞拄著落大雪，當工袂當轉來。

第二工『麥克』才緊趕轉來。狗仔一下聽著聲，就從出來想欲迎接主人。毋過，『麥克』共房間門拍開一看，規塗跤攏是血，攑頭一下看，眠床頂嘛是血，閣無看著囡仔；向頭看佇身軀邊搖尾溜 ê 狗仔，規喙閣攏血。

『麥克』看著按呢，叫是講伊無佇咧，狗仔 ê 狗性發作，煞共囡仔食掉矣！一下掠狂，順手刀攑咧，就對狗仔 ê 頭剁 (phut) 落去，隨共狗仔刣死矣。

這个時陣，伊雄雄聽著囡仔聲，囡仔對眠床跤爬出來，伊就緊共囡仔抱起來。一下看，囡仔雖然身軀頂有血，毋過並無受傷。伊感覺真奇怪，毋知到底發生啥物代誌？閣看著狗仔 ê 跤，跤腿肉無去矣，眠床邊仔閣有一隻野狼，喙裡咬 ê 就是狗仔 ê 跤腿肉！原來狗仔為著欲救小主人，佮野狼相咬，共野狼咬死，家己嘛受傷，顛倒去予伊 ê 主人誤殺矣！天跤下，敢閣有比這閣較大 ê 誤會？

註：「誤會」這種代誌，是人往往 (íng-íng) 佇無了解、無理智、無耐心、欠思考、袂當先體諒對方，情緒傷衝碰 ê 情形下才發生 ê。「誤會」一開始，攏是佇情緒上一直咧想別人 ê 毋著，無伸勻 ê 空間，「誤會」才會愈來愈深，終其尾，就無法度收煞，用悲劇來結局。咱人對無知 ê 動物狗仔發生誤會，都有遮可怕嚴重 ê 後果矣，啊人佮人之間 ê 誤會，伊 ê 後果閣較會不堪設想！

(2018 改寫)

02.〈厚性地 ê 釘仔〉

有一个查埔囡仔一向性地誠穩，所以個阿爸就予伊一袋釘仔；閣共講，伊便若發性地了，就釘一支釘子佇後花園 ê 籬笆頂。

第一工，這个查埔囡仔總共釘 37 支釘仔。沓沓仔逐工釘 ê 數量漸漸減少矣。伊發現控制家己 ê 性地，會比釘遐个釘仔較簡單淡薄仔。

落尾有一工，這个查埔囡仔發現，伊已經袂閣磕袂著就亂使性地矣！伊就共個阿爸講。個阿爸隨歡頭喜面共伊講：「這馬開始，伊便若會當控制性地 ê 時陣，就共花園籬笆頂 ê 釘仔擇掉一支。」

日子一工一工過，落尾，這个查埔囡仔共個阿爸講，伊已經共所有 ê 釘仔擇了矣。阿爸真歡喜，就牽伊 ê 手行到後花園，講：「我 ê 乖囝 ê，你做甲誠好。毋過，你看，遮 ê 籬笆頂留落來 ê 空，永遠袂當回復較早 ê 完整矣！你受氣 ê 時所講 ê 話，就敢若遮 ê 釘仔留落來 ê 痕跡。袂輸你提刀仔揳 (tuh) 別人一刀，毋管你事後共會幾擺失禮，彼个空喙會永遠佇咧。話語造

成 ê 傷痕，就親像眞正 ê 傷痕全款，永遠無法度 hōng 放下。　　（2018 改寫）

03.〈掠狂 ê 時莫講話〉

憤怒 ê 時陣，絕對袂開喙講超過三句話！

有一个出名 ê 大學教授，毋但以實腹 ê 學術成就，名聲週四海，伊 ê 修養佮待人處事 ê 技巧，閣較得著好 ê 風評。

有一工，一个朋友問伊：「教授，你爲啥物會當共人際關係處理甲遐爾仔好咧？敢講你對任何人攏袂受氣？」

教授講：「會啊！毋過我有一个慣勢，就是當當我咧憤怒 ê 時，絕對袂開喙講超過三句話！」

這个朋友糊塗矣！那摸頭殼那問講：「這敢有啥物關係？」

教授笑笑仔回答：「當然有關係！因爲當當一个人受氣 ê 時，往往會失去理智，意氣用事，講出來 ê 大部份攏是「氣話」，甚至是「錯話」，「腌臢話」……，到時免不了會共代誌舞歹去！所以，爲著無愛予風火舞歹正事，佇受氣 ê 時候，我甘願控制家己較莫講話咧！」

朋友一下聽就恍然大悟。這是諾爾仔值得咱逐家學習 ê EQ：「憤怒 ê 時，絕對袂當開喙講超過三句話！」

就親像故事裡 ê 教授所講 ê，人咧受氣 ê 時陣，差不多是講袂出啥物「好」話 ê！假使等到傷著人，誤著代誌，失去形象……以後，再閣來後悔，不如頭起先就選擇恬恬莫講話。

人，愛知影「講話」 ê 藝術，閣較愛有「莫講話」 ê 控制能力，若準你無確定家己佇咧受氣 ê 時，是毋是有法度挽牢家己 ê 喙舌，按呢規氣就學習這个有先見之明 ê 教授，受氣 ê 時陣，就減講幾句矣！

04.〈這種 EQ 有影讚！〉

「西北航空」應該頒一个獎予這位櫃台人員。

某一日，佇『丹佛』機場，有一班「西北航空」 ê 班機，因爲機械故障煞停飛，機場櫃台人員著愛協助旅客轉機。櫃台前欲辦手續 ê 人排甲脹脹長。這个時陣，有一个菁仔欉拚命擟到櫃台前，共機票擲佇櫃台頂，大聲

講：「我一定愛坐這班飛機，而且一定愛有頭等艙才會使！」

服務小姐眞客氣回答講：「先生，我誠歡喜共你服務，毋過，我愛先服務排佇頭前ê遐ê人。」

這个時陣，這个菁仔欉誠歹聲嗽ê講：「你敢知影我是啥？」彼位櫃台小姐掠菁仔欉看一下，就提 mài-kuh 開始廣播：

「各位旅客請注意，27 號櫃台前，有一位先生，毋知影家己是啥，若準有佗一个旅客會當幫助伊分清楚身份ê，麻煩到「西北航空」27 號櫃台，多謝。」

一下講煞，排佇後壁ê旅客攏忍袂牢，做伙笑出來。毋過，這位菁仔欉隨共面捋 (luah) 落來，睨彼位小姐，歹衝衝 (tshìng-tshìng) 講：「Fuck you！」想袂到彼个櫃台小姐猶原誠客氣，笑笑仔共應講：「準講你數想欲按呢做，你嘛著先排隊喔！」

(四) 處事 ê 智慧

01.〈慢且下手〉

頂禮拜，我服務ê單位裡，調來一个新主管。大多數ê同仁攏誠暢，因爲聽講新主管是勢人，專門 hōng 派去有問題ê單位整頓業務。毋過，日子一工一工過，新主管煞攏無作爲，干焦逐工斯文閣有禮貌進入辦公室，紲落去，就覕佇內面恬呭呭 (tsiuh-tsiuh)，誠僫看伊踏出主管室ê門，遐ê本底緊張甲欲死ê壞仔，這馬顛倒愈聳鬚矣。

「伊哪是勢人啦！根本是一个阿西，比以前ê主管閣較好唬！」

四個月過去矣，就佇逐家已經對新主管澈底失望ê時，新主管煞雄雄出跤手矣，一下轉踅就共遐ê一工到暗死坐活食、破壞團體名聲ê壞仔，開除擲揀，啊共優秀ê人才攏總升官。出手緊閣準，做代誌有魄力，袂輸換一个人全款。

年終聚餐ê時，新主管共逐家敬酒了後致詞：「相信逐家對我新到任期間ê表現，和後來ê大出手，一定感覺誠憢疑，這馬聽我講一个故事，恁就

清楚矣。

「我有一个朋友，買一棟有大門埕ê厝，伊一下搬入去，就隨共規个門埕ê雜草佮樹仔全部清抾捔，改種家己新買ê花欉。有一工原先ê厝主來拜訪，一下入門就驚一趒，問講：「頭前埕上珍貴ê牡丹佗位去矣？」我這位朋友才發現，伊竟然共上珍貴ê牡丹當做草仔共劗(thuánn)掉矣！

「後來伊閣買一棟厝，雖然厝ê門埕全款真亂，這擺伊顛倒是按兵不動。果然，冬天叫是雜花仔藤ê植物，春天一下來煞開誠濟媠花；春天叫是野草ê，熱天煞開出規大模ê花蕊；半年都無動靜ê細欉樹仔，秋天一下到，竟然樹葉仔會變紅。一直到秋天尾，伊才真正認清佗一欉是無路用ê植物，才相準準共劗掉，閣予所有珍貴ê草木得著保存。」

講到遮，主管共杯仔捀起來：「我敬在座ê每一位，因為咱這个辦公室若準是一个花園，恁攏是內面上珍貴木材，珍貴木材無可能一年透冬攏咧開花結果，干焦經過長期ê觀察，才認會出來啊！」

(2018 改寫)

02. 〈就是按呢喔？〉

以早，有一个「白隱禪(siân)師」，一向攏予人真呵咾佮肯定，逐家攏講伊是一个人品誠清氣相ê得道者。

有一對翁仔某，佇禪師蹛ê附近開一間食品店，厝裡有一个18歲、生做真媠ê查某囝。想袂到，有一工，這對翁仔某煞發現，個查某囝無緣無故煞大腹肚矣！兩翁仔某氣甲強欲掠狂，就逼問個查某囝：你腹肚內ê囡仔是佮啥人有ê？個查某囝本誠無欲講，佇爸母一再逼問之下，才講出「白隱」兩字。

兩翁仔某誠受氣，就去揣「白隱禪師」理論，共伊詈(lé)甲無一塊好。毋過，白隱禪師啥物攏無掰(pué)會，態度誠平靜，干焦共應講：「就是按呢喔？」

囡仔一下生落來，就送來予「白隱禪師」飼。這時，伊ê名聲佮面子，已經盡掃落地，毋過伊攏無囥佇心內，顛倒共厝邊隔壁討紅嬰仔需要ê奶水佮用品，無暝無日，誠用心咧照顧這个囡仔。

代誌過一年了後，這个無結婚 ê 少女良心不安，擋袂牢才共個爸母講出真相：原來，囡仔 ê 老爸是佇魚市做工課 ê 一个少年家。

這對翁仔某誠著驚閣見笑，就緊恁個查某囝去白隱禪師遐會失禮，順紲欲共囡仔抱轉去。白隱禪師聽了，嘛啥物攏無講，干焦佇囡仔欲 hōng 抱走 ê 時，輕聲細說講：「就是按呢喔？」

03.〈反轉你 ê 腦〉（反轉，音 huán-tsuán）

上課 ê 時陣，自然老師共學生講：「有兩个工人，做伙修理舊煙筒，修理好，個兩个就對煙筒口爬出來，一个身軀清氣清氣，另外一个煞規身軀攏是塗炭烌，請問恁，啥會去洗身軀咧？」

一位學生講：「當然是彼个規身軀攏是塗炭烌 ê 工人會去洗身軀囉！」

自然老師講：「敢按呢？請恁小斟酌一下，清氣 ê 彼个看著腌臢 ê 彼个規身軀攏是塗炭烌，伊感覺對煙筒爬出來，身軀真正有夠癩瘍 (thái-ko)。另外一个看著對方足清氣，就袂按呢想矣。我這馬閣問恁一擺，啥人會去洗身軀？」

當當一个人 ê 想法受著外在環境 ê 限制佮牽挽 ê 時，往往 (íng-íng) 就無法度冷靜落來，嘛無才調斟酌做思考，去揣著事理 ê 根源。彼陣，你上應該愛學習 ê 是，先「反轉你 ê 腦」，換一个位置佮無全 ê 角度做思考。

04.〈扶樹佮扶人〉（扶，白話音 phôo；文言音 hû。）

阿昌做生理失敗矣，毋過伊猶原是真愛張身勢，全款維持原來 ê 場面，足驚別人看出伊已經落衰矣，三不五時閣你兄我弟、請朋友食飯，維持朋友 ê 關係。宴會 ê 時，伊閣租烏頭仔車去接人客，閣叫個表小妹假做下跤手人。毋過，當當遐 ê 心裡有數、知影真相 ê 人客飯食飽矣，酒啉夠氣矣，欲告辭離開 ê 時，雖然逐个人攏露出同情 ê 眼神，毋過煞啊無半个人欲主動幫贊伊。

阿昌足餒 (lué) 志矣！伊仙想就想無，為啥物過去 ê 朋友會遮爾仔現實，無人欲共鬥相共？伊心情鬱卒，就孤一个人行去街仔散步。無意中看著真濟工人佇路邊做工課，拄咧共遐 ê 予風颱搧倒去 ê 樹仔扶予正，**工人攏是先共**

樹楦鋸掉，予樹仔ê重量減輕，才閣共樹仔扶 (hû) 予正。

阿昌雄雄想通矣！伊袂閣激派頭佮死愛面子矣，伊姿勢放低親身去拜訪以前商界ê老朋友，借一寡錢對小生理做起。都過無幾年，阿昌又閣成做一个成功ê生理人矣，而且伊永遠會記得鋸樹仔工人ê彼句話：「**倒去ê樹仔，若硬欲保持原來ê枝葉，哪有可能扶會振動咧？**」

05.〈判斷進前〉

有一个姆仔，真濟年來，一直感覺對面ê查某人足貧惰，見若有人來厝裡坐，伊就譬相 (phì-siùnn) hōng聽：「彼个查某人ê衫乎 (honnh)，無一擺有洗清氣ê，你共看，伊晾 (nê) 佇砛簷 (gîm-tsînn) 跤ê衫仔褲，不時都有噴點，我真正毋知影，伊哪會共衫洗甲這號款……。」

好佳哉有一工，有一个較頂真ê朋友來姆仔個兜坐，才發現毋是對面彼个查某人衫洗無清氣。是姆仔個兜ê玻璃窗仔驚人矣。伊干焦提一塊桌布，共窗仔門面頂ê坱埃拭掉，就越頭笑笑仔對姆仔講：「你看，你看，對面彼个查某晾ê衫，攏予我ê桌布洗清氣矣！」原來，是家己厝裡ê窗仔門垃圾啦！

06.〈面向日頭〉

西方有一句名言講：「**只要面向日頭，陰影就會佇你ê背後。**」會記得細漢咧練田徑ê時陣，田徑老師攏會共阮講：「咱愛佮雲比賽，莫一直想欲佮邊仔ê人比。」就是按呢，阮ê對手永遠是「天頂ê雲」。佇阮田徑隊裡，永遠有正面ê思維。

有一个咧做烏手ê汽車工人，予一个人客呸一改噃瀾了後，伊就決定欲上臺北考大學，決心欲有出脫，才袂閣hōng看無目地。就按呢，干焦國小畢業ê伊，經過幾若年ê拍拚，毋但通過國中、高中ê鑑定考試，落尾手閣考著國立大學。伊講：「對彼个共我呸噃瀾ê人客，我袂抾恨，我顛倒愛感謝伊共我揀走。」

只要你心中有目標佇咧，就會當共所有ê失敗佮無歡喜ê經驗，

攏先放水流。「**只要面向日頭，陰影就會佇你ê背後。**」按呢，奇蹟早

慢就是你,創造歷史 ê,當然也是你。

07.〈邏輯 (lô-tsip)〉

想欲揣著邏輯 (lô-tsip),就袂當閣予慣勢束縛牢咧,愛先避開「思路上 ê 陷阱」,愛突破慣勢、才會當發揮潛力 (tsiâm-lik)。

有一个好額 ê 生理人,佇退休進前,共三个囝仔叫來面頭前,對individual伊講:「我欲對恁三个人揣一个上有生理頭腦 ê,來繼承我 ê 事業。這馬我一人予恁一萬箍,啥有法度提這筆錢共一間空厝貯滇,siáng 就會當繼承我全部 ê 財產。」

大漢後生去買一欉茂 (ōm) 茂茂 ê 大欉樹仔,拖轉來空厝裡囥,共空厝占欲一半 ê 空間。第二个後生去買一大堆草,嘛共空厝囥欲一半。

上細漢 ê 後生,干焦開 25 箍,去買一支蠟燭轉來。等到天暗矣,伊共老爸請入來空厝裡,共彼支蠟燭點著,然後講:「阿爸,請你巡看覓,這間空厝閣有佗位無予這支蠟燭火照著 ê?」這个好額 ê 生理人看了非常滿意,就予上細漢 ê 後生繼承伊規个事業。

(2018 改寫)

08.〈毋是得著,就是學著〉

我今仔日聽著一句話。伊講,人生毋是得著,就是學著。

我佮意這句話,有誠健康 ê 人生觀,你毋是得著一份圓滿 ê 因緣;就是學著按怎閣較靠近幸福。你毋是得著勝利;就是學著如何避免失敗。你毋是得著上落尾家己想欲愛 ê 結果;就是學著,世事無可能逐項好。毋是得著,就是學著,這款 ê 人生無啥物通失去 ê,嘛無啥物通計較 ê。這款 ê 態度,會 hőng 誠歡喜過一世人。

09.〈身邊 ê「好」看袂清楚〉

人性是毋是攏會「近廟欺神」,定定「船過水無痕」袂曉感恩 ê 咧?過去捌對咱好 ê 人,以及伊所做 ê 代誌,總是真自然就予咱共囥一邊,順時間 ê 河,慢慢仔流遠去,紲落去咱就真正共放袂記得矣!落尾,干焦賰一个賠

殕霧霧ê感覺，一个無蓋確定ê「好」字。

「好」本來就是一種感覺，用字偃寫，干焦會當用心去體會。毋過眞可惜，大多數ê人對這个好攏毋知通滿足，因爲都毋捌轟轟烈烈、山盟海誓過，所以遐爾仔基本、低調、平常ê「好」，就無可能記會牢，閣較無可能清彩就囥佇心肝底。

啊干干仔好代誌看袂清楚，船過水無痕，啊受過ê傷痕顚倒記牢牢，日夜放袂落，這就是記持ê無奈。這種人性ê薄情誠無公平，毋過嘛是隨時都拄會著ê事實。若俗語所講：**九頓米糕無上算，一頓清糜扰去囥。**

咱人有影眞歹款待，定定身邊ê「好」看袂淸、認袂明，共親人嫌甲無一塊好。顚倒對過去抑是生份人一時茫茫渺渺ê好，會日夜思念，隨時共提出來比較佮呵咾。人，是毋是攏這號款？等到失去才知影是寶！

（五）有深度ê故事

01. 叫是家己眞幸福ê狗！

有一工，狗仔問野狼：你有厝佮車無？野狼講，我攏無。

狗仔閣問講：啊你逐工有三頓佮果子通食無？野狼講，嘛攏無。

按呢，你有人陪你變猴弄、閣 tshuā 你踅街無？野狼講，嘛無呢。

狗仔就用藐視(biáu-sī)ê口氣講：你實在有夠低路，哪會什麼攏無咧！

野狼笑一下，才講：我有無愛食屎ê個性，毋過，我有我追求ê目標；我有你所無ê自由；無毋著，我是一隻孤單佮寂寞ê野狼，啊你咧？你只是一隻「叫是家己眞幸福ê狗」！

02.「肚量」佮「份量」無仝款

一滴墨水滴落去一杯淸水裡，這杯水隨變色，就袂當啉矣；毋過，一滴墨水低落去大海裡，大海猶原是藍色ê大海。這是爲啥物？這是因爲個兩个ê「肚量」無仝款。

猶未熟ê稻穗，會直溜溜、擇頭向天，袂輸咧展風神咧；毋過成熟ê稻

穗，顛倒頭頷低低 (tàm-kē-kē)，恬恬攏袂奢颺 (tshia-iānn)。這是為啥物咧？這是因為佇兩个 ê「份量」無全款。

寬容別人，就是肚量；謙卑自己，就是份量；合起來，就是一个人 ê 品質。

03. 食卵，袂食屎

雞仔會生卵，雞仔嘛會放屎，毋過，你一定干焦食卵，袂食屎。對雞仔如此，對人嘛按呢。

每一个出色 ê 人，攏會生卵，嘛會放屎。譬論講，伊足勢開公司，按呢，你就相準準，買伊開 ê 公司 ê 股票來趁錢就好；啊若伊真愛亂講話，得失人，你就毋免學。你上要緊是加食雞卵，較莫插雞屎咧；盡量吸取營養，才會當壯大自己。毋過，誠奇怪，真濟人放棄雞卵毋食，規工追究雞屎，敢講你靠食屎就會當變甲勇壯起來？

04. 有捨 (siá) 才有得 (tit/tik)

有一工師父問徒弟：若準你欲燃 (hiânn) 一鈷滾水，燃到一半 ê 時發現柴無啥夠矣，你欲按怎辦？

有 ê 弟子講緊閣去揣柴來添，有 ê 講緊去共人借，有 ê 講去買就好矣。師父講：為啥物無愛共茶鈷裡 ê 水倒一屑仔掉咧？按呢一定就燃會滾矣。

世事總是無法度逐項攏如意，有捨才有得。

05. 講機會

『哈佛』大學有一个調查報告講，人生平均扯干焦有 7 擺決定人生走向 ê 機會爾，兩擺機會之間，大約隔 7 年，大概佇 25 歲以後開始出現，75 歲以後就袂有啥物機會矣。而且這 50 年裡 ê 7 擺機會，第一擺掠較袂著，因為傷少年；上尾一擺嘛毋免掠矣，因為傷老矣。按呢干焦賰 5 擺，佇咧這內底，又閣有 2 擺會無細膩錯過，所以實際上只有 3 擺 ê 機會爾。

06. 老和尚講死

老和尚對小和尚講：當你來到這个世界 ê 時陣，你咧吼，毋過別人攏真歡喜；當你離開這个世界 ê 時陣，別人攏咧吼，你家己顛倒誠歡喜。所以，死亡無一定是悲傷 ê，生命嘛無一定是歡喜 ê。

07. 放手才輕鬆！

老人對伊 ê 囡仔講：「共你 ê 拳頭拇捏緪緪，共我講你有啥物感覺？」

囡仔共伊 ê 拳頭拇捏緪緪講：「有淡薄仔忝！」

老人講：「閣出較濟力咧！」

囡仔講：「閣愈忝矣！強欲袂喘氣矣！」

老人：「按呢，你就共放開矣！」

囡仔喘一口氣講：「加較輕鬆濟矣！」

老人：「當當你感覺忝 ê 時陣，你捏愈緪就愈忝，共放下，就會變輕鬆矣！」

偌爾簡單 ê 道理，放手才會變輕鬆！

【教育篇】

(一) 方向佮關鍵

教育上重要 ê，毋是速度，嘛毋是家己戀戀咧拍拚，是選擇正確 ê 方向佮把握上蓋重要 ê 關鍵。

有兩个小故事會當說明：今仔日 ê 教育定定行毋著方向，抑是無掌握關鍵 ê 因素，落尾仔攏變做了戇工，予逐家加無閒 ê。

第一个故事是咧講，英國科學家『赫胥黎』[Huxley] 有一擺 hōng 邀請去『都柏林』[Dublin] 演講，因為時間真迫，伊一下跳上計程車，就趕緊共司機講：「緊緊緊！咧欲袂赴矣！」司機遵照伊 ê 指示，油門催盡磅，順路就一直駛落去。過幾分鐘了後，『赫胥黎』才發現方向無啥著，隨問司機講：「我敢有共你講欲去佗位？」司機應講：「無啊！你干焦叫我駛較緊咧！」這聲『赫胥黎』發現代誌大條矣，就緊講：「失禮、失禮，請你踅翻

頭，我欲去『都柏林』。」

另外一个故事是，有兩个學生公家租 ê 房間，佇第 100 層 ê 懸樓頂，有一工電梯歹去矣，兩个人姑不而將，只好相招用跙山 ê 心情，欲跙轉去宿舍。一下開始，兩个人閣有講有笑，到 60 幾樓 ê 時，就干焦賰喘怦怦 ê 喘氣聲矣；到 90 幾樓 ê 時陣，兩个人攏虛 leh-leh、強欲倒落去矣！勉強跙到房間 ê 門口，兩个人拄欲歡喜爾，啥人知影，一下摸橐(lak)袋仔，竟然攏袂記得提鎖匙，鎖匙猶寄佇一樓 ê 管理室！今這聲害了了矣，兩个人四目相相，欲哭無目屎，毋過，已經無氣力閣落去樓跤提鎖匙矣。

咱 ê 教育敢無像這種兩光 ê 情況？明明需要泅水，教 ê 顛倒是籃球，結果學生一下落水就淹淹死 ê 代誌，不時咧發生！譬如講，課程要求真嚴格，內容閣濟敢若貓毛，毋過所教 ê 內容，攏有空無榫，學生根本都無興趣！抑是有 ê 學生經過長期 ê 拍拚，提著高學歷矣，健康煞無去；抑是人際溝通 ê 能力佮好習慣，一項嘛無學著！教育 ê 方向佮關鍵總揣無摠，實在有夠可惜！嘛有夠冤枉！

(二) 僥 (giâu) 疑生暗鬼

有一个剉柴 ê 樵 (tsiâu) 夫，常在愛上山剉柴，有一工伊感覺提斧頭上山落山，誠費氣，就共斧頭藏佇山頂一个揜貼 ê 所在，毋過落山了後，伊煞連鞭就袂記得藏斧頭 ê 代誌。隔轉工伊閣欲上山剉柴 ê 時，佇個兜厝前厝後揣透透，就是揣袂著斧頭，伊就開始懷疑是厝邊 ê 囡仔阿德仔共偷提去 ê。

剉柴 ê 愈想愈懷疑，伊心內暗想：「若準毋是伊，是按怎這幾工毋管按怎看，這个囡仔攏看著賊跤賊手咧？」剉柴 ê 原本足想欲隨去個兜撢空問罪，毋過因為猶揣無證據，只好先忍落來。

過幾工了後，剉柴 ê 閣再去山頂 ê 時，才想起藏斧頭 ê 代誌，才佇草部 (phō) 內底發現家己所藏 ê 斧頭。彼工落山 ê 時陣，伊閣看著阿德，觀念就有 180 度 ê 大轉晢矣，伊感覺阿德仔這个囡仔斯斯文文，按怎看都無成是一个賊仔。剉柴 ê 心內暗暢：「誠佳哉，彼當時無隨去個兜撢空問罪，無就害了了矣！」其實，實際 ê 情境一直無改變，有改變 ê 只是剉柴 ê 伊 ê 心境佮

知覺爾爾，心境若無全，知覺若有差別，感覺著ê就完全攏無全款矣。

因為咱每一个人攏會用「情境知覺」做門閂 (tshuànn)，用伊主觀ê感覺來判斷代誌ê眞假好穤，紲落去就會影響家己ê情緒反應，所以不時會失覺察。譬論講，教師全款ê叮嚀，有ê學生囡仔感覺是囉嗦，有ê感覺是一種關愛，囉嗦佮關愛是完全無全款ê感覺。

學校當然會當用「情境知覺」ê理論，來營造一个好ê學習環境佮氣氛，尤其是做老師ê，愛扮演關鍵性ê角色，除了堅守原則以外，嘛應該愛肯定佮尊重學生ê個別差異，用寬容ê心保留伸勼 (kiu)ê空間，才會當為學生塑造一个好ê學習情境。

(三) 一捧 (phóng) 水較濟

有一改，佛陀問弟子講：一捧 (phóng) 水較濟？抑是海裡ê水較濟？

佛陀ê弟子回答講：當然嘛是海水較濟。

佛陀共伊講：是一捧水較濟。因為你家己手裡ê一捧水，會當飲用，會當 hőng 止喉焦，是你會當活用ê水，所以較濟。閣再講，大海ê水距離傷遠矣，你摸袂著伊，嘛用袂著伊。何況，海水閣袂啉得！

咱ê教育，愛先教學生會曉活用家己手裡ê一捧水，毋是拭掉手中ê水，去數想大海ê水，彼會喉焦死。

轉來咱ê教育頂面。教師必須貫通「一切現成」ê教育智慧，學生毋但是來學一寡「外來ê智識」，閣較重要ê是，根據伊「現成ê因緣」，予伊正確ê啓發。教師嘛愛隨緣啓發，用生活中ê活教材，用師生互動ê機緣，好好仔啓發學生，予伊行出家己ê一條路來。

「有伯 (pik) 樂，才有千里馬」，每一个囡仔攏是千里馬，只要教師會曉慧眼識英雄，個逐家攏會成就家己幸福光明ê人生，攏會走向正途，成做一个有路用ê人。

(四)愛冤家相拍 ê 學生

　　有一个演講者，有一擺去警官學校演講，因為早到半點外鐘，就和幾位轉來學校進修 ê 警官開講。伊請教恁是啥物因緣予恁選擇警政 ê 工課。

　　有一位警官講：我讀中學 ê 時，真愛打抱不平，一下看袂做得，就替別人出頭，定定佮人冤家相拍。我袂輸是共訓導處送報紙 ê，逐工報到，因為累積 ê 過錯傷濟，不時會受著重罰。

　　有一擺受責罰了後，阮導師揣我講話，伫聽完我佮人相拍 ê 原因了後，對我講：咱人願意替弱勢者出頭，因為別人受侮辱去佮人相拍，是真值得敬佩 ê 行為。不而過，你欲打抱不平就愛學習解決問題，袂當干焦靠拳頭拇。像你這款有正義感 ê 人，將來適合去考警官學校，一定是一位人人呵咾 ê 警察。

　　我伫老師鼓勵之下，才做警察這途。對這份工作，我做甲誠絪拍，因為我一直抱著保護善良，維護社會治安 ê 信念。

　　一位愛替別人出頭 ê 囡仔，可能會予老師誤會是惹是生非。一位替人爭一口氣、主持正義、愛相拍 ê 學生，嘛可能 hông 當做歹囝浪蕩。**毋過，伫一位有慧眼 ê 老師 ê 心目中，顛倒會當看出恁特殊 ê 根性佮特質，引導恁行向光明 ê 路途。**

(五)啥人較巧？

　　較早，日本有一間上大間 ê 化妝品公司，不時都會收著客戶來投講：買轉去 ê 洗面皂，盒仔內面是空 ê。所以，公司為著欲預防生產線閣再發生這款 ê 代誌，工程師就誠拍拚，用心研發出一台「X- 光監視器」，去透視每一臺出貨 ê 芳皂盒仔，結果「漏裝」ê 攏有法度檢查出來。

　　毋過全款 ê 問題嘛發生伫另外一間小公司。恁 ê 解決方法予你仙想嘛想袂到，恁是買一臺強閣有力、工業用 ê 電風，园伫輸送機 ê 上尾溜，去吹每一个芳皂盒仔，予電風吹走 ê，就是無园芳皂 ê 空盒仔。有夠簡單、嘛有夠巧 ê！

(六)「注重問題」佮「注重辦法」?

佇頂世紀,對 1957 年開始,美國佮蘇聯咧做太空 ê 競爭。美國太空總署 [NASA] 發現,佇外太空低溫、無重力 ê 狀況下,太空人用 ê 墨水筆寫袂出字。

所以,好額 ê 美國人開真濟錢,研發出一種佇低溫、無重力 ê 狀況下,會當寫出字 ê 筆,佇當時是足了不起 ê 成就。

毋過,敢講蘇聯 ê 太空人無這款 ê 問題?當然嘛有!你臆看覓,個是按怎解決 ê 咧?……蘇聯無開錢做研究,個干焦改用鉛筆,代誌就解決矣!

這就是注重「problem」(問題)佮注重「solution」(解法、辦法)去解決代誌 ê 差別喔。有時咱佇工作上嘛會有類似這款 ê 盲點。所以,認真拍拚 [Work Hard] 並無一定有路用,顛倒是愛有工作 ê 智慧 [Work Smart],較有路用。

(七)〈哲學家佮撐渡伯仔〉

以早,有一位少年閣有學問 ê 哲 (tiat) 學家,定定四界去講人生 ê 大道理 hōng 聽,因為學問飽、口才閣好,逐擺攏講甲誠婚氣,所以誠受著鄉親父老 ê 呵咾佮尊敬,嘛愈來愈出名。

有一擺,伊去一个庄頭講道煞,欲坐竹排仔渡過一條溪,佇竹排仔頂,伊閣利用這个時間共撐 (thenn) 渡伯仔講道理。

「這位阿伯仔,你知影文學無?」哲學家開喙 (tshuì) 就問撐渡伯仔。

「我也 (ā) 無讀過冊,文學是啥物碗糕,我毋知影!」撐渡伯仔講甲有一點仔歹勢。

「按呢喔,真遺憾,毋知文學 ê 婚 (suí),你 ê 人生已經去三分之一矣!」哲學家用誠毋甘 ê 表情,閣問阿伯仔:

「啊你有學過哲學無?哲學對咱 ê 人生閣較重要喔!」

「愛講笑毋才按呢,阮是歹命人,干焦知影逐工划船仔趁食,哲學是啥物芋仔番薯,我 thah 會知……」這擺撐渡伯仔是用真悲傷 ê 聲調回答。

「這，就蓋毋好喔，毋知文學 ê 婿，閣毋知哲學 ê 眞俗善。」，哲學家用同情 ê 聲調共阿伯仔講：「按呢，你 ê 人生已經去三分之二囉！」

聽完哲學家 ê 話，撐渡伯仔煞誠傷心，想起家己歹命 ê 一生，就戀神戀神坐蹛(tuà)船頭。這个時陣，一下無張持，竹排仔煞去挵著溪裡 ê 大石頭，竹排仔開始破空灌水，無偌久就敧(khi)一爿，強欲沉落去矣。

「哪會按呢？哪會按呢！」哲學家著急甲敢若鼎底 ê 狗蟻全款。

「先生，先生，誠失禮，竹排仔欲沉落去矣，你會曉泅水無？」撐渡伯仔越頭對哲學家大聲喝。

「我無學過，袂曉泅水，今(tann)欲按怎才好？」哲學家掠狂共撐渡伯仔大聲應。

「害矣啦，害矣啦，水遮爾深，你閣袂曉泅水，按呢你 ê 人生全部去了了矣！去了了矣啦！」划船 ê 撐渡伯仔那搖頭、那看有學問 ê 哲學家，目睭內攏是同情 ê 眼神。

（Lâu Bîng-sin 改寫）

註

1. 撐：the，又唸作 thenn。例：撐渡 the-tōo/thenn-tōo。

2. 哲：tiat。哲學 tiat-ha̍k，又唸作 thiat-ha̍k。

3. 偌：guā，又唸作 juā、luā，多少。例：這本冊愛偌濟錢？

解題

這个故事佮咱講：咱人活佇世間，定定會拄著想袂到 ê 危機，有當時仔，高深 ê 智識佮學問，無一定有路用；顛倒是實用 ê 技巧佮能力，較有路用。所以，佇教育上，咱絕對袂使教育囝仔變成書呆，自命清高，「四書五經讀透透，毋捌電鼇龜鼈竈」，咱 ê 教育，一定愛重視「生存教育」。

(八) 歷史教育 ê 問題

01. 老師按怎教「甲午戰爭」？

講著臺灣 ê 歷史教育，天就烏一爿。到今咱 ê 歷史教育猶停留佇背年代、背事件、背人名、背標準答案 ê 教育方式，猶毋是培養學生 ê 思考、推

理佮想像 ê 能力。毋知今年 (2019 年) 欲實施 ê 十二年國教，情況敢會漸漸改變？

譬論講，過去歷史課本若講著清日「甲午戰爭」，課本標準 ê 思考題目是：**甲午戰爭是佇一年爆發 ê？簽訂 ê 叫做啥物條約？割讓偌濟土地予日本？賠償偌濟銀兩？**逐个學生都拍拚寫答案，毋過攏是免思考就會曉寫 ê 標準答案。

有人捌去日本考察伊 ê 教育，刁工去看伊高中 ê 歷史課本，發現課本裡對中日 ê 戰爭，提出一个真有意思 ê 問題，挑戰學生 ê 思考力佮分析力。

「日本佮中國 100 年相刣一擺，19 世紀拍過「日清戰爭」(甲午戰爭)，20 世紀戰過一場「日中戰爭」(八年抗戰)，若準 21 世紀日本佮中國戰爭，你認為大概是啥物時陣？可能 ê 遠因和近因佇佗位？ 若準戰爭日本贏，是贏佇啥物所在？若輸，是輸佇啥物條件面頂？請你分析。」

其中有一个日本高中生是按呢分析 ê：

「咱佮中國，上有可能佇臺灣予中國併吞以後，有一場激烈 ê 戰爭。因為臺灣若變做中國 ê 領土，中國會共基隆和高雄港封鎖，臺灣海峽就會變成中國 ê 內海，咱日本 ê 油輪就全部愛行臺灣島 ê 正邊，正爿是太平洋 ê 路線，路途較遠。按呢，會增加日本 ê 運油 ê 成本。

咱 ê 石油對波斯灣出來，迒 (hānn) 過印度洋，迵 (thàng) 過『馬六甲海峽』，上北到中國南海，才軁 (nǹg) 過臺灣海峽進入東海，到日本海，這是日本石油 ê 性命線。中國政府若共臺灣海峽封鎖起來，咱 ê 貨輪閣一定愛對遐經過，咱 ê 主力艦 (lām) 和驅逐 (tiok) 艦就會出動護衛，中國海軍一下看著日本出兵，馬上就會上場反制，按呢就拍起來矣！

按照判斷，公元 2015 年到 2020 年之間，這場戰爭就可能會爆發。所以，咱這馬就愛做對華戰爭 ê 準備。」

雖然這種題目和答案攏真可怕，答案嘛無一定完全正確，毋過，咱若共政治因素擲拎捔，理性來看日本教科書所出 ê 這個題目，自我反省咱 ê 歷史教育問題，就了解咱 ê 問題有影誠濟。上主要 ê 是，別人 ê 歷史教育是鼓勵

囡仔思考問題、分析歷史可能會按怎發展，咱是教囡仔背答案、讀死冊！人是培養能力，咱是灌輸智識。咱ê教育方式，敢袂當予學生加一寡激頭殼、思考ê機會？

02. 老師按怎教「蒙古西征」？

閣譬論講，高中歷史講著蒙古帝國（元朝），定定出現這款題目：「『成吉思汗』ê繼承人『窩闊臺』，公元佗一年過身ê？伊上遠拍到佗位？」這款題目ê答案，去圖書館查，抑是上網查就有答案，哪著愛學生死背咧？

1241年12月11，『窩闊臺』佇西征ê路途，因為啉雄酒雄雄死亡，當時大軍拄咧對『奧地利』ê『維也納』推進。這个日期無遐重要，較重要ê是，伊ê死亡對規个歐洲佮世界ê影響。蒙古西征大軍上遠拍到歐洲ê『匈牙利』佮波蘭，遮ê所在也無遐要緊，要緊ê是伊ê影響，學生愛對歷史事件裡學會曉宏觀ê思考，這才是歷史智慧ê培養。

一般ê了解：『窩闊臺』死了後，蒙古大軍閣繼續西征，毋過戰力已經變弱，所以才佇1246年進攻烏海港口城市『卡法』（這馬烏克蘭城市費奧多西亞）ê時，共致著「烏死病」（鼠疫）死亡ê屍體，刁工擲入去城內，這是人類第一擺利用細菌做戰爭（生化戰爭）。後來『卡法』有一个生理人閣無意中共「烏死病」ê病源紮去意大利，「烏死病」才佇歐洲大流行。因為歐洲人一下開始猶無抗體，所以中古世紀ê歐洲，有三分之一ê人口，大約7,000萬人死佇「烏死病」。

平平是歷史課題，美國學生讀ê世界史，這个題目就毋是按呢考ê，個ê題目是按呢問學生ê：

「『成吉思汗』ê繼承人『窩闊臺』，當初若準無遐早死（西征半途死**亡），歐洲會發生啥物變化？請你試看覓，對經濟、政治、社會三方面做分析。**」

有一个學生是按呢回答ê：

「假使這位蒙古領導人當初無遐早死，蒙古大軍閣眞勇咧，按呢可怕 ê 鳥死病『鼠疫』就可能袂 hōng 傳到歐洲去。若準無鳥死病，神父佮修女就袂大量死亡；神父佮修女若準無大量死亡，歐洲人就袂懷疑上帝 ê 存在；若準無懷疑上帝 ê 存在，就袂有意大利『弗羅倫斯』重視人文精神 ê 文藝復興；若準無文藝復興，南歐 ê 西班牙就袂遐緊強大起來，西班牙 ê「無敵艦隊」就無可能建立。若準西班牙、意大利無夠強大，英國就會提早 200 年強大，德國嘛會提早控制中歐，奧匈帝國就無可能存在。」

這个回答有夠讚，共代誌分析甲誠好，咱 ê 高中生敢做會到？會，我相信有一日，咱 ê 歷史教育會轉來正確 ê 方向。　　　　　　　（2018 改寫）

（九）《三種狀元》

「狀元」有三種，一種是「聯考狀元」，一種是「社會狀元」，上無簡單是第三種——「人生狀元」。

2004 年 7 月《商業周刊》捌做過一个訪問佮調查，共過去三十年 ê「聯考狀元」，提個來和另外一種狀元——就是事業上抑是商場上 ê「社會狀元」做比較。結論是：遐 ê 聯考狀元，到今大多數攏無名聲週四海 ê 傑出成就，干焦一寡人成做學術界 ê 教授、學者，若佮李遠哲、林懷民、許文龍、郭台銘、林百里 ê 成就比起來，完全無法度比並。

這个發現，完全是料想會著 ê。我認爲《商業周刊》欲強調 ê，當然是希望社會大眾改變對教育 ê 觀念，莫因爲囡仔考試上 ê 成就，抑是對學術上 ê 早熟，就共學生扶（phôo）上天。顚倒愛閣較鼓勵佢做多元 ê 發展，予學生相信行行會出狀元，應該追求 ê 是家己眞正 ê 興趣，佮發展自己 ê 潛（tsiâm）力。同時，閣較愛重視情緒 ê 穩定、社會 ê 適應力、以及上進心、企圖心，按呢，欲佇社會上出頭天，就較有機會。

這篇報導有影用心良苦，特別是佇現此時，規 ê 國家社會攏咧講教育改革，定定會挂著反教改、甚至閣有想欲恢復聯考 ê 噪（tshò）音，這个時陣，伊的確有當場啓示 ê 意義。會當拍破佢對聯考 ê 崇拜佮迷失，莫予學生閣繼續做干焦會曉讀死冊 ê 讀冊龜仔。因爲教育上蓋愛珍惜 ê 是學生 ê「多元智

慧」，一定愛肯定智慧 ê 多元、人性 ê 多元、個體 ê 差異性和主體性，莫予個閣陷入「讀冊、考試」是唯一出路 ê 湳塗裡，對家己所想欲追求 ê 理想攏誠有信心。

大教育家葉聖陶講，華人教育上大 ê 缺失就是 —— 以智毀德，以智毀體，以試毀智。過去咱 ê 教育，攏佇這个恐怖 ê 循環裡。

因爲有教育改革，教育才有「正常化」ê 可能，有「正常化」ê 教育，學生 ê 本領才有多元發展 ê 機會。因爲「適性揚才」，學生有多元發展 ê 機會，「社會狀元」毋才有可能愈來愈濟，咱 ê 國力自然就會愈來愈強。

啥物是成功？每一个人 ê 定義當然無全。不而過，徛佇教育 ê 立場，咱培養學生 ê 價值觀，絕對毋是共「開眞濟公司」「趁眞濟錢」做唯一 ê 標準。「趁眞濟錢」以外，猶閣有對社會國家、甚至人類 ê 貢獻；對理想佮公義 ê 追求；對社會文化、教育 ê 改造；對民族心靈、藝術 ê 提昇；上無，嘛愛對家己 ê 理想有信心，爲理想付出青春佮智慧，感覺家己 ê 性命有意義。

所以，堅持理想，熱愛性命，像鄭南榕、林義雄，像林懷民佮羅曼菲，像梵谷、貝多芬，個攏是對家己所選擇 ê 生涯，有一種強烈到欲起狂 ê 熱愛，並且佇困苦中，繼續追求心靈改造佮藝術創作 ê 人，個未必然是「社會狀元」，有得著物質佮金錢上 ê 成就，毋過個一定有精神上 ê 偉大成就，這就是上成功 ê 人生，嘛是咱所向望 ê 第三種狀元 —— 人生 ê 狀元。

(2018 年改寫)

【環保篇】

(一) 〈媽祖魚〉　文／林淑期

佇媽祖魚 ê 討論會裡，翁義聰（Ang Gī-tshong）教授堅決主張愛將工業區徙 (suá) 去別位，因爲濁水溪口 ê 大城佮芳苑溼地，有六公里長 ê 潮間帶 (tiâu-kan-tài)，是濟濟生物生湠 (thuànn) 後代上好 ê 環境。伊講，無論多天抑是春天洘流 (khó-lâu)ê 時，水深 10 公尺以外 ê 亞潮間帶 (a-tiâu-kan-tài)，一定愛保留起來做媽祖魚 ê 生存環境；嘛愛保留湳塗窟 (làm-thôo-khut) 成做 21 種

保育類 ê 野生動物過多 ê 場所。

　　這个開發區已經予專家學者推薦 (tshui-tsiàn) 做國際級 ê 國家重要溼地。根據臺灣溼地保護聯盟調查 ê 結果,誠濟鳥仔佮魚仔定定利用蝦仔佮毛蟹生卵 ê 季節來遮揣食,逐年 ê 3、4 月仔,冇 (phànn) 頭仔、春仔攏會轉來彰化海岸生湠 (thuànn),予在地 ê 漁民增加一條收入。

　　國光石化 ê 投資案,雖然會使創造經濟效益佮就業 ê 機會。毋過,毋管技術偌進步,石化產業到底是一个高汙染 (u/ù-jiám) ê 產業。去雲林六輕行一逝,你就知影好山好水好空氣,是無法度佮大型石化廠做伙存在 ê。

(二) 德國經驗予咱 ê 啟示

　　我捌看過一篇去德國考察轉來、反省咱臺灣人心性 ê 文章,予我感慨萬千,佇遮改寫做臺語文佮逐家分享。

　　咱攏知影,德國是一个工業化程度眞懸 ê 國家,個 ê『賓士』,BMW 汽車,安全品質好;西門子,是世界出名 ê 電子和電機產品公司,並且佇能源、醫療、工業、基礎建設佮城市業務等等領域,攏是全球業界 ê 領導者。這个國家是世界第四大 ê 經濟體,2017 年平均國民所得是 44,184.45 美元,排名世界第 19 名。親像這種經濟大國、人民富裕、社會進步 ê 國家,人民 ê 日常生活一定是眞冗剩、閣眞享受才著,想袂到事實拄好倒反 (píng)。

　　作者講:阮去德國考察 ê 時,派駐佇德國 ê 同事請阮食飯,一下行入餐廳,發現餐廳有淡薄仔稀微,人無濟;閣較好笑 ê 是,有一對情人糖甘蜜甜咧做伙食飯,桌頂干焦有一个砧仔,园兩項菜,邊仔有兩罐麥仔酒,按呢爾爾。伊咧想,請女朋友食飯,遮爾仔簡單、凍霜甲這號款,敢毋驚女朋友走去?另外一桌是幾个白人阿媽拄輕鬆坐佇遐咧食飯,逐項菜攏上桌了後,服務生眞緊就幫個分配好,煞落去就予個食甲空空矣。

　　阮無加想,隨按照臺灣人 ê 熱情慣例,叫規桌頂 ê 菜,袂輸富豪仔咧,逐家枵燥燥 (iau-sò-sò) 就開始食矣。因為食飽猶有活動,所以這頓飯眞緊就結束矣,毋過,猶有三分之一 ê 菜無食完,賰佇桌頂。錢付了,阮拄欲行出餐廳大門,就隨予餐廳裡 ê 人叫倒轉去。阮一時嘛毋知是啥代?

原來是彼幾个白人阿媽，咧佮飯店 ê 頭家理論代誌，好親像是針對阮 ê。看著阮圍倚來矣，老太太就改用英語講話，阮才知影佝是咧窮分阮 ê 菜無食完，傷討債。阮感覺誠好笑，遮 ê 德國老太太有影真愛管閒仔事！「阮開錢食飯付錢，賰偌濟，干焦啥物底代？」有同事無歡喜，就隨按呢共應話。聽著按呢應話，遮 ê 德國老太太愈受氣，有一个隨提出手機仔敲電話，一睏仔就看著一个穿制服 ê 人駛車來矣，講伊是社會保障機構 ê 工作人員。問完情況了後，這个工作人員竟然共阮開一張 50 『馬克』ê 罰款。這聲阮攏毋敢閣練嗽花矣，駐地 ê 同事只好提出 50 『馬克』付清罰款，閣一直會失禮。

這个工作人員共罰款收好，閣誠嚴肅共阮講：**「需要食偌濟，就點偌濟！錢是恁家己 ê，毋過資源是全社會 ê，世界上有真濟人猶欠缺資源，恁袂當、嘛無權利浪費！」**彼時，阮 ê 面攏紅記記，歹勢甲強欲死。

毋過，阮佇心內攏誠認同這段話。一个富裕 ê 國家裡，人猶有這種意識，咱著愛好好仔反省家己才著：咱毋是一个資源誠豐富 ê 國家，而且人口閣濟，平常時請人食飯，賰 ê 物件攏真濟，主人驚人客食無夠、失面子，閣驚予人客看做凍霜，就點足濟項菜。事實上，咱有影需要改變咱 ê 一寡慣勢矣，而且閣愛建立「大社會」ê 意識，袂當閣死愛面子「假大範」矣。

伊講，伊去過德國二改，攏蹛佇民宿，真正蹛佇人 ê 厝裡 ê 一間房間，發覺佝 ê 食、穿、蹛、行，攏誠簡單閣省錢。

食，差不多三頓攏食全款，大部份是麭、『火腿』，拄著仔加菜，就加一項『沙拉』，抑是炒卵爾。穿衫，一般人攏誠普通，室內攏是 [T-shirt] 『T 恤』，外出就加外套；色水以深色 ê 烏色、紺色、深綠色⋯⋯為主。

蹛，房間普遍算大，毋過裝潢誠樸實，而且真省電，看電視 ê 時是無開燈火 ê；走廊、客廳、灶跤、房間，攏是細葩電火，閣隨手切換開關。糞埽 ê 分類嘛非常嚴格，矸仔、罐仔真少擲捒拚，攏儘量再利用。用水嘛誠省，冬天一禮拜才洗一兩擺身軀爾爾；水道頭 ê 水量細細仔，當然就加足省水矣。

行，日本製造 ê 細台車是交通 ê 主流，大眾捷運閣發達，以小小 ê 一个『漢諾威』市來講，人口才 40 萬，就有超過 10 條 ê 地下鐵，而且駛車嘛足少開冷氣佮燒氣 ê。基本上，德國人 ê 生活比臺灣人加真簡單足濟，佝無『卡拉 OK』、夜店閣真貴，有 ê 是一寡細間酒店，予人啉麥仔酒爾爾，連

配菜都無。所以眞濟外國人來到臺灣了後，攏認爲臺灣是享受 ê 天堂，食、啉、耍攏俗閣大碗。毋過，若共想較斟酌咧，按呢，顚倒是地獄 (ga̍k)，毋是享受。因爲眞濟人爲著追求物質 ê 享受，結局就是心靈空虛、墮落做欲望 ê 奴隷矣。

我感覺伊寫甲眞有道理，特別改寫做臺語文，予咱臺灣人做反省。

(2018 年改寫)

後記：母語 ê 真義

母語 ê 真義：無語言，就無世界，嘛無文化。

　　因為對母語 ê 痴情，我累積數十年 ê 經驗，閣陸陸續續增刪十幾冬，最近才用一多 ê 時間編寫出這本冊，到遮總算對家己有交代矣！冊一定有好有穩，任何批評我攏會誠心接受。落尾猶閣有啥話通講？

　　自來就干焦心肝底 ê 彼个擔憂，擔憂咱臺灣自古就有 ê 多元語族、多元文化 ê 優勢，會佇咱這代人規个毀掉去！這種趨勢已經愈來愈明顯！過去外來統治者有計畫消滅本土語言超過半世紀，臺灣人綴咧無知、予母語強欲斷種去；這馬自稱是本土政權 ê 執政者，對母語 ê 未來猶原放放，閣一聲就欲共英語列入「第二官方語言」矣！本土語言都猶未完成復興咧，就共跤攑懸懸，大大下欲共蹔落去，予伊袂大漢。這有可能會造成「迷戀天邊 ê 彩霞，煞踏爛跤底 ê 玫瑰」ê 結局。真正是「滅臺語者，臺灣人也！」

　　失望歸失望，煩惱歸煩惱，我嘛是愛閣提醒執政者佮臺灣人一改，咱著愛好好仔思考幾个語言學 ê 重點，其中母語 ê 真義就是：無語言，就無世界，嘛無文化，語言是文化 ê 基礎，語言消失，文化佮族群自然就消滅去矣！所以：

1. 語言是文化 ê 根，語言滅，文化就絕。
2. 語言嘛是民族之母，無家己 ê 語言，就無才調佮人平等徛起。
3. 語言毋但是溝通 ê 工具，莫閣騙阿財矣！
4. 語言是人類共同 ê 文化財產，文明 ê 國家攏知影愛惜佮保護。
我就講到遮。

Lâu Bîng-sin　　2018.12

國家圖書館出版品預行編目 (CIP) 資料

臺語演講三五步(增訂版)/ 劉明新編著 . -- 增訂版 . --
臺北市 : 前衛 , 2022.1
面 ;19X26 公分 -

ISBN 978-957-801-986-7 (平裝)

1. 臺語 2. 演說

803.3   108007357

臺語演講三五步

| 編　　著 | 劉明新 (Lâu Bîng-sing) |
| 校　　對 | 劉明新 (Lâu Bîng-sing)、林淑期 (Lîm Siok-kî) |

責任編輯	楊佩穎
封面設計	江孟達設計工作室
內頁設計	Nico Chang

出 版 者　前衛出版社
　　　　　10468 臺北市中山區農安街153號4樓之3
　　　　　電話：02-25865708｜傳眞：02-25863758
　　　　　郵撥帳號：05625551
　　　　　電子信箱：a4791@ms15.hinet.net
出版總監　林文欽
法律顧問　陽光百合律師事務所

總 經 銷　紅螞蟻圖書有限公司
　　　　　11494 臺北市內湖區舊宗路二段121巷19號
　　　　　電話：02-27953656｜傳眞：02-27954100

出版日期　2019年6月初版一刷
　　　　　2022年1月增訂版一刷
定　　價　新臺幣700元

©Avanguard Publishing House 2022
　Printed in Taiwan　ISBN 978-957-801-986-7

＊請上『前衛出版社』臉書專頁按讚，獲得更多書籍、活動資訊
https://www.facebook.com/AVANGUARDTaiwan